Technische Daten:

1. Leichte Doppelimpulskanone im Bug
2. Cockpit und Zentrale mit Positronik und Monitoren
3. Energiespeicherbänke
4. Raum für Funk und Ortung
5. Hyperfunk und Empfangsgerät
6. Kabinen und Mannschaftsräume; Krankenstation
7. Klima- und Luftschächte
8. Antigravtriebwerk
9. Impulskanonen (12 Stück) mit Energieversorgung
10. Impulsstrahltriebwerke (12 Stück im Bug)
11. Transitions-Triebwerke für interplanetarische Sprünge bis zu 5000 Lichtjahren
12. Impulsstrahltriebwerke im Heck (12 Stück)
13. Hangar für Waren- und Handelsgut, Aggregate für Antigravhebung
14. Schott
15. Hangar für Beiboote
16. 2-Mann-Beiboot
17. Schirmfeldgeneratoren
18. Teleskoplandestütze (20 St ck)
19. Luftschleuse
20. Kernfusions-Reaktor
21. Strahl-Düse
22. Aggregat zum Aufbau eines Prallschirmfeldes beim Eintauchen in eine Atmosphäre

Zeichnung: Rudolf Zengerle

M.V. Science-Fiction-Bibliothek

Perry Rhodan

Der kosmische Lockvogel

Perry Rhodan

Der kosmische Lockvogel

Moewig Verlag KG · Rastatt

Redaktion: William Voltz
Lektorat: G. M. Schelwokat
Satz: Utesch, Hamburg
Druck und Bindung: Ebner Ulm
Printed in Germany
ISBN 3-8118-0167-8

Einleitung

Die Diskussion darüber, ob der Mensch die einzige intelligente Lebensform im Kosmos darstellt oder nicht, darf nicht als abgeschlossen angesehen werden. Zwar wird die Möglichkeit extraterrestrischer Intelligenz nicht mehr so entschieden abgelehnt, wie das vor Jahren noch der französische Nobelpreisträger Jaques Monod *(Zufall und Notwendigkeit)* tat, aber die Anzahl der skeptischen Stimmen ist, vor allem durch die erfolglose Lebenssuche verschiedener Forschungsprojekte (z.B. Unternehmen Viking) in unserem Sonnensystem, wieder gewachsen. Eine endgültige Antwort auf diese Frage dürfte wohl in absehbarer Zeit nicht möglich sein. Autoren utopischer Romane haben es da einfacher, und wenn es nach den Vätern der PERRY-RHODAN-Serie geht, wimmelt es in unserer Galaxis von intelligenten Lebensformen. Das vierte PERRY-RHODAN-Buch (es beinhaltet die in den frühen sechziger Jahren erschienenen Romane: *Der Overhead von Kurt Mahr; Duell der Mutanten von Clark Darlton; Im Banne des Hypno von Clark Darlton; Der kosmische Lockvogel von K. H. Scheer; Die Flotte der Springer von Kurt Mahr und Tifflor, der Partisan von Kurt Mahr)* ist ein weiterer Beweis für den Glauben an die Richtigkeit dieser These. Das überaus positive Echo auf die drei ersten PERRY-RHODAN-Bücher und deren großer Erfolg haben uns bewogen, die bewährte Form der Neuüberarbeitung beizubehalten. So wurden auch diesmal Wiederholungen und Widersprüchlichkeiten möglichst umfassend beseitigt, stilistische Unebenheiten geglättet und langweilige Passagen gekürzt, ohne Handlung und Charakter der Originalromane zu beeinträchtigen. Mit dem Erscheinen dieses vierten PERRY-RHODAN-Buches ist die PERRY-RHODAN-Bibliothek weiter gewachsen und nimmt allmählich Formen an.

An dieser Stelle danke ich *Franz Dolenc* und *Klaus-Dieter Geissler* für den kriminalistischen Eifer, mit dem sie mir beim Aufspüren von Fehlern in den Originalausgaben helfen, *Christa Schurm* für die gewiß nicht einfache Reinschrift des Rohmanuskripts, *G. M. Schelwokat* für die Endkontrolle und nicht zuletzt allen Lesern, die mir mit wohlwollenden Zuschriften und kritischen Anmerkungen immer wieder wertvolle Anregungen bei dieser Arbeit geben.

Heusenstamm, März 1979 William Voltz

Vorwort

Als Perry Rhodan und seine Freunde am 19. Juni 1971 mit der STARDUST auf dem Mond landeten und ein havariertes Forschungsschiff der Arkoniden entdeckten, begann ein neuer Abschnitt in der menschlichen Entwicklung – die Geschichte in der Zukunft.

Mit Hilfe der Arkoniden Crest und Thora und der ihm von ihnen zur Verfügung gestellten Technik des Großen Imperiums von Arkon gelang es Perry Rhodan, einen atomaren Weltkrieg zu verhindern. Perry Rhodan gründete in der Wüste Gobi einen neuen kleinen Staat, die Dritte Macht. Anerkannt von den Völkern der Erde, denen er zum Frieden verholfen hatte, begann Perry Rhodan, sein Augenmerk auf die Erforschung des Weltraums zu richten.

Auf der Suche nach dem Planeten des ewigen Lebens brach Perry Rhodan in das 27 Lichtjahre entfernte Wegasystem auf, begleitet von den beiden Arkoniden und den Mitgliedern des Mutantenkorps. Die kleine Expedition half den im Wegasystem beheimateten Ferronen gegen die Invasionsabsichten der kriegerischen Topsider, wobei ihr die STARDUST II, ein achthundert Meter großes arkonidisches Raumschiff, in die Hände fiel. Mit diesem Schiff folgten Perry Rhodan und seine Begleiter einer geheimnisvollen Spur durch Raum und Zeit.

Nach der Auflösung einer Vielzahl galaktischer Rätsel, die ihn auch auf den Heimatplaneten des liebenswerten Mausbibers Gucky führten, erreichte Perry Rhodan *Wanderer,* die phantastische Kunstwelt des Geisteswesens ES. Perry Rhodan und sein Freund Reginald Bull erlangten auf *Wanderer* die relative Unsterblichkeit. ES, der geheimnisumwitterte Unsterbliche, machte einige schwer zu deutende Prophezeiungen über die Zukunft der Menschheit.

Doch schon bald sollten die Menschen erfahren, daß der Weg in den Weltraum voller Gefahren ist . . .

1.

Die Stadt Terrania, Hauptstadt der Dritten Macht, ständig wachsendes Gebilde mit im Augenblick anderthalb Millionen Einwohnern, lag mitten in der Wüste Gobi.

Künstlich geschaffenes Klima hatte das Land verändert. Regenfälle, nach Belieben gesteuert, verwandelten vierzigtausend Quadratkilometer hügeliger Wüste in einen immerblühenden Garten. Terrania galt als eine der schönsten Städte der Welt.

In unmittelbarer Nachbarschaft der Stadt erhob sich die schimmernde Energiekuppel, die das eigentliche Zentrum der Dritten Macht umschloß und alles abwehrte, was jemals versuchen sollte, sich den Lebensadern dieses Staates in feindlicher Absicht zu nähern.

Kurz vor Mitternacht verließ Oberst Freyt mit seinem Adjutanten das Verwaltungsgebäude und die Energiekuppel. Sie marschierten am Rand der Stadt entlang und sahen die flachen Bauten am Rand des Landefelds im matten Sternenlicht vor sich auftauchen.

Heller Schein huschte plötzlich über das Land. Verwirrt blieb Freyt stehen und sah sich um. „Was war das?"

Ein zweiter Blitz zuckte auf, weit hinter den Dächern der Stadt, und fast im selben Augenblick fegte der Donner der ersten Explosion über sie hinweg. Freyt stand starr, mit großen, erschreckten Augen, und begriff nicht, was geschehen war. Das Krachen der zweiten Explosion erreichte sie.

„Das ist drüben am Salzsee!" rief er keuchend. „Das Reaktorenwerk!"

Er wandte sich um und lief zur Stadt zurück. Der Adjutant folgte ihm. Sie mochten etwa dreißig Meter gelaufen sein, als das Wimmern der Alarmsirenen zu ihnen herüberdrang.

Im Laufen forderte Freyt über die kleine Sende- und Empfangsanlage, die zur Ausrüstung seiner Uniform gehörte, einen Dienstwagen an. Der Wagen kam ihnen entgegen, als sie auf einer der breiten Ausfallstraßen die Stadt schon fast erreicht hatten.

„Was ist los?" fragte Freyt, während er sich neben dem Fahrer auf den Vordersitz sinken ließ.

„Explosion in Block G", antwortete der Fahrer. „Näheres ist nicht bekannt."

„Fahren Sie dorthin!" befahl Freyt.

Der Wagen schoß davon, nachdem er gewendet hatte. Mit heulenden Sirenen verschaffte er sich freie Bahn. Die Fahrweise des Chauffeurs wäre beobachtenswert gewesen, aber Freyt zerbrach sich den Kopf über andere Dinge.

Was gab es in einem Reaktorenwerk, das zur Explosion gebracht werden konnte?

Freyt war in erster Linie Soldat, dennoch wußte er im großen und ganzen, wie ein Arkon-Reaktor arbeitete. Er wußte ebenfalls, welches Material beim Bau einer solchen Maschine verwendet wurde. Aber so sehr er seine Erinnerung strapazierte, ihm fiel nichts ein, was zwei derartige Explosionen hätte verursachen können.

Und wie konnte es bei den umfangreichen Sicherheitsmaßnahmen, die überall dort getroffen worden waren, überhaupt zu einer Explosion kommen?

Freyt fand darauf keine Antwort. Der Chauffeur fuhr den Wagen vor die Einfahrt zu Block G und unterbrach Freyt in seinen Gedanken.

Vor den beiden Explosionen war Block G eine flache, lange Montagehalle gewesen, in der die von außen gelieferten Einzelteile zu fertigen Katalyse-Reaktoren zusammengebaut wurden. Tagsüber arbeiteten etwa dreihundert Mann in Block G.

Im Augenblick waren die Umrisse der ehemaligen Halle zwar noch zu erkennen, ansonsten aber bot sie den Anblick eines Schlachtfelds, das feindliche Artillerie mit stundenlangem Trommelfeuer belegt hatte. Rettungsmannschaften waren schon vor Freyt eingetroffen. Mit Schutzanzügen bekleidet, stapften die Männer durch die Hitze des Trümmerfelds und suchten nach Überlebenden. Freyt erfuhr von einem Polizeikommissar, daß im Augenblick der Explosion etwa zehn

Mann Nachtwache und Spätarbeiter sich in der Halle aufgehalten hatten.

Über die Ursache der Explosion wußte niemand etwas. Mit Meßgeräten konnten im Gelände des Blocks G zwei Stellen ausgemacht werden, deren augenblickliche Temperaturen über zweitausend Grad Celsius lagen – also nach aller Wahrscheinlichkeit die Orte, an denen sich die Explosion ereignet hatte.

Freyt wandte sich an den Kommissar.

„Haben Sie auf Radioaktivität untersuchen lassen?" fragte er.

Der Kommissar verzog das Gesicht. „Ich bitte Sie! In dieser Halle gab es nicht ein einziges Gramm radioaktiven Materials."

Freyt wiegte den Kopf.

„Trotzdem", antwortete er mißtrauisch. „Rufen Sie die Dosimeter-Leute."

Der Kommissar ging zu seinem Wagen, um die Anweisung durchzugeben. Freyt fing an, sich unbehaglich zu fühlen.

„Wir können nichts tun", sagte er zu seinem Adjutanten. „Wir müssen warten, bis wenigstens die erste Untersuchung vorüber ist."

Es hatte sich nicht nur ein Unfall schlechthin ereignet, sondern eine der wichtigsten Fertigungsstätten war völlig vernichtet worden. Ohne Arkon-Reaktoren keine Triebwerke – ohne Triebwerke keine Raumschiffe –, ohne Raumschiffe kein Schutz für die Erde.

War es Zufall, daß ausgerechnet Block G dem ersten größeren Unglücksfall im Gebiet der Dritten Macht zum Opfer gefallen war?

Oberst Freyt begann darüber nachzudenken, welche Chancen ein Saboteur hatte, das Staatsgebiet der Dritten Macht zu betreten, und wieviel, wenn ihm schon das gelungen war, von den Chancen noch übrigblieb, um die Sabotage dann auch wirklich auszuführen.

Keine! stellte Freyt fest.

Das beruhigte ihn aber nicht.

Freyt sah sich um. Er suchte den Kommissar. Er wollte wissen, was man in der Zwischenzeit herausgefunden hatte.

Über seinem Nachdenken war ihm entgangen, daß die Dosimeter-Gruppe inzwischen angekommen war und sich mit ihren grellroten Uniformen rings um das zerstörte Gelände verteilte.

Was ihm jedoch nicht entging, war das durch Mark und Knochen dringende *Züp – Züp* des Strahlenalarms. Die Strahlenschutzleute hatten die Sirenen auf den Dächern ihrer Einsatzwagen in Betrieb gesetzt. Freyt sah, daß die Rettungsmannschaften das Trümmerfeld fluchtartig zu verlassen begannen.

Einer der Männer im roten Schutzanzug kam auf ihn zu. Er grüßte hastig und sprudelte hervor: „Höchste Gefahr! Das ganze Gelände ist mit wenigstens zehn Röntgen pro Stunde verseucht."

In diesem Augenblick revidierte Freyt seine Meinung über die absolute Wirksamkeit der Anti-Sabotage-Sicherungen. Eine Sekunde lang verlor er die Fassung, aber ebenso schnell kehrte der kühle Verstand wieder zurück. „Welches radioaktive Material?"

Der Dosimeter-Mann schüttelte den Kopf. „Noch nicht bekannt. In einer Viertelstunde werden wir es wissen."

Freyt nickte. „Gut. Geben Sie mir sofort Bescheid."

Der Rotgekleidete grüßte. Freyt wandte sich ab und marschierte davon. Er achtete nicht darauf, ob sein Adjutant ihm folgte. Erst als sie nebeneinander im Wagen saßen, wurde er wieder auf ihn aufmerksam.

„Was halten Sie davon?" fragte er mürrisch.

Der Adjutant zuckte mit den Schultern. „Man kann ganz einfach nichts davon halten, solange man nichts Genaueres weiß."

Freyt stimmte zu.

„Da haben Sie recht", murmelte er.

Der Vorfall bedrückte ihn. Er hatte sich ereignet, während er, Freyt, Rhodans Stellvertreter in Terrania war. Und obwohl deutlich genug einzusehen war, daß seine Person keine Schuld traf, empfand er die Tatsache, daß das Unglück während seiner Amtszeit geschehen war, als persönliches Versagen.

Der Funkempfänger des Dienstwagens übertrug die neue Alarmwarnung mit schmerzender Lautstärke.

„Halten Sie an!" schrie Freyt.

Der Wagen hielt fast auf der Stelle. Freyt wurde nach vorn gerissen, aber er achtete nicht darauf. Er hörte nur, was der Lautsprecher sagte: „Drei erst kürzlich fertiggestellte Schiffe der Z-Flotte, sogenannte Raum-Zerstörer, sind vor wenigen Minuten ohne Starterlaubnis und mit unbekannten Piloten an Bord gestartet. Die Schiffe nahmen sofort Höchstfahrt auf und haben die Grenze des lokalen Ortungsbereichs inzwischen überschritten. Achtung! Ich rufe Oberst Freyt! Achtung . . .!“

Freyt knirschte mit den Zähnen.

„Schalten Sie auf Sendung!“ befahl er dem Fahrer.

Das Telekom-Gerät wurde eingeschaltet. Auf dem kleinen Bildschirm erschien das verbissene Gesicht des Mannes, der die Alarmnachricht sprach.

„Hier Freyt“‘, meldete sich der Oberst. „Was gibt es?“

Es war zu sehen, daß der Mann am anderen Ende die übrigen Kanäle ausschaltete.

„Drei Zerstörer sind entführt worden!“ meldete er knapp.

„Entführt?“ ächzte Freyt. „Wie kann man einen Zerstörer entführen?“

Die Antwort kam prompt. „Das wissen wir nicht. Es besteht kein Zweifel daran, daß die Robot-Wache wie üblich funktionierte. Von den Robots ist niemand bemerkt worden, der versucht hätte, sich dem Standplatz der Zerstörer zu nähern.“

Freyt starrte vor sich hin.

„Wer leitet die Untersuchung?“ fragte er nach einer Weile.

„Major DeCasa.“

Freyt nickte müde. „Ende.“

Der Fahrer wurde angewiesen, zum Standplatz der Zerstörer hinauszufahren. Der Platz lag in der Nähe der gewaltigen Endmontage-Halle im Süden der Stadt. Die Zerstörer der Z-Klasse waren eine von Perry Rhodan selbst entworfene Weiterentwicklung der einsitzigen Raumjäger, wie sie vor Jahren von Rhodan in den Hallen des Venus-Stützpunkts gefunden worden waren. Sie waren insofern keine vollwertigen Raumschiffe, als ihnen der Hyperantrieb fehlte. Ihre Korpuskulartriebwerke ermöglichten es ihnen zwar, innerhalb extrem kurzer Zeit einfache Lichtgeschwindigkeit zu erreichen. Der Weg in die weitere Umgebung der Erde mit Hilfe eines Hyperraumsprungs war ihnen jedoch verwehrt.

Trotz alledem war ein Z-Schiff ein Ding, das um wenigstens fünfhundert Jahre über den modernsten Erzeugnissen der irdischen Technik stand. Eine furchtbare Waffe in den Händen desjenigen, der sich ihrer zu bedienen verstand.

Während der wenigen Minuten, die die Fahrt zu den Montagehallen dauerte, erließ Freyt eine Reihe von Anweisungen. Die Abwehr erhielt den Befehl, auf jedes in den nächsten Stunden startende Objekt sofort und ohne Anruf zu schießen. Damit Hand in Hand erging ein allgemeines Startverbot. Und schließlich wurde ein großer Teil des Robot-Wachtrupps in die Fahrzeuge hineinbeordert.

Die Dritte Macht hatte Wichtigeres zu verlieren als die Zerstörer. Freyt fragte sich, was geschehen wäre, wenn es die Unbekannten fertiggebracht hätten, die beiden Kreuzer der Terra-Klasse zu entführen – Kugelraumschiffe von zweihundert Metern Durchmesser.

Vorläufig allerdings leuchteten die roten Warnsignale auf den Polkuppeln der Kugelgiganten noch regelmäßig herüber.

Der Wagen hielt vor der massigen, schimmernden Figur eines Robots, der den Weg zu den ehemaligen Standplätzen der Zerstörer versperrte. Freyt winkte die Maschine zu sich und sah sie an. Der Roboter registrierte das Gehirnwellenmuster des Obersts und hob grüßend die Hand.

Der Wagen rollte weiter. Nach fünfzig Metern kam er vor einer Gruppe heftig diskutierender Männer abermals zum Stehen. Freyt stieg aus.

Major DeCasa meldete sich bei ihm. Seinem Gesicht war deutlich anzusehen, was er wegen der verschwundenen Zerstörer empfand: Schrecken, Verwunderung und ein wenig Angst.

„Wie ist es passiert?“ fragte Freyt.

„Niemand von uns weiß es aus eigener Anschauung“, antwortete DeCasa bereitwillig und offenbar erleichtert darüber, daß ihm jemand die Verantwortung aus der Hand nahm. „Was wir wissen, wissen wir von den Robots, und das ist wenig genug. Die Robots machten ihre Runde wie üblich. Das Gelände ist völlig eben und deckungsfrei. Mit ihren Ultrarotaugen hätten sie sogar eine Maus erkannt, wenn sie sich den Zerstörern genähert hätte. Aber es kam weder eine Maus noch ein Mensch, noch sonst irgend etwas. Nur die drei Zerstörer hoben sich plötzlich vom Boden ab und verschwanden mit Höchstbeschleunigung. Meldung an die Zentrale wurde sofort gegeben, aber bevor man dort reagieren konnte, waren die drei Maschinen schon über alle Berge.“

„Mit welchem Kurs sind sie gestartet?“ fragte Freyt.

„Südost.“

Freyt sah den Major aufmerksam an.

„Kann man daraus einen Schluß ziehen?“ fragte er.

DeCasa lächelte. „Wahrscheinlich den, daß der Unbekannte auf keinen Fall im Südosten gesucht werden darf.“

Freyt nickte.

„Wahrscheinlich“, stimmte er zu.

Mit DeCasa zusammen marschierte er einmal rund um den ehemaligen Standort der drei Zerstörer. DeCasa hatte sich vorher davon überzeugt, daß die radioaktiven Überreste vom Startschub der Raketen minimal und ungefährlich waren.

Es gab keine Spuren, außer den drei glasigen Brennflecken, die die Triebwerke beim Start hinterlassen hatten.

Freyt seufzte, als er zu seinem Adjutanten zurückkehrte.

„Wir haben nicht einmal einen Hinweis“, sagte er leise, „ob es sich um Menschen oder um außerirdische Intelligenzen handelt.“

Im selben Augenblick streckte der Fahrer des Dienstwagens den Kopf durch das Fenster.

„Anruf für Oberst Freyt!“ schrie er.

Freyt nahm den Telekom-Hörer durch das Fenster und sah auf dem Bildschirm einen Mann im Schutzanzug der Dosimeter-Leute.

„Wir haben die Quellen der Strahlung festgestellt und ausgemessen“, meldete er ruhig. „Die beiden Stellen höchster Temperatur sind gleichzeitig auch Orte intensiver Strahlung. Im Zentrum jeweils fünfhundert Röntgen pro Stunde. Die Strahlung setzt sich zusammen aus Beta-minus mit etwa 1,8 und 1,6 MeV, aus Beta-plus mit . . .“

„Welche Stoffe?“ unterbrach Freyt ungeduldig.

„Magnesium-27 und Zirkon-87.“

Freyt war verwirrt.

„Worauf kann man daraus schließen?“ fragte er.

Der Strahlenschutzmann machte ein ärgerliches Gesicht.

„Auf nichts“, antwortete er. „Weder Magnesium-27 noch Zirkon-87 gehören zu den Spaltprodukten, wie sie bei der Uran- oder Plutoniumspaltung auftreten. Uns ist keine Kernreaktion bekannt, die man mit diesen Explosionen in Zusammenhang bringen könnte.“

Perry Rhodan landete mitten in diesem Durcheinander. Er war gerade erst von einer geheimen Mission zurückgekehrt, die ihn zum zweitenmal nach Wanderer, auf die Welt von ES geführt hatte. Dort hatte er von dem Unsterblichen einige phantastische Geräte erhalten, die er für den weiteren Aufbau der Dritten Macht zu nutzen gedachte. Noch konnte er nicht ahnen, wie bald er eines dieser kostbaren Dinge benötigen würde.

Er wußte, daß etwas geschehen war, als er Oberst Freyt nicht auf dem Landeplatz fand. Er ließ eines der Allzweck-Fahrzeuge ausschleusen, die das sechzig Meter hohe Kugelschiff an Bord hatte, und fuhr mit Reginald Bull hinüber zur leuchtenden Kuppel des Schutzschirms.

Bull starrte aufgeregt durch die Sichtscheiben.

„Was ist da los?“ fragte er.

Rhodan gab keine Antwort. Die Automatensperre registrierte seine mentale Ausstrahlung und die Ausmaße des Fahrzeugs, mit dem er kam. Ein Ausschnitt, der gerade groß genug war, um den Wagen durchzulassen, öffnete sich für ein paar Augenblicke in der schimmernden Wand des Energieschirms.

Der Wagen schoß vorwärts. Vor dem hohen Verwaltungsgebäude stiegen Rhodan und Bull aus. Wenige Minuten später standen sie in Freyts Büro.

Freyt machte keine Anstalten, sich dafür zu entschuldigen, daß er nicht zum Landefeld gekommen war. Er erstattete Bericht, kurz, präzise und verbissen.

„Das ist ernst“, sagte Rhodan. „Trotzdem sollten Sie sich keine Vorwürfe machen, Freyt. Hier ist einer am Werk, der vorläufig noch ein paar Tricks mehr auf Lager hat als wir.“

„Ich bin froh, daß Sie so denken“, antwortete Freyt. „Trotzdem . . .“

Rhodan winkte ab. „Wir werden bald herausgefunden haben, worum es sich dreht.“

Freyt räusperte sich.

„Glauben Sie – an außerirdische Gegner?“ fragte er.

Rhodan sah ihn erstaunt an. „Außerirdische? Nein. Ihre Annäherung wäre uns auf keinen Fall entgangen.“

Freyt hatte darüber nachgedacht, noch bevor Rhodan landete. Er war nicht sicher, ob ein Gegner, der sich dreier Zerstörer unbemerkt bemächtigte, nicht auch Möglichkeiten hatte, sich der Erde unbemerkt zu nähern.

Aber er schwieg darüber.

Rhodan machte Bestandsaufnahme. Alle Meldungen, die die beiden Suchtrupps auf dem Gelände des Blocks G und an den ehemaligen Standorten der drei Zerstörer machten, wurden bei ihm gesammelt, auf Impulsstreifen übertragen und der Positronik zur Auswertung übergeben.

Die Positronik erledigte die Aufgabe auf ihre Weise. Sie fand für die Explosion in Block G zweitausendfünfhundert verschiedene Möglichkeiten der Erklärung, und für die entführten Zerstörer dreitausendachthundert.

Rhodan ließ von diesen insgesamt sechstausenddreihundert diejenigen aussuchen, die mehr als ein gewisses Maß an Wahrscheinlichkeit hatten, und behielt davon insgesamt einhundert übrig.

Diese einhundert Möglichkeiten gab er in die Positronik und bekam daraufhin Antworten, die dem, was er sich in der Zwischenzeit mit seinem eigenen Gehirn überlegt hatte, ziemlich ähnlich sahen.

Bei der letzten Auswertung half ihm Crest, der Arkonide.

Im Lauf der Jahre hatte Crest sich daran gewöhnt, an der Entwicklung der Erde ebenso interessiert Anteil zu nehmen wie Rhodan selbst – wenn auch unter einem anderen Gesichtswinkel. Die erstaunlichen Vorfälle der vergangenen Nacht erregten ihn in dem selben Maß wie Rhodan.

„Haben Sie eine Vermutung?“ fragte er ernst.

Rhodan lächelte ein wenig verbissen.

„Ich vermute nicht“, antwortete er, „solange die Maschine noch am Auswerten ist.“

Crest winkte ab. „Erzählen Sie mir nicht, daß Ihnen noch keine Idee gekommen ist, wer Block G in die Luft gejagt und die Zerstörer entführt hat.“

Rhodan tat eine Weile so, als habe er nicht zugehört. Dann jedoch hob er den Kopf und sah Crest an.

„Doch“, gab er zu. „Ich habe eine Idee.“

Die Logikauswertung bestätigte sie.

Aus Gründen, die jedermann sofort einsehen konnte, wenn er das Ergebnis der Rechnungen betrachtete, teilte Rhodan die Ergebnisse nur dem engsten Führungsstab mit. Außer Reginald Bull, Oberst Freyt und den beiden Majoren Deringhouse und Nyssen nahmen an der kurzen Besprechung nur die beiden Arkoniden Crest und Thora teil.

Crest mit besorgtem Gesicht, Thora im zuversichtlichen Glanz ihrer außerirdischen Schönheit.

Rhodan plazierte einen Stapel Impulsfolien vor sich auf den Tisch und sah seine Freunde ernst an.

„Obwohl als Erklärungen für die Ergebnisse der letzten Nacht", begann er, „von der Positronik zunächst mehrere tausend Möglichkeiten angegeben worden waren und deswegen heftig gesiebt werden mußte, kann an dem Ergebnis der Logikauswertung kaum gezweifelt werden. Das Unglück im Block G, dem zehn Menschen zum Opfer fielen, und die Entführung der drei neugebauten Zerstörer sind nicht die Taten außerirdischer Gegner. Nach dem Stand unseres Wissens kann sich kein Außerirdischer unserem Bereich nähern, ohne schon in sicherer Entfernung geortet zu werden. Das schließt die Möglichkeit, daß ein Volk weit überlegener Intelligenz seine Finger im Spiel gehabt hat, keineswegs aus. Aber diese Möglichkeit besitzt von vornherein nur ein geringes Maß an Wahrscheinlichkeit.

Was uns zugestoßen ist, war also das Werk eines irdischen Gegners. Die Frage, wie die beiden Anschläge gelingen konnten, läßt sich vernünftigerweise nur auf eine einzige Art beantworten: Jemand ist, was die Zusammensetzung seines Mitarbeiterstabs anbelangt, auf die gleiche Idee gekommen wie wir."

Sie verstanden ihn zunächst nicht – bis auf Crest, der das Ergebnis schon kannte.

Aber dann begriffen sie plötzlich, und es wurde ihnen klar, warum zu dieser Besprechung im Gegensatz zur üblichen Praxis kein einziger der Mutanten, auf deren Fähigkeiten ein Großteil der Erfolge der Dritten Macht beruhte, hinzugezogen worden war.

Rhodan hielt diese Besprechung am frühen Morgen des 20. Juli 1981 ab.

Fast auf den Tag genau fünf Jahre zuvor, am 18. Juli 1976, hatte sich in Gardiner, einer kleinen Stadt an der Grenze der beiden Bundesstaaten Wyoming und Montana in den USA, folgendes Ereignis zugetragen:

Der Mann, auf den es in erster Linie ankam, lebte seit ein paar Tagen in Gardiner. Er sah, wenn auch keineswegs auf den ersten Blick sympathisch, so doch wenigstens wohlhabend aus. In Gardiner gab es zwei Hotels, er wohnte im teureren.

In Gardiner waren die Leute neugierig. Gardiner war keine eigentliche Touristenstadt, obwohl sie am Eingang des Yellowstone Nationalparks lag. Fremde waren selten, und man fing an, sich für den Mann zu interessieren.

Man fand heraus, daß er Monterny hieß und Naturwissenschaftler war. Monterny war nicht sonderlich groß, dafür aber um so dicker. Der gewaltige, haarlose Schädel mit den tiefliegenden Augen ließ den einleuchtenden Schluß zu, daß er in seinem Innern genug Gehirnsubstanz berge, um seinen Besitzer zu einem hervorragenden Wissenschaftler zu machen.

Das alles fanden die Leute in Gardiner heraus – nur eines erfuhren sie nicht: was Monterny eigentlich in ihrer Stadt wollte.

Den ganzen Tag über tat er nichts anderes als spazierengehen. Gardiner bestand in der Hauptsache aus einer durchgehenden Straße, an deren beiden Seiten die meist einstöckigen Häuser der insgesamt zweihundert Einwohner lagen. Die Nebengassen zählten kaum. Zum Spazierengehen hatte also einer, der nach Gardiner kam, wenig Anlaß. Infolgedessen tauchte das Gerücht auf, daß Monterny auf jemanden wartete.

Monterny entging die neugierige Aufmerksamkeit nicht, die ihm von allen Seiten entgegengebracht wurde. Das Geschäft, das er in Gardiner zu erledigen hatte, konnte keinerlei Neugierde vertragen, und Monterny begann schon nervös zu werden, als er schließlich an jenem 18. Juli 1976 fand, was er suchte.

Er war am späten Nachmittag auf einem seiner Spaziergänge, die gewöhnlich einmal die Hauptstraße hinauf- und dann wieder hinunterführten. Da fiel ihm ein junger Mann auf, der mit einem klapprigen Sportwagen vor dem Drugstore hielt und ausstieg, um im Laden etwas zu kaufen.

Monterny stand auf der gegenüberliegenden Straßenseite und beobachtete den Jungen. Der Junge allerdings merkte nichts davon, sondern betrat den Store. Monterny überquerte die Straße und blieb vor dem Store stehen.

Als der Junge wieder zum Vorschein kam, sprach Monterny ihn an. „Hallo, junger Mann! Würden Sie mir vielleicht einen Gefallen tun?"

Der Junge stutzte.

Etwas zurückhaltend antwortete er: „Worum handelt es sich?"

Monterny machte eine halb freundliche, halb verlegene Geste. „Ich würde ungern mitten auf der Straße darüber sprechen. Ich wohne in Wolfrey's Place. Würde es Ihnen etwas ausmachen, mit mir dorthin zu kommen?"

Der Junge hatte eine ablehnende Antwort schon auf der Zunge, aber Monterny fiel rechtzeitig ein.

„Wir können mit Ihrem Wagen dorthinfahren . . ." Das war lächerlich, denn Wolfrey's Place lag nur ein paar Schritte vom Store entfernt, aber es erfüllte den Jungen mit Stolz, daß jemand mit seinem klapprigen Auto fahren wollte. „. . . und, das verspreche ich Ihnen, es soll Ihr Schaden nicht sein."

Dieses Argument überzeugte den Jungen vollends.

Sie fuhren also zu Wolfrey's Place und gingen auf Monternys Zimmer.

„Setzen Sie sich", sagte Monterny um eine Spur unfreundlicher, als er bisher gewesen war, und wies auf einen Sessel.

Der Junge setzte sich. Monterny nahm ihm gegenüber Platz. Er begann, den Jungen anzusehen. Eine Weile ertrug der Junge den Blick grinsend und schließlich mit einer widerspenstigen Grimasse. Dann sah er zur Seite und musterte das Zimmer, um Monterny nicht mehr in die Augen sehen zu müssen.

Und gerade, als es ihm schließlich zu dumm werden wollte, fragte Monterny: „Haben Sie mich schon jemals gesehen?"

Verblüfft antwortete der Junge: „Nein. Ich war zwei Wochen lang bei Freunden in . . ."

„Idaho Falls“, unterbrach ihn Monterny. „Stimmt das?“

Der Junge war nicht sonderlich überrascht. „Genau. Woher wissen Sie das? Haben Sie meine Eltern gefragt?“

Monterny schüttelte den Kopf. „Nein, ich habe deine Eltern nie gesehen. Du heißt Freddy McMurray, und deine Freunde nennen dich ‚Tiger‘, weil du am liebsten Jacken mit Tigermuster trägst. Du hast in Idaho Falls Freunde, weil du mit deinen Eltern bis vor ein paar Jahren – bis Mai 1973, um genau zu sein –, in Idaho Falls gewohnt hast. Dein Vater ist Reaktorentechniker, der bei dem Unfall von 1960 dabei war und vorzeitig in Pension ging, weil er verletzt wurde. Du selbst bist fast ein Jahr nach dem Unfall geboren, und zwar am 14. Juni 1961. Du hast gerade vor ein paar Tagen in Idaho Falls zwei Mädchen kennengelernt: Sue und Dorothy. Du bist dir nicht darüber im klaren, welche von beiden dir am besten gefällt. Stimmt das alles?“

McMurray war aufgesprungen. Nach den ersten Worten hatte er vorgehabt, gegen die vertrauliche Anrede zu protestieren, aber dann hatten ihm die Eröffnungen den Atem verschlagen. Das meiste, was Monterny gesagt hatte, war einfach herauszufinden. Dazu bedurfte es keinerlei hellseherischer Gaben. Aber daß er es in Idaho Fall mit zwei Mädchen zu tun gehabt hatte, das wußte niemand außer ihm.

„Woher – woher ...“, stammelte Freddy.

Monterny winkte ab. „Ich weiß ebensoviel über dich wie du selbst. Vor allen Dingen weiß ich, daß du ein ganz besonderes Talent besitzt, eines, von dem du noch mit niemandem gesprochen hast.“

Freddy war blaß geworden und wieder in den Sessel gesunken. Seine Augen funkelten gefährlich, als er Monterny fragte: „Und was soll das alles?“

Monterny kümmerte sich nicht um die Frage. „Du brauchtest nur die Augen zu schließen und zu wünschen, du wärest wieder in Idaho Falls – und schon wärst du dort, nicht wahr? Man nennt das Teleportation, und du bist ein großartiger Teleporter. Welches ist die größte Entfernung, die du bisher bewältigt hast?“

„Zweihundert ...“, antwortete Freddy voreilig, unterbrach sich dann aber sofort.

„Meilen.“ Monterny nickte befriedigt. „Das ist gut für den Anfang, es wird sich noch ausbauen lassen.“

Er stand auf und fuhr fort, während er mit ruhigen Schritten durch das Zimmer spazierte: „Du träumst, seit du deine Begabung erkannt hast, davon, eines Tages ein großer Mann zu sein. Ich will dir die Chance dazu geben. Du wirst für mich arbeiten – im Anfang für tausend Dollar pro Monat und Spesen in jeder beliebigen Höhe."

Er wandte sich um und sah Freddy an.

„Es stimmt", gab dieser mit überraschend sicherer Stimme zu. „Ich habe seit ein paar Jahren davon geträumt, eines Tages ein großer Mann zu sein. Aber ich habe ebenso davon geträumt, mein Ziel auf sauberem Weg zu erreichen. Was Sie mir da anbieten, scheint nicht gerade sauber zu sein, sonst wären Sie offen zu meinen Eltern gekommen. Ich brauche Ihre tausend Dollar und Ihre Spesen nicht, und das liegt daran, daß ich Sie nicht mag."

Er wandte sich um und marschierte zur Tür hinaus. Monterny hielt ihn nicht zurück. Ein paar Augenblicke lang starrte er mit haßerfüllten Augen auf die Tür, die sich hinter Freddy McMurray längst wieder geschlossen hatte.

Dann schloß er die Augen und konzentrierte sich auf irgend etwas.

Freddy hatte inzwischen das Hotel verlassen. Ein Wust von Gedanken tobte in seinem Schädel, so daß er keinen davon festhalten konnte. Er kletterte in seinen Wagen, wendete ihn vorschriftswidrig mitten auf der Straße und wollte zum Haus seiner Eltern fahren.

In diesem Augenblick warf sich eine fremde Gewalt wie ein Hammerschlag auf sein Bewußtsein. Das Getümmel der Gedanken war plötzlich fortgeblasen, und Freddy hatte nur noch einen Wunsch: zu dem Fremden zurückzugehen.

Rückwärts fuhr er sein Auto wieder vor das Hotel, stieg aus und ging an dem verwunderten Mister Wolfrey vorbei die Treppe hinauf.

Monternys Tür stand offen. Freddy trat ein, ohne anzuklopfen.

Monterny lächelte ihn an.

„Brav, mein Junge", sagte er.

Für eine Weile studierte er Freddy sorgfältig. Der Junge hatte die starren, glasigen Augen, die Monterny bei jedem zu sehen erwartete, den er unter seinen geistigen Zwang genommen hatte.

„Du wirst jetzt zu deinen Eltern zurückkehren", befahl Monterny, „und sagen, daß ich dich deshalb mit ins Hotel genommen habe, weil ich dich mit jemandem verwechselte. In den nächsten zwanzig Tagen wirst du so leben, wie du bisher gelebt hast. Aber du wirst keinen einzigen Teleportationssprung unternehmen und wie bisher keinem einzigen Menschen davon erzählen, daß du die Teleportation beherrschst. In zwanzig Tagen aber – merk dir das Datum: 7. August, nachmittags, fünf Uhr – wirst du durch Teleportation in Salt Lake City sein. Kennst du den großen Mormonen-Tempel?"

Freddy nickte.

„Gut. Ich werde vor dem Hauptportal stehen und dich erwarten. Und vergiß nicht: Du kannst durch mich ein großer Mann werden, aber ich werde immer über dir stehen."

Am zwanzigsten Tag, wie verabredet, verschwand Freddy McMurray aus Gardiner und wurde niemals mehr gesehen. Kein Mensch brachte sein Verschwinden mit dem Fremden in Verbindung, der zwanzig Tage zuvor Gardiner verlassen hatte.

Die Polizei suchte nach Freddy und fand ihn nicht. Als die Suche endlich aufgegeben wurde, starb Freddys durch seinen Unfall ohnehin geschwächter Vater – aus Gram, wie die Leute sagten.

Clifford Monterny aber fuhr fort, Leute mit besonderen Gaben um sich zu versammeln. Er holte sie überall dort, wo in den vergangenen dreißig Jahren verstärkte radioaktive Strahlung aufgetreten war, weil er wußte, daß Radioaktivität die menschlichen Erbmerkmale nicht nur in negativem Sinn veränderte.

Er tat nichts anderes als das, was Perry Rhodan ein paar Jahre zuvor schon getan hatte: Er stellte ein Mutantenkorps zusammen. Der einzige und wesentliche Unterschied zu Perry Rhodan bestand darin, daß Monterny die Leute nicht fragte, ob sie für ihn arbeiten wollten. In einem Zusammensein, das nicht länger als ein paar Augenblicke zu dauern brauchte, nahm er ihr Gehirnmuster in sich auf, und nachdem er das getan hatte, war er in der Lage, die Gedanken seines Gegenübers auch dann zu erkennen, wenn dieses ein paar tausend Kilometer von ihm entfernt war, und es über die gleiche Entfernung vollkommen unter seine Gewalt zu bringen.

Denn Monterny war Mutant – der energiereichste Telepath und

Hypno in einer Person. In dieser Beziehung stellte er eine absolute Ausnahme dar.

Die von ihm beherrschten Menschen nannten ihn den „Overhead“. Die meisten kannten ihn nicht selbst. Er wußte, daß er ein gefährliches Geschäft betrieb und daß es nur eines kleinen Fehlers bedurfte, um ihn zu Fall zu bringen.

Es genügte ihm zu wissen, daß seine Helfer, einmal in seinen Dienst getreten, ihm nicht mehr entrinnen konnten. Wo auch immer sie waren, er hatte sie fest in der Gewalt.

Freddy McMurray war sein erstes Opfer gewesen. Fünf Jahre später, im Juli 1981, hatte Monterny so viele leistungsfähige Mutanten, wie er brauchte, um zum ersten Schlag auszuholen.

Zum ersten Schlag gegen den Mann, der allein dadurch, daß er erfolgreich gewesen war, Monternys Haß auf sich gezogen hatte.

Zum Schlag gegen Perry Rhodan.

2.

Perry Rhodan hatte eine Reihe von Tagen mit harter Arbeit hinter sich.

Er und Crest sammelten alles Material, in dem nach ihrer Ansicht ein Hinweis auf den Unbekannten versteckt sein konnte, übertrugen es in stundenlanger Arbeit in den komplizierten arkonidischen Maschinenkode und übergaben es der Positronik zur Auswertung.

Das Ergebnis war mager.

Die Positronik behauptete, hinter den Anschlägen stehe eine Wirtschaftsmacht, die mit wirtschaftlichen Mitteln versuchte, die Dritte Macht zu unterhöhlen und zu Fall zu bringen.

Als Ziel der fremden Macht gab die Positronik ganz einfach „Weltherrschaft" an.

„Das bringt uns kein Stück weiter", sagte Rhodan seufzend.

In den vergangenen Tagen war die Lage ernster geworden. Eine Reihe von Wissenschaftlern, die die Raumakademie von Terrania besuchten, war über Nacht verschwunden. Irgend jemand hatte eine Serie winziger Triebwerkseinheiten gestohlen und war damit entkommen.

Der Unbekannte war äußerst aktiv. Die einzigen, die ihm Schach bieten konnten, waren, da er offenbar mit Mutanten arbeitete, die Mutanten der Dritten Macht.

Aber auch Mutanten konnten nicht überall zugleich sein. Sie an die richtige Stelle zu postieren, war jedoch eine Aufgabe, die nur der bewältigen konnte, der die Pläne des Unbekannten im voraus erriet.

Und das gelang weder Perry Rhodan noch Crest, noch der Positronik.

Über geheime Kanäle ließ Rhodan die nötigen Informationen an die Terranische Abwehr-Föderation fließen – jenen gewaltigen panirdischen Geheimdienstapparat unter Leitung des Halbmutanten Allan D. Mercant, der in den ersten Monaten der Dritten Macht eine so wichtige und positive Rolle gespielt hatte.

Mercant setzte seinen umfangreichen Informationsmechanismus in Bewegung und übermittelte Rhodan schon einen Tag nach der Benachrichtigung den ersten Hinweis.

Eine Maschinenfabrik in Kalifornien hatte angefangen, mit einem Minimum an Reklame robotgesteuerte Landwirtschaftsmaschinen auf den Markt zu bringen.

Perry Rhodan hielt den Hinweis für wichtig genug, um sich seiner selbst anzunehmen. Wenige Stunden, nachdem er die Nachricht von Mercant erhalten hatte, befand er sich auf dem Weg nach den USA.

Er beging nicht den Fehler, auf dem kürzesten Weg ins Empfangsbüro der Maschinenfabrik zu marschieren, sondern mietete sich in einem mittleren Hotel ein und ließ zunächst einen Tag verstreichen, bevor er mit Mercants beiden Agenten Verbindung aufnahm.

Die Stadt hieß Sacramento. Gleichzeitig mit der Nachricht für Rhodan hatte Mercant zwei seiner fähigsten Mitarbeiter auf den Weg gebracht: Captain Farina und Leutnant Richman.

Rhodan traf Farina in einer Cafeteria, während Richman durch die Stadt streifte und die Augen offenhielt.

Farina war ein kleiner, zur Fülle neigender Mann, dem man die italienische Abstammung von weitem ansah. Er begrüßte Rhodan ohne übermäßigen Respekt, dafür aber in offenbar um so besserer Laune.

„Großartig gemacht“, stellte er fest, nachdem sie sich vergewissert hatten, daß ihr Gespräch von niemandem abgehört werden konnte. „Kein Mensch hat eine Ahnung davon, daß Sie in Sacramento sind.“

Rhodan lächelte.

Er hatte sich nicht ohne Sicherheitsvorkehrungen auf den Weg gemacht. Die Kunst zweier vorzüglicher Maskenbildner hatte sein Gesicht so verändert, daß es eines scharfen Blickes und langer Bekanntschaft bedurft hätte, um Rhodan zu erkennen. Aus Gründen der Sicherheit und Bequemlichkeit war allerdings auf Utensilien wie falscher Bart oder Perücke verzichtet worden. Rhodan wußte, daß gerade deshalb eine Chance bestand, daß jemand ihn erkannte.

Farina hatte ihn gefunden, weil sie erstens in diesem Lokal miteinander verabredet waren und weil zweitens Rhodan als Erkennungszeichen eine Narbe auf der linken Stirnhälfte trug.

„Was gibt es Neues?“ fragte Rhodan.

„Nichts“, antwortete Farina verdrossen. „Raleigh gebärdet sich wie ein grundsolider Geschäftsmann . . .“

„Raleigh?“

„Ja, der Chef von Farming Tools and Machines. Er verkauft seine automatischen Pflüge ganz offen und ziemlich billig. In den paar Tagen, seit er mit dem Verkauf begonnen hat, hat sich seine Kundschaft verdrei- oder vervierfacht. Die Kunden loben ihn über den grünen Klee.“

„Sie haben sich die Sache von innen angesehen?“

Farina nickte. „Natürlich, aber nichts gefunden. Wir haben keine Ahnung, wo Raleigh seine Konstruktionszeichnungen aufbewahrt. Wenn er überhaupt . . .“

Farina machte eine nachdenkliche Pause.

„Wenn er überhaupt . . .“, half Rhodan nach.

„. . . Konstruktionszeichnungen bei sich im Haus hat, meine ich“, fuhr Farina fort. „Richman hat herausgefunden, daß Raleigh – vielmehr seine Firma – in den letzten zwei Tagen vor Verkaufsbeginn eine Menge Bahnfracht bekommen hat.“

„Woher?“

„Aus Salt Lake City.“

„Spur verfolgt?“

Farina schüttelte den Kopf. „Nein, noch keine Zeit gehabt.“

Rhodan dachte nach. Es war von vornherein ein Rätsel gewesen, wie – vorausgesetzt, daß zwischen den robotgesteuerten Pflügen und den Diebstählen in Terrania überhaupt ein Zusammenhang bestand – eine einfache Maschinenfabrik, die auf besondere Aufgaben ohne Zweifel nicht eingerichtet war, nach so erstaunlich kurzer Zeit schon verkaufsreife Produkte auf den Markt werfen konnte.

„Kennen Sie Raleigh persönlich?“ fragte Rhodan.

„Nein, aber ich habe ihn ein paarmal aus der Nähe gesehen. Macht auf den ersten Blick einen angenehmen Eindruck.“

„Und auf den zweiten?“

Farina verzog den Mund. „Nicht mehr. Der glatte Typ: freundlich, aber hinterhältig.“

Rhodan hatte seinen Plan fertig.

„Sie werden ihn noch heute nachmittag besuchen und als interessierter Käufer auftreten“, schlug er Farina vor. „Wir werden uns etwas ausdenken, damit wir möglichst viel über seine Art zu verhandeln und zu reagieren erfahren. Den zweiten Teil der Aufgabe übernehme ich, sobald wir Bescheid wissen.“

„Einverstanden“, antwortete Farina. „Und was ist mit Richman?“

„Er soll den Lieferanten in Salt Lake City ausfindig machen.“

Etwa um dieselbe Zeit passierte einem Mann, der ein bißchen beschränkt und infolge seines verwachsenen Rückens gleichzeitig ein wenig armselig aussah, in der großen Stadt New York folgendes:

Er nahm sein Mittagessen in einem Schnellimbiß ein. Er besorgte sich eine Platte mit einem großen, aber dünnen Steak, grünen Bohnen und gebratenen Kartoffeln und setzte sich an einen Tisch, dessen sämtliche Stühle frei waren. Etwa fünf Minuten später, als er gerade festgestellt hatte, daß das Steak in keiner Weise seinen Erwartungen entsprach, setzte sich ein zweiter Mann – jung, hochgewachsen, kräftig und gutaussehend – ebenfalls an den Tisch.

„Pech gehabt um die Ecke?“ fragte er nach einer Weile.

In diesem Lokal war „um die Ecke“ ein stereotyper Ausdruck, der die Wall Street bezeichnete.

Der junge Mann sah finster von seinem Teller auf und studierte sein Gegenüber.

„Was geht's Sie an?“ antwortete er grob.

Aber der andere war nicht abzuweisen und sagte sanft: „Ich habe einen Blick für so etwas. Und ich könnte Ihnen vielleicht helfen.“

„Sie?“

Eine beleidigende Menge an Geringschätzung lag in diesem einen Wort.

Aber der Beleidigte nickte nur. „Ja, ich.“

Und das war keine Übertreibung, denn der Mann mit dem Buckel, dem unbedeutenden Aussehen und dem schütteren Kranz von Haaren aus verwaschenem, zum Teil ergrautem Blond, war Homer G. Adams – Chef der General Cosmic Company, des größten Industriekonzerns der Erde, und gleichzeitig Minister für Wirtschaft und Finanzen der Dritten Macht.

„Ich kenne ein paar von den Tricks", fuhr Adams fort und spielte dabei mit einer Schachtel Streichhölzer, „mit denen man Grünschnäbel um ihr Geld bringt. Deshalb kenne ich auch die Tricks, wie man den Leuten wieder zu ihrem Geld verhelfen kann."

Der junge Mann stocherte ein wenig verlegen in seinem Teller herum.

„Haben Sie von der Geschichte mit Airlines United gehört?" fragte er.

Adams fuhr auf. „Mein Gott – haben Sie vielleicht Airlines United gekauft?"

Der junge Mann nickte. „Vor vier Tagen."

Adams hielt es nicht für nötig, den jungen Mann über die Sache näher aufzuklären, sondern fragte nur: „Wieviel haben Sie verloren?"

„Alles", knurrte der junge Mann.

Adams lächelte. „Wieviel ist das?"

„Etwas mehr als zwölftausend Dollar."

Adams nickte vor sich hin. „Ein schöner Batzen Geld für einen Mann in Ihrem Alter. Wie heißen Sie übrigens?"

„Ich . . .? Elmer Bradley, von Beruf technischer Zeichner. Das Geld stammt aus einer Erbschaft."

Er sah Adams an, als erwarte er, daß auch der kleine bucklige Mann sich vorstelle.

„Ich heiße Adams", sagte Adams leichthin.

Adams gab es mehr als eine Million in den Vereinigten Staaten. Es war nicht zu erwarten, daß ihn jemand nur auf den Namen hin mit der General Cosmic in Zusammenhang brachte.

„Und was für Tips können Sie mir geben?" fragte Bradley.

„Gar keinen", antwortete Adams resolut. „Ich bin bereit, Ihnen ebensoviel Geld zu leihen, wie Sie gerade verloren haben, damit Sie es noch einmal versuchen können."

Seltsamerweise schien Bradley von dem Anerbieten nicht besonders beeindruckt zu sein.

Wahrscheinlich hält er mich jetzt für einen närrischen, alten Angeber, dachte Adams amüsiert.

Bradley fragte: „Jetzt gleich?“

Adams schüttelte den Kopf. „Kommen Sie zu mir ins Büro, wenn Sie Zeit haben. Dort können Sie das Geld haben, und wir werden zusammen die Börsenverhältnisse ein wenig studieren, damit Sie wissen, wo Sie kaufen müssen.“

Er zog einen Taschenkalender hervor, riß ein Blatt heraus und schrieb ein paar Zeilen darauf. Dann schob er es Bradley hin.

„General Cosmic?“ fragte Bradley. „Sind Sie am Ende . . .?“

Adams winkte lächelnd ab. „Keine Spur. Wir haben insgesamt zehn Adams, und keiner von ihnen ist mit dem Chef verwandt. Werden Sie kommen?“

Bradley grinste. „Sie können sich darauf verlassen.“

Farina machte ein ziemlich mißmutiges Gesicht.

„Nichts“, sagte er mit einer verächtlichen Handbewegung. „Sie haben keine automatischen Zehn-Schar-Pflüge, die Steigungen bis zu dreißig Prozent bewältigen können. Es hätte nicht viel gefehlt, und sie hätten mich deswegen ausgelacht.“

Rhodan lachte ebenfalls. „Das war die Idee. Haben Sie mit Raleigh gesprochen?“

Farina nickte. „Etwa zwanzig Minuten.“

„Und?“

Farina hob die Schultern. „Ich würde sagen: Ihre Idee muß nicht unbedingt wirksam sein.“

Das schien Rhodan wenig auszumachen.

„Für alle Fälle haben wir noch ein anderes Mittel“, antwortete er.

Und Farina meinte: „Das werden Sie auch brauchen.“

Um sieben Uhr abends rief Perry Rhodan bei Farming Tools and Machines an.

Raleigh war über die Störung nicht besonders erfreut.

„Ich kann mir vorstellen“, sagte Rhodan, „daß mein Anruf Ihnen keinen Spaß macht, aber deswegen muß ich trotzdem sofort mit Ihnen reden.“

„Das kann jeder sagen", protestierte Raleigh. „Wer sind Sie eigentlich?"

„Ein Mann, der Ihnen sehr viele Schwierigkeiten machen kann, wenn Sie sich nicht mit ihm einigen", antwortete Rhodan ominös.

Es wunderte ihn, daß Raleigh nicht schon längst wieder aufgelegt hatte. Hinderte ihn ein schlechtes Gewissen daran?

„Mir kann *keiner* Schwierigkeiten machen", behauptete Raleigh.

„Dann müssen Sie erst einmal *mich* anhören", konterte Rhodan.

Raleigh schien nachzudenken.

„Na gut", sagte er nach einer Weile, „kommen Sie also heraus."

„Wohin?" fragte Rhodan.

„2035, Parkway Drive – meine Privatwohnung."

Rhodan hatte sich auf dieses Unternehmen sorgfältig vorbereitet. Er rechnete nicht damit, daß Raleigh ihn erkennen würde. Er war mit einem handlichen Impulsstrahler und einer Psychowaffe ausgerüstet, andere Waffen besaß er nicht. Selbst auf den arkonidischen Kampfanzug, der ihn gegen Geschosse jeder Art geschützt hätte, hatte er verzichten müssen, weil er von dem seltsamen Kleidungsstück gleich im ersten Augenblick verraten worden wäre.

Vorerst hoffte er noch, den Psychostrahler nicht gebrauchen zu müssen. Raleigh war sicherlich nicht mehr als ein relativ unwichtiges Glied in der Kette der Verschwörung gegen die Dritte Macht. Für die Untersuchungen war es nützlich, wenn der unbekannte Gegner solange wie möglich im unklaren blieb, ob der Gegenschlag schon begonnen hatte oder nicht.

Er nahm also den Wagen, den er sich für die Dauer seines Aufenthalts in Sacramento gemietet hatte, und fuhr zum Parkway Drive hinaus. Raleigh bewohnte ein in altmodischem Stil gehaltenes großes und ohne Zweifel teures Landhaus. Es lag so weit von der Straße ab, daß Raleigh sich einen eigenen Weg bis zur Auffahrt hatte anlegen müssen.

Als Rhodan ankam, war es zwanzig Uhr vierzig. Die Nacht hatte nichts anderes an Beleuchtung aufzuweisen als mattes Sternenlicht, und so sehr Rhodan sich auch umschaute, er konnte Captain Farina nicht entdecken, der laut Verabredung irgendwo in der Nähe sein mußte.

Er betätigte die Klingel, die im Türpfosten eingelassen war, und wartete, bis man ihm öffnete.

Nach Farinas Beschreibung war Raleigh selbst der Mann, der seinen Besucher einließ.

„Ich bin Wilder", stellte Rhodan sich vor. „Nett, daß Sie mich noch empfangen."

Er streckte Raleigh die Hand entgegen, aber Raleigh übersah sie und machte ein eisiges Gesicht dazu.

Rhodan wurde in einen kleinen Raum geführt, der Raleighs Arbeitszimmer zu sein schien. Raleigh deutete auf einen Sessel. Rhodan nahm Platz.

„Nun?" fragte Raleigh.

Rhodan lehnte sich bequem nach hinten und schlug die Beine übereinander.

„Sie haben meine Erfindung gestohlen", sagte er wie beiläufig und mit einer Stimme, der jede Dramatik fehlte.

Raleigh hatte sich hinter seinen Schreibtisch gesetzt. Jetzt fuhr er halb in die Höhe und beugte sich weit über die Tischplatte. Er sah so aus, als habe er einen gewaltigen Schreck bekommen.

„Ihre Erfindung?" sagte er keuchend. „Sagen Sie das noch einmal."

Rhodan machte eine zustimmende Handbewegung. „Ich sagte: Sie haben meine Erfindung gestohlen."

Raleigh ließ sich wieder in den Stuhl sinken.

„Welche Erfindung?" wollte er wissen.

Er war sehr schnell wieder ruhig geworden. Zu schnell, fand Rhodan.

„Das wissen Sie genausogut wie ich", antwortete er. „Sie produzieren seit fünfzehn Jahren Eggen, Pflüge und ein paar kleinere Maschinen – alles Dinge, die die Menschheit schon vor ein paar tausend Jahren erfunden hat. Erst in den letzten Tagen haben Sie zum erstenmal in der Geschichte Ihres Betriebs eine wirkliche Neuerung herausgebracht – und die haben Sie mir gestohlen."

Raleigh verzog keine Miene.

„Können Sie das beweisen?" fragte er.

„Natürlich, möchten Sie, daß ich es tue – vor Gericht?"

Raleigh nickte.

„Ich bestehe sogar darauf“, antwortete er mit sicherer Stimme.

In diesem Augenblick wußte Rhodan, daß ihm sein Bluff nichts einbringen würde. Raleigh wußte zu genau, woher die Robotsteuerung für seine Pflüge kam, um auf einen solchen Trick hereinzufallen.

„Sie werden es bereuen“, versuchte Rhodan es noch einmal.

Raleigh stand auf.

„*Ich* nicht“, sagte er steif, „aber *Sie.*“

Rhodan erhob sich ebenfalls. Mit einer unauffälligen Handbewegung brachte er den kleinen Psychostrahler aus der Tasche und richtete ihn auf Raleigh.

Raleigh sah es sofort und verzog das Gesicht zu einem häßlichen Grinsen. Er hatte keine Angst.

„Sie werden mir jetzt sagen, wer Ihre Hintermänner sind“, forderte Rhodan. Er preßte den Abzug der Psychowaffe nieder und wartete darauf, daß der Befehl, in hypnotische Impulse übertragen, Raleigh zum Sprechen bringe.

Aber Raleigh grinste immer noch.

Rhodan spürte, daß nicht alles so verlief, wie er es vorausberechnet hatte. Warum unterlag Raleigh dem Einfluß des Psychostrahlers so langsam? Oder . . .

„Ich dachte mir etwas Ähnliches“, stellte Raleigh zynisch fest. „Was ist das für ein Ding, das Sie da in der Hand haben? Ein Hypnotisator?“ Er lachte überheblich. „Diesmal sind Sie an den Falschen gekommen. Sie – Sie – rhodanitischer Weltverbesserer.“

Rhodan spürte den blanken Haß aus diesen Worten, und er spürte ebenso, daß Raleigh ihn nicht selbst erkannt hatte, vorläufig wußte er nur, woher er kam.

Rhodanitischer Weltverbesserer. Der Ausdruck wäre zum Schmunzeln gewesen, aber in diesem Augenblick gab es nichts mehr zum Schmunzeln.

Raleighs Arbeitszimmer hatte zwei Türen, und sie öffneten sich beide gleichzeitig. Die Männer, die mit vorgehaltenen Automatik-Pistolen in den dunklen Öffnungen erschienen – je zwei auf beiden Seiten –, ließen keinen Zweifel über ihre Absichten zu.

„Nehmt ihn fest!“ befahl Raleigh.

Rhodan gab sich noch nicht geschlagen. Er wußte, daß er keine Zeit mehr hatte, nach dem Impulsstrahler zu greifen, aber vorläufig erschien es ihm noch unglaublich, daß außer Raleigh auch dessen Helfershelfer gegen hypnotische Beeinflussung unempfindlich sein sollten.

Er drehte sich also leicht zur Seite, bis der Wirkungskegel des Psychostrahlers die eine der beiden Türen umfaßte und befahl: „Ihr werdet mich in Ruhe lassen! Nehmt die Waffen herunter!"

Die Männer taten nichts dergleichen. Nebeneinander kamen sie in das Zimmer hereinmarschiert, und Rhodan hörte, daß auch die beiden anderen an der Tür hinter ihm sich in Bewegung gesetzt hatten.

Nur eine Zehntelsekunde lang hemmte die Überraschung, daß sein sonst so wirkungsvoller Psychostrahler bei dieser Aktion nicht mehr wert war als das Metall, aus dem er bestand, sein Denkvermögen. Blitzschnell war er sich darüber im klaren, daß es jetzt vor allen Dingen Zeit zu gewinnen galt. Zeit, damit Captain Farina in die Entwicklung eingreifen konnte.

„Halt!" rief Rhodan den Männern entgegen. „Noch einen Schritt weiter – und ich mache aus euch ein Häufchen Asche!"

Er hob den Psychostrahler einen Zoll höher und krümmte ostentativ den Finger. Die Männer blieben stehen, und Rhodan erkannte seine Chance. Er mußte reden.

„Ihr denkt jetzt", begann er mit spöttischem Grinsen, „ihr braucht nur auf eure Abzüge zu drücken, und schon ist es zu Ende mit mir, wie? Vergeßt nicht, daß ich, selbst wenn ihr mich gleich richtig trefft, noch lange genug zu leben habe, um euch mit auf die Reise zu nehmen."

Es war ein närrisches, kindisches Geschwätz, aber es brachte Zeit ein und machte die vier Leibwächter unsicher. Einer von ihnen sah zu Raleigh hinüber.

Raleigh wußte nicht, woran er war.

„Er blufft", brummte er. „Das Ding ist eine Hypnowaffe, man kann damit nicht schießen."

Aber so ganz sicher war er seiner Sache selber nicht, und seine Männer merkten es.

Sie blieben stehen und starrten Rhodan an.

„Nun?“ fragte Rhodan. „Wollt ihr probieren? Es ist ein schneller und schmerzloser Tod, das verspreche ich euch.“

Einer der vier Männer warf plötzlich den Kopf in den Nacken und schrie: „Ach was! Er blufft doch nur . . .“

Rhodan sah, wie sein Finger sich um den Abzug krümmte, und dachte mit Bedauern daran, daß Farina nun in jedem Fall zu spät kommen würde.

„Ein vorzüglicher Tip, Mister Adams!“ jubelte Bradley. „Hanson & Sons ist seit gestern um zwölf Punkte gestiegen.“

Adams fühlte sich von dem überschwenglichen Ausbruch nur wenig beeindruckt. Er lächelte ein wenig spöttisch und sagte: „Haben Sie nur Geduld. Sie werden noch weiter steigen. Wenigstens noch um dreißig Punkte, schätze ich.“

Bradley setzte sich vor die andere Seite des Schreibtisches. In den vergangenen drei Tagen war er wenigstens zweimal am Tag bei Adams gewesen. Adams empfing ihn in einem kleinen Büroraum, der durch nichts verriet, wer Adams in Wirklichkeit war.

Er hatte sich schon ein paarmal gefragt, was ihn dazu veranlaßt habe, an Elmer Bradley einen solchen Narren zu fressen. Aber er fand keine Antwort darauf. Der junge Mann gefiel ihm einfach.

Er gefiel ihm so sehr, daß er ihm am ersten Tag ihrer Bekanntschaft dreißigtausend Dollar geliehen hatte, damit er seinen Schaden wieder wettmachen konnte. Bradley hatte sich des Vertrauens als würdig erwiesen und Adams die erworbenen Aktien vorgezeigt. Adams selbst hatte ihm den Hanson-Sons-Tip gegeben und damit eine gute Nase gehabt. Insgesamt waren seit vorgestern Hanson & Sons um einundzwanzig Punkte gestiegen – das heißt: Bradley hatte an den eingezahlten dreißigtausend bereits gut verdient.

„Ich habe etwas für Sie“, sagte Bradley plötzlich und machte dazu ein Gesicht, als habe er Weihnachtsgeschenke eingekauft.

Adams zog die Brauen in die Höhe. „So? Zeigen Sie her!“

Bradley zog ein mehrmals zusammengefaltetes, zeitungsähnliches Gebilde aus der Tasche, das sich bei näherer Betrachtung als privater Börsenprospekt erwies.

Adams studierte ihn sorgfältig, und je länger er las, desto aufgeregter wurde er.

„Das hat die Welt noch nicht gesehen", stieß er schließlich hervor. „Der Mann muß ein Narr sein."

Bradley machte ein etwas verlegenes Gesicht.

„Ich dachte, daß es Sie interessieren würde", sagte er. „Aber ich verstehe nicht allzuviel davon. Wollen Sie's mir erklären?"

Adams nickte eifrig und begann: „Jemand – ein Peruaner – gibt vor, eine sehr ergiebige Goldmine gefunden zu haben. Das abbauwürdige Vorkommen wird auf mehr als zehn Millionen Tonnen geschätzt. Gutachten liegen vor. Der Mann hat mit all dem Geld, das ihm zur Verfügung stand, den nötigen Boden erworben und will nun eine Aktiengesellschaft zur Ausbeutung der Mine gründen. Die peruanischen Finanzgesetze sind ziemlich lasch. Er hat also seine Idee ausgeschrieben, und da er selbst sich bisher noch keine Kompagnons gesucht hat, beziffert er den Grundbesitz mitsamt der Goldgrube auf dreißig Prozent des Stammkapitals der zu gründenden Gesellschaft und überläßt es jedem, der Lust hat, sich mit den übrigen siebzig Prozent und damit der unantastbaren Majorität einzukaufen."

Adams' sonst so ausdruckslose Augen hatten zu glänzen begonnen. Er kümmerte sich nicht darum, ob Bradley die Erklärung verstanden hatte. Er kam hinter seinem Schreibtisch hervor und humpelte zur Tür hinaus. Bradley wartete länger als eine Stunde auf ihn. Erst dann begann er zu glauben, daß er ihn an diesem Tag nicht mehr zu sehen bekommen werde, und verließ das Büro.

Adams jedoch entwickelte inzwischen hektische Tätigkeit. Von seinem eigentlichen Büro aus gab er Anweisungen an die Banken der General Cosmic, den für den Ankauf der peruanischen Aktien nötigen Betrag zur Verfügung zu stellen. Der Betrag machte nach oberflächlicher Schätzung etwa anderthalb Milliarden Dollar aus, und ebenso oberflächlich errechnete Adams, daß die General Cosmic an der Goldmine wenigstens sechs Milliarden verdienen würde.

Eine halbe Stunde, nachdem er den Prospekt gelesen hatte, führte Adams ein ausgedehntes Telefongespräch mit Senor Ramirez in Callao, dem Besitzer des zukünftigen Minengrundstücks. Ramirez war über alle Maßen erfreut, daß sich so schnell ein Partner gefunden habe, und versprach, die geologischen Gutachten noch am selben Tag nach New York abzusenden.

Am Abend dieses Tages tätigte die General Cosmic Company – GCC genannt – den größten Einzelkauf, den es je in der Geschichte der Finanzwissenschaft gegeben hatte. Homer G. Adams erwarb für 1 451 788 000,– Dollar Aktien der neugegründeten Peruvian Gold.

Das waren insgesamt 71 Prozent des gesamten Aktienkapitals.

In dieser Nacht konnte selbst der sonst so kühle Homer G. Adams vor Aufregung kaum schlafen.

„Halt!" schrie Raleigh, offenbar in höchster Aufregung. „Nicht schießen! Wir brauchen ihn lebend!" erläuterte er. „Ihr seht, daß er mit seiner Waffe nur geblufft hat. Nehmt ihn also fest."

Rhodan hatte vergebens auf einen Augenblick gewartet, in dem die Aufmerksamkeit der vier Wächter so weit nachließ, daß er ohne Risiko nach dem Thermostrahler greifen konnte. Mindestens drei der Männer behielten ihn in jedem Moment im Auge.

Trotzdem brachte Raleighs Eingriff die Rettung.

Es ging gänzlich undramatisch vor sich. In einer der beiden Türen, die Raleighs Leute offengelassen hatten, erschien Captain Farinas massige, schwarzhaarige Gestalt.

Er trug eine Maschinenpistole neuester Fertigung.

Rhodan sah ihn als erster. Eine Sekunde später entdeckten ihn die beiden Männer, die seitwärts hinter ihm standen.

„Keine Aufregung", sagte Farina ruhig. „Ich denke, ihr seid hierhergekommen, weil ihr auf billige Weise einen Gefangenen machen wolltet. Das hat sich jetzt geändert."

Er ließ die Worte wirken. Dann befahl er mit scharfer Stimme: „Laßt sie fallen!"

Die Pistolen lösten sich zögernd aus den Händen der Männer. Polternd fielen sie nacheinander auf den Boden.

Rhodan ließ den Psychostrahler wieder in der Tasche verschwinden und brachte statt dessen die Impulswaffe zum Vorschein.

Etwas spöttisch sagte er: „*Das* ist das Ding, von dem ich euch vorhin erzählt habe."

Farina fesselte die Leute, während Rhodan sie in Schach hielt. Keiner von ihnen machte einen Versuch zu entkommen.

Raleigh und seine Leibgarde wurden in Rhodans Wagen verladen.

Farina war mit seinem eigenen Fahrzeug gekommen. Er fuhr dicht hinter Rhodans Wagen her. Rhodan steuerte in die Berge der Sierra Nevada hinauf und gab während der Fahrt einen Funkspruch nach Terrania ab.

Etwa um Mitternacht erreichten die beiden Fahrzeuge den in einsamer Gegend gelegenen Tahoe-See. Sie wurden von einer Transportmaschine der Dritten Macht erwartet. Rhodan übergab die Gefangenen und schrieb eine Anweisung für Reginald Bull, daß ihm die Ergebnisse der Verhöre auf dem schnellsten Weg zu übermitteln seien.

Um null Uhr fünfzehn hob die wuchtige Maschine vom Ufer des Sees ab und verschwand im Nachthimmel.

Am nächsten Morgen lagen die ersten Nachrichten über das Verhör vor.

Raleigh erinnerte sich an nichts. Er wußte nichts mehr von den automatischen Eggen und Pflügen, die er verkauft hatte, und ebensowenig von dem Mann, den er durch vier seiner Wächter hatte gefangennehmen lassen wollen.

Er ging dazu über, die Männer, die ihn verhörten, samt und sonders für Narren zu halten, und verlangte energisch seine sofortige Freilassung.

Crest, der das Verhör leitete, war jedoch anderer Meinung. Er wußte, daß Raleigh von dem Tag an, da er robotgesteuerte Landwirtschaftsmaschinen zu verkaufen begann, unter starkem und wahrscheinlich ununterbrochenem hypnotischen Einfluß gestanden hatte und daß dieser Einfluß verschwunden war, als offenbar wurde, daß Raleigh sein Spiel verloren hatte.

Crest wußte noch nicht, wer der Mann war, unter dessen Einfluß Raleigh gestanden hatte. Er mußte entweder ein Telepath unvorstellbarer Kapazität sein oder sich eines mechanischen Hypnosemittels bedient haben.

Crest war davon überzeugt, daß auch die Dinge, die Raleigh unter fremdem Zwang getan und erlebt hatte, immer noch in seiner Erinnerung verankert waren. Allerdings an Orten des Bewußtseins, die Raleighs bewußtem Zugriff nicht mehr zugänglich waren. Raleigh log also nicht, wenn er behauptete, von all den Dingen, die man ihm zum Vorwurf machte, nicht die geringste Ahnung zu haben.

Der Arkonide war fest davon überzeugt, daß er auch Raleighs unter- oder unbewußten Erinnerungsinhalt zum Vorschein bringen und daraus wertvolle Informationen erhalten könne. Allerdings würde diese Arbeit Tage, wenn nicht Wochen in Anspruch nehmen, und damit war Perry Rhodan für diese erste Phase des Gegenschlags nicht geholfen.

Rhodan war sich darüber im klaren, daß er diese erste Schlacht zwar heil überstanden, im Grunde genommen aber doch verloren hatte.

Mit Farina zusammen hatte er in der folgenden Nacht die Maschinenhallen der *Farming Tools and Machines* untersucht und dabei nichts gefunden, was ihm einen Hinweis auf den Mann oder die Macht im Hintergrund dieses Unternehmens lieferte.

Im Gegenteil: Er war nahezu davon überzeugt, daß diese Eggen-und-Pflüge-Geschichte nur inszeniert worden war, um einen möglichst wichtigen Mann der Dritten Macht nach Sacramento zu locken und ihn dort zu fangen. Raleigh war der Mann gewesen, der den Mechanismus der Fallenklappe betätigte. Ohne Zweifel hatte er, als Rhodan ihn unter seinem Decknamen Wilder anrief, sofort gewußt, daß das Opfer gekommen war. Rhodan war der Falle mit Mühe und Not entkommen.

Aber der Unbekannte war gewarnt, und Rhodan war es nicht gelungen, diesen Nachteil etwa dadurch wieder wettzumachen, daß er neue Informationen gefunden hätte.

Vorläufig blieb nur noch die Hoffnung, daß Leutnant Richman in Salt Lake City etwas herausgefunden hatte.

Die Tatsache, daß in Terrania selbst in den vergangenen Tagen nichts Neues vorgefallen war, wirkte kaum beruhigend. Denn sie rührte ohne allen Zweifel nicht daher, daß die Sicherheitsmaßnahmen inzwischen wirksamer geworden wären, sondern daß der große Unbekannte in der Zwischenzeit etwas anderes zu tun gehabt hatte.

Am Tag nach dem großen Kauf erschien Elmer Bradley wiederum und zahlte Adams das geliehene Geld zurück. Hanson & Sons hatte einen Riesensprung gemacht – die zweite Wall-Street-Sensation in diesen Tagen –, und Bradley hatte in diesen wenigen Tagen insgesamt fünfzehntausend Dollar zu den geliehenen dreißigtausend verdient.

Bradley bezahlte in Aktien. Seine fünfzehntausend Dollar behielt er ebenfalls in Aktien. Adams wollte ihn dazu überreden, auch die geliehenen dreißigtausend zu behalten.

„Sie haben mir zu einem solchen Geschäft verholfen", sagte er lächelnd, „daß ich Ihnen auf diese Weise gern dafür danken würde."

Aber Bradley war nicht dazu zu überreden. Er gab an, daß er mit dem frisch gewonnenen Geld nach den Anstrengungen der letzten Tage zunächst einmal Urlaub machen wolle.

Er verabschiedete sich von Homer G. Adams und ward von diesem Tag an niemals mehr gesehen – wenigstens nicht von Adams.

Von Leutnant Richman gingen drei Tage lang regelmäßig Meldungen ein. Sie waren nicht ermutigend, aber sie bewiesen wenigstens, daß Richman sich um die Angelegenheit kümmerte.

Am vierten Tag kamen keine Meldungen. Rhodan war besorgt. Im Gegensatz dazu vergrößerte sich Captain Farinas Optimismus.

„Bei Richman", stellte er fest, „bedeutet das, daß er etwas gefunden hat."

Deswegen kümmerten sie sich nicht mehr darum.

Aber am Abend dieses Tages lasen sie in den Zeitungen, daß die Polizei in Salt Lake City in einem der Lagerschuppen in der Nähe des Union-Pacific.Bahnhofs eine Leiche gefunden habe. Der Bericht enthielt eine Fotografie, zudem war die Personenbeschreibung so genau, daß es keinen Zweifel mehr daran geben konnte, daß Leutnant Richman der Tote war.

Noch am selben Abend fuhren Farina und Rhodan nach Salt Lake City. Farina war noch nie so schweigsam gewesen wie in diesen Stunden. Es war deutlich zu erkennen, daß er sich wegen seiner Leichtfertigkeit Sorgen machte.

In Salt Lake City setzten sie sich mit der Polizei in Verbindung.

Captain Farina gab sich zu erkennen, während Rhodan weiterhin Mister Wilder spielte, dessen Interesse an der Ermordung Leutnant Richmans der Polizei verborgen blieb.

Die Hinweise, die sie bekamen, waren erbärmlich genug. Zwei Streifenpolizisten hatten die Leiche gefunden. Zu diesem Zeitpunkt war Richman nach Aussagen des Polizeiarztes etwa drei Stunden tot. Spuren gab es keine. Es bestand eine gewisse Wahrscheinlichkeit dafür, daß Richman an Ort und Stelle umgebracht worden und nicht etwa erst nach seiner Ermordung dort hingeschleppt worden war.

Aber der Besitzer des Schuppens war ein makelloser Mann und konnte im Lauf weniger Minuten nachweisen, daß er weder der Mörder noch an dem Mord beteiligt war.

Farina und Rhodan verbrachten die Nacht in einem Hotel, und als der Morgen graute und die ersten Zeitungen erschienen, hatte die Welt eine neue Sensation für sie bereit. Eine Sensation, die Rhodan veranlaßte, seinen Aufenthalt in Salt Lake City sofort zu unterbrechen und nach New York zu fliegen.

Die Zeitungen wußten nur von einem einzigen Vorfall zu berichten: *General Cosmic verliert über Nacht anderthalb Milliarden.*

3.

Der Verlust war in Wirklichkeit weitaus größer.

General Cosmic war ein Konzern, der aus einer großen Reihe scheinbar unabhängiger Unternehmen bestand. Das, was sich General Cosmic Company nannte, war in Wirklichkeit nur das Verwaltungszentrum Hunderter von Teilunternehmungen.

Solche Dinge waren den Börsenleuten nicht verborgen geblieben. Obwohl Adams die Verflechtung mit äußerster Vorsicht betrieben hatte, war von etwa zwanzig der insgesamt einhundertdreiundneunzig Einzelunternehmen bekannt, daß sie zur General Cosmic gehörten.

Als nun ruchbar wurde, daß General Cosmic mit der peruanischen Goldmine im Betrag von anderthalb Milliarden Dollar hereingefallen war, fielen die Kurse der zwanzig bekannten Teilunternehmen ins Bodenlose.

Durch diese Vorgänge nervös gemacht, entledigten sich auch die Aktionäre der Unternehmen, von denen bisher noch nicht bekannt war, daß sie zur General Cosmic gehörten, auf dem schnellsten Weg ihrer Aktien und machten dadurch die GCC-Baisse um so heftiger. Glücklicherweise hielt jedoch die GCC selbst von jedem beteiligten Unternehmen mindestens neunzig Prozent des Aktienkapitals in der Hand, so daß dieser Effekt zwar spürbar, aber keineswegs gefährlich war.

Der Kurssturz wurde letztlich dadurch zum Halten gebracht, daß eine Reihe besonders schlauer Spekulanten am Nachmittag dieses Tages GCC-Aktien in rauhen Mengen zu kaufen begann. Sie hielten die ganze Sache für einen wohlgelungenen Börsentrick und glaubten, sich auf diese Weise reich zu machen.

Wie sich später herausstellte, hatten sie richtig kalkuliert. Allerdings nicht etwa deshalb, weil das Ganze nur ein Trick gewesen wäre, sondern weil die GCC auf genügend kräftigen Beinen stand, um einen solchen Verlust wieder wettzumachen.

Rhodan erreichte gegen Mittag des Katastrophen-Tages New York. Vom Flugplatz aus suchte er Homer G. Adams auf und fand einen Mann, der den Glauben an sich verloren hatte und vom Nervenzusammenbruch nicht mehr allzuweit entfernt war.

Rhodan verlor eine wertvolle Stunde, die er damit zubrachte, Adams neuen Mut einzuflößen. Sein Hauptargument war: „Die General Cosmic verfügt über ein Kapital von mehr als zweihundert Milliarden Dollar. Durch die Goldmine und den Börsensturz haben wir insgesamt vier Milliarden verloren. Es lohnt sich nicht, deshalb den Kopf hängen zu lassen. Wir haben Wichtigeres zu tun."

Aber erst nach geraumer Zeit interessierte es Homer G. Adams zu hören, was denn dieses Wichtigere sei. Rhodan verlangte Auskunft darüber, wie es zu dieser Fehlspekulation gekommen war.

„Nicht, weil ich Ihnen mißtraue", fügte er sofort hinzu, „sondern weil in der letzten Zeit Kräfte am Werke sind, die es sich offenbar zum Ziel gemacht haben, die Dritte Macht zu ruinieren. Ich hoffe, durch Sie eine Spur zu finden, Adams, begreifen Sie das endlich."

Homer G. Adams gab einen ausführlichen Bericht. Er war es gewöhnt, ein Mikro-Aufnahmegerät mit sich herumzutragen. Alle Gespräche, die er mit Bradley oder mit anderen geführt hatte, waren aufgezeichnet. Es waren mehr diese Aufzeichnungen, die Rhodan interessierten, als Adams' direkter Bericht.

Die Spur war ohne psychoanalytische Vorkenntnisse zu finden. Rhodan hörte sich das ganze Band an und spielte dann Adams jenes erste Gespräch mit Bradley vor, das im Schnellimbiß an der Ecke der Wall Street geführt worden war.

Adams hörte aufmerksam zu.

„Fällt Ihnen etwas auf?" fragte Rhodan schließlich.

Adams dachte nach. Dann schüttelte er verwundert den Kopf. „Nein, nichts."

„Sind Sie üblicherweise der Mann", fuhr Rhodan fort, „der leichtfertig Geld verleiht?"

Adams protestierte. „Das bin ich niemals gewesen. Aus verschiedenen Gründen."

Rhodan verzichtete auf die Darlegung der Gründe. „Warum haben Sie Bradley dann dreißigtausend Dollar geliehen?"

Adams zuckte mit den Schultern. „Mein Gott, er war mir sympathisch. Ich habe mir selbst den Kopf darüber zerbrochen, warum ich ihn so gern mochte – es war eben einfach so."

Rhodan nickte und zeigte auf das winzige Aufnahmegerät. „Ist Ihnen nicht aufgefallen, daß Bradley nicht nach dem Grund gefragt hat, warum Sie ihm das Geld leihen wollten?"

„Nein", gestand Adams überrascht.

„Ich weiß natürlich nicht, was die Psychologen dazu sagen werden", meinte Rhodan. „Aber nach meiner Ansicht sollte man von einem jungen Mann, der von einem Wildfremden Geld angeboten bekommt, unbedingt erwarten, daß er nach dem Grund dieses Angebots fragt."

Dieser Ansicht war Adams auch. Er begann sich darüber zu wundern, daß es ihm noch nicht früher aufgefallen war.

„Es gibt nur einen einzigen vernünftigen Grund", fuhr Rhodan fort, „warum Bradley nicht danach gefragt hat. Er wußte, daß er Ihnen so überaus sympathisch war. Für ihn stand es von vornherein fest, daß Sie ihm Geld leihen und auch sonst jeden Wunsch erfüllen würden."

Adams fiel aus allen Wolken. „Woher hätte er das wissen sollen?"

Rhodan beugte sich nach vorn. „Ich halte Bradley für einen äußerst leistungsfähigen Telepathen. Außerdem besitzt er ohne allen Zweifel die Fähigkeit, hypnotische Befehle mit starker posthypnotischer Wirkung zu geben."

Rhodans Vermutungen bestärkten sich in vollem Umfang.

Es stellte sich heraus, daß der Mann in Peru, mit dem Adams angeblich ein Gespräch geführt hatte, in Wirklichkeit überhaupt nicht existierte. Noch mehr: Die Bundespost ermittelte, daß von Apparaten der General Cosmic aus seit mehr als drei Monaten kein Telefongespräch mit Peru mehr geführt worden war.

Homer G. Adams hatte nur in seiner Einbildung telefoniert, und diese Einbildung war die Folge einer falschen Erinnerung, die ihm Bradley suggeriert hatte.

Der Prospekt, auf den Adams hereingefallen war, erwies sich als ein Machwerk, auf das unter normalen Umständen nicht einmal ein Anfänger in dieser Weise reagiert hätte.

Den letzten Beweis erbrachte eine psychologische Untersuchung. Es wurde festgestellt, daß Homer G. Adams' Gehirntätigkeit noch jetzt, nahezu achtundvierzig Stunden, nachdem er Elmer Bradley zum letztenmal gesehen hatte, abnorm langsam verlief – das sicherste Anzeichen für vorhergegangene hypnotische Beeinflussung.

Es bestand also kein Zweifel mehr daran, daß Adams einem Trick jenes geheimnisvollen Unbekannten aufgesessen war, der auch für die Unfälle und Diebstähle im Gebiet der Stadt Terrania und für Mister Raleighs robotgesteuerte Landwirtschaftsmaschinen verantwortlich zeichnete.

Dieser Mann war im selben Augenblick keineswegs so zufrieden, wie man es von ihm erwartet hätte.

Unzweifelhaft hatte er eine Reihe von Erfolgen gehabt. Er selbst aber verglich das wirklich Erreichte mit dem, was er ursprünglich durch diese Unternehmen hatte erreichen wollen, und sah, daß es nicht einmal fünfzig Prozent seiner Pläne ausmachte.

Von seiner Zentrale aus – sie lag dreißig Meter unter der Erde und bildete mit dem Haus zusammen, das sich darüber erhob, eine nahezu uneinnehmbare Festung mitten in zivilisiertem Gebiet – führte er ein TV-Gespräch mit jenem Mann, der sich Homer G. Adams als Elmer Bradley vorgestellt hatte.

Der junge Mann machte, als er auf dem Bildschirm erschien, einen nicht eben optimistischeren Eindruck als damals, als er Adams zum erstenmal begegnet war.

„Was haben Sie da für einen Unsinn angestellt?" fuhr ihn Monterny an. „Ihr Auftrag hieß, die General Cosmic um wenigstens zehn Milliarden Dollar zu schädigen. Und was haben Sie erreicht? Nach optimistischen Schätzungen ungefähr vier Milliarden."

Elmer Bradley bewohnte ein anspruchsloses kleines Haus im nördlichen Kalifornien. Die Verbindung mit Monterny, dem „Overhead", lief über Kanäle, die keiner Überwachung zugänglich waren.

Monterny selbst erschien nicht auf dem Bildschirm. Die Bildröhre in Bradleys Empfänger produzierte, wenn das Gerät lief, nichts anderes als ein wirres, weißes Geflirre auf schwarzem Untergrund.

„Ich fühlte mich nicht sicher“, antwortete Bradley niedergeschlagen. „Die Unterlagen, die Sie mir lieferten, waren so leicht durchschaubar, daß ich zunächst an einen Erfolg überhaupt nicht glaubte. Es *konnte* einfach nicht sein, daß ein Mann wie Adams darauf hereinfiel.“

„Wie Sie sehen“, erwiderte Monterny mit scharfer Stimme, „ist es trotzdem geschehen.“

Bradley nickte müde. „Ja. Trotzdem war ich froh, daß ich wieder verschwinden konnte.“

Die Stimme, die er aus dem Empfänger hörte, war plötzlich drohend. „Sie haben mir einen Coup verdorben, Bradley. Einen Coup, der mich um ein Haar an das Ziel meiner Pläne gebracht hätte. Sie hatten genug Zeit, um den großen Schlag gegen die General Cosmic gründlich vorzubereiten. Zehn Milliarden Dollar war eine untere Grenze. Mit Ihren Fähigkeiten hätten Sie leicht das Doppelte, Dreifache oder noch mehr erreichen können. Wenn man ein Unternehmen von der Größe der GCC mit mehr als zehn Prozent ihres Stammkapitals hereinfallen läßt, bedeutet dies gewöhnlich das Ende des Unternehmens. Das alles lag in Ihrer Hand, Bradley. Sie haben es sich zwischen den Fingern hindurchgleiten lassen, Bradley. Aus Angst haben Sie überstürzt gehandelt und dabei erreicht, daß ich von jetzt an bei Anschlägen auf die General Cosmic besonders vorsichtig operieren muß, wenn ich es mir überhaupt noch leisten kann, gegen die GCC vorzugehen. Sie werden sich einer neuen Schulung unterziehen, Bradley.“

Bradley zuckte zusammen.

Er hatte, nachdem Monterny ihn, den hervorragenden Telepathen, aufgespürt hatte, eine erste Schulung durchmachen müssen und war der festen Überzeugung, selbst in der Hölle könne es nicht schlimmer sein. Die Schulung diente lediglich dem Zweck, Bradleys parapsychologische Fähigkeiten bis zur Grenze ihrer Kapazität zu aktivieren und Bradley mit den Zielen des Overhead vertraut zu machen. Vertraut gleichzeitig mit der Erkenntnis, daß es gegen diese Ziele keinen Widerspruch gab.

Bradley, der, abgesehen von seiner besonderen Begabung, ein völlig normaler Mensch gewesen war – auch in seinen Ansichten –, hatte zweimal versucht, sich dem Zugriff seines neuen Herrn zu entziehen.

Zweimal hatte er die brutale Macht des Overhead zu spüren bekommen. Zweimal hatte er jenen geistigen Hammerschlag verspürt, der seinen eigenen Willen von einer Sekunde zur anderen wegwischte und nur noch die Befehle des Overhead gelten ließ. Befehle, die auf der Stelle ausgeführt werden mußten.

Bradley konnte sich ausmalen, daß die zweite Schulung womöglich noch unerfreulicher sein würde als die erste. Aber er widersprach nicht.

„Morgen wird Sie jemand abholen", erklärte der Overhead. „Gehen Sie mit ihm – und aus Ihnen wird ein anderer Mensch werden."

Monterny beendete das Gespräch. Das Gewirr der grellen Linien auf Bradleys Bildschirm erlosch.

Monterny aber gab von seiner Zentrale aus die Anweisung, daß weitere Teile der Aktivität seiner Gruppe zur japanischen Nebenstelle zu verlagern seien.

Von den zukünftigen Unternehmungen versprach er sich mehr, wenn ihr Ausgangspunkt näher an der feindlichen Basis lag.

General Cosmic erholte sich wieder. Die Kurse zogen wieder an, und die kaufwilligen Spekulanten begannen zu jubeln.

Aber ein paar tausend Kilometer weiter westlich gab sich ein Mann insgeheim alle Mühe, den Todesstoß gegen die Dritte Macht und damit automatisch auch gegen die General Cosmic so gründlich wie möglich vorzubereiten.

Clifford Monterny, genannt der Overhead, versammelte seine Mutanten in der japanischen Nebenzentrale und informierte sie über seine Absichten.

„Diesmal wird es keinen Fehlschlag geben", erklärte er. „Am Ende dieses Unternehmens wird es Perry Rhodan und seine Dritte Macht nicht mehr geben."

In Terrania waren inzwischen die Arkoniden Crest und Thora bei den psychologischen Untersuchungen an dem Gefangenen Raleigh in ein Stadium gelangt, in dem sie die ersten wichtigen Auskünfte zu bekommen hofften.

Der Auswertungssektor des Tastergeräts fraß sich zunächst durch den Wust von Erinnerungen hindurch, die mit der Sacramento-Affäre nichts zu tun hatten.

Bilder aus der Kindheit, aus Raleighs Schulzeit, Militärdienst, Studien an der Technischen Hochschule in Kalifornien.

Der A-Sektor verwarf sie und stieß schließlich auf das Wesentliche.

Crest schrie vor Überraschung auf, als er das erste Bild aus der Serie der gewünschten Informationen zu sehen bekam: ein Mann mit verwaschenen Umrissen und unerkennbarem Gesicht, der gewissermaßen aus der Luft heraus neben Raleigh in dessen Büro erschienen war und ihm einen heftigen Schrecken versetzt hatte.

Thora starrte mit großen Augen auf die kurze Bildfolge, die Crest in stetiger Wiederholung abrollen ließ.

„Das ist doch nicht möglich“, sagte sie.

Crest nickte, noch ein wenig verwirrt. „Doch. Von diesem Augenblick an stand Raleigh unter hypnotischem Einfluß. Offenbar konnte der psychologische Druck bereichsweise verringert oder verstärkt werden. Raleigh erinnert sich zum Beispiel noch an den Vorgang als solchen, aber dafür, daß er das Bild jenes Mannes aus dem Gedächtnis verlor, hat der Unbekannte gesorgt. Sieh dir das an: keine Figur, kein Gesicht, nichts.“

Thora starrte Crest von der Seite her an.

„Das klingt so“, erkundigte sie sich, „als hieltest du diesen verwaschenen Mann und den Unbekannten, der die Aktion leitet, nicht für ein und denselben Mann, nicht wahr?“

Crest nickte. „Da hast du recht. Ich bin überzeugt davon, daß jemand, der so darauf bedacht sein muß, von niemandem erkannt und identifiziert zu werden, sich niemals selbst bei einer seiner Unternehmungen zeigen wird. Er schickt seine Unterhändler, und selbst die maskiert er so, daß der unfreiwillige Partner sich später nicht mehr an sie erinnern kann. Nicht einmal der Taster bringt das Bild wieder ans Tageslicht.“

Sie ließen andere Bildstreifen vor ihren Augen abrollen: die ersten Lieferungen per Bahn, die beginnende Reklame in den Zeitungen und im Fernsehen, die ersten Anfragen, die ersten Verkäufe.

Dazwischen immer wieder die verwaschenen Bilder nicht identifizierbarer Männer, die Anstellung der vierköpfigen Leibgarde.

Und schließlich Rhodans Anruf. Raleighs Vorstellung von dem, was er mit Rhodan anstellen werde. Rhodans Besuch, das Auftreten der Leibgarde, Farinas Eingreifen.

Zum Schluß – Blackout. Nichts mehr als ein paar verzerrte Erinnerungen an Szenen, die sich schon in Terrania abgespielt hatten. Dann völlige Finsternis. Die Zeit, während Raleigh in Trance auf dem Behandlungstisch lag.

Crest schaltete seufzend den Bildwerfer aus und starrte vor sich hin auf die spiegelnde Tischplatte.

„Also schön", sagte Thora, „was haben wir jetzt gelernt?"

Crest ließ sich Zeit für die Antwort.

„Wir haben gelernt", meinte er schließlich bedächtig, „daß der Unbekannte seine Helfer und Opfer fast nie aus seinem hypnotischen Einfluß entläßt. Auf telepathischem Weg stehen sie in jedem Augenblick – manchmal schwächer, manchmal stärker – unter seiner Überwachung."

Das waren die Ergebnisse der Untersuchungen, die Perry Rhodan sofort nach seiner Ankunft mitgeteilt wurden. Raleigh und seine Leute waren entlassen worden. Sie bedeuteten für niemand eine Gefahr mehr.

Fast zur gleichen Zeit erhielt Rhodan einen Anruf aus Salt Lake City über konventionellen Richtstrahlfunk. Captain Farina berichtete in kurzen Sätzen, daß er auf der Suche nach Leutnant Richmans Mörder noch nicht weitergekommen sei. Rhodan riet ihm, die Suche abzubrechen.

„Wir sind dem Schurken von einer anderen Seite her auf der Spur", gab er zu verstehen, und Farina war ihm dafür dankbar.

Nach den Informationen, die Rhodan inzwischen zum Teil selbst gesammelt, zum anderen Teil von Crest erhalten hatte, unterrichtete er zum erstenmal einen Mutanten über die besorgniserregenden Vorfälle: den Telepathen John Marshall.

„Verstehen Sie mich recht", beendete er die Aufklärung. „Wir konnten von vornherein keineswegs sicher sein, ob der Unbekannte nicht ein paar von unseren eigenen Mutanten in seinen Dienst gezwungen hatte. Erst jetzt wissen wir, daß es nicht so ist. Der Feind arbeitet mit seinen eigenen Leuten. Solange wir das nicht wußten, konnten wir es jedoch nicht wagen, das Mutantenkorps zu informieren. Wir, die wir Bescheid wußten, waren aufgrund unserer besonderen mentalen Eigenschaften jeglicher Gedankenleserei nicht zugänglich. Hätten wir einen von Ihnen in unseren Kreis mit einbezogen, dann wären seine Gedanken den Telepathen unter Ihnen nicht lange verborgen geblieben – und unsere Pläne wären dem Gegner verraten gewesen. Ich möchte, daß Sie sich deshalb nicht zurückgesetzt fühlen."

John Marshall, der Australier, sah Rhodan über den Tisch hinweg an. Er lächelte dabei.

„Ich bin überzeugt davon", antwortete er, „daß die anderen Mutanten ebenso erfreut darüber sind wie ich, daß Sie uns nun doch zu dieser Sache mit heranziehen."

Rhodan kniff die Augen zusammen und legte den Kopf schräg. „Sie sollten mir trotzdem sagen, was Sie wirklich denken."

Marshalls Lächeln wurde intensiver. „Na schön, ich will es Ihnen sagen. Geschmeichelt wird sich keiner von uns fühlen, wenn er erfährt, daß Sie zunächst das Mutantenkorps in Verdacht hatten. Aber wenn ihm die Gründe erklärt werden, dann wird es genauso sein, wie ich vorhin sagte: Wir sind froh, daß wir an diesem Problem mitarbeiten dürfen."

Rhodan nickte, dann fing er an, John Marshall seinen Plan auseinanderzusetzen. „Binden Sie es allen auf die Seele: In jeder Sekunde müssen von jetzt an jeweils ein Telepath und ein Teleporter auf Wache sein. Der Telepath, um den Eindringling zu orten, und der Teleporter, um ihn so schnell wie möglich zu erwischen. Wir dürfen nicht vergessen, daß alle Leute, die unbemerkt in unser Gebiet eindringen, ohne jeden Zweifel ebenfalls Teleporter sind. Tako und Ras sollen also gut bewaffnet sein. Sagen Sie ihnen aber, daß Psychostrahler völlig wertlos sind."

Das Beklemmende an dieser Angelegenheit war, daß selbst John Marshall keine Ahnung hatte, auf welche Weise sich der fremde Eindringling bemerkbar machen würde. Einer Aufgabe wie dieser stand er zum erstenmal gegenüber.

Marshall hatte eine kleine Wohnung am Rand der Stadt bezogen. Sie lag im einundzwanzigsten Stockwerk eines Hochhauses und diente Marshall, Ishy Matsu, Betty Toufry und den Teleportern als Wachquartier.

Sie hatten sich untereinander zu sechsstündigen Wachperioden verabredet. Die beiden Teleporter waren je zwölf Stunden lang einsatzbereit. Der Telepath vertrieb sich die Zeit mit dem Teleporter durch Kartenspiel oder Diskussion. Trotzdem war es, solange nichts geschah, eine ziemlich langweilige Angelegenheit.

Am wichtigsten nahm Betty Toufry ihre Aufgabe. Betty war die stärkste Telepathin im Mutantenkorps der Dritten Macht, zugleich ebenso leistungsfähige Telekinetin. Rhodan hatte sie entdeckt, als sie noch ein kleines Mädchen war. Sie hatte die lange Reise und den Aufenthalt auf Wanderer mitgemacht. Jetzt war sie fünfzehn Jahre alt und setzte ihre ungewöhnliche Gabe zum Schutz der Dritten Macht mit dem ganzen Eifer ihres Alters ein.

An diesem Tag löste John Marshall sie abends um sechs Uhr ab. Betty machte ein trauriges, niedergeschlagenes Gesicht.

„Wieder nichts, Mister Marshall", sagte sie.

Marshall lächelte sie an. „Keine Angst, Betty. Eines Tages wird schon etwas passieren."

Betty nickte.

„Werden Sie gut aufpassen?" fragte sie eifrig.

„Ganz scharf", versprach Marshall.

In dem Wohnzimmer des kleinen Appartements lag Tako Kakuta auf einer Couch und studierte ein Magazin. Marshall konnte sein Gesicht nicht sehen, aber er hörte den Japaner gähnen.

„Guten Abend, Herr Teleporter vom Dienst", grüßte Marshall laut.

Kakuta ließ das Magazin sinken. „Guten Abend. Was gibt es Neues?"

Marshall machte eine wegwerfende Handbewegung. „Nichts. Was tun wir? Pokern, Schachspielen, Reden, Lesen?"

Der Japaner überlegte.

„Schach", antwortete er schließlich, „wenn Sie nichts dagegen haben."

Marshall schüttelte den Kopf. „Ist egal, womit ich die Zeit totschlage."

Kakuta richtete sich auf und zog den Tisch zu sich heran. Marshall stellte die Mappe mit Büchern, die er vorsorglich mitgebracht hatte, auf den Boden und öffnete den niedrigen Schrank, in dem Schachbrett und Schachfiguren aufbewahrt waren.

Es geschah, als er den Kasten mit den Figuren aus den Tiefen des Schrankes hervorgezogen und sich beim Aufrichten den Hinterkopf an der Schrankkante angeschlagen hatte.

Etwas Fremdes schien nach seinem Gehirn zu greifen. Vorerst noch zaghaft, dann wuchs es jedoch an, wurde stärker und formte sich zu konkreten Anweisungen – Anweisungen für einen Fremden, der in diesem Augenblick in das Gelände der Dritten Macht eingedrungen war.

Marshall ließ den Kasten mit den Figuren fallen, und der Krach brachte den Teleporter auf die Beine.

„Er ist da!" keuchte Marshall. „Verwaltungsgebäude, etwa zwanzigstes bis dreißigstes Stockwerk. Hat Anweisung, Crest zu fangen und mitzunehmen. Los, verschwinden Sie!"

Für den Bruchteil einer Sekunde stand Tako starr und mit ausdruckslosem Gesicht, als habe er Marshall nicht verstanden. Dann flimmerte die Luft, und ohne Übergang war der Japaner einen Atemzug später verschwunden.

In Marshall kam Bewegung. Mit einem Handgriff stellte er die Telekom-Verbindung zum Verwaltungsgebäude her. Major Nyssen nahm als Bulls Stellvertreter die Alarmmeldung entgegen und sorgte dafür, daß der betroffene Trakt des Verwaltungsgebäudes sofort evakuiert wurde. Es war damit zu rechnen, daß der feindliche Teleporter eine Weile brauchen würde, um sich zu orientieren, und daß ihm die Evakuierung dabei entging. Tako Kakuta brauchte freies Feld, wenn er Erfolg haben sollte.

Rhodan wurde darüber informiert, daß Crest entführt werden sollte. Die Information beunruhigte ihn, denn Crest war das Wertvollste, das die Dritte Macht zu verlieren hatte. Der Unbekannte schien seiner Sache ziemlich sicher zu sein, daß er dieses Ziel erreichen würde. Es galt herauszufinden, warum er sich so sicher fühlte.

Auf Nyssens Anweisung verließ John Marshall sein Quartier und bezog innerhalb des Schutzschirms, vor dem Haupteingang des Verwaltungsgebäudes, neuen Posten. Von dort her war er über Mikro-Telekom mit Nyssen in der Zentrale verbunden und konnte den Major sofort benachrichtigen.

Marshalls Empfindung änderte sich kaum, als er sich dem Verwaltungsgebäude näherte. Er hatte den Eindruck, daß sie von der Entfernung in starkem Maß unabhängig war. Er konnte das Gefühl nicht beschreiben, das er hatte. Es war eine Art Kopfschmerz, ein ununterbrochener Druck, der jedoch im Gegensatz zu üblichen Kopfschmerzen gleich die Information mitbrachte, woher er kam. Dem Druck überlagert waren deutlich voneinander unterscheidbare Impulse: die Anweisungen an den fremden Teleporter.

Marshall postierte sich direkt unter dem Hauptportal des riesigen Verwaltungsgebäudes.

An Major Nyssen meldete er: „Neuen Standort bezogen. Bisher keine besonderen Vorkommnisse. Der Mann bewegt sich nur langsam. Auf jeden Fall vollführt er keine Teleportationssprünge mehr."

Tako Kakutas Sprung endete planmäßig im Hauptquergang des zwanzigsten Stockwerks. Der Gang war leer und hell erleuchtet. Tako wußte, daß im Alarmfall der bedrohte Gebäudeteil sofort geräumt werden würde. In dieser Gegend des Baues konnte er nur noch einem begegnen: dem Gegner.

Tako trug leichte, weiche Schuhe. Er marschierte den Gang entlang, ohne ein Geräusch zu verursachen. Um ihn herum war es totenstill.

Tako machte sich nicht die Mühe, die rechts und links des Ganges liegenden Räume abzusuchen. Er wußte von Marshall, daß der Fremde den Auftrag hatte, den Arkoniden Crest gefangenzunehmen und zu entführen. Er würde sich nicht in einem Raum aufhalten, dem auf den ersten Blick anzusehen war, daß Crest sich nicht dort befand.

Mit einem der Lifts fuhr Tako ins einundzwanzigste Stockwerk hinauf. Auch hier beschränkte er sich darauf, den Hauptgang entlangzugehen und die ganze Etage auf den Peripheriegängen einmal zu umrunden.

Nichts – kein Geräusch, kein Gefühl drohender Gefahr.

Ebensowenig im zweiundzwanzigsten und dreiundzwanzigsten Stockwerk. Marshall hatte als Zielgebiet den Raum zwischen der zwanzigsten und der dreißigsten Etage angegeben. Tako hatte keine Ahnung, wie genau Marshalls Angaben waren. Es mochte sein, daß er bis zur vierzigsten hinauffahren mußte, bevor er den Fremden fand.

24. Stockwerk.

25. Stockwerk.

26. Stockwerk.

Kein Anruf von der Zentrale. Der Fremde schien sich immer noch auf den Beinen zu bewegen.

Siebenundzwanzigstes . . .

Da war es.

Tako spürte das seltsame Ziehen zum erstenmal in seinem Leben, aber er wußte sofort, daß er den Gegner direkt vor sich hatte. Er kauerte sich in eine der Nischen.

Während er wartete, versuchte er das Gefühl zu analysieren, das er im Gehirn spürte. Was war es? Tako wußte, daß er selbst keinerlei telepathische Fähigkeiten besaß. Es war unmöglich, daß der sanfte, stetige Schmerz von dem fremden Eindringling herrührte. Aber der Eindringling selbst stand unter starkem hypnotischem Einfluß. Vielleicht war es das, was den Japaner gewarnt hatte?

Tako hörte ein Geräusch. Er preßte sich noch tiefer in die Nische und schob den Kopf langsam so weit nach vorn, bis er um die Nischenkante herumsehen konnte.

Da stand er.

Tako sah ihn von der Seite her. Es war ein junger Mann. Er studierte die Aufschriften neben den Türnischen und schien nicht genau zu wissen, wo sein Weg weiterführte.

Er konnte Tako nicht sehen. Tako kam mit weichem, unhörbarem Schritt aus seinem Versteck hervor und brachte den Thermostrahler in Anschlag, bevor er sagte: „Bleiben Sie stehen, wo Sie sind! Nehmen Sie die Hände hoch!“

Tako sah, daß der Schreck durch den Fremden fuhr. Die Finger spreizten sich, als er langsam und zögernd die Arme zu heben begann. Tako kam vorsichtig näher, und als er noch etwa fünf Meter entfernt war, spürte er die mentale Schockwelle, die das Gehirn des Fremden ausstrahlte, als er sich zum rettenden Sprung bereitmachte.

Tako hatte damit gerechnet. Der Fremde wäre der erste Teleporter gewesen, der sich der Bedrohung durch eine tödliche Waffe nicht durch einen rettenden Sprung entzogen hätte.

Das war Takos eigenes Revier.

Er sprang im selben Augenblick wie der Fremde – den Thermostrahler immer noch schußbereit in der Hand.

Der zerrende Schmerz der Teleportation nahm ihn auf und ließ für eine Tausendstelsekunde alles Licht um ihn herum erlöschen.

„Sprung!" schrie Marshall voller Aufregung. „Der Fremde ist weg!"

Nyssen reagierte sofort. Zwei Sekunden, nachdem Marshall zu Ende gesprochen hatte, war die Leitung zu Tako Kakuta geöffnet.

„Kakuta, hören Sie!" rief Nyssen. „Der Kerl ist verschwunden! Kommen Sie zurück! Entwarnung!"

Es kam keine Antwort.

„Kakuta! Hören Sie?"

Keine Antwort.

Nyssen führte ein kurzes Gespräch mit Rhodan. Danach wußte er, daß Teleporter die Möglichkeit besaßen, das Ziel eines aus ihrer Nähe springenden Teleporters durch Aufnahme des Schockwellenmusters zu erkennen. Für Rhodan stand fest, daß Tako dem fliehenden Eindringling gefolgt war.

Es gab keine Entwarnung.

Nur für den Bruchteil einer Sekunde hatte der Japaner Zeit, sich am Zielort umzusehen. Er erkannte einen mäßig großen Raum, dessen Wände, Böden und Decken offenbar aus Beton bestanden. Es gab einen Tisch, drei alte Stühle und einen Schrank mit altmodischem Rollverschluß. Nirgendwo waren Fenster.

Am anderen Ende des Raumes, nur wenige Meter entfernt, war der Fremde aufgetaucht. Tako wollte ihn anrufen, da griff eine unbekannte Macht mit kaum vorstellbarer Wucht nach seinem Gehirn.

Tako stürzte vornüber. Der Thermostrahler glitt ihm aus der Hand. Tako preßte das Gesicht auf den kalten Boden und drückte sich mit den Händen gegen die Schläfen, um den fürchterlichen Schmerz abzuwehren.

Fast eine halbe Minute lang war er unfähig, sich zu bewegen. In Wellen schoß ihm der fremde Einfluß durch den Schädel, ließ ihn vergessen, weshalb er hierhergekommen war, und machte ihn zu einem wimmernden hilflosen Bündel Mensch.

Erst dann besann er sich darauf, daß er eine Fähigkeit besaß, mit der er sich in Sicherheit bringen konnte. Er konzentrierte sich, so schnell er konnte und so intensiv es der Schmerz zuließ, auf den Ort, von dem er gekommen war, und als die fremde Beeinflussung nur für eine winzig kurze Zeitspanne auf einen erträglichen Wert herabsank, da sprang er.

Er spürte, daß er bohrende, flutende Schmerz ihn plötzlich verließ. Das Ziehen und Zerren der Teleportation war nichts gegen das, was er in den letzten Sekunden ertragen hatte.

Dankbar sah er die glitzernden Sterne wieder über sich auftauchen. Er spürte grobkörnigen Sand unter den Knien und sah sich um.

Die Lichter von Terrania leuchteten aus Westen herüber. Er war nicht mehr als zehn Kilometer von seinem eigentlichen Ziel entfernt gelandet.

Die überstandenen Strapazen machten sich bemerkbar. Als er aufzustehen versuchte, knickten ihm die Beine ein. Der Länge nach stürzte er bewußtlos auf das kleine Fleckchen gelben Wüstensands, das sich gegen alle künstliche Bewässerung zwischen zwei ausgedehnten Gartengrundstücken gehalten hatte.

4.

„Nachricht von Kakuta“, meldete Nyssen gegen Mitternacht. „Er liegt zehn Kilometer östlich der Stadt zwischen zwei Gärten und ist zu schwach, um sich selbst zu bewegen. Wir sollen ihn abholen.“

Rhodan nickte.

„Stellen Sie einen Wagen bereit, Major!“ befahl er Nyssen. „Ich werde mit Mister Marshall zusammen hinausfahren.“

Nyssen bestätigte den Befehl. Minuten später kam der Wagen. Marshall wurde aus der Stadtwohnung geholt, in der er mit Ras Tschubai wieder Posten bezogen hatte, und fuhr mit Rhodan zur Stadt hinaus.

Rhodan hatte über Mikro-Telekom Verbindung mit dem Japaner.

„Wenn Sie unsere Lichter sehen“, wies er ihn an, „dirigieren Sie uns! Wir haben keine Ahnung, wo Sie stecken. Verstanden?“

„Ja“, antwortete Tako Kakuta mit schwacher Stimme.

„Wie geht es Ihnen?“ fragte Rhodan.

„Miserabel“, antwortete der Japaner offen. Einen Augenblick später rief er aufgeregt:

„Ich kann Ihre Scheinwerfer sehen! Sie sind fast auf dem richtigen Weg. Halten Sie ein kleines Stück weiter nördlich. Beeilen Sie sich. “

Rhodan tat das.

„Halt!“ rief der Japaner. „Das genügt. Kommen Sie jetzt genau östlich – aber überfahren Sie mich bitte nicht.“

Ein paar Minuten später hatten sie ihn gefunden.

Er lag immer noch regungslos und wie betäubt auf dem Rücken und war kaum in der Lage, sich von selbst aufzurichten. Marshall und Rhodan hoben ihn in den Wagen hinein und brachten ihn in die Stadt.

„Wie geht es ihm, Eric?“ fragte Rhodan.

Dr. Manoli – Mitglied der Besatzung des ersten irdischen Raumschiffs, das vor mehr als zehn Jahren den Mond erreicht hatte – zuckte mit den Schultern und machte ein mißmutiges Gesicht.

„Völlige Erschöpfung“, antwortete er. „Ich habe noch niemals in meinem Leben jemand gesehen, der so im wahrsten Sinne des Wortes *fertig* war wie der Japaner.“

Rhodan sah nachdenklich vor sich hin. „Wie lange noch?“

Manoli starrte ihn fragend an.

„Wie lange – bis er wieder einsatzfähig ist?“

„Fünf bis sechs Wochen, würde ich sagen.“

Rhodan wuchs vor Empörung ein paar Zentimeter in die Höhe.

„Wochen?“ rief er. „Du bist dir nicht darüber im klaren, was alles an Takos Aussagen hängt. Nimm meinetwegen, was du in deinen Schränken hast, aber bring ihn in ein paar *Stunden* wieder auf die Beine, hörst du?“

Manoli hob die Schultern ein zweites Mal.

„Die Erschöpfung ist nicht alles“, gab er zu bedenken. „Ich habe ein Enzephalogramm aufgenommen. Kakuta muß während seiner Abwesenheit in einen unerhört starken mentalen Einfluß hineingeraten sein. Seine Gehirntätigkeit ist ziemlich durcheinander und beruhigt sich nur langsam.“

Rhodan furchte die Stirn. „Ist es – ernst?“

Manoli schüttelte den Kopf. „Nein, nur Verwirrung.“

„Also gut. Wie lange brauchst du, um ihn wenigstens für zwei Stunden wieder auf die Beine zu-stellen?“

Manoli verzog das Gesicht. „Sagen wir – zehn Stunden?“

„In Ordnung, zehn Stunden. Gib mir Bescheid, wenn er soweit ist.“

Tako Kakuta bestand darauf, völlig angekleidet und in aufrechter Haltung vor Perry Rhodan zu erscheinen. Doktor Manoli hatte ihm nahegelegt, während der Unterhaltung im Bett zu bleiben, aber Kakuta lehnte ab.

„Dann stehen Sie auf, Sie Hartschädel“, schimpfte Manoli, „und sagen Sie mir rechtzeitig Bescheid, wenn Ihnen übel wird.“

Kakuta versprach es lächelnd.

Rhodan empfing ihn in seinem Büro in der obersten Etage des Verwaltungsgebäudes. Tako plazierte sich in einen bequemen Sessel, Rhodan gegenüber, und begann mit seinem Bericht.

Er verschwieg nichts – von Marshalls Bemühungen angefangen, die Schachfiguren aus dem Schrank zu holen, über das Auftauchen des fremden Teleporters in der siebenundzwanzigsten Etage des Verwaltungshochhauses, bis zu dem völligen Zusammenbruch in jenem unbekannten Kellerraum mit den Betonwänden und der Rückkehr nach Terrania.

Rhodan hörte aufmerksam zu und unterbrach den Mutanten kein einziges Mal. Als Tako geendet hatte, stand er auf und ging zu einem der weiten Fenster, die dem hellen Raum einen großartigen Ausblick auf die Stadt und das angrenzende Gebiet verschafften.

Das Fensterglas war nahezu reflexfrei. Es war dazu geschaffen, freien Blick zu gestatten. Nur undeutlich und in verwaschenen Umrissen war Tako Kakuta, der jetzt schräg hinter Perry Rhodan saß, auf dem überaus klaren Glas zu erkennen.

„Sie haben den fremden Teleporter nie zuvor gesehen, nehme ich an?“ fragte Rhodan.

Er war befriedigt, als er an einer undeutlichen Bewegung auf der Fensterscheibe erkennen konnte, daß der Japaner hinter ihm den Kopf schüttelte.

„Nein“, antwortete Tako. „Er ist mir völlig unbekannt.“

„Ich meine“, fuhr Rhodan fort, „Sie haben ihn so deutlich gesehen, daß Sie ihn auf jeden Fall erkannt hätten, wenn er Ihnen früher schon einmal begegnet wäre?“

Eine Bewegung im fast völlig durchsichtigen Glas.

„Ohne Zweifel“, sagte Tako.

Wieder eine Bewegung, diesmal tiefer, in Hüfthöhe etwa.

„Haben Sie eine Ahnung, in welcher Gegend Sie mit Ihrem Sprung gelandet sind?“ fragte Rhodan weiter.

Diesmal antwortete der Japaner prompt. „Ich könnte sofort wieder an dieselbe Stelle springen, wenn Sie das meinen. Aber ich glaube nicht, daß ich Ihnen die geographischen Koordinationen angeben kann.“

Er machte eine ganze Reihe hastiger Bewegungen, während er redete. Trotzdem wartete Rhodan ruhig, bis er ausgesprochen hatte. Selbst dann ließ er noch ein paar Sekunden verstreichen, bevor er mit harter Stimme sagte: „Sie haben einen Neutronenstrahler in der Hand, Tako. Weiß der Teufel, wer ihn Ihnen gegeben hat. In den vergangenen Minuten haben Sie ihn schußbereit gemacht, und jetzt wollen Sie mich töten. Es wird Ihnen nicht gelingen."

Erst jetzt wandte er sich um und sah den Japaner an. Takos sonst so freundliches, harmloses Kindergesicht hatte sich zu einer Grimasse aus Haß und Mordlust verzerrt. Den schweren Neutronenstrahler hielt Tako mit der rechten Hand auf Rhodan angelegt, und die Hand zitterte nicht einmal dabei.

Rhodan lächelte, obwohl es ihm schwerfiel.

Tako krümmte den Finger um den Abzug und schoß. Ein nicht mehr als zwei Finger breiter, nur schwach fluoreszierender Strahl brach aus dem Lauf der Waffe.

Im selben Augenblick leuchtete etwa anderthalb Meter vor Rhodan die Luft über den ganzen Querschnitt des Zimmers auf und schuf eine künstliche Wand schmerzender Helligkeit. Knisternd sog das Schirmfeld die Energie des Neutronenstrahlers in sich auf, aktivierte die Energiereserven der Waffe und fraß sie ebenfalls.

Rhodan hörte den Japaner einen wilden Schrei ausstoßen – dann war Stille. Auch das Knistern des Schutzschirms erlosch im selben Augenblick. Rhodan wartete, bis auch die Leuchterscheinung verschwunden war, dann kümmerte er sich um Tako.

Tako war aus seinem Sessel gerutscht und lag auf dem Boden. Die Hand, die den Neutronenstrahler gehalten hatte, trug zwei Brandflekken. Die Überbeanspruchung der Waffe hatte im elektrischen Teil einen Überschlag vom hohen Potential des Neutronengenerators zu Takos Hand verursacht. Der elektrische Schlag hatte den Japaner das Bewußtsein gekostet – hoffentlich nicht mehr.

Rhodan gab Dr. Manoli Bescheid und ließ den Bewußtlosen durch zwei Sanitäter abtransportieren.

„Ein hypnotischer Block ungeheurer Stärke“, erklärte Perry Rhodan, „und dazu noch so geschickt angelegt, daß bei Manolis allerdings oberflächlicher Überprüfung der Gehirntätigkeit nichts davon zu merken war.“

Crest starrte nachdenklich vor sich hin.

„Mit was für einem Monstrum muß er es zu tun gehabt haben“, murmelte er.

Rhodan nickte. „Wenn wir davon ausgehen, daß der Unbekannte die arkonidische Psychophysik nicht beherrscht und demzufolge auch keine mechanischen Geräte zur Beeinflussung Fremder besitzt – dann muß er allerdings ein Monstrum sein.“

„Kommt Manoli zurecht?“ fragte Crest in plötzlicher Sorge.

Rhodan machte eine beruhigende Handbewegung.

„Keine Angst um Manoli“, antwortete er. „Er versteht sein Handwerk – auch das neu gelernte. Wir werden Tako allerdings in den nächsten Wochen schonen müssen.“

„Erinnert er sich überhaupt noch an irgend etwas?“

„O ja! Er weiß alles – von dem Augenblick an, in dem er den Fremden stellte, bis zu der Sekunde, in der er wieder in Terrania landete. Wer ihm allerdings sagt, er habe mich umbringen wollen, den erklärt er für wahnsinnig. Mit dem Hypnoblock hat er auch die Erinnerung an seinen Auftrag verloren.“

Eine Pause trat ein. Erst nach ein paar Minuten fragte Crest: „Und jetzt? Haben Sie weitere Pläne?“

Rhodan nickte. „Vorerst sehen sie noch nicht so aus, als ließen sie sich besonders leicht verwirklichen – aber es sind immerhin Pläne.“

Crest sah ihn neugierig an.

„Wir werden Takos Telesprungmuster in verständliche geographische Daten umdeuten müssen.“

Crest sog heftig den Atem ein. „Umdeuten! Wissen Sie überhaupt, ob das möglich ist?“

Rhodan lachte. „Nein, keine Ahnung.“

Er stand auf.

„Ich werde mich sofort darum kümmern“, fuhr er fort, „ob wir überhaupt eine Aussicht auf Erfolg haben. Wenn nicht, dann müssen wir es auf anderem Weg versuchen.“

Und als die Tür sich vor ihm öffnete, sagte er noch lächelnd: „Über eines bin ich ganz besonders froh: die ganze Geschichte mit Ihrer Entführung war nichts anderes als ein Bluff. Vielleicht spürte der fremde Teleporter tatsächlich den Auftrag, sich Ihrer zu bemächtigen. Aber in Wirklichkeit tauchte er hier nur auf, um einen von uns hinter sich herzulocken."

Crest hatte Falten auf der Stirn. „Sie glauben, daß man es nicht auf mich abgesehen hatte?"

„Ganz sicher nicht", sagte Rhodan lachend. „Letzten Endes wäre es ein größenwahnsinniger Plan, Sie mitten aus dem Staatsgebiet der Dritten Macht entführen zu wollen."

Clifford Monterny hatte seine erste große Schlappe sozusagen in Direktübertragung erlebt.

Er hatte mit dem Japaner Tako Kakuta in einseitiger, unbemerkter telepathischer Verbindung gestanden, bis Takos Hypnoblock auf psychophysischem Weg entfernt wurde. Und bevor er die unterbrochene Verbindung wieder aufnehmen konnte, war Tako ein Gegenblock eingegeben worden, den selbst der Overhead nicht durchdringen konnte.

Was Monterny am meisten beunruhigte, war die Tatsache, daß er nicht einsehen konnte, wie Rhodan den geplanten Anschlag hatte vorausahnen können. Tako Kakuta hatte sich mit keinem Wort, keiner Geste verraten. Während der ärztlichen Behandlung hatte man sich in erster Linie um sein körperliches Wohl gekümmert. Die mentale Untersuchung war so oberflächlich gewesen, daß selbst ein wesentlich schlechter angelegter Hypnoblock unbemerkt geblieben wäre.

Trotzdem . . .

Monterny nahm an, daß Rhodan kein Mutant war – das heißt: er vermutete es nahezu mit Sicherheit. Er besaß keine prophetischen, telepathischen oder sonstigen Gaben, mit denen er den Japaner hätte durchschauen können.

Trotzdem wußte er, was geschehen würde. Im rechten Augenblick hatte er sich hinter einem Schirmfeld verborgen und den tödlich gemeinten Schuß mit ruhigem Lächeln an der Schirmwand abprallen lassen. Der Schmerz, den Tako bei dem elektrischen Schlag empfunden hatte, war so stark gewesen, daß selbst Monterny noch davon beeinflußt worden war.

Und warum das alles?

Da er davon überzeugt war, daß Rhodan kein Mutant war, mußte Monterny annehmen, daß Rhodans Verhalten dem Attentat gegenüber aus Umsicht und Kombinationsgabe entsprang, und dieser Gedanke machte ihn so zornig, daß er mehrere Stunden lang nicht in der Lage war, einen klaren Gedanken zu fassen.

Denn neben seinem Machthunger besaß der Overhead noch die Überzeugung, daß ein Mutant ein Mensch höherer Ordnung war. Daß seine Pläne von einem „gewöhnlichen" Menschen durchschaut worden waren, kam für ihn einer Katastrophe gleich.

Am Morgen des nächsten Tages hatte Monterny eine längere Besprechung mit McMurray, seinem engsten Vertrauten.

Von Monternys Mutanten war McMurray der einzige, der den Overhead jemals von Gesicht zu Gesicht zu sehen bekommen hatte, damals, an jenem Juli-Tag 1976, und von da an immer wieder.

McMurray stand unter so starkem hypnotischen Einfluß, daß seine wahre Persönlichkeit schon längst verlorengegangen war. Im selben Maß allerdings hatten auch seine parapsychischen Fähigkeiten zugenommen. Teleportationen über planetarische Entfernungen bereiteten ihm keine Schwierigkeit. Während des Sprunges erzeugte er um sich herum ein so starkes und so weit ausgedehntes Transitionsfeld, daß er große Gegenstände ohne weiteres mit sich transportieren konnte.

Gerade wegen dieser Fähigkeit spielte McMurray in Monternys Plänen eine höchst gewichtige Rolle.

„Es wird schwierig sein", gab Rhodan zu, „aber nicht unmöglich."

Eine Reihe von Diagrammen mit Tako Kakutas Sprungmuster, von einem Psychoanalysator aufgenommen, lag vor ihm auf dem Tisch. Seine beiden Zuhörer waren Thora und Crest.

„Haben Sie schon etwas herausgefunden?" fragte Thora.

Rhodan nickte. „Den ungefähren Zielpunkt mit einer Unsicherheit von rund hundert Kilometern in allen Richtungen."

„Und wo?"

Rhodan hob die Diagramme auf und brachte eine Landkarte darunter zum Vorschein. Es war eine Karte des japanischen Inselreichs.

„Hier", sagte Rhodan und deutete auf einen Kreis, den er auf der Karte rot markiert hatte. „Irgendwo in diesem Kreis."

Thora betrachtete die Karte. Ein wenig spöttisch sagte sie schließlich: „Da haben Sie sich allerhand vorgenommen. In diesem Kreis liegen allein drei Großstädte mit insgesamt zwölf Millionen Einwohnern: Kobe, Osaka und Kioto. Dazu kommen etwa fünf Millionen Menschen Landbevölkerung. Wann wollen Sie mit der Suche fertig werden?"

Rhodan konterte lächelnd. „Ich suche keinen von den siebzehn Millionen Bewohnern dieser Gegend, sondern einen in Beton gemauerten Keller – falls Sie das vergessen hatten. Keller dieser Art gibt es in ganz Japan höchstens eintausend."

Er legte die Diagramme wieder auf die Karte. „Außerdem hoffe ich, aus Takos Sprungmuster noch nähere Angaben zu bekommen. Und schließlich ist mir noch etwas ganz anderes aufgefallen. Sie erinnern sich an Homer Adams' selbstmörderisches Börsenmanöver? Er fiel auf einen dilettantischen Börsenprospekt herein. Wir konnten die Druckerei ausfindig machen, die den Prospekt hergestellt hatte."

„Ja, und?"

„Die Druckerei liegt in Osaka."

„Sie kennen Ihre Aufgabe", sagte der Overhead freundlich. „Denken Sie daran, daß von ihrer Erfüllung eine ganze Menge abhängt."

Er hatte sich angewöhnt, Freddy McMurray wieder mit „Sie" anzureden, nachdem er ihn zu seinem Vertrauten gemacht hatte.

McMurray nickte. „Ich werde daran denken."

„Und machen Sie nicht denselben Fehler wie dieser Narr Bradley. Lassen Sie sich Zeit. Soweit ich sehen kann, gehen Sie damit kein Risiko ein."

McMurray nickte.

„Ich erwarte Ihre Meldungen pünktlich um die verabredete Zeit", mahnte der Overhead.

Auch dazu nickte McMurray.

Dann ging er. In seinem Zimmer – man konnte es kaum ein Zimmer nennen: es hatte keine Fenster, das einzige Licht kam von einer blauweißen Leuchtröhre, und die Wände waren aus massivem Beton – packte er die Dinge zusammen, die er bei seinem Unternehmen brauchte.

Das Gepäck füllte einen Reisekoffer mittlerer Größe. McMurray nahm den Koffer unter den Arm und blieb in der Mitte des Raumes stehen, als denke er darüber nach, ob er etwas vergessen habe.

Wenige Sekunden später begannen seine Umrisse jedoch zu verschwimmen, und einen Augenblick danach war er vollends verschwunden.

McMurray hatte sich aufgemacht, um den schwersten Schlag zu führen, der je gegen die Dritte Macht geführt worden war.

Major Nyssen war von Rhodan nach Osaka geschickt worden, und er hatte eine präzise Vorstellung davon, was er sich in dieser Stadt leisten konnte und was nicht.

Zu den Dingen, die ein zu großes Risiko in sich bargen, gehörte zum Beispiel ein Besuch in der Druckerei, in der der Börsenprospekt hergestellt worden war. Rhodan selbst hatte vor ein paar Tagen die Druckerei besucht, und wenn sie in einer Beziehung zu dem geheimnisvollen Unbekannten stand, wie zu vermuten war, dann war dieser Besuch sorgfältig registriert worden, auch wenn man Rhodan nicht erkannt hatte.

Nyssen jedoch gedachte, seine Rolle längere Zeit unerkannt zu spielen, und verhielt sich danach. Nichts war mit den Mitteln, die ihm zur Verfügung standen, leichter, als Leute zu finden, die die Kastanien für ihn aus dem Feuer zu holen bereit waren.

Nyssen sah sich um. Osaka war eine Hafenstadt. Einen ganzen Vormittag lang beschäftigte er sich damit, durch das Hafenviertel zu spazieren, und seine Erwartungen erfüllten sich voll und ganz.

Mehr als ein Dutzend Männer verwickelten ihn im Lauf vieler Stunden in ein Gespräch und gaben zu verstehen, daß sie eben diejenigen seien, nach denen er suche. Nyssen nahm das befriedigt zur Kenntnis.

Er war wählerisch und entschied sich schließlich für einen kleinen Mann mit verschlagenem Blick, der ihm etwa um zwölf in den Weg trat und in gebrochenem Englisch erklärte: „Mich Michikai. Michikai mach alles. Sie bezahlen gut – Michikai Ihr Mann."

Nyssen grinste. Michikai mochte etwa vierzig Jahre alt sein und war noch um einen halben Kopf kleiner als Nyssen. „Mich Jeremy. Jeremy bezahlt gut – Sie machen alles."

Das sagte er auf japanisch und gab sich Mühe, Michikais schlechtes Englisch nachzuahmen. Michikai machte ein verblüfftes Gesicht. Dann lachte er, und als Nyssen in das Lachen einstimmte, war der Kontrakt zwischen ihnen so gut wie geschlossen.

Den Rest erledigten sie in einem kleinen Restaurant. Natürlich erklärte Nyssen seinem neuen Mitarbeiter nicht, worum es sich in Wirklichkeit handelte. Er bedeutete ihm lediglich, daß er gern über die Einrichtung jener Druckerei informiert sein möchte, und dieser Auftrag dünkte Michikai so leicht, daß er erstaunt war, als Nyssen ihm dreißig Dollar Vorschuß zahlte und ihm weiteres Geld für den Fall versprach, daß er alles Wissenswerte herausfand.

Nyssen machte aus, daß sie von nun an nur telefonisch miteinander in Verbindung treten würden. Zu diesem Zweck hielt sich Michikai zu bestimmten Tageszeiten in einem Restaurant auf, das er kannte, so daß Nyssen ihn dort erreichen konnte.

Eine Gegenverbindung wurde nicht eingerichtet. Nyssen sicherte sich gegen den Zugriff des Unbekannten.

Nyssen rief an und bestellte Michikai an den Apparat. Michikai meldete sich mit seinem richtigen Namen, und Nyssen sagte daraufhin: „Hat die Pfirsichblüte im südlichen Kiushu schon begonnen?"

Michikai räusperte sich und antwortete: „Noch nicht. Aber in Hondo ist sie schon fast vorüber."

„Gut", antwortete Nyssen. „Was gibt es Neues?"

„Ich habe mir die Druckerei angesehen."
„Unauffällig?"
„Völlig. Ich hatte angeblich einen großen Auftrag zu vergeben, konnte mit dem Besitzer aber über den Preis nicht einig werden. Da ging ich wieder. In der Zwischenzeit hatte ich alles gesehen. Das heißt . . ."
„Was heißt?"
„Beinahe alles. Es gibt noch einen Raum, in den ich nicht hineinkam. Aber ich würde wetten, daß er nicht größer ist als fünfzig Quadratfuß und nur die eine Tür hat, durch die ich für einen Augenblick hineinsehen konnte."
„Hast du versucht hineinzukommen?" fragte Nyssen.
„Ja. Beim Weggehen tat ich so, als hätte ich mich in der Tür geirrt. Das gefiel dem Druckereibesitzer nicht. Er wurde beinahe böse und konnte mich gerade noch im letzten Augenblick in die andere Richtung dirigieren."
„Mhm", brummte Nyssen. „Etwas von der Einrichtung gesehen?"
„Ja. Ein Visiphon."
„Sonst nichts?"
„Nein."
„Gut. Hör zu, Michikai. Auf dem Postamt im Zentralbahnhof gibt es ein Schließfach Nr. 7415 – sieben, vier, eins, fünf – das der Beamte nur öffnet, wenn das Stichwort ‚Hokaido' genannt wird. Ich habe deine fünfzig Dollar dort deponiert. In den nächsten Tagen werde ich dich wieder anrufen."
Am anderen Ende der Leitung stieß Michikai einen spitzen Schrei aus. „Nur fünfzig Dollar! Bei allen . . ."
Außerdem hörte Nyssen nichts mehr. Er hatte aufgelegt.
Während der nächsten halben Stunde überlegte er, welche Tageszeit für die geplante Untersuchung am günstigsten war.
Infolge seiner eingehenden Information wußte er über den allgemeinen Tagesablauf einer japanischen Millionenstadt recht gut Bescheid.
Nyssen entschied sich für die Zeit zwischen ein und vier Uhr morgens. Drei Stunden, meinte er, sollten ausreichen, um eine kleine Druckerei völlig zu untersuchen.

Er verbrachte den Rest des Nachmittags schlafend, aß gut und reichlich zu Abend und besuchte ein Kino, dessen Vorstellung ein paar Minuten vor Mitternacht endete.

Dann kehrte er in sein Hotel zurück und bewaffnete sich mit den Dingen, die er für notwendig oder nützlich hielt. Es waren mehr als zwanzig verschiedene Geräte, aber dank den Fertigkeiten ferronischer Mikrotechniker nahmen sie nicht mehr als den Platz zweier Hosen- und einer Jackentasche in Anspruch.

Den schweren Neutronenstrahler allerdings trug Nyssen im Schulterhalfter.

Kurz vor ein Uhr stand er in der Nähe der Druckerei. Befriedigt stellte er fest, daß die Straße so gut wie leer war. Wenn es ihm gelang, die Tür des Gebäudes im Lauf von drei Minuten zu öffnen, dann war er so gut wie in Sicherheit.

Er brauchte dreieinhalb Minuten, aber es kam niemand, der ihn störte. Er war sicher, daß ihn niemand beobachtet hatte.

Den Empfangsraum, die kleinen Büros und die daran anschließenden Maschinenräume kannte Nyssen aus Rhodans und Michikais Beschreibung. Er hielt sich nicht damit auf, sie zu untersuchen. Ohne weitere Schwierigkeiten drang er in das größte und am besten eingerichtete Büro ein und suchte dort die Tür, von der Michikai gesprochen hatte.

Das Büro hatte insgesamt fünf Türen. Die, die Nyssen suchte, war die einzige, die zu verschließen man sich die Mühe gemacht hatte.

Das Schloß war simpel. Es leistete Nyssens Mikrowerkzeugen nicht länger als zwanzig Sekunden Widerstand.

Der kleine Raum, der dahinter lag, hatte keine Fenster. Nyssen zog die Tür hinter sich zu, zündete seine kleine, helle Dauerlampe an und suchte einen Platz, auf dem er sie ablegen konnte.

Außer dem Visiphon, von dem Michikai gesprochen hatte, gab es nur noch einen Stuhl. Nyssen legte die Lampe auf den Stuhl und fragte sich, wo er nun zu suchen anfangen sollte.

Er kam sich ein wenig lächerlich vor, als er die Wände abzuklopfen begann. Manche Stellen schienen hohl zu klingen, aber wenn er sie mit dem kleinen Röntgenstab ableuchtete, stellte er fest, daß nur ein wenig Mörtel zwischen den Steinen abgefallen war.

Eine Stunde brachte er auf diese Weise zu und kam langsam zu der Überzeugung, daß er hier nichts finden würde.

Da hörte er hinter sich tiefes Summen, und als er herumfuhr, sah er, daß der Visiphon-Bildschirm aufzuleuchten begann.

Er ließ von der Wand ab und betrachtete den Bildschirm. Es war völlig ungewöhnlich, daß ein Visiphon von selbst zu arbeiten begann. Der Bildschirm leuchtete erst dann auf, wenn die Verbindung wirklich hergestellt war. Das konnte hier nicht der Fall sein, denn niemand hatte den Hörer abgenommen. Nyssen hatte nicht einmal das Anmeldesignal gehört.

Er postierte sich so, daß das Bild-Aufnahmegerät ihn nicht erfassen konnte. Dann wartete er.

Er hörte das Knacken im Empfänger im selben Augenblick, in dem er mit einem hastigen Griff die Lampe ausschaltete.

Der Hörer war aufgelegt, trotzdem sprach er an.

Nyssen rutschte an der Wand entlang ein Stück näher zu dem Gerät und hörte die blecherne Stimme, die eben gerade zu sprechen angefangen hatte. Das Visiphon schien einen extrastarken Verstärker zu besitzen, denn Nyssen konnte fast jedes Wort verstehen.

„. . . wichtige Besprechung morgen abend zwanzig Uhr in meinem Haus. Es haben alle zu kommen . . .“

Nyssens Aufmerksamkeit wurde zum Teil abgelenkt von dem seltsamen Bild, das sich auf dem Empfängerschirm zeigte. Es war ein wirres Durcheinander von Linien. Auf den ersten Blick sah es aus wie eine Empfangsstörung, aber dann entdeckte Nyssen, daß in den zuckenden, wirbelnden Linien eine gewisse Regelmäßigkeit steckte.

Er holte seine kleine Kamera hervor und ließ sie die Linien aufzeichnen. Sie kam nicht mehr voll zur Entfaltung ihrer mikrotechnischen Fähigkeiten, denn die Sendung war kurz danach beendet. Aber Nyssen hoffte, daß die Experten aus der Aufnahme trotzdem etwas herauslesen konnten.

Nur mit halbem Ohr hatte er mitbekommen, daß die Durchsage keinen wichtigen Hinweis enthalten hatte. Es wurden nur Dinge erwähnt, von denen die Mitglieder dieser geheimnisvollen Organisation zu wissen schienen, wo sie sich befanden oder was sie waren, so daß es keiner erläuternden Angaben bedurfte.

Nyssen setzte all seine Hoffnung in die Filmaufnahme, die er gemacht hatte.

Die Zeit begann zu drängen. Nyssen nahm das Abklopfen der Wände nicht wieder auf. Er war nahezu sicher, daß es hinter den Wänden nichts zu finden gab.

Statt dessen widmete er sich dem erstaunlichen Visiphon, das zu arbeiten begann, ohne daß man es in Betrieb setzte, und dessen Hörer ansprach, obwohl er noch auf der Gabel lag.

Es gab eine gewöhnliche, allerdings etwas dünne Zufuhrleitung, die ein paar Zentimeter unterhalb des Bildschirms in der Wand verschwand. Nyssen leuchtete sie ab und sah, daß sie in horizontaler Richtung durch die Wand hindurchlief.

Daraufhin kehrte er in das große Büro zurück und suchte einen Weg, wie er auf die andere Seite der Wand gelangen konnte. Eine Tür führte hinaus auf einen Hinterhof, und eine Wand des Hofes war eben die, die Nyssen suchte.

Nyssen hatte nicht lange zu tun. Deutlich sichtbar trat die dünne Leitung aus der Wand heraus, beschrieb einen Knick und lief zum Dach hinauf.

Und auf dem Dach stand eine hohe Antenne.

Nyssen pfiff leise durch die Zähne. Visiphongeräte waren – ebenso wie Telefone – an ein Netz angeschlossen. Sie empfingen die Sprechimpulse und die Bildzeilen durch Leitungen, die innerhalb der Stadt unter dem Boden verlegt und draußen, auf dem Land, an Holz- oder Plastikmasten aufgehängt waren. Ein Visiphon brauchte keine Antenne – ebensowenig wie ein Telefon.

Dies hier war kein normales Visiphon. Es war eine Sende- und Empfangsanlage, die auf drahtlosem Weg arbeitete. Sie war als Visiphon getarnt, um Besucher zu narren.

Deswegen hatte das Ding zu arbeiten angefangen, ohne daß jemand den Hörer abgenommen hatte.

Nachdenklich brach Nyssen seinen nächtlichen Besuch ab. Er war immer noch nachdenklich, als er im Hotel die Tür zu seinem Zimmer aufschloß.

Gewohnheitsgemäß packte er von seinen Instrumenten zunächst die Meßgeräte aus und legte sie sorgfältig auf den Tisch.

Dann las er die Meßinstrumente ab – immer noch in Gedanken und außerdem fest davon überzeugt, daß die Geräte nichts anzeigten.

Radioaktivität – keine.

Temperatur – normal.

Hypnotische Beeinflussung . . .

Die Geräte waren so klein, daß Nyssen die Skalen mit der Lupe ablesen mußte. Mit einem leisen, aber heftigen Fluch nahm er die Lupe aus dem linken Auge und klemmte sie in das rechte.

Aber das Bild blieb dasselbe.

Hypnotische Beeinflussung – Ausschlag des Meßinstruments: sechs Skalenteile.

Nyssen ließ die Lupe aus dem Auge gleiten und starrte vor sich hin.

Das Meßinstrument behauptete, er sei hypnotisch beeinflußt worden. Sechs Skalen entsprachen sechs Mikrofreud – das war genug, um ein Dutzend erwachsene Männer zu hypnotisieren.

Aber er hatte nichts davon gemerkt. Oder?

Stand er jetzt noch unter hypnotischem Einfluß?

Na schön, dachte Nyssen. Dafür, daß ich nichts davon gemerkt habe, könnte man eine Erklärung finden. Jedes Gehirn hat seinen eigenen Frequenzbereich. Jemand könnte auf einer Frequenz gesendet haben, auf die mein Gehirn nicht anspricht. Das Gerät mißt, was die Frequenz angeht, integral. Es mißt *alles,* was da an hypnotischer Beeinflussung ankommt.

Aber woher, zum Teufel, kam die Beeinflussung?

Als Nyssen die einzig mögliche Erklärung einfiel, war er drauf und dran, seine Geräte von neuem zusammenzupacken und einen zweiten Besuch in jener Druckerei zu machen. Er gab die Idee jedoch auf, nachdem er auf die Uhr gesehen hatte. Halb vier – zu spät.

Das Wellenmuster auf dem Bildschirm. Keine Empfangsstörung und auch keine Erzeugung einer fremden, geometrischen Phantasie – eine Hypnose-Sendung.

5.

Für McMurrays phänomenale Beweglichkeit war es nicht schwer, sein Opfer schon im Lauf der ersten Stunde zu finden.

McMurray prägte sich das Gesicht und die Figur des Mannes ein und ging dann dazu über, dessen Lebensgewohnheiten zu studieren.

Denn McMurray hatte vor, den Mann zu entführen. Auf dem Weg der Teleportation zu entführen. Für den Teleporter bedeutete es einen wesentlichen Unterschied, ob er einen Sprung allein machte oder ob er einen zweiten Gegenstand vergleichbarer Masse mit sich transportieren wollte. Der erste Fall war für ihn ein kurzdauernder Akt spontaner Energiefreisetzung, für den zweiten brauchte er Konzentration und Sammlung für wenigstens zehn Minuten.

McMurray bemühte sich also, in dem Lebenslauf seines Opfers die Zeitspanne zu finden, in die das Zehn-Minuten-Intervall mit dem geringsten Risiko gelegt werden konnte. Die Stunden also, in der der Mann mit der größten Wahrscheinlichkeit allein war.

McMurray brauchte zwei Tage, um sich zu orientieren.

Als Termin für den eigentlichen Coup setzte er den 2. August 1981 an. Die Zeit zwischen zwanzig und einundzwanzig Uhr Ortszeit.

Rhodan war überzeugt, daß aus dem Sprungmuster, das Dr. Manoli Tako Kakutas Gehirn entnommen hatte, nichts weiteres mehr herauszuholen war.

Der Kreis, den er auf der Landkarte eingezeichnet hatte, war auf einen Durchmesser von fünf Kilometern zusammengeschrumpft.

Der Kreis berührte die Stadt Osaka nur mit einem winzigen Abschnitt. Die Wahrscheinlichkeit, daß das Ziel außerhalb der Stadt lag, war sehr groß.

Das erleichterte die Suche. Ein Haus, das in Beton gemauerte Keller hatte, mußte für japanische Verhältnisse beachtlich groß sein.

Als Rhodan die Ergebnisse zusammengetragen hatte, rief er nach Crest.

Crest meldete sich nicht.

Rhodan rief Thora an.

Thora hatte Crest seit wenigstens drei Stunden nicht mehr gesehen.

Rhodan ließ ein paar Minuten verstreichen und rief Crest von neuem an.

Der Arkonide meldete sich auch dieses Mal nicht.

Rhodan erinnerte sich des Auftrags, den der fremde Teleporter gehabt hatte, dem Tako Kakuta in jene verhängnisvolle Falle gefolgt war.

Rhodan gab eine allgemeine Suchmeldung aus.

Eine Stunde später stand fest, daß Crest sich nicht mehr im Gebiet der Dritten Macht aufhielt.

Er hatte auch keine Nachricht hinterlassen, wo er zu finden war.

Crest war entführt worden.

Als wahrscheinlichster Zeitpunkt ergab sich, rückwärts extrapoliert, die halbe Stunde zwischen zwanzig Uhr und zwanzig Uhr dreißig. Kurze Zeit danach hatte Rhodan Crest zum erstenmal zu sprechen versucht.

Um diese Zeit hatte Ishy Matsu, die zierliche Japanerin, Überwachungsdienst gehabt. Ishy gab an, daß sie kurz nach zwanzig Uhr einen relativ starken, aber unentzifferbaren Einzelimpuls empfangen habe. Da er sich jedoch nicht wiederholte, hatte sie sich nicht weiter darum gekümmert.

Rhodan informierte Thora darüber, daß man Crest entführt habe. Er hatte die Arkonidin noch nie so entsetzt gesehen wie in diesen Augenblicken.

„Was – was werden Sie tun?“ fragte sie.

Rhodan sah sie erstaunt an. „Angreifen. Was dachten Sie?“

„Wo? Sie haben doch . . .“

„Doch. Ich habe alle Informationen, die ich brauche. Vielleicht hat Nyssen zusätzlich noch etwas herausgefunden. Wir brechen sofort auf.“

„Benutzen Sie Transmitter?“

Transmitter waren Geräte, die Rhodan von der Suche nach dem Planeten Wanderer mitgebracht hatte. Geräte, die jedem, der sich ihnen anvertraute, die parapsychische Gabe des Teleporters ersetzten – indem sie ihn auf fünfdimensionalem Weg an den Ort transportierten, an dem ein entsprechend justierter Empfänger stationiert war.

Rhodan schüttelte den Kopf.

„Nicht von hier aus, wenn Sie das meinen“, antwortete er. „Wir kennen die Gegebenheiten zu wenig. Im Lauf der nächsten fünf Stunden fliegt eine Einsatzgruppe nach Osaka. Wir nehmen Transmitter mit, und wenn die Lage erkundet ist, werden wir sie einsetzen.“

Die Stunde von sechs bis sieben Uhr morgens war eine der Zeitspannen, während der Michikai in seinem Restaurant auf Nyssens Anruf warten sollte.

Nyssen hatte zwei Stunden geschlafen und rief kurz nach sechs an. Man erklärte ihm, daß Michikai nicht da sei.

Nyssen wiederholte den Anruf eine halbe Stunde später, aber Michikai war immer noch nicht erschienen. Nyssen nahm an, daß er seine fünfzig Dollar gestern noch abgeholt hatte und damit verschwunden war. Das beunruhigte ihn zwar nicht, aber im Augenblick hätte er Michikai gut gebrauchen können.

Entgegen seinen Vorsätzen fuhr er in das Restaurant, in dem Michikai um diese Zeit auf seinen Anruf hätte warten sollen. Vielleicht wußte der Wirt, wo er zu finden war.

Für Crest war alles so schnell gegangen, daß er noch nicht einmal ganz verstanden hatte, was geschehen war. Ein junger Mann war plötzlich neben ihm in seinem Wohnzimmer aufgetaucht und hatte ihn niedergeschlagen.

Als Crest wieder aufwachte, lag er in einem Raum, der dem, den Tako Kakuta beschrieben hatte, sehr ähnlich sah.

Crest fühlte kaum Kopfschmerzen, deshalb glaubte er, daß seine Bewußtlosigkeit nicht lange gedauert hatte. Dieser Raum aber sollte nach Rhodans Angaben in Japan liegen – also ein paar tausend Kilometer von Terrania entfernt.

Wie war er so schnell hierhergekommen?

Gab es noch andere Anlagen dieser Art, vielleicht in direkter Nähe von Terrania?

Erst nach einer Weile kam Crest auf die Idee, daß es beim Gegner Teleporter geben könnte, die stark genug waren, um einen Bewußtlosen im Sprung zu transportieren. Nach einiger Überlegung nahm Crest diese Erklärung als die gegebene.

Mittlerweile war er aufgestanden und hatte die einzige Tür untersucht, die der Raum besaß. Sie bestand aus solidem Stahlblech und ließ sich nicht öffnen. An Mobiliar enthielt der Raum einen Stuhl und einen Tisch.

Crest setzte sich auf den Stuhl und wartete. Er bedauerte es, daß es nicht seine Gewohnheit war, ständig eine Waffe bei sich zu tragen. Es gab unter den wirkungsvollen arkonidischen Thermostrahlern solche, die klein genug waren, um einer Durchsuchung mit einem hohen Maß an Wahrscheinlichkeit zu entgehen.

Etwa eine Stunde, nachdem Crest erwacht war, öffnete sich die Tür, und ein Mann, den der Arkonide nie zuvor gesehen hatte, fuhr ihn an: „Kommen Sie mit!"

Crest zog die Brauen in die Höhe und blieb sitzen.

„Wohin?" fragte er.

Der Mann brachte eine Maschinenpistole zum Vorschein.

„Das werden Sie schon sehen!" schrie er zornig.

Crest stand auf und schritt an dem Mann vorbei durch die Tür. Der Raum auf der anderen Seite war nicht komfortabler als der, in dem er bisher gewartet hatte. Ein Tisch, ein Stuhl.

Der übernächste enthielt jedoch noch eine Art Visiphongerät.

„Nehmen Sie den Stuhl und setzen Sie sich vor den Bildschirm!" befahl der Mann mit der Maschinenpistole.

Crest tat es. Der Mann blieb in der Nähe der Tür stehen, und Crest wollte ihn gerade fragen, was nun geschehen sollte, als plötzlich der Visiphon-Schirm aufleuchtete.

Er zeigte kein Bild, sondern ein zuckendes, waberndes Gewirr weißer Wellenlinien.

Im selben Augenblick fühlte Crest den eigenartigen Druck auf dem Schädel.

Er reagierte sofort. Einem arkonidischen Gehirn – noch dazu einem so sorgfältig trainierten, wie Crest es besaß – fiel es nicht schwer, jeder Art hypnotischer Beeinflussung zu widerstehen.

Er verstand jedoch den Sinn des hypnotischen Befehls: „Von jetzt an wirst du für mich arbeiten. Ich brauche einen Mann wie dich. Und ich zeige mich erkenntlich für Dienste, die man mir leistet."

Crest erkannte den Zusammenhang.

Die Wellenlinien, die der Bildschirm zeigte, waren der Ausfluß einer Hypnosesendung als Verstärker und beeinflußten den, der auf den Bildschirm sah.

Das bedeutete, daß Rhodans Vermutungen falsch waren. Der Unbekannte besaß nicht nur die Kraft seines eigenen Gehirns, sondern auch mechanische Mittel zur Erzeugung hypnotischer Befehle, auch wenn sie noch leistungsschwach schienen.

Eine unsympathische Stimme begann zu sprechen, nachdem die Hypnosesendung etwa zwei Minuten lang gelaufen war. „Habe ich Sie endlich erwischt?"

Crest erschien es müßig, darauf eine Antwort zu geben.

„Sie werden von heute an für mich arbeiten", erklärte die Stimme.

Crest entschied sich für die Aufrichtigkeit.

„Das werde ich nicht", antwortete er.

Der Unbekannte schien nur ein paar Sekunden lang verblüfft zu sein. „Aaah . . . Hat es also nicht gewirkt? Also gut: Sie sehen, ich kenne Ihre persönliche Frequenz schon. Glauben Sie nicht, daß Sie mir allzu lange Widerstand leisten werden – Wache, schaff' den Mann weg!"

Crest wurde wieder in den Raum gebracht, in dem er vor einer Stunde aufgewacht war. Er setzte sich an den Tisch und fing an nachzudenken.

Auf dem Weg zum Restaurant empfing Nyssen über Mikrotelekom Rhodans Anruf. Der Anruf besagte nichts anderes, als daß Rhodan mit insgesamt zwanzig Mann nordöstlich Osaka gelandet war und nach dem Schlupfwinkel des Unbekannten suchte. Nyssen wurde aufgefordert, alle Informationen unverzüglich zur Verfügung zu stellen.

Nyssen kehrte auf der Stelle um und fuhr zu seinem Hotel zurück. Er parkte seinen Wagen so, daß er ohne Verzögerung wieder davonfahren konnte, und fuhr mit dem Lift hinauf in seine Etage.

Das erste, was er sah, als er sein Zimmer betrat, war Michikai. Michikai lag auf dem Boden und hatte ein Loch in der Stirn.

Die beiden Männer, die Michikai gebracht hatten, standen zu beiden Seiten der Tür. Jeder von ihnen hielt eine Pistole in der Hand und ließ keinen Zweifel daran, auf welches Ziel er im Notfall zu schießen gedachte.

Nyssen erschrak tatsächlich, aber im Lauf zweier Sekunden faßte er sich wieder. Nach außen hin jedoch gab er sich den Anschein, als sei er gerade an einem Nervenzusammenbruch vorbeigekommen.

Dreißig Kilometer weiter hatte der Mann, der auf Rhodans Befehl hin für die Verbindung mit Nyssen zuständig war, alle Mühe, das Gemurmel zu entziffern.

„. . . Hotel, Tor der himmlischen Vögel – Zimmer zwo-eins-eins-sieben – zwei Männer – gefangengenommen."

Die Entfernung von Nyssen bis zu den beiden Männern betrug drei Meter. Der aktive Teil des Mikrophons war in die Haut des Halses eingesetzt und nahm selbst schwächste Kehlkopfschwingungen auf. Nyssen hatte eine gute Chance, daß die beiden sein Gemurmel nicht verstanden. Er gab sich Mühe, eine Menge Speichel zu erzeugen und ließ einen Speichelfaden zum linken Mundwinkel hinauslaufen, so daß er nun vollends wie ein zu Tode erschrockener Irrer aussah.

Einer der beiden Männer kam auf ihn zu. Er grinste. „Warum so schreckhaft, mein Junge? Wir wollen dir nichts tun."

Er bewegte sich geschickt. Keine Sekunde lang kam er dem anderen in die Schußlinie.

„Was – was wollt ihr?" fragte Nyssen stotternd.

Der Mann zeigte auf Michikais Leiche. „Diesen Mann hier abliefern und dich zu einer Spazierfahrt einladen."

„N-nein!" protestierte Nyssen schreiend. „Ich will nicht!"

„Halt den Mund, du Narr! Wir waren dabei, als du den armen Kerl dort umlegtest, verstanden?" Dabei deutete er ein zweites Mal auf Michikai. „Du kannst uns dankbar sein, daß wir dich nicht der Polizei übergeben, sondern mitnehmen."

„Wohin?“ fragte Nyssen furchtsam.

„Das wirst du schon merken. Hast du Waffen?“

„Nein – ja, schon.“

Er deutete auf die linke Schulter. Den schweren Neutronenstrahler würden sie sowieso finden, ob er es ihnen verriet oder nicht.

Der Mann trat um ihn herum und griff ihm von unten her in die Achselhöhle. Er löste den Halfter und betrachtete die Waffe.

„In Ordnung“, sagte er, nachdem er Nyssen abgeklopft hatte. „Wir können gehen.“

Der andere öffnete die Tür und trat auf den Gang hinaus. Nyssen setzte sich in Bewegung.

Der Portier, an dem sie vorbeigingen, merkte nichts davon, daß man Nyssen gewaltsam von hier wegbrachte. Unbehelligt erreichte Nyssen mit seinen beiden Begleitern den Wagen, in dem die beiden gekommen waren. Ein Chauffeur ließ den Motor anlaufen, während sie einstiegen. Nyssen saß auf dem Hintersitz zwischen seinen beiden Bewachern.

Als der Wagen anfuhr, brummte er mit minimalem Atemaufwand: „Fahren weg.“ in das Telekom-Mikrophon und hoffte, daß sein Verbindungsmann den richtigen Sinn erfassen würde.

Das Auto wand sich eine halbe Stunde lang durch den morgendlichen Verkehr der großen Stadt. Dann gewann es eine der breiten Ausfallstraßen und schoß in nordöstlicher Richtung davon.

Nyssen hatte Zeit gehabt, einen Plan zu entwickeln. Er wußte, daß es jetzt vor allen Dingen darauf ankam, nicht unter den hypnotischen Einfluß des Unbekannten zu geraten.

Es mußte einen Weg geben, eine Beeinflussung zu verhindern.

Zum Beispiel, den Unbekannten durch Ergebnisse ablenken, die ihm wichtiger erscheinen mußten als eine Beeinflussung seines neuen Gefangenen.

Auf der gesamten Fläche des Fünf-Kilometer-Kreises, dessen Lage Rhodan nach Tako Kakutas Sprungdaten bestimmt hatte, gab es nur drei Gebäude. Eines davon war eine halb zerfallene Scheune, die beiden anderen waren Landhäuser im typisch japanischen Stil.

Rhodan war mit zwanzig Mann im Lauf der Morgendämmerung in einem Transporter hier angekommen. Der Transporter kehrte sofort um, nachdem er seine Last abgeladen hatte.

Rhodan und seine Begleiter trugen arkonidische Kampfanzüge. Sie waren mit Mikrogeneratoren ausgerüstet, die Antigravitations-, Deflektor- und Schutzfelder erzeugten.

Es hatte Rhodans Gruppe nicht die geringste Mühe gekostet, in einem Wäldchen unbemerkt den Morgen zu verbringen.

Nyssens Entführung war zunächst eine böse Überraschung gewesen. Aber ebenso schnell wie der entführte Major erkannte Rhodan die Chance, die sich ihm da bot. Von der Fahrt mit seinen beiden Entführern gab Nyssen kurze, gemurmelte Richtungsanweisungen, so daß schließlich kein Zweifel mehr daran bestand, welches der beiden Landhäuser das gesuchte Ziel war.

Rhodan verstand ferner Nyssens Plan, den Unbekannten, der auf die Einbringung des Gefangenen wartete, wirkungsvoll abzulenken, so daß Nyssen in der ersten halben Stunde seiner Gefangenschaft die Hände frei hatte.

Mit Crest bestand keine Verbindung. Der Arkonide hatte sich von der Nützlichkeit in die Haut eingepflanzter Mikro-Telekoms niemals überzeugen lassen. Rhodan war jedoch sicher, daß er seine Ansicht inzwischen revidiert hatte.

Der Overhead starrte mit ungläubigen Augen auf das Bild, das ihm der Bildschirm der Warn- und Überwachungsanlage zeigte.

Ein Fremder.

Er stand in dem kleinen Innenhof, den der quadratisch angelegte Gebäudetrakt des Landhauses einschloß. Er trug einen Anzug, wie Monterny ihn noch nie zuvor gesehen hatte, und eine kurzläufige, plumpe Waffe in der Hand.

Der Overhead sah, daß der Mann sich umschaute, als suche er etwas.

Eine Sekunde später war er verschwunden.

Abermals eine Sekunde später tauchte er an einer anderen Stelle wieder auf.

Nein. Das war nicht derselbe Mann. Er war kleiner als der erste und dabei breitschultriger.

Monterny spürte, wie seine Hände zu zittern begannen.

Zwei Männer, die durch den Ring der Wachanlagen unbemerkt bis in den Innenhof gekommen waren und sich nach Belieben unsichtbar machen konnten.

Monterny gab Alarm.

Die Männer jedoch waren in der Zwischenzeit verschwunden.

Es kam so, wie Nyssen es sich ausgerechnet hatte. Durch eine Seitentür brachte man ihn in das Landhaus hinein. Einer seiner Bewacher blieb bei ihm und hieß ihn warten, während der andere einen Gang entlangmarschierte und in einem Zimmer verschwand.

Als er nach einer Minute wieder auftauchte, machte er ein mißmutiges Gesicht.

„Keine Zeit im Augenblick!“ rief er seinem Kameraden zu. „Bring ihn nach unten!“

Mit einem Lift wurde Nyssen unter die Erde gebracht. Den Raum, in den man ihn schließlich steckte, glaubte er nach Tako Kakutas Beschreibung wiederzuerkennen. Er wußte allerdings nicht, daß es unter dem Landhaus insgesamt dreißig dieser uniformen Kellerräume gab.

Man ließ ihn allein. Der Raum hatte nur einen Ausgang – eine Stahltür, die zu stabil war, als daß Nyssen auch nur eine Sekunde lang versucht hätte, sie in seinem Sinne zu bewegen.

Er setzte sich auf den einzigen Stuhl, den es in diesem Raum gab, an den einzigen Tisch, stützte den Kopf in die Hände und markierte für die Fernsehkameras, die er in den Wänden vermutete, den Verzweifelten.

In Wirklichkeit feilte er in kaltblütigem Nachdenken an seinem Plan herum. Es beunruhigte ihn, daß er eine Unbekannte in seine Kalkulation miteinbeziehen mußte: die Wachsamkeit des Gegners.

Sein Plan konnte nur dann gelingen, wenn jeder in diesem Haus – bis auf den letzten Wachtposten – von den Vorgängen draußen im Höchstmaß abgelenkt war.

Neue Fremde tauchten auf, alle mit den seltsamen Anzügen bekleidet und mit der Fähigkeit ausgestattet, sich unsichtbar zu machen.

Monterny zweifelte nicht mehr daran, daß sie auf dem Luftweg in den Innenhof eindrangen.

Ein paar Minuten lang hatte er den Eindruck, die Unsichtbaren seien gekommen, um die Gefangenen zu befreien. Der Eindruck verschwand jedoch, als er einen der Fremden für Bruchteile einer Sekunde auf dem Dach des Landhauses in der Nähe jener Antenne entdeckte, über die die Hypno-Sendungen ausgestrahlt zu werden pflegten.

Das alarmierte den Overhead.

Er postierte fünfzehn Mann der insgesamt dreißigköpfigen Besatzung des Stützpunkts zum Schutz der Antenne auf das Dach des Hauses. Weitere zehn ließ er um das Anwesen herum patrouillieren und gab ihnen die Anweisung, auf alles, was sich in der Nähe des Hauses durch die Luft bewegte, unverzüglich zu schießen.

Nachdem er alles zum Schutz des Stützpunkts getan hatte, was in seiner Macht stand, bereitete er sich auf eine schnelle Flucht vor. Es war ihm die Erkenntnis gekommen, daß er praktisch in einer Falle saß. Wenn Rhodan – der Overhead zweifelte keine Sekunde daran, daß die Unsichtbaren Rhodans Leute waren – auf die Gefangenen keinen so großen Wert legte wie er, Monterny, es zunächst geglaubt hatte, dann konnte er das Haus von seiner Geistertruppe zu jedem beliebigen Zeitpunkt in die Luft sprengen lassen.

Daß er das tun würde, war nach den ersten Beobachtungen nicht mehr sonderlich wahrscheinlich.

Aber Monterny war der Mann, der sich stets rechtzeitig vorsah. Unter dem Haus – in einem Keller, der nur ihm selbst zugänglich war – begann ein Gang, der erst in einem Kilometer Entfernung wieder an die Oberfläche mündete.

Ein Kilometer, schätzte der Overhead, sollte genug sein.

Genau eine Stunde nach seiner Gefangennahme begann Nyssen mit allen Kräften gegen die Tür zu trommeln. Er hämmerte eine Viertelstunde lang, dann hörte er Schritte.

Er klopfte so lange, bis die Tür sich zu öffnen begann. Dann erst wich er zur Seite und duckte sich.

Der Wächter hatte die Pistole zwar in der Hand, aber Nyssen kam aus einer anderen Richtung als der, in der ihn der Mann vermutete.

Nyssens Handkante traf ihr Ziel auf den Zentimeter genau. Mit einem wilden Aufschrei ließ der Wächter die Waffe fallen.

Er war langsam im Vergleich zu Nyssen. Nyssens wohlgezielter Faustschlag schmetterte den Wächter auf den harten Boden.

Eine Minute lang war er bewußtlos. In der Zwischenzeit hatte Nyssen die Waffe an sich genommen und sich davon überzeugt, daß der Gang vor dem Raum verlassen war.

„Hör zu!“ forderte er seinen Wächter auf. „Ich bin in einer bösen Lage, wie du weißt. Ich brauche dich, um hier herauszukommen. Ich lege nicht den geringsten Wert darauf, wieder eingefangen zu werden. So wenig Wert, daß ich dich sofort erschießen werde, wenn du irgend etwas tust, was mir nicht gefällt. Hast du das verstanden?“

Der Mann war Japaner. Er nickte hastig. Nyssen war überzeugt davon, daß er nur noch unter relativ schwachem, posthypnotischem Einfluß stand.

„Hier gibt es noch einen zweiten Gefangenen“, stellte Nyssen fest. „Wo ist er?“

Der Wächter machte eine hilflose Handbewegung auf den Gang hinaus.

„Wie viele Wächter gibt es insgesamt hier unten?“

„Fünf.“

„Führe mich zu dem anderen Gefangenen, aber so, daß wir keinem Wächter in die Arme laufen.“

Der Japaner führte Nyssen ein paar Minuten lang durch die Gänge.

Dann fanden sie Crest.

Der Arkonide brauchte eine Weile, um das Glück zu begreifen, das ihm widerfuhr. Nyssen hatte Mühe, ihm seinen Plan auseinanderzusetzen.

„Wir sind noch lange nicht in Sicherheit“, erklärte Nyssen mit Bestimmtheit. „Der Unbekannte hat seinen Stützpunkt noch fest in der Hand. Wir müssen an den Neutronenstrahler herankommen, den man mir abgenommen hat.“

Crest verstand schließlich. Darüber hinaus war er mit allem einverstanden, was Nyssen ihm vorschlug. Bei geöffneter Tür schrie er mit voller Lungenkraft in den Gang hinaus, und sein Wächter, der verwundert über so viel Lärm herbeigelaufen kam, wurde von Nyssen niedergeschlagen.

An den anderen drei Wächtern schlichen sie sich vorbei. Crest bezog mit der erbeuteten Waffe am Lift Posten, während Nyssen mit dem Japaner hinauffuhr. Der Japaner selbst gab ihm den Tip, wo er die Neutronenwaffe wiederfinden könne. Es war dasselbe Zimmer, in dem einer seiner Bewacher für eine Minute verschwunden war, als sie hier ankamen.

Nyssen, obwohl über die Besatzung des Hauses nicht informiert, unternahm den Versuch, seine Waffe wiederzuerbeuten und hatte Erfolg. Mit seinem Wächter kehrte er in den Keller zurück.

Im Keller manipulierte er – von Crests Anweisungen kräftig unterstützt – eine Weile an der Waffe herum und deponierte sie dann an einem Ort, den er für ebenso wirkungsvoll wie sicher hielt.

Schließlich setzte er sich mit Rhodan in Verbindung.

Wenige Minuten später gingen Rhodans Leute, deutlich sichtbar, von zwei Seiten her zugleich gegen das Landhaus vor. Der Angriff aus westlicher Richtung begann etwa zwei Minuten früher als der aus südlicher. Das hatte zur Folge, daß das Haus für diese zwei Minuten an der südlichen Front fast unbewacht war.

Nyssen und Crest nutzten die Zeit. Sie liefen Rhodans Leuten in die Arme, als sie etwa hundert Meter von dem Haus entfernt waren.

Rhodan wurde verständigt und blies den Angriff sofort ab. Einer der Männer, mit Mikrophon und Lautsprecher bewaffnet, drang in den Innenhof des Landsitzes vor und erklärte so, daß ihn jeder – auch die Wächter in den Kellern – verstehen mußte: „Das Haus ist sofort zu räumen! In genau fünf Minuten wird eine Bombe detonieren und alles Leben im Umkreis von hundert Metern vernichten."

Die Wirkung der Warnung war nahezu gleich Null. Jedermann innerhalb des Landhauses hielt sie für einen Trick. Man wandte sich um Rat an den Overhead, aber der Overhead war nicht zu sprechen.

Die Besprechung fand zwei Tage später statt, am 3. August 1981.

„Wir haben nicht soviel gewonnen, wie wir zunächst hofften", erklärte Rhodan ernst. „Soweit von den Gefangenen und dem Besitzer der Druckerei, der inzwischen verhaftet wurde, in Osaka zu erfahren war, ist der wichtigste Mann entkommen. Keiner der Gefangenen hat den großen Unbekannten jemals zu Gesicht bekommen – weder direkt noch auf dem Bildschirm. Seinen einzigen Vertrauten, einen gewissen McMurray, fanden wir tot. Wir haben den Gang gefunden, durch den unser Gegner entwischt ist. Seine Spur haben wir jedoch verloren. Die wenigen Aufzeichnungen, die in dem Landhaus entdeckt wurden, gaben kaum Aufschluß über Pläne, Aktivitäten und Möglichkeiten des Gegners. Wir dürfen also nicht hoffen, daß dieser Kampf schon entschieden ist. Wir haben vorläufig nicht einmal die Wissenschaftler finden können, die aus Terrania entführt worden sind. Dreierlei haben wir bisher in Erfahrung gebracht: Der Unbekannte besitzt außer seiner eigentlichen Mannschaft noch eine unübersehbare Menge von Zuträgern. Das hat Michikai – den Japaner, den Nyssen angestellt hatte – den Hals gekostet und Nyssen beinahe ebenso. Wir wissen zweitens, wie die mechanisch-hypnotische Befehlsübermittlung des Unbekannten vor sich geht. Wenn er sich über Visiphon mit seinen Leuten in Verbindung setzt, sind niemals die gesprochenen Worte das Wesentliche, sondern die Wellenmuster auf dem Bildschirm. Die Frage ist allerdings, ob er diese Art der Kommunikation noch beibehält, nachdem er als sicher annehmen kann, daß wir hinter den Trick gekommen sind. Wir wissen drittens, daß der Unbekannte die Aushebung seines japanischen Stützpunkts als empfindliche Schlappe empfinden muß. Wie wenig wir auch immer erreicht haben, wir haben einen seiner Pläne vereitelt. Bis zu einem gewissen Maß dürfen wir damit rechnen, daß er nervös werden und in den nächsten Tagen ein paar Fehler machen wird, die uns vielleicht näher an ihn heranbringen."

Rhodan war nicht so zuversichtlich, wie er sich gab. Er rechnete damit, daß der unheimliche Gegner bald wieder zuschlagen würde.

6.

In knapp fünfhundert Meter Höhe raste das torpedoförmige Schulschiff der Raum-Akademie über die roten Wüstenflächen des Mars dahin und wich geschickt den vereinzelten Gipfeln des langgestreckten Randgebirges aus. Captain Hawk, einer der erfahrensten Pilotenausbilder, saß vor den Kontrollen und zeigte seinen beiden Schülern, wie man selbst mit einem großen Schiff behende allen Hindernissen aus dem Weg gehen konnte.

Schulschiff Z-82 war etwa dreißig Meter lang und barg Platz für drei Mann Besatzung. Es konnte annähernd Lichtgeschwindigkeit erreichen.

Kadett Klaus Eberhardt saß links von dem Ausbilder und versuchte, die Bedeutung der unzähligen Bedienungsgriffe zu memorieren. Nicht, daß er dumm gewesen wäre, im Gegenteil. Aber er konnte selbst nicht leugnen, daß er ein bißchen langsam begriff. Nicht immer, aber meistens dann, wenn es darauf ankam. Das war sein einziger Fehler.

Rechts vom Ausbilder saß ein zweiter Kadett. Im Gegensatz zu Eberhardt war er schlank, groß und fast hager. Dunkelbraune Haare umrahmten die obere Hälfte seines ovalen Gesichts, in dem zwei braune Augen sanft und etwas träumerisch dreinblickten. Kadett Julian Tifflor, von seinen Freunden und Mitschülern einfach Tiff genannt, verstand es unbewußt, seine Umwelt gewaltig zu täuschen. Hinter den träumerischen Augen verbarg sich ein starker Wille. Trotz seiner zwanzig Jahre war Tiff ein mathematisches Genie und ein Musterbeispiel an Entschlossenheit. Er war einer der besten Schüler der Anstalt.

Captain Hawk zeigte schräg nach vorn. „Sie sehen dort den Berggipfel, meine Herren? Gut. Ich steuere das Schiff so nahe wie möglich an ihn heran, ehe ich abschwenke. Beachten Sie dabei die Reaktionsfähigkeit von Z-82. Natürlich ist sie im freien Raum nicht ganz so groß, weil wir in Bodennähe außerdem noch die atmosphärischen Widerstände als Steuerhilfe benutzen können."

„Aha", machte Kadett Eberhardt und nickte Tiff zu, der seinerseits still lächelte und die Hände auf die Pseudokontrollen legte, um zu versuchen, im selben Augenblick wie der Lehrer zu reagieren. Die elektronischen Meßinstrumente würden jeden seiner Handgriffe genau registrieren und aufzeichnen.

Eberhardt folgte dem Beispiel seines Kameraden.

Sie rasten auf die Bergspitze zu. Es sah so aus, als würde der Zerstörer mit voller Wucht gegen die kahlen, rötlichen Felsen prallen, aber in letzter Sekunde schoß er mit einer kaum merklichen Wendung daran vorbei und stieg dann schräg hinein in den dunkelblauen Himmel, an dem bereits die ersten Sterne zu sehen waren.

„Das war knapp", meinte Kadett Eberhardt und lehnte sich zurück. „Ich glaube nicht, daß ich derartiges versuchen würde, wenn es nicht unbedingt notwendig wäre."

„Man muß jeder Situation gewachsen sein", belehrte ihn Captain Hawk und sah auf die Uhr. „Es wird Zeit, daß wir zur Erde zurückkehren."

„Ja." Tiff nickte versonnen. „Ich habe Nachturlaub eingereicht."

Hawk warf ihm einen strafenden Blick zu. „Sie sollten während der Dienstzeit nicht an Ihr Vergnügen denken, Kadett Tifflor. Wir haben noch einen harten Rückflug vor uns."

„Die paar Kilometer", erwiderte Tiff verächtlich. „Mit der Z-82 schaffen wir das in knapp einer Stunde."

„Ich habe nicht die Absicht, auf knapp Lichtgeschwindigkeit zu beschleunigen. In drei Stunden werden wir auf Nevada Fields landen."

Diesmal irrte sich Captain Hawk gewaltig, aber das konnte er noch nicht wissen. Hätte er jedenfalls auf Tifflors Nachturlaub Rücksicht genommen, wären die Ereignisse anders abgelaufen.

„Haben Sie die Berechnungen?" fragte Hawk. „Wir nehmen an, unser Navigationsroboter ist ausgefallen und Sie müssen den schnellsten Kurs zur Erde bestimmen. Ohne Geräte. Von dieser Stelle aus. Wie lange benötigen Sie dafür?"

Tiff seufzte und sah sich um. In der Sichtluke stand der inzwischen zusammengeschrumpfte Mars. Man konnte schon deutlich das Netz der Kanäle erkennen, die aber in Wirklichkeit keine Kanäle, sondern etwas tiefer gelegene Täler waren.

Mitten in der Frontscheibe stand die grünblaue Erde als kleiner Stern.

Tifflor bemerkte: „Natürlich ist die Berechnung des Kurses nicht so einfach, aber sie ist zu schaffen. Doch ich halte dies für überflüssig. Bei unseren Geschwindigkeiten können wir ohne weiteres auf Sicht steuern."

Captain Hawk begann mit den Händen zu fuchteln. „Kadett Tifflor, Sie befinden sich in einem Schulschiff. Ich weiß auch, daß wir auf Sicht steuern können, aber darum geht es hier nicht. Ich will wissen, ob Sie sich ohne Instrumente auch in einem unbekannten Raum zurechtfinden. Also los, berechnen Sie."

Eberhardt sah zu, wie Tiff sich daran machte, Zahlen auf ein Blatt Papier zu werfen. Captain Hawk lag gemütlich in seinem Sessel und ließ das Schiff in den Raum hineinrasen, ohne sich um den Kurs zu kümmern. Es würde die Aufgabe seines Schülers sein, Z-82 wieder auf den richtigen Kurs zu bringen und später sicher auf dem Feld zu landen.

Niemand achtete auf die Instrumente.

Außer Eberhardt.

Im Vergleich zu einem normalen Erdenbürger war er immer noch ziemlich schnell. Aber er besaß nicht jene Reflexe, auf die es bei der Raumfahrt ankam.

So dauerte es zehn Sekunden, bis er den Ausschlag des Tasters bemerkte. Dieser Taster war ein Gerät, das ständig Radarstrahlen nach allen Richtungen ausschickte und eventuelle Reflexe registrierte. Solche Reflexe im leeren Raum waren bei der verhältnismäßig geringen Reichweite des Geräts äußerst selten. Sie traten nur dann auf, wenn Asteroiden oder größere Meteore nah beim Schiff vorbeigingen – oder wenn ein Schiff in die Nachbarschaft geriet.

Kadett Eberhardt streckte den rechten Arm aus und zeigte auf den winzigen Bildschirm über der Tasterskala.

„Da ist etwas", sagte er verblüfft. „Ein hübscher Brocken."

Captain Hawk richtete sich langsam auf und starrte dann wie gebannt auf das Instrument. Auf dem winzigen Bildschirm schwebte ein fast runder Fleck, der sich schnell vergrößerte. Der fragliche Gegenstand näherte sich in ihrer Richtung.

Hawk las die Daten auf der Skala ab und schüttelte dann den Kopf. „Ein Zerstörer? Ganz unmöglich. Wir sind der einzige Zerstörer zwischen Mars und Erde. Wenn wir die Richtung nicht ändern, ist er in wenigen Sekunden heran. Da, er verlangsamt. Merkwürdig."

Jetzt wurde die schlanke Form des Schwesterschiffs auch mit bloßem Auge sichtbar. In weitem Bogen zog das Schiff eine Schleife und näherte sich erneut von vorn.

„Vielleicht hat die Dritte Macht . . .", begann Tiff, aber Captain Hawk schüttelte den Kopf.

„Die letzte Funkmeldung der Akademie besagt, daß auch Perry Rhodan keine Schiffe im Raum hat. Wir sind die einzigen. Wenn ich diesen Schiffstyp nicht so genau kennen würde . . ."

Er kam nicht mehr dazu, den anderen zu verraten, was dann wäre.

Vor ihnen blitzte es auf. Ein Energiestrahl verließ den Bug des anderen Zerstörers und eilte schneller, als das menschliche Auge ihm zu folgen vermochte, auf Z-82 zu.

Captain Hawk reagierte nicht schnell genug, und auch für Tiff kam der plötzliche Überfall zu überraschend. Zwar beugte er sich nach links und hieb mit der Faust den Hebel in den Sockel, aber die Energieglocke legte sich um den Bruchteil einer Sekunde zu spät um ihren Zerstörer.

Zum Glück war der Pilot des anderen Schiffes ein miserabler Schütze.

Der Energiestrahl durchdrang nicht die Bughülle der Z-82, aber es war, als stieße das Schiff gegen eine Mauer. Da halfen auch die Andruck-Neutralisatoren nicht mehr viel. Die Wucht des plötzlichen Aufpralls schleuderte Captain Hawk aus dem Sitz und warf ihn mit der Stirn gegen die Kontrolltafel des Navigationsrechners.

Tiff wurde ebenfalls nach vorn gerissen, aber er konnte den Aufprall mit den Händen abfangen. Dabei verstauchte er sich beide Gelenke, was er jedoch im Augenblick nicht bemerkte.

Kadett Eberhardt hatte mehr Glück. Er war der einzige, der die

Sicherheitsgurte angelegt hatte. Sie bewahrten ihn davor, Hawks Schicksal zu teilen.

Tiff sah mit einem Blick, daß sein Ausbilder tot war. Ihm blieb jedoch keine Zeit, sich jetzt um den Toten zu kümmern. Es gab Wichtigeres zu tun.

Das andere Schiff war nach dem scheinbar vergeblichen Angriff umgeschwenkt und setzte erneut zum Frontalanflug an. Tiff war mit einem Satz im Sessel des Ausbilders und übernahm die Kontrollen. In einer scharfen Rechtskurve wich er aus, beschleunigte und griff nun seinerseits den Unbekannten an. Dabei schossen die wildesten Vermutungen durch seinen Kopf.

Wer war der Pilot des Zerstörers, der sie angriff? Es konnte niemand von der Akademie sein, das war völlig undenkbar. Daß ein Pilot der Dritten Macht seine eigenen Schiffe abzuschießen trachtete, war ebenso unmöglich.

Wer aber dann?

Tiff wußte nichts davon, daß Perry Rhodans größter Gegner drei Zerstörer gestohlen und sie mit seinen willenlosen Werkzeugen bemannt hatte, die den Befehl erhielten, auf alles zu schießen, was auf die Dritte Macht hinwies.

Einfach zu fliehen, war sinnlos, denn der Gegner würde die gleiche Geschwindigkeit wie die Z-82 entwickeln können.

Das gegnerische Schiff reagierte nicht besonders schnell. Tiff gelang es, in einer eleganten Schleife die Z-82 so zu lenken, daß der Bug genau auf das flammende Heck des Unbekannten zeigte. Hier, so wußte Tiff aus der Theorie, war die einzige Stelle der Zerstörer, die als verwundbar galt. Der Schutzschirm besaß hier eine Strukturlücke, um die Antriebsstrahlen nicht zurückschlagen zu lassen.

Tiffs Augen fanden den roten Hebel der Neutronenkanone. Noch niemals in seinem Leben hatte er diesen roten Hebel berühren, geschweige denn betätigen dürfen. Im Notfall, so hatte Captain Hawk immer betont, löse dieser Hebel eine todbringende Waffe aus.

Der Notfall war eingetreten.

Kadett Julian Tifflor fühlte sich an keine Vorschriften mehr gebunden. Er handelte in Notwehr.

Das Heck des anderen Zerstörers kam näher, als die Z-82

Geschwindigkeit aufnahm. Dann begann es seitwärts abzurutschen. Tiff legte die Hand auf den roten Hebel und zog ihn blitzschnell vor.

Ein Energiefinger schoß aus dem Buggeschütz und durchbrach die flammenden Antriebsstrahlen des Gegners. Er bohrte sich mit Lichtgeschwindigkeit in die Düsen und fraß sich bis zum Maschinenraum durch. Hier traf er den Arkonidenreaktor.

Tiff ließ den roten Hebel los und riß die Z-82 scharf herum. Mit rasender Geschwindigkeit schob sich der Zerstörer dicht an dem getroffenen Gegner vorbei.

Tiff beobachtete die Wirkung des Treffers.

Im Heck des zweiten Zerstörers war ein Leck entstanden, das an den Rändern zu brennen begann. Ein Feuerkranz entstand, der plötzlich durch die Wucht einer lautlosen Explosion ausgelöscht wurde. Das Heck platzte förmlich, und die Trümmer wurden in alle Richtungen geschleudert. Dann riß die Seitenhülle. Die starke Metallwandung verbog sich, als bestünde sie aus dünnem Blech.

Der Zerstörer brach in der Mitte auseinander.

Tiff atmete auf. Nun fand er Zeit, sich um den toten Ausbilder und seinen Kameraden zu kümmern.

Kadett Eberhardt, der stumm neben Tiff gesessen und nichts hatte tun können, erholte sich langsam von dem Schock. Seine erste Bemerkung war typisch für ihn. „Nun sind wir ohne Lehrer. Wie kommen wir zurück?"

Tiff unterdrückte seinen Ärger. „Sie übersehen, Eberhardt, daß wir schon einige Flugstunden absolvierten. Außerdem habe ich den Kurs bereits berechnet. Wir landen in zwei Stunden auf der Erde."

Tiff betrachtete das Wrack mit zusammengekniffenen Augen.

Am Bug war es unbeschädigt. Dafür glich die andere Seite einem Trümmerfeld. Zerschmolzene Kabinenteile und halbvergaste Hüllenplatten ragten zwischen den gezackten Rändern hervor. Daneben trieben verbogene Einzelstücke, deren Zweck nicht mehr erkennbar war. In diesen Trümmern aber mußte es eine noch intakte Kabine geben, in denen die unbekannten Gegner hilflos eingeschlossen waren.

Tiff sagte zu Eberhardt: „Wollen wir uns die Burschen einmal ansehen, die uns in die Hölle schicken wollten?"

Ohne eine Antwort abzuwarten, steuerte er die Z-82 an dasWrack heran. Er warf einen bezeichnenden Blick zum Wandschrank, betrachtete die Fernkontrollen und murmelte dann: „Jemand müßte jetzt in einen Druckanzug steigen, das Schiff durch die Schleuse verlassen und drüben einmal nachsehen."

„Ja." Eberhardt nickte. „Das müßte wirklich jemand tun."

Tiff wartete. Aber er wartete vergeblich. „Dieser Jemand werden Sie sein, Kadett Eberhardt. Los, schnappen Sie sich Ihren Anzug und steigen Sie um. Nehmen Sie einen Strahler mit."

„Ich?" Eberhardt riß die Augen auf. „Ich soll allein aus dem Schiff gehen und eine Gangsterbande ausheben?"

Er schluckte krampfhaft und verließ ohne weiteren Kommentar die Kabine. Tiff wartete, bis das grüne Kontrollicht aufleuchtete, ehe er die Schleuse öffnete.

Die Z-82 schwebte scheinbar bewegungslos knapp zehn Meter neben dem Wrack. Einmal vermeinte Tiff, hinter einer der dunklen Sichtluken eine Bewegung zu sehen, aber das konnte auch eine Täuschung sein. Doch dann erkannte er die Umrisse einer menschlichen Gestalt. Schwaches Licht leuchtete auf.

Vor Tiff glühte ein rotes Licht auf. Eberhardt hatte die Außenluke geöffnet. Derartige Aussteigemanöver im Raum waren oft genug geübt worden, aber diesmal handelte es sich um einen Ernstfall. Außerdem wußten sie nicht, was drüben im Wrack auf sie lauerte.

Nun erschien Eberhardt im Sichtbereich. Er schwebte, an einer dünnen Leine befestigt, dicht vor Tiff her und näherte sich in langsamem Flug dem rotierenden Wrack.

Eberhardt fing den leichten Stoß ab, als er auf der Hülle des Wracks landete. Vorsichtig bewegte er sich voran, bis er die Luke erreichte. Er sah genau in das Gesicht eines Mannes, der ihm aus aufgerissenen Augen entgegenstarrte.

Der Fremde trug einen Raumanzug, hatte den Helm jedoch nicht geschlossen. Seine dunkle Hautfarbe ließ auf einen Mischling schließen, aber Eberhardt war sich nicht sicher. Jedenfalls erfüllte es ihn mit Befriedigung, in dem Gesicht des anderen deutlich Angst erkennen zu können.

Er nickte dem Unbekannten grimmig zu, zeigte ihm seinen Strahler und begann dann vorsichtig auf den zerrissenen Teil des Bugs zuzukriechen. Auf den ersten Blick stellte Eberhardt fest, daß er einen Teil des Ganges vor sich hatte, der zu den einzelnen Kabinen führte. Die Tür zur Zentrale war unbeschädigt geblieben.

Eberhardt wollte den Unbekannten lebend fassen, denn niemand war damit geholfen, wenn er getötet wurde. Er nahm seinen Handstrahler und klopfte mit dem schweren Kolben gegen die Tür. Er hörte nichts, denn es gab keine Luft, die den Schall geleitet hätte. Der Mann in der Kabine jedoch würde die Schläge hören können.

Eberhardt legte seinen Helm gegen die Tür und lauschte. Wenn der Unbekannte zurückklopfte, würden sich die Schwingungen auf die im Helm befindliche Luft übertragen. Es dauerte keine zehn Sekunden, da ertönte dreimaliges Klopfen.

Eberhardt dankte dem Schicksal, daß er im Funkunterricht gut aufgepaßt hatte. Er entsann sich der spöttischen Bemerkung, die sich viele der Kadetten nicht hatten verkneifen können, als sie das Morsealphabet lernten. Wozu das Morsealphabet in einem Zeitalter, da es Bildsprechverbindung über interplanetarische Strecken hinweg gab?

Eberhardt morste: *Kommen Sie unbewaffnet heraus.*

Es erfolgte keine Antwort, aber eine Minute später öffnete sich das Schott. Die in den Raum entweichende Luft hätte Eberhardt fast mitgerissen, aber er klammerte sich an einer verbogenen Strebe fest. In der Rechten hielt er seinen Impulsstrahler schußbereit.

Er sah zuerst einen Arm, der sich vorsichtig nach hinten tastete, dann erschien der Rücken eines Raumanzugs. Es war der gleiche Raumanzug, wie ihn die Kadetten der Akademie trugen. Also mußte er auch . . .

Eberhardt verfluchte sich, weil er nicht sofort auf den Gedanken gekommen war. Mit einem schnellen Griff schaltete er das Funksprechgerät ein. Vielleicht war der andere längst auf Empfang.

Die Stimme des Mannes klang auf. „. . . es gut, wenn Sie mich zum Mars zurückbrächten."

Eberhardt horchte auf. Zum Mars wollte der Mann? Was ging dort vor?

„Drehen Sie sich um und heben Sie die Hände!" befahl er.

Wenn Sie uns Ihre Anschrift mitteilen, werden wir Sie laufend über unsere Neuerscheinungen unterrichten.

Name, Vorname

Straße, Hausnummer

Postleitzahl, Ort

Wir würden gerne Ihre besonderen Wünsche und Interessen bei der Gestaltung unseres Programmes mitberücksichtigen.

Deshalb bitten wir Sie, uns die folgende Frage möglichst umfassend zu beantworten.

Was hat Sie zum Kauf dieses Buches veranlaßt? (Kreuzen Sie bitte die für Sie wichtigen Punkte an.)

- ○ das Interesse am Titel und am Thema,
- ○ der Autor, von dem ich bereits etwas gelesen bzw. gehört habe,
- ○ die Gestaltung des Umschlages und/oder die Buchausstattung (Einband, Illustrationen),
- ○ die Empfehlung des Buchhändlers,
- ○ die Empfehlung von Bekannten,
- ○ der Hinweis in einem Buchhändler-Prospekt,
- ○ der Hinweis in einem Prospekt des Moewig Verlags,
- ○ eine Anzeige des Moewig Verlags,
- ○ der günstige Ladenpreis.
- ○ Ich habe das Buch geschenkt bekommen.

Diese Karte habe ich dem folgenden Band entnommen:

- ○ Mir hat das Lesen Spaß gemacht.
- ○ Mir hat das Buch weniger gut gefallen.
- ○ Dieses Buch hat mir gar nicht gefallen.

Wir bedanken uns sehr für Ihre Mühe.

Der Fremde gehorchte.

„Wo sind die anderen Besatzungsmitglieder?“

Zu Eberhardts Überraschung lautete die Antwort: „Ich bin allein.“

Der Mischling war waffenlos, das ließ sich auf den ersten Blick erkennen. Eberhardt ging in die Zentrale des Wracks und überzeugte sich davon, daß sie verlassen war. Der Bursche mußte das Schiff allein geflogen haben.

Eberhardt verließ die Zentrale und stellte befriedigt fest, daß der andere sich nicht von der Stelle gerührt hatte. „Schweben Sie voran.“

Der Fremde gab keine Antwort, sondern stieß sich ab. Schwerelos glitt er davon und landete neben der Luke auf der Hülle der Z-82.

Eberhardt folgte ihm mit gemischten Gefühlen. Für seine Begriffe ging das alles zu reibungslos. Der andere mußte doch wissen, daß ihm wenig Angenehmes bevorstand. Warum ließ er alles widerstandslos mit sich geschehen?

Tiff erwartete den Gefangenen in der Zentrale. Er wartete geduldig, bis der Mischling den Helm abgenommen hatte, und studierte dann dessen Gesicht. Es machte einen überraschend offenen Eindruck. In den Augen standen Verwunderung, Angst und Unentschlossenheit. Die Lippen waren eng zusammengekniffen. Das energisch vorgeschobene Kinn verriet Tatkraft und Energie, aber das widersprach wiederum der Art, mit der der Mann sich in sein Schicksal ergab.

„Sie sprechen Englisch?“ fragte Tiff.

Der Mischling nickte.

„Sie haben uns grundlos angegriffen“, fuhr Tiff fort. Er dachte an Captain Hawk. „Ich will wissen, in wessen Auftrag Sie handelten und warum Sie es taten.“

„Ich darf nicht sprechen“, murmelte der Mischling und schloß dann die Lippen, als wolle er verhindern, daß ihm ein unbedachtes Wort entschlüpfte.

„So, Sie dürfen nicht sprechen?“ wunderte sich Tiff, während seine Gedanken sich überschlugen. Vielleicht waren sie da durch Zufall auf eine große Sache gestoßen.

„Dann werden andere Sie zum Sprechen bringen. Kadett Eberhardt, schließen Sie den Gefangenen in der Zelle ein und nehmen Sie ihm den Helm ab, damit jeder Fluchtversuch illusorisch wird.“

Er sah zu, wie sich der Gefangene abführen ließ, unbeteiligt, als ginge ihn das alles nichts an. Er wartete, bis Eberhardt zurückkehrte.

„Kurs zur Erde", beschloß Tiff. „Nehmen Sie Verbindung mit der Kommandozentrale auf und melden Sie den Vorfall. Ich nehme an, man wird sich dafür interessieren."

Noch während die Z-82 in den Raum hineinschoß und das treibende Wrack seinem Schicksal überließ, eilten die Funkwellen dem Schiff voraus. Eberhardt schilderte alle Einzelheiten des Überfalls, meldete den tragischen Tod Captain Hawks und war zutiefst überrascht, als er plötzlich von einem besonders starken Sender unterbrochen wurde.

Eine aufgeregte Stimme fragte: „Wie sah das Schiff aus, das Sie angriff?"

Eberhardt schaltete überrraschend schnell. „Es war ein Zerstörer gleichen Typs. Der Vorfall ist uns unerklärlich."

„Sie machten einen Gefangenen?"

„Ja. Wer sind Sie überhaupt?"

„Sicherheitszentrale der Dritten Macht, Reginald Bull."

Eberhardt warf Tifflor einen hilfesuchenden Blick zu. Nun bestanden keine Zweifel mehr daran, daß sie in eine große Sache hineingeraten waren.

7.

Im Hauptquartier der Dritten Macht saß Perry Rhodan an seinem Schreibtisch und blickte zu einem der vielen Bildschirme, auf dem sich das sorgenvolle Gesicht Reginald Bulls abzeichnete.

„Einer der gestohlenen Zerstörer ist aufgetaucht, Perry", sagte Bully erregt. „Er hat ein Schulschiff der Akademie angegriffen."

Perry Rhodan zog die Augenbrauen hoch. „Wo?"

„In der Nähe des Mars. Zum Glück war einer der Kadetten geistesgegenwärtig genug, den Angreifer zu vernichten, nachdem der Ausbilder getötet wurde. Er machte einen Gefangenen."

Perry Rhodan sah plötzlich sehr interessiert aus. „Einen Gefangenen?"

„Deshalb habe ich dich verständigt. Ich dachte, du würdest dir den Burschen gern einmal ansehen."

„Du sicher auch, was? Also gut, wo steckt der Gefangene?"

„Vorläufig noch in einer Zelle von Schulschiff Z-82. Warte, ich stelle die Verbindung mit dem Zerstörer her, du kannst dich dann selbst mit dem Kadetten unterhalten. Das Schiff ist auf dem Weg zur Erde."

Sekunden später meldete sich Kadett Julian Tifflor. Er schilderte in knapper, aber klarer Form die Ereignisse und wartete.

Perry Rhodan überdachte das Gehörte und sagte: „Wie war Ihr Name?"

„Kadett Julian Tifflor."

„Gut, Sie werden auf dem Raumhafen von Terrania landen und mir Bericht erstatten. Ihre vorgesetzte Dienststelle wird von mir unterrichtet. Achten Sie auf den Gefangenen. Er ist äußerst wichtig. Die Leiche von Captain Hawk wird in seine Heimat überführt. Wann darf ich mit Ihnen rechnen?"

„In achtzig Minuten.“

„Gut, Kadett Tifflor, ich erwarte Sie.“

Bully unterbrach die Verbindung und gab den militärischen Dienststellen Anweisung, den Zerstörer Z-82 ungehindert landen und die Besatzung sofort nach Terrania bringen zu lassen. Dann wandte er sich an Rhodan, der sich noch auf dem Bildschirm abzeichnete. „Nun, was meinst du?“

„Ohne Zweifel einer der drei Zerstörer, die von diesem Overhead gestohlen wurden.“

Sie hatten diesen Namen erstmals beim Verhör der in Osaka gemachten Gefangenen gehört.

„Overhead, ich höre immer Overhead“, murmelte Bull erschrokken. „Wenn wir nur wüßten, wer hinter dieser Bezeichnung steckt. Overhead – der Überkopf. Vielleicht hat er einen Wasserkopf.“

„Das glaube ich nicht“, sagte Rhodan. „Dieser Overhead ist vielmehr ein sehr kluger Kopf, der sich vorgenommen hat, die vierte Macht auf unserer Erde zu werden. Es wird nicht einfach sein, ihn daran zu hindern. Bis heute ist es uns nicht gelungen, die Identität des großen Unbekannten festzustellen, wir wissen nur, daß wir es mit einem außergewöhnlich klugen und skrupellosen Gegner zu tun haben, der auch vor Mord nicht zurückschreckt.“

Für Tiff war es ein großer Augenblick, als er zum erstenmal Perry Rhodan gegenübertrat.

Perry Rhodan lächelte.

Tiff gestand sich später ein, daß dieses Lächeln ihn im ersten Augenblick enttäuschte. Er hatte sich Rhodans Auftreten anders vorgestellt.

Neben Rhodan stand ein zweiter Mann, den Tifflor von vielen Fotos und Telefilmen her kannte: Reginald Bull, Sicherheitsminister der Dritten Macht und bester Freund Rhodans.

Tiff nahm Haltung an. „Kadett Tifflor und Kadett Eberhardt vom Schulungsflug zurück. Besondere Vorkommnisse: Angriff eines Zerstörers, Captain Hawk gefallen, Gegner vernichtet, ein Gefangener.“

Rhodan trat auf Tiff zu und reichte ihm die Hand. „Ich danke Ihnen für Ihre entschlossene Haltung, Kadett Tifflor. Sie haben uns einen großen Dienst erwiesen."

Eberhardt und der Gefangene standen hinter Tiff. Rhodan gab auch Eberhardt die Hand. Dann wandte er sich an den Gefangenen. „Wer sind Sie? In wessen Auftrag handelten Sie?"

Keine Antwort.

Bull, der ebenfalls die beiden Kadetten begrüßt hatte, runzelte unwillig die Stirn.

„Wozu das Theater?" erkundigte er sich. „Wozu haben wir unsere Mutanten? John Marshall wird bald wissen, was mit ihm los ist. Seine Gedanken wird er kaum abschirmen können."

Rhodan nickte zustimmend. „Kümmere dich darum, Bully."

Bull ging auf den Gefangenen zu, starrte ihm in die ausdruckslosen Augen, schüttelte fassungslos den Kopf und packte ihn dann am Arm. Gemeinsam verließen die beiden Männer den Raum.

Rhodan blickte ihnen nach und wandte sich dann wieder an Tiff. „Berichten Sie ausführlich, was geschehen ist. Ich möchte alle Einzelheiten wissen, auch wenn sie Ihnen bedeutungslos erscheinen mögen. Es muß sich ein Hinweis finden lassen."

Tiff begann zu erzählen.

John Marshalls telepathische Begabung ermöglichte es ihm, jeden noch so komplizierten Lügendetektor unnötig zu machen. Kein Gedanke blieb ihm verborgen, und die Erfahrung hatte bewiesen, daß Marshall sich sogar mit außerirdischen Wesen verständigen konnte.

Der Gefangene aber war ein normaler Mensch – wenigstens schien es im ersten Augenblick so. Als John Marshall in seine Gedanken eindrang, stellte sich ihm kein Hindernis entgegen. Und doch waren es nur die Oberflächengedanken, die Marshall erkennen konnte.

„Wer gab Ihnen den Befehl, das Schulschiff Z-82 anzugreifen?" fragte John Marshall und sah dem Mischling in die Augen.

Bull stand dicht daneben und versuchte, seinem Gesicht einen grimmigen Ausdruck zu verleihen. Aber der Gefangene schien das gar nicht zu bemerken. Er setzte zum Sprechen an, schwieg aber dann doch. Irgend etwas hinderte ihn, eine Antwort zu geben.

Ishy Matsu, die japanische Telepathin, hatte die Schwierigkeiten vorhergesehen.

„Er hat einen Hypnoblock", flüsterte sie. „Seine Erinnerungen liegen gleichsam eingebettet in einem Hypnoblock. Wir können ihn nicht durchdringen."

„Wie wäre es mit einer Gegenhypnose?" schlug Bull vor.

Ishy schüttelte den Kopf. „Das wird kaum etwas nützen, aber wir können es versuchen. André Noir wäre der richtige Mann dafür."

Bull ließ den Mutanten rufen.

Noir, ein in Japan geborener Franzose, betrat wenige Minuten später den Raum und blieb dicht neben der Tür stehen. Unauffällig betrachtete der dickliche und gemütlich wirkende Mann den schweigenden Gefangenen. Er war der Hypno des Mutantenkorps. Ohne Schwierigkeiten vermochte er in das Bewußtsein eines Lebewesens einzudringen und es unter seinen Willen zu zwingen.

André Noir kam langsam näher. Seine Augen waren sinnend auf den Gefangenen gerichtet. Ohne Marshall oder Bull anzusehen, sagte er: „Sie dürfen Ihren Namen ruhig nennen, denn Sie befinden sich unter Freunden. Nennen Sie auch den Ihres Auftraggebers. Ich weiß, daß Sie unter einem Zwang stehen, aber Sie müssen mir helfen, diesen Zwang zu beseitigen, sonst werden Sie niemals mehr ein freier Mensch sein."

„Lieber unter Zwang leben, als überhaupt nicht leben", sagte der Mischling zögernd, und jeder fühlte, daß ihm ein anderer diese Worte in den Mund gelegt hatte.

Noir setzte seine ungeheuren Geisteskräfte ein, um den Ring zu sprengen, den ein Unbekannter um das Bewußtsein des Gefangenen gelegt hatte. Stumm und abwartend standen John Marshall, Bully und die zierliche Japanerin dabei.

Fast unbemerkt hatte noch jemand das halbdunkle Zimmer betreten und blieb dicht neben der Tür stehen – Perry Rhodan.

Dann war der Bann gebrochen. Der Gefangene starrte sein Gegenüber fassungslos an und öffnete den Mund. Worte quollen daraus hervor, hastig und wie in furchtbarer Angst.

„. . . alles angreifen und vernichten – Haß, schrecklicher Haß – Weltherrschaft – Mutanten – ich auch – der Overhead . . ."

„Wer ist der Overhead?“ rief Rhodan von der Tür her. Er kam näher und sah dem Gefangenen in die Augen.

Noir schüttelte verzweifelt den Kopf und machte eine Bewegung, als wollte er Rhodan zurückhalten.

„Overhead . . .“, stammelte der Gefangene. „Der Overhead, es ist . . .“

Sein Gesicht veränderte sich. Es war, als sehe der Gefangene plötzlich etwas Grauenhaftes und Unfaßbares. Schmerz schien durch seinen Körper zu rasen. Die Beine knickten langsam ein. Rhodan sprang hinzu und fing den Fallenden auf. Marshall kam zu Hilfe. André Noir trat einige Schritte zurück.

„Es ist zu spät“, murmelte er. „Der Hypnoblock war zu stark. Aber es war nicht der Hypnoblock, der ihn tötete. Es war ein übermächtiger hypnotischer Befehl.“

Sie legten den reglosen Mischling auf eine Couch. John Marshall beugte sich zu ihm hinab und untersuchte ihn.

„Ein hypnotischer Befehl?“ fragte Rhodan und sah Noir an. „Wer gab ihm einen Befehl?“

„Das weiß ich nicht. Wahrscheinlich dieser Overhead.“

„Welchen Befehl erteilte er unserem Gefangenen?“

„Zu sterben. Er befahl ihm einfach, zu sterben.“

„Und das ist möglich?“

Der Franzose nickte ernst.

„Ich glaube“, sagte er düster, „ich habe meinen Meister gefunden.“

8.

Leutnant Becker befehligte den Grenzposten Ost im Randgebiet. Es handelte sich um zehn in geringem Abstand voneinander gelegene Gefechtsstände, die mit arkonidischen Neutronengeschützen ausgerüstet waren. Die Posten waren ständig besetzt.

Die Wachkompanie lag etwas abseits in flachem Gelände. Ein kleines Kino, eine Bar und ein Swimming-pool waren die einzige Abwechslung für die Männer, falls sie es nicht vorzogen, mit dem Bus in die Stadt zu fahren, wo es genug Gelegenheit gab, sich nach individuellem Geschmack zu amüsieren.

Sergeant Harras hatte seinen Zug eben bei Becker zurückgemeldet und die Leute in die Quartiere geschickt. Vor ihnen lagen nun acht freie Stunden. Es würde Nacht sein, ehe man erneut auf Wache zog.

Vom Himmel herab brannte eine heiße Sonne. Kein Wölkchen war zu sehen. Harras konnte sich nichts Besseres vorstellen, als so schnell wie möglich die verschwitzte Uniform auszuziehen und sich mit einem Satz in das Schwimmbecken zu stürzen. Dort würde er so lange bleiben, bis der Hunger ihn zur Kantine trieb.

Nur mit der Badehose angetan, verließ er sein Zimmer, das er mit zwei anderen Sergeanten teilte, schlenderte quer über die spärlichen Grasflächen und blieb vor dem Rand des Beckens stehen. Er atmete den Geruch des Wassers, in dem sich etwa dreißig Männer tummelten.

„Hast du Angst?" rief einer von ihnen und schlug mit der flachen Hand so geschickt gegen die Wellen, daß Harras naß wurde.

Sergeant Harras zögerte plötzlich. Vor einer Sekunde noch hatte er sich darauf gefreut, mit einem Satz in das kühle Naß springen zu können, und nun hielt ihn irgend etwas davon ab. Aber sein Wunsch nach Erfrischung war stärker als alle dunklen Ahnungen. Er tat einen Schritt und ließ seine kräftige Gestalt in das Wasser fallen.

„Das Bassin läuft über!“ schrie jemand in komischem Entsetzen.

Harras konnte es nicht hören. Er ließ sich auf den Grund des Beckens sinken und war froh, keine Stimmen mehr zu vernehmen. Für einen Augenblick war er dem Schicksal für die kurze Einsamkeit dankbar.

Seltsame Gedanken und Wünsche ergriffen von ihm Besitz und schalteten sein normales Ich aus. Irgendwo im Kopf war ein merkwürdiger Druck. Er spürte Herzbeklemmungen. Vielleicht hielt er die Luft zu lange an.

Er stieß sich vom Grund ab und durchbrach mit dem Kopf die Oberfläche. Was er sah, schien seine dunklen und unbegreiflichen Ahnungen zu bestätigen. Seine Kameraden strebten alle eilig dem Beckenrand zu und kletterten an Land. Niemand sprach ein Wort, und es war, als hätten sie in der kurzen Zeit, da er unter Wasser gewesen war, den Befehl erhalten, das Bad sofort abzubrechen.

Drüben am Ausgang des Gebäudes erschien Leutnant Becker. Er winkte mit beiden Armen und rief etwas. Harras konnte es nicht verstehen.

Trotzdem wußte er, was Becker gerufen hatte: „Alarm! Sofort alles antreten! Kampfausrüstung!“

Sergeant Harras lief in sein Zimmer, zog die noch warme Uniform wieder an, schnallte sich den Handstrahler um und rannte auf den Appellplatz. Die Hälfte der Kompanie stand bereits. Aus der Richtung der Grenzposten kamen die Raupenfahrzeuge. Mit Erstaunen registrierte Harras die Tatsache, daß man die Neutronenstrahler aus den Ständen geholt und auf die Fahrzeuge montiert hatte. Nun war die Grenze ohne Schutz. Vielleicht würden die Arkonidenroboter die Wache übernehmen.

Leutnant Becker kümmerte sich nicht darum, daß die Kompanie nicht vollzählig angetreten war. Er schien von Unrast erfüllt zu sein und trieb seine Unteroffiziere zur Eile an. Kaum hatten sich die zehn Geschützwagen formiert, da gab er auch schon den Befehl zum Abmarsch.

Sergeant Harras spürte, daß etwas nicht stimmte, aber er konnte sich nicht dazu aufraffen, über das Geschehen konzentriert nachzudenken. Der Druck im Kopf hatte nicht nachgelassen, sondern war noch stärker geworden. Irgend etwas zwang ihn, sich mechanisch in Bewegung zu setzen.

Leutnant Becker schlug die Richtung in die kaum zwei Kilometer entfernten Werftanlagen der Dritten Macht ein, die sich innerhalb der eigentlichen Sperrzone erhoben. Mit gesenkten Rohren fuhren die Neutronenstrahler voran. Feuerbereit hockten die Schützen hinter den Kontrollen.

Für einen Augenblick kam Harras der Gedanke, seinen Nebenmann zu fragen, was überhaupt geschehen war, aber als er dessen zusammengekniffene Lippen sah, verzichtete er darauf. Es mußte etwas Schreckliches passiert sein.

Aber das war doch Unsinn . . .

Seine Aufmerksamkeit wurde abgelenkt. Von den Werftanlagen her näherten sich drei Fahrzeuge, die eine dichte Staubwolke hinter sich herzogen. Als sie anhielten, entstiegen ihnen Kampfroboter der Arkoniden.

Verstärkung, dachte Harras erleichtert und doch voller Unruhe. Wie alle anderen hatte er sich inzwischen daran gewöhnt, in diesen vollkommenen Maschinen Verbündete zu sehen. Gemeinsam schützten sie die Dritte Macht gegen jeden eventuellen Angreifer.

Leutnant Becker tat etwas völlig Unverständliches. Er gab seinen Leuten den Befehl, die Roboter zu vernichten. Die Fahrzeuge mit den Kanonen formierten sich zu einem Halbkreis, in dessen Brennpunkt nun die Roboter standen.

Harras brachte es nicht fertig, seine Handwaffe zu ziehen. Er wußte, daß Becker einen völlig sinnlosen Befehl gegeben hatte, er besaß nicht die Kraft, ihm entgegenzutreten. Er blieb passiv, das war alles, was er zu tun vermochte. Aus den Augenwinkeln heraus konnte er sehen, daß es einigen der Soldaten ähnlich erging. Sie zögerten, Beckers Befehl auszuführen.

Das war glatte Meuterei, dachte Sergeant Harras entsetzt. Meuterei gegen Perry Rhodan und die Dritte Macht.

Das erste Geschütz spie einen Strahl konzentrierter Energie gegen die ahnungslosen Roboter und eröffnete damit die sinnlose Schlacht. Von den insgesamt neun Maschinen sanken vier halbzerschmolzen in den brodelnden Wüstensand und blieben reglos liegen. Die anderen reagierten blitzschnell, denn bei positronischem Denken gab es keine Schrecksekunde.

Noch ehe Beckers Geschütze die zweite Salve abgeben konnten, wurden sie von den Energieschauern der Roboter getroffen. Zwei der Rohre verbogen sich, als seien sie plötzlich zu weichem Wachs geworden, während ein drittes in einem Funkenregen zusammenschmolz.

Die übrigen befanden sich außerhalb der Vernichtungszone. Die Roboter hatten trotz ihrer schnellen Reaktion keine Chance. Sie wurden vernichtet, ehe sie herumschwenken konnten.

Leutnant Becker hatte seinen eigenen Strahler gezogen und war zu den drei wartenden Wagen gegangen. Die drei Fahrer erwarteten ihn mit ausdruckslosen Gesichtern und machten keine Anstalten, ihren Robotern zu Hilfe zu eilen.

„Sie unterstehen meinem Kommando", herrschte Becker sie an.

Die drei Fahrer nahmen sitzend Haltung an.

Sergeant Harras stand im Hintergrund. Er hatte von dem Vorgefallenen nicht viel begriffen, aber er wußte, daß etwas Schreckliches im Gange war. Becker mußte plötzlich verrückt geworden sein. Aber – war er selbst es nicht auch? Warum befolgte er völlig sinnlose Befehle? Was zwang ihn dazu?

Diese Kopfschmerzen. Sie ließen nicht nach. Vielleicht war es die unerträgliche Hitze. Die Sonne stand fast senkrecht und brannte auf die Wüste herab. Die nahen Werftanlagen flimmerten in der Luft.

Dann war es, als tasteten sanfte Finger nach seinem Gehirn und sondierten es. Ganz plötzlich aber waren die unsichtbaren Finger nicht mehr sanft, sondern fordernd und befehlend. Sie wischten seinen Willen beiseite und schalteten das normale Denken aus.

Wie alle anderen setzte er sich erneut in Bewegung, vorbei an den reglos im Sand liegenden Robotern und den drei zerschossenen Geschützwagen.

Drüben an den Werftanlagen sah er eine Bewegung. Männer liefen dort aus ihren Bunkern, Waffen in den Händen. Von rechts raste ein Turbowagen heran und hielt dicht neben einem Gebäude. Männer stiegen aus. Einer von ihnen trug etwas in der Hand, einen kleinen, rechteckigen Kasten.

Leutnant Becker hob seine Hand. „Ausschwärmen! Wir greifen die Werft an!“

Ohne zu zögern, zog Sergeant Harras seine Waffe.

Perry Rhodan sah auf, als jemand die Tür zu seinem Zimmer aufstieß und in den Raum stürzte.

Es war Bully. Seine Haare waren durcheinander, und sein Gesicht zeigte fahle Blässe. In den Augen flackerte es unruhig, und Rhodan konnte bemerken, daß die Hände seines Freundes zitterten.

„Bist du dem Teufel begegnet?“ fragte er erstaunt.

„Er wird bald hier sein“, gab Bully zurück und schnaufte. „Die Hölle ist los. Die Wachkompanie des Leutnant Becker greift die Werftanlagen an.“

„Was ist los?“ fragte Rhodan und betrachtete Bully, als fürchte er um dessen Verstand. „Becker greift die Werft an? Ich finde, das ist ein schlechter Scherz.“

„Aber es ist wahr! Die Leute sind verrückt geworden! Da steckt bestimmt wieder dieser Overhead dahinter.“

„Der Overhead?“ murmelte Rhodan und stand langsam auf. „Wieso? Was ist geschehen?“

„Ich erhielt vor wenigen Sekunden eine Alarmmeldung von Sektor sieben. Becker marschiert mit seinen Leuten auf die Werft zu. Er hat bereits neun Kampfroboter vernichtet. Die Verteidigungsposten sind in Stellung gegangen. Sie erwarten weitere Befehle. Was sollen sie tun, wenn Becker tatsächlich angreift? Er muß verrückt geworden sein.“

Rhodan sah plötzlich den sterbenden Mischling noch einmal vor sich, der auf den Befehl des unbekannten Gegners gestorben war. Wenn der Overhead das vermochte, dann konnte er auch einer ganzen Kompanie den Befehl erteilen, sich selbst zu vernichten.

Ein heißer Schreck durchfuhr ihn. Ihm kam plötzlich zu Bewußtsein, was alles geschehen konnte, wenn dieser Overhead mit seinen unbegreiflichen Kräften zuschlug, gegen die selbst die phantastischen Eigenschaften der Mutanten wie Spielereien wirkten. Rhodan begriff, daß er es mit einem Gegner zu tun hatte, der ihn vernichten konnte.

„Wir dürfen keine Zeit verlieren“, unterbrach Bully seine Überlegungen. „Die Leute erwarten unsere Anweisungen. Es ist nicht leicht, auf Freunde zu schießen."

„Wir fahren selbst", erwiderte Rhodan entschlossen. „Besorge einen Psychostrahler und den kleinen Gravitationsneutralisator. Beeile dich. Ich erwarte dich draußen bei meinem Wagen."

Bully drehte sich um und setzte sich in Bewegung. Als Rhodan zwei Minuten später seinen Wagen erreichte, erwartete ihn der Freund bereits. In der Linken hielt er einen kleinen Metallkasten, in der Rechten hatte er einen silbernen Stab.

„Nehmen wir sonst niemand mit?"

„Wenn wir es allein nicht schaffen, schafft es niemand", erklärte Rhodan und nahm Platz.

Die Turbinen heulten auf, dann schoß der kleine Wagen mit rasender Beschleunigung über die glatte Betonfläche dahin und nahm Kurs auf die Raumschiffswerft, fünf Kilometer außerhalb der Zentralanlage in Terrania.

„Was ist mit uns?" wunderte sich Bully. „Kann der Overhead nicht auch uns unter seinen Willen zwingen?"

Rhodan erwiderte: „Wir wissen, daß er es einmal mit Crest erfolglos versuchte. Auf ein arkonidisches Gehirn hat seine Kraft offenbar keinen Einfluß. Und wir sind durch die arkonidische Hypnoschulung gegangen, Bully. Vielleicht rettet uns das. Ich hoffe es wenigstens."

„Ich auch." Bully nickte und holte tief Luft.

Sie rasten nun durch die Wüste. Die Betonpiste war zehn Meter breit und spiegelglatt. Über ihr stand die flimmernde Luft wie emporsteigendes Gas. Weiter vorn erhoben sich die langgestreckten Werfthallen, in denen neue Raumschiffe entstanden. Rhodan konnte erkennen, daß Gestalten hin und her liefen, große Tore geschlossen wurden und einige Panzer in Stellung gingen.

Weiter links in der Wüste schwebte eine Staubwolke. Darunter marschierten Soldaten. Becker.

Rhodan verstand nicht ganz, wieso der unbekannte Gegner der Dritten Macht seine Fähigkeiten nicht erfolgversprechender einsetzte. Wenn es schon in seiner Macht stand, eine ganze Kompanie unter seinen Einfluß zu bringen, warum befahl er dann nicht einfach den Piloten von Rhodans Schiffen, aufzusteigen und Terrania anzugreifen? Warum begnügte er sich mit einer verhältnismäßig harmlosen Kampfaktion, von der er wissen mußte, wie sinnlos sie sein würde?

Wollte er Rhodan nervös machen?

Der Wagen mit Rhodan und Bull passierte die ersten Wachroboter und glitt an aufgefahrenen Strahlgeschützen vorbei. Dann hielt er neben einem Bunker, vor dem einige Offiziere in der Uniform der Wachdivision standen. Sie kamen herbeigelaufen, als sie Rhodan erkannten.

Bully ließ sie nicht zu Wort kommen.

„Platz da!" schrie er ihnen entgegen. Er sprang aus dem Wagen und hielt den silbernen Psychostrahler in die Höhe.

Rhodan nahm ihm den kleinen Metallkasten ab und setzte ihn vor sich zu Boden. Er schien der Wirkung des hypnotisierenden Strahlers kein Vertrauen mehr zu schenken. Er nickte Bully zu. „Du kannst es versuchen. Gib ihnen den Befehl, sofort zu schwenken und in die Quartiere zurückzukehren."

Dann kümmerte er sich um die ratlosen Offiziere. „Halten Sie Ihre Leute bereit. Aber warten Sie mit dem Feuerbefehl, bis ich Ihnen die Erlaubnis dazu erteile. Wir wollen niemand töten."

„Sie haben neun Roboter vernichtet", sagte ein Captain.

„Sehr bedauerlich, aber Roboter sind keine Menschen. Außerdem taten sie es gegen ihren Willen."

Er nickte Bully zu, der den Psychostrahler hob.

Die Reichweite der Waffe war begrenzt, aber inzwischen war Leutnant Beckers Streitmacht nahe genug herangekommen. Es war unerklärlich, warum er überhaupt so nahe Stellung bezog. Mit seinen Geschützen hätte er die Werften aus zwei Kilometer Entfernung unter Feuer nehmen können. Stattdessen ließ er fünfhundert Meter vor den Linien des Bewachungskommandos anhalten und die Geschützwagen vorfahren.

Bully kniete sich umständlich nieder und richtete den silbernen Stab auf den unfreiwilligen Gegner. Dann drückte er auf den Aktivierungsknopf.

Laut und deutlich sagte er: „Leutnant Becker, ich befehle Ihnen und Ihren Leuten, sofort umzukehren und in Ihre Quartiere zurückzumarschieren. Alle anderen Befehle sind ungültig."

Die Offiziere – inzwischen waren es fünf geworden – betrachteten Bully wie ein Wundertier. Sie wußten, daß die Arkoniden sagenhafte Waffen besaßen, aber sie hatten sie nicht alle in erfolgreicher Aktion gesehen. Leider hatten sie auch heute nicht das Glück, denn Leutnant Becker kümmerte sich nicht um Bullys Befehle.

Der erste Schuß fegte dicht über die Gruppe hinweg und zerschmolz in einiger Entfernung einen ahnungslos daherspazierenden Wachroboter.

„Die Macht des Overhead ist größer als die unserer Psychostrahler", sagte Rhodan gelassen.

Er hatte inzwischen seine Vorbereitungen beendet und hockte einsatzbereit neben der Bunkerkante, hinter der er jederzeit verschwinden konnte, wenn er das für notwendig hielt. Die fünf Offiziere waren hinter dem Bunker in Deckung gegangen. Mit einem Funkgerät gaben sie ihren verstreuten Männern die Anweisung, weitere Anordnungen abzuwarten und auf keinen Fall das Feuer gegen die Meuterer zu eröffnen.

Bully selbst richtete den Hypnostrahl noch einmal gegen die Leute Beckers und gab einen zweiten Befehl, der genauso wenig beachtet wurde wie der erste. Im Gegenteil. Drei der Geschütze eröffneten nun das Neutronenfeuer gegen die nächsten Werkshallen.

Da sah Rhodan ein, daß er auf diese Weise nichts erreichen konnte. Er richtete den Schwerkraftneutralisator gegen die Truppen Beckers und betätigte den Auslöser.

Das Wirkungsfeld hatte die Form eines Fächers, das dicht vor dem Metallkasten begann, sich in Richtung des Gegners verbreiterte und auch an Wirkung abnahm. Immerhin genügte die von Rhodan vorgenommene Einstellung, Becker und seine Leute samt Ausrüstung gewichtslos werden zu lassen.

Sergeant Harras machte gerade widerstrebend einen Schritt nach vorn, als er plötzlich den Boden unter den Füßen verlor. Er entschwebte sanft nach oben und drehte sich dabei langsam um sich selbst. Vor Schreck ließ er seinen Strahler los.

So wie Harras erging es allen anderen.

Fast die gesamte Streitmacht Leutnant Beckers befand sich nun in der Luft. Die Erde hatte sie nicht mehr halten können, und es hatte von der jeweiligen Bewegung des einzelnen abgehangen, welche Lage er nun einnahm. Immerhin war die Reichweite des arkonidischen Geräts nicht unbegrenzt. Wenn keine größeren Verluste eintreten sollten, mußte jetzt gehandelt werden. Rhodan wandte sich an die Offiziere, die dem Vorgang staunend gefolgt waren.

„Ich verringere jetzt die Intensität des Neutralisators", sagte er. „Schicken Sie Ihre Leute aus, die landende Kompanie aufzufangen. Sie sollen sich vorsichtig bewegen. In dem bestrichenen Sektor herrscht so gut wie keine Schwerkraft. Achten Sie auf die Kampfwagen Beckers. Notfalls sind die Schützen unschädlich zu machen."

Es war erstaunlich, wie schnell sich die Offiziere von ihrem Schreck erholt hatten. Nur wenige Minuten dauerte es, bis sie ihre Leute mobilisiert hatten. Dann bewegten sich die Soldaten mit merkwürdig schleichenden Schritten auf die langsam absinkenden Gestalten zu, die hilflos in der Luft herumruderten und versuchten, ihrer Überraschung Herr zu werden. Die meisten hatten ihre Waffen einfach losgelassen und konnten keinen Schaden mehr anrichten.

Rhodan ließ allmählich normale Schwereverhältnisse eintreten und wartete ab, bis die meuternde Kompanie überwältigt war. Er hatte inzwischen Bully den Psychostrahler abgenommen und schirmte die Soldaten gegen weitere Hypnobefehle des Overhead ab. Er ahnte, daß die Abschirmung durchaus möglich war, während ein späterer Durchbruch durch den einmal gelegten Block unmöglich erschien. Knapp fünf Minuten später ließ der mentale Druck des Overhead nach.

Sergeant Harras begriff im ersten Augenblick nicht, wo er war. Er dachte, er läge noch auf dem Grund des Schwimmbassins und wunderte sich sehr, in drohende Gewehrmündungen zu sehen.

Rhodan selbst erklärte ihm und seinen Kameraden das Unbegreifliche und machte sie darauf aufmerksam, daß der Vorfall sich jederzeit wiederholen könne. Da im Augenblick kein bewaffneter Angriff von außen zu befürchten war, sollte die Bewaffnung der Wachkompanie auf ein Mindestmaß beschränkt werden.

Schweigend fuhren Rhodan und Bully nach Terrania zurück.

Fellmer Lloyd, Orter und Telepath im Mutantenkorps der Dritten Macht, stand unauffällig an der Barriere des Moskauer Flughafens und beobachtete die aus- und einsteigenden Passagiere der planmäßigen Düsenmaschine. Das Flugzeug war eine der regelmäßig verkehrenden Passagiermaschinen, die im Auftrag der Dritten Macht die Verbindung zwischen den Kontinenten herstellten.

In der vergangenen Woche waren zwei dieser Maschinen durch Sabotage in der Luft vernichtet worden. Das Sicherheitsministerium der Dritten Macht hatte einige Mutanten eingesetzt, um derartige Vorfälle in Zukunft zu verhindern.

So kam es, daß Fellmer Lloyd von Kontinent zu Kontinent flog, überall die Passagiere telepathisch überprüfte und darauf achtete, daß sich kein Saboteur an Bord schlich.

Er wußte noch nicht, ob er schon mit dieser Maschine die Hauptstadt des Ostblocks wieder verlassen sollte. Moskau gefiel ihm gut, und er hatte nette Bekanntschaften gemacht, so daß ihm ein plötzlicher Abschied schwerfiel.

Oberflächlich überprüfte er das elegante Paar, das soeben die Sperre passierte und quer über den Betonstreifen zur Maschine schritt. Sicher ein frischgebackenes Ehepaar auf der Hochzeitsreise. Auf jeden Fall gefahrlos.

Im Hintergrund schimmerten die Dächer der Stadt im Schein der untergehenden Sonne. Die breite Zubringerstraße vom Flughafen zur Stadt war hell angestrahlt und konnte den Verkehr kaum bewältigen.

Fellmer Lloyd zuckte plötzlich zusammen. Von irgendwoher drang etwas Böses auf ihn ein. Jemand dachte an Gewalt und Vorsicht, an Mord und an Tod.

Hastig blickte er um sich.

Menschen standen in Gruppen zusammen und unterhielten sich. Einige nahmen Abschied voneinander, trennten sich, winkten sich noch einmal zu. Eine junge Frau schritt zielbewußt durch die Sperre auf die wartende Maschine zu. In der Hand trug sie eine braune Ledertasche. Weiter links erblickte Lloyd einen Polizisten, der mit aufmerksamen Augen die Passanten beobachtete.

Lloyds Blicke kehrten zu der jungen Frau zurück. In seinem Gehirn verstärkten sich die Eindrücke. Die gewalttätigen Gedanken kamen von ihr. Für einen Augenblick glaubte der Mutant, sich getäuscht zu haben, aber er konnte sich auf seinen Orientierungssinn verlassen.

Vorsichtig setzte er seinen muskulösen Körper in Bewegung und ging hinter der Unbekannten her. Sie trug ein modernes Kostüm und erweckte den Eindruck, als ob sie viel Sport triebe. Ihr Gang war elastisch.

Noch drei Minuten bis zum Start.

Als Lloyd die Gangway emporstieg, zeigte die junge Frau ihren Flugschein mit der Platznummer vor, wechselte einige Worte mit der Stewardess und begab sich dann in das Innere der Maschine. Lloyd folgte ihr. Er erhielt den Platz schräg gegenüber.

Die Gedanken an etwas Schreckliches schwächten sich ab und machten Beruhigung und vorläufiger Sicherheit Platz. Lloyd wußte mit Bestimmtheit, daß im Augenblick keine Gefahr drohte. Aber er wußte auch, daß er diese hübsche Frau nicht aus den Augen lassen durfte, solange sie in der Maschine weilte.

Sie mochte etwa fünfundzwanzig Jahre alt sein, war schlank und hatte dunkelbraune Haare. Ihre schmalen Augen verliehen ihrem ovalen Gesicht einen ungewöhnlichen Reiz, und Lloyd konnte sich nicht gut vorstellen, daß sie eine Agentin des Overhead sein sollte.

Die Maschine startete. Ihre Geschwindigkeit war so groß, daß die Sonne noch in gleicher Höhe über dem Horizont stand, als sie in Berlin-Tempelhof landete.

Lloyd spürte Erregung, als das junge Mädchen aufstand und zur Tür ging. Die Maschine war ausgerollt und stand dicht vor den Hallen der Zollabfertigung.

Der Mutant erhob sich ebenfalls und beeilte sich, die Verdächtige nicht aus den Augen zu lassen. Die negativen Mentalimpulse waren nun so intensiv, daß Lloyd sich ihrer kaum noch zu erwehren wußte. Schmerzhaft drangen sie in sein Bewußtsein ein und erweckten in ihm das Gefühl einer unmittelbaren Bedrohung.

Die Frau schritt schnell auf die Sperre zu. In der Hand hielt sie ihren Flugschein. Gepäck besaß sie anscheinend nicht.

Kein Gepäck?

Mit einem Schlag erkannte Lloyd die Wahrheit. Die Frau hatte ihre Ledertasche im Flugzeug zurückgelassen.

Lloyd machte kehrt, stürmte zur Maschine zurück, drängte sich an den aussteigenden Passagieren vorbei, achtete nicht auf die wütenden Proteste und stand gleich darauf vor dem Platz, auf dem die Verdächtige gesessen hatte.

Die Ledertasche stand unter dem Liegesessel.

Mit einem Griff nahm er sie hoch und raste den Weg zurück. Für einen Augenblick glaubte er, die Besitzerin der Tasche verloren zu haben, aber dann sah er sie am Ausgang. Sie bemühte sich, ein Taxi aufzutreiben. Lloyd empfing ihre wirren Gedankenmuster, in die sich erneut Unsicherheit gemischt hatte. War sie nicht von dem überzeugt, was sie getan hatte?

Ein Taxi hielt an, und die Unbekannte stieg ein. Mit einigen Sätzen holte Lloyd das anfahrende Auto ein, öffnete den Schlag und sprang in das Innere. Er sah direkt in die vor Entsetzen aufgerissenen Augen der Frau, die jedoch nicht ihn, sondern die Ledertasche anstarrten, die er achtlos unter den Arm geklemmt hatte.

„Mein Gott", stöhnte Lloyd erschöpft, „haben Sie es aber eilig. Sie vergaßen Ihre Tasche im Flugzeug."

Die Fremde betrachtete ihn forschend. Ihre Hand fuhr in die Kostümtasche und kam mit einem zierlichen Revolver wieder zum Vorschein. Aber Lloyd war durch einen Gedankenimpuls bereits gewarnt. Mit einem Griff nahm er dem Mädchen die Waffe ab.

„Aber nicht doch, meine hübsche Freundin", warnte er sanft. „Ich meine es doch gut mit Ihnen . . ."

„Sie lügen!" Sie sprach hartes Englisch mit russischem Akzent. „Seit Moskau verfolgen Sie mich. Meinen Sie, ich hätte das nicht bemerkt?"

„Sie sind Gedankenleserin?"

Sie zögerte, dann nickte sie. „Ja, ich bin Telepathin."

„Gut, dann können wir offen miteinander reden. Sie hatten vom Overhead den Auftrag, die Luftfahrtlinien der Dritten Macht zu sabotieren. In dieser Tasche tickt eine Sprengladung. Sie stellten den Zeitzünder ein und ließen die Bombe in der Maschine. Zwischen hier und London wäre sie dann explodiert."

Sie maß ihn mit einem abschätzenden Blick. „Und wenn es so gewesen wäre?"

„Dann wäre Perry Rhodan sehr daran interessiert, sich mit Ihnen zu unterhalten."

Über ihr hübsches Gesicht huschte ein Schatten. „Ich habe kein Interesse daran, mich mit einem Verräter der Menschheit zu unterhalten. Das können Sie ihm bestellen. Im übrigen würde ich an Ihrer Stelle dafür sorgen, die Tasche loszuwerden. Die Sprengladung ist stark genug, uns beide bis in die Wolken zu befördern."

„Solange Sie bei mir sind und keine Unruhe zeigen, kann mir nichts passieren", konterte Lloyd. Er beugte sich vor. „Chauffeur, bringen Sie uns zum Flughafen zurück." Er wandte sich an seine Gefangene. „Es wäre nett, wenn wir uns vorstellen würden. Ich bin Fellmer Lloyd. Wie darf ich Sie nennen?"

„Tatjana Michalowna", antwortete sie trotzig. Er fühlte, daß sie nicht log. „Aber mehr erfahren Sie auf keinen Fall."

„Ich habe einen schnellen Flitzer auf dem Flughafen. In wenigen Stunden können wir in Terrania sein."

Sie gab keine Antwort. Ihr Blick lag nachdenklich auf der Ledertasche, die neben Lloyd stand. Er bemerkte es und lächelte.

„Keine Sorge", sagte er. „Irgendwo in Sibirien schadet eine kleine Explosion niemand. Früher fanden dort größere statt."

Sie schwieg verbissen.

Das geistige Duell zwischen John Marshall und Tatjana Michalowna war nur von geringer Dauer, dann wußte die Russin, daß Leugnen zwecklos war.

Außerdem zeigte sie sich von der freundlichen, aber bestimmten Art beeindruckt, mit der Rhodan sie behandelte. Das Verhör, wenn man es überhaupt so nennen wollte, fand in den Räumen statt, die in erster Linie von den Mitgliedern des Mutantenkorps benutzt wurden.

Zögernd begann Tatjana zu sprechen. „Wie alle Menschen stand ich der Dritten Macht skeptisch gegenüber. Für mich waren Sie, Mister Rhodan, ein Verräter, denn Sie verbündeten sich mit außerirdischen Lebewesen. Wir hätten die Welt auch ohne Sie geeint."

„Davon bin ich überzeugt." Rhodan lächelte verständnisvoll. „Ich tat es eben auf meine Art. Was ist dagegen einzuwenden?"

„Einiges. Jedenfalls begegnete ich eines Tages einem Mann, in dessen Gedanken ich Übereinstimmung mit den meinen feststellte. Auch er verdammte die Dritte Macht und wünschte Frieden. Ich nahm Verbindung mit ihm auf und erfuhr alles. Eine Vierte Macht ist im Entstehen, eine rein menschliche Macht, die nichts mit Arkoniden und den Völkern der Milchstraße zu tun hat. Der Overhead betreibt irdische, aber keine galaktische Politik."

„Sehr engstirnig", kommentierte Rhodan. „Aber weiter, Miß Michalowna."

„Ich schloß mich dem Overhead an", sagte sie einfach. „Der Kampf des Overhead ist gerecht, denn er richtet sich gegen etwas, das uns wesensfremd bleiben muß."

„Auch die kleinen Nationen Europas hielten die Kulturen ihrer Nachbarn einst für wesensfremd", warf Rhodan ein. „Die Menschheit mußte feststellen, daß sie nicht das einzige intelligente Volk im Universum ist. Nur eine geeinte Erde wird den Anschluß an die galaktische Zivilisation nicht verpassen. Noch vor zehn Jahren lag eine solche Entwicklung in fernster Zukunft und schien wie der phantastische Traum eines Schwärmers. Heute ist sie Wirklichkeit. Wir haben uns zu entscheiden – und viele haben es bereits getan. Daran kann auch ein Overhead nichts ändern."

„Er will es auch nicht, aber er ist gegen Ihre Alleinherrschaft."

Rhodan lächelte und warf John Marshall einen schnellen Blick zu. „Wenn ich die Alleinherrschaft wollte, hätte ich sie längst errichten können. Das müssen Sie doch zugeben."

Sie zögerte. „Sie betrachten sich als Weltpolizei", warf sie ihm vor.

„Vielleicht, aber betrachten Sie mich besser als Wegbereiter."

Sie gab keine Antwort, aber man konnte ihrem Gesicht ansehen, daß sie angestrengt nachdachte.

John Marshall fragte plötzlich: „Wie kommt es, Miß Michalowna, daß ich nicht alle Ihre Gedanken klar empfangen kann? Ich bin noch nie einem Menschen begegnet, der seine Gedanken vor mir verbergen konnte."

„Dann sind Sie es jetzt." Tatjana lächelte überlegen. „Ich beherrsche außer der Telepathie eine weitere Fähigkeit, die allem Anschein nach nicht so selbstverständlich zu sein scheint, wie ich bisher annahm. Ich kann einen Willensblock gegen fremde Beeinflussung errichten. Vielleicht schirmt er gleichzeitig auch meine Gedanken ab, so daß ein anderer Telepath sie nicht exakt empfangen kann."

„Sie können sich gegen fremde Beeinflussung absichern?" fragte Rhodan interessiert. „Ist das notwendig? Es gibt nur wenige Menschen, die Hypnos sind."

„Der Overhead *ist* ein Hypno", sagte Tatjana betont.

Rhodan sah sie lange an, ehe er langsam nickte. „Sie sind in der Lage, seinen hypnotischen Fernzwang abzuwehren?"

Er wartete, bis das Mädchen genickt hatte, dann fuhr er fort: „Sie können also jetzt gegen seinen Willen handeln?"

Wieder nickte sie.

„Wissen Sie auch, daß er seinen Mitarbeitern den Befehl gibt, zu sterben, sobald wir sie gefangengenommen haben?"

Sie wurde bleich.

„Sie sterben auf Befehl", sagte Rhodan. „Wen der Overhead einmal unter Kontrolle gebracht hat, kann er jederzeit töten."

„Das ist ungeheuerlich!" rief sie.

Rhodan nutzte die Situation. „Der Overhead ließ eine meiner Kompanien meutern und auf die eigenen Freunde schießen. Zum Glück konnten wir das Schlimmste verhindern."

Tatjana schlug die Hände vor das Gesicht. Es war, als fände in ihrem Innern ein heftiger Kampf statt. „Und ich war so verblendet, daß ich fast hundert unschuldige Menschen ermordet hätte. Die Sprengbombe . . ."

„Denken Sie nicht mehr daran", sagte Rhodan leise und eindringlich. „Menschen haben in gutem Glauben schon Schlimmeres getan. Sie handelten nach Ihrer Überzeugung. Wenn Sie sich von Ihrem Schreck erholt haben, wird Lloyd Sie nach Moskau zurückbringen. Niemand zwingt Sie, bei uns zu bleiben."

Sie sah ihn erstaunt an. „Sie lassen mich frei?"

„Warum sollte ich Sie behalten? Ich glaube kaum, daß Sie noch einmal die Dummheit begehen werden, sich von Parolen irreleiten zu lassen. Der Overhead ist nicht nur ein engstirniger Nationalist, sondern dazu noch ein machthungriger Verbrecher. Eines Tages werde ich wissen, wer sich hinter der Maske des Overhead verbirgt."

Tatjana hob den Kopf und sah Rhodan ein wenig verblüfft an. Dann lächelte sie plötzlich.

„Sie wissen nicht, wer der Overhead ist?“ fragte sie.

Rhodan schüttelte den Kopf, aber seine grauen Augen wurden plötzlich hellwach. Er beugte sich vor. „Sie etwa?“

Tatjana nickte. „Ich kenne ihn persönlich.“

9.

In der Nähe von Alamogordo, wo 1945 die erste Atombombe gezündet wurde, ging Ende des Jahres 1944 ein Versuchsreaktor durch. Die freiwerdende Strahlung tötete viele Wissenschaftler und Arbeiter, aber einige kamen mit dem Leben davon.

Einer von ihnen war der Physiker Monterny, der kurz darauf heiratete und eine kurze, aber glückliche Ehe führte. Im Jahr 1945 gebar seine Frau einen Sohn. Clifford Monterny. Clifford war ein Mutant ersten Grades, ein Hypno von unwahrscheinlicher Stärke.

Er studierte, wie sein Vater, Physik. Seine außergewöhnliche Intelligenz verschaffte ihm einflußreiche Stellen und ein beachtliches Vermögen, aber es dauerte Jahre, ehe er seine abnormen Fähigkeiten an sich entdeckte. Er konnte fremden Menschen ohne Schwierigkeit seinen Willen aufzwingen.

Clifford Monterny war dick, aufgeschwemmt und sah nicht sehr anziehend aus. Die Frauen mieden ihn, was nicht ohne Einfluß auf seine Charakterbildung blieb. Seine kleinen und tiefliegenden Augen blickten stets mißtrauisch und neidisch. Bereits mit zweiunddreißig Jahren besaß er keine Haare mehr auf dem Kopf.

Aufmerksam verfolgte er das Entstehen der Dritten Macht und den Weg Perry Rhodans. Er beobachtete die Aufstellung des Mutantenkorps und war mehr als einmal entschlossen, sich Rhodan zur Verfügung zu stellen. Aber er tat es nicht.

War er nicht selbst ein mächtiger Mutant? Konnte er nicht, wenn er wollte, die Geschicke der Menschheit leiten? Konnte er nicht mehr Macht an sich reißen, als je ein Mensch vor ihm in den Händen hielt? Konnte er nicht selbst ein Mutantenkorps aufstellen?

So begann Clifford Monterny in aller Heimlichkeit, eine eigene Mutantengruppe um sich zu versammeln.

Clifford Monterny wurde der Overhead, ein Mann, den kaum jemand kannte und der überall zu sein schien – und nirgends. Sein Vermögen erlaubte es ihm, sich im Felsengebirge von Utah eine regelrechte Burg zu errichten. Knapp hundert Kilometer östlich des großen Salzsees, am Fuß des 4090 Meter hohen Emmons Peak, lag seine Farm mit neun Quadratkilometer Fläche. Das auf diesem Grund erbaute Haus glich einer Festung. Alle technischen Einrichtungen der Neuzeit sorgten für rechtzeitige Ortung und Überwachung eines jeden Besuchers, und sie würden auch jeden Angreifer erfolgreich abwehren können.

Als Monterny fünfunddreißig Jahre alt war, war seine telepathische Begabung ebenfalls ausgereift. In Verbindung mit seiner Hypnoeigenschaft beherrschte er jeden Menschen, den er einmal unter Kontrolle gebracht hatte.

In aller Stille war im Felsengebirge von Utah das Hauptquartier einer Macht entstanden, die sogar Perry Rhodan gefährlich zu werden drohte. Der Angriff gegen die General Cosmic Company hatte nicht den gewünschten Erfolg gebracht. Nun verlegte sich der Overhead auf direkte Methoden.

In diesem Stadium der Ereignisse lernte Perry Rhodan die Identität des bis dahin Unbekannten kennen.

Die Geheimdienste der Welt hatten sich zur Terranischen-Abwehr-Föderation, der TAF, zusammengeschlossen. Generalsekretär dieser Organisation war Allan D. Mercant.

Mercant strich verwirrt über seinen dünnen blonden Haarkranz, als ihm sein Besucher gemeldet wurde.

„Rhodan selbst?" vergewisserte er sich, als könne er es nicht glauben. Wie lange war es her, daß er persönlich mit Rhodan gesprochen hatte? „Was stehen Sie denn so herum? Lassen Sie ihn eintreten!" fuhr er seinen Assistenten an.

Der Offizier wäre bei der Kehrtwendung fast gestolpert und hätte Rhodan beinahe umgerannt, der lächelnd ins Zimmer trat und Mercant herzlich begrüßte.

„Wie fühlen Sie sich in Ihrer neuen Rolle?" fragte er.

„Wie ein älterer Fisch", sagte Mercant bitter und glättete die Haare. Sie waren grauer geworden, aber das Blond im Haarkranz hielt sich hartnäckig. „Was verschafft mir die Ehre Ihres Besuchs?"

„Nichts Erfreuliches", erwiderte Rhodan und nahm Platz. „Ich benötige Ihre Hilfe."

„Hilfe?" echote Mercant erstaunt. „Ich soll Ihnen helfen?"

Rhodan beugte sich vor und sah Mercant forschend an. „Kennen Sie Clifford Monterny?"

Auf dem Gesicht seines Gegenübers zeigte sich Nachdenklichkeit, dann kam ein zögerndes Nicken. „Unbekannt ist er mir nicht, wenn ich den Mann auch nicht persönlich kenne."

„Ihr Glück", warf Rhodan ein.

Mercant achtete nicht darauf. „Es gab einen bekannten Physiker mit Namen Monterny, aber der kam bei einer Explosion ums Leben."

„Das war der Vater. Ich meine den Sohn Clifford."

„Ist er nicht auch Physiker?" Als Rhodan nickte, fuhr Mercant fort: „Hat einige Erfindungen gemacht, aber noch niemals die Aufmerksamkeit der TAF auf sich gelenkt. Muß eine Menge Geld haben. Irgendwo im Westen besitzt er ein Landgut oder so etwas Ähnliches."

„Ich möchte von Ihnen die Erlaubnis erhalten, mit einem Geschwader der Dritten Macht in die USA einzufliegen und dieses Landgut Monternys anzugreifen."

„Was wollen Sie? Ich glaube . . .", rief Mercant erregt.

„Glauben Sie nichts, Mercant. Clifford Monterny ist der geheimnisvolle Overhead. Er ist dabei, die Ordnung der Welt zu erschüttern. Er ist ein Hypno und kann jeden Staatsmann der Welt noch heute dazu veranlassen, die Atombombenvorräte seines Landes gegen einen anderen Staat einzusetzen. Nur Monternys Ausschaltung kann uns alle vor größerem Unheil bewahren. Darum kam ich zu Ihnen."

Mercant sprach bereits in ein Tischmikrofon und forderte über das FBI alle Unterlagen über die Person Monternys an. Dann sah er auf. „Sie können mit meiner Unterstützung rechnen, Rhodan. Die Verbindung mit dem Präsidenten der USA ist eine Sache von Minuten."

Rhodan nickte dankbar. „Ich wußte, daß Sie mir helfen würden, Allan!"

Julian Tifflor war ohne besondere Formalitäten von Perry Rhodan in die Flotte der Dritten Macht übernommen worden. Man hatte ihm das Kommando über einen Zerstörer anvertraut. Zusammen mit Ray Gall und Pete Maros stand er nun mit der Z-35 in dreißig Kilometer Höhe über dem Hauptquartier der TAF, wo Rhodan gerade mit Mercant verhandelte.

Acht weitere Zerstörer schwebten in der Nähe. Weiter oben, für Tifflors Augen unsichtbar, stand das gewaltige Raumschiff STARDUST II im Raum. Bully fungierte als Kommandant. Die Dritte Macht war zum Angriff gegen den Overhead bereit.

Mercant hatte die Einflugerlaubnis erwirkt, und niemand wäre es eingefallen, die Schiffe zu belästigen, die über amerikanischem Hoheitsgebiet warteten.

Tiff atmete erleichtert auf, als der Bildschirm vor ihm aufleuchtete und darauf das Gesicht Bullys erschien. Er wußte, daß gleichzeitig auch die Kommandanten der anderen acht Schiffe Verbindung mit der STARDUST erhielten.

„Achtung, an alle Zerstörer! Rhodan wird in wenigen Minuten mit dem Beiboot auf der STARDUST eintreffen. Die geplante Aktion wird durchgeführt."

Der Schirm blieb hell, wenn auch Bullys Gesicht verschwand. Die akustische Verbindung wurde unterbrochen. Dieser Zustand dauerte zehn Minuten, dann kam eine Kursanweisung. Bullys ruhige Stimme leitete die neun Zerstörer ans Ziel.

Tief unter der Erde lag Clifford Monternys Kampfzentrale.

Umgeben von zahllosen Bildschirmen und anderen Geräten hockte der Overhead in dieser Zentrale wie eine Spinne in ihrem gewaltigen Netz. Hier liefen alle Fäden zusammen, und von hier aus leitete der Mutant seine Aktionen.

Einer der Bildschirme leuchtete auf. Das Gesicht eines Asiaten erschien darauf. Das Bild flimmerte und verbarg die Einzelheiten. Die Sendung mußte über viele Relaisstationen gehen.

„Was gibt es, S-7?" fragte Monterny.

„Ungewöhnliche Flugtätigkeit im Raum der TAF", meldete der

Anrufer. „Ein Kugelschiff beobachtet. Das FBI wurde um Angaben über die Person des Clifford Monterny gebeten.“

„Was sagen Sie?“ Monterny beugte sich vor. „Über mich?“

„Die Information ist absolut sicher. Ich weiß nur nicht, wer die Unterlagen angefordert hat.“

„Verdammt, das ist doch unmöglich. Niemand weiß, wer ich bin. Oder sollte . . .“

Wie eine Vision tauchte vor ihm plötzlich das ovale Gesicht einer hübschen Frau auf, mit der er seit einigen Tagen keine Verbindung mehr hatte.

Tatjana Michalowna.

Er hatte sie verloren, als sie ihren letzten Auftrag nicht ausführte. Tatjana, das wußte er, war eine starke Telepathin, genau wie er. Aber sie verfügte außerdem über die Gabe, ihr Gehirn abzuschirmen und sich somit jeder Beeinflussung zu entziehen. Auch der seinen.

Sollte Tatjana es gewagt haben, ihn zu verraten? War sie nicht eine seiner überzeugtesten Anhängerinnen gewesen? Er hatte sich stets zusammennehmen müssen, wenn er sie in der Nähe wußte, damit er nichts Falsches dachte.

„Es muß jemand von unseren eigenen Leuten gewesen sein“, hörte er jetzt seinen Agenten sagen. „Sobald ich erfahren habe, wer die Informationen vom FBI anforderte, melde ich mich. Ende.“

Monterny unterbrach den Empfang für einige Minuten und dachte angestrengt nach. Sein Gehirn griff aus und suchte in allen Teilen der Welt nach seinen Leuten. Das war nicht immer so einfach, darum unterhielt er für Routinemeldungen einen Nachrichtenapparat. Immerhin konnte er seine Agenten notfalls auch ohne Geräte überwachen.

Dreizehn Mutanten standen unter seinem Kommando. Der eine, große, konnte sich nicht melden, da er nicht auf der Erde weilte. Elf meldeten sich und erhielten den Befehl, sofort zurückzukehren. Nur ein einziger Mutant beantwortete Clifford Monternys Ruf nicht: Tatjana Michalowna.

Der Overhead überlegte nicht lange. Er gab Vorsorgealarm. Die Festung wurde in den Verteidigungszustand versetzt.

Auf dem unübersichtlichen Gelände der Farm landeten Raketenflugzeuge und brachten die Mutanten. Sie hatten ihre Posten verlassen und eilten ins Hauptquartier zurück, um neue Anweisungen zu erhalten. In den unterirdischen Stollen der ehemaligen Erzminen begann eine fieberhafte Tätigkeit. Moderne Geschütze glitten in Fahrstühlen bis dicht unter die Oberfläche in ihre Stellung. Alles erfolgte völlig automatisch.

Der Overhead saß in seiner Zentrale und kontrollierte die Vorgänge. Bildschirme zeigten die Umgebung des Farmhauses in allen Einzelheiten, aber so sehr er sich auch bemühte, er konnte nichts Verdächtiges feststellen. Von einem eventuellen Angreifer war weder etwas zu sehen noch zu hören.

Vielleicht hatte Agent S-7 sich getäuscht, und es handelte sich bei der Anfrage beim FBI nur um eine Routinesache. Trotzdem mußte er vorsichtig sein. Es beunruhigte ihn außerdem, daß er keinen Kontakt mit seinem Agenten in Terrania bekam.

Clifford Monterny wußte nicht, daß dieser Mann sich nie mehr melden würde. So sehr sein forschender Geist ihn auch suchen würde, ein totes Gehirn vermochte er nicht aufzuspüren. Tatjana Michalowna hatte dafür gesorgt, daß Verrat von dieser Seite aus unmöglich wurde. Nach seiner Entlarvung hatte Monternys Agent in Terrania Selbstmord begangen, doch das wußte der Overhead nicht. Er wartete vergeblich auf eine Meldung aus Terrania. So wußte er auch nicht mit Sicherheit, ob Perry Rhodan von seiner Identität erfahren hatte.

Vorläufig blieb alles ruhig.

Aber beim geringsten Anzeichen eines Angriffs würde sich die harmlose Farm Clifford Monternys in eine feuerspeiende Festung verwandeln.

Der Overhead war gerüstet.

Perry Rhodan und Bully ließen sich Zeit.

Die STARDUST und die neun Zerstörer waren bis an den Rand der Atmosphäre gestiegen, um jede Entdeckung durch die Radaranlagen des Overhead unmöglich zu machen.

„Die Mutanten haben ganze Arbeit geleistet", berichtete Bully und warf dem in der Ecke hockenden Gucky einen Blick zu. „Es konnten weitere Agenten des Overhead unschädlich gemacht werden. Von seinen Mutanten erwischten wir niemand. Tatjana behauptete, außer ihr habe er noch zwölf andere. Elf kennt sie, den zwölften nicht. Es muß sich um ein besonders fähiges Exemplar handeln."

„Fähiger als ich?" fragte Gucky ironisch.

Als Rhodan auf der Suche nach dem Unsterblichen von Wanderer auf dem einsamen Planeten Tramp zwischenlandete, hatte der Mausbiber sich an Bord der STARDUST geschlichen und war von da an nicht mehr von Rhodans und Bullys Seite gewichen. Gucky hatte rötlichbraunes Fell, den Kopf einer Maus und den Körper eines Bibers. Sein ganzer Stolz war der breitflächige Schwanz, auf den er sich beim Aufrechtgehen zu stützen pflegte. Seine außerordentliche Intelligenz und die Fähigkeit der Telepathie hatten es ihm ermöglicht, die Sprache der „Zweibeiner" schnell zu erlernen. Hinzu kamen seine perfekte Beherrschung der Telekinese und der Teleportation. Die letztere Fähigkeit hatte latent in ihm geschlummert, und er hatte sie erst nach seinem Kontakt mit den Menschen voll entwickelt.

Gucky, Bullys spezieller Freund, hockte in der Ecke der Zentrale und spielte den Harmlosen, wie er es immer tat, wenn sich große Dinge anbahnten. Er gehörte dem Mutantenkorps an.

Bully betrachtete ihn abwägend. „In gewisser Beziehung ist er vielleicht fähiger als du, Gucky, aber das wissen wir nicht. Aber nun störe uns nicht, wir haben wichtige Entscheidungen zu treffen." Er sah Rhodan an. „Wo war ich stehengeblieben?"

„Bei den Mutanten." Rhodan lächelte. „Sie haben den Overhead bereits aufgespürt. John Marshall konnte eine Gedankenbotschaft des Overhead auffangen und Tanaka Seiko eine Bildfunksendung. Er stellte die jeweiligen Stationen fest und zeichnete ein Schema."

Rhodan nahm das Blatt und betrachtete die Zeichnung. Sie erinnerte an ein Spinnennetz. In der Mitte saß der Overhead als Zentralpunkt. Von ihm aus gingen die Fäden in alle Welt. Die jeweiligen Endpunkte bezeichneten den Standort der betreffenden Agenten, zu denen bereits Angehörige der Dritten Macht unterwegs waren.

„Ausgezeichnet", lobte Rhodan. „Damit dürfte der Overhead isoliert werden. Er kann nicht mehr auf Hilfe von außen rechnen."

„Ich glaube nicht, daß ihm das viel ausmachen wird", meinte Bully. „Vergiß nicht, was Tifflor berichtete. Sein Gefangener sprach vom Mars. Ich fürchte, der Overhead hat sich auf dem Mars einen Stützpunkt zugelegt."

„Vorläufig sitzt er noch auf der Erde, und da werden wir ihn auch erledigen. Der Overhead ist der Feind der gesamten Menschheit. Er träumt davon, als Diktator die Welt zu beherrschen."

„Die Suppe wird ihm versalzen." Bully nickte und sah auf die Uhr. „Inzwischen dürften unsere Stoßtrupps bis in die Nähe der Farm gelangt sein. Warum sind noch keine Meldungen eingetroffen?"

„Vielleicht haben sie Schwierigkeiten. Jedenfalls warten wir nicht mehr lange, sondern leiten die Aktion ein. Wenn möglich, möchte ich den Overhead lebend haben. Ich denke an seine Mutanten. Ich bin davon überzeugt, daß sie von den schändlichen Plänen ihres Herrn genauso wenig wissen wie Tatjana."

„Aber verüben sie denn nicht selbst Verbrechen?"

„Unter Zwang, Bully. Nun, wir werden es ja bald wissen . . ."

Die Tür zur Zentrale ging auf.

„Meldung aus Utah", berichtete der Funker vom Dienst erregt. „Man will mit Ihnen sprechen, Mister Rhodan."

Bully war schneller in der Funkzentrale als Rhodan. Langsam kam Gucky hinter den beiden Männern hergewatschelt.

„Hier Wuriu Sengu", kam eine Stimme aus dem Lautsprecher, als Rhodan das Erkennungszeichen gegeben hatte. Der Japaner war der Späher des Mutantenkorps. Er konnte durch feste Materie sehen und jeden gesuchten Gegenstand auch hinter Stahlwänden entdecken. „Ich liege drei Kilometer vor dem Haus Monternys. Ich konnte unbemerkt landen und mich anschleichen. Im Haus selbst ist alles ruhig, ich kann keinen Menschen entdecken. Aber unter der Erde ist allerhand los. Ein unglaubliches System von Verteidigungsanlagen. Lange Korridore mit Seitengängen und unzähligen Kammern. Vorräte, Aufenthaltsräume, Waffenlager. Dazu Aufzüge für Schnellfeuergeschütze. Der Overhead muß gewarnt worden sein."

„Von wem?"

„Vielleicht kann Seiko es uns sagen. Er hört die Gespräche ab, aber ich habe keine Verbindung mit ihm."

Rhodan überlegte einige Sekunden. „Gut, Sengu. Beobachten Sie weiter. Versuchen Sie, Kontakt mit den anderen Mutanten zu erhalten, besonders mit Seiko. Berichten Sie, wenn etwas geschieht. Wir werden in genau dreißig Minuten angreifen. Halten Sie sich im Hintergrund und greifen Sie erst ein, wenn die Hauptgefahr vorüber ist. Verstanden?"

„Verstanden!"

Rhodan richtete sich auf. „Ich werde den Angriff von dem Beiboot GOOD HOPE V aus leiten."

Bully zog die Augenbrauen erstaunt hoch.

„Von der Kaulquappe aus?" wunderte er sich. „Und was soll ich mit der STARDUST?"

„Aufpassen, damit nichts schiefgeht, mein Lieber", tröstete ihn Rhodan. „Du hältst dich abseits und sorgst dafür, daß uns der Schurke nicht entwischt. Vergiß nicht, daß er noch zwei Zerstörer besitzt. Drei hat er gestohlen, einer wurde vernichtet. Einer befindet sich wahrscheinlich auf dem Mars. Bleibt einer übrig. Auf den mußt du achten."

„Ich auch?" fragte Gucky. Er sah unzufrieden aus.

„Du auch!" Rhodan nickte ihm zu und klopfte dem Mausbiber auf die Schulter.

Die beiden Männer kehrten, von Gucky getreulich begleitet, in die Zentrale zurück. Hier übernahm Bully das Kommando über die STARDUST und sank schnell in die Atmosphäre der Erde hinab. Die neun Zerstörer folgten in geordneter Formation.

Der Angriff auf das Hauptquartier des Overhead begann.

Kaum registrierten die Ortungsgeräte Clifford Monternys das Kugelschiff und gaben Alarm, da war Rhodan auch schon gelandet. Im letzten Augenblick erst wurde der rasende Flug abgestoppt. Die GOOD HOPE V stand noch vibrierend auf ihren Teleskopstützen, keine zweihundert Meter von dem flachen Farmgebäude entfernt, als der Overhead auch schon das Feuer eröffnete.

Aus mehr als zwanzig Rohren schlugen meterlange Flammen und wurden tödliche Sprenggeschosse ausgespien. Die Projektile schossen auf die GOOD HOPE V zu und detonierten im Schutzschirm, der seine Energie aus den unerschöpflichen Arkonidenreaktoren erhielt. Es war ein Feuerwerk, wie es diese ruhige Gegend der Felsengebirge noch nie erlebt hatte. Unberührt von allem stand die Kugel hinter dem Energieschirm.

Die automatisch gesteuerte Verteidigungsanlage des Overhead verfeuerte an die fünfhundert Geschosse, ehe das Elektronengehirn einsehen mochte, wie sinnlos dieses Vorgehen war. Die Art des Beschusses änderte sich. Die mechanische Förderanlage wechselte die Sprengköpfe der Projektile aus. Das Elektronengehirn des Overhead hatte sich entschlossen, Atomwaffen einzusetzen.

Rhodan hatte damit gerechnet. Er wußte, daß der Schirm auch diese Belastung aushalten würde. Aber Atombeschuß war das Zeichen dafür, daß dem Overhead keine anderen Mittel mehr zur Verfügung standen. Sie bedeuteten den Anfang vom Ende.

Rhodan wartete drei oder vier Minuten, bis eine kurze Feuerpause eintrat. Er hatte in der Zwischenzeit genug Gelegenheit gehabt, die Position der zwanzig Geschütze festzustellen. Ihre Rohre ragten aus dem gewachsenen Felsen und würden in kürzester Zeit unter der Erde verschwinden können, wo sie unangreifbar waren. Wenn er die Geschütze unbrauchbar machen wollte, mußte er schnell handeln.

Die Kampfroboter standen bereit. Die Soldaten der Dritten Macht, geschultes Abwehrpersonal, warteten voller Spannung in der Lastenschleuse der GOOD HOPE V. Der Rest des Mutantenkorps fieberte dem Einsatz entgegen. Sie allein ahnten, daß der Kampf nur auf geistiger Basis ausgefochten werden konnte.

Mutanten gegen Mutanten.

Alle verfügbaren Desintegratorgeschütze des Schiffes richteten sich gegen die erkannten Ziele.

Rhodan hatte auf die kurze Feuerpause gewartet. Es war der Nachteil einer mechanisch gesteuerten Anlage, daß die einzelnen Geschütze nicht individuell bedient wurden. Wenn sie alle schwiegen oder Geschoßwechsel vorgenommen wurde, blieb nicht eines von ihnen feuerbereit.

Der schützende Energieschirm der GOOD HOPE V brach zusammen.

In derselben Sekunde schossen mehr als acht oder neun kaum

erkennbare Strahlenfinger aus der konkaven Hülle und fanden ihr Ziel. Erde und Felsen verwandelten sich im Bruchteil eines Augenblicks in eine brodelnde und verdampfende Masse, in der die stählernen Geschütze wie Butter in der Sonne schmolzen.

Schon schwenkten die Strahlenbündel weiter und erfaßten die nächsten Ziele. Bevor das elektronische Gehirn der Verteidigungsanlage des Overhead das Unglück registrieren konnte, waren bereits alle Geschütze bis auf zwei funktionsunfähig gemacht worden. Die restlichen beiden versanken in den Schächten. Aber das bewahrte sie lediglich vor der Vernichtung. Die Energiestrahler der GOOD HOPE V zerschmolzen die Schächte an ihrem Oberflächenausgang derart, daß eine glasharte Glasur sie luftdicht verschloß. Somit gab es kein Geschütz mehr, das gegen Rhodan eingesetzt werden konnte.

Darauf hatte man gewartet.

Der Alarm schrillte durch das Schiff. Luken öffneten sich. Aus der einen schob sich eine breite Rampe schräg dem Erdboden entgegen. Sekunden später marschierten zwanzig arkonidische Kampfroboter auf das zwischen vereinzelten Bäumen daliegende Haus zu, in dem sich der Eingang zur unterirdischen Festung des Overhead befinden mußte.

Den Robotern folgten die Soldaten, bewaffnet mit Impulsstrahlern und Schnellfeuerwaffen. An den Gürteln baumelten Gasgranaten.

Rhodan war in der Zentrale geblieben und beobachtete über den Bildschirm hinweg den Angriff. Vorerst wagte er es noch nicht, die Mutanten voll einzusetzen. Sie bildeten gewissermaßen seine Reserve.

Die Bildschirme waren so geschaltet, daß Rhodan nichts entgehen konnte. So erkannte er auch als erster die Gegenmaßnahmen des Overhead.

Clifford Monterny starrte in verzweifelter Wut auf die Kontrollen seiner automatisch gesteuerten Geschütze. Das Elektronengehirn reagierte nicht mehr. Die Skalen standen auf Null. Die Geschütze waren ausgefallen.

Aber wenn Rhodan meinte, damit sei die Schlacht gewonnen, so hatte er sich geirrt.

Monterny hatte damit gerechnet, seinen Angreifer im Schnellfeuer der zwanzig Geschütze auf Anhieb zu erledigen, aber er hatte auch andere Möglichkeiten einkalkuliert. Nicht umsonst hatte er sich eine kleine Mutantenarmee zugelegt, die ihm blind ergeben war.

Seine Hände drehten an einem Knopf. Ein Bildschirm flammte auf. Der Kopf eines Mannes erschien.

„Roster Deegan“, sagte der Overhead, „setzen Sie Ihre Leute ein. Insbesondere die Telekineten. Rhodan greift mit Robotern an. Sie dürfen das Haus auf keinen Fall erreichen. Sie kommen zu mir in die Zentrale und leiten unseren Gegenangriff.“

Zwei Minuten später griffen Monternys Telekineten an.

Unbeirrt marschierten die Roboter auf das Haus zu, gefolgt von den Soldaten.

Sie mochten etwa die Hälfte der zweihundert Meter langen Strecke zurückgelegt haben.

In der Zentrale der GOOD HOPE V saß Rhodan hinter den Kontrollen und wartete darauf, daß etwas geschah. Wenn auch die Abwehrgeschütze des Overhead ausgefallen waren, so war er dadurch noch lange nicht besiegt.

Die vordere Reihe der Kampfroboter blieb plötzlich stehen, als sei sie gegen eine unsichtbare Mauer geprallt. Einer taumelte, verlor das Gleichgewicht und stürzte rücklings zu Boden, wo er liegenblieb. Die anderen – Rhodan traute kaum seinen Augen – wurden vom Boden abgehoben und stiegen ruckartig in die Höhe. Dort begannen sie dann um sich selbst zu wirbeln und seitwärts abzutreiben.

Einige begannen sinnlos zu schießen, und der Rückstoß der Impulsstrahler gab ihnen eine entgegengesetzte Flugrichtung. Dann explodierten sie oder stürzten ab und zerschellten am Boden.

Die zweite Reihe der Roboter fiel einem bereits routinierteren Angriff zum Opfer. Die Mutanten des Overhead lernten schnell. Fünf Maschinen wurden von einer unheimlichen Kraft durch die Luft geschleudert und rammten mit voller Wucht gegen den schnell aktivierten Schutzschirm der GOOD HOPE V. Kraftlos fielen sie dann zu Boden und regten sich nicht mehr.

Noch ehe die dritte Reihe ebenso außer Gefecht gesetzt werden konnte, geschah etwas anderes, mit dem Rhodan heimlich gerechnet hatte.

Die Soldaten der kleinen Armee begannen, sich sehr merkwürdig zu verhalten. Einige der Männer setzten sich einfach in das Gras, legten ihre gefährlichen Strahlwaffen neben sich und begannen, ihre Notverpflegung auszupacken. Anscheinend beabsichtigten sie, ein Picknick zu veranstalten.

Telekineten und Hypnos, dachte Rhodan mit aufsteigender Verzweiflung. Immerhin bewiesen Monternys Mutanten, daß sie eine Spur von Menschlichkeit bewahrt hatten, sonst hätten sie den Soldaten befohlen, sich gegenseitig umzubringen.

Rhodans Gegenschlag erfolgte sofort. Der Erfolg würde davon abhängen, ob der Overhead selbst in Aktion getreten war oder nur seine Mutanten. Nach bisherigen Erfahrungen war Monterny der einzige überhaupt lebende Mutant, der sich gegen die Wirkung eines Psychostrahlers durchsetzen konnte.

Der Telepath John Marshall gab Tatjana einen Wink. Die junge Russin, von dem Eifer erfüllt, die begangenen Fehler wieder gutzumachen, sprang aus der Luke der GOOD HOPE V und lief, so schnell sie konnte, die Gangway hinab. In ihrer Hand hielt sie einen silbernen Stab, den sie nun in eine Richtung hielt, die einwandfrei bewies, daß sie die Lage des unterirdischen Hauptquartiers genau kannte. Der Stab zeigte flach zur Erde, auf einen Punkt links vor dem Haus.

Rhodan beobachtete Tatjana über den Bildschirm.

Der Erfolg ihrer Bemühungen trat nach etwa einer Minute ein und war verblüffend.

Die Soldaten unterbrachen jäh ihre Tätigkeit, starrten für den Bruchteil einer Sekunde verwundert auf die geöffneten Konservendosen und die gezückten Brotmesser, ließen alles fallen, griffen zu den Waffen und rannten hinter den letzten Robotern her.

Tatjana blieb stehen und sorgte dafür, daß Monternys Mutanten keinen Einfluß mehr ausüben konnten. Sie wußte aber auch, daß die schwierigste Aufgabe noch bevorstand. Natürlich kannte sie nicht alle Einzelheiten des Hauptquartiers, und sie wußte nicht, wie viele

Menschen insgesamt tief unter der Erde in den Felsengängen hausten, aber sie ahnte, daß der Overhead noch weitere Überraschungen für seine Angreifer bereithielt.

Es mußte ihr gelingen, einen der Mutanten dazu zu überreden, den zweiten Eingang zu öffnen. Mit Hilfe des Psychostrahlers mußte das möglich sein.

Roboter und Soldaten machten vor den rauchenden Trümmern des Hauses halt. Hier gab es nichts mehr für sie zu tun. Wenn sich der Eingang zu dem unterirdischen Labyrinth im Haus befunden hatte, so war er nun unbrauchbar geworden. Niemand konnte hier ein- oder aussteigen.

Tatjana lockerte den Abschirmblock um ihr Gehirn ein wenig, um fremde Gedanken in sich aufnehmen zu können. Sie konzentrierte sich auf das ihr bekannte Gedankenmuster des Overhead und versuchte, Verbindung mit ihm zu erhalten. Dabei achtete sie darauf, daß der Psychostrahler stets in Richtung der Zentrale zeigte, und war jeden Augenblick bereit, den Abschirmblock erneut zu schließen.

Dann war die Stimme des Overhead plötzlich in ihrem Gehirn.

„Tatjana, Sie haben sich gegen meine Befehle gestellt und unsere gute Sache verraten. Sie sind zu dem Verräter an der Menschheit übergegangen und . . .“

„Genug der Phrasen“, dachte Tatjana konzentriert zurück und fühlte sich durch die Gewißheit gestärkt, daß John Marshall sie ‚hören‘ konnte und die Unterhaltung direkt an Rhodan weiterleitete. „Ihr ganzes Werk besteht aus Phrasen und Gewalt. Ich habe Sie durchschaut, Clifford Monterny.“

„Das ist Unsinn!“ gab der Overhead zurück, ohne zu versuchen, Tatjana suggestiv beeinflussen zu wollen. Er kannte ihre Fähigkeiten. „Sie haben gegen meine Mutanten keine Chance.“

„Rhodans Waffen sind die besseren, Monterny. Er hat mehr und fähigere Mutanten. Geben Sie auf!“

Lautloses Hohngelächter durchraste Tatjanas und Marshalls Gehirn.

„Aufgeben?“ spottete der Overhead. „Wenn ich aufgebe, geht die Welt mit mir unter. Wenn Rhodan herrschen soll, dann über eine entvölkerte Erde.“

„Sie Wahnsinniger!" dachte Tatjana ruhig. „Sie haben sich selbst das Todesurteil gesprochen."

„Warten Sie noch", erwiderte der Overhead hämisch. „Es ist Ihr eigener Vorteil, wenn Sie warten. Vielleicht gelingt es Ihnen, meine Mutanten zu beeinflussen. Über mich jedoch hat auch Ihr Psychostrahler keine Macht. Niemand wird mich daran hindern, in diesem Augenblick meinen in aller Welt wartenden Agenten den Auftrag zu geben, ihre lang vorbereiteten Aktionen durchzuführen."

„Mag sein", gab Tatjana zu, „nur wird es Ihnen kaum noch etwas nützen, diese Befehle zu erteilen, denn Sie erhalten keinen Kontakt mehr mit Ihren Leuten. Sie wurden bereits vom Sicherheitsdienst der Dritten Macht festgenommen oder unschädlich gemacht. Sie vergessen, daß Rhodan ebenfalls über ein Mutantenkorps verfügt."

Der Overhead fluchte und verriet damit seine Ohnmacht. Rhodan wußte im selben Augenblick, daß die Macht seines Gegners gebrochen war. Wenn es jetzt gelang, in die unterirdische Festung einzudringen . . .

Tatjana verlor nicht viel Zeit.

Ihre tastenden Gedanken suchten und fanden die von Roster Deegan. Unterstützt durch den Psychostrahler, gab sie ihm den eindringlichen Befehl: „Roster, öffnen Sie den Notausgang!"

Der Overhead spürte, wie Tatjana sich von ihm abwandte und Verbindung mit seinem Telekineten aufnahm. Er ahnte, was sie von ihm wollte, und er beschloß, die gute Gelegenheit zu nutzen, eine Probe aufs Exempel zu machen.

Als Telepath verstand er den gedanklichen Befehl, den sie Roster gab. Er gab den Gegenbefehl.

Unschlüssig verharrte Roster mitten in seiner Bewegung. Langsam setzte er sich wieder. Der Overhead war stärker als der Psychostrahler. Schon triumphierte Monterny, da begann sich Roster wieder zu erheben. Er schritt langsam zur Tür und trat auf den Gang.

Für einen Augenblick starrte der Overhead ihm verblüfft nach, ehe er seine hypnotische Gabe erneut und verstärkt einsetzte. Aber er spürte sofort, daß ihm intensiver Widerstand geleistet wurde, gegen den er nicht ankam. Er wußte nicht, daß sich inzwischen André Noir, Rhodans Hypno, eingeschaltet hatte. Gemeinsam mit Tatjanas Psychostrahler war er stärker als der Overhead.

Seine Niederlage wirkte niederschmetternd auf Clifford Monterny. Daß er rein technisch gegen Rhodan versagt hatte, berührte seinen Stolz nicht in besonderem Maße, aber daß er auch der geistig Unterlegene sein sollte, wollte ihm nicht in den Kopf.

Der Overhead kniff die Lippen zu einem schmalen Strich zusammen. Natürlich hatte er auch an die Möglichkeit einer Flucht gedacht und nichts außer acht gelassen, was damit zusammenhing. In einem unterirdischen Hangar stand der dritte Zerstörer. Das nur dreißig Meter lange Schiff konnte von ihm allein gesteuert werden. An Bord lagerten Lebensmittel für viele Jahre. Die Bewaffnung war ausreichend. Er konnte mit dem Zerstörer annähernd Lichtgeschwindigkeit erreichen. Auf dem Mars wartete sein letzter und schrecklichster Mutant auf seinen Einsatz.

Warum sollte er warten, bis sie ihn endgültig in die Enge getrieben hatten und ihm kein Ausweg mehr blieb?

Noch einmal versuchte Clifford Monterny, seinen Einfluß auf Roster Deegan zurückzugewinnen, aber er mußte bald die Erfolglosigkeit seines Bemühens einsehen. Trotzdem gab er nicht auf. Er wollte es Rhodan so schwer wie möglich machen.

Noch während Roster den Notausstieg der Festung öffnete und sich die Aufmerksamkeit Tatjanas auf die neue Aufgabe konzentrierte, gab der Overhead seinen Mutanten posthypnotische Befehle und blockierte ihre Gehirne. Er wußte, daß es nur eine Frage der Zeit war, bis auch diese Psychoblöcke wieder zusammenbrachen, aber sein Vorsprung würde sich dadurch vergrößern. Er brauchte diesen Vorsprung.

Dann aber zögerte er nicht länger.

Er schloß sich gedanklich von der Außenwelt ab und sorgte dafür, daß kein Telepath seine Spur verfolgen konnte. Zwar verlor er selbst damit jede geistige Orientierung, aber was weiterhin in seinem verlorenen Reich geschah, interessierte ihn nicht mehr. Vor ihm lag eine größere Aufgabe.

Mit eiligen Schritten verließ er die Zentrale und lief den Hauptkorridor entlang. Hinter sich hörte er vereinzelte Rufe und Schreie. Schüsse peitschten durch Gänge, und jemand brüllte Kommandos. Dazwischen dröhnten die Marschtritte arkonidischer Kampfroboter. Rhodans Streitmacht war in die Festung des Overhead eingedrungen.

Clifford Monterny ballte in verzweifelter Wut die Fäuste, stieß abermals einen Fluch aus und eilte weiter. Er bog in einen Nebengang ein und vergrößerte sein Tempo. Hätte er wenigstens an eine unterirdische Transportmöglichkeit gedacht. Wer aber rechnete schon damit, daß sein uneinnehmbarer Schlupfwinkel einem ersten Angriff zum Opfer fallen würde. Der Overhead mußte einsehen, daß er Rhodan unterschätzt hatte.

Der Gang erstreckte sich scheinbar endlos. Wie alle anderen war er durch in regelmäßigen Abständen angebrachte Deckenleuchten dämmrig erhellt. Es gab Dutzende solcher Gänge, und Rhodans Leute würden lange benötigen, bis sie diesen hier entdeckten.

Der Overhead war klug genug gewesen, seinen Hangar weit genug von der Zentrale entfernt anzulegen. Falls diese im Verlauf einer Kampfhandlung zerstört wurde, blieb der Hangar unbeschädigt. Außerdem würde niemand vermuten, daß sich sein Notausgang mehr als zwei Kilometer vom regulären Eingang entfernt befand.

Der Lärm hinter ihm war längst verstummt. Der Overhead verlangsamte seine Schritte. Dicke Schweißtropfen glänzten auf seinem kahlen Schädel. Die verzerrten Züge in dem aufgeschwemmten Gesicht glätteten sich. In die gehetzten Augen trat wieder der eisige Schimmer von Überlegenheit. Trotzdem war Monterny froh, daß ihn jetzt niemand sah. Er, der allen Sterblichen Überlegene, befand sich auf der Flucht.

Der Gang endete vor einer glatten Mauer.

Der Overhead tastete die Wand ab und fand eine winzige Erhöhung. Ein leichter Druck, dann glitt die Wand nach oben und gab den Zutritt frei. Er ging weiter. Hinter ihm schloß sich die Wand wieder.

Er befand sich in einer nicht sehr großen, aber hohen Halle. Fast erinnerte sie an einen Schacht. Die Wände bestanden aus rohem Fels. In etwa hundert Meter Höhe schien eine Felsendecke den Hangar abzuschließen.

Auf seinen Teleskopstützen stand mitten in dem Schacht der gestohlene Zerstörer aus Rhodans Flotte.

Clifford Monterny atmete erleichtert auf. Nun würde ihn selbst Rhodan nicht mehr an seiner Flucht hindern können. Wenn er nach dem Start sofort auf Höchstgeschwindigkeit beschleunigte, holte ihn keiner mehr ein.

Flüchtig dachte er an die entführten Wissenschaftler, die nun von Rhodan gefunden und befreit werden würden. Ihm konnte es gleich sein, denn er besaß längst ihr Wissen. Ihnen hatte er auch die völlige Beherrschung des vor ihm stehenden Raumschiffs zu verdanken.

Mit wenigen Schritten erreichte er die Teleskopstützen und betätigte den Kontrollknopf der Einstiegschleuse. Sofort öffnete sich viele Meter über ihm die Luke, und die Leiter glitt in die Tiefe. Noch während das geschah, lief er zurück zur Schachtwand und drückte auf einen anderen Knopf. Gespannt sah er nach oben.

Die massive Felswand über ihm begann sich zu bewegen. Sie verschob sich seitlich und gab den Fluchtweg frei. Helles Tageslicht fiel in den Hangar und ließ die Lichter dort verblassen.

Clifford Monterny verlor keine kostbare Zeit mehr.

Mit wenigen Sätzen war er bei der inzwischen ausgefahrenen Leiter und kletterte an ihr empor, um Sekunden später im Schiff zu verschwinden. Die Luke schloß sich mit einem dumpfen Laut.

Wieder vergingen lange Sekunden.

Sie wurden zu Minuten.

Im Maschinenteil des Schiffs begannen die Energieerzeuger und Umformer zu dröhnen. Hochverdichtete Partikelströme schossen durch armdicke Feldleiter, wurden in den Triebwerken noch mehr komprimiert, beschleunigt – und verließen die flimmernden Felddüsen im Heck als lichtschneller, ultraheller Impuls.

Der Fels unter dem Zerstörer kochte, und während die Teleskopstützen eingezogen wurden, schoß das Schiff empor.

Die mit ungeheurem Druck nach allen Seiten ausweichende Energie traf die Wände des Hangars und ließ sie schmelzen. Die geheime Tür wurde zerstört.

Es war offensichtlich, daß der Overhead beabsichtigt hatte, diesen Fluchtweg nur ein einziges Mal zu benutzen.

Mit wahnwitziger Beschleunigung schoß das Schiff senkrecht nach oben und verließ wie ein riesiges Geschoß seinen einhundert Meter langen Lauf, um in Sekundenschnelle im Blau des wartenden Himmels einzutauchen und zu verschwinden.

Rhodan verließ die GOOD HOPE V – auch kurz K-5 genannt – in dem Augenblick, als Roster Deegan an der Oberfläche erschien und mit ausdruckslosen Augen Tatjana entgegensah, die auf ihn zuging und behutsam versuchte, ihm seinen eigenen Willen zurückzugeben.

Das Mutantenkorps löste die Roboter und Soldaten ab und übernahm die Sicherung. Der Telepath John Marshall blieb neben Rhodan.

Er sagte: „Tatjana teilt mit, daß noch zehn Mutanten außer Deegan in der Festung weilen. Ein posthypnotischer Befehl zwingt sie, die Anordnungen des Overhead zu befolgen. Sie müssen einzeln von dem Willen Monternys befreit werden."

„Was ist mit den Gefangenen des Overhead? Hat Tatjana nichts in Erfahrung bringen können?"

„Doch, aber nicht eindeutig. Sie glaubt, daß sie sich in der Festung aufhalten."

„Gut." Rhodan sah sich um. „Dann kann der Kampf der Mutanten beginnen. Ich werde mich selbst um Monterny kümmern."

Er nahm seinen Psychostrahler und schritt auf Tatjana und Deegan zu, die sich im schweigenden Duell gegenüberstanden.

Dicht daneben lag der Eingang zum Labyrinth. Stufen führten in die Tiefe.

„Ich komme mit Ihnen", sagte Marshall zu Rhodan. „Ebenfalls Sengu, Anne Sloane und Betty Toufry. Sengu kann uns vor jeder Gefahr warnen, während die beiden Telekinetinnen jeden Angreifer solange festhalten können, bis wir den Hypnoblock sprengen."

Gerade das geschah in diesem Augenblick bei Roster Deegan. Der Mann schüttelte den Kopf. Er nahm Tatjanas Hand. „Ich verstehe zwar noch nicht alles, aber ich beginne zu ahnen, was geschah. Zählen Sie auf mich. Befreien Sie auch die anderen."

Rhodan trat hinzu. „Kommen Sie, Tatjana. Wir dürfen keine Zeit verlieren. Niemand weiß, welche Teufelei der Overhead wieder vorbereitet."

Roster betrachtete Rhodan forschend, sah ihm lange in die Augen und streckte ihm dann die Hand entgegen. „Sie sind Rhodan. Ich kenne Sie von Bildern. Es wird Ihnen sehr daran gelegen sein, Ihr Mutantenkorps zu vergrößern. Wenn das so ist, warten unten in der Festung noch zehn Menschen darauf, sich Ihre Freunde nennen zu dürfen. Aber – sie sind noch nicht frei."

Tatjana zeigte auf ihren und Rhodans Psychostrahler. „Aber bald."

Sie begegneten auf dem Gang zur Zentrale dem ersten Telekineten.

Rhodan fühlte sich plötzlich zur Seite geschleudert und konnte nur mit Mühe verhindern, daß er mit dem Kopf gegen die Felswand prallte. Er ließ sich zu Boden rutschen, um vorerst der Aufmerksamkeit des Verteidigers der Festung zu entgehen. In aller Ruhe richtete er dann seinen Strahler gegen die schattenhafte Gestalt, die sich nur undeutlich gegen das Ganglicht abhob. Eindringlich gab er seine Befehle. Als der inzwischen herbeigeeilte André Noir mit hypnotischer Gewalt die geistige Sperrmauer durchbrach und seine Gegenbefehle in das Gehirn des Mutanten pflanzte, zersplitterte die Macht des Overhead.

Rhodan war vorsichtig genug, dem Telekineten einen posthypnotischen Befehl mit Hilfe des Psychostrahlers zu geben.

Schritt für Schritt drangen sie weiter in das vom Overhead verlassene Reich vor. Verbissen verteidigten es die von ihm noch beherrschten Mutanten, aber nach und nach brach auch dieser Widerstand.

Wo war der Overhead?

Rhodan sah sich um. „Ras Tschubai?"

Die Gestalt des riesigen Afrikaners schob sich heran.

„Haben Sie alle Räume untersucht?"

Der Teleporter hob die Hand. „Es gibt in diesem Fuchsbau so viele Korridore, Gänge und Kammern, daß man niemals sicher sein kann, ob man überall gewesen ist. Die Zentrale jedenfalls habe ich gefunden. Sie ist leer. Von Monterny keine Spur."

„Und die Wissenschaftler?"

Ehe Ras antworten konnte, sagte Sengu, der Späher: „Sind in einem

Verlies eingesperrt – ein ganzer Komplex mit regelrechten Wohnkammern. Es führt ein Lift hinab zu ihnen.“ Der Japaner blickte schräg nach unten auf den Boden. „Jemand muß sie gefunden haben, denn ich kann eine Gestalt sehen, die sich an der Tür zu dem Gefangenenkomplex zu schaffen macht. Ich kann sie nicht erkennen.“

Betty Toufry, Telepathin und Telekinetin zugleich, drängte sich heran.

„Ich empfange die Gedanken eines Mannes“, flüsterte sie und blickte unsicher in die gleiche Richtung, in die auch Sengu sah. „Sie sind wirr. Er will töten.“

Ras Tschubai wandte sich an Sengu: „Beschreiben Sie mir die Lage des Gefängnisses, damit ich den Mann abfangen kann, ehe er Unheil anrichtet. Schnell, beeilen Sie sich.“

Ras Tschubai lauschte den kurzen Positionsangaben Sengus, dann nickte er und verschwand.

Die Zurückbleibenden verspürten den leichten Luftzug, der dadurch entstand, daß die Luft in das plötzliche Vakuum strömte, das von dem Teleporter nach seiner Entmaterialisierung hinterlassen wurde. Jetzt, in dieser gleichen Sekunde, erhielt Ras Tschubai am Ziel seine Gestalt zurück.

Rhodan drängte zur Eile. „Tatjana und Marshall, Sie begleiten mich. Wir müssen wissen, wo der Overhead geblieben ist. Ich kann mir nicht vorstellen, daß er sich in einen Winkel verkriecht und tatenlos abwartet, bis wir ihn finden.“

„Die Festung hat Dutzende von Gängen“, gab die Russin zu bedenken. „Ich weiß nur, daß einer von ihnen zu einem im Felsen gelegenen Hangar führt, in dem einer der gestohlenen Zerstörer steht. Vielleicht ist er . . .“

Rhodan unterbrach sie ungeduldig. „Das hätten Sie mir früher sagen sollen. Es dürfte nicht schwer sein, den richtigen Korridor zu entdecken. Kommen Sie mit.“

Die Beleuchtung funktionierte immer noch. Rhodan eilte voran durch die leeren Gänge, gefolgt von Tatjana und Marshall. Dumpf hallten ihre Schritte von den Felswänden wider.

Sie kamen an eine Stelle, an der der Korridor sich teilte. Rhodan warf einen kurzen Blick auf seinen Uhrenkompaß und wählte den

Gang auf der linken Seite. „Der führt genau nach Westen – vielleicht ist er es."

Er wartete keine Antwort ab, sondern lief weiter.

Weiter vorn erklang plötzlich ein dumpfes Vibrieren in den Felsen. Unter ihren Füßen erzitterte der Boden, als streife ihn der Ausläufer eines fernen Erdbebens.

Rhodan war erschrocken stehengeblieben. Marshall wurde blaß. Tatjana ließ die Hand mit dem Psychostrahler sinken.

„Was war das?" hauchte sie kaum vernehmlich.

Rhodan ballte die Hände zu Fäusten. „Der Zerstörer. Wir sind zu spät gekommen."

Bereits zehn Meter vor dem Ende des Ganges schlug ihnen eine Hitzewelle entgegen, die sie am Weitergehen hinderte. Im Schein der trüben Deckenleuchte sah Rhodan am Boden erstarrte Tropfsteingebilde geschmolzener und wieder erkalteter Felsen. Hinter der abschließenden Wand lag der Hangar.

„Die Starthitze des Zerstörers fand keine Ausbreitungsmöglichkeit und zerschmolz die Wände. Ich glaube kaum, daß wir von hier aus in den Hangar gelangen können." Er fügte resignierend hinzu: „Es würde uns auch nichts helfen. Der Overhead rast bereits durch den Weltraum. Wir können nur hoffen, daß jemand seine Flucht bemerkte."

„Wir sollten die STARDUST benachrichtigen", schlug Marshall vor.

Rhodan lächelte bitter. „Auch das wäre zu spät, Marshall. Doch seien Sie beruhigt. Auf lange Sicht gesehen, kann uns der Overhead nicht entkommen. Wir besitzen immerhin einige Hinweise."

Vor Rhodans Augen entstand das Bild der trostlosen Einsamkeit einer rötlichen Wüste, die von breiten Grünstreifen durchzogen und von der fernen Sonne nur spärlich erwärmt wurde.

10.

Pete Maros war Mexikaner, hatte aber mit seinen Vorfahren nicht mehr viel gemeinsam.

Was er von seinen Vorfahren jedoch zweifellos geerbt hatte, war sein überschäumendes Temperament, das im krassen Gegensatz zu der Bärenruhe des Engländers Ray Gall stand. Ray fungierte in erster Linie als Funker des Zerstörers Z-82, der nach seiner Reparatur von Rhodan übernommen worden war.

Kommandant des Schiffes war Julian Tifflor, vorerst immer noch Kadett der Raum-Akademie.

Die Gruppe der neun Zerstörer war auseinandergezogen worden und stand in knapp dreißig Kilometer Höhe über dem Staat Utah. Fünfzig Kilometer höher tröstete Bully sich mit der Tatsache, daß sein Schiff in gewissem Sinn das Hauptquartier Perry Rhodans war und nicht in Gefahr geraten durfte.

Tiff hatte inzwischen die Vergrößerung des Bildtasters eingeschaltet und richtete die Kamera zur Erdoberfläche hinab. Keine Wolken behinderten die Sicht, so daß Tiff Sekunden später den Staat Utah wie eine Landkarte vor sich auf dem Schirm hatte. Die Vergrößerung begann sich automatisch zu steigern. Das Bild verschwamm, und als es wieder deutlich wurde, zeigte es einen kleineren Ausschnitt in gleicher Dimension. Das Spiel wiederholte sich solange, bis die gelandete K-5 deutlich neben dem zerstörten Farmhaus zu sehen war.

Tiff entsann sich der Anweisung Rhodans. Sie sollten sich nicht um die Geschehnisse bei der K-5 kümmern, sondern auf den Luftraum über Utah achten.

Tiff ließ das Objektiv des Bildtasters wandern, westlich dem Gebirge zu. Es war eine trostlose Landschaft, die sich seinen Blicken bot. Hier würde kein vernünftiger Mensch sich häuslich niederlassen.

Scharfe Felsgrate ragten aus Buschwäldern hervor. Dazwischen zerrissen steile und tiefe Schluchten das wilde Gelände.

Auf einem verhältnismäßig flach gelegenen Plateau, das von niedrigen Büschen bewachsen und von steilen Felsen umgeben war, lag ein kleiner Berg. Obwohl zum größten Teil aus losem Geröll bestehend, zeigte er auch Spuren fruchtbarer Muttererde. Trotzdem wuchs kein einziger Baum auf ihm.

Der Fuß des Berges glich einem Halbmond, während die entgegengesetzte Seite nach innen gewölbt war. Der Berg sah aus wie eine aufgeschüttete Halde.

Tiff war plötzlich hellwach. In der Lagebesprechung vor dem Angriff hatte Rhodan behauptet, das Gebiet um die Farm des Overhead sei völlig unbewohnt. Nun entdeckte er, Tiff, knapp zwei Kilometer vom zerstörten Haus entfernt eine frisch aufgeschüttete Halde.

Pete sah ihm über die Schulter.

„Da hat jemand nach Erz gebuddelt", stellte er fest.

„Und den Dreck aus der Erde geholt?" fragte Tiff.

„Natürlich. Ich nehme an, es handelt sich um einen Nebenschacht des alten Bergwerks, das hier einst gewesen sein muß."

„Wann war das?"

„Zuletzt haben sie hier vor zwei Jahrzehnten gegraben." Pete erinnerte sich genau an die Lagebesprechung in Terrania. „Aber es war unrentabel, und man gab es auf."

„Aha." Tiff nickte triumphierend. Er fand seine Vermutung bestätigt. „Wie erklären Sie es sich, daß in diesen zwei Jahrzehnten keine Büsche auf der Halde wuchsen?"

Pete schwieg verdutzt und betrachtete den Bildschirm genauer. Dann nickte er. „Das allerdings ist merkwürdig."

„Finden Sie? Ich auch. Ganz bestimmt wurde hier erst vor kurzer Zeit ein neuer . . ."

Er verstummte jäh. Er hatte bei seinen Worten die merkwürdige Halde nicht aus den Augen gelassen. Zufällig war sein Blick dabei auf das benachbarte Plateau gefallen und hatte eine Veränderung registriert. „Sehen Sie! An der Innenseite des Berges!"

Dicht neben der verdächtigen Halde bewegte sich der gewachsene

Fels. Es war ein kreisförmiges Stück von etwa dreißig Metern Durchmesser, das sich langsam beiseiteschob. Darunter wurde eine dunkle Öffnung sichtbar, in deren Tiefe schwaches Licht schimmerte.

Ein Raumschiff. Ein Zerstörer des gleichen Typs, wie der Tifflors – und wie jener, der ihn beim Mars angegriffen hatte.

Bevor Tiff reagieren konnte, war der Zerstörer gestartet und in den Himmel gerast.

Tifflor befahl: „Ray, nehmen Sie Verbindung mit der STARDUST auf und informieren Sie Reginald Bull. Wir verfolgen das unbekannte Schiff." Er schob den Fahrthebel auf volle Beschleunigung. Automatisch schalteten sich die Schwerkraftabsorber ein und neutralisierten den plötzlichen Andruck. „Pete, an das Bordgeschütz."

Das flüchtige Schiff hatte den Weltraum erreicht, und Tiff mußte einige Zeit suchen, ehe er es wieder entdeckte. Da es der gleiche Typ wie die Z-82 war, konnte der Vorsprung kaum aufgeholt werden, aber es war durchaus möglich, es zu verfolgen und den Abstand zu halten, sobald beide Schiffe Höchstgeschwindigkeit erreicht hatten.

Schnell sank die Erde zurück und wurde zu einem grünblauen Globus. Ray kam aus dem Funkraum in die Zentrale und ließ sich neben Tiff in dem Sessel des zweiten Piloten nieder.

„Reginald Bull befahl, wir sollen das Ziel des Schiffes feststellen", sagte er. „Es handelt sich vielleicht um den geflohenen Overhead. Sobald er seinen Verdacht von Rhodan bestätigt erhält, folgt er uns. Ich soll auf Empfang bleiben."

Tiff sah durch die Sichtluke. Vor ihm lag die Unendlichkeit des Weltalls mit seinen vielen Wundern und Gefahren. Zwischen den vielen tausend Sternen wanderte ein kleiner Lichtpunkt mit irrsinniger Geschwindigkeit einem unbekannten Ziel entgegen.

Es war wie ein Schock, als er wieder auf den Bildschirm blickte.

Das andere Schiff war nun nur noch fünfhundert Kilometer entfernt. Es hatte die Beschleunigung herabgesetzt.

Ras Tschubai materialisierte knapp einen Meter neben dem fremden Mutanten, der erschrocken herumfuhr und den plötzlich Erscheinenden wie ein Gespenst anstarrte.

Es war ein Japaner, wie Ras auf den ersten Blick feststellte, ein stämmiger und noch junger Mann, dessen rechte Hand den Lauf einer Maschinenpistole umklammerte. Aber er machte keine Anstalten, die Waffe zu benutzen.

Ras ahnte, daß der Mann vor ihm auf neue Befehle wartete, die jedoch nicht kamen. Er stand unter hypnotischem Einfluß, der ihm die individuelle Bewegungs- und Entschlußfreiheit nahm.

Zwei Meter weiter befand sich eine Tür, die durch Magnetschlösser gesichert war. Dahinter lag das Wohnquartier der Wissenschaftler.

Mit zwei schnellen Schritten war Ras bei dem Japaner und nahm ihm die Waffe ab. Die Überraschung des anderen ersparte ihm dabei die Anwendung von Gewalt.

„Öffnen Sie die Tür zum Quartier der Wissenschaftler!“ befahl er dem Japaner.

In diesem Augenblick ertönte hinter ihm ein Geräusch. Schritte erklangen, und Stimmen wurden hörbar. Er wandte sich um und erkannte im trüben Licht der Lampen Rhodan und Tatjana. Sie mußten inzwischen den Lift gefunden haben.

Ras atmete erleichtert auf. Er hob den Arm und winkte den beiden zu. In genau dieser Sekunde überwand der posthypnotische Befehl des Overhead den sich ihm entgegenstemmenden Widerstand. Ras sah, wie Rhodan und Tatjana im selben Augenblick ihre Psychostrahler erhoben und auf ihn richteten. Er erhielt den völlig sinnlosen Befehl, Ras Tschubai – also sich selbst – nicht anzugreifen.

Dieser Befehl galt natürlich dem japanischen Mutanten, der eben im Begriff stand, sich auf den Afrikaner zu stürzen. Mitten in seiner Bewegung hielt er inne, griff sich bestürzt an den Kopf – und sank dann, von der Überbeanspruchung des gemarterten Gehirns bewußtlos geworden, langsam in sich zusammen.

Als der Druck aus Ras Tschubais Kopf schwand und als er sich umdrehte, sah er den Japaner reglos am Boden liegen. Rhodan und Tatjana kamen herbei.

„Zwei Psychostrahler auf einmal sind ein bißchen viel“, erklärte Rhodan sachlich. „Vielleicht hätten wir eher auf die Idee kommen sollen, dann wäre uns der Overhead nicht entkommen. Wo sind die Gefangenen?“

Ras zeigte auf die schwere Eisentür. „Dort."

Er teleportierte. Es dauerte keine zehn Sekunden, bis er wieder auftauchte. Er lächelte.

Rhodan sah ihm gespannt entgegen und fragte besorgt: „Was ist, Ras? Sind die Gefangenen . . ."

„Sie sind da", beruhigte ihn der Afrikaner. „Aber ich glaube, sie haben noch nicht begriffen, daß sie frei sind."

Zerstörer Z-82 näherte sich schnell dem flüchtenden Raumschiff. Die Entfernung zur Erde betrug bereits mehr als dreizehn Millionen Kilometer und wuchs ständig. Die Geschwindigkeit war konstant. Ein Funkspruch von Bully besagte, daß die STARDUST den Befehl erhalten habe, ebenfalls die Verfolgung aufzunehmen. Zumindest sollte festgestellt werden, wohin der Overhead zu fliehen gedachte.

Pete machte ein nachdenkliches Gesicht. „Wenn wir Monterny allein erledigen wollen, müssen wir uns beeilen."

„Ray, versuchen Sie, Verbindung mit dem Schiff vor uns aufzunehmen", befahl Tifflor.

„Es besteht Direktschaltung. Sie können es selbst versuchen."

Tiff nickte befriedigt und nahm die notwendigen Schaltungen vor. Er rief den Overhead über Telekomwelle und ging dann auf Empfang. Wenig später erschien auf dem leuchtenden Bildschirm das Gesicht des Mutanten. Die Augen blickten drohend.

Tiff spürte, wie ihm unter dem Blick ein Schauder den Rücken herablief, und er ahnte, daß es seinen beiden Kameraden nicht viel anders erging.

„Was wünschen Sie von mir?" fragte der Overhead mit unheimlicher Ruhe, die nichts davon verriet, daß er sich geschlagen gab.

Tiff raffte sich zusammen.

„Geben Sie den Kampf auf, Clifford Monterny", sagte er. „Ihre Festung in Utah ist gefallen, und Ihre Mutanten befinden sich in der Hand Rhodans. Sie haben keine Chance mehr. Das Schlachtschiff der Dritten Macht kann jeden Augenblick auftauchen."

Die eiskalten Augen ließen Tiff nicht los. „Sie sind ein Narr! Glauben Sie, ich habe Sie deshalb herankommen lassen, um mir eine

Predigt anzuhören? Nehmen Sie wirklich im Ernst an, ich würde mich Ihnen stellen? Sie unterschätzen mich und meine Absichten. Vielleicht wissen Sie es noch nicht, aber ich will Ihnen ein Geheimnis verraten. Es ist mir durchaus möglich, über unsere Bildverbindung Ihr genaues Gehirnwellenmuster festzustellen. Sie heißen Julian Tifflor, nicht wahr? Ihre beiden Begleiter sind Pete Maros und Ray Gall. Nun, Sie werden bereits ahnen, was jetzt geschieht. Sie werden das tun, was ich Ihnen auftrage. Ich benötige nur einen kleinen Vorsprung. Inzwischen werden Sie Rhodans Schlachtschiff aufhalten. Das wird genügen, mir im Sonnensystem ein Versteck zu suchen. Aber bestellen Sie Rhodan, daß ich eines Tages zurückkehren werde. Nicht allein."

Tiffs Hand schnellte vor. Der Bildschirm erlosch jäh.

Dann starrte er in die erbleichenden Gesichter seiner Gefährten.

Im selben Augenblick drang etwas Fremdes und Bedrohliches in sein Bewußtsein.

Bully und Major Nyssen, Kommandant der an Bord der STARDUST befindlichen Raumjäger, saßen in der Zentrale der riesigen Raumkugel und starrten gespannt auf den vergrößerten Frontbildschirm.

Nyssen sagte mit krächzender Stimme: „Merkwürdiger Kerl, dieser Tifflor. Warum verlangsamt er?"

Bully nahm seine Blicke keine Sekunde von dem Bildschirm, auf dem sich seltsame Vorgänge abzuzeichnen begannen. Das Schiff des Overhead nahm erneut Beschleunigung auf und raste in den Raum hinaus. Der Bug zeigte in Richtung des Asteroidengürtels und ignorierte den weit rechts stehenden Mars.

Zerstörer Z-82 hingegen bremste weiter ab und kehrte in weitem Bogen auf entgegengesetztem Kurs zurück. Der Bug zeigte nun auf die von der Erde kommende STARDUST.

„Tifflor hat aufgegeben?" murmelte Bully verwundert und kniff die Augen zusammen. „Das paßt nicht zu dem Bild, das ich mir von ihm machte. Der Overhead kann nicht dahinterstecken. Er kennt weder Tifflor noch einen der beiden Männer, die sich an Bord der Z-82 aufhalten."

Die STARDUST hätte ohne besondere Schwierigkeiten eine kleine

Transition ausführen und den Overhead einholen können, aber auf kurze Strecken war eine korrekte Einhaltung der geplanten Entfernung unmöglich. Im normalen Raum erreichte auch das Schlachtschiff der Arkoniden nur annähernd Lichtgeschwindigkeit. Bully glaubte jedoch zu wissen, wohin der Overhead fliehen würde, und das beruhigte ihn ein wenig.

Seine erste Sorge galt vorerst der Z-82 und ihrer Besatzung.

Der Zerstörer raste der STARDUST entgegen und eröffnete aus fünfzig Kilometer Entfernung das Feuer aus dem Impulsgeschütz. Bully hatte inzwischen die Geschwindigkeit seines Schiffes herabgesetzt, um besser manövrieren zu können. Der Energieschirm war eingeschaltet worden.

Die Impulsstrahlen des Zerstörers trafen auf diesen Schirm und flossen seitlich ab, um unschädlich in den Raum hinauszuschießen. Kurz vor der STARDUST zog die Z-82 hoch und kehrte nach einer weiteren Schleife zurück, um das völlig sinnlose Manöver zu wiederholen.

Bully schüttelte den Kopf und sagte zu Major Nyssen: „Wie es der Overhead geschafft hat, ihn unter seine Kontrolle zu bringen, bleibt mir ein Rätsel, aber daß es ihm tatsächlich gelungen ist, daran besteht kein Zweifel. Solange Tifflor nicht durch einen Schock von dem Bann befreit wird, bedeutet er eine ständige Gefahr. Er würde zur Erde fliegen und jedes unserer Schiffe angreifen. Damit hat der Overhead gerechnet. Er weiß, daß wir Tiff nicht im Stich lassen – und ihm, Monterny, so Gelegenheit geben, sich in Sicherheit zu bringen. Ich frage mich nur, wie bringen wir diesen Tiff zur Vernunft?“

„Psychostrahler“, antwortete Nyssen. „Versuchen Sie es damit.“

„Ziemlich aussichtslos. Selbst auf kürzeste Entfernung ist es schwer, jemand von einem Hypnoblock zu lösen. Hier müßten die Strahlen zweimal durch starke Raumschiffwände und außerdem durch zwei Energiefelder. Es ist nutzlos, glauben Sie mir.“

„Wie wäre es“, schlug Nyssen vor, „wenn wir ihm das Heck zerschießen? Solange er in der Zentrale bleibt, passiert ihm nichts. Aber wenigstens fehlt ihm dann die Energiequelle, uns weiter anzugreifen.“

Bully nickte langsam.

„Für den Notfall ein Ausweg“, gab er zu und überlegte krampfhaft, ob ihm keine bessere Lösung einfiel.

„Wann wirst du endlich auf die Idee kommen, mich um Hilfe zu bitten?“ fragte eine fast kläglich anmutende, piepsende Stimme.

Der Mausbiber saß auf den Hinterbeinen und stützte sich mit dem Schwanz ab. In seinen Augen lagen soviel Erwartung und Hilfsbereitschaft, daß Bully den kleinen Kerl am liebsten gestreichelt hätte. Aber er beherrschte sich.

Er setzte eine strenge Dienstmiene auf und fragte: „Welche Hilfe, zum Beispiel?“

„Ich könnte wieder einmal spielen.“

Bully wußte, was Gucky unter „spielen“ verstand. Der Mausbiber war Telekinet, und wenn er seine übernatürlichen Fähigkeiten einsetzte, nannte er das „spielen“. Zu Beginn ihrer Bekanntschaft hatte das zu manchen Irrtümern geführt.

„Spielen?“ brummte Bully nachdenklich. In seinem Gehirn formte sich bereits ein vager Plan. „Du weißt, daß Rhodan dir verboten hat, ohne ausdrückliche Erlaubnis . . .“

„Ich weiß.“ Gucky hob mit dramatischer Gebärde die Pfoten. „Aber nur ich kann den Zerstörer unschädlich machen, ohne ihn zu vernichten.“

Nyssen nickte eifrig.

„Gucky hat recht“, kam er dem Mausbiber zu Hilfe. „Er müßte den Reaktor lahmlegen.“

„Also gut“, sagte Bully. „Gucky, laß dir von Major Nyssen erklären, wie man einen Reaktor ausschaltet.“

„Es ist im Grunde genommen sehr einfach“, sagte der Kommandant der Raumjäger eifrig. „Wir müssen lediglich die isolierende Trennwand zwischen die beiden Triebelemente schieben. Von der Zentrale aus läßt sich dieser Vorgang steuern und nach Belieben regulieren. Es wird uns kaum weiterhelfen, wenn wir die Verbindung zwischen Reaktor und Zentrale nur unterbrechen. Tifflor ist intelligent genug, den Fehler sehr schnell wieder zu beheben. Wenn wir jedoch im Reaktor selbst eine Veränderung vornehmen, die sich von außen nicht beeinflussen läßt, ist er hilflos. Der Zerstörer wäre dann manövrierunfähig.“

„Die Notaggregate?“ warf Bully ein.

„Reichen gerade für Beleuchtung und Normalfunk. Damit kann er nicht viel anfangen.“

Gucky kam näher und betrachtete durch die Luke den erneut heranschießenden Zerstörer. Er schüttelte seinen kleinen Kopf mit einer fast menschlich anmutenden Gebärde.

„Ich benötige die genaue Lage des Reaktors“, piepste er.

Nyssen nahm Papier und Schreibstift und entwarf eine Zeichnung. Aus ihr war zu ersehen, daß sich der Reaktor im letzten Drittel des Schiffes befand. Auf einem zweiten Blatt erläuterte der Major den Reaktor und seinen Aufbau.

Gucky zeigte seinen Nagezahn. „Ich werde es schon schaffen. Laßt mir Zeit, mich zu konzentrieren. Niemand darf mich stören.“

Bully verkniff sich eine Entgegnung und starrte gebannt auf den Bildschirm, auf dem sich die Z-82 in entsprechender Vergrößerung abzeichnete.

Tiff setzte gerade zu einem neuen Angriff an und näherte sich mit rasender Geschwindigkeit.

Diese achthundert Meter durchmessende Riesenkugel, so hämmerte es in Tiffs Gehirn, war sein Gegner. Er mußte diese Kugel immer und immer wieder angreifen. Er mußte sie solange aufhalten, bis der Overhead in Sicherheit war.

Tiff vermochte klar zu denken und grübelte darüber nach, warum Rhodan plötzlich sein Feind und der Overhead sein Verbündeter geworden war. Aber er fand keine Antwort – und griff weiter an.

Folgsam wie Maschinen bedienten Pete und Ray die Bordwaffen und schleuderten Desintegrator- und Impulsstrahlen gegen die ruhig im Raum verharrende STARDUST. Sie waren sich der Tatsache nicht bewußt, daß ein einziger Energiestoß des Riesenschiffs ihren Schutzschirm zerbrechen und sie selbst vernichten konnte.

Die Z-82 hatte gewendet und raste mit gleichbleibender Geschwindigkeit auf den Gegner zu. Oben im Turm drückte Pete auf die Feuerknöpfe des Impulsgeschützes. Ray saß am Heckstrahler und wartete, bis der Zerstörer zum Rückflug herumschwenkte.

Aber diesmal geschah nichts.

Der Zerstörer hielt auf die STARDUST zu, ohne die Kanonen in Aktion treten zu lassen.

Tiff bemerkte die Veränderung nicht sofort, denn er konzentrierte sich darauf, so nahe wie möglich an den Kugelraumer heranzukommen, um die Wirkung der Strahlen zu erhöhen. Erst im letzten Augenblick ließ er die Steuerdüsen in Aktion treten, um knapp an der STARDUST vorbeizuschießen und so Ray Gelegenheit zu geben, ebenfalls einen Feuerstoß auf den Gegner abzugeben.

Doch dann reagierte der Zerstörer nicht mehr. Jegliche Energiezufuhr war ausgefallen. Die Absorber zur Neutralisation von Andrücken funktionierten nicht mehr. Tiff wurde durch den Anprall auf das Energiefeld aus dem Sitz geschleudert, segelte quer durch die Zentrale und konnte nicht verhindern, daß er mit dem Kopf gegen eine Strebe schlug. Für einen Augenblick verlor er die Besinnung, aber er konnte noch mit Erstaunen feststellen, daß er gewichtslos geworden war.

Pete und Ray erging es kaum anders. Der Mexikaner hing plötzlich unter der Decke, mit dem Kopf nach unten, und versuchte vergeblich, wieder an die Kanone zu gelangen, um den sinnlosen Beschuß fortzusetzen. Ray hatte weniger Glück. Er kippte seitlich aus dem Sessel und schlug mit dem Kopf gegen die Kontrollen seines Strahlers. Er verlor sofort das Bewußtsein.

Wenig später wurden die drei Männer von der Besatzung der STARDUST abgeholt und zur Erde gebracht, wo man sie aus der posthypnotischen Gewalt des Overhead befreite.

Nachdem alle Menschen, die der Overhead in seinen Dienst gezwungen hatte, befreit worden waren, kehrte Perry Rhodan nach Terrania zurück. Er war sich darüber im klaren, daß sie nur einen halben Sieg errungen hatten. Der Overhead war entkommen und sann vermutlich auf Rache. Die meisten Mutanten, die für den Overhead gearbeitet hatten, ließen sich zu Rhodans Enttäuschung nicht für das Mutantenkorps einsetzen. Monterny hatte sie mit seinen hypnotischen Kräften rücksichtslos bearbeitet, und sie würden Jahre brauchen, um ihre parapsychologischen Fähigkeiten in vollem Umfang kontrollieren zu können. Einige von ihnen lehnten es auch einfach ab, ihre Kräfte jemals wieder einzusetzen. Rhodan konnte diese Menschen gut verstehen. Der Kampf gegen den Overhead belastete ihn mehr, als er sich anmerken ließ, denn er wurde dadurch gezwungen, seine eigentlichen Aufgaben zu vernachlässigen. Die Einheit aller Menschen und die Erforschung des Weltraums mußten weiter vorangetrieben werden. Clifford Monterny hatte sich dabei als großer Störfaktor erwiesen. Voller Unbehagen dachte Rhodan an jene Gerüchte, die besagten, daß Monterny einen Mutanten mit ungewöhnlichen Fähigkeiten beherrschte, den er bisher noch nicht eingesetzt hatte.

Kurze Zeit nach seiner Rückkehr in die Hauptstadt der Dritten Macht traf Rhodan mit den beiden Arkoniden zusammen, um ihnen einen kurzen Bericht zu erstatten.

„Offensichtlich ist jemand aufgetaucht, der ähnliche Pläne hat wie Sie", sagte Thora spöttisch. „Und er scheint Ihnen überlegen zu sein."

Rhodan fühlte, daß ihm das Blut ins Gesicht stieg.

„So darfst du nicht reden!" protestierte Crest.

„Auf jeden Fall", meinte Thora, „muß Rhodan seine hochfliegenden Pläne zunächst einmal zurückstellen."

Rhodan sah sie an und versuchte, ihre wahren Gedanken zu erraten.

„Menschen wie den Overhead, die die ganze Welt beherrschen wollten, hat es immer gegeben", sagte er. „Die Geschichte unserer Zivilisation zeigt, daß sie alle scheiterten. Diese Lektion wird auch Monterny noch lernen müssen."

11.

Der Raum lag unter der Marsoberfläche.

Die Wände bestanden aus rohbehauenem Fels. Die Decke war kahl, der Boden mit einem dünnen Kunststoffteppich belegt. Grelle Lampen verbreiteten unangenehmes Licht. Der Bewohner des unterirdischen Gewölbes schien nicht viel Sinn für Gemütlichkeit zu besitzen. Auf einer Seite verdeckte eine Unzahl verschiedenartiger Geräte den kahlen Felsen. Kabel und Leitungen zogen sich in wirrem Durcheinander am Fußboden entlang und verschwanden durch eine kleine Öffnung in einem nebenan liegenden Raum. Irgendwo ertönte das Summen eines arbeitenden Reaktors, sonst war alles still.

Die Luft in dem Raum war gut und von der typisch synthetischen Frische, wie sie in Raumschiffen zu finden ist. Hoch unter der Decke hing ein Ventilator.

Das Licht erlosch. Für einen kurzen Augenblick blieb es finster, dann glühte an der freien Wand ein Bildschirm auf und verbreitete seinen matten Schein. Ein Tisch und mehrere Kontrolltafeln wurden erkennbar. Vor dem Tisch stand ein Sessel, auf dem ein Mann saß.

Er trug einen einfachen dunkelgrauen Straßenanzug. Der kahle und massige Schädel glänzte im matten Schein des Bildschirms. Undeutlich nur war das aufgeschwemmte Gesicht zu erkennen, die großen Augen, die zu kleinen Ohren und die dicken Lippen.

Der Kopf saß auf einem kurzen, fetten Hals. Der Körper ruhte in einem breiten Stahlsessel, der offensichtlich aus einem Raumschiff stammte. Stämmige Beine waren weit unter den Tisch gestreckt. Die dicken Hände lagen auf dem Tisch vor den Kontrollen.

Clifford Monterny, der größte Feind der Erde und der gefährlichste Mensch des Sonnensystems – hier saß er unter der Oberfläche des Mars und wartete auf seine Chance.

Auf dem Bildschirm machte sich nun eine Veränderung bemerkbar. Die Farben verschwammen und ordneten sich neu. Das Funkeln der Sterne erlosch, als sie vom Schatten einer gigantischen Kugel aus Metall verdeckt wurden. Für einen Augenblick schien es, als sei mitten im Universum ein rundes Loch entstanden. Dann erst, als sich die Feineinstellung automatisch regelte, wurde das Bild plastischer und zeigte das Raumschiff in voller Größe.

Monterny reagierte auf den Anblick gelassen. Seit vier Wochen machten Angehörige der Dritten Macht nun schon Jagd auf ihn. Der Overhead wußte, daß dieses Schiff die GOOD HOPE VII war und unter dem Kommando von Major Deringhouse stand. Seit einiger Zeit operierten die GOOD HOPE VII und ihre Beiboote auf dem Mars – auf der Suche nach dem Overhead.

Das Bild zeigte nur noch einen Ausschnitt der Raumkugel. Aber auch damit ließ sich nicht viel anfangen. Monterny mußte die Gesichter sehen, wenn er Erfolg haben wollte. Wenn die Besatzung des Riesenschiffs die einsetzende Beeinflussung zu früh bemerkte und Isolierhelme aufsetzte, war er machtlos und mußte den Kugelraumer vernichten. Aber gerade ihn benötigte er, wenn er seinen Plan in die Tat umsetzen wollte.

Deringhouse sollte annehmen, daß ihm, dem Overhead, nur an einer Zerstörung des Schiffes gelegen war. Um diesen ablenkenden Gedanken zu fördern, blieb es unerläßlich, einige der Begleitzerstörer zu vernichten.

Wieder veränderte der Overhead das Bild. Die Formation der neun Zerstörer tauchte auf.

Der Overhead betrachtete sie. Seine Lippen verzogen sich zu einem hämischen Grinsen. Wenn die armen Teufel dort in ihren Schiffen nur wüßten, wie hilflos sie gegen ihn waren. Sie würden Hals über Kopf ihre Schiffe wenden und fliehen, egal wohin. Aber – sie wußten es nicht.

Niemand wußte, welche furchtbare Waffe er noch besaß.

Er lobte sich selbst für seine weise Voraussicht, den Marsstützpunkt angelegt zu haben. Besonders stolz war er auf die Tatsache, Iwan Iwanowitsch Goratschin zum Mars gebracht zu haben – seine unheimlichste Waffe.

Er sah auf die Kontrollskalen unter dem Bildschirm.

Die feindliche Flotte war noch zwanzigtausend Kilometer entfernt. Da sich die Fluggeschwindigkeit ständig verringerte, war in etwa zehn Minuten mit ihrem Eindringen in die Marsatmosphäre zu rechnen. Zeit genug, die notwendigen Vorbereitungen zu treffen.

Clifford Monterny warf einen letzten Blick auf den Bildschirm, ehe er seinen aufgeschwemmten Körper aus dem Sessel stemmte und zur Tür schritt. Sorgfältig verschloß er sie nach Verlassen des Raumes wieder und ging dann mit kurzen und schnellen Schritten durch einen langen Korridor, der rechts und links von weiteren Türmen eingesäumt war.

Mit geübten Fingern berührte er ein Magnetschloß, dann glitt eine metallene Wand in den Felsen. Eine Öffnung entstand. Er trat in den dahinterliegenden Raum.

Bis auf die zum Leben notwendigen Einrichtungsgegenstände war das Zimmer leer. In der Ecke gegenüber der Tür stand ein Bett.

Auf diesem Bett saß jemand . . .

Der Anblick dieses Geschöpfs hätte einem anderen Menschen das Blut in den Adern gefrieren lassen, aber der Overhead lächelte und sagte: „Steh auf und begleite mich, Iwan. Es gibt Arbeit für dich."

Gehorsam stand das Geschöpf auf und folgte seinem Herrn und Meister.

Etwa in Höhe des Phobos glitt die GOOD HOPE VII in eine stabile Kreisbahn um den Mars. Die neun Zerstörer folgten.

Major Deringhouse sah ein, daß von nun an ein begrenzter Funkverkehr unerläßlich war. Er stellte die Interkomverbindung mit der Funkzentrale her.

„Kadett Renner, rufen Sie die Zerstörer und schalten Sie zu mir durch."

Eine knappe Minute danach meldeten sich die Kommandanten der Zerstörer. Deringhouse gab Anweisung, daß alle Schiffe in Sichtverbindung zu bleiben hatten und daß die Oberfläche des Mars gemeinsam abgesucht werden sollte. Auf keinen Fall sollte sich jemand selbständig machen.

Die Z-VII-7 unter Captain Berner scherte, wie befohlen, seitlich aus und schlug den angegebenen Kurs ein. Auch die anderen Zerstörer schwärmten aus und gingen in Ausgangsposition.

Berner überließ seinem Kopiloten das Steuer und widmete sich ganz der Beobachtung. Durch seinen Funker stand er ständig mit Deringhouse in Verbindung.

Nun verließ auch der Kugelraumer die Kreisbahn und begann, sich langsam auf die Oberfläche des Mars hinabzusenken. Die Zerstörer folgten. Die auseinandergezogene Formation ermöglichte eine Beobachtung auf breiter Basis.

Captain Berner starrte hinab auf die rötlich gefärbten Ebenen und wäre jederzeit bereit gewesen, zu beschwören, daß sich dort unten niemand versteckthielt. Im Gebirge mochte das vielleicht eine andere Sache sein, aber niemals im losen Wüstensand. Untersuchungen hatten ergeben, daß der Sand bis zu Tiefen von fünfzig Metern reichte. Man konnte sich unmöglich vorstellen, daß jemand in der Marswüste einen Schlupfwinkel angelegt hatte.

„Kurs auf das Randgebirge westlich", kam die Anweisung aus dem Kugelschiff. „Tiefer gehen. Teleskope benutzen."

Berner hielt sich streng an die Anweisungen. Neben sich wußte er die Z-VII-2, weiter außen stand die Z-VII-5. Vor ihm durchstieß die Z-VII-4 gerade die obersten Schichten der dünnen Marsatmosphäre.

Das Gebirge kam näher. Die kleine Flotte glitt in geringer Höhe über die flachen Abhänge dahin, folgte den Kämmen und nicht sehr tiefen Tälern, verharrte einen kurzen Augenblick über einem weiten Kessel und flog dann weiter.

Das Gebirge wurde wieder flacher und ging allmählich in Wüste über. Fern am Horizont tauchte das nächste Gebirge auf. Berner wußte, daß dies das größte auf dem Mars war, wenn auch nicht das höchste. Das Gebirge erinnerte an einen fast gleichmäßig geformten Kontinent, der sich aus dem Meer der flachen Wüste erhob.

Was Berner jedoch nicht wußte, war, daß der Overhead dieses Gebirge als sein persönliches Eigentum betrachtete und hier auf die sich nähernde Flotte wartete.

In geringer Tiefe unter dem Oberflächengestein.

Captain Berner sah hinter den ersten Gipfeln die weite Fläche des

Hochplateaus auftauchen, das er schon oft genug überflogen hatte. Er hatte niemals etwas Verdächtiges bemerken können und war davon überzeugt, daß auch ihre erneute Suche vergeblich sein würde.

Doch dann schloß Berner geblendet die Augen. Genau vor ihm, dort wo die Z-VII-4 gestanden hatte, entstand plötzlich eine kleine Sonne, die den Zerstörer mit atomarer Glut verzehrte. Flüssiges Metall tropfte aus dem Feuerball und regnete auf das Plateau hinab. Die glühenden Tropfen zogen feine Rauchwolken hinter sich her.

Als der grelle Schein nachließ und Berner seine Augen wieder öffnen konnte, war von der Z-VII-4 nichts mehr zu sehen. An ihrer Stelle trieb eine merkwürdig geformte Wolke und verwehte allmählich im Wind.

Das war alles so schnell gegangen, daß Berner oder sein Kopilot nicht mehr reagieren konnten. Sie stießen durch die nur noch als Gas erkenntlichen Überreste des Zerstörers und rissen die Wolke endgültig auseinander.

Im selben Augenblick flammte es links von ihnen erneut auf. Diesmal war die Z-VII-2 das Opfer des plötzlichen Angriffs aus dem Nichts geworden. Sekunden später wurde auch die Z-VII-5 vernichtet.

Ohne Rücksicht auf die nun offenbar gewordene Nähe des so lange gesuchten Gegners befahl Major Deringhouse über Funk: „Alle Zerstörer sofort in den Hangar!"

Das Manöver erfolgte mit fast unglaublicher Geschwindigkeit, aber nur noch wenige Meter vor der rettenden Luke explodierte auch der Zerstörer Z-VII-10, und die Glut seiner atomaren Vernichtung wehte heiß in den Hangar der GOOD HOPE VII.

Dann waren die fünf Kleinschiffe in Sicherheit.

Niemand ahnte, daß es nur eine scheinbare Sicherheit war, aber genau das war es ja, was der Overhead wollte.

Der plötzliche Angriff auf seine Zerstörer, deren unbegreifliche Vernichtung und die Nähe des gefährlichen Feindes raubten Deringhouse einen Teil seiner sonst fast sprichwörtlich gewordenen Ruhe.

Er befahl den Rückzug.

Der Grund war verständlich. Den Besatzungsmitgliedern der vier vernichteten Schiffe war nicht zu helfen, das war so gut wie sicher.

Aber wenn er sich und die Kaulquappe schon in Sicherheit brachte und Verstärkung von der Erde holte, dann wollte er wenigstens nicht ohne einen positiven Hinweis auf das Versteck des Overhead zurückkehren. Die GOOD HOPE VII war entdeckt worden, das stand fest. Niemand würde ernstlich annehmen können, daß der Overhead auch dieses gigantische Schiff angreifen oder gar beschädigen könnte. Schon längst hatte sich der undurchdringliche Energieschirm wieder um die Kugelhülle gelegt.

Wirklich undurchdringlich?

Vielleicht für jede Art der Materie, auch wenn sie in Form tödlicher Energiestrahlung heranschoß, aber auf keinen Fall für die hypnotischen Geistesströme eines Overhead.

Der große Fehler Major Deringhouses bestand darin, den Rückzug zu verzögern und den Bildabtaster einzusetzen. Unter allen Umständen wollte er jetzt eine Verbindung mit dem Overhead erhalten. Er benötigte einen untrüglichen Beweis.

Aus diesem Grund schaltete er nicht nur den Bildabtaster ein, sondern auch den entsprechenden Empfänger für Bildverkehr.

Auf diesen Augenblick hatte der Overhead gewartet. Auf den Bildschirmen in seiner Zentrale, in die er eben zurückkehrte, war nicht nur die GOOD HOPE VII in voller Größe zu erkennen, sondern auch Deringhouses Gesicht.

Zwei Sekunden später verlor der Major seine Identität.

Er wurde zu einem Werkzeug des Unheimlichen, dessen hypnotische Geistesströme von seinem Willen Besitz ergriffen und seinen Körper zu einer Marionette machten.

Major Deringhouse bemerkte von alledem nichts. Aber auch niemand in seiner Umgebung.

Er schaltete den Bildabtaster wieder aus und sah auf, als die Kommandanten der restlichen fünf Zerstörer die Zentrale betraten. Leutnant Hill meldete sich und seine Kameraden zurück und wartete auf die Entscheidung seines Vorgesetzten. Sie fiel anders aus, als Hill gedacht hatte.

„Wir werden dort unten auf dem Plateau landen“, sagte Deringhouse. „Der Schlupfwinkel des Overhead muß sich dort befinden. Ohne Resultat können wir auf keinen Fall zur Erde zurückkehren.“

Hill konnte seine Verwirrung nicht verbergen. „Aber es wurden vier unserer Zerstörer vernichtet. Wir begeben uns in größte Gefahr."

„Darf eine Gefahr uns schrecken?" fragte Deringhouse mit leichtem Vorwurf.

„Wir sollten zumindest wissen, mit welcher Waffe unsere Schiffe zerstört wurden. Vergessen Sie nicht, daß die Schutzschirme eingeschaltet waren."

Deringhouse nickte ernst. „Ich habe es nicht vergessen. Wir dürfen nicht ruhen, bis wir die neue Waffe des Overhead kennengelernt haben. Darum befahl ich, die Landung vorzubereiten. Unterrichten Sie die Mannschaft der GOOD HOPE. Noch etwas: Wir werden landen und das Schiff verlassen. Waffen werden nicht mitgenommen, nur die Atemgeräte."

„Keine Waffen?" rief Leutnant Hill verblüfft. „Sie wollen dem Overhead unbewaffnet gegenübertreten? Das verstehe ich nicht."

„Dabei ist es so einfach, Leutnant. Wir wissen, daß der Overhead eine unbekannte Waffe besitzt, gegen die selbst unsere Energieschirme nutzlos sind. Wir müssen sogar damit rechnen, daß er, wenn er Wert darauf legt, die GOOD HOPE vernichten könnte. Er tat es nicht und verschonte auch die fünf letzten Zerstörer. Warum?"

Leutnant Hill zuckte mit den Schultern.

Major Deringhouse lächelte nachsichtig. „Weil er uns zeigen will, daß er zur Kontaktaufnahme bereit ist – und zwar unter dem Vorzeichen seiner Überlegenheit. Gut, erkennen wir diese Überlegenheit formell an und gehen wir waffenlos zu ihm. Was haben wir unter diesen Aspekten zu verlieren? Nichts, Leutnant Hill. Aber wir haben unter gewissen Voraussetzungen allerhand zu gewinnen."

Der Leutnant mußte zugeben, daß die Ausführungen seines Vorgesetzten einiges für sich hatten, wenn sie ihm auch keine Beruhigung schenken konnten. Hill war kein Feigling, aber gegen unsichtbare Gegner mit unbekannten Waffen kämpfte er nicht gern, doch wenn es sein mußte, dann wenigstens mit einer Waffe in der Hand.

„Wie Sie meinen", sagte er schließlich, nachdem er in die ratlosen Gesichter seiner Kameraden geblickt hatte. „Ich werde die Mannschaft instruieren und den Männern alles Wissenswerte mitteilen.

Wollen Sie vorher nicht die Erde von dem unterrichten, was wir planen?"

Major Deringhouse schüttelte den Kopf. „Das wäre ein verhängnisvoller Fehler. Der Overhead muß sich in Sicherheit wiegen. Wenn er den Funkspruch abhört, weiß er, daß wir nur zum Schein auf seine Bedingungen eingehen. Und nun gehen Sie, Leutnant. Wir haben keine Zeit mehr zu verlieren."

Es waren vierzig Männer, die mit gemischten Gefühlen den Befehlen Deringhouses folgten. Sie alle kannten den Kommandanten als einen wagemutigen und doch vorsichtigen Menschen, der unnötigen Risiken aus dem Weg ging. Diesmal jedoch schien er die Gefahr zu unterschätzen. Der Overhead war auch Telepath und würde ihre Gedanken erraten. Er würde wissen, daß sie waffenlos zu ihm kamen, obgleich sie seine Feinde waren.

Die GOOD HOPE VII senkte sich langsam auf das Plateau hinab, strich in geringer Höhe darüber hinweg und landete endlich am Rand eines kleinen Felskegels, der sich wie ein Zuckerhut aus der steinigen Ebene erhob.

Major Deringhouse brachte die Aggregate in Ruhestellung, starrte einige Sekunden geistesabwesend auf die erloschenen Bildschirme und schaltete dann den Interkom ein. Nun konnte jeder im Schiff verstehen, was er zu sagen hatte.

„Ich werde mit zehn Mann das Schiff verlassen und den Overhead aufsuchen. Es begleiten mich die fünf Kommandanten der Zerstörer und fünf Offiziere der Kaulquappe. Wir gehen waffenlos. Smith übernimmt während meiner Abwesenheit das Kommando über die GOOD HOPE. Jede Funkverbindung mit der Erde hat zu unterbleiben, und Anrufe sind nicht zu beantworten. Ist das klar?"

Aus dem Funkraum kam etwas zögernd die Bestätigung.

Auch die Rückmeldungen der übrigen Abteilungen klangen nicht sehr begeistert. Das Gefühl, sich hilflos einem als grausam und rücksichtslos bekannten Gegner auszuliefern, gefiel niemand. Es paßte auch irgendwie nicht zu Deringhouse.

Zehn Minuten später öffnete sich die Ausstiegsluke. Als erster betrat Deringhouse die Oberfläche des roten Planeten, gefolgt von den zehn anderen Offizieren. Alle trugen sie die leichten Schutzanzüge und die unerläßlichen Atemmasken. Keiner hatte eine Waffe bei sich.

„Dort“, sagte Deringhouse und zeigte auf den Felskegel. „Dort ist der Eingang zu dem Versteck des Overhead.“ Ohne auf eine Antwort zu warten, setzte er sich in Bewegung.

Leutnant Hill blieb mißtrauisch stehen. Er strich sich über die Augen. „Woher, Kommandant, wollen Sie wissen, daß sich dort das seit Wochen von uns gesuchte Versteck befindet? Ich meine, Sie wären uns eine Erklärung schuldig.“

Der Druck auf sein Gehirn verstärkte sich. Er sah, wie auch Berner nach seinem Kopf griff und etwas Unverständliches murmelte. Durch die Atemmaske war es nicht zu verstehen.

Ein ungeheuerlicher Verdacht bemächtigte sich seiner, aber noch ehe er einen warnenden Ruf ausstoßen konnte, war es bereits zu spät.

Mit festen Schritten ging er hinter Deringhouse her, der sich nicht mehr um seine Leute kümmerte, sondern genau das tat, was der Overhead ihm befahl.

Ihm und seinen zehn Offizieren.

12.

In Terrania herrschte eine ungewöhnlich lebhafte diplomatische Tätigkeit. Nach ersten Besprechungen mit den Präsidenten der irdischen Machtblöcke tagten nun deren Beauftragte in der Hauptstadt der Dritten Macht.

Perry Rhodan ließ sich von einem Lift in das oberste Stockwerk des Zentralgebäudes bringen, wo Reginald Bull gerade eine Besprechung mit den Vertretern der drei Weltmächte hatte.

Er trat ein, ohne sich anzumelden, nickte den Anwesenden freundlich zu und setzte sich dann auf einen der freien Stühle. Er hatte nicht die Absicht, in die Debatte einzugreifen, aber er wollte sich vom Fortschreiten der Verhandlungen überzeugen.

Sicherheitsminister Reginald Bull gab den Blick seines Freundes Rhodan mit einem leichten Kopfnicken zurück.

Er wandte sich an seine Konferenzpartner. Der Vertreter der Asiatischen Föderation, ein korpulenter Chinese, warf seinem Nachbarn, dem amerikanischen Repräsentanten des Westblocks, einen schnellen Seitenblick zu, ehe er erklärte: „Die Vorbereitungen für die Wahl einer Weltregierung sind angelaufen, Mister Bull, aber ich muß ehrlich gestehen, daß ich an einem Gelingen Ihres Vorhabens zweifle. Daran können auch die Aufklärungsprogramme nichts ändern. Der Nationalismus steckt unserer Generation zu sehr im Blut."

„Sie meinen also . . .", Bull lehnte sich vor und richtete seine Augen forschend auf den Chinesen, „. . . daß die Menschheit nicht an einer Einigung interessiert ist?"

„Das habe ich nicht behauptet", wehrte sich der andere gegen diese Beschuldigung. „Ich habe nur auf die Schwierigkeiten hingewiesen. Ich bin davon überzeugt, daß meine beiden Kollegen von den gleichen Schwierigkeiten berichten können."

Die anderen beiden nickten beifällig, was von Rhodan mit Interesse registriert wurde. Reginald Bull erwiderte: „Die Regierungschefs der drei Mächte sind sich darüber einig, daß eine Weltregierung die einzige Möglichkeit sein wird, kommenden Schwierigkeiten zu begegnen. Ganz abgesehen davon muß sich jeder Mensch auf der Erde endlich einmal klarmachen, daß wir nicht die einzigen Intelligenzen im Universum sind. Lichtjahre von uns entfernt existieren ganze Sternenreiche, die viele Sonnensysteme umfassen."

Vielleicht, überlegte Rhodan, muteten sie diesen Politikern zuviel zu. Die Gedanken dieser Menschen wurden noch von überholten Wertvorstellungen beherrscht. Für Rhodan war dies kein Grund, Männer und Frauen, die nicht so dachten wie seine Freunde und er, zu verurteilen. Nationalismus, Egoismus und persönliches Machtstreben waren Dinge, die sich nicht mit einem Schlag abbauen ließen. Diese Politiker waren dazu erzogen worden, nationale Interessen in den Vordergrund zu stellen, ganz abgesehen davon, daß sie gesellschaftlichen Zwängen unterlagen, die sich im Verlauf der menschlichen Geschichte entwickelt hatten. Rhodan und Bull saßen hier überzeugten Vertretern unterschiedlicher Ideologien gegenüber.

Aber wohin hatte die Politik, die von diesen Menschen betrieben wurde, die irdische Zivilisation geführt? Schier unlösbare Probleme wie Bevölkerungsexplosion, Umweltzerstörung, Rohstoffmangel und zunehmende Radikalisierung im Umgang miteinander hatte die Menschheit an den Rand des Abgrunds geführt. Der globale Atomkrieg war von Rhodan mit den überlegenen technischen Mitteln der Dritten Macht verhindert worden, aber an der Grundeinstellung vieler Menschen hatte sich nicht viel geändert.

Rhodan sah seine Besucher ernst an und sagte: „Die Schwierigkeiten auf dem Weg zur Bildung einer Weltregierung werden von uns nicht übersehen. Clifford Monterny, zum Beispiel, ist nur eine davon. Aber es gibt bei allem, was gegen unsere Pläne spricht, zwei gewichtige Argumente, die sicher schwer zu widerlegen sind. Eines davon ist die Tatsache, daß die Menschheit in das Zeitalter der Raumfahrt eingetreten ist und in anderen Größenordnungen als früher denken lernen muß." Er zögerte plötzlich, als sei er nicht sicher, ob er seine Überlegungen in diesem Kreis darlegen sollte.

„Und das zweite?“ fragte der Vertreter der Asiatischen Föderation. „Fahren Sie fort, Perry Rhodan.“

„Das zweite“, sagte Rhodan ruhig, „ist das Selbstverständnis des Menschen als ein kosmisches Wesen und die damit verbundene tiefe Sehnsucht nach Frieden.“

Der Chinese hatte aufmerksam zugehört. Er schüttelte den Kopf. „Glauben Sie nicht, daß ich Ihre Meinung nicht teile, aber was ich zu sagen habe, ist der Auffassung der Opposition entnommen. Sie sagten selbst, daß die Meinung Andersdenkender berücksichtigt werden muß.“

„Das ist sogar unsere Pflicht“, gab Rhodan zu. „Aber eine schwache Weltregierung birgt von vornherein den Keim des Untergangs in sich. Außerdem frage ich mich, was ein vernünftiger Mensch gegen eine geeinte Menschheit einzuwenden haben kann.“

Reginald Bull räusperte sich.

„Das ist ganz einfach“, sagte er, „wenn man den menschlichen Charakter berücksichtigt. Natürlich hat niemand etwas gegen eine Einigung oder Weltregierung einzuwenden, solange er selbst die Hand am Drücker hat. Aber jeder hat etwas gegen eine solche Einigung, wenn ein anderer die Verantwortung trägt. Man kann es auch offener sagen: Niemand will, daß der andere regiert und man selbst in eine untergeordnete Stellung zurückgedrängt wird, auch dann nicht, wenn es zum Wohl der gesamten Menschheit geschieht.“

Die Vertreter der drei Großmächte sahen sehr betreten aus.

Wenig später fand eine interne Besprechung statt, an der die engsten Mitarbeiter Rhodans teilnahmen.

Als Rhodan den Raum betrat, überschaute er mit einem Blick die Versammlung und stellte fest, daß alle Gerufenen anwesend waren.

Oberst Freyt, sein offizieller Stellvertreter, stand mit dem Arkoniden Crest zusammen, dessen hochgewachsene Gestalt über alle anderen hinausragte. Die weißen Haare, die hohe Stirn und die rötlichen Albinoaugen kennzeichneten ihn als den Angehörigen des Volkes, das 34 000 Lichtjahre entfernt ein Imperium beherrschte – oder noch zu beherrschen glaubte.

Dicht dabei stand Thora, die ehemalige Kommandantin des arkonidischen Forschungsschiffs, das auf dem Mond havariert und von Perry Rhodan gefunden worden war. Sie sprach leise mit Bull, verstummte jedoch in dem Augenblick, da Rhodan den Raum betrat. Sie beachtete Bull nicht mehr, sondern verfolgte jede Bewegung Rhodans mit ihren forschenden Augen. Als Vertreter des Mutantenkorps war der Telepath John Marshall erschienen. Auch die beiden Ärzte Dr. Manoli und Dr. Haggard waren anwesend.

„Guten Abend, Freunde", begrüßte Rhodan die Anwesenden. „Wir wollen es kurz machen. Von meiner Seite aus gibt es nichts Neues zu berichten. Die Verhandlung mit den drei Weltmächten hat keine positiven Anhaltspunkte ergeben. Ich fürchte, es wird noch lange dauern, bis wir von einem greifbaren Ergebnis sprechen können."

Oberst Freyt erhob sich. Sein sorgenvolles Gesicht zeigte Rhodan, daß es beunruhigende Neuigkeiten gab.

„Das Relaisschiff Z-45 hat den Kontakt zur GOOD HOPE verloren", sagte er. „Wir wissen nicht, was auf dem Mars geschehen ist."

Rhodan nickte bekümmert. „Ich fürchte, die Sorgen mit dem Overhead sind noch lange nicht beendet. Warten wir erst einmal ab, was Deringhouse zu berichten hat. Seine Instruktionen gehen dahin, daß er seine Suche in einer Woche abbricht, wenn er bis dahin keinen Hinweis gefunden hat."

Rhodan sah auf, als die Tür sich öffnete und ein Mann in der Uniform des Funkpersonals eintrat.

„Ich habe eine Meldung für Oberst Freyt", gab er bekannt. „Da sie wichtig zu sein scheint, wollte ich sie selbst überbringen."

„Geben Sie her", forderte Freyt ihn auf und nahm einen Zettel in Empfang. Noch während er die Meldung hastig überflog, entstand auf seiner Stirn eine steile Falte.

„Was gibt es?" fragte Rhodan ungeduldig. „Hat Deringhouse sich gemeldet?"

Freyt sah auf. „Ja, er hat sich gemeldet – wenn auch nicht so, wie ich es erwartete. Das Relaisschiff Z-45 schickte einen Eilbericht. Kaulquappe VII kehrte vom Mars zurück und passierte die Z-45 in geringer Entfernung, ohne auf Zurufe zu achten. Major Deringhouse reagierte nicht einmal auf die vereinbarten Lichtzeichen. Ohne sich aufzuhalten, flog er an der Z-45 vorbei und nahm direkten Kurs auf die Erde. Kaulquappe VII hat vor wenigen Sekunden den Mond passiert und näherte sich in parabolischer Flugbahn dem Regierungsgebiet der Dritten Macht."

Rhodan kniff die Augen zusammen. „Wurde versucht, Verbindung aufzunehmen?"

Freyt nickte. „Major Deringhouse gibt keine Antwort."

„Das ist gegen die Abmachungen", sagte Rhodan nachdenklich. Er tauschte einen schnellen Blick mit Bully. „Alarmiere die Flotte. Sie soll sich startbereit halten."

Oberst Freyt verlor für einen Augenblick seine stets zur Schau getragene Sicherheit. „Startbereit? Alarm? Was soll das bedeuten?"

Mit ungewöhnlichem Ernst erwiderte Rhodan: „Ich betonte schon, daß unsere Sicherheit bedroht ist, solange der Overhead frei ist. Er ist ein Hypno, vergessen Sie das nicht. Denken Sie an die Mutanten, die er jahrelang beherrschte. Wenn Sie daraus das Fazit ziehen, sollte Ihnen das merkwürdige Verhalten Deringhouses zu denken geben."

Bully hatte seine Überraschung überwunden. Er eilte zur Tür. Noch während er sie öffnete, drehte er sich um und sagte: „Du nimmst doch nicht im Ernst an, Perry, daß der Overhead sich Deringhouses bemächtigt hat?"

„Ich nehme es nicht an, Bully, aber ich rechne mit einer solchen Möglichkeit. Erst wenn die Kaulquappe gelandet ist und John Marshall die gesamte Besatzung überprüft hat, bin ich beruhigt. Nun beeile dich, Deringhouse wird nicht lange auf sich warten lassen."

Rhodan nickte Oberst Freyt zu. „Sorgen Sie dafür, daß Deringhouse pausenlos angefunkt wird. Erklären Sie ihm, daß wir das Feuer auf ihn eröffnen, wenn er nicht antwortet. Lassen Sie gleichzeitig Alarm für die Robotereinheiten geben."

Freyt zögerte. „Sie sind meiner Meinung nach zu skeptisch. Wir würden nur Unruhe stiften, finde ich. Außerdem – was kann Deringhouse schon anrichten, selbst wenn er unter dem Druck des Overhead stünde?"

„Sie sollen meine Anordnungen ausführen, Freyt", sagte Rhodan mit ungewohnter Schärfe und sah seinen Stellvertreter zornig an. „Ich habe meine Gründe."

Wortlos wandte sich Freyt um und verließ in Begleitung des Funkers den Raum.

„Was werden Sie tun?" fragte Crest.

„Ich werde mich mit Marshall um die Mutanten kümmern. Wenn uns jemand eine Antwort auf alle Fragen geben kann, so wird es ein Mutant sein. Kommen Sie, Marshall. Ich habe das dumpfe Gefühl, daß wir bald erfahren werden, wieviel unser Mutantenkorps wert ist."

Während sie mit dem Lift in die Tiefe glitten, heulten draußen auf dem Raumhafen die Alarmsirenen auf.

Bully war in seinem Element, wenn er auch fest davon überzeugt war, eine Art Probealarm durchzuführen. Wenn es dem Overhead tatsächlich gelungen sein sollte, so kombinierte er, die GOOD HOPE VII zu übernehmen, so würde er das für ihn wertvolle Schiff nicht so leichtfertig in Gefahr bringen. Immerhin, so überlegte Bully weiter, konnte nicht übersehen werden, daß der sonst so korrekte Major Deringhouse sich höchst merkwürdig benahm. Er beantwortete keine Anrufe, sondern näherte sich zielstrebig der Erde. Er hatte es versäumt, den üblichen Bericht zu senden und hatte seine Suche nach dem Overhead vorzeitig abgebrochen, ohne eine Erklärung für sein Verhalten abzugeben.

Alles in allem Grund genug, so schloß Bully, Alarm zu geben.

Hinter den ausgedehnten Werftanlagen des Raumhafens gingen Roboteinheiten in Stellung. Gegen eine mit Schutzschirmen versehene GOOD HOPE VII konnten die Strahler natürlich nichts ausrichten, aber Bully handelte instinktiv. Ein Teil des Raumhafens lag außerhalb der schützenden Energiekuppel und mußte entsprechend vorbereitet sein. Endgültige Entscheidungen konnten erst dann getroffen werden, wenn sich die schlimmsten Befürchtungen bewahrheiteten. Und damit rechnete Bully keineswegs.

Inzwischen informierte Rhodan das Korps der Mutanten. Sie nahmen die Nachricht sehr gefaßt auf, lediglich Gucky benahm sich äußerst erregt.

Der ein Meter große Mausbiber hoppelte rastlos hin und her, schlug bei jedem seiner Schritte heftig mit dem breiten Plattschwanz auf den Boden, fletschte wütend seinen Nagezahn und sträubte sein kurzes rotbraunes Fell.

„Dieser Overhead!" rief er mit seiner hellen Stimme. „Diesmal werde ich ihn unschädlich machen. Beim letzten Kampf durfte ich ja nicht richtig mitmachen."

„Du darfst ihn nicht unterschätzen", warnte Rhodan. „Außerdem wissen wir keineswegs, ob wir angegriffen werden. Wir haben lediglich einen Verdacht und müssen abwarten, ob er sich bestätigt. Marshall, Sie versuchen Verbindung mit Deringhouse zu erhalten. Setzen Sie die Orter, Späher, Peiler und Telepathen ein. Marten soll versuchen, in Deringhouses Geist einzudringen und durch seine Augen zu sehen. Gucky begleitet mich zum Raumhafen. Betty, du kommst ebenfalls mit. Marshall, Sie übernehmen den Befehl über das gesamte Korps."

Der Australier nickte. „Verstanden."

„Wir bleiben in Funkverbindung. Auf keinen Fall verlassen Sie ohne ausdrücklichen Befehl den Schutz der Energieglocke."

Er eilte mit Gucky und Betty Toufry aus dem Gebäude und bestieg einen Wagen, der ihn und seine beiden Begleiter zum Raumhafen brachte.

Der Alarm hatte bewirkt, daß die Straßen wie ausgestorben waren. Zwar dämmerte es bereits, und bald würde die Nacht hereinbrechen, aber sonst begann um diese Zeit das Nachtleben von Terrania. Heute war nichts dergleichen zu bemerken. Die von ihrer Arbeit Heimkehrenden waren in die nächsten Bunker geeilt. Die Beamten der Verwaltungen blieben in den Häusern und begaben sich in die Keller. Die Transportbandstraßen rollten weiter der City entgegen, aber sie waren so gut wie leer. Hier und da patrouillierte ein einsamer Polizist.

Rhodan ließ die Stadt rechts liegen und jagte über die zehn Meter breite Piste dem Raumhafengelände entgegen. Links dehnte sich die Wüste. Fern am Horizont war es bereits dunkel, während im Westen der Himmel blutrot leuchtete und das Ende des Tages anzeigte.

Rhodan schaltete die Steuerung des Wagens auf Radar-Automatik und nahm mit seinem Armbandfunkgerät Verbindung mit Oberst Freyt in der Zentralanlage auf. „Hallo, Freyt! Ich befinde mich auf dem Weg zum Raumhafen, wo Deringhouse landen wird – wenn er landet. Was gibt es Neues dort? Schon Kontakt mit der K-VII?"

„Nicht die Spur", gab Freyt zurück. „Die GOOD HOPE läßt alle Anfragen unbeantwortet. Vielleicht ist die Funkanlage defekt."

„Auch eine Möglichkeit", gab Rhodan zu, blieb aber skeptisch. „Aber meiner Meinung nach hätte Deringhouse in einem solchen Fall von der Z-45 aus Nachricht gegeben. Er weiß zu genau, daß wir jedes Raumschiff, das sich vor der Landung nicht identifiziert, als feindlich betrachten. Also gut, ich bleibe auf Empfang. Melden Sie sich, sobald eine Änderung zu verzeichnen ist."

Betty Toufry hatte große und ernste Augen. Sie sah Rhodan von der Seite her an, während sie mit der linken Hand Guckys Fell streichelte.

„Wird es sehr schlimm werden?" fragte sie, denn sie las in Rhodans Gedanken die Besorgnis. „Was kann geschehen sein?"

„Vieles, Betty. Wir wissen es nicht, und wenn wir es erfahren, kann es bereits zu spät sein. Glaubst du, die Gedanken Deringhouses lesen zu können, wenn er sich noch jenseits der Erdatmosphäre aufhält?"

„Vielleicht. Ich müßte die genaue Richtung haben, um mich zu konzentrieren."

„Die bekommen wir rechtzeitig, Betty."

Rhodan sah nach vorn und schaltete die Steuerautomatik aus. Die Werftanlagen tauchten in der Dämmerung auf. Nur wenige Lichter brannten, und das sonst taghell erleuchtete Landefeld lag fast in völliger Dunkelheit.

Vor dem Zentralgebäude hielt Rhodan an. Er eilte mit Betty auf den Eingang zu, gefolgt von dem watschelnden und schrill schimpfenden Gucky.

Bully atmete erleichtert auf, als Rhodan eintrat. Er hockte hinter den Kontrollen und bediente gleichzeitig die Funkgeräte, mit denen er die Einheiten der Robotarmee dirigierte. Er gab noch einige Anweisungen und richtete sich dann auf.

„Gut, daß du kommst", sagte er. „Allein hätte ich das nicht mehr lange durchgehalten."

„Alles sonst in Ordnung?" wollte Rhodan wissen.

„Soweit ich es übersehen kann, ja. Aber ich meine allmählich, du siehst zu schwarz. Deringhouse wird sich amüsieren, wenn er sieht, welchen Wirbel er verursacht hat. Vielleicht ist nur seine Funkanlage ausgefallen ...“

„Wir haben nicht mehr viel Zeit, über Zweck und Sinn unserer Vorsichtsmaßnahmen zu philosophieren – es wird bald soweit sein“, teilte Rhodan mit.

Im selben Augenblick summte Rhodans Empfänger.

Freyt meldete sich. „Sind Sie schon in der Landezentrale?“

„Ja, Sie können umschalten.“

Sekunden später erschien Freyts Gesicht auf dem Bildschirm. Er starrte einen Moment in den Raum, ehe er sagte: „Deringhouse hat das Tempo herabgesetzt. Der Kugelraumer ist in die Erdatmosphäre eingedrungen und sinkt weiter. Wenn die jetzige Richtung beibehalten wird, landet er auf unserem Gebiet.“

Nach kurzer Pause fuhr er fort: „Wir haben die K-VII im Bild. Äußerlich keine Veränderung. Nähert sich weiter. Kein Schutzschirm aktiviert. Ich beginne zu glauben, daß wir Gespenster gesehen haben.“

„Ich glaube nicht an Gespenster“, eröffnete ihm Rhodan und beendete das Gespräch. Er rief John Marshall.

Der Telepath meldete sich sofort. „Mutantenkorps im Einsatz. Wuriu Sengu konnte bereits einen ersten und undeutlichen Blick in die Zentrale der K-VII werfen. Er behauptet, daß Deringhouse das Kugelschiff steuert. Wenigstens hat er Deringhouse im Pilotensitz erkannt. Ungewöhnlich, finden Sie nicht auch?“

„Warum soll der Kommandant bei der Landung nicht selbst das Steuer übernehmen?“ wunderte sich Rhodan über die Ansichten Marshalls. „Sonst noch etwas?“

„Fellmer Lloyd nahm schwache Gehirnwellenmuster auf, die er jedoch nicht identifizieren konnte. Er behauptet, sie bestünden in der Hauptsache aus Gleichgültigkeit. Außerdem spürt er noch etwas Undefinierbares, aber er vermag nicht zu beschreiben, welche Gefühle den Unbekannten bewegen.“

„Er soll sich weiter konzentrieren“, ordnete Rhodan an.

Er nahm wieder Verbindung mit Freyt auf. „Oberst, ich benötige sofort die genaue Positionsangabe der K-VII.“

Zwei Minuten später saß Betty Toufry in einem bequemen Sessel und tastete nach Gedanken aus der GOOD HOPE VII.

In atemloser Spannung wartete Rhodan auf das Ergebnis.

Das Gesicht des jungen Mädchens erhielt plötzlich angespannte Züge. Die Lippen kniffen sich fest zusammen, und die Hände zitterten. Es schien, als lausche Betty auf eine weit entfernte Stimme. Dann öffnete sie die Augen. „Es ist Deringhouse, der das Schiff steuert – aber es ist doch wieder nicht Deringhouse. Einige der gefangenen Mutanten des Overhead hatten damals ähnliche Gedankenmuster. Ich fürchte . . .“

Rhodan verlor keine Sekunde. Er rief Freyt und befahl ihm, sofort Alarmstufe I auszulösen. Marshall wurde ebenfalls unterrichtet. Bully gab der Armee die notwendigen Anweisungen. Die Roboter richteten die Geschütze in den inzwischen schwarz gewordenen Himmel.

Jeder wußte, daß Major Deringhouse verloren war.

Auch Leutnant Carell von der Grenzwache wußte es. Ihm oblag es, mit seiner kleinen Einheit die Grenze der Dritten Macht nach Osten zu bewachen.

Er befand sich auf einem Inspektionsgang und stand mit Hilfe seines kleinen Funkgeräts in permanenter Verbindung mit den Kommandostellen. Er schritt das Landefeld ab und kontrollierte die dort untergebrachten Einzelposten.

Gegen den dunklen Horizont hob sich ein gewaltiger Schatten ab. Das war die STARDUST II, das größte Raumschiff der Dritten Macht.

Dicht daneben standen die beiden inzwischen auf der Erde erbauten schweren Kreuzer der TERRA-Klasse, TERRA und SOLAR SYSTEM, deren Durchmesser zweihundert Meter betrug. Auch sie besaßen Kugelform. Die zwölf „Kaulquappen“, von gleicher Größe wie die anderen Schiffe der GOOD-HOPE-Klasse, lagen mehr im Hintergrund und warteten startbereit.

Leutnant Carell registrierte alle diese Tatsachen, während er die letzten Alarmbefehle Rhodans abhörte. Es schien ernst zu werden. Dabei war nicht einmal sicher, ob Deringhouse . . .

Es wurden Carells letzte Gedanken. Eben noch schritt er über das betonierte Landefeld, dann verwandelte er sich in einen aufblitzenden Glutball, der das riesige Landefeld taghell beleuchtete und jede Einzelheit deutlich erkennen ließ. Ein schwarzer Rauchpilz quoll auseinander und stieg dann langsam nach oben. Der glühende Feuerball erlosch allmählich.

Die Druck- und Hitzewelle raste über das Feld auf die startbereiten Schiffe zu.

Rhodan und Bully sahen das Aufblitzen. Die Form der Explosion verriet ihnen sofort, um welche Art der Energieentladung es sich handelte. Noch während die beiden Männer sich zu Boden warfen, um der Schockwelle zu entgehen, rief Rhodan die fünfzehn Raumschiffe an: „Sofort starten! In Verbindung bleiben! Gehen Sie auf sichere Distanz!"

Auf dem Boden sitzend, schaltete Bully die Überwachungsanlage von Terrania ein. Sekunden später glühten zwanzig Bildschirme auf, die das gesamte Gebiet der Dritten Macht aus der Vogelschau zeigten. Wie ein Relief lag die Stadt „unter" dem Beobachter. Die erleuchteten Straßenzellen zogen sich schnurgerade dahin. Daneben erstreckte sich die Wüste bis zum Raumhafen. Die mittleren Bildschirme zeigten das Gebiet unter der Energieglocke. Hier lag die eigentliche Machtzentrale Rhodans.

Mit erstarrtem Gesicht sah Bully zu, wie am Rand des Landefeldes eins der robotgesteuerten Strahlengeschütze in einer radioaktiv leuchtenden Wolke verglühte. Der Vorgang war auf dem Bildschirm deutlich in allen Phasen zu beobachten und wurde dadurch nur noch rätselhafter. Kein Schuß war auf die Anlage abgegeben worden, und niemand hatte eine Bombe geworfen. Die GOOD HOPE VII war noch zu weit entfernt, um so gut treffen zu können.

Und doch erfolgten auf dem Gebiet der Dritten Macht Atomexplosionen.

„Unmöglich", stöhnte Bully.

Betty lag immer noch in ihrem Sessel. Die Schockwellen der Explosion rasten über das Gelände. Es wurde unerträglich heiß.

„Es muß eine Erklärung geben", murmelte Rhodan.

An verschiedenen anderen Stellen der Schirme leuchtete es auf.

Überall kam es zu atomaren Explosionen. Ganze Einheiten der Roboterarmee flogen regelrecht in die Luft, ehe sie zum Einsatz gelangen konnten. Rhodan erkannte noch nicht, daß es die Roboter selbst waren, die zu Atombomben wurden.

Oberst Freyts Stimme klang aus allen Empfängern. „Perry Rhodan! Höchste Alarmstufe! Die K-VII greift an. Es *muß* die K-VII unter dem Kommando von Deringhouse sein. Crest empfiehlt den Einsatz der Gravitationsbombe. Er vermutet, daß Deringhouse die neue Waffe des Overhead eingesetzt hat, die es ihm ermöglicht, Materie auf größere Entfernung hin zu einem Fusionsprozeß anzuregen. Ich erwarte Ihre Anweisungen."

In der Landezentrale herrschte plötzlich eine beängstigende Stille.

Rhodan starrte in die weit aufgerissenen Augen von Freyt. Er las in ihnen zum erstenmal absolute Hilflosigkeit – und fühlte selbst nichts anderes.

„Die Gravitationsbombe." Er erschrak. „Auf der Erde? Es könnte den Untergang bedeuten, Freyt. Sagen Sie Crest, daß ich es nicht wage, die ultimate Waffe einzusetzen. Es muß ein anderer Ausweg gefunden werden. Sie unter dem Energieschirm sind vorerst sicher."

In derselben Sekunde wurde er Lügen gestraft. Deutlich erkannte Rhodan aus den Augenwinkeln heraus, wie auf einem der mittleren Bildschirme ein Feuerpunkt entstand, sich rasend schnell vergrößerte und schließlich verglühte.

Die Waffe des Overhead durchdrang den Schutzschirm der Arkoniden, den selbst die Atomraketen der irdischen Großmächte nicht hatten zerstören können.

Das war das Ende, wenn kein Wunder geschah.

„Bully!" Rhodans Stimme blieb ruhig und gefaßt. „Du nimmst einen der Drei-Mann-Zerstörer und steigst sofort in die Stratosphäre. Betty und Gucky gehen mit dir. Versucht, Verbindung mit Deringhouse aufzunehmen. Los, verliert keine Zeit!"

Bully rührte sich nicht. „Und du?"

„Tu, was ich dir sage. Um mich kümmere dich nicht. Ich komme nach. Vielleicht gelingt es unseren Hypnos, den Willen des Overhead zu brechen."

Bully stand langsam auf. Er sah Betty an.

„Betty ist unsere stärkste Telepathin", sagte Rhodan. „Wenn jemand die Absichten des Overhead herausfindet, dann Betty. Wir bleiben in Verbindung."

Gleichzeitig gab Rhodan Alarm für die in den Hangars untergebrachten Zerstörer. Freyt wurde unterrichtet. Marshall eilte mit den Mutanten zum Raumfeld, während zwei weitere Kampfroboter detonierten.

Bully, Betty und Gucky stiegen in die startbereite Z-13. Das Schiff glitt, kaum daß die Luke sich geschlossen hatte, über die waagrechte Schiene hinaus ins Freie und erhob sich sofort schräg in die Luft. Mit irrsinniger Beschleunigung schoß es in den nachtschwarzen Wüstenhimmel. Unter ihnen entstand plötzlich eine aufflammende Gluthölle, dort etwa, wo der kleine Hangar mit zwei weiteren einsatzbereiten Zerstörern lag. Bully, der auf den Heckbildschirm gesehen hatte, schloß geblendet die Augen. Er rechnete sich blitzschnell aus, daß weder Rhodan noch Marshall schon mit den Mutanten bei den Zerstörern sein konnten.

Er schaltete die Tastanlage ein und hatte zehn Sekunden später die GOOD HOPE VII klar und deutlich auf dem Schirm. Deringhouse schien auf eine Landung verzichten zu wollen und stand mit der Kaulquappe in zehn Kilometer Höhe über Terrania.

„Das muß er sein!" schrie Gucky. Er erholte sich schnell von der Anstrengung des schnellen Laufes. „Ich sehe nichts davon, daß er Bomben wirft."

Bully nahm den Blick nicht vom Schirm, während er die Geschwindigkeit der Z-13 drosselte.

„Kannst du auch nicht. Er verwendet eine neue Waffe. Glaubst du, daß du die GOOD HOPE unter telekinetische Kontrolle bekommen kannst?"

„Vielleicht", meinte Gucky. „Ich werde es versuchen."

Aber es kam nicht mehr dazu.

Die GOOD HOPE VII zog plötzlich eine Schleife und raste mit höchster Beschleunigung in den Raum hinaus, die Z-13 und die soeben von Terrania startenden Zerstörer weit hinter sich zurücklassend.

Hatte der Overhead seinen Angriff abgeblasen? fragte sich Reginald Bull mit einer Mischung aus Erleichterung und Besorgnis.

13.

Im August 1949 explodierte in Sibirien die erste Atombombe der Sowjetunion. Es war ein Ereignis, das die ganze westliche Welt zutiefst überraschte und erschreckte. Aber es erschreckte auch die sowjetischen Wissenschaftler, die bei der Explosion dabeigewesen waren.

Iwan Wassilijewitsch Goratschin gehörte mit seiner jungen Frau Ludmilla dem Experimentierstab an und geriet in die nach der Detonation durch ungünstige Witterungseinflüsse sofort niederschlagende radioaktive Staubwolke. Unmittelbar darauf stattfindende Untersuchungen ergaben, daß die empfangene Dosis für beide tödlich sein mußte.

Goratschin weigerte sich, von seiner Frau getrennt und in ein Krankenhaus eingeliefert zu werden. Er ahnte, daß er nur noch Monate, vielleicht ein Jahr, zu leben hatte.

Er floh mit seiner Frau in die Tundren Sibiriens, verwischte alle Spuren und verschwand.

Irgendwo an einem Fluß nahm er Verbindung mit Holzfällern auf, die hauptsächlich von der Jagd lebten und ihr staatliches Soll nur widerwillig erfüllten. Sie fragten nicht viel, wer der Zufluchtsuchende und die junge Frau waren. Sie nahmen die beiden auf, halfen dem Mann beim Bau einer Hütte und nahmen als Dank dafür seine Dienste als Berater entgegen.

Bald darauf gebar Ludmilla einen Sohn.

Das Kind war ein Monstrum mit zwei Köpfen. Es wog bei der Geburt fünfzehn Pfund, besaß eine grünliche Schuppenhaut und hatte lange stämmige Beine.

Nur mit Mühe konnte Iwan verhindern, daß die Dorfbewohner sein Kind töteten. Er berief sich auf das Recht des Individuums und auf die Gleichberechtigung der Menschen. Die Holzfäller gaben nach, aber sie mieden den engen Kontakt mit den schon heimisch gewordenen Flüchtlingen.

So wuchs der Mutant in dem einsamen Dorf auf. Als Iwan Iwanowitsch Goratschin drei Jahre alt geworden war, hatte sich jeder an seinen Anblick gewöhnt, aber die Eltern waren inzwischen gestorben.

Iwan Wassilijewitsch war eines Tages verschwunden, und Ludmilla hatte die Holzfäller gebeten, ihn nicht zu suchen. Sie allein wußte, daß ihr Gatte den einfachen Menschen seinen Anblick ersparen wollte. Bald fühlte auch sie ihre Stunde nahen. Der Sohn mit den zwei Köpfen konnte sich bereits selbst ernähren und half den Holzarbeitern draußen im Wald.

So verschwand auch Ludmilla eines Tages und tauchte nie mehr auf. Wie ihr Mann, war auch sie einsam in der Tundra gestorben.

Mit fünfzehn Jahren gehörte Iwan der Gemeinde als vollwertiges Mitglied an, und niemand wäre es eingefallen, ihn seiner zwei Köpfe wegen zu hänseln. Wenn Fremde kamen, versteckte sich Iwan. Niemand sollte von seiner Existenz erfahren.

Im Jahre 1973 wurde Iwan 23 Jahre alt. Sein Selbstbewußtsein war gestiegen, und eines Tages, als eine Kommission in das Dorf kam, versteckte er sich nicht mehr.

Sein Anblick erregte zuerst Entsetzen, dann Erstaunen.

Einer der Fremden interessierte sich besonders für Iwan. „Hättest du nicht Lust, mit mir in die großen Städte zu gehen, Freund?“

„Nein, ich habe keine Lust“, entgegnete Iwan. Ohne ein weiteres Wort entfernte er sich und traf sich mit seinen Freunden unten am Fluß, wo sie gemeinsam Fische aus Eislöchern fingen.

Vier Monate später kam der Fremde wieder. Aber er kam diesmal nicht allein. Er brachte vier Soldaten mit. Sie kämen im Auftrag der Regierung und sollten Iwan mitnehmen, behaupteten sie.

Die Dorfbewohner legten keinen Wert darauf, die Aufmerksamkeit der Regierung auf sich zu lenken. Iwan sah das ein und verstand ihren Standpunkt. Er war im Grunde seines Herzens ein gutmütiger Mensch, und in seinem zweieinhalb Meter großen Körper schlug ein doppelt großes russisches Herz. Aber dieses Herz konnte auch mit doppelter Intensität hassen, wenn es sein mußte.

Iwan ließ sich ohne Widerstand von den Soldaten in die Mitte nehmen und davonführen. Der Fremde folgte in geringer Entfernung. Er hielt beide Hände in den Taschen, und Iwan wußte, daß er Pistolen umklammerte.

Die Holzfäller sahen hinter den Davonmarschierenden her und fanden sich damit ab, Iwan niemals wiederzusehen. Erst jetzt begannen sie zu ahnen, was er ihnen wert gewesen war. Hatte er nicht einigen von ihnen damals das Leben gerettet, als sie sich im Wald verirrten und keine Streichhölzer mehr besaßen? Es war frostkalt gewesen, das Holz gefroren und hart. Da hatte Iwan ein Feuer gemacht, ein großes loderndes Feuer. Er hatte einfach auf eine Stelle gestarrt – und dann waren dort Flammen emporgezüngelt.

Niemand hatte weiter darüber nachgedacht, wie Iwan es angestellt hatte, das hart gefrorene Holz zum Brennen zu bringen.

Es war bereits lange dunkel, als Iwan zurückkehrte. Er blutete am Bein. Die Kugel des Fremden hatte es glatt durchschlagen. Die Holzfäller bestürmten ihn mit Fragen, aber er gab ihnen keine Antwort. Er starrte nur immer in Richtung des Waldes und des sanften Bergabhangs, hinter dem die große Tundra lag, durch die man gehen mußte, wollte man in die großen Städte.

Dann leuchtete es plötzlich in seinen Augen auf.

„Sie kommen zurück“, murmelte er, während die Holzfäller erschauerten. Sie sahen in die Nacht hinein, konnten aber außer den dunklen Stämmen der Bäume nichts erkennen.

Iwan schloß seine vier Augen. Er saß auf einem Holzstamm, die Hände darauf gestützt. Der Körper war leicht nach vorn gebeugt. Er wußte, wohin er seine Geistesströme richten mußte.

Dann geschah das Unfaßbare.

Hinter dem Wald flammte plötzlich eine grelle Explosion auf, formte sich zu einem glühenden Feuerball und kletterte langsam in die Höhe. Als der Ball verglühte, blieb eine matt leuchtende Wolke zurück, die wie ein riesiger Pilz aussah, sich verbreitete und drohende Formen annahm.

Eine Hitzewelle jagte über das Dorf hinweg, schmolz den letzten Schnee und riß weite Sprünge in das dünn gewordene Eis des Flusses. Die Frauen kreischten voller Entsetzen auf und warfen sich zu Boden.

Iwan lachte schauerlich, aber in sein Lachen mischte sich Schrecken über das, was er getan hatte. Die Männer bekreuzigten sich.

Noch lange sprachen sie über das Wunder, aber keiner fand eine Erklärung. Iwan hatte sich in seine Hütte zurückgezogen und ließ niemanden zu sich.

Dann, als der Morgen zu dämmern begann, gingen sie alle hinaus in den Wald zu dem Bergabhang. Was sie fanden, war noch rätselhafter als die grauenhafte Explosion am Abend vorher. Ein riesiger Krater war in die nackten Felsen geschmolzen und hatte Bäume, Sträucher und Schnee in die Tiefe gerissen. Im Umkreis von zwei Kilometer gab es keine lebende Pflanze mehr. Fast kreisrund war der schwarze Fleck der Verwüstung, in dessen Zentrum der Krater lag.

Das war alles, was von den fünf Menschen übriggeblieben war.

Von nun an war Iwan eine Art Superwesen. Ihm gefiel diese Rolle offensichtlich, und er sparte auch nicht mit kleinen Beispielen seiner unheimlichen Kraft. Wie sollte er ahnen, daß sie nur das Erbe seiner unglücklichen Eltern war, deren Keimzellen sich bei der tödlichen Strahlendosis so verhängnisvoll verändert hatten?

Fünf Jahre später stellte Clifford Monterny sein Mutantenkorps auf. Freiwillig wäre Iwan nie mit dem fetten und aufgeschwemmten Fremden gegangen, der eines Tages in der sibirischen Einöde auftauchte, aber der Fremde zwang Iwan unter seinen Willen.

Iwan gehorchte und folgte Clifford Monterny nach Amerika, wo der Overhead sein Hauptquartier besaß. Unter der Anweisung des Overhead vermochte Iwan bald, Ziele auf viele Kilometer Entfernung optisch und geistig zu erfassen und in atomare Energie zu verwandeln.

Dann brachte Monterny seinen wertvollsten Mutanten auf den Mars, wo ein neuer Stützpunkt errichtet worden war. Der Krieg gegen die Dritte Macht begann.

Er endete mit einem Sieg Rhodans, aber Monterny konnte entkommen und floh zum Mars, wo ihn Iwan und zwei Dutzend mit einem dauerhaften Hypnoblock versehene Helfer erwarteten. Monterny hatte sich oft verbrecherische Elemente als Bundesgenossen ausgesucht, weil deren Verschwinden aus der menschlichen Gesellschaft weniger auffiel, als wenn er sich treusorgende Familienväter oder bekannte Persönlichkeiten genommen hätte.

Als Major Deringhouse mit der GOOD HOPE VII den so sorgfältig geheimgehaltenen Stützpunkt auf dem Mars zu entdecken im Begriff war, handelte der Overhead. Außerdem wollte er sich nicht die einmalige Gelegenheit entgehen lassen, das Kugelschiff in seine Gewalt zu bringen.

Alles ging genau nach Plan.

Deringhouse befahl seinen Leuten, aus dem Schiff zu kommen. Sekunden später standen auch sie unter der Kontrolle des Overhead und erhielten ihren Hypnoblock. Die fünf restlichen Zerstörer fanden in einer Schlucht ihren vorläufigen Hafen. Die Besatzungen wurden eingesperrt.

Major Deringhouse aber erhielt den Befehl, einen entscheidenden Angriff auf Perry Rhodans Hauptquartier in Terrania zu führen.

Die Hauptwaffe sollte Iwan Iwanowitsch Goratschin sein.

Major Deringhouse verabschiedete sich von dem Overhead, der ihm weder sympathisch noch unsympathisch war. Er empfand ihm gegenüber keine Gefühle, und selbst der Anblick Iwans ließ ihn kalt.

Trotzdem konnte man die unter der Kontrolle des Overhead Stehenden nicht als Automaten bezeichnen. Zumindest nicht mehr Iwan, der im Verlauf der vergangenen Jahre einen Bruchteil seines eigenen Denkens zurückgewonnen hatte. Es genügte allerdings nicht, sich aus dem Bann des Unheimlichen zu befreien, aber es ermöglichte ihm das Nachdenken über gewisse Probleme.

Zum Beispiel das Problem, welcher seiner beiden Köpfe denn nun tatsächlich der „ältere" und somit der Bestimmende war.

Der rechte Kopf wurde Iwan genannt und behauptete, sein Bewußtsein sei drei Sekunden vor dem anderen erwacht. Dieses Thema war Ursache stundenlanger Streitgespräche, die stets im Sande verliefen, weil schließlich beide Köpfe nur einen gemeinsamen Körper sowie ein gemeinsames Nervensystem besaßen.

Der linke Kopf hatte den Namen Iwanowitsch erhalten. Beide Benennungen waren unrichtig. Aber der Overhead hatte sich niemals darum gekümmert, daß der russische Sprachgebrauch zwei Namen für jede Einzelperson vorschrieb: Im Fall Goratschins stand „Iwan" für den ersten eigentlichen Vornamen, während Iwanowitsch nichts weiter bedeutete als „Sohn des Iwan".

Die GOOD HOPE startete, und bald versank der Mars in der Unendlichkeit des Raumes. Als Major Deringhouse das Relaisschiff Z-45 passierte, war ihm, als müsse er etwas tun, aber dann war die Stimme des Overhead in seinem Gehirn: „Fliegen Sie weiter, Deringhouse! Kümmern Sie sich um nichts, was außerhalb Ihres Schiffes geschieht. Hören Sie? Sie brauchen sich um nichts zu kümmern, weil ich für alles gesorgt habe. Sie fliegen nach Terrania, ohne sich anzumelden. Bleiben Sie in einer Höhe von zehn Kilometern über Terrania stehen und tun Sie nichts!"

Das zuletzt gegebene Kommando beruhigte Deringhouses Unterbewußtsein. Er spürte Erleichterung darüber, keine Waffen einsetzen zu müssen, obwohl ein derartiger Befehl auch von ihm nicht hätte ignoriert werden können.

Dann hing die GOOD HOPE über Terrania. Befehlsgemäß waren alle Funk- und Ortungsgeräte ausgeschaltet worden. So vernahm Deringhouse auch nicht die dringenden Rufe Rhodans und Oberst Freyts. Gleichgültig beobachtete er, wie unten in der beginnenden Nacht die Atomexplosionen aufflammten, von denen er zu wissen glaubte, daß er und seine Leute sie nicht verursacht hatten.

Wieder eine Beruhigung für sein noch waches Unterbewußtsein.

In seiner Kabine aber hockte Iwan Iwanowitsch auf einem Bett und starrte mit ausdruckslosen Augen auf die verschiedenen Bildschirme. Immer und immer wieder sandte er seinen konzentrierten Blick aus, bis sie das erste Opfer fanden.

Es war Leutnant Carell.

Carell war ein lebender Organismus und bestand zum Teil auch aus Kalzium- und Kohlenstoffatomen oder deren Verbindungen. Iwans Gedankenströme wirkten bei intensiver Konzentration auf die Stoffe wie ein Zünder auf gefährlichen Sprengstoff. Iwan konnte aus jedem Menschen eine explodierende Atombombe machen.

Aber nicht nur aus Menschen. Kohlenstoff kam fast in allen Verbindungen vor. Iwan griff auch die Kampfroboter der Dritten Macht an. Wahllos löste er unten auf der Erde die vernichtenden Explosionen aus, ohne zu wissen, was er damit anrichtete.

Der Overhead saß indessen auf dem fernen Mars und dirigierte seinen „Zünder“, wie er den Doppelmutanten Iwan Iwanowitsch getauft hatte, seine geheimnisvolle Waffe, mit der er Rhodan zu schlagen hoffte.

Die Ereignisse waren etwa in dieses Stadium getreten, als etwas geschah, womit auch der Overhead nicht gerechnet hatte. Zwar hielt sein Hypnoblock und konnte auf große Entfernungen hin nicht beeinflußt oder gar aufgehoben werden, aber auch auf der Erde gab es Mutanten, wie zum Beispiel André Noir, den französischen Hypno.

Natürlich waren Noirs Fähigkeiten nicht so stark ausgeprägt wie die des Overhead, aber sie genügten, ein Lebewesen an Bord der GOOD HOPE VII noch während der überstürzten Flucht schwankend zu machen. Es gelang Noir, den Hypnoblock des Overhead teilweise abzubauen.

Gleichzeitig fing John Marshall erschreckende Gedankenfetzen auf. Im ersten Augenblick nahm er nicht an, daß es sich um menschliche Gedanken handeln könnte, aber dann entsann sich Felmer Lloyd, ähnliche Gedankenmuster beim ersten Kontakt aufgefangen zu haben.

Sie kamen zweifellos von der GOOD HOPE VII.

Plötzlich hörten die Gedankenimpulse auf. Es fanden auch keine Atomexplosionen mehr statt. Es fiel selbst Rhodan nicht ein, hier einen Zusammenhang zu vermuten.

Gleichzeitig beschleunigte die GOOD HOPE mit irrsinnigen Werten und verschwand in Richtung Mars.

Bully starrte verdutzt auf den Bildschirm, auf dem das Kugelschiff kleiner wurde.

Gucky sah sich um seinen Einsatz betrogen.

„Er flieht vor mir“, tröstete er sich mit schrillem Pfeifen, das zugleich Freude und Ärger ausdrückte. „Er hat bemerkt, daß ich ihn packen wollte. Der Overhead ist ein Feigling.“

„Du solltest keine voreiligen Schlüsse ziehen“, warnte Betty Toufry, die in einem der großen Sessel lag.

„Du hattest Kontakt mit Deringhouse?“ fuhr Bully dazwischen und versuchte vergeblich, eine Funkverbindung mit Rhodan oder Oberst Freyt zu erhalten.

„Nicht direkt." Betty schüttelte den Kopf. „Für einen Augenblick glaubte ich seine Unsicherheit zu spüren, aber dann wurden seine schwachen Gedankenströme von einem näheren, stärkeren Mentalsender überlagert . . ."

„Der Overhead", vermutete Bully, ohne zu überlegen.

Wieder schüttelte Betty den Kopf. „Ich sagte: näher. Der Overhead ist auf dem Mars. Er muß auf der GOOD HOPE einen kompetenten Vertreter haben, der Deringhouse seine Befehle erteilt. Dessen Gedanken fing ich auf."

„Und?" fragte Bully gespannt. Er drehte an den Knöpfen der Empfangsanlage und vernahm ein gleichmäßiges Summen.

„Er befahl Deringhouse den sofortigen Rückzug bis in Höhe des Mondes."

„Mond?" fragte Bully und drehte den Verstärker auf. „Wieso Mond?"

„Ich weiß nicht", antwortete das Mädchen ratlos. „Auf keinen Fall war in den Gedanken des Fremden etwas von Angst zu fühlen, eher Überlegenheit und eine Spur von Reue. Ich verstehe das wirklich nicht mehr."

„Reue?" Bully warf Betty einen fragenden Blick zu. „Wieso sollte er vernichten und dann Reue empfinden? Ah – da ist Rhodan." Er regulierte die Lautstärke und schaltete das Bild ein. Sekunden später erschien Rhodans Gesicht auf der großen Mattscheibe. Seine Züge zeugten von maßloser Überraschung. Tiefe Falten ließen ihn um Jahre älter aussehen.

„Hallo, Bully! Wir haben Deringhouse verloren."

„Was ist dort unten los?" wollte Bully wissen.

„Einige Zerstörungen, aber das Bombardement hat plötzlich aufgehört", gab Rhodan Auskunft. „Das Mutantenkorps und ich sind in den Zerstörern. Wir wollten die Jagd aufnehmen, aber Deringhouse ist verschwunden."

„Er hat sich zum Mond zurückgezogen", sagte Bully. „Betty hat einige Gedanken aufgefangen."

„Gut. Ich werde mich mit den Mutanten in die STARDUST II

einschleusen und die Verfolgung aufnehmen. Freyt folgt mir mit seinen Einsatz-Zerstörern. Nimm du die Spur auf. Betty soll weiter versuchen, Kontakt mit Deringhouse zu halten."

„Es ist jemand an Bord der GOOD HOPE", sagte Bully unsicher, „der die Explosionen auf der Erde auslöste und nun Reue empfindet. Wenigstens behauptet Betty das. Er muß auch Deringhouse gegenüber weisungsberechtigt sein."

„So?" machte Rhodan und blieb einige Sekunden schweigsam. „Es wäre kein Fehler, wenn wir diesen Jemand lebend erwischten."

„Wir werden es versuchen", versprach Bully.

„Nehmt die Verfolgung auf", befahl Rhodan. „Wir werden in einem Sicherheitsabstand folgen. Bleibe auf Empfang. Ende."

Bully widmete sich den Kontrollen, und es dauerte nicht lange, da hatte er die GOOD HOPE VII wieder im Bild. Das Kuppelschiff war in eine Kreisbahn um den Mond gegangen.

Hinter der Z-13 verschwand die Erde. Die Metallkugel auf dem Bildschirm wurde zusehends größer. Bully hörte indessen alle Sendungen ab, die zwischen Rhodan und den anderen Schiffen gewechselt wurden. Rhodan übernahm die STARDUST II und glitt mit nur geringer Beschleunigung hinter der Z-13 her. Er schien trotz der Gefährlichkeit von Deringhouse den Plan aufgegeben zu haben, die GOOD HOPE VII zu vernichten.

Nach zehn Minuten erreichte Bully mit seinen beiden Freunden den Mond. Er glitt in etwa die gleiche Bahn wie die GOOD HOPE und verfolgte die Kaulquappe in sicherem Abstand. Er verließ sich auf Bettys Beteuerungen, daß ihnen im Augenblick keine Gefahr drohte.

Als ein Funkspruch von der STARDUST II kam, daß auch Rhodan zum Eingreifen bereit war, handelte Bully.

„Gucky, du wirst im geeigneten Augenblick teleportieren und die Maschinen der K-VII ausschalten. Du weißt ja, wie die Trennwand zwischen die beiden Treibelemente zu schieben ist. Betty, du hältst Kontakt mit Deringhouse und seinem Bewacher. Sobald ein Angriff befohlen wird, warne uns. Vielleicht haben wir Glück. Und nun los!"

Er legte die rechte Hand auf den Auslöser des Impulsgeschützes, schaltete mit der linken auf mittlere Beschleunigung und ließ die Z-13 wie ein Geschoß auf die ferne GOOD HOPE zurasen.

Gucky saß in dem riesigen Polstersessel und schloß die Augen. Seine große Stunde war gekommen. Er begann, sich auf die Teleportation zu konzentrieren.

Iwan Iwanowitsch spürte, wie etwas in den Gehirnen seiner beiden Köpfe zu bohren begann. Es war, als löse sich ein metallener Reifen, der sich um seine beiden Stirnen gelegt hatte.

Wo war er?

Vergessene Erinnerungen tauchten aus der Tiefe seines Bewußtseins empor und begannen das Bild abzurunden, das er sich von seiner Lage machte.

Er schüttelte beide Köpfe, erhob sich und ging in die Kontrollzentrale des Raumschiffs. Er mußte sich bücken, um nicht mit dem Kopf anzustoßen.

Major Deringhouse sah auf, als der Mutant eintrat. „Was gibt es, Iwan? Schon alles erledigt?"

„Was soll erledigt sein?" fragte Iwan und ließ seinen um drei Sekunden jüngeren Bruderkopf Iwanowitsch nicht zu Wort kommen. Er setzte sich in einen Sessel und betrachtete Deringhouse aufmerksam. Wieder spürte er das bohrende Forschen in seinen Gehirnen, gleichzeitig aber machte sich auch ein andersgearteter Druck bemerkbar, der alle Anzeichen von Erschrecken und Feindseligkeit trug.

„Terrania, was sonst?" erwiderte Deringhouse automatisch und ohne zu denken. „Wir haben den Auftrag, Terrania zu vernichten."

„Was ist Terrania?" wollte Iwan wissen. „Wer gab uns den Auftrag, Terrania zu vernichten? Und warum?"

„Ich weiß nicht warum, aber ich weiß . . ." Deringhouse unterbrach sich, als der Druck in seinem Gehirn schmerzlich verstärkt wurde. Dann sagte eine telepathische Stimme zu ihm:

„Kehren Sie um, Major Deringhouse. Landen Sie auf dem Mars, genau an der gleichen Stelle, von der Sie starteten."

Der Overhead hatte die Veränderung des Mutanten registriert und nach einem vergeblichen Versuch eingesehen, daß er über Millionen von Kilometern hinweg keine Korrektur vornehmen konnte. Er hatte erkannt, daß auch Hypnoblöcke in gewissen Zeitabständen der

Erneuerung bedurften. Es war ein Fehler, daß er das nicht früher herausgefunden hatte.

„Umkehren“, wiederholte Deringhouse den gedanklichen Befehl des Hypnos und griff nach den Kontrollen. Die GOOD HOPE zog eine Schleife und glitt mit hoher Beschleunigung in den Raum hinaus.

Goratschin lauschte in sich hinein, als höre er Stimmen. Overhead? War das nicht der Mann, der ihn aus dem Wald geholt hatte, damals, vor drei Jahren? Der Mann, dem er seit dieser Zeit gehorchte – gehorchen mußte?

Sanft drangen suggestiv verstärkte Gedanken in ihn ein. Sie unterschieden sich von denen, die er seit drei Jahren kannte. Sie waren ohne Drohung und Gewalt, nur eindringlich und freundlich. Werde endlich frei! schienen sie zu sagen. Befreie dich von dem Joch des Overhead und beginne selbständig zu denken!

Der Mutant wandte seine Aufmerksamkeit wieder Major Deringhouse zu, der unbeweglich vor den Kontrollen saß und das Schiff zum Mars zurücksteuerte.

Auf dem Mars wartete der Overhead. Je näher sie ihm kamen, desto stärker mußte der Druck im Kopf wieder werden. Es würden neue Befehle erteilt werden. Er würde wieder Feuer machen müssen . . .

Goratschin stand langsam auf und trat neben Deringhouse.

„Fliegen Sie nicht weiter!“ rief er.

Deringhouse sah auf. In seinen Augen war Entsetzen. „Aber der Overhead . . .“

„*Ich* befehle, nicht der Overhead!“ Goratschin hatte plötzlich das Gefühl, unbedingt landen zu müssen, wenn er etwas außerordentlich Wichtiges nicht versäumen wollte. Noch war alles sehr unklar und unbestimmt. Er handelte mehr instinktiv als bewußt.

Major Deringhouse empfing den Gegenbefehl des Overhead, befolgte ihn jedoch nicht. Die drohende Riesengestalt des neben ihm stehenden Mutanten war eine nähere und größere Gefahr. Gehorsam ließ er die GOOD HOPE in eine Kreisbahn um den Mond einschwenken.

Aber so schnell gab der ferne Overhead nicht auf. Seine Befehle hämmerten in die Gehirne der Besatzungsmitglieder, die noch keine Berührung mit den Mutanten der Dritten Macht hatten. André Noir konnte nicht alle zugleich mit seinen hypnotischen Gedankenströmen erfassen.

Goratschin fuhr herum, als die Tür aufgerissen wurde und zwei Männer mit erhobenen Pistolen hereinstürzten.

Seine Fäuste schossen vor. Die linke wurde von Iwanowitsch und die rechte von Iwan gelenkt. Die beiden Raumfahrer wußten nicht, wie ihnen geschah. Mit hartem Aufschlag landeten die Fäuste auf ihren Kinnladen – und dann war ihnen plötzlich, als fielen Schuppen von ihren Augen. Aus dem Gehirn wich der Druck. Die Befehle des Overhead verstummten.

Aber sie verstummten nur, weil Noir die beiden Unglücklichen zu behandeln begann.

Doch es waren noch dreiundzwanzig Männer an Bord, die ihr Leben für den Overhead geopfert hätten, wenn dieser es verlangte.

Goratschin sprang vor, fing die Zusammensinkenden auf und legte sie sanft auf den harten Metallboden. Dann verriegelte er die Tür zum Korridor mit dem Magnetschloß, das von außen nicht zu öffnen war. Gleich darauf dröhnten die ersten Schläge dagegen.

Deringhouse blieb unschlüssig.

Da war die Stimme wieder deutlich in ihm, und sie wurde offenbar durch einen Psychostrahler verstärkt, sonst hätte er sie nicht empfangen dürfen. „Deringhouse, hören Sie mich? Ignorieren Sie die Befehle des Overhead. Hier ist Betty Toufry. Sie erinnern sich meiner, nicht wahr? Wir sind ganz nahe. Tun Sie nichts. Lassen Sie das Schiff einfach treiben."

Gleichzeitig kam eine andere und noch stärkere Stimme: „Sie gehorchen nur mir, Deringhouse! Schalten Sie auf höchste Beschleunigung und kehren Sie zum Mars zurück! Hören Sie auf niemand anderen. Ihre Männer sollen Goratschin einsperren. Gehorchen Sie!"

Deringhouse legte die Hand auf den Beschleunigungshebel. Iwan Iwanowitsch ließ ihn nicht aus den Augen – und er hatte deren vier.

Deringhouse zögerte. Die sanfte Stimme war wieder da, eindringlicher diesmal und näher: „Hören Sie auf Betty, Deringhouse! Wollen Sie Perry Rhodan verraten? Der Overhead ist unser Feind. Er wird Sie töten, wenn Sie zum Mars zurückkehren. Warten Sie, bis wir kommen. Gehorchen Sie nicht dem Overhead!"

Goratschin sah, wie die Hand des anderen sich wieder vom Hebel löste.

„Wir wollen warten", sagte Deringhouse ruhig. „Schalten Sie die Bildschirme ein, damit wir beobachten können."

Aus der schwarzen Unendlichkeit tauchten die Sterne auf. In der Nähe bewegte sich ein länglicher Schatten, der silbern schimmerte, als das Licht des Mondes ihn traf. Deringhouse entsann sich dunkel, daß genau die gleichen Schiffe im Hangar der GOOD HOPE gestanden hatten. Sein Verstand sagte ihm, daß das Schiff somit kein feindliches sein konnte.

Auf dem Mars fühlte der Overhead, daß er die Gewalt über Deringhouse zu verlieren begann. Er wandte sich noch einmal an Goratschin. „Setze deine Verfolger in Brand! Sie wollen dich und mich töten – mich, dem du alles zu verdanken hast. Zögere nicht mehr länger, gehorche meinen Befehlen! Schalte Deringhouse aus!"

Iwan Iwanowitsch schüttelte langsam seine beiden Köpfe und sagte laut, daß Deringhouse es hören konnte: „Nein, Overhead, ich werde nicht gehorchen. Ich werde auch Deringhouse nicht töten. Ich werde abwarten, denn ich bin neugierig geworden. Ich will wissen, was die anderen uns getan haben, daß ich sie vernichten soll."

Vom fernen Mars kam keine Antwort.

Deringhouse und der Mutant starrten auf den Bildschirm und ließen das Kugelschiff weiter um den Mond kreisen. Von hinten schob sich ein Zerstörer heran. In weiter Ferne, so zeigte die Vergrößerung des Bildabtasters, waren weitere Schiffe, darunter eine riesige Raumkugel. Sie hielt einen sicheren Abstand, und Goratschin begann plötzlich zu ahnen, warum sie das tat.

Warum aber wagte sich dann der einzelne Zerstörer so nahe heran?

Schneller, als er glaubte, sollte er es erfahren.

Bully wußte nur zu gut, daß ihm der Energieschirm der Z-13 keinen Schutz gegen die unheimliche Waffe des Overhead bieten konnte. Die ungefähre Reichweite der Waffe war ihm bekannt. Als er diese Grenze überschritt, wußte er sich und seine Begleiter in unmittelbarer Gefahr. Aber er vertraute auf Betty.

„Schon Verbindung mit Deringhouse?“ fragte er. Ein kurzer Seitenblick zu dem zurückgekehrten Gucky. „Wie weit bist du?“

„Der Gegner dürfte außer den Notbatterien keine Energie mehr haben“, wisperte der Mausbiber. „Ich habe es geschafft. Soll ich sie nun ein wenig durcheinanderwirbeln?“

„Warte noch“, bat Bully. „Was ist, Betty?“

„Noir hat den Beauftragten des Overhead teilweise unter Kontrolle genommen. Der Overhead befiehlt ihm, uns zu verbrennen, aber ich weiß nicht, was er damit meint.“

„Verbrennen“, murmelte Bully. Er dachte an die atomaren Explosionen in Terrania. „Und dieser Beauftragte tut es nicht?“

„Noir hat ihn unsicher gemacht. Er will nicht.“

„Ausgezeichnet! Und Deringhouse?“

„Er hört auf mich“, sagte Betty. „Was wollen Sie nun tun?“

Das wußte Bully selbst nicht genau. Er wandte sich an Gucky: „Wie kannst du die gesamte Mannschaft des Schiffes unschädlich machen, ohne daß jemand verletzt wird?“

Gucky richtete sich auf seine Hinterbeine und stützte sich mit dem breiten Biberschwanz ab. Er kreuzte die Pfoten vor der Brust und begann sich zu konzentrieren. Inzwischen erhielt Bully Bildverbindung mit der in großer Entfernung nachfolgenden STARDUST II mit Rhodan und den Mutanten an Bord.

Viel Zeit zum Reden blieb nicht mehr.

„Noir hat einen gewissen Goratschin unter Kontrolle“, gab Rhodan hastig bekannt.

„Gucky ist bereits in Aktion getreten“, sagte Bully nicht ohne Stolz. „Der Antrieb der K-VII ist erledigt. Keine Energie mehr. Nun wird Gucky die Besatzung unschädlich machen. Es wäre an der Zeit, daß unsere Mutanten eingreifen.“

„Kakuta und Ras Tschubai warten bereits auf das Zeichen zum Einsatz“, erklärte Rhodan kurz.

Betty sagte: „Ich glaube, Deringhouse wird sich vorerst abwartend verhalten. Dieser Goratschin, so scheint es, hat sich fast völlig aus der Gewalt des Overhead befreit. Soweit ich die wirren Gedanken errate, machte er sogar vor kürzerer Zeit zwei Besatzungsmitglieder unschädlich, weil sie Deringhouse zwingen wollten, zum Mars zu fliegen.“

Gucky war unterdessen verschwunden. Jetzt meldete er sich über Mikro-Telekom.

„Sie kleben alle an den Wänden der Kabine und können sich nicht rühren", gab er triumphierend bekannt. „Lange halte ich das aber nicht aus."

„Perry!" rief Bully, so laut er konnte. „Du kannst Kakuta und Ras schicken. Ich glaube, es ist soweit. Sobald du mir das Zeichen gibst, gehe ich heran und dringe in die Kugel ein."

„Wenn ich dir einen guten Rat geben soll, dann lasse das sein. Ich komme selbst. Gucky soll nur darauf achten, daß nichts passiert. Solange Deringhouse und seine Leute sich nicht rühren können, sind wir sicher vor dieser teuflischen Waffe."

Gucky meldete sich erneut. „Bully, ich habe die Leute sanft gegen die Wände gedrückt und dort festgehalten. Das schaffe ich mit der Hälfte meiner Konzentration, aber ich kann nicht tagelang hier sitzen. Es geht darum, die Männer aus dem Bann des Overhead zu befreien."

Bully warf einen Blick auf den Bildschirm. „Da kommt Rhodan bereits."

Die riesige STARDUST II näherte sich und raste zusammen mit der GOOD HOPE, der Z-13 und den herbeieilenden anderen Zerstörern in gleichbleibender Geschwindigkeit um den Mond.

Ein Stück der silbern schimmernden Hülle glitt beiseite und gab eine ovale Öffnung frei – die Luke zum großen Hangar, in dem zwölf Schiffe wie die GOOD HOPE Platz hatten. Ein Traktorstrahl blitzte auf, dann glitt das gefangene Schiff mitsamt Deringhouse, Goratschin und fünfundzwanzig Männern in den Leib der Riesenkugel.

Bully sah Betty an. „Nun, Kleine, was denkt Deringhouse jetzt?"

Das Mädchen strich sich über die Stirn. „Er denkt jetzt überhaupt nicht. Ich kann nichts feststellen."

Bully lächelte und starrte auf den Bildschirm und auf die darauf sichtbare STARDUST II. „Ich möchte wissen, was in der Mottenkugel dort jetzt passiert."

Vom Bildschirm herab lächelte Rhodan. „Sollst du, Bully. Schleuse dich ein, aber beeile dich."

Zehn Sekunden später glitt die Z-13 in die Schleuse und kam neben der GOOD HOPE zur Ruhe.

„Stören Sie Gucky jetzt nicht, bitte", sagte Betty ungewöhnlich ernst. „Ich habe bösartige Gedanken aufgefangen, die auf unsere Vernichtung hinzielen. Dieser Goratschin will plötzlich Feuer machen . . ."

Bully, der sich schon erhoben hatte, sank in den Sessel zurück. Ihm war, als sei er völlig gelähmt. Jeden Augenblick erwartete er, zur explodierenden Atombombe zu werden, die sein Schiff und die STARDUST II vernichtete.

Iwan Iwanowitsch Goratschin wußte, daß er den Bann gebrochen hatte, der drei Jahre lang sein Dasein bestimmt hatte. Er begann zu ahnen, welchem Verbrecher er zum Opfer gefallen war.

Die Gedanken des Overhead waren böse, die anderen aber, die sich in sein Gehirn drängten, verrieten Freundlichkeit und guten Willen. Das konnte Täuschung sein, natürlich. Aber er wollte selbst entscheiden, auf welcher Seite das Recht war.

Dann kam jene Sekunde, in der Gucky eingriff. Zuerst setzten das Licht und die Ventilation aus. Deringhouse stellte sofort fest, daß die Energieströme des Reaktors versiegt waren. Die Notbatterien ließen die Beleuchtung sofort wieder aufflammen, aber die Lufterneuerung blockierte. Im Kontrollraum wurde es stickig.

Sekunden später fühlte sich Goratschin von einer unsichtbaren Kraft in die Höhe gehoben und gegen die Wand gedrückt.

Seine erste Reaktion war zornige Empörung gegen jene, die ihn hilflos zu machen versuchten. Kannten sie sein Geheimnis? Iwan Iwanowitsch hätte in diesem Augenblick jeden in eine explodierende Bombe verwandelt, den er vor der Luke gesehen hätte, aber er vermochte nicht einmal Gucky zu entdecken. Der Mausbiber befand sich außerhalb seines Blickfeldes.

Da waren wieder die beruhigenden Gedanken in seinen beiden Gehirnen. „Keine Angst, wir wollen dir helfen. Aber wir müssen vorsichtig sein, damit du deine Waffe nicht einsetzt. Wir wollen Frieden mit dir."

Goratschin konnte nicht einmal zur Seite blicken, aber aus den Augenwinkeln heraus erkannte er Deringhouse, der flach ausgestreckt auf dem Kontrolltisch lag und den Kopf um keinen Millimeter heben konnte.

Plötzlich verschwand der Anblick des Raumes und machte einer hell erleuchteten Halle Platz, in der Menschen aufgeregt hin und her liefen.

In Iwan Iwanowitschs Gehirn begann ein Gedanke an Vernichtung zu glimmen. Er konnte die Menschen ganz deutlich sehen, und es wäre ihm jetzt leichtgefallen, einen von ihnen in eine Bombe zu verwandeln und damit das Schiff zu zerstören, in das man ihn geholt hatte. Doch bevor er seine Absicht verwirklichen konnte, geschah zweierlei.

Er kannte die Wirkung seiner furchtbaren Gabe inzwischen genau und wußte, daß er auch sich selbst vernichten würde, wenn er einen Mann dort in der Halle „zündete". Außerdem waren wieder die beruhigenden Gedanken in seinem Gehirn. Die sanfte Stimme hatte einen unglaublichen Einfluß auf ihn, und er verspürte den Wunsch, den Besitzer kennenzulernen. Wenn er aber angriff, würde er auch seinen Gedankenpartner vernichten.

Eine neue Stimme sprach zu ihm, kalt und eindringlich, aber eben doch anders als der Overhead. „Du darfst nichts Böses mehr tun! Du bist nun bei Freunden, die dir helfen wollen. Niemals mehr darf deine große Gabe der Zerstörung dienen, sondern nur noch dem Aufbau."

Iwan Iwanowitsch zögerte und wußte eine Sekunde später, daß er sich dem Befehl beugen würde, und zwar freiwillig und aus eigenem Entschluß. Das war etwas vollständig Neues für ihn und gleichzeitig eine Erfahrung, die ihn glücklich machte.

Deringhouse hingegen fühlte sich alles andere als glücklich. Zwar hörte auch er die beruhigenden Gedanken in seinem Gehirn, aber immer noch wirkte der Hypnoblock des Overhead. Der Befehl, zum Mars zurückzukehren, glitt durch die Nervenstränge bis zu den Händen, aber die Hände konnten sich nicht rühren. Wie er selbst waren sie zur Bewegungslosigkeit verurteilt. Eine unsichtbare Macht hielt sie fest.

Genauso erging es den übrigen Männern der Besatzung.

Deringhouse und Goratschin hörten, wie die Luke sich öffnete, obwohl es völlig unmöglich war, die innen angebrachten Kontrollen von außen zu erreichen – ganz abgesehen davon, daß in der GOOD

HOPE jegliche Energie fehlte. Dunkel entsann sich Deringhouse der Tatsache, daß es Mutanten gab, die mit ihren Geistesströmen die unglaublichsten Dinge bewerkstelligten.

André Noir übernahm Deringhouse, kaum daß er die Zentrale betrat. Auch der erschreckende Anblick des doppelköpfigen Mannes konnte ihn nicht davon abhalten. Die beiden Teleporter waren in den Mannschaftsräumen aufgetaucht und begannen die hilflosen Männer zu fesseln. Eine andere Möglichkeit gab es im Augenblick nicht, denn Rhodans Mutantenkorps verfügte über nur einen Hypno, der den Block des Overhead sprengen konnte.

Inzwischen hatten Bully und Betty Toufry den Zerstörer verlassen und trafen Rhodan im Hangar der STARDUST II.

„Gut gemacht“, lobte Rhodan.

„Betty hat nicht wenig dazu beigetragen, daß unser Angriff so erfolgreich verlief“, sagte Bully.

„Das habe ich nicht vergessen.“ Rhodan lächelte und legte seine Hand auf die Schulter des Mädchens. „Noch Verbindung mit Deringhouse?“

„Nein.“ Betty schüttelte zu seiner Überraschung den Kopf. „Das Weitere ist Noirs Aufgabe. Aber ich halte Kontakt mit Goratschin. Ein merkwürdiger Mensch. Ich werde nicht schlau aus ihm. Jedenfalls ist er die Person, die mit der unheimlichen Waffe zu tun hat. Sein Hypnoblock ist fast vollständig zerbrochen. Der Overhead hat keinen Einfluß mehr auf ihn.“

„Dann ist alles gut.“ Bully atmete erleichtert auf.

„Keineswegs“, enttäuschte ihn Betty.

Rhodan horchte auf. „Wieso nicht?“

„Dieser Mutant, so kann ich in seinen Gedanken deutlich lesen, ist durchaus noch in der Lage, uns zu vernichten.“

„Und warum tut er es nicht?“

Betty errötete.

„Er ist neugierig – neugierig auf mich“, verriet sie schüchtern.

Rhodan tauschte einen schnellen und warnenden Blick mit Bully. „So, er ist neugierig auf dich? Dann sollten wir ihm seinen Wunsch so schnell wie möglich erfüllen. Gehen wir in die K-VII und sehen uns diesen Mann an.“

Sie ließen den Mutanten den Vortritt, ehe sie selbst in die Schleuse der K-VII stiegen.

Betty wurde immer unruhiger. Sie empfing Noirs verwirrte Gedanken und ahnte, daß sie Goratschin galten.

Gleich darauf stand Betty neben André Noir und starrte auf einen Riesen mit zwei Köpfen, der ihren Blick mit einem Ausdruck unfaßbaren Erstaunens aus vier Augen erwiderte.

Jeder der beiden Gedankenpartner hatte sich den anderen ganz anders vorgestellt.

In Betty war Entsetzen, gepaart mit schrecklicher Furcht. Sie hatte nicht mit einem solchen Anblick gerechnet.

Und Goratschin? Vom ersten Augenblick an, in dem er die telepathische Stimme mit dem ihm so sympathischen Unterton empfangen hatte, war der Wunsch in ihm wach gewesen, den Besitzer kennenzulernen. Nun stand ein blutjunges Mädchen vor ihm.

Rhodan trat ein, gefolgt von Bully und Gucky.

Mit einem schnellen Blick erfaßte er die Situation. Er spürte den Schock Bettys und ahnte die Gefahr, die daraus entstehen konnte.

Er nickte dem Doppelkopfmutanten zu, ohne eine Miene zu verziehen. „Sie sind Goratschin, nehme ich an. Mein Name ist Perry Rhodan, und ich bin gekommen, um mit Ihnen zu verhandeln."

Kein Wort von dem, was vorgefallen war. Keine Bemerkung darüber, daß es ihm gelungen war, Deringhouse und Goratschin gefangenzunehmen. Kein Zeichen, daß ihn der Anblick des Mannes erschreckt hatte. Nichts von alledem, nur freundliches Entgegenkommen und die Atmosphäre der Gleichberechtigung.

„Ich bin Iwan Iwanowitsch Goratschin." Die beiden Köpfe nickten einmütig. „Mein Herr ist – war Clifford Monterny, der Overhead. Ich habe das Gefühl, einige Fehler begangen zu haben."

Goratschin war froh, daß er in den vergangenen Jahren mehrere Sprachen erlernt hatte und sich nun einwandfrei verständigen konnte.

„Es war nicht Ihre Schuld", antwortete Rhodan. „Sie setzten eine Waffe gegen jemand ein, den Sie nicht kannten. Sie standen unter dem Bann eines Großen, der leider auf falsche Bahnen geriet. Niemand wird Ihnen etwas nachtragen. Der einzig Schuldige ist der Overhead, und ihn werden wir auch zur Verantwortung ziehen."

„Ich werde Ihnen dabei helfen“, erklärte Goratschin und warf Betty einen fragenden Blick zu. „Alle meine Fähigkeiten stehen Ihnen zur Verfügung, wenn mein etwas ungewöhnliches Aussehen Sie nicht stört . . .“

„Sehen Sie sich Gucky an“, forderte Rhodan ihn auf und machte Platz, damit der Mausbiber aus seinem Versteck kriechen konnte. „Man kann wirklich nicht behaupten, daß er wie ein normaler Mensch aussieht, und doch hat jeder von uns ihn gern.“

„Er ist kein Mensch“, murmelte Goratschin bitter. „Ich aber sollte einer sein.“

„Nur die Charaktereigenschaften entscheiden“, betonte Rhodan. „Sie sind im Grunde ihres Herzens vielleicht mehr ein Mensch als viele, die ein glattes Gesicht zur Schau tragen und geschickt zu reden verstehen.“

Der Blick der beiden Gesichter glitt seitwärts ab und blieb auf Betty haften, die längst begriffen hatte, was Rhodan wollte. Sie schluckte tapfer und lächelte mühsam. Dann streckte sie Goratschin ihre kleine Hand entgegen. „Wenn du willst, kannst du mich Betty nennen.“

Auf den Zügen des Mutanten breitete sich ein glückliches Lächeln aus, das Rhodan zutiefst bewegte. Er erkannte, wie unglücklich dieses Wesen bisher gewesen sein mußte – von den Menschen verstoßen und vom Overhead mißbraucht. Nun begegnete man ihm vielleicht zum erstenmal in seinem Leben mit Achtung und Freundschaft.

Er nahm die kleine Hand des Mädchens in seine mächtige Pranke, drückte sie vorsichtig und erwiderte: „Danke, Betty. Ich werde nie vergessen, daß wir Freunde sind, auch wenn ich . . .“ Er unterbrach sich und machte ein betroffenes Gesicht. Dann fuhr er fort: „Auch wenn ich anders aussehe.“

Rhodan hatte schon befürchtet, Betty könnte ihre Überraschung nicht gut genug verbergen. Aber die Angehörigen des Mutantenkorps beurteilten ein Lebewesen niemals nach seinem Äußeren, sondern nur nach seinen Fähigkeiten und Eigenschaften.

Gucky hielt es nun nicht mehr aus. Er drängte sich an Betty vorbei, richtete sich auf die Hinterbeine empor und hielt dem verblüfften Goratschin beide Pfoten entgegen. „Auch wir beide sollten Freunde werden, selbst wenn ich dich an die Wand klebte, nicht wahr?“

Iwan Iwanowitsch nahm eine Pfote, drückte sie sanft und sagte: „Ich hätte euch trotzdem vernichten können, ich könnte es sogar jetzt in diesem Augenblick noch, ohne mich von der Stelle zu rühren."

Die Worte des Doppelkopfmutanten erinnerten Rhodan an die vordringliche Aufgabe.

„Mich würde die Waffe des Overhead interessieren", sagte er. „Vielleicht wird es notwendig sein, sie gegen ihn einzusetzen, wenn er uns noch einmal angreift."

Für einen Augenblick war Goratschin verwirrt, dann begriff er. Ein Lächeln überzog die beiden Gesichter. „Befürchten Sie nichts, Perry Rhodan. Der Overhead hat seine Waffe verloren. Er wird sie nie mehr gegen Sie einsetzen können."

Betty, die in den Gedanken des Mutanten forschte, erbleichte plötzlich. Rhodan sah es und erschrak. Er suchte die Augen Goratschins und wußte nicht, ob er den linken oder den rechten Kopf vorziehen sollte. Aber der Mutant machte es ihm leicht. Er nickte auffordernd mit dem rechten.

„Warum kann er die Waffe nicht gegen uns einsetzen?" fragte Rhodan.

„Weil ich diese Waffe bin. Ich kann jede Materie, die Kalzium oder Kohlenstoff enthält, in Energie verwandeln. Ich brauche sie nur zu zünden."

„Wie?" fragte Rhodan. Er war blaß geworden, denn vor seinem geistigen Auge schossen blitzschnell hundert Möglichkeiten vorbei, wie dieser Mann ihn mit einem einzigen Gedanken vernichten konnte.

„Ich weiß es nicht", gab Iwan Iwanowitsch zu. „Vielleicht wird die Wissenschaft eines Tages für meine Fähigkeit eine Erklärung finden. Ich sehe einen Gegenstand, konzentriere mich auf ihn – und er wird zur Atombombe."

Rhodan faßte sich. „Bisher wurde Clifford Monterny der gefährlichste Mensch des Sonnensystems genannt. Ich glaube aber, in Wirklichkeit sind Sie es. Es wird an Ihnen liegen, ob Sie Ihre Gabe dem Guten zur Verfügung stellen oder ob Sie dem Bösen dienen wollen."

Goratschin lächelte und betrachtete André Noir, der soeben in die Zentrale zurückkehrte.

„Habe ich mich nicht bereits entschieden? Lebten Sie alle noch, wenn ich das Böse gewählt hätte? Nein, fürchten Sie nichts, Rhodan. Ich werde immer auf der Seite stehen, zu der Betty gehört. Sie ist es eigentlich, der ich meine Befreiung zu verdanken habe. Ihre ersten zarten Gedanken waren es, die den Ring um meinen Kopf sprengten. Wie sollte ich jemals vergessen, was sie für mich getan hat?“

Betty nickte eifrig. „Ich weiß, daß du so denkst, wie du sprichst. Ich werde euch beide immer gleich gern haben, und wenn ich Iwan sage, dann meine ich auch Iwanowitsch.“

Rhodan spürte Erleichterung, und zwar nicht nur deshalb, weil er von nun an Goratschin auf seiner Seite wußte, sondern vor allen Dingen deshalb, weil er annehmen mußte, daß der Overhead ohne den Zünder relativ hilflos war.

André Noir kam näher, schob den Mausbiber beiseite und reichte Goratschin die Hand. „Willkommen bei uns! Ich weiß, daß Sie den Hypnoblock Monternys endgültig abschütteln konnten. Sie gehören zu uns.“

„Danke“, erwiderte Iwan gerührt. Und „Danke“ sagte auch Iwanowitsch, der bisher den Mund gehalten hatte.

14.

Das Relaisschiff Z-45 hielt seit vielen Wochen eine konstante Entfernung von fünfzehn Millionen Kilometern zum Mars. Es trug nur eine Besatzung von zwei Mann, den Kommandanten Leutnant Bings und den Funker Sergeant Adolf. Die beiden Männer waren schon seit Jahren eng befreundet und gemeinsam auf die Raum-Akademie gegangen, wo sie ihr Examen abgelegt hatten. Später waren sie in die Flotte der Dritten Macht eingetreten.

Bings starrte auf den Bildschirm. In der Mitte war ein winziger Fleck zu erkennen, der langsam nach rechts abwanderte. Hastig wandte er sich an Adolf. „Die Vergrößerung – schnell! Was ist das für ein Schiff? Für die Kaulquappe ist es zu klein."

Der Sergeant machte sich an den Instrumenten zu schaffen. Der wandernde Punkt drohte den Bildschirm zu verlassen. Adolf regulierte die Vergrößerung und die Sektorerfassung des Punktes.

Das Schiff, wenn es ein solches war, kam vom Mars.

„Ein Zerstörer", sagte Leutnant Bings, als das Bild deutlicher wurde. „Ob es einer der unsrigen ist?"

„Der Overhead besitzt auch Zerstörer", meinte Adolf. „Er könnte es genauso gut sein. Seit die K-VII stumm an uns vorbeiflog, glaube ich an alles."

In ihrer augenblicklichen Position stand der Mars zwischen ihnen und der Erde. Es war daher nicht ausgeschlossen, daß ein Schiff von der Erde, wenn es sich ihnen näherte, scheinbar vom Mars kam.

Bings starrte auf den Bildschirm, dessen Teleobjektive dem wandernden Punkt in gleicher Geschwindigkeit folgten.

„Das Schiff schlägt eine Richtung ein, die es unweigerlich zum Jupiter bringt", stellte er ungläubig fest. „Das verstehe, wer will."

„Da kommt noch ein Schiff", stellte Adolf überrascht fest.

Das zweite Schiff näherte sich ihnen auf fast direktem Kurs. Wenn die Route nicht unmittelbar gerade war, lag das daran, daß sie um den Mars herumgeführt hatte. Es war, wie sie bald erkennen konnten, auch ein Zerstörer. Als das Schiff nur noch wenige Kilometer entfernt war, konnten sie seinen Namen deutlich auf dem Bug lesen: Z-13.

„Ausgerechnet dreizehn", stöhnte Sergeant Adolf. „Ich bin ja nicht gerade abergläubisch, aber . . ."

„Kümmere dich um das Schiff dort", empfahl Bings seinem Kameraden. „Steht es auf der Liste der gestohlenen Einheiten?"

Es stand nicht darauf, also warteten sie. Die Empfänger arbeiteten. Auf dem Verbindungsschirm erschien ein breites, rundes Gesicht mit wasserblauen Augen.

„Wir sind's", sagte Bully und fügte hinzu: „Was Neues?"

Bings meldete: „Wir haben einen Zerstörer beobachtet, der Kurs nach außen hält."

„Nach außen", das bedeutete in der Sprache der Raumfahrer: Vom jetzigen Standpunkt aus gesehen aus dem Sonnensystem heraus.

Bully nickte jemand zu, der neben ihm stand, dann sagte er: „Wir kommen zu Ihnen."

Wenig später kam Bully zusammen mit Gucky und Tatjana Michalowna an Bord.

„Es ist nicht unsere Aufgabe, den Overhead zu erledigen", sagte Bully. „Es ist Tatjana aus großer Entfernung gelungen, auf dem Mars eine ungewöhnliche Tätigkeit festzustellen. Auf Grund ihrer natürlichen Abwehrmöglichkeit kann sie den Overhead telepathisch überwachen, ohne daß dieser sie unter seinen hypnotischen Bann zwingen kann. Unsere Gehirne sind durch André Noir gegen die Hypnokräfte des Overhead einigermaßen präpariert worden. Ihre Beobachtung bestätigt unsere Vermutung. Der Overhead ist mit einem Zerstörer geflohen, nachdem er auf der Erde eine erneute Niederlage einstecken mußte."

Gucky saß auf seinen Schwanz gestützt und knabberte vergnügt an einer frischen Mohrrübe

„Wir verfolgen und vernichten ihn, was sonst?"

„Du hältst den Mund!“ befahl Bully und hielt sich an seiner Strebe fest, damit Gucky nicht auf die Idee kam, sich für die Bevormundung zu rächen. „Wir sollen erkunden, nicht mehr. Rhodan will Goratschin auf Herz und Nieren prüfen, ehe er ihn gegen den Overhead einsetzt.“

„Wir schaffen es ohne Iwan Iwanowitsch“, behauptete Gucky.

„Aber wir haben nicht den Auftrag dazu“, belehrte ihn Bully und wandte sich an Bings und Adolf. „Wir sollen lediglich feststellen, was auf dem Mars vor sich geht.“

„Glauben Sie, daß jener Zerstörer, den wir beobachten konnten, dem Overhead gehört?“ fragte Sergeant Adolf.

Bully sah Tatjana Michalowna forschend an. Die junge Russin nickte. „Ich kann seine Gedanken empfangen. Sie sind voller Panik und Zorn. Sie kreisen um Flucht. Der Overhead sieht den Mars bereits als rötlich funkelnden Stern, das bedeutet, daß er sich im Weltraum befindet. Ja, ich glaube, daß er an Bord des Zerstörers ist.“

„Worauf warten wir dann noch?“ schrie Gucky empört.

Bully ignorierte den Einwand und befahl Leutnant Bings zu funken.

Leutnant Bings schaltete das Bildfunkgerät ein und hatte wenige Sekunden später seinen Kollegen von der STARDUST II auf dem Schirm. „Dringender Spruch an Perry Rhodan.“

Wenig später erschien Rhodans Gesicht auf dem Bildschirm.

Bully schob Bings zur Seite. „Der Overhead hat den Mars verlassen und flieht in Richtung Jupiter. Soll ich ihn verfolgen? Er hat nur einen Zerstörer.“

„Ich weiß nicht, ob ich Goratschin schon einsetzen kann. Besser, ich komme mit den Mutanten und einer Kaulquappe nach.“

„Nicht nötig, Perry“, versicherte Bully energisch. „Wir machen das schon. Tatjana hält Verbindung mit dem Overhead, wir werden ihn verfolgen.“

Rhodan dachte einen Augenblick nach, dann nickte er. „Also gut, nehmt die Verfolgung auf. Aber seid vorsichtig. So schnell kann ich nicht nachkommen, weil ich mich mit Betty um Goratschin kümmern muß. Ich wage es nicht, ihn schon ohne Aufsicht zu lassen.“

Der Schirm wurde dunkel.

Bully sah die anderen grimmig an.

„Nun sind wir an der Reihe“, sagte er entschlossen.

15.

Clifford Monterny fühlte, daß seine telepathische Verbindung mit Goratschin immer schwächer wurde. Verzweifelt gab er ihm noch einmal den Befehl, alles zu „zünden", was in seinen Bereich gelangte, aber die Antwort war ein starker Hypno-Gegenblock, der sich zwischen ihn und Goratschin drängte und dessen Gehirn isolierte.

Da wußte der Overhead, daß er seine beste Waffe verloren hatte.

Er ließ seine Blicke noch einmal über all die Dinge streifen, die er sich im vergangenen Jahr hier unter der Oberfläche des Mars aufgebaut hatte.

Wenn er floh, konnte das nur mit einem Zerstörer geschehen. Von seinen ihm verbliebenen Leuten konnte er nur zwei mitnehmen.

Wohin sollte er fliehen?

Wenn es für ihn noch eine relative Sicherheit gab, dann nur in den Weiten des Raumes jenseits des Mars. Er mußte versuchen, dort eine vorläufige Bleibe zu finden, bis man ihn auf der Erde vergessen hatte. Dann, eines Tages konnte er vielleicht zurückkehren und . . .

Der Gedanke an Rache gab ihm die notwendige Energie zurück.

Mit einem Ruck stand er auf, schaltete die Bildschirme aus und brach damit jeden Kontakt zur Außenwelt ab.

Mit einem letzten Blick nahm er Abschied von seinem bisherigen Versteck und ging hinaus auf den Korridor. Vor einer Tür machte er halt und wartete einen Moment, dann öffnete er sie. Einige Männer sahen ihm neugierig entgegen.

Ihre Augen begannen zu leuchten. Kam er etwa, um ihnen mitzuteilen, daß die Zeit des Exils vorbei war?

Clifford Monterny konnte ihre Gedanken lesen, und er beschloß, darauf einzugehen. So wurde der bestehende Hypnoblock am wenigsten strapaziert.

„Es sind noch einige Vorbereitungen zu treffen, dann ist die Zeit der Untätigkeit auf dem Mars abgeschlossen", sagte er mit fester Stimme. „Dazu jedoch ist es notwendig, daß ich noch einen Erkundungsflug unternehme. Ihr bleibt hier und wartet, bis ich zurückkehre. Sollten Fremde versuchen, die Festung einzunehmen, sind sie mit allen Mitteln daran zu hindern. Wallers und Raggs, ihr begleitet mich."

Zwei Männer standen auf. Der eine zog seine Jacke an, als plane er lediglich einen kurzen Spaziergang. Beide nahmen die Atemmasken. Der Hangar lag ebenfalls unter der Oberfläche und war mit der eigentlichen Zentrale durch einen Gang verbunden.

Der Overhead schloß sorgfältig die Tür hinter sich und ging mit den beiden Männern zum Vorratslager. Er zog eine Pelzjacke an und nahm sich ebenfalls ein Atemgerät. Für einen Augenblick dachte er an die fünf gekaperten Zerstörer und die fünfzehn Männer der Dritten Macht. Aber dann zuckte er mit den Schultern. Selbst wenn er die Schiffe mit seinen Leuten bemannte, würde das keine größere Sicherheit für ihn bedeuten. Mit nur einem Schiff war die Chance des Entkommens größer. Sechs Zerstörer besaßen zwar eine größere Feuerkraft, aber Monterny begann zu ahnen, daß es darauf bald nicht mehr ankam.

So kam es, daß die Männer der gekaperten Zerstörer, die zur GOOD HOPE VII gehörten und einsatzbereit in einer nahen Seitenschlucht des Plateaus standen, ahnungslos in ihren Quartieren hockten und nicht wußten, daß sie wieder freie Menschen waren.

Monterny hantierte an den Kontrollen der primitiven Schleuse, die einen zu schnellen Luftaustausch zwischen Festung und Marsatmosphäre verhinderte. Dann stand er mit seinen beiden Begleitern im Gang. Eilig begaben sie sich durch den in die Felsen geschmolzenen Tunnel bis zum eigentlichen Hangar, der nach oben nur durch ein dünnes Drahtgeflecht von der Oberfläche getrennt war. Auf dem Draht lagen Moose und Flechten zur Tarnung.

Der Overhead trieb seine beiden Männer in das Innere der Z-35.

Nun würde ihn nichts mehr aufhalten können.

Der Antrieb begann zu summen. Energie flutete durch die Leitungen und aktivierte Antigravfelder und Impulstriebwerke. Ein Vibrieren ging durch den Schiffsleib. Dann stieg das Heck an, die

Teleskopstützen fuhren ein, der Bug durchbrach das Tarnnetz und zeigte in den Nachthimmel des Mars.

Mit Höchstbeschleunigung jagte der Zerstörer in den Raum hinaus, passierte in großer Entfernung das Relaisschiff Z-45 und strebte auf den Asteroidengürtel zu, der Jupiter von den inneren Planeten des Sonnensystems trennte.

Wie ein Ring umgab dieser Gürtel kleiner Planetoiden die Sonne. Viele dieser Bruchstücke waren nur so groß wie Männerfäuste, aber es gab auch richtige kleine Welten, auf denen ein Schiff landen und sich verbergen konnte. Sie zogen durch die Einsamkeit des Raumes zwischen Mars und Jupiter, umrundeten in zwei oder drei Jahren einmal die Sonne und kehrten niemals an genau die gleiche Stelle zurück. Einige wiederum besaßen eine genau vorgeschriebene Bahn, die sich leicht errechnen ließ. Es waren die größeren Asteroiden mit hundert und mehr Kilometern Durchmesser.

Es wäre Monterny nicht schwergefallen, den gefährlichen Gürtel der Bruchstücke einfach zu überfliegen und später wieder in die Planetenebene zurückzukehren. Aber der gefährliche Weg war auch der kürzere. Außerdem schien ihm bei näherer Überlegung das beabsichtigte Asyl auf einem Mond des Jupiter nicht mehr so sicher zu sein. Man würde seine Flucht beobachten und die Richtung wissen, in die er sich gewandt hatte. Jupiter, würde man annehmen. Wegen der hohen Gravitation des Riesenplaneten kamen nur die Monde für einen längeren Aufenthalt in Frage. Mit Rhodans Hilfsmitteln würde es nicht lange dauern, bis man den Flüchtling dort aufspürte.

Die Asteroiden aber waren zum größten Teil unbekannt und nicht einzeln auf den Sternenkarten verzeichnet.

Clifford Monterny grinste, als er Z-45 in zwölf Millionen Kilometer Entfernung rechts liegenließ. Er wußte, daß das Relaisschiff seine Position nicht so ohne weiteres verlassen konnte und fühlte sich absolut sicher. Die Besatzung der Z-45 würde Rhodan melden, daß der Overhead in Richtung Jupiter floh. Rhodan würde sich zuerst um das verlassene Versteck auf Mars kümmern, ehe er die Verfolgung aufnahm. Inzwischen wollte Monterny auf einem dahinziehenden Planetoiden ein neues Versteck gefunden haben.

Erst als weit vor dem Bug der Z-35 die Kleinplaneten auftauchten, verringerte Monterny die Geschwindigkeit. Langsam nur konnte er sich jetzt einen Weg durch das Gewirr der Bruchstücke suchen, bis er den geeigneten Asteroiden gefunden hatte.

Monterny schwenkte den Bug des Schiffes herum und folgte der allgemeinen Richtung der ihm entgegentreibenden Asteroiden. So dumm war er nicht, sich gleich hier vor der Haustür Rhodans nach einem Versteck umzusehen. Wenn er geahnt hätte, daß gerade das ein Fehler war, der sich entscheidend auf sein Schicksal auswirken sollte, hätte er sicherlich nicht gezögert, auf dem erstbesten Planetoiden zu landen und sich dort zu verbergen.

Etwa zu diesem Zeitpunkt wurde von den im Weltraum operierenden Wachschiffen der Dritten Macht eine Strukturerschütterung angemessen, wie sie in der Regel nur beim Auftauchen eines oder mehrerer Raumschiffe aus dem Hyperraum auftraten. Da kein entsprechendes Manöver eines Schiffes der Dritten Macht gemeldet war, berichteten die Kommandanten weisungsgemäß der Zentrale in Terrania von diesem Zwischenfall über Hyperfunk. Bei der Auswertung der Meldungen kam es durch einen Übertragungsfehler der Positronik zu einer Verzögerung in der Weitergabe dieser beunruhigenden Nachricht.

Perry Rhodan und die anderen Verantwortlichen der Dritten Macht, die auf die Auseinandersetzung mit dem Overhead konzentriert waren, erfuhren von diesem Zwischenfall erst, als es fast schon zu spät war, geeignete Maßnahmen gegen die ins Solsystem eingedrungenen Fremden zu ergreifen.

Inzwischen landete auf dem Hochplateau des Mars ein Kugelschiff.

Major Deringhouse hatte darauf bestanden, die beabsichtigte Aktion gegen die Festung des Overhead auf dem Mars selbst durchzuführen. Er hielt es für seine Pflicht, die unverschuldete Scharte wieder auszuwetzen.

An Bord der GOOD HOPE VII befanden sich außer den üblichen fünfundzwanzig Mann Besatzung einige Angehörige des Mutantenkorps. André Noir, der Hypno, hatte die Aufgabe, die noch unter dem Bann des Overhead stehenden Männer zu befreien. Da man inzwischen erfahren hatte, daß Monterny mit nur einem Schiff geflohen war, ließ sich leicht ausrechnen, wie viele seiner Leute auf dem Mars zurückgeblieben waren.

Betty Toufry erhielt zuerst Kontakt mit Monternys Leuten.

„Sie haben den Auftrag, sich zu verteidigen", erklärte Betty und machte ein ratloses Gesicht. „Glauben Sie, Noir, daß sich ein sinnloser Kampf vermeiden läßt?"

Der Hypno zuckte mit den Schultern. „Sengu muß feststellen, wo die Leute auf uns warten, falls sie uns schon gesehen haben. Sie sorgen dafür, daß ich mich in die genaue Richtung konzentriere. Dann versuche ich, den vom Overhead gelegten Block zu sprengen. Haben Sie schon Verbindung mit den Männern unserer Zerstörer, die gefangengenommen wurden?"

„Deren Hypnoblock ist nur schwach. Vielleicht sollten Sie versuchen, diese zuerst zu befreien. Sie könnten uns dann helfen."

Zusammen mit Betty Toufry und André Noir verließ Major Deringhouse das Schiff.

Captain Berner und Leutnant Hill saßen in der Zentrale der Z-VII-1 und vertrieben sich die Zeit mit Gesprächen.

„Wenn diese Kopfschmerzen nicht bald nachlassen, werde ich noch verrückt", beschwerte sich Hill und legte die Hand auf die Stirn. „Vielleicht bin ich es aber schon."

„Ich auch." Berner nickte. „Zum Beispiel weiß ich nicht, warum wir hier auf dem Mars sitzen und auf etwas warten, von dem wir nicht wissen, was es ist. Bis gestern stand ich wie unter einem Zwang. Seit gestern abend jedoch ist er verschwunden. Die Kopfschmerzen sind geblieben, genau wie bei Ihnen. Ich habe das Gefühl, tun und lassen zu können, was ich will. Aber ich verspüre keine Lust, es zu tun, weil ich nicht weiß, was ich tun will."

Hill schüttelte den Kopf. „Mir ergeht es ähnlich. Meinen und Ihren Leuten auch. Ich weiß genau, daß der Overhead uns erwischt hat. Hypnoblock heißt die Methode, wenn ich nicht irre. Ich weiß das genau, aber ich habe wirklich nicht die Kraft, etwas dagegen zu unternehmen."

Berner sagte: „Ich meine, der Druck läßt nach. Ich will jetzt das Schiff verlassen. Ich muß es verlassen. Kommen Sie mit?"

Hill ging voran. In der Schleuse setzte er die Atemmaske auf. Die beiden Männer seiner Besatzung schlossen sich ihnen wortlos an.

Sie alle zeigten nicht einmal Erstaunen, als sie draußen in der Talschlucht feststellen mußten, daß die Besatzung der anderen vier Zerstörer die Schiffe ebenfalls verlassen hatten und unschlüssig umherstanden. Sie alle waren offensichtlich dem gleichen Befehl gefolgt, der in ihr Gehirn gedrungen war.

Am Ausgang des Tales tauchten drei Gestalten auf. Sie kamen langsam näher. Hill spürte, wie Befehle von einem der drei Menschen kamen, denen er nun mit den anderen Männern entgegenging.

„Ihr seid frei", sagte es deutlich in seinem Gehirn, während die Kopfschmerzen plötzlich verschwanden. Ein Ring schien sich zu lösen, ein Ring, der bisher seine Stirn eng umschlossen hatte. Ihm war, als könne er zum erstenmal seit Tagen wieder frei atmen.

Er beschleunigte seine Schritte und wußte plötzlich, daß der Bann gewichen war, mit dem der unheimliche Overhead ihn und seine Leute belegt hatte. Er war wieder frei und mußte Clifford Monterny nicht mehr bedingungslos gehorchen.

Zusammen mit den anderen blieb er vor Major Deringhouse, André Noir und Betty Toufry stehen.

„Sie brauchen nichts zu sagen, Leutnant." Deringhouse winkte ab und lächelte. „Es erging mir genauso wie Ihnen. Ich flog sogar zur Erde und richtete erhebliche Zerstörungen auf dem Gebiet von Terrania an." Er bemerkte, daß Leutnant Hill erschrak. „Auch mich befreite Noir von dem Bann und gab mich dem Leben zurück."

Leutnant Hill wollte etwas antworten, aber er kam nicht mehr dazu. Betty Toufry stieß Noir und Deringhouse plötzlich zur Seite und warf sich auf den Boden.

„Deckung!" schrie sie dabei verzweifelt. „Es erfolgt ein Angriff!"

Die Männer rannten auseinander und duckten sich hinter Felsbrokken und Vorsprüngen. Das war kaum geschehen, als mit schrillem Pfeifen erste Querschläger über sie hinwegsurrten.

André Noir wälzte sich neben Betty.

„Welche Richtung?“ fragte er.

„Links vor uns. Die Leute des Overhead planen einen Ausfall mit Maschinenwaffen. Strahler haben sie zum Glück nicht. Wenn Sie den Bann nicht brechen, bevor sie ihr Vorhaben ausführen können . . .“

Noir ignorierte die pfeifenden Explosivgeschosse und begann, sich auf die unsichtbaren Schützen zu konzentrieren.

Das Feuer verstummte kurze Zeit später.

Deringhouse und Hill blieben genauso liegen wie die anderen Männer, aber Noir und Betty erhoben sich furchtlos. Es fiel kein Schuß. Dafür tauchten hinter den Felsen in der steinigen Ebene drei Gestalten auf. Andere folgten.

Es waren die Verteidiger der Festung Monternys.

Ihr Hypnoblock zerbröckelte, als Noir sich intensiv ihrer annahm und die letzten Reste des fremden Willens beseitigte. Zehn Minuten später gab es auf dem Mars keine unfreien Menschen mehr.

Die unfreiwilligen Helfer des Overhead sollten zur Erde gebracht und ihren Regierungen übergeben werden. Bis dahin erhielten sie in der GOOD HOPE VII einen Raum zugewiesen.

Deringhouse unterrichtete Rhodan über Funk von dem Vorgefallenen und schilderte, was sie in dem verlassenen Versteck des Overhead gefunden hatten. Dann bat er um die Erlaubnis, Kontakt mit Bully aufnehmen zu dürfen. Rhodan zögerte nicht lange.

„Ich habe dringende Angelegenheiten zu regeln“, sagte er. „Die Verhandlungen der Regierungen wegen der geplanten Weltregierung sind in ein entscheidendes Stadium getreten. Ich möchte die nächsten Sitzungen auf keinen Fall versäumen. Ich habe also nichts dagegen, Deringhouse, wenn Sie sich an der Jagd beteiligen. Wenn sich der Overhead verbergen kann, taucht er eines Tages wieder auf, und dann ist er um einige Erfahrungen reicher. Jetzt aber ist er geschwächt und mürbe.“

16.

Der Planetoid hatte keinen Namen, und seine Bahn war noch von keinem Menschen berechnet worden. Sein Durchmesser betrug knapp achtzig Kilometer, und seine Form war fast viereckig. Er besaß eine starke Eigenrotation und drehte sich in weniger als einer Stunde einmal um seine Achse. Seine Oberfläche war ein Gewirr schroffer Gebirge und tiefer Schluchten, die in ständiger Finsternis lagen. Die höheren Felsen hingegen wurden in regelmäßigen Zeitabständen von der fernen Sonne angeleuchtet.

Weil aber immer wieder andere Bergspitzen in den Bereich der Sonnenstrahlen gerieten, und das im Verlauf von Minuten, sah es aus großer Entfernung so aus, als blitze auf dem Asteroiden ständig ein Leuchtfeuer auf.

Erst als er den Asteroiden vergrößert im Bildschirm hatte, fand Clifford Monterny eine Erklärung für das Phänomen. Gleichzeitig entschloß er sich, diesen Planetoiden als vorläufiges Versteck zu wählen.

Er paßte die Geschwindigkeit des Zerstörers der des Asteroiden an und begann ihn zu umrunden. Mit Befriedigung konnte er feststellen, daß es viele günstige Landestellen gab. Wenn ein Suchschiff Rhodans den Asteroiden überfliegen würde, war noch lange nicht gesagt, daß es Monterny entdeckte.

Bald fand er eine breite Schlucht mit überhängenden Felsrändern.

Der Overhead war ein ausgezeichneter Pilot. Ihm gelang eine glatte Landung. Nachdem er den Antrieb abgeschaltet hatte, begab er sich in die Luftschleuse, streifte den Raumanzug über und verließ das Schiff. Die beiden Männer blieben zurück.

Ohne es zu wissen, erlebte er das, was sich Bully immer als besondere Attraktion vorstellte: wie ein Fisch im Wasser konnte er durch das Vakuum schweben, frei und ungebunden. Der Overhead begann zu ahnen, daß es außer Reichtum und Macht noch andere Dinge gab, die das Leben lebenswert machten. Er stieß sich von der Schwelle der Schleuse ab und glitt, langsam absinkend, quer über das Tal dahin. Als er den felsigen Grund berührte und eine unvorsichtige Bewegung machte, stieg er wie eine vom Wind getragene Feder nach oben. Langsam sank er wieder nach unten.

Er vergaß seine Lage und wurde von einem regelrechten Rausch befallen. Mit einem gewaltigen Satz stieß er sich erneut ab und schoß wie eine Rakete hoch in den Raum hinaus. Er machte die Rotationsbewegung des Asteroiden mit und blieb somit fast über der gleichen Stelle stehen, aber er stieg immer noch, wenn auch langsamer. Bald mußte er den Punkt erreichen, wo seine Geschwindigkeit nicht mehr ausreichte, der geringen Gravitation zu entkommen. Sie würde ihn erneut in die Tiefe ziehen, wenn auch im Zeitlupentempo.

Er entsann sich seiner eigentlichen Aufgabe. Nach unten blickend konnte er sein Schiff nicht entdecken. Die vorspringenden Felsen verdeckten es. Es konnte keine bessere Tarnung geben.

Geduldig wartete Monterny, bis er wieder abzusinken begann. Er verspürte ein nie gekanntes Gefühl von Überlegenheit und echter Freiheit. Zwar ließ sich seine Fallrichtung nicht beeinflussen, solange er den Handstrahler nicht betätigte, aber welche Rolle spielte das schon? Hier gab es Platz genug, und er hatte eine ganze Welt für sich.

Er erkannte die Ironie des Schicksals und fand sich mit ihr ab. Eine Welt hatte er besitzen wollen – nun hatte er seine Welt. Sie war viel kleiner als die Erde und trug kein Leben, aber es war eine Welt, die ihm niemand streitig machen würde. Sie gehörte ihm allein.

Er landete sanft auf dem Grund des Tales, mehr als fünfhundert Meter von seinem Schiff entfernt. Diesmal nutzte er die bereits gemachten Erfahrungen aus. Vorsichtig stieß er sich schräg vom Boden ab und glitt in sanfter Parabel auf den Zerstörer zu, sich dabei nur zehn oder zwanzig Meter vom Boden erhebend. In zwei Sprüngen hatte er ihn erreicht. Ein dritter Sprung brachte ihn hoch zum Einstieg.

Hier blieb er einen Augenblick stehen, um seiner Gefühle Herr zu werden. Es waren Gefühle, wie er sie bisher noch niemals empfunden hatte. Das schwerelose Schweben über einer unbewohnten kleinen

Welt hatte völlig neue Saiten in ihm anklingen lassen. Fast vergaß er sogar den Zweck seines Hierseins und die drohende Verfolgung durch seinen Todfeind.

Drüben am Rand der Schlucht kroch der Schein der Sonne wie ein lebendiges Wesen über die Felsen und fiel dann in die Schatten der Schlucht, wo er verschwand. Genau eine Stunde später würde er den gleichen Weg nehmen, immer und immer wieder.

Zum erstenmal in seinem Leben begann der Overhead zu ahnen, wie schön eine Welt sein konnte – sogar diese kahle und tote Welt. Sein Geist öffnete sich und nahm das Wunder in sich auf, das sich ihm bot.

Genau in dieser Sekunde vernahm er in seinem Gehirn eine lautlose, erbarmungslose Stimme. „Clifford Monterny! Sind Sie zum Schluß doch noch ein – Mensch geworden?"

Der Overhead war zusammengezuckt. Ungehindert strömten seine Gedanken in den Raum hinaus, und ein Telepath hatte sie aufgefangen.

„Wer sind Sie?" dachte er zurück.

„Kennen Sie mich nicht? Tatjana Michalowna."

Verbittert erkannte der Overhead, daß Rhodan klug genug gewesen war, ihm einen Telepathen nachzusenden, der sich nicht beeinflussen ließ. Tatjana konnte ihren eigenen Isolierblock errichten und würde das auch tun, falls es notwendig sein sollte. Aber sicher kam sie nicht allein.

„So, Tatjana also? Sie haben mich verraten, genügt das nicht? Nun wollen Sie mich töten."

Zum erstenmal in seinem Leben begann Monterny zu ahnen, was seine eigenen Opfer mitgemacht hatten.

„Ich komme", sagte er laut und wußte, daß Tatjana ihn verstand.

Er warf einen letzten Blick auf die tote Welt, die für wenige Minuten ihm allein gehört hatte, drehte sich langsam um und trat in die Luftschleuse des Zerstörers.

Lautlos schloß sich die Luke.

Sie warteten in großer Entfernung von dem Asteroiden. Leutnant Bings mit der Z-45 stand fast auf der anderen Seite des kleinen Weltkörpers und blieb in Bildverbindung mit Bully. So konnte das Schiff des Overhead ihnen nicht entwischen, falls es einen Versuch zur Flucht unternehmen sollte.

Der Mausbiber Gucky stand neben Bull an den Kontrollen.

„Soll ich dich nicht lieber einsperren?“ schlug Bully scherzhaft vor.

Der Mausbiber versuchte, seinen treuen Augen ein gefährliches Funkeln zu verleihen.

„Du kannst es ja versuchen.“ Er betrachtete Bully abwägend.

Bully zuckte mit den Schultern und wandte seine Aufmerksamkeit wieder dem Asteroiden zu. Die GOOD HOPE VII war noch zu weit entfernt, um in die Aktion einbezogen werden zu können.

Tatjana stand neben ihm und beobachtete die Bildschirme.

Ihre Augen fanden das Schiff des Overhead, das mit irrsinniger Fahrt von der Oberfläche des Asteroiden hochschoß und entgegengesetzt zur Bahn des Planetoiden einbog. Der Overhead floh weiter, einem unbekannten Ziel entgegen.

Gucky watschelte heran und schwang sich mit elegantem Satz in den leeren Sessel des Kopiloten. Das Schiff des Overhead drohte zwischen den Asteroiden unterzutauchen.

Der Mausbiber kniff die harmlos blickenden Augen in größter Konzentration zusammen.

Den Zerstörer des Overhead konnte er nicht direkt beeinflussen. Er nahm Zuflucht zu einem erprobten Mittel: er teleportierte und setzte den Reaktor des Zerstörers außer Betrieb, indem er die beiden Treibelemente trennte. Mit der einmal erreichten Geschwindigkeit raste der Zerstörer des Overhead tiefer in den Asteroidengürtel hinein. Der Overhead konnte nun sein Schiff nicht mehr steuern. Gucky kehrte zurück und sah, daß Tatjana Funkverbindung mit der GOOD HOPE VII hatte.

Major Deringhouse wurde blaß, als Tatjana in wenigen Worten schilderte, was Gucky getan hatte. Sie schloß: „Sie müssen so schnell wie möglich eingreifen.“

„Position?“ fragte Deringhouse.

Tatjana sagte es ihm.

„Gut. Ich versuche einen kleinen Hypersprung. In einer Minute bin ich dort."

Hypersprung.

Tatjana konnte sich darunter nichts vorstellen, wenn sie auch schon davon gehört hatte. Das Schiff glitt in die fünfte Dimension und materialisierte beim Zielpunkt wieder in der vierten. Jeder Zeitfaktor wurde dabei ausgeschaltet.

Noch bevor sie weiter darüber nachdenken konnte, sah sie plötzlich zwischen sich und der Z-45, knapp neben dem Asteroiden, die Raumkugel auftauchen.

Bully griff nach den Kontrollen. Die Z-13 beschrieb eine abrupte Kurve und glitt dann in Richtung des verschwundenen Overhead davon. Die GOOD HOPE VII und der Zerstörer Z-45 folgten.

„Der Overhead kann nicht steuern?" vergewisserte sich Bully.

Gucky nickte. „Er kann auch nicht beschleunigen. Er hat keine Energie mehr. In einigen Stunden ist er tot, weil seine Luft sich nicht erneuert."

Auf dem Frontalbildschirm wanderte ein Lichtpünktchen durch die Asteroiden. Bully schaltete auf Fernortung. Es war der Zerstörer des Overhead.

Weit vor dem Bug der Z-13 blitzte es plötzlich grell auf.

Zwischen den Lichtpünktchen der Asteroiden entstand eine kleine, weiß aufflammende Sonne, die schnell wieder verglühte. Als die Augen der Beobachter sich wieder an die übliche Dunkelheit gewöhnt hatten, war das Lichtpünktchen verschwunden, das den Zerstörer des Overhead repräsentiert hatte.

Bully erhöhte die Geschwindigkeit und stoppte erst wieder ab, als er den winzigen Asteroiden erreichte, der genau in die Bahn des steuerlosen Schiffes gewandert war. Er mochte vielleicht einen Durchmesser von drei Kilometern haben, und seine Masse war viel zu groß, um durch den Aufschlag eine Kursänderung zu erfahren. Ruhig zog er weiter dahin.

Auf seiner Oberfläche jedoch zeigte sich ein gewaltiger Krater, in dessen Innerem es noch glühte.

Bully starrte schweigend auf das Grab des Overhead. Tatjana, die die wenigen menschlichen Gedanken des Mutanten empfangen hatte, murmelte: „Seine Andersartigkeit machte ihn zum Einzelgänger und wurde ihm zum Verhängnis. Vielleicht wäre alles nicht passiert, wenn er nicht so einsam gewesen wäre. Sein Wunsch, die Erde zu beherrschen, hat sich nicht erfüllt, aber er besitzt eine eigene kleine Welt als Grab."

„Ich glaube, Sie verschwenden zuviel Gefühle für ihn", sagte Bully schroff. „Vergessen Sie nicht, was er getan hat. Sie und die anderen Mutanten setzten Ihre Fähigkeiten zum Wohle der Menschheit ein. Dieser Weg stand auch dem Overhead offen."

Sie hatte ihre Blicke noch immer nicht vom Bildschirm gelöst.

„Ich werde meine Fähigkeiten niemals wieder einsetzen", erklärte sie leise. „Rechnen Sie nicht damit, daß ich dem Mutantenkorps beitrete, Bull. Ich möchte ein Leben führen wie jeder andere Mensch auch."

„Ich glaube", erwiderte Bull versonnen, „das wollen wir alle, aber manchmal werden wir von den Ereignissen gezwungen, unsere Meinung zu ändern."

17.

Perry Rhodan blickte nachdenklich auf die verlöschende Schirmfläche des Hyperkoms.

„Der Junge wird jetzt dem Zusammenbruch nahe sein", grollte eine tiefe Stimme. „Das hättest du ihm auch bei anderer Gelegenheit beibringen können."

Rhodan hob den Kopf. Reginald Bull wirkte in dem riesigen Raum unscheinbar.

Seine Lippen waren verkniffen. Unwillig sah er auf den sitzenden Rhodan nieder. Bull gehörte zu jenen Männern, die im Beisein von Kadetten unbarmherzig schienen. Wenn er jedoch von ihnen sprach, dann zeigte er gewissermaßen ein goldenes Herz.

Daß Rhodan den Kadetten Julian Tifflor ausgerechnet während dessen Abschlußprüfung über Funk angerufen und zu sich bestellt hatte, konnte Bull nicht verstehen.

Rhodan lächelte unmerklich. Er hatte den untersetzten Mann wieder einmal durchschaut.

„Tifflor hat keine Nerven", murmelte Rhodan abwesend. „Das hat er auch im Kampf gegen den Overhead gezeigt. Er handelte wie ein kluger Taktiker. Ich werde ihn einsetzen."

Bully sog geräuschvoll die Luft ein. Sein breites Gesicht wurde noch kantiger. „Einverstanden, aber nur dann, wenn du ihn umfassend informierst."

Rhodans Stirn runzelte sich. Bedächtig erhob er sich hinter dem Tisch, der mehr einer komplizierten Schaltanlage als einem Schreibmöbel glich. Als er neben Bull stand, begegneten sich die Blicke der Männer.

„Machen wir uns nichts vor", betonte Rhodan. „Der Junge darf erst dann alles erfahren, wenn sein Einsatz abgeschlossen ist."

„Du reißt ihn mitten aus der Abschlußprüfung heraus?“

„Wenn er die Aufgabe erfüllt, werde ich sehr gerne sein Diplom unterschreiben.“

Bulls Schultern sanken nach unten. Versonnen blickte er auf die zahllosen Bildschirme des Arbeitsraums. Hier war das Nervenzentrum der Dritten Macht.

Stockend meinte er: „Es gefällt dir wohl nicht besonders gut, daß drei Einheiten unserer Raumflotte spurlos verschwunden sind?“

Rhodan zeigte sein berühmtes Lächeln. Es war zu sanft, um überzeugend wirken zu können. „Erraten. Jemand, den wir nicht kennen, beginnt sich für uns zu interessieren. Es ist das eingetreten, was zu verhindern ich seit Jahren versucht habe – nämlich die Entdeckung der Erde und des Solsystems durch fremde Intelligenzen. Um die Individualverformer handelt es sich erwiesenermaßen nicht.“

Bully dachte an jene eigenartigen Lebewesen, die man schon kurz nach dem Aufbau der Dritten Macht hatte zurückschlagen müssen. Diesmal sah es ernster aus.

Das große Beiboot K-1 aus der GOOD-HOPE-Klasse war verschollen, desgleichen zwei neue Raumjagdzerstörer der Nullserie. Außerdem hatten die Verantwortlichen der Dritten Macht erfahren, daß es bereits vor einiger Zeit zu einer Strukturerschütterung in der Nähe des Solsystems gekommen war. In der Regel bedeutete ein solches Ereignis das Auftauchen eines oder mehrerer Raumschiffe. Durch den Übermittlungsfehler einer Positronik hatte Perry Rhodan erst später von diesem Vorfall erfahren. Für Rhodan genügten diese Tatsachen, um ihn zu schlagartiger Aktivität erwachen zu lassen.

Unbekannte waren aufgetaucht. Es stand außer Frage, daß sie über Terra und damit über die Menschheit informiert sein mußten.

Der Funkabhördienst hatte rätselhafte Kurzimpulse auf überlichtschneller Basis aufgefangen. Die Entschlüsselung hatte keinen Sinn ergeben. Es handelte sich um verschachtelte Symbolgruppen, die offenbar willkürlich für verschiedenartige Begriffe zusammengestellt worden waren.

Es stand für Rhodan fest, daß es auf der Erde fremde Agenten gab. Trotz des Einsatzes der Mutanten war es nicht gelungen, einen einzigen dieser Spione auf telepathischem Weg zu orten. Es war wie verhext. Es schien, als hätten sich wesenlose Schatten über die Erde gebreitet.

Rhodan schritt zum nächsten Visiphon. Nach der Schaltung erschien Dr. Haggard auf dem Bildschirm. Haggard fungierte als Chef der weltberühmt gewordenen „Gobi-Klinik", in der nach arkonidischem Vorbild gearbeitet wurde.

„Unser Mann wird in zwei Stunden hier sein", erklärte Rhodan knapp. „Ist Professor Kärner bereits abgeflogen?"

„Vor etwa drei Stunden. Ich folge in zehn Minuten."

Rhodan winkte wortlos in die Aufnahmeoptik hinein. Dann unterbrach er die Verbindung.

„Du willst es also riskieren?" erkundigte sich Bull gedehnt. „Man sollte Tifflor vorher fragen, ob er damit einverstanden ist."

„Wenn in seinem Gedächtniszentrum nur ein Funke der Ereignisse verankert ist, wird er gefährdeter sein als auf andere Weise. Wir werden ein kosmisches Spielchen spielen, alter Freund."

Bull stülpte die Schirmmütze über den Schädel. Lautstark stampfte er auf das Panzerschott der Arbeits- und Schlafzentrale zu.

„Man wird ja nicht mehr um seine Meinung gefragt", nörgelte er. „Ich halte es für eine verrückte Idee. Der Angriff ist noch immer die beste Verteidigung."

„Wo und was willst du angreifen?" forschte Rhodan.

Bull verkniff die Lippen.

Da lag das Problem verankert. Was sollte man angreifen, wenn es nichts Faßbares gab?

18.

Kadett Julian Tifflor sah auf die Uhr. Er trat vor den Wandschrankspiegel und warf einen letzten Blick auf die Uniform.

„Bißchen nervös, eh?" fragte jemand. Tifflor fuhr zusammen.

Humpry Hifield, sein strohblonder Zimmernachbar, lümmelte auf seinem Schaumstofflager herum.

Hump wußte sehr genau, was er gegenüber Tifflor aufzubieten hatte. Wenn Tiff als das mathematische Genie der Space Academy galt, so war Humpry Hifield bei den letzten Boxmeisterschaften als Sieger hervorgegangen. Für Humps Begriffe waren Kosmo-Mathe und Boxkunst ungefähr identisch.

„Ruhig, Junge, ruhig", sagte Kadett Eberhardt warnend. Er war der dritte Bewohner des Raumes. Schnaufend trat er neben Tifflor, dessen Zorn sich sofort wieder verlor. Hilflos sah er den Mitschüler an.

„Wenn ich vor Rhodan stehe, werde ich bestimmt ohnmächtig", bekannte er düster.

Hump Hifield wuchtete seinen Körper vom Lager hoch. Wiegenden Ganges trat er näher, die kräftigen Hände tief in den Hosentaschen versteckt. Er war ebenso groß wie Tifflor, nur fast doppelt so breit. „Ich sage ja immer, daß verträumte Schwätzer nichts für den Raum taugen. Ehe du gehst, brauche ich noch die Schirmfeldgleichung über die Beziehung zwischen kosmischer Mikromaterie und einem überlagernden Gravofeld. Also, wie ist das?"

„Den Teufel werde ich tun. Suche dir die Gleichung heraus", sagte Tiff aufgebracht.

„Zuviel Arbeit", sagte Hump gedehnt. „Du hast noch eine Stunde Zeit. Meine Vorlesung beginnt in dreißig Minuten."

„Wie wäre es, wenn du dem Mathe-Pauker deine Faust unter die Nase hieltest?" erkundigte sich Eberhardt.

„Halte dich heraus, Dicker", warnte Hifield. „Wenn ich rede, hast du große Pause, klar?"

„Haltet doch Ruhe", warf Tiff nervös ein. „Verdammt, ich habe jetzt andere Sorgen."

„Huch, das Küken flucht", staunte Hump. „So etwas. Nicht möglich!"

Tiff schloß krampfhaft die Augen. Hifields lautstarkes Gelächter traf ihn zutiefst.

„Einmal wird dir einer deinen großen Mund schließen", sagte Eberhardt. „Das aber so gründlich, daß du ihn nie mehr aufkriegst."

„Willst du Meldung machen?" fragte Hump flüsternd. Seine Schultern krümmten sich nach vorn.

Er entspannte sich ruckartig, als jemand gegen die Tür klopfte. Plötzlich zeigte Hump ein joviales Lächeln.

Eberhardt wandte sich ab.

„Radfahrer", knirschte er. „Nach oben immer schön den Buckel krumm. Nach unten tritt sich's besser."

Die drei Kadetten nahmen Haltung an. Es war aber kein Vorgesetzter.

„Darf man hereinkommen?" fragte eine helle Stimme.

„Das ist verboten", meinte Tiff hastig. „Himmel, bringe dich nicht in Ungelegenheiten. Mädchen haben hier nichts zu suchen."

Mildred Orsons, Kosmo-Bakteriologie-Studentin im CB-Institut der SpA, schleuderte mit ihrer typischen Kopfbewegung die pechschwarzen Haare in den Nacken. Geschmeidig trat sie ein.

Kritisch musterte sie Tiffs Erscheinung.

„Umdrehen", kommandierte sie. „Hm, der Gürtel sitzt wieder schief. Ich bin nur gekommen, um dir zu sagen, daß dich Deringhouse persönlich unter die Lupe nehmen wird. Auf dem Gürtel ist auch ein dunkler Fleck. Schlecht, mein Lieber, sehr schlecht."

Tifflor sank von einer Verlegenheit in die andere. War es ein gutes Zeichen, daß die überall verehrte Milly Orsons so um sein persönliches Wohlergehen besorgt war?

„Ich – ich werde das beseitigen", versprach er hastig. „Aber bitte, geh' jetzt. Wenn man dich in der Kadettenabteilung erwischt, bekommst du Schwierigkeiten."

Millys dunkle Augen sprühten Feuer.

„Es ist ungerecht, einen Jungen in dieser Art zu behandeln", empörte sie sich. „Klaus hat mir gesagt, wie du den Befehl bekommen hast. Rhodan weiß offenbar nicht, was er damit anrichtet. Jemand muß sich ja um dein Seelenheil kümmern. Wir haben Sergeant Rous davon überzeugen können, daß ich nach dir sehen muß. Wie sehen deine Kombistiefel aus?"

Tiffs Kopf sank nach unten. Sein nächster Blick galt dem breit grinsenden Hifield.

„Ich hatte sie sauber geputzt", sagte Tifflor außer sich. „Du Heuchler hast vor zehn Minuten noch Schokolade gegessen. Du hast mir das Zeug auf die Schuhe geschmiert. Ich . . ."

„Ruhe!" schrie Milly, ehe sich Tiff auf den in lockerer Haltung wartenden Hump stürzen konnte. „Seid ihr alle verrückt geworden! Hump, stimmt das mit der Schokolade? Wenn ja, so laß dir gesagt sein, daß du ein ganz widerlicher Schurke bist."

„Ich kann den Angeber nicht ausstehen", bekannte Hifield gehässig. „Er geht damit hausieren, daß er bei Rhodan erscheinen soll."

„Ich habe einen Befehl erhalten", sagte Tiff. „Ich weiß auch nicht, warum ich . . ."

Das helle Knacken im Lautsprecher ließ den Kadetten verstummen. Hump nahm zuerst Haltung an. Unbewegt sah er auf den Bildschirm des Wandvisiphons, auf dem das Gesicht von Major Deringhouse erschienen war. Deringhouse war Chef des Raumschulungs-Verbandes. Die Abgangsklasse der SpA hatte zur Zeit fast ausschließlich mit Deringhouse zu tun.

Der Offizier hatte sich inzwischen von seinen Erlebnissen während des Kampfes mit dem Overhead erholt.

Milly flüchtete mit einem Satz aus dem Erfassungsbereich der Aufnahmeoptik und verbarg sich hinter der geöffneten Spindtür.

„Kadett Tifflor, sind Sie fertig?" klang es aus dem Gerät.

Tiff trat einen Schritt vor.

„Jawohl, Sir", bestätigte er.

„Kommen Sie sofort in mein Büro. War da nicht noch jemand im Zimmer?"

Tiff errötete.

„Nei-nein, Sir“, log er.

„Wie Sie meinen. Wenn die Dame aber schon der Meinung ist, Ihrer Kleidung den letzten Schliff geben zu müssen, so soll sie sich gefälligst auch zeigen. Wir reden noch darüber, Tifflor. Ende.“

Deringhouse verschwand vom Bildschirm. Milly tauchte zitternd hinter der Tür auf.

„Großer Gott, er hat mich gesehen“, ächzte sie. „Nun ja, abwarten heißt die Devise. Nun gib deinen Schuh her. Klaus, ich brauche einen Putzlappen.“

„Ich ziehe es vor zu verschwinden“, äußerte sich Humpry Hifield.

„Angst?“ fragte Eberhardt. „Der sehr ehrenwerte Mister Hifield, Student im letzten Semester, könnte ja bei einer verbotenen Sache erwischt werden, nicht wahr? Mensch, verschwinde ja aus meinem Blick!“

Hump ging schulterzuckend hinaus. Minuten später wurde Tiff der Funkhelm unter den Arm geklemmt.

„Nun vergiß nur nicht das Atmen“, sagte Milly.

Tiff stapfte auf schwankenden Beinen hinaus und auf den Gravitationslift zu. Er bewegte sich so ungeschickt, daß er stürzte, als er unten in der Halle ankam. Sergeant Rous, der auf ihn gewartet hatte, verzog das Gesicht.

„Mensch, stehen Sie auf!“ ächzte er. „Gehen Sie, springen Sie! Ich kann Sie nicht mehr anblicken, ohne Anfälle zu bekommen.“

Julian Tifflor wurde von einem arkonidischen Kampfroboter durch die schmale Strahlungsschleuse des mächtigen Energie-Kugelfeldes geleitet.

Inmitten des von E-Feld überspannten Raumes erhob sich das Regierungsgebäude der Dritten Macht. Dicht nebenan lag die Panzerkuppel mit dem in der Gobi stationierten Positronengehirn.

Wenig später stand Tifflor in dem riesigen Arbeitsraum des Mannes, der elf Jahre zuvor das erste bemannte Raumschiff auf dem Mond gelandet hatte.

Perry Rhodan musterte den zwanzigjährigen SpA-Schüler lange

und eingehend. So hatte er selbst einmal vor dem Kommandeur der Space Force gestanden – innerlich bebend, jeder Muskel verkrampft. Zu jener Zeit, es war Anfang der sechziger Jahre gewesen, war die Space Force von Oberst Pounder gegründet worden.

Rhodan unterdrückte ein Lächeln. „Sie sind privat hier, Mister Tifflor. Nehmen Sie bitte Platz."

Tiff schwankte auf den Sessel zu. Als er hineinkippte, machte sich sein Funkhelm prompt selbständig und folgte dem Zug der Schwerkraft.

In Tiffs Ohren dröhnte der Aufschlag. Entsetzt sah er zu dem Mann hinter dem Schalttisch hinüber.

„Der schöne Hut", meinte Rhodan trocken. Er sah den jungen Mann an. „Sie wissen, warum ich Sie zu mir befohlen habe?"

Tiff verneinte.

Rhodan zog ein gefaltetes Blatt Papier unter einem Aktenstapel hervor. „Ihr Herr Vater zeigt eine bemerkenswerte Entschlußkraft. Es kommt nicht alle Tage vor, daß jemand dem Präsidenten der Dritten Macht ein privates Telegramm schickt. Sie werden ab sofort beurlaubt, Mister Tifflor."

Tiffs Verkrampfung lockerte sich, um grenzenlosem Staunen Platz zu machen.

„Ein – ein Telegramm?" stammelte er verblüfft.

Rhodan nickte. Seine Erklärung sah nicht danach aus, als wäre er bereit, dem Kadetten eine außergewöhnliche Vergünstigung einzuräumen. Tiff spürte es. Rhodan registrierte die plötzliche Wachheit des Nachwuchs-Kosmonauten. Der junge Mann schien sich verwandelt zu haben. Jede Unsicherheit war von ihm abgefallen. „Ihre Schwester wird heute noch heiraten. Deshalb auch die Eile."

„Eileen, heiraten?"

„Um achtzehn Uhr, Ostküstenzeit. Sie fliegen in einer Stunde ab, der Sonne entgegen. Sie nehmen einen einsitzigen Raumjäger. Die Maschine wird für Sie soeben klargemacht. Trauen Sie sich zu, den Jäger heil nach New York zu bringen?"

Tifflors Gesicht glühte. Großer Gott, mit einem Raumjäger der Dritten Macht nach New York. Das war mehr als eine überraschende Mitteilung. Tiff nickte wortlos. Er fand keine Worte mehr.

Rhodan musterte ihn sinnend. Das Telegramm wanderte über den Tisch. Es war in der Tat eine ungewöhnliche Nachricht.

„Normalerweise wäre mir der Inhalt niemals mitgeteilt worden“, bemerkte Rhodan. „Ich habe aber vor, Sie mit einer besonderen Mission zu beauftragen. Die Hochzeit Ihrer Schwester kommt mir dabei wie gerufen. Unauffälliger kann ich keinen Sonderkurier nach New York bringen. Sie halten sich im Hause Ihres Vaters auf, bis Sie eine Nachricht unter dem Schlüsselwort ‚Himmelstor‘ erhalten. Danach melden Sie sich sofort bei Homer G. Adams, dem Chef der General Cosmic Company. Mister Adams ist Ihnen ein Begriff?“

Tiff hauchte sein „Jawohl, Sir“. Natürlich war Adams ein Begriff.

„Sehr schön. Sie werden einen Diplomatenpaß der Dritten Macht erhalten. Ihr Raumjäger wird angemeldet werden. Kümmern Sie sich also um nichts, sondern überfliegen Sie die Landesgrenzen der Vereinigten Staaten. Sie landen auf der neuen Raum-Basis von New York City, wo Ihre Maschine von unseren Leuten in Wartung genommen wird. Dann besuchen Sie augenblicklich Ihre Eltern. Nehmen Sie an der Hochzeit teil. Noch Fragen?“

„Keine mehr, Sir“, entgegnete Tifflor ruhig und gefaßt. Sein schmales Gesicht hatte sich verschlossen.

„Ausgezeichnet, Kadett Tifflor. Die kleine Metallrolle nehmen Sie sofort an sich. Sie haben sie nur Mister Adams zu übergeben, sonst niemand. Weitere Anweisungen erhalten Sie von Homer G. Adams. Sie unterstehen in New York seiner Befehlsgewalt. Ihren Raumjäger erhalten Sie von Major Deringhouse. Desgleichen bekommen Sie eine Waffe. Das wäre alles. Vielen Dank.“

Julian Tifflor fragte nichts mehr. Er verstaute die handlange Metallrolle in der Innentasche seiner Uniformkombi, verabschiedete sich und ging zum lautlos aufgleitenden Schott hinüber. Ehe er es durchschritt, erreichten ihn noch Rhodans Worte: „Tifflor, dies ist ein Sondereinsatz. Wundern Sie sich über nichts. Wenn Ihnen die Sache zu riskant erscheint, biete ich Ihnen die Möglichkeit, nach Ihrer Ankunft in New York abzulehnen.“

Tiff schritt wie im Traum davon. Zehn Meter vor dem ersten Kontrollpunkt wurde ihm von einem arkonidischen Kampfroboter ein geladener Impulsstrahler überreicht.

In einem Büro erhielt er Spezialausweise. Fünfzehn Minuten später war er wieder in seiner Unterkunft, wo er im Zeitraum von nochmals fünfzehn Minuten einige persönliche Habseligkeiten zu verpacken hatte. Kadett Klaus Eberhardt brannte vor Neugierde.

„Was war los?“ fragte er erregt. „Nun rede doch.“

„Angeber“, knurrte Hifield aus dem Hintergrund. „Schweigen macht interessant, was? Was hast du denn da in die Tasche gesteckt? Zeig mal her.“

Tiff schloß den Magnetverschluß seiner Ausgehuniform. Die von Rhodan überreichte Kapsel war sicher verstaut.

Hump Hifield näherte sich schwerfällig. Sein breites Gesicht war verkniffen. „Was hast du da? Du sollst es herzeigen. Ich werde dich . . .“

„Keinen Schritt näher, Hump“, warnte Tiff kalt.

Hifield wich schleunigst zurück. Er fühlte, daß mit Tifflor eine Veränderung vorgegangen war. Sein unsicheres Gelächter hallte hinter dem davonschreitenden Kadetten her.

Perry Rhodan hatte den Führungsstab der Dritten Macht einberufen, um über seine Pläne zu beraten.

„Bully, kümmere dich um die Einflugerlaubnis. Allan D. Mercant wird das erledigen. Mister Freyt, informieren Sie Adams über den bevorstehenden Abflug. Marshall, Sie sorgen dafür, daß im Camp bekannt wird, warum Tifflor nach New York fliegt. Nur wegen der Hochzeit. Tifflors Vater ist der bekannteste Strafverteidiger der Oststaaten. Es kann nicht verwunderlich erscheinen, daß ich den Sohn eines so bekannten Mannes beurlaubt habe. Alles weitere wird sich finden. Ist Dr. Haggard bereits unterwegs?“

Der Mediziner war längst abgeflogen, erfuhr Rhodan. Er nickte. „Captain McClears, Sie übernehmen ab sofort das Kommando über den Schweren Raumkreuzer TERRA. Major Deringhouse wird mit einer anderen Aufgabe betraut werden. Machen Sie sich mit der Besatzung vertraut und melden Sie das Schiff startklar. Major Nyssen, Sie halten Ihre SOLAR SYSTEM ebenfalls klar zum Alarmstart. Ich übernehme das Schlachtschiff STARDUST II. Bully, bitte sofort an

Bord gehen. Ich komme später nach. Captain Klein, Sie kümmern sich weiterhin um den Funkabhördienst. Ich möchte wissen, ob Tifflors so durchsichtig erscheinender Abflug von einer Geheimstation in den Raum gemeldet wird. Wenn ich die Lage richtig beurteile, so werden kluge Köpfe an alles mögliche glauben, nur nicht an die Beurlaubung eines Kadetten wegen einer Eheschließung seiner Schwester. Die Maschinerie beginnt zu laufen, meine Herren."

Rhodan erhob sich von seinem Platz. Auf den Kontrollschirmen der Raumhafen-Überwachung wurde ein winziger Körper erkennbar. Fast senkrecht schoß er in den blauen Himmel der Gobi. Minuten später erklang das dumpfe Donnern des Triebwerks. Julian Tifflor war planmäßig abgeflogen.

Perry Rhodans Vorhaben war in das erste Stadium getreten.

„Wir hätten ihn trotzdem informieren sollen", grollte Reginald Bull. „Er kann unter Umständen in eine böse Lage geraten."

„Das muß er sogar", behauptete Rhodan. „Wir haben die Sache lange genug besprochen. Warten wir ab. Leutnant Everson, Sie starten in genau vier Stunden mit Ihrem Beiboot zum Wega-System. Die siebenundzwanzig Lichtjahre werden Sie leicht überwinden können. Sie haben normale Tauschgüter für die Handelsstation auf dem Planeten Ferrol an Bord. Es wird dafür gesorgt werden, daß man Sie außerdem für den Überbringer sehr wichtiger Nachrichten hält. Wenn alles klappt, wird man die Lüge durchschauen und Tifflor für den echten Boten halten. Das aber möchte ich herausfinden. Starten Sie und halten Sie Ihre Kaulquappe gefechtsklar. Ich möchte nicht noch ein wertvolles Überlichtraumschiff auf rätselhafte Weise verlieren."

Markus Everson nickte. Seine Aufgabe war klar umrissen. Kam er heil durch, war die erste Hürde überwunden.

Rhodans Stirn war sorgenvoll gerunzelt. Tifflor war unterwegs. Nun kam es darauf an, wie der rätselhafte Gegner reagierte.

Sekunden später lief die erste Funksprechmeldung des Kadetten Tifflor ein. Der Start war gelungen. Der Jäger raste in dreihundert Kilometer Höhe auf die amerikanische Westküste zu, die er in fünf Minuten erreicht haben mußte.

„Verrückt, den jungen Burschen mit einem Raumjäger auf die kleine Reise zu schicken", murrte Bully.

John Marshall lächelte unterdrückt. Dann lauschte er wieder mit den anderen Mutanten auf die Geistesschwingungen jener Leute, die über Tiffs wahren Auftrag informiert waren.

Es wurden keine beunruhigenden Gedankengänge festgestellt. Wenn es im Bereich der Dritten Macht Agenten gab, so verstanden sie es, sich ausgezeichnet zu tarnen. Dafür aber registrierte der geheime Funküberwachungsdienst zwanzig Minuten nach Tifflors Start eine Kurzmeldung auf Hyperraum-Welle. Es handelte sich um einen Rafferspruch von einer Zehntelsekunde Dauer. Eine Entzifferung war nicht möglich. Man hatte es schon früher versucht. Hier versagte sogar das positronische Rechengehirn, da es sich offenbar um völlig fremde Symbole handelte, die außerdem noch verschlüsselt waren.

Rhodan nickte grimmig. Genau das hatte er erwartet. „Na also! Marshall, wieso kommt es, daß Sie und die anderen Telepathen die Agenten nicht ausfindig machen können? Diese Wesen müssen doch denken und strahlen telepathisch erfaßbare Impulse aus. Warum merken Sie das nicht?“

John Marshall sah zu Betty Toufry hinüber. Dann hob er hilflos die Schultern. „Die Geschichte ist rätselhaft. Ich kann Ihnen nur versichern, daß es unter den Eingeweihten keine Verräter gibt.“

Im Gebiet der Dritten Macht ging der normale Dienstbetrieb weiter. Nur wenige Menschen wußten, daß draußen im kosmischen Raum eine unbekannte Gefahr aufgetaucht war. Noch weniger Menschen ahnten, wie Rhodan auf das Telegramm eines New Yorker Rechtsanwalts eingegangen war.

Das große Landhaus der Tifflors lag östlich der City auf Long Island. Ein Mann wie James F. Tifflor konnte sich solchen Luxus erlauben.

Vier Stunden nach der Trauung, kurz vor Anbruch der Dunkelheit, hockte Tiff noch immer auf seinem Zimmer.

„Es wäre mir lieber gewesen, wenn du eines Tages in meinem Büro gearbeitet hättest“, hatte sein Vater gesagt. „Ich halte nicht viel von dem sogenannten Griff nach den Sternen. Darf man erfahren, was dieses Theater bedeuten soll?“

Das hatte Julian nicht zu erklären vermocht. Kurz nach Sonnenuntergang fühlte er sich von der Familie ausgestoßen. Das rege Interesse junger Mädchen und die dummen Fragen von Altersgenossen hatte er mit einigen schroffen Worten abgetan. Tiff gehörte nicht zu den SpA-Kadetten, die sich als Wundertiere herumreichen ließen. So war es auch zu einem gesellschaftlichen Bruch gekommen.

Julian trat auf den Balkon seines Zimmers hinaus. Am klaren Nachthimmel erschienen die ersten Sterne. Sie schienen zu rufen und zu locken, geheimnisvoll und voll von atemberaubender Macht.

So verweilte er bis gegen 23 Uhr. Dann kam der Augenblick, auf den er mit steigender Ungeduld gewartet hatte. Nur kam er nicht so, wie es anzunehmen gewesen wäre.

Der geistige Überfall erfolgte schlagartig. Eine unsichtbare Gewalt griff nach seinem Bewußtsein.

Tiff taumelte aufstöhnend zurück. Er kannte den Effekt.

Er versuchte, die fremden Gedankenimpulse abzuwehren und etwas dagegen zu tun. Es dauerte eine Weile, bis er in den Mentalimpulsen eine telepathische Botschaft erkannte.

„John Marshall vom Mutantenkorps“, klang es in seinem Bewußtsein auf.

Tiff vergaß, wo er sich befand. Plötzlich war alles anders geworden. Die von familiären Eindrücken überschattete Umgebung wurde bedeutungslos. Nun begann der rätselhafte Einsatz. Er lauschte angestrengt.

Marshalls Mentalstimme meldete sich erneut. „Ihr Stichwort lautet ‚Himmelstor‘. Nehmen Sie sich sofort ein Lufttaxi und lassen Sie sich vor dem GCC-Hochhaus absetzen. Vorsicht, Sie werden von einigen Unbekannten beobachtet. Ich bleibe in Ihrer Nähe. Sie dürfen sich nicht verabschieden. Hinterlassen Sie einige Zeilen und gehen Sie durch den Garten. Passen Sie auf. Ende.“

Der geistige Druck verschwand. Tifflors Hirn wurde wieder frei. Aufatmend kritzelte er einige Zeilen auf ein Stück Papier.

Der Weg durch den weiten Park war ihm bekannt. Es gab keine Ecke, die er früher nicht oftmals inspiziert hätte.

Dicht vor dem schmiedeeisernen Nebentor erhielt er die nächste Nachricht.

„Marshall hier. Ich schwebe mit einem Gravogleiter über dem

Grundstück. Gehen Sie bitte gleich auf die Straße und rufen Sie das Lufttaxi an."

„Gefahr?" dachte Tiff angestrengt.

Die Antwort kam zögernd. „Ich bin nicht sicher. Die Eindrücke verwischen sich. Es sind zu viele Leute im Haus."

Tiff entsicherte seine Dienstwaffe. Das Tor wurde nicht oft benutzt. Als er dabei war, die Riegel aus den Fassungen zu ziehen, vernahm er den harten Warnimpuls des unsichtbaren Telepathen.

Hinter den uralten Eichen des Parks tauchten die schattenhaften Umrisse zweier Gestalten auf. Die Gesichter waren nicht erkennbar.

Er hörte sich selbst schreien. Trotz seiner klaren Befehle hatte er es nicht über sich bringen können, ohne vorangegangenen Warnruf das Feuer zu eröffnen.

„Schießen Sie!" dröhnte es in seinem Hirn. Marshall schien von Panik erfüllt zu sein.

Tifflor sprang mit gezogener Waffe hinter den mächtigen Steinpfeiler der Toreinfahrt. Er vernahm ein helles Pfeifen, dem ein dumpfer Ton folgte.

Aus einer zerborstenen Plastikhülle stiegen Dämpfe auf. Bläulich fluoreszierend, verdrängten sie die tiefe Dunkelheit unter den alten Bäumen des Parks. Weiter vorn stieß jemand einen Ruf aus.

Es war der Augenblick, in dem zwei vermummte Gesichter im Lichtschein erschienen. Tiffs nächster Atemzug brachte ihn einer Ohnmacht nahe. Giftgas! schoß es ihm durch den Kopf.

Während es vor seinen Augen zu wallen begann, drückte er mit letzter Kraft den Feuerknopf nieder.

Ein Glutstrom kam aus dem Feldlauf der Waffe. Breit ausfächernd, erfaßte er die beiden Gestalten und griff anschließend auf den Baumbestand des Parks über.

Es war ein Strahlschuß von nur geringer Dauer gewesen. Tiff vernahm noch das Tosen der Impulswaffe und das Zusammenbrechen eines Baumes, der noch im Sturz lichterloh zu brennen begann.

Es gelang ihm nicht mehr, vor dem nächsten Atemzug aus der fluoreszierenden Gaswolke zu entfliehen. Stöhnend fiel er zurück. Den aus dem blutrot erhellten Nachthimmel niederfallenden Gravo-Schweber gewahrte er nicht mehr.

Längs der Schußbahn brannte das trockene Gehölz. Es war eine kleine Hölle, die durch den Fingerdruck eines jungen Mannes entfacht worden war.

Der Raum war nicht groß, noch nicht einmal besonders hoch. Immerhin wies er solche Absonderlichkeiten auf, daß sich ein anderer Mann als Homer G. Adams kaum darin zurechtgefunden hätte.

Eine der großen Bildflächen zeigte das scharfgezeichnete, etwas abgespannt wirkende Gesicht Perry Rhodans.

„Wie hat er ihn gefunden?" klang es leise aus dem Lautsprecher.

Homer G. Adams, der untersetzte Chef der GCC, bekannt als größtes Finanzgenie des Jahrhunderts, fuhr sich mit einer Hand über den mächtigen Schädel.

Blinzelnd musterte er das Bildnis des Mannes, der ihm, Adams, die Möglichkeit geboten hatte, einen Riesenkonzern aufzubauen.

Die General Cosmic Company griff bereits nach den Sternen. Das erste Handelsmonopol mit den menschenähnlichen Ferronen im Wega-System warf Gewinne ab, die zur Zeit nahe dem Steueraufkommen sämtlicher Großstaaten des Planeten Erde lagen.

„Eine nicht leicht zu beantwortende Frage", gab Adams vorsichtig zurück. „Wenn Sie gestatten, möchte ich bei Ihnen vorbeikommen."

„Tut mir leid, ich stecke in den Startvorbereitungen", wurde er abgewiesen. „Wie haben die Angreifer reagiert? Wer sind sie?"

„Die von Tifflor erschossenen Männer waren leider nicht mehr identifizierbar. Wohl aber gelang es uns, Spuren des seltsamen Gases zu sichern. Die Analyse wird einige Aufschlüsse bringen. John Marshall hat Tifflor im letzten Augenblick aus der Wolke getragen. Dabei wäre er beinahe selbst ohnmächtig geworden. Das ist ein Teufelszeug."

„Irdischen Ursprungs?"

Adams hob die Schultern. „Es ist noch nicht sicher. Ich stehe mit dem hiesigen Geheimdienst in Verbindung. Die Presse ist über den wahren Sachverhalt getäuscht worden, zumal es Mercants Leuten gelang, andere Burschen dingfest zu machen. Es handelt sich um bekannte New Yorker Gangster, die von Unbekannten den Auftrag erhalten hatten, Julian Tifflor mittels einer Gasladung unschädlich zu machen. Mehr haben wir nicht erfahren können. Unser Hypnoverhör ergab keine Anhaltspunkte. Niemand weiß, wer der Auftraggeber ist."

„Tifflors Zustand?"

„Zufriedenstellend. Infolge seiner Bewußtlosigkeit wurden wir der Sorge enthoben, wie wir ihn unauffällig narkotisieren könnten. Professor Kärner hat den Eingriff um fünf Stunden verschoben, da er die wahrscheinlichen Nebenwirkungen des von Tifflor eingeatmeten Gases abwarten wollte. Es sind jedoch keinerlei organische Störungen aufgetreten. Wir haben Tifflor noch vor seinem Erwachen in Tiefnarkose versetzt. Der Eingriff findet zur Zeit statt."

Perry Rhodans Gesicht verschloß sich.

Nun war es also soweit.

„Adams, ich verlasse mich völlig auf Sie. Wenn Tifflor auf das Mikrogerät so anspricht, wie es mir zugesichert wurde, wird er zu einem Peilsender von großer Stärke. Telepathen wie Marshall werden Tifflor über zwei Lichtjahre hinweg so einwandfrei und ohne jeden Zeitverlust orten können, als stünden sie dicht neben ihm. Machen Sie das Experiment nach dem erfolgten Eingriff."

Homer G. Adams atmete schwer. Seine Stirn war von Schweiß bedeckt. „Dieses Gerät ist teuflisch. Ich konnte mich kaum in der Nähe aufhalten, obwohl ich kein Telepath bin. Es sendet überdimensionale Schwingungen von höchster Intensität aus. Woher haben Sie es?"

Rhodan sah das Gesicht seines fernen Gesprächspartners größer werden. Adams rückte dichter an die Aufnahme heran.

„Schweigen Sie darüber, wenn Sie es erfahren haben. Ich bin vor einigen Tagen von Wanderer, der Welt des sogenannten ewigen Lebens, zurückgekommen. Dort gibt es unbegreifliche Intelligenzen, die die letzten Geheimnisse der Natur enträtselt haben. Von ihnen stammt das Gerät, das nach meinen Wünschen innerhalb kürzester Frist angefertigt wurde, als handle es sich um eine lächerliche Spielerei. Der Mikro-Zellschwingungs-Modulator wird jede einzelne Körperzelle des Kadetten einer Schwingungsänderung unterziehen. Tifflor wird zum galaktischen Sender werden. Jetzt will ich nur noch hoffen, daß er von den Unbekannten gefaßt wird. Der Überfall deutet darauf hin, daß man ihn bereits als Geheimkurier verdächtigt. Halten Sie diese Meinung aufrecht, Adams. Vordringlich aber Tifflor gegenüber. In seinem Erinnerungsvermögen darf es nichts geben, was bei einem hypnotischen Zwangsverhör zum unfreiwilligen Verrat führen könnte. Er muß ahnungslos bleiben."

Adams nickte stumm.

„Schalten Sie bitte um auf den Operationssaal", forderte Rhodan ihn auf.

Adams' Hände begannen zu arbeiten. Auf einem anderen Bildschirm erschien die GCC-Klinik, die innerhalb des Hochhauses untergebracht war.

Professor Kärner, der geniale Chirurg, fungierte als Operateur. Dr. Haggard und Dr. Eric Manoli assistierten.

Die Operationstechnik hätte auf jeden anderen Arzt befremdend gewirkt. Allein das Narkosegerät war ein Wunderwerk der Mikro-Positronik.

Tifflors rechtes Nierenbecken war bereits geöffnet worden. Das arkonidische Antikörper-Serum garantierte für die völlig gefahrlose Transplantation körperfremder Stoffe. Als Adams einschaltete, war Professor Kärner eben dabei, einen fingerhutgroßen, mit zahlreichen Tastflächen umgebenen Gegenstand einzupflanzen.

Im Lautsprecher war das schwere Atmen des geschulten Operateurs zu hören, als das halb organische und halb mechanische Gebilde begann, seine mikroskopisch feinen Taster mit dem Nervengewebe nahe der Lendenwirbelsäule zu verbinden. Der Kontakt mit dem Blutkreislauf wurde ebenfalls ohne Zutun der Ärzte hergestellt. Der Prozeß dauerte knapp fünf Minuten. Von da an hatte sich das fremde Etwas nahezu unsichtbar mit Tiffs Gewebe vereint.

„Fertig", sagte Manoli stockend. „Fangen wir an?"

Homer G. Adams schaltete ab. Er wandte sich wieder der zweiten Bildfläche zu.

„Ein unheimliches Ding", flüsterte er. „Wie kann man so etwas herstellen? Es sieht aus, als hätte es Verstand."

Rhodan lachte auf. „Fragen Sie mich nicht. Auf Wanderer scheint alles möglich zu sein. Wann wird die Wunde verheilt sein?"

„In zwölf Stunden. Wenigstens wird es von Haggard behauptet. Das arkonidische Gewebeplasma besorgt die unsichtbare Verheilung unter Umständen noch schneller."

„Warten Sie die zwölf Stunden ab. Wenn er erwacht, erklären Sie ihm, das geheimnisvolle Gas hätte die lange Ohnmacht bewirkt. Adams, verlieren Sie nicht den Kopf. Leutnant Everson ist längst gestartet. Er steht zur Zeit nahe der Pluto-Bahn und bereitet den Überlichtsprung zum Wega-System vor. Bisher ist er weder angegriffen noch geortet worden. Mir scheint, als hätte man auf Tifflor angebissen. Sobald er wieder in Ordnung ist, schicken Sie ihn schleunigst zum Mondstützpunkt. Dort wartet Major Deringhouse mit der K-9. Ist alles klar?"

Adams bestätigte. Mit letzten, recht mysteriösen Bemerkungen war die Unterhaltung beendet.

Kadett Julian Tifflor, SpA-Student im letzten Semester, begann eine wichtige Rolle in der Geschichte der Menschheit zu spielen.

Noch wußte er es nicht. Es wußte überhaupt niemand genau, was Perry Rhodan mit Tiffs Einsatz bezweckte. Für Adams stand es nur fest, daß Rhodan gerade so viel getan hatte, um Tifflor verdächtig erscheinen zu lassen.

Adams, genial und entschlossen in allen möglichen Finanzfragen, begann innerlich zu schaudern. Er dachte an die Nachrichten, die der Kadett mit in den Raum nehmen sollte. Das positronische Supergehirn der Venusbasis hatte drei Wochen Terrazeit benötigt, um die auf Mikroband festgehaltenen Unterlagen glaubwürdig zu berechnen. Drei Wochen waren bei der Rechenkapazität dieser Maschine eine ungeheure Zeitspanne.

Rhodans Gesicht verschwand. Es wurde still in dem seltsamen Raum, den außer Rhodan nur ein einziger Mann betreten konnte.

Adams erhob sich aus dem schwenkbaren Sitz. Die Transplantation war noch nicht beendet, wovon ihn ein kurzer Blick auf die noch eingeschaltete OP-Beobachtung überzeugte.

Kärner und Haggard waren eben dabei, die Wunde mit arkonidischem Bioplasma zu verkleben. Eine Narbenbildung war ausgeschlossen. Der Heilprozeß geschah mit atemberaubender Schnelligkeit. Er setzte praktisch im Moment der Plasma-Aufsprühung ein.

Adams fuhr zusammen, als wimmernde Laute aus dem Lautsprecher brachen. Hastig schaltete er auf Weitwinkel-Erfassung.

Der Telepath John Marshall, der während der Einpflanzungszeit als stiller Beobachter fungiert hatte, wurde von zwei Ärzten hastig aus dem OP geführt. Von ihm stammten die seltsamen Laute. Sein Gesicht unter dem Mundschutz war verzerrt.

Da wußte Adams, daß der Zellmodulator bereits arbeitete. Julian Tifflor war zu einem „Sender" geworden. Die von seinem Körper ausgestrahlten Impulse konnten jedoch nur von fähigen Telepathen aufgenommen werden, und dazu nur von solchen, die sich auf Tifflors Schwingungen abgestimmt hatten. Adams trat in das fünfdimensionale Identifizierungsfeld des Geheimraums. Als Eintrittsberechtigter anerkannt, öffnete sich vor ihm eine materiell unstabil werdende Betonwandung im letzten Kellergeschoß des Hochhauses.

Er trat durch das Entmaterialisierungsfeld hinaus ins Freie. Hinter ihm entstand wieder das feste Material. Als Adams mit dem Schnellift hinauf zum 108. Stockwerk fuhr, wurde der noch narkotisierte Julian Tifflor aus dem OP gefahren. Die geheimnisvollste Operation der bisherigen Menschheitsgeschichte war beendet.

Im Sekretariat sah es noch sehr alltäglich aus. Abgesehen von der Vielzahl der hier Beschäftigten und der technifizierten Einrichtung hätte dieser Saal auch in einem anderen Hochhaus liegen können.

Der Eindruck änderte sich jedoch, als Julian Tifflor zu einer Schiebetür geleitet wurde.

Sie ging leise auf, aber das Geräusch gleitenden Arkonstahls ließ sich nicht verwischen. Dann kamen die beiden stationären Kampfroboter rechts und links des Eingangs.

Tiff trat unbewegt ein. An solche Sicherheitsmaßnahmen war er schon gewöhnt. Homer G. Adams hockte hinter einem riesenhaften Arbeitsgerät, das die Bezeichnung Schreibtisch nicht mehr verdiente.

Erstmals trat Tifflor jenem Mann gegenüber, den man als Wirtschaftsminister der Dritten Macht kannte.

„Nehmen Sie bitte Platz", klang eine verbindliche, wohltönende Stimme auf.

Adams lächelte. Tiff war darüber informiert, daß er in dem Mann mit dem verkrümmten Rückgrat einen sogenannten Halbmutanten vor sich hatte. Damit war sein Wissen um die Dinge erschöpft. Von Adams fotografischem Gedächtnis und seiner Fähigkeit zur bestimmten Vorausahnung wirtschaftlicher Ereignisse ahnte er nichts.

„Es tut mir leid, Sie in solche Nöte gebracht zu haben", begann Adams sachlich. „Natürlich hätte ich Sie über John Marshall früher abberufen können, zumal Ihre gesellschaftlichen Verpflichtungen erledigt waren. Es kam mir jedoch darauf an, Sie so lange in Ihrem Elternhaus festzuhalten, bis das Auftauchen vermutbarer Gegner sicher war. Nehmen Sie bitte an, es wäre mir auf eine gewisse Probe angekommen."

Tifflor schluckte hörbar. Die Eröffnung war etwas überraschend.

„Natürlich", entgegnete er lahm.

„Immerhin haben Sie die Geschichte gut überstanden. Die Auskünfte unserer Mediziner lauten zufriedenstellend. Wie fühlen Sie sich?"

Tiff sank in die großen brennenden Augen des Buckligen. Gewaltsam riß er sich los, um seiner seelischen Not Ausdruck zu verleihen. „Ich habe wahrscheinlich zwei Menschen erschossen."

Adams sah auf seine schmalen Hände nieder. Er wußte um die Selbstvorwürfe des jungen Mannes. „Machen Sie sich darüber keine Sorgen. Sie haben in Notwehr gehandelt. Ich bin angewiesen, Sie augenblicklich zum Mond zu schicken, wo das Schulungsschiff K-9 unter dem Kommando von Major Deringhouse nur noch auf Ihre Ankunft wartet. Ihre Abschlußprüfung soll nicht weiterhin unterbrochen werden."

In Julian Tifflor kam ein Gefühl grenzenloser Enttäuschung auf. Nun hatte die Sache so außergewöhnlich begonnen, so geheimnisvoll – und jetzt wurde von der Abschlußprüfung gesprochen.

Adams bemühte sich um ein Lächeln. Es gelang ihm nicht ganz. Schleppend meinte er: „Ja, da wäre jedoch noch etwas, was zu erledigen ich Sie bitten darf. Mister Tifflor – ich muß Sie darauf aufmerksam machen, daß Sie noch jederzeit ablehnen können. Niemand, am wenigsten Perry Rhodan, wird Sie zwingen, diesen Auftrag zu übernehmen."

Tiff wurde aufmerksam. Plötzlich verging jeder Gedanke an die gefürchtete Abschlußprüfung.

In Adams' Hand erschien eine handlange Metallrolle. Sie unterschied sich kaum von der, die Tiff von Rhodan erhalten katte.

„Wir halten es für erforderlich, diese Geheimnachrichten über die wirtschaftliche Planung der Dritten Macht auf etwas ungewöhnliche Weise zum siebenundzwanzig Lichtjahre entfernten Wega-System zu bringen. Die Metallrolle enthält ein Mikro-Bildtonband, das unter keinen Umständen in den Besitz Unbefugter gelangen darf. Sie werden verstehen, daß eine Wirtschaftsplanung auf lange Sicht lebenswichtig für die gesamte Menschheit ist. Die errechneten Daten lassen sich nicht von heute auf morgen umwerfen, da mit ihnen außer Schiffsneubauten zahllose andere Dinge verbunden sind, die generell auf die Planung abgestimmt werden mußten. Sie haben diese Rolle gänzlich unauffällig dem Vertreter der Dritten Macht auf dem Wegaplaneten Ferrol zu übergeben. Mehr haben Sie nicht zu tun. Sind Sie gewillt, den Geheimauftrag zu übernehmen?"

Tiff war enttäuscht. Sein klarer Verstand sagte ihm, daß das Schulungsboot K-9 demnach für das Wega-System bestimmt war. Er fragte danach.

„Natürlich werden Sie die Wega anfliegen", bestätigte Adams ausdruckslos. „Major Deringhouse hat entsprechende Anweisungen erhalten. Es kommt uns nur darauf an, die Nachrichten sicher nach Ferrol zu bringen. Sie dürfen mit niemand darüber sprechen."

Tiff sagte zu. Die kleine Metallrolle wechselte den Besitzer. Ehe sich Adams hinter seinem monströsen Arbeits-Schalttisch erhob, sagte er noch warnend: „Wenn Sie in Schwierigkeiten kommen sollten, genügt ein Druck auf den gesicherten Auslöseknopf der Zerstörungsladung, um die gesamte Umhüllung vergehen zu lassen. Sehen Sie sich bitte die Schaltung an."

Tiff informierte sich sehr gewissenhaft. Das war der Augenblick, in dem er zu ahnen begann, daß es mit einem harmlosen Kurierdienst allein nicht getan war. Hier spielten noch andere Dinge mit, die man ihm, Tiff, wahrscheinlich nicht mitteilen wollte.

Adams registrierte befriedigt das erwachende Mißtrauen des Kadetten. Somit geschah genau das, was Perry Rhodan beabsichtigt hatte. Tiff sollte argwöhnisch werden.

Tiff verstaute die Rolle. Reglos stand er vor dem älteren Mann.

„Sie nehmen an?“ vergewisserte Adams sich nochmals.

Fast hatte Tiff das Empfinden, als hätten die großen Augen darum gefleht: Tue es nicht.

Er schüttelte den flüchtigen Gedanken ab. „Natürlich, sehr gerne sogar.“

„Dann kommen Sie!“ Adams hüstelte in die vorgehaltene Hand. „Wir haben keine Zeit zu verlieren.“

Deringhouse empfing Julian Tifflor in dem Südpolstützpunkt, den die Dritte Macht auf dem Mond angelegt hatte. Man sah dem Offizier die Strapazen der vergangenen Wochen an. Wie es seine Art war, verlor er nicht viel Zeit bei der Begrüßung, sondern entwickelte sofort die ihm eigene Aktivität. „Wir starten sofort zum Schulungsflug, bei dem Sie einen ganz normalen Platz als Prüfling einnehmen.“

„Jawohl“, flüsterte Tiff bedrückt. Die Sache wurde immer verworrener.

In Deringhouses schmalem Gesicht zeigte sich die Andeutung eines Lachens. Es war allgemein bekannt, daß dieser noch junge Offizier Humor hatte. „Die bestimmt aufkommenden Fragen der anderen Kadetten interessieren Sie nicht. Ich bin als einziger Mann an Bord über Ihren Kurierauftrag orientiert. Wenn Sie glauben, Schwierigkeiten auftauchen zu sehen, wenden Sie sich direkt an mich. Mehr gibt es nicht mehr zu sagen. Ah, doch, da ist noch etwas. Ich habe Sie darüber zu informieren, daß Ihr Double in einer Stunde zur Gobi fliegt. Die Maskenbildner scheinen hervorragend gearbeitet zu haben. Ihr Ersatzmann dürfte eben dabei sein, in Ihrem Elternhaus eine Abschiedszeremonie zu arrangieren. Wir legen Wert darauf, die wahrscheinlich vorhandenen Beobachter irrezuführen.“

Tiff fühlte seinen Hals enger werden.

„Ein Double?“ stammelte er.

Deringhouse grinste breit.

„Genau“, bestätigte er. „Wir haben den Burschen aber angewiesen, unter keinen Umständen Ihre Schwester zu küssen.“

Tiff erkannte, wie genau Rhodan geplant hatte. Das Schulungsboot K-9 war ohne ihn, Tifflor, vom Gobihafen gestartet. Wenn nun wenig später sein Double dort auftauchte, hätte es mit dem Teufel zugehen müssen, wenn jemand die Sache durchschaut hätte.

Zumindest war Tiff dieser Meinung. Er rechnete nicht mit der Logik eines Mannes, der anderen Intelligenzen wohl den Geist zutraute, das Manöver dennoch zu durchschauen. Wenn das aber geschah, mußte der Kurierauftrag echt wirken.

„Allerhand Wirbel", meinte Tiff respektvoll.

„Wirbel?" regte sich Deringhouse auf. „Das ist schon ein ganzer Spiralnebel. Nun kein Wort über Ihren Auftrag."

Der Kommandant der K-9 führte den Kadetten in das Büro des Sicherheitschefs. Der Mann wandte kaum einen Blick, als die beiden Uniformierten an seinem Schreibtisch vorbeigingen.

Unter der Energiekuppel des Mondstützpunkts ruhte das 60 Meter durchmessende Beiboot vom GOOD-HOPE-Typ. Schiffe vom Range der STARDUST II hatten zwölf dieser Einheiten an Bord.

Wortlos schritten sie zu dem startklaren Schiff hinüber. Zwischen den stabilen Landebeinen war die untere Polschleuse aufgefahren worden. Sie schwebten im Antigravlift nach oben und betraten sofort die Zentrale.

„Achtung!" brüllte jemand mit vollster Lungenkraft.

Tiff fuhr zusammen, als er Humpry Hifields Stimme erkannte. Blaß sah er an der Reihe der Kadetten entlang.

Ihr Ausbilder, Sergeant Rous war ebenfalls anwesend. Er fungierte als Zweiter Offizier an Bord.

Tiff zählte elf Kadetten aus seiner Klasse. Dazu kamen noch zwei Mädchen, unter denen er Mildred Orsons sofort erkannte. Die zart gebaute, feingliedrige Felicitas Kergonen war ihm ebenfalls bekannt. Felic war erst achtzehn Jahre alt. Sie hatte noch zwei Semester in Galakto-Botanik vor sich. Was suchte sie an Bord eines „Abschlußboots"?

Tiff fühlte seinen Puls schneller schlagen, als er Millys Augen fand. Offenbar hatte Deringhouse über ihren kleinen Abstecher in die Kadetten-Wohnabteilung geschwiegen.

„Kadett Tifflor hat seinen Sonderurlaub beendet. Wir starten sofort", erklärte Deringhouse reichlich knapp.

Klaus Eberhardt machte ein neugieriges Gesicht. Hump zuckte mit keiner Wimper. Er tat es niemals, sofern sich ein Vorgesetzter in der Nähe befand.

Während Deringhouse zur transparenten Sicherheitsschleuse des Funkraums hinüberschritt, um einige Schaltungen vorzunehmen, befahl Rous: „Nehmen Sie Ihre Plätze ein!“

Im mächtigen Leib der K-9 liefen die Maschinen an. Die Vollautomatik reagierte auf Rous' Schaltungen so genau und zuverlässig, wie es ein Mensch niemals gekonnt hätte. Dies war ein Raumschiff, das nicht auf der Erde gebaut worden war. Die Leistungskurve der Arkon-Impulskonverter stieg steil nach oben. Es handelte sich um spezielle Feldverdichter von Plasmatriebwerken.

Eberhardt meldete die Bereitstellung der für die Andruck-Neutralisatoren erforderlichen Energie. Das eben noch tote Schiff war zu vielfältigem Leben erwacht.

Rous stand in Bildsprechverbindung mit dem Stützpunktkommandanten. Hinter dem abschirmenden Energievorhang begann der Weltraum. Beim Start der K-9 war es unerläßlich, die Kraftfeldglocke im Startsektor für den Bruchteil einer Sekunde zu öffnen.

„Klar zum Start, erbitte Säulenfeld“, gab Rous durch.

Außerhalb der Kaulquappe begannen die Feldprojektoren des Mondhafens zu arbeiten.

Eine leuchtende Energiesäule schoß nach oben, verband sich dort mit der Rundung des Schirmes und hüllte das Schiff ein.

Das war eine derart vollendete Schleuse, daß die irdischen Wissenschaftler jetzt noch staunten. Das Manöver war grundsätzlich dann angebracht, wenn man sich auf Häfen von luftleeren oder atmosphärisch giftigen Himmelskörpern befand.

Rous sah durch die transparente Panzerwand zur Funkzentrale hinüber. Der Kommandant saß noch vor einem Hyperkomschirm. Die darauf erschienene Person war von der Zentrale aus nicht erkennbar.

„Alles klar an Bord“, murmelte Deringhouse leise in das winzige Mikrophon des überlichtschnell arbeitenden Bildsprechgerätes.

Rhodan nickte. Wen er mit einem Seitenblick bedachte, konnte der Major nicht erkennen. Perry Rhodan schien aber befriedigt zu sein.

Deringhouse ahnte nicht, daß er mit Tifflor einen überdimensionalen organischen Supersender an Bord genommen hatte.

Rhodan hatte das bestätigende Kopfnicken der anwesenden Telepathen aus dem Mutantenkorps bemerkt. Es genügte ihm als Beweis, daß Tifflor gut auf dem Mondstützpunkt angekommen war.

„Halten Sie sich genau an Ihre Anweisungen. Bestehen noch Unklarheiten?“

Deringhouse zögerte, bis er hastig fragte: „Ist Everson durch?“

„Ja, einwandfrei in die Transition gegangen. Noch etwas?“

Deringhouse verneinte. Ob Tifflors Double inzwischen angekommen war, wagte er nicht zu fragen. Sicherlich war es aber der Fall.

„Viel Glück also“, schloß Rhodan. „Sorgen Sie mir für eine tadellose Abschlußprüfung der Kadetten.“

Das Lächeln Rhodans verstand der Major nur zu gut.

Die drei mächtigsten Schiffseinheiten Perry Rhodans waren längst klar zum Alarmstart. Deringhouse dachte sehnsüchtig an den Schweren Kreuzer TERRA, den er normalerweise befehligte. Nun hatte Captain McClears das Kommando über das 200 Meter durchmessende, auf der Erde erbaute Schiff übernommen.

Bei dem Gedanken an seinen Kreuzer hatte Deringhouse das unbestimmte Gefühl, als könnte er dessen Strahlkanonen in kürzester Frist sehr gut gebrauchen.

Vor genau dreißig Minuten Standardzeit war die K-9 aus dem Feldschleusen-Trichter in den freien Raum geschossen. Die Ortungsstationen auf dem Mars hatten gemeldet, daß Deringhouse mit genau 500 Kilometer pro Sekundenquadrat beschleunigte, was ihn in zehn Minuten auf annähernde Lichtgeschwindigkeit gebracht hatte.

Als die erste Tastermeldung der automatischen Station auf dem Jupitermond Kallisto einlief, war es soweit.

Rhodan hatte im Sitz des Ersten Offiziers Platz genommen. Weit unter ihm vibrierten die Maschinen des Schlachtschiffs STARDUST II, dem achthundert Meter durchmessenden Kugelgiganten aus der arkonidischen Imperium-Klasse.

„Start in zwanzig Sekunden“, gab er über Funkspruch durch.

Auf den hohen Bildschirmen der Rundumbeobachtung schimmerten die Hüllen der beiden Schweren Kreuzer TERRA und SOLAR SYSTEM.

Auf die Sekunde genau hoben die drei stärksten Raumschiffe der Dritten Macht vom Boden ab. Obwohl Rhodan minimale Beschleunigung bis zum Erreichen der Ionosphäre angeordnet hatte, erlebte die nahe des Hafens liegende Großstadt Terrania ein Inferno. Es war noch nie geschehen, daß die drei Giganten auf einmal in den Himmel dröhnten.

Jenseits der Erdatmosphäre ging der Verband auf volle Fahrt. Er folgte genau dem von Deringhouse eingeschlagenen Kurs.

Perry Rhodan sah sich nach dem Mutanten John Marshall um.

„Kontakt, John?" erkundigte er sich angespannt.

Marshall lächelte verzerrt.

„Fürchterlich", stöhnte er. „Der Junge strahlt heftig. Ich kann die Schwingungen kaum abblocken."

„Fahren Sie trotzdem mit Ihren Peilübungen fort. Sie müssen jederzeit in der Lage sein, Tifflors Standort ohne technische Hilfsmittel zu erkunden. Gewöhnen Sie sich an die harten Para-Impulse."

Reginald Bull, wie immer im Sessel des Zweiten Offiziers sitzend, verzog die breiten Lippen.

Vor ihm, auf den Bildflächen, tauchte Jupiter als schmale Sichel auf. Sie würden den Planeten in nahem Abstand passieren.

„Ich komme mir vor wie ein Schurke", beschuldigte er sich gepreßt. „Es wäre unsere Pflicht gewesen, ihn über die Einpflanzung zu informieren."

Rhodans Mund verschloß sich. Düstere Gedanken plagten ihn. Hinter der Plutobahn begann der interstellare Raum. Wenn etwas geschah, dann mußte es in diesen Regionen passieren.

„Das Wissen um die Dinge könnte ihn das Leben kosten", erwiderte Rhodan.

„Du rechnest mit einem Angriff der Unbekannten?"

Rhodan nickte wortlos. Als Pluto schon deutlich erkennbar wurde, sagte der Gründer der Dritten Macht abschließend: „Ich ahne, daß man die K-9 fassen wird, weil man Tifflor auf ihr vermutet. Unsere Hinweise waren winzig, aber aufmerksame Beobachter und klare

Denker werden sie erkannt haben. Everson ist nicht belästigt worden. Er steht bereits im Wega-System."

„Eine kühne Prognose." Bully lachte humorlos auf. „Was ist, wenn die Unbekannten nicht die Logik besitzen, die du bei ihnen voraussetzt? Dann fällt dein ganzer Plan ins Wasser. Unser kosmischer Lockvogel wird umsonst zwitschern."

„Abwarten. Jenseits Pluto passiert es. Es liegt an uns, rechtzeitig zu erscheinen. Klar zum Manöver nach Erreichen der Uranusbahn. Gib es durch. Notfalls transistieren wir im Kurzsprung. Ich will wissen, wer es auf uns abgesehen hat."

Rhodan sah hinüber zur hageren, hochgewachsenen Gestalt Crests. Der arkonidische Wissenschaftler hatte den Menschen nicht nur eine überragende Technik, sondern auch großes Wissen gebracht. Sein fast weißes Haar schimmerte im Licht der zahllosen Bildschirme.

Er nickte stumm und ernst. Wenn jemand herausfinden konnte, mit wem man es in den Tiefen des Raumes zu tun hatte, dann war es Crest, der Sproß einer uralten Herrscherdynastie.

Die Arkoniden hatten ihr Sternenreich gegründet, als der irdische Mensch noch in Höhlen hauste.

Die Sonne war zu einem funkelnden Punkt geworden. Pluto, der äußerste Planet des Solsystems, erhielt nicht mehr sehr viel Licht von der Lebensspenderin.

Auf den Rundumbildschirmen der fast lichtschnellen K-9 war von der eiserstarrten Welt nichts zu sehen. Pluto stand zur Zeit auf der anderen Seite der Sonne. So mußte Conrad Deringhouse auf die Kontaktaufnahme mit den dort eingebauten Automatstationen verzichten.

Die Stereokompensatoren lieferten seit fünfzehn Minuten die für die Transition erforderlichen Vergleichsmessungen.

Die zwölf Kadetten, die sich außer der Normalbesatzung an Bord befanden, hatten während der vergangenen Stunden all jene Aufgaben erfüllt, die sonst von erfahrenen Kosmonauten-Technikern erledigt wurden. Naturgemäß wurden die Prüflinge schärfstens überwacht. Wenn die Abschlußprüfung auch alles verlangte, was ein

Kosmonaut wissen mußte, so waren die Lehrer der Dritten Macht dennoch niemals leichtsinnig gewesen.

Dies traf besonders auf einen Überlichtsprung zu, bei dem eine winzige Fehlberechnung zur Katastrophe führen konnte.

Nur zwei Männer an Bord ahnten, daß es diesmal nicht so sehr auf eine exakte Transition ankam. Natürlich wollte der Kommandant genau springen, wenn er schon springen mußte. In dem Fall kam es darauf an, das ferne Wega-System auch wirklich zu erreichen.

Deringhouse und Rous waren die Männer, die von Minute zu Minute in steigende Spannung versetzt wurden.

Julian Tifflor war außer den beiden eingeweihten Kosmonauten vielleicht der dritte Mann, der hinter Deringhouses gerunzelter Stirn andere Gedankengänge vermutete.

Kadetten wie Eberhardt und Hifield nahmen als selbstverständlich an, daß die steigende Nervosität des Kommandanten auf die von den Schülern auszuführende Transition zurückzuführen war. Für einen raumerfahrenen Piloten mochte es auch nicht sehr einfach sein, das Schicksal des Schiffes durch junge Männer bestimmen zu lassen.

Natürlich hatten sie alle schon viele Überlichtsprünge mitgemacht, nur hatten sie niemals in eigener Verantwortung zu schalten brauchen. Das war ein kleiner Unterschied, was sich sogar Hifield eingestand. Es war in etwa identisch mit dem ersten Alleinflug von Flugschülern vergangener Zeiten. Solche Prüfungen zerrten an den Nerven, obwohl man ganz sicher war, die Materie einwandfrei zu beherrschen.

Bei der relativ geringen Entfernung der Sonne Wega war ein optischer Direktsprung möglich. Die Eigengeschwindigkeit des Sterns war im Verhältnis zur Transitionszeit vernachlässigbar klein.

Tifflor, der anerkannt beste Mathematiker der Space Academy, bediente seit einer Stunde den Rechenautomaten, mit dem die letzten Absprungkorrekturen ermittelt werden mußten. Die dazu erforderlichen Grunddaten erhielt er aus der oberen Polkuppel, wo die Vergleichsmessungen vollautomatisch liefen.

Das Zentralgehirn war auf Booten der GOOD-HOPE-Klasse dazu ausersehen, die halbautomatisch erfolgende Korrektur-Programmation auf die Triebwerke weiterzuleiten, die in letzter Konsequenz die winzigen Kursabweichungen zu bewirken hatten.

„Klar für Maximalschubleistung. Klar für Stützmassen-Einspritzung", gab Deringhouse an die Maschinenleitzentrale durch.

Dort saßen erfahrene Männer hinter den Schaltungen. Die Ingenieur-Prüflinge durften erst dann die lebenswichtigen Impulse geben, wenn die Daten auch haargenau stimmten.

„Zentrale klar", kam es aus den Tiefen des Rumpfes zurück. „Stützmasse fünf Sekunden von T-Manöver."

Tifflor hörte die verschiedenartigen Meldungen mit. Er wußte nicht genau, warum Deringhouse und Rous immer nervöser wurden. Es war ihm nur aufgefallen, daß schon zwei Stunden zuvor der Befehl ergangen war, die Ortungsstation der K-9 zu besetzen.

Dort hockten nur die bewährten O-Funker der Flotte vor den Hypertastern und Strukturgeräten. Beide Aggregate arbeiteten auf überlichtschneller Basis, was bei der hohen Fahrtstufe der K-9 auch nicht mehr anders möglich war.

Die normale Objektivfassung mußte jetzt kläglich versagen.

Tiff lauschte auf das dumpfe Dröhnen der Triebwerke innerhalb des äquatorialen Ringwulstes. Das war eine typische Arkonidenbauart, die gegenüber anderen Konstruktionen sicherlich erhebliche Vorteile hatte. Vordringlich aber wurde die Hauptzelle volumenmäßig entlastet. Die Strahlumkehr bei Bremsmanövern hatte sich ebenfalls als wesentlich unkomplizierter erwiesen als bei Schiffen mit Hecktriebwerken.

Diese und zahllose andere Gedanken huschten durch Tiffs Schädel. Seine Berechnungen führte er nahezu schlafwandlerisch aus.

Als die rote Lampe schwach zu glimmen begann, meldete er über Bordsprecher: „Noch dreizehn Minuten voll bis Manöver. Voll überschritten, Zähler läuft."

Deringhouse wandte den Kopf. Ein prüfender Blick fiel auf die leuchtenden Diagrammflächen des Rechners. Die Daten stimmten.

Es war auffällig, daß Rous auf seine ganz alltägliche und für diesen Zweck kläglich ungenaue Uhr schielte. In Tiff kam unvermittelt ein ungutes Gefühl auf.

Wie gebannt sah er zu den beiden Piloten hinüber. Deringhouse hatte den Kontaktschalter in der rechten Armlehne seines Sitzes noch nicht entsichert. Solange er von der durchsichtigen Plastikkappe abgedeckt wurde, war an die entscheidende Impulsgebung für den Sprung überhaupt nicht zu denken.

Natürlich wäre es unsinnig und sogar leichtfertig gewesen, schon dreizehn Minuten vor der Transition die Absicherung zu entfernen. Dennoch hatte Tiff das etwas unmotivierte Empfinden, als wäre es im Interesse der K-9 besser gewesen, die Sprungsicherung abzuschalten.

Als er noch über das Für und Wider nachgrübelte, meldete der Zähler den Ablauf der dreizehnten Minute. Noch zwölf Minuten bis zur Transition. Die Feinzählung würde ab sechzig Sekunden einsetzen. Dann kam es auf Millisekunden an. Eine Verschiebung im Abstoßimpuls konnte zu ungeahnten Folgen führen. Es war schon mehr als ein Arkonidenschiff spurlos im Hyperraum verschollen.

Genau 6,53 Sekunden nach Zählwert zwölf kam eine Meldung durch, die Major Deringhouse mit einem Zusammenziehen seiner Augenbrauen registrierte. Rous' Kopf fuhr herum.

„Ortungszentrale!" brach es aus den Lautsprechern. „Unbekannte Körper in Grün 45,3 Grad, Versetzung vertikal grün 18,6 Grad. Entfernung nach Objekttaster 0,8 Lichtstunden, Fahrt Fremdkörper wahrscheinlich dicht unterhalb L-Mauer. Strukturergebnis ungenau, wahrscheinlich Metallegierungen, Ende."

Deringhouse sagte keinen Ton. Es war ebenso ungewöhnlich wie sein Grinsen.

Tiff stockte der Atem. Er meinte, die in der Brusttasche geborgene Metallrolle müßte ihm die Rippen zerdrücken.

Eberhardt staunte über die seltsame Reaktion des Kommandanten. Hifield war blaß geworden. Sein unsicherer Blick wanderte zwischen den Verantwortlichen hin und her.

Nach der zweiten Tasterortung, die trotz der noch großen Entfernung diesmal genauer und präziser erfolgte, erhob sich Deringhouse so bedächtig aus seinem Pilotensitz, als ginge es darum, einen Becher Tee aus dem Getränkeautomaten zu holen. Jedermann sah, daß er die Funksprechanlage seines wulstigen Diensthelms einschaltete.

„Sergeant Rous, übernehmen Sie das Schiff", kam es aus den kleinen Muschellautsprechern der Funkhelme. „An Besatzung! Eigenverständigung einschalten. An Maschinenleitstand! Manöverstationen rückgängig machen. Schiff klar zum Gefecht."

Rous' Faust fuhr auf den Hauptschalter der Transition-Automatik nieder. Das Haupt-Zentralgehirn lief mit einem dumpfen Brummen aus. Die Berechnungen waren von Augenblick zu Augenblick sinnlos geworden. Das Zählwerk in Tiffs Rechner blieb stehen. Einen Sekundenbruchteil später schaltete er selbständig um auf die Feuerleitpositronik. Sofort nach dem Klarschiffsbefehl war an Bord die Hölle los. Männer griffen nach ihren Raumanzügen, die in einem solchen Fall unbedingt getragen werden mußten.

Tiff arbeitete traumhaft sicher. Er wußte nicht mehr, wie oft sie das korrekte Anlegen der stets griffbereiten Schutzkleidungen geübt hatten.

Die Verschlüsse klappten zu. Kontrollämpchen zeugten von der Funktion der lebenswichtigen Aggregate. Plötzlich glaubte Tifflor zu wissen, warum der Kommandant schon kurz nach der Überquerung der Marsbahn die harmlosen Demonstrationswaffen der Kadetten gegen scharfe Impulsstrahler ausgetauscht hatte. Es war etwas im Anlaufen, was – allem Anschein nach – längst erwartet worden war.

Tiff kehrte auf seinen Platz zurück. Aus der bisher makellos glatten Außenzelle der K-9 schoben sich die automatgesteuerten Waffentürme hervor. In den menschenleeren Panzer-Drehkuppeln liefen die separaten Energiestationen an. Mit einem dumpfen Krachen begannen die Kraftfeld-Projektoren zu arbeiten. Sie fraßen fast alle Energie der Bordkraftwerke.

Aus dem eben zur friedlichen Hypertransition ansetzenden Raumschiff war ein Gebilde mit scharfen Zähnen geworden.

Die K-9 war nicht vergleichbar mit einem Schweren Kreuzer der Flotte, mit der STARDUST II schon gar nicht.

Deringhouse ordnete an, die Kugelhelme der leichten Raumanzüge noch nicht zu schließen. Bei einem etwaigen Druckverlust würden sie ohnehin automatisch zuklappen.

So baumelte sein Helm auf dem Schulterstück des Atmungs- und Energietornisters. In der Zentrale marschierte das Kampfroboter-Kommando auf. Die Ausfallschleusen meldeten die Einsatzbereitschaft der arkonidischen Spezialmaschinen.

Deringhouse stand breitbeinig hinter dem verlassenen Sitz des Ersten Piloten. Sergeant Rous hatte die Kontrollen übernommen.

Tifflor bemerkte den fragenden Blick des Kadetten Klaus Eberhardt, dessen blasses Gesicht aus dem Halsstück des Raumpanzers hervorragte.

Tiff hob kaum merklich die Schultern. In den eingeschalteten Geräten der Funkhelme klang eine scharfe Verwünschung auf. Es war Humpry Hifield gewesen.

„Achtung, an alle! Dies ist keine Übung, ich wiederhole – dies ist keine Übung!" gab der Kommandant durch. „Die Transition wird unterbrochen. Eine Neuberechnung kann für die Abschlußprüfung nur gut sein. Sie sollten sich darüber klarwerden, daß das plötzliche Auftauchen eines nicht zur Dritten Macht gehörenden Raumschiffs in unmittelbarer Nähe des Sonnensystems Grund genug ist, um einen jederzeit wiederholten Hypersprung sofort zu unterlassen. Die K-9 hat praktisch doppelte Besatzung an Bord. Die Kadetten werden Gelegenheit erhalten, ihr Geschick in einem voraussichtlichen Einsatz zu erproben. Es interessiert mich zu erfahren, mit wem wir es zu tun haben."

„Meteor – Komet?" erklang eine helle Stimme.

„Solche Gebilde fliegen gewöhnlich nicht mit annähernder Lichtgeschwindigkeit", belehrte Deringhouse, ohne zu fragen, wer da eigentlich gesprochen hatte.

Tiff gehörte zu den ganz wenigen Menschen an Bord, die nicht für den Bruchteil eines Augenblicks lächelnd die Lippen verzogen. Hier war etwas geschehen, was Deringhouse nicht sagen wollte oder durfte.

Der Major riß die linke Hand nach oben. Mittel- und Zeigefinger gingen in Scherenstellung. Darauf schien der Mann am Hyperfunkgerät nur gewartet zu haben. Die miteinander koordinierten Leuchtbalken der Justierung bewiesen, daß die Richtstrahlantenne auf der oberen Polkuppel zur Erde wies.

Tiff bemerkte deutlich, daß der Funker ein offenbar längst vorbereitetes Kurzsignal in die Schütteltaste gab. Also verzichtete man sogar auf einen durchaus möglichen Sprechverkehr. Sicherlich war die Kurzmeldung verschlüsselt.

Eine Antwort kam nicht durch, aber Tifflor ahnte, daß luchsohrige Spezialisten nur auf dieses Zeichen gewartet hatten.

Deringhouse bemerkte den fast verzweifelten Blick des jungen

Kadetten. Er sah ihn starr an. Tiff ahnte, was da kommen sollte, obwohl er vom Auftauchen unbekannter Intelligenzen nichts wußte. Dafür empfand er deutlich, daß hier ein großes Spiel in ein akutes Stadium trat.

Warum hatte Deringhouse nicht Rhodan angerufen? Rhodan hätte in kürzester Zeit mit schweren Schiffen an Ort und Stelle sein können.

Deringhouse verscheuchte einen anderen Kadetten der Abschlußklasse aus dem wuchtigen Drehsitz des Feuerleitoffiziers. In den wenigen Druckknöpfen und Kippschaltern lag die gesamte Feuerkraft der K-9 verborgen.

Diesmal staunten auch die Männer der Normalbesatzung. Wie kam der Kommandant dazu, das Amt des Feuerleitoffiziers zu übernehmen?

Die Zielautomatik wurde mit den Ortungsgeräten gekuppelt.

„Entfernung konstant, Fahrt konstant", gab die O-Zentrale durch. „Keine Änderungen in Flugrichtung oder Geschwindigkeit. Auswertung P-Gehirn liegt vor. Bei dem unbekannten Objekt handelt es sich um einen metallischen, langgestreckten Körper von etwa dreihundert Meter Länge. Toleranzwert plus-minus fünf Prozent, Ende."

Man hörte Deringhouse durch die Zähne pfeifen. Wenn das fremde Schiff dreihundert Meter lang war und die äußere Form einer Walze aufwies, dann war es garantiert nicht auf der Erde erbaut worden.

„Ganz schöner Kahn, wie?" flüsterte Rous in die Funksprechverbindung. „Mir wäre wohler, wenn die SOLAR SYSTEM in der Nähe wä . . ."

Ein dumpfes Tosen riß Rous das Wort von den Lippen. Die hinter der durchsichtigen Panzerwand erkennbare Ortungszentrale war in bläulichen Lichtschein gehüllt. Es dauerte nur wenige Augenblicke, dann verging das dumpfe Dröhnen.

Sofort kam die erregte Stimme eines O-Funkers durch. „Fremdkörper hat transistiert. Körper ist aus Hyperkombereich verschwunden. Strukturtaster Lautstärke dreiundzwanzig, sehr hoch. Strukturerschütterung in Distanz 0,8 L/h. Vorsicht!"

Sergeant Rous hieb auf den Auslöser der Anschnallgurte. An sämtlichen Sitzen zuckten die Magnetbänder aus den Rückenlehnen hervor. Tiff fühlte sich plötzlich unbarmherzig fest eingeschnürt.

Rous schaltete mit fliegenden Fingern weiter. Er war als Pilot nicht schlechter als Deringhouse, außerdem schien der Sergeant genau zu wissen, worauf es ankam.

Tiff vernahm das dumpfe Summen der großen Stromreaktoren. Rous überfütterte den fünfdimensionalen Schutzschirm der K-9 bis zur Überlastungsmarke. Es geschah im letzten Augenblick.

Tifflor umkrallte die Armlehnen seines Sessels, als blau-weiße Blitze durch die O-Zentrale zuckten. Die beiden Strukturtaster zur Anmessung stärkerer Kontinuum-Erschütterungen schlugen gleichzeitig durch.

Glühende Bruchstücke zischten durch den großen O-Raum. Das schrille Kreischen in den Lautsprechern dauerte nur Sekunden. Dann gaben sie ihre Funktion ebenfalls auf.

Deringhouse brüllte etwas, was niemand mehr verstehen konnte. Tiff sah, daß der Kommandant auf den Schnapperkontakt seines Raumhelms drückte.

Ehe das fürchterliche Schütteln kam, war Tiff dem Beispiel gefolgt.

Auf den Rundumbildschirmen des K-Bootes schien in nächster Nähe ein Stern zu explodieren. Die grelle Leuchterscheinung mochte bestenfalls eine halbe Million Kilometer entfernt entstanden sein, weniger als zwei Lichtsekunden.

Die unheimlichen, rein energetischen Wirbelstürme nahe eines wieder eintauchenden Schiffes konnte man niemals sehen, wohl aber fühlen. Ein ungeschützter Körper, gleich von welcher Größe, war zumeist rettungslos verloren, wenn er in den kugelförmigen Bannkreis eines zu nahe eingetauchten Großraumschiffs geriet.

Dies aber *war* ein Großraumschiff. Tiff bemerkte auf den Schirmen der rein optischen Bilderfassung einen riesigen, walzenförmigen Körper mit halbrund abgestumpften Bug- und Heckenden.

Unter Berücksichtigung der Laufzeit eines gewöhnlichen Lichtstrahls war der unbekannte Raumer demnach vor etwa zwei Sekunden rematerialisiert.

Die optische Vergrößerungsschaltung holte das Abbild des Fremden so dicht heran, daß man seine Außenzelle klar erkennen konnte.

Am Heck des Schiffes begann es zu flammen. Es waren violette, seltsam fluoreszierende Energiebündel, die einwandfrei bewiesen, daß man da drüben mit einem hochwertigen Impulstriebwerk nach Arkonidenmuster arbeitete.

All diese Eindrücke verarbeitete Tifflor in wenigen Augenblicken. Dann wurde er von den harten Schwingungen der zur Glocke werdenden Schiffszelle erfaßt.

Der Verstand revoltierte. Es kamen jene eigenartigen Überraumschwingungen durch, die teilweise auf der Frequenz menschlicher Hirnzellen lagen. Tiff schrie seine Not hinaus. Jeder schrie unter den intervallartig aufzuckenden Kopfschmerzen, unter denen Sekunden zu Ewigkeiten wurden.

Das Tosen und Schütteln hielt an. Unter der Zentrale jaulten die Stromreaktoren der Kraftwerke. Wenn sie den Energiebedarf des Abwehrfelds nicht mehr decken konnten, dann mußte wenigstens der schwächste und am wenigsten widerstandsfähige Teil des Schiffsinventars vergehen: das Inventar namens Mensch.

„Guter Gott“, flüsterte Tifflor gepeinigt. „Nicht das, nur nicht das.“

19.

In den Ortungsräumen der schweren Schiffseinheiten schlugen die Strukturtaster zwar nicht durch, aber sie wurden bis an ihre Leistungsgrenzen erschüttert.

Die drei Schiffe standen nahe der Uranus-Bahn. Der Abstand zwischen der früher gestarteten K-9 und dem Verband betrug rund drei Milliarden Kilometer. Diese Entfernung war für eine Transition eigentlich viel zu kurz, beim normalen Flug nahe der Lichtgeschwindigkeit viel zu weit.

Perry Rhodan, der nur mit größtem Unbehagen die Möglichkeit eines schnellen Angriffs des Unbekannten durch Anpassungs-Manöver erwogen hatte, sah sich gezwungen, den ungünstigsten aller denkbaren Fälle als reale Tatsache anzusehen.

Er hörte über die wilden Verwünschungen seines Vertreters hinweg.

Der unbekannte Gegner hatte es nicht darauf ankommen lassen, die ebenfalls fast lichtschnelle K-9 mit Normalfahrt zu jagen. Ein solches Manöver wäre Wahnwitz gewesen.

„Da haben wir es!" schrie Rhodan. „Sie sind im Kurzsprung herangegangen. Wenn wir jetzt ebenfalls in die Nähe springen, zerreißt es die K-9 unweigerlich. Das hält sie nicht aus. Sie könnte noch nicht einmal einen eintauchenden Kreuzer vertragen."

Rhodans Finger berührten den Hyperkom-Sprechkontakt. Die beiden schweren Kreuzer TERRA und SOLAR SYSTEM standen in Abständen von drei Lichtminuten auf gleicher Ebene in Rot und Grün.

„Rhodan an McClears und Nyssen. Anweisung: Folgen Sie mit Normalfahrt nach Bildauswertung. Halten Sie genau Kurs auf die K-9. Ich springe mit der STARDUST allein vor. Ehe Sie ebenfalls in die

Kurztransition gehen, warten Sie meinen Befehl ab. Keinesfalls tauchen Sie zusammen ein. Ich gehe zwei Lichtminuten von der K-9 entfernt aus dem Hyperraum. Das wird sie ohne weiteres aushalten können. Beobachten Sie die Situation. Ende."

Bully staunte. Das war eine Augenblickslösung, wie sie für Rhodan typisch war. In diesen blitzartigen Entschlüssen lagen Rhodans Erfolge begründet.

In der Tat konnte die K-9 nicht gefährdet werden, wenn die STARDUST im Abstand von zwei Lichtminuten aus der übergeordneten Raumebene ins Normaluniversum hineinsprang. Zwei Lichtminuten – das waren etwa sechsunddreißig Millionen Kilometer.

Rhodan hätte sich ebensogut für nur eine halbe Lichtminute entscheiden können. Das lag noch im Bereich des für die K-9 erträglichen Belastungswertes.

Aber Rhodan hatte blitzartig gerechnet und abgewogen. Eine kleine Fehlergrenze mußte einkalkuliert werden. Das war schon allein durch die Toleranzwerte von Triebwerken und Strukturfeldern bedingt. Rhodan mußte sich auf zwei Lichtminuten festlegen. Es gab keine andere Wahl. Mit normal lichtschneller Fahrt wäre er zu spät zum Angriffsort gekommen. Daß es sich um einen Angriff handelte, bezweifelte er nicht.

Trotzdem dauerte es fast sechs Minuten, bis die Endwerte in die Sprungautomatik gegeben werden konnten. Dann war die STARDUST klar zum Einsatz.

„Kommandant an alle", dröhnte es aus den Lautsprechern. „Transition in vierundvierzig Sekunden. Bemühen Sie sich, den T-Schock sofort zu überwinden. Wir müssen etwas schneller sein als die anderen Schiffe. Achtung, Sprung!"

Die gewaltige STARDUST II verschwand als flimmernde Leuchterscheinung aus dem normalen Raumzeit-Gefüge. Auf den Schweren Kreuzern wurde der Absprung vorsichtshalber nicht mit den Strukturtastern registriert. Wenn ein solcher Gigant den Stoßimpuls gab, dann wurde ein ganzer Raumsektor erschüttert.

Man sagte den arkonidischen Robotern nach, sie hätten besonders empfindliche Mechanogehirne. Die Meinung schien falsch zu sein, denn es waren eben diese Roboter, die den harten Schock zuerst überwanden.

Conrad Deringhouse und Sergeant Rous hingen noch in ihren Anschnallgurten, als die mechanischen Besatzungsmitglieder schon zu arbeiten begannen. Die Auswertung bewies, daß die Entfernung zu dem fremden Schiff nur noch eine knappe Lichtsekunde betrug.

Dreihunderttausend Kilometer waren eine Distanz, die von einem Impulsstrahl in 1,23 Sekunden überwunden werden konnte. Demnach war das keine „Entfernung" mehr, sondern ein gefährlicher „Annäherungsversuch", der keine Zeit mehr zu irgendwelchen Manövern ließ.

Noch schlimmer war es, daß der Fremde genau die gleiche Fahrtstufe wie die K-9 hatte. Er war mit fast einfacher LG aus dem Hyperraum aufgetaucht.

Als Major Deringhouse wieder klar sehen konnte, bemerkte er auf dem Kontrollbildschirm, daß das fremde Schiff von den automatischen Waffen der K-9 getroffen wurde.

Die K-9 drehte unter dem harten Rückstoß der Geschütze nach Feuerlee. Die Feldkreise glichen die Abweichung sofort aus.

Gespannt beobachtete Deringhouse die Wirkung der Treffer. Der Fremde, von der Vergrößerungsschaltung handgroß auf den Bildschirm gebannt, zeigte eine heftige Reaktion.

In seinen Schutzschirmen flammte es auf. Sein Heck wurde von der Aufschlagswucht herumgerissen, obwohl der Thermostrahl die Schirme nicht durchbrach.

Die Antwort kam prompt und unüberhörbar.

Ein blendender Energiefinger, infolge seiner Geschwindigkeit erst im allerletzten Moment optisch erkennbar, raste auf die K-9 zu.

Die Männer zogen die Köpfe ein. Ein dumpfes Stöhnen ging über alle Helmlautsprecher.

Innerhalb der Schutzschirme entstand lohende Sonnenglut. Der Aufschlagsdruck reichte aus, um die Andruckabsorber bis zur Leistungsgrenze zu belasten.

Wieder wurde die Kugelzelle zur schwingenden, hallenden Glocke.

Es dauerte einige Sekunden, bis das Schütteln nachließ. Draußen erlosch der Feuerschein im Schutzschirm.

Die Hölle war los an Bord der K-9. Dabei war Tifflor felsenfest davon überzeugt, daß Deringhouse lediglich auf Salvenfeuer hätte zu schalten brauchen, um den Fremden kampfunfähig zu machen.

Bisher waren alle offenen Funksprüche der K-9 von den Unbekannten unbeachtet geblieben.

Deringhouse schaltete um auf Manuellsteuerung, ließ nur die Andruckabsorber unter der mechanischen Kontrolle, übernahm sogar die Triebwerke persönlich und begann dann mit etwas, wozu er „Ausweichmanöver“ sagte.

Wenn Tifflor gewußt hätte, daß Perry Rhodan mit einem Verband ganz in der Nähe stand, hätte er Deringhouse besser verstanden. Der Major wollte Zeit gewinnen.

Durch das Heulen der Triebwerke klang Deringhouses Stimme. „Angeschnallt lassen. Es werden hier und da einige Gravos durch die Absorber kommen.“

Gleißende Glutströme schossen an der tanzenden K-9 vorbei. Wenn sie jetzt noch einen Treffer erhielt, dann war es blanker Zufall.

Tifflor verlor sich so lange in diese Überlegungen, bis ein Rucken durch das Schiff ging. Dazu kam ein solcher Andruck, daß die Männer an die Zeiten der primitiven Raumfahrt erinnert wurden.

Die Belastung stieg schlagartig auf drei, sechs und acht g an. In dem Moment wurde dem Piloten die Manuellsteuerung von der Sicherheitsschaltung entzogen.

Sämtliche Triebwerke wurden vom P-Gehirn abgeschaltet. Die freiwerdende Energie floß in die Andruck-Absorber. Der Druck ließ sofort nach.

Ächzend tauchte Deringhouse aus seinem Sessel auf. Einige Kadetten waren besinnungslos geworden.

Als sich Tiffs blutgefüllte Augen wieder normalisierten, konnte er nur noch stöhnen. Das fremde Schiff hing dicht neben der hilflos gewordenen K-9.

„Ein Zugstrahl, verdammt!“ schallte es durch die Helmgeräte. „Sie haben uns eingefangen. Rous, volle Schubkraft auf die Triebwerke. Raus aus dem Feld, oder wir sind erledigt.“

Der Sergeant schaltete verzweifelt, aber die Automatik reagierte nicht mehr darauf. Auf dem unbekannten Schiff schien es kluge Köpfe zu geben. Sie wußten anscheinend ganz genau, daß die Sicherheitsschaltung nur um die Stabilität des Andruck-Neutralisationsfelds bemüht war. Wenn die Fremden ihren Zugstrahl dicht unterhalb der Höchstwertgrenze hielten, würden die Maschinen niemals anlaufen.

Leuchterscheinungen zuckten über die Bildschirme, als sich die gleichartigen Abwehrfelder der beiden Schiffe berührten.

Das Anpassungsmanöver des Fremden war großartig. Da drüben saßen erfahrene Piloten hinter den Kontrollen.

Deringhouse raste zum Funkraum hinüber. Die K-9 hing immer noch im Zugstrahl der Unbekannten. An ein Entkommen war nicht zu denken.

„Gegner nimmt Fahrt auf!“ schrie jemand über Helmfunk. „Er schleppt uns mit.“

Tiff sah, daß Deringhouse hastig in das Mikrofon des Hyperkoms sprach. Die Leuchtbalken der Richtstrahlantenne standen genau übereinander. Es war das Violettzeichen, wonach nur die Erde angestrahlt werden konnte.

Dann kam wieder der steigende Andruck durch. Die Beschleunigung mußte etwas über fünfhundert Kilometer pro Sekundenquadrat liegen. Die Maschinen der K-9 liefen nicht an.

Deringhouse konnte sich eben noch auf einen sofort in Liegestellung klappenden Sitz fallen lassen, ehe der Andruck gefährlich wurde.

Tifflor schnappte mühevoll nach Luft. Vor ihm verzog sich Rous' Gesicht zur Fratze. Es waren die typischen Verformungserscheinungen der Muskulatur.

Tiff schätzte den Andruck auf etwa zehn Gravos über Toleranzwert, als das wilde Tosen aus den eingeschalteten Strukturschaltern brach. Ein riesiges Schiff mußte aus dem Hyperraum gekommen sein.

Die noch laufenden Hyperkomtaster zeigten die Riesenkugel eines Imperium-Schlachtschiffs. Die STARDUST II war da.

Tiff hörte das Lachen des Kommandanten. Da wußte der Kadett plötzlich, welches Spiel Conrad Deringhouse gespielt hatte. Sein Trumpf war die STARDUST gewesen. Tiff fragte sich, ob Perry Rhodan rechtzeitig genug erschienen war.

Der fremde Raumer beschleunigte mit hohen Werten, was ihm dank seiner bereits vorhandenen Fahrt leichtfiel.

Der Andruck stieg auf 11 Gravos. Dann kam der betäubende Entmaterialisierungsschock, auf den Tifflor unbewußt gewartet hatte.

Rous' Gesicht verschwamm. Zurück blieb ein blasser nebelhafter Fleck ohne erkennbare Konturen. Das zarte Säuseln und Wispern der erfolgten Transition klang auf.

Unerwartetes, Überraschendes schien geschehen zu sein.

Perry Rhodan, den die Psychologen der alten US Space Force einen „Sofortumschalter" genannt hatten, begriff im Bruchteil eines Augenblicks.

Als die STARDUST II in das Normaluniversum eintauchte, wurde das fremde Schiff sofort von den automatischen Tastern eingefangen und auf die Bildschirme projiziert.

Rhodan brauchte etwa eine Sekunde, um den Rematerialisierungsschock abzuschütteln.

Die Positronik gab die Distanz zwischen den Schiffen mit 1,93 Lichtminuten an. Also war man sehr genau gesprungen, nur schien man um etwa eine Minute zu spät aus dem Hyperraum gekommen zu sein.

Die Auswertungszentrale meldete sich. „Fremdschiff ist auf Sprungfahrt. Eine Transition ist wahrscheinlich."

Perry Rhodan vernahm den lauten Fluch des Ersten Offiziers. Reginald Bull wußte, daß sie zu spät gekommen waren.

„Sie haben die K-9 in einem starken Fesselfeld", meldete sich die Auswertung erneut. „Ein Beschuß ist nicht ratsam."

Das wußte Rhodan auch. Er erkannte, daß er sich keinen Illusionen hinzugeben brauchte.

Noch ehe das Ziel erreicht werden konnte, begann es in den Strukturtastern zu rumoren. Der Fremde verschwand inmitten einer flirrenden Leuchterscheinung.

Rhodan hieb auf den Schalter der Stromzufuhr. Der T-Projektor erlosch.

Rhodan sagte: „Ich sehe, daß wir zu spät gekommen sind. Die K-9 ist von dem wesentlich größeren Schiff gekapert worden. Erstaunlich, daß es dem Fremden möglich war, das gefesselte Beiboot außerhalb seiner Zelle mit in die Transition zu nehmen. Dort wird mit arkonidischer Technik gearbeitet. Achtung, Ortungszentrale: höchste Alarmbereitschaft. Strukturstufung auf Feinwert schalten. Stellen Sie fest, wo der unbekannte Raumer aus dem Hyperraum kommt. Allzuweit wird er wohl nicht springen. Ich nehme an, daß es sich nur um eine Nottransition handelt, die ohne besondere Zielberechnung zum Zweck der raschen Flucht stattfindet. Es genügt mir vorerst, wenn Sie die ungefähre Eintauchposition ermitteln können."

Die Bestätigung kam durch. Augenblicke später erhielten die Kommandanten der beiden Schweren Kreuzer TERRA und SOLAR SYSTEM den Befehl, in einer halben Stunde Standardzeit bis zur Plutobahn vorzuspringen.

Major Nyssen und Captain McClears bestätigten.

„Sie geben wohl noch nicht auf?" fragte eine sonor klingende Stimme.

Rhodan wandte den Kopf. Crest, der Arkonide, stand hochaufgerichtet hinter ihm. „Ich denke nicht daran. Wenn es uns gelingt, das Eintauchen anzumessen, werden wir die Position annähernd berechnen können. Eine andere Frage: Haben Sie an der äußeren Form des unbekannten Schiffes erkannt, mit wem wir es zu tun haben?"

Crest schüttelte den Kopf. „Nein, ich habe mir kein Urteil bilden können. Viele raumfahrende Völker der Galaxis bauen in dieser Art. Ich müßte Einzelheiten sehen."

Rhodan drehte sich enttäuscht den Kontrollen zu. Augenblicke später kam ein schwaches Rumoren aus den Strukturtastern.

„Rematerialisation ist erfolgt", meldete die Ortung. „Ziemlich weit entfernt. Es wird schwierig sein, die Position zu berechnen."

„Ich kenne die Fehlerquellen", unterbrach Rhodan. „Ermitteln Sie die Grobwerte. Ich werde mich mit dem mathematischen Team um genauere Daten kümmern. Crest, ich bitte um Ihre Hilfe."

Zwanzig Minuten später kamen die beiden schweren Kreuzer gleichzeitig an. Sie schlossen mit hoher Fahrt auf und fuhren dann ein Anpassungsmanöver.

Rhodan stand im Kreis der Mutanten. Sie waren alle da. Die

Telepathen unter ihnen lauschten mit wachen Sinnen auf jene starken Schwingungen, die sie bis vor kurzer Zeit so schmerzhaft deutlich vernommen hatten.

„Nun?“ erkundigte sich Rhodan. Sein schmales Gesicht war ausdruckslos.

Marshall hob langsam die Schultern. „Wenn man Tifflor tatsächlich über zwei Lichtjahre hinweg noch orten kann, so ist er nun wesentlich weiter entfernt. Wir empfangen nichts mehr.“

„Stört Sie die Nähe der Besatzungsmitglieder? Wenn ja, werde ich Sie mit einem Zerstörer einige Lichtstunden weit in den interstellaren Raum bringen.“

„Die Ausstrahlungen stören nicht. Wir sind daran gewöhnt. Kadett Tifflor dürfte vorerst wertlos sein. Wir erhalten keinen Kontakt.“

Rhodan ging langsam auf das Schott zu. Die drei Schiffe waren im Bremsmanöver begriffen. Nun kam es darauf an, die Eintauchposition des geflohenen Fremden möglichst genau zu berechnen. Eine schwere Aufgabe. Rhodan wußte es.

Die Mutanten sahen ihm schweigend nach. Rhodans Plan war wie gewünscht abgelaufen, nur hatten die Unbekannten sehr viel schneller gehandelt, als man angenommen hatte. Es hatte von vornherein festgestanden, daß man nicht früher an Ort und Stelle hatte sein können. Schließlich war es nicht möglich gewesen, dem Lockschiff zu dicht zu folgen.

Trotzdem war Rhodan in seinem tiefsten Innern zufrieden. Es stand nun fest, daß es im Bereich der Dritten Macht eine hervorragende Spionageorganisation geben mußte. Die angeblich so wichtige Mission des Kadetten Tifflor war durchschaut worden.

Die Ausschaltung der Agenten war aber eine Aufgabe, die Rhodan vorerst nicht beachtete. In erster Linie war es wichtig, herauszufinden, wer sich für die Erde so brennend interessierte.

Rhodan blieb sinnend vor dem großen Antigravlift der Mittelachse stehen.

Er dachte daran, daß seine beste Waffe im Einsatz stand. Sie hieß Julian Tifflor. Tiffs Körpersender würde ununterbrochen arbeiten. Wenn es gelang, bis auf zwei Lichtjahre Entfernung in seine Nähe zu kommen, konnte eine klare Anpeilung nicht mehr schwierig sein.

Es würde dem Gegner wenig nützen, sich in Gebirgen und Tiefhangars fremder Welten zu verkriechen. Vor einer technischen Ortung wäre er dort sicher gewesen, nicht aber vor einer rein geistigen Anpeilung.

Während Rhodan zum technischen Rechengehirn hinüberschritt, verlor die STARDUST II den Rest ihrer Fahrt. Etwa 280 Millionen Kilometer hinter der Plutobahn kam sie im interstellaren Raum zum Stillstand. Die heimatliche Sonne war nur noch eine blasse Scheibe.

In der Zentrale schaltete Bully auf Leerlauf-Werte. Er erhob sich aus seinem Sessel.

„Nun möchte ich nur noch wissen, wie das enden soll", murmelte er.

Dabei hatte er das Gefühl, als würde Rhodan trotz einiger Pannen doch noch ans Ziel kommen.

Die Schmerzen der Rematerialisierung klangen ab. Die Transition, die die K-9 unfreiwillig zusammen mit dem Walzenschiff ausgeführt hatte, war vorüber.

Deringhouse erhob sich aus seinem hochgeklappten Liegesitz. In der Zentrale kamen die anderen Männer langsam zu sich. Die Kadetten, an solche Belastungen noch nicht gewöhnt, brauchten einige Minuten länger.

Tifflor sah den Kommandanten aus dem Funkraum taumeln. In den geschlossenen Helmen waren Deringhouses Atemzüge als pfeifende Geräusche zu hören. Anscheinend mußte er alle Kräfte aufbieten, um die Erschöpfung zu überwinden.

Tiffs erste mühevolle Handbewegung galt der Metallkapsel in der Brusttasche seiner Uniform. Solange der Raumanzug geschlossen war, konnte er den Schalter der eingebauten Zerstörungsladung nicht erreichen.

Panik überfiel ihn. Man brauchte ihm nicht zu sagen, was die Unbekannten mit der K-9 veranstaltet hatten. Zwar war es Tifflor schleierhaft, ob man es auf seine Geheimnachrichten abgesehen hatte oder nur auf das Kugelraumschiff, aber das war nicht so wichtig.

Er hielt es aufgrund seiner Befehle für erforderlich, die Kapsel mit den darin verborgenen Mikrobändern schleunigst zu vernichten.

Die Bildflächen waren wieder klar geworden. Tiff erhaschte einen flüchtigen Blick auf die Frontschirme. Unweit des Schiffes glänzte ein deutlich erkennbarer Doppelstern.

Die größere, orangefarbene Sonne schien wesentlich näher zu stehen als ihr blauer Begleiter.

Tiff suchte in seinem Gedächtnis nach Namen solcher Doppelsterne. Es gab viele davon, also verzichtete er auf jede weitere Grübelei. Viel wichtiger war es, seine Anweisungen zu befolgen.

Nach einigen Augenblicken kam er auf die Beine. Das war der Moment, als die Unbekannten die große Lastenschleuse dicht oberhalb des Maschinen-Ringwulsts öffneten.

In der Zentrale leuchteten die Kontrollampen auf. Augenblicke später blendeten sie um auf Grünwert.

Sergeant Rous fluchte. Weit entfernt klang das Zischen feuernder Impulsstrahler auf. Tiff fuhr entsetzt herum. Welcher Narr brachte es fertig, in den engen Räumen der K-9 mit einer Energiewaffe zu arbeiten, deren Glutbündel unerhörte Temperaturen erzeugen mußten?

„Zum Teufel, sofort das Thermofeuer einstellen!“ schrie der Kommandant über Funkspruch. „Wollt ihr das Schiff in einen Gasball verwandeln?“

Die Antwort gab die heulende Warnsirene der Klimaanlage. Demnach mußten in einigen Abteilungen des Bootes unerträgliche Temperaturen herrschen.

Tifflor kümmerte sich nicht weiter um die Geschehnisse. Es stand fest, daß die kleine Besatzung der K-9 kaum eine Chance hatte.

Geschickt fing er die von Eberhardt geworfene Waffe auf. Es war ein schwerer Desintegrator, dessen Strahlenwirkung in der Auflösung fester Materie beruhte.

In den Helmen wurde ein solches Geräuschinferno hörbar, daß die Männer gezwungen waren, die Lautstärkenregler fast auf Null zu drehen. Immer wieder klangen Schreie auf, die Deringhouse das Schlimmste vermuten ließen. Das dumpfe Krachen unbekannter Waffen war nicht zu überhören.

„Verschwinden Sie im O-Raum, schnell!“ rief der Kommandant dem Kadetten zu. „Beeilen Sie sich!“

Tiff riskierte es, innerhalb der hermetisch abgeschlossenen Zentrale seinen Helm zu öffnen. Jetzt hörte er das Waffengetöse noch deutlicher. Es kam näher. Einige Bildschirme zu den anderen Abteilungen waren ausgefallen. Sekunden später wurde die Stromzufuhr unterbrochen. Die Leuchtröhren erloschen, die Bildschirme wurden blind.

„Sie haben den Maschinenleitstand", sagte Sergeant Rous tonlos. „Sie müssen sehr widerstandsfähig sein. Sie drangen bereits ein, als wir noch halb ohnmächtig waren. Sonst wäre das nicht passiert."

Rous mochte recht haben, aber das war jetzt alles uninteressant. Als es vor dem geschlossenen Schott der Zentrale zu dröhnen begann und ein weißer Glutfleck auf dem starken Arkonstahl erschien, zog Tifflor seinen Raumanzug vom Körper. Er hätte vor Verzweiflung schreien mögen, als sich der Magnetverschluß des Halsstücks verklemmte.

Der Funkraum war menschenleer. Wer eine Waffe tragen konnte, lag in der Deckung schwerer Ausrüstungsstücke.

Der Verschluß löste sich, als das Schott unter großer Hitzeentwicklung zu schmelzen begann. Tiffs ungeschütztes Gesicht fing einen schmerzhaft heißen Luftstoß auf.

Als Tiff die Uniform aufriß, schossen die Fremden mit Schockwaffen in den großen Raum hinein. Da wußte Deringhouse plötzlich, wieso er die Schreie in seinem Sprechfunkgerät gehört hatte.

Kadett Eberhardt brach zuerst zusammen. Nach ihm folgten Rous, Martin und Hifield. Deringhouse schoß noch einmal in den Gang hinaus, ehe er ebenfalls getroffen wurde. Gelähmt sank er zu Boden und verletzte sich dabei an einem Bein.

Julian Tifflor verschwendete keine Zeit damit, sich irgendwo eine Deckung zu suchen.

Als ein paar Riesengestalten in die Zentrale sprangen und plötzlich helles Licht aufflammte, stand Tiff seelenruhig inmitten des Funkraums, dessen transparente, nicht leitende Panzerwand die paralysierenden Strahlen abgehalten hatte.

Fasziniert beobachtete er die in kaltem Feuer vergehende Metallkapsel, die er deutlich sichtbar auf ein Funkgerät gelegt hatte.

Ironisch lächelnd sah er den näherkommenden Eindringlingen entgegen, bei denen es sich um menschenähnliche Intelligenzen handelte. Als der erste Fremde vor ihm stand, lächelte Tiff immer noch.

Der fast zwei Meter große, schwer gebaute Mann trug einen leichten Raumanzug nach Arkonidenmuster, aber er war zweifellos kein Arkonide.

Tiff bemerkte den roten, kurzgestutzten Bart, die großen drohenden Augen in einem breiten Gesicht und die langen, ebenfalls brandroten Haare. Es war ein wahrhaftiger Riese, der vor dem schmächtig wirkenden jungen Mann des Planeten Erde stand.

Andere Gestalten tauchten auf. Drohend sahen sie zu Julian Tifflor hinüber, dessen stilles Lächeln wahrscheinlich wirkungsvoller war als jede Gegenwehr.

Tiff war über sich selbst hinausgewachsen. Ausgesprochen liebenswürdig, keine Spur von Erregung zeigend, sagte er in Interkosmo: „Darf ich Sie in Vertretung des verletzten Kommandanten an Bord des Raumschiffs K-9 begrüßen? Ihr Eintritt war etwas stürmisch. Der Sekt kommt aber sofort. Oder möchten Sie echten Champagner? Oh, Verzeihung, wahrscheinlich ahnen Sie nicht, welches alte Kulturvolk sich mit der Erzeugung dieses Göttertrunks beschäftigt hat. Wollen Sie nicht Platz nehmen?“

Der Rotbärtige sah zwischen Tiff und dem Brandfleck auf dem Funkgerät hin und her. Von der Kapsel war nicht einmal Asche übriggeblieben.

Der Fremde verschränkte die Hände vor dem Leib, beugte den Oberkörper weit zurück und ließ in dieser Stellung ein derart brüllendes Gelächter hören, daß Tifflors Gehör beinahe den Dienst versagt hätte.

Wenn Tifflor noch innerlich nervös gewesen war, so beruhigte ihn dieses Gelächter vollends. Die anderen so gefährlich aussehenden Kerle fielen nämlich in das Gejohle ihres Anführers ein.

Vielleicht war das haltlose Gelächter aber auch ein Zeichen des Zorns? Die Reaktionen fremder Intelligenzen waren schwer einzuschätzen, das wurde auf der SpA gelehrt.

Es dauerte Minuten, bis sich der Bärtige mit der gefurchten Gesichtshaut beruhigt hatte.

Tiff rief einen erneuten Heiterkeitsausbruch hervor, als er höflich sagte: „Immerhin bin ich doch sehr froh, in Ihnen nicht glotzäugige Ungeheuer mit Saugnäpfen an den Fußsohlen sehen zu müssen."

Das nachfolgende Gebrüll erschütterte die K-9.

„Den nehmen wir mit", ächzte der Rotbärtige nach einer Weile. „Köstlich, ganz große Klasse. Freund, wieso sprechen Sie die Handelssprache der großen Insel?"

„Meinen Sie damit die Milchstraße?" erkundigte sich Tiff zögernd. Zutiefst besorgt schielte er zu seinen immer noch besinnungslosen Kameraden hinüber.

„Die wachen gleich wieder auf", erklärte der Fremde jovial. „Wir sind friedfertige Händler, keine Piraten. Mein Name ist Orlgans, Kapitän und Eigner des Handelsschiffs ORLA XI. Wir lieben und achten die intelligenten Völker der großen Insel. Nie mischen wir uns in interne Streitigkeiten ein, es sei denn, jemand wagt es, unser Handelsmonopol anzutasten. Ich, Orlgans, entschuldige mich für die etwas rauhe Behandlung. Niemand ist zu Schaden gekommen. Jedoch sei gesagt, daß Ihr Befehlshaber versuchte, mein Schiff anzugreifen."

Tiff wurde mißtrauisch. Er ahnte, daß es um die Erde ging, um seine Heimat.

Orlgans war gefährlich. Seine Jovialität war Maske, und sein brüllendes Lachen mochte artbestimmt sein.

Tiff verzichtete auf sein höfliches Lächeln. Draußen, in der Zentrale, waren andere Bärtige dabei, die besinnungslosen Raumfahrer wie gewichtslose Puppen wegzuschleppen.

„Ich bedanke mich für die humane Behandlung", sagte er. „Wie dem auch sei, Kapitän Orlgans – Sie sind dennoch genau zehn Sekunden zu spät gekommen. Diese Zeit brauchte ich, um die Hülle zu vernichten. Sie sind natürlich informiert, oder?"

Natürlich war Orlgans informiert. Sein Gesicht verdüsterte sich.

„Ein sehr guter Verhandlungspartner", meinte er mit einem forschenden Blick. „Offen, da er seine Stärken kennt. Niemals offen, wenn er bei sich Schwächen vermutet. Ja, ich bin informiert. Weshalb, dachten Sie wohl, habe ich Ihr kleines Schiff angegriffen?"

Es schwebte Tifflor auf der Zunge zu sagen, wie leicht es gewesen wäre, diesen Handelsraumer namens ORLA XI mit einer einzigen Salve zu vernichten. Er verzichtete darauf.

„Was gedenken Sie nun zu tun?" erkundigte er sich knapp. „Wo befinden wir uns?"

„Das interessiert Sie nicht. Mein Kompliment übrigens. Sie sprechen das Interkosmo hervorragend."

„Unsere Schlachtschiffe sind noch hervorragender", gab Tiff zurück.

Orlgans' Gesicht wurde starr. Kalt entgegnete er: „An Bord meines Schiffes gibt es einen Erdenmenschen, der sich Jean Pierre Mouselet nennt. Von ihm wissen wir sehr genau, daß Ihr Volk nur durch Zufall zu einem einzigen Schlachtschiff gekommen ist. Zu einem einzigen, haben Sie das verstanden? Sie sind oder waren der Überbringer einer Nachricht, deren Inhalt ganz besonders in meinen Interessenbereich fällt. Kosmische Handelspläne auf lange Sicht lassen Männer von meiner Art das Lachen vergessen. Wir sind friedfertig, wie ich sagte. Wohl aber ist uns das Recht gegeben, unsere alten Privilegien zu verteidigen. Das Große Imperium selbst gab uns vor langer Zeit die Vollmacht, unumschränkt handeln zu dürfen. Wir werden uns unterhalten, Mensch namens Julian Tifflor."

„Sie kennen meinen Namen?"

„Was dachten Sie? Sie hatten wohl angenommen, besonders schlau gehandelt zu haben?"

Wieder kam das tosende Gelächter. Tiff fühlte sich gedemütigt. Da er von Rhodans Gesamtplan keine Ahnung hatte, sondern fest der Meinung war, als Überbringer wichtigster Nachrichten gedient zu haben, hielt er Orlgans' Erklärung für stichhaltig. Männer wie Deringhouse hätten darüber gelächelt. Natürlich waren die sogenannten Geheimnachrichten fingiert gewesen.

Tiff wurde etwas grob, aber durchaus freundlich abgeführt.

Dabei meinte Orlgans grinsend: „Wir sind artverwandt, Tifflor. Wir sollten uns vertragen. Ich sehe nicht ein, warum das nicht möglich sein sollte. Wahrscheinlich haben Sie von meinem Volk keine Ahnung. Wir, die Springer, sind mächtiger als das Imperium selbst. Ich verhandle laufend mit wirklich fremden Intelligenzen. Warum sollte ich es nicht mit Ihnen können? Ich will Ihnen sagen, daß meine Vorfahren Arkoniden waren wie Ihr Lehrmeister, den Sie Crest nennen."

Tiff fuhr zusammen. Dieser Fremde wußte viel, eigentlich schon viel zuviel. Wer war Jean Pierre Mouselet?

Tifflor hatte den Namen noch nie gehört. Dennoch sagte er sich, daß Orlgans' detaillierte Informationen nur von einem Menschen stammen konnten. Obendrein noch von einem Menschen, der über eine gehörige Portion wissenschaftlicher Erkenntnisse verfügen mußte. Anders war Orlgans' Wissen nicht zu erklären.

Tiff bemerkte flüchtig, daß man die noch besinnungslosen Männer der Besatzung in die große Mannschaftsmesse des Beiboots schleppte. Alle wichtigen Stationen waren von Leuten besetzt, die genauso wie Orlgans aussahen.

Vor der großen Ladeschleuse über dem Ringwulst mußte Tifflor wieder einen Raumanzug anlegen. Knapp zwanzig Meter entfernt wölbte sich die Bordwand des fremden Schiffes auf. In der Hülle klaffte eine dunkle Öffnung. Als Tiff die ersten Riesenkerle hinüberschweben sah, wußte er, daß man sich im freien Fall befand. Die Doppelsonne schien noch weit genug entfernt zu sein, um vorerst auf ein Bremsmanöver verzichten zu können.

Tiff wurde mit einer Leine hinübergezogen. Als er die Schleuse des anderen Raumschiffs betrat, schloß er mit seinem Leben ab.

Diese Springer – wie Orlgans sie genannt hatte – waren mehr als gefährlich. Es war klar, daß sie sich von der Dritten Macht bedroht fühlten. Sie fürchteten um ihr offenbar unumschränktes Handelsmonopol. Wahrscheinlich wurden sie nur dann böse, wenn es jemand wagte, ihre geheiligten Rechte anzutasten.

Perry Rhodan hatte das wahrscheinlich unbewußt getan, indem er Handelsbeziehungen zu den Ferronen im Wega-System angeknüpft hatte. Tiff hätte um seinen Kopf wetten mögen, daß Rhodan keine Ahnung von den Springern hatte.

Orlgans klopfte Tiff väterlich auf die Schulter, als der Druckausgleich erfolgte.

„Natürlich ist unsere Luft für Sie atembar", erklärte er gönnerhaft. „Haben Sie noch einige von Ihren köstlichen Witzen auf Lager?"

„Wi – Witze?" staunte Tiff. Wann hatte er Witze gemacht? Seine Reaktion schienen die Händler wiederum als Scherz aufzufassen. Sie brachen erneut in schallendes Gelächter aus.

20.

Der schlanke, schwarzhaarige Mann mit den unsteten Augen und den nervösen Fingern war fraglos ein Mensch. Die Bärtigen mochten dreimal schwerer sein als der etwa Fünfzigjährige mit dem zuckenden Gesicht. Anscheinend war er am Ende seiner Nervenkraft.

„Jean Pierre Mouselet, ehemals kaufmännischer Leiter eines europäischen Industriekonzerns", hatte sich der abgemagerte Mann vorgestellt. Tifflor hatte ihn nur eisig gemustert.

„Haben Sie eine Zigarette bei sich?" flehte Mouselet, indem er ein Stückchen näher rückte.

„Ich bin Nichtraucher", entgegnete Tiff knapp.

Mouselet war ein menschliches Wrack. In seinen Augen kam eine Verzweiflung auf, die Tifflors Mitgefühl weckte.

„Schön, verzeihen Sie", sagte Mouselet hastig. „Ich – äh – ich bin ein starker Raucher, wissen Sie. Meine letzte Packung ging vor einiger . . ."

„Kommen Sie bitte zum Thema", unterbrach der Kadett gelassen. „Ich nehme an, dieser Orlgans hat Sie zu mir geschickt, um mir die Zunge zu lockern. Lassen Sie sich dazu gesagt sein, daß es bei mir nichts zu lockern gibt. Ich bin über den Inhalt der von mir zerstörten Unterlagen nicht informiert. Oder glauben Sie etwa, ich hätte die Riesenplanung genau im Kopf?"

Mouselets Blick wurde stechend. „Warum nicht? Rhodan kennt Methoden, um ein riesiges Wissen im Hirn eines Menschen zu verankern. Vielleicht ahnen Sie es selbst nicht, daß man Ihnen blockhypnotische, jederzeit lösbare Informationen mitgegeben hat. Die Bandaufzeichnungen können eine Täuschung gewesen sein. Sie sollten reden, junger Mann. Die Springer wissen, wie man einen Mann zu einem willenlosen plappernden Etwas macht. Wenn Ihnen das passiert, erleidet Ihr Geist irreparablen Schaden. Was hatten Sie zum Wegastützpunkt bringen sollen?"

„Sie kriegen wohl Zigaretten, wenn Sie etwas aus mir herausbringen!" höhnte Tiff trotz seiner Erregung.

Mouselet fluchte. Dann stand er auf und begann die kleine Kabine zu durchwandern. Draußen standen zwei Posten der Springer.

„Ehe ich überhaupt etwas sage, möchte ich wissen, wie Sie an diese Burschen gekommen sind", setzte Tiff rasch hinzu.

Mouselet hob die Schultern. Es war eine resignierende Geste. „Warum nicht? Ich gehörte zum Führungsstab des Overhead. Deshalb habe ich mich eingehend mit der sogenannten Dritten Macht beschäftigt. Mir standen viele Geheimunterlagen zur Verfügung. Als der Overhead schließlich besiegt wurde, gelang es mir, einen der neuen Zerstörer zu stehlen und unbemerkt zu fliehen. Nachdem ich die Plutobahn passiert hatte und mich in Sicherheit wähnte, erschien Orlgans mit seinem Schiff. Ich wurde aufgenommen und vom Hypnoblock des Overhead befreit. Durch meine Informationen wissen die Springer genau, wie es auf der Erde aussieht. Versuchen Sie deshalb nicht, den Händlern einen Bären aufzubinden. Wenn es nicht gegen die uralte Tradition ginge, hätte Orlgans die gesamte Erde unterjocht."

„Angeber!" sagte Tiff verächtlich. Wieder lag es ihm auf der Zunge zu sagen, wie leicht es gewesen wäre, den großen Raumer zu zerstören.

„Täuschen Sie sich nicht", fuhr Mouselet erregt auf. „Ich hielt sie auch einmal für harmlos und liebenswürdig."

„Sie haben die Menschheit verraten", sagte Tiff anklagend.

„Diese Menschheit hat mich verurteilt und ausgestoßen", sagte Mouselet. „Ich bin ihr nichts mehr schuldig."

Mouselet blieb vor dem Kadetten stehen.

„Sie werden verhört werden", erklärte er tonlos. „Sie wissen nicht, mit welcher Macht Sie es zu tun haben. Die Galaktischen Händler beherrschen die Milchstraße. Sie sind in Kasten und Familiensippen unterteilt. Niemand nimmt von einem anderen Springer Befehle an. Freiheit der Handlung ist zehntausendjährige Tradition. Sie beargwöhnen und bespitzeln sich sogar gegenseitig, aber wehe dem Fremden, der ihr Monopol anzutasten wagt. Dann sollten Sie einmal sehen, wie schnell sich die zahllosen Sippen und Gruppen einig werden. Sie nennen sich seit alters her ‚Springer', weil sie mit ihren Schiffen von Planet zu Planet springen, um dort zu verkaufen und zu kaufen. Man schätzt die Handelsflotte auf mehr als dreihunderttausend große Raumschiffe. Jeder Sippe steht im Ernstfall ein Patriarch vor. Dann ordnen sich die freien Kapitäne und Schiffseigner unter. Die Handelsgroßmacht unterhält eine eigene Schlachtflotte, die aus den genau geregelten Gewinnabgaben eines jeden Kapitäns unterhalten wird. Die Springer besitzen viele eigene Planeten, die sie zu gigantischen Werften und Stützpunkten ausgebaut haben. Ihre Technik ist der des Großen Imperiums unter Arkons Vorherrschaft teilweise überlegen. Sie sind aus den Arkoniden hervorgegangen, jedoch haben sie im Lauf der Jahrtausende durch Umwelteinflüsse zahllose Abarten entwickelt. Alle aber sind sie ‚Springer' – unabhängig, stolz, stark, finanzkräftiger als das Imperium selbst und im Ernstfall einig. Wissen Sie überhaupt, was das bedeutet? Die Händler mischen sich niemals in Kriege oder sonstige Dinge ein. Sie beliefern alle Parteien, und keine Partei verdirbt es mit ihnen. Sie müssen die Konzessionen erteilen, falls jemand außer ihnen im kosmischen Rahmen zu handeln wünscht. Und nun kommt Perry Rhodan mit der Wahnsinnsidee, auf dem Wegaplaneten Handelsstützpunkte zu errichten."

Mouselet lachte schrill. Er konnte sich kaum beruhigen. Tiff war in seiner Haltung erstarrt. Langsam verstand er, mit wem er es zu tun hatte. Dieser Orlgans war nur ein Rädchen in einer gigantischen Maschinerie. Wie konnte Rhodan davon auf dem schnellsten Weg unterrichtet werden?

„Sie werden einsehen, daß Ihr Schweigen sinnlos ist", fuhr Mouselet fort. „Es liegt in der Art der Händler, neuentdeckte Planeten als privates Absatzgebiet anzusehen. Keiner denkt daran, andere Schiffe der Sippe oder gar solche fremder Sippen zu Hilfe zu holen. Nur deshalb ist Orlgans allein im Solsystem aufgetaucht. Sein Agentennetz ist in bewährter Art aufgebaut worden. So wußte er bald, daß Sie als Geheimkurier losgeschickt wurden. Das war ja auch zu erwarten, nachdem Orlgans Raumschiffe der Dritten Macht zu Studienzwecken gekapert hatte."

Tiff starrte den anderen an. „Was?“
„Ach, das wissen Sie überhaupt nicht?“ staunte Mouselet. „Dann wird es aber Zeit. Rhodan hat Sie betrogen.“
Tiff sank langsam in den Stuhl zurück. Allmählich wurde ihm klar, warum ihn Rhodan unter so geheimnisvollen Umständen als Geheimkurier ausgewählt hatte. Er kam der Wahrheit nahe, nur dachte er nicht im Traum daran, daß er ein kosmischer Lockvogel mit ganz besonderen Eigenschaften war. Immerhin aber schien Rhodan zu wissen, daß aus dem Raum Gefahr drohte. Nun verstand Tiff auch, warum Deringhouse nicht ernsthaft geschossen hatte und wieso die STARDUST II so schnell erschienen war.
Über dem Wandvisiphon, fast identisch mit ähnlichen Geräten auf der K-9, leuchtete eine gelbe Lampe auf. Mouselet fuhr zusammen. Ängstlich sah er sich um.
„Ihr Herr und Meister hat gerufen“, sagte Tiff spöttisch. „Natürlich werden wir belauscht, nicht wahr? Nun denn, Orlgans, wenn Sie mich schon hören, so sollen Sie wissen, daß mir Ihre sogenannte Handelsmacht nicht imponiert. Schieber und Kriegsgewinnler, die mit jeder Partei den Bruderkuß tauschen, sich niemals einmischen, bis es ans Bezahlen geht, sind mir aus der bewegten Geschichte der Erde bekannt. Ihr Burschen seid um kein Haar besser, nur macht ihr es noch geschickter. Ihr verdient am Untergang des Großen Imperiums der Arkoniden. Ihr bleibt so lange neutral, bis ihr Gefahr wittert. Dann werdet ihr zu reißenden Bestien, die sich in ihrem Interesse schleunigst zusammentun, um unerwünschte Außenseiter zu erledigen. Dieser Verräter hier hat euch auf die Erde aufmerksam gemacht. Paß auf, Orlgans, daß wir euch nicht die Zähne zeigen.“
Im Visiphonlautsprecher schnaufte jemand. Anschließend brach Orlgans’ Stimme in den Raum. „Freund, deine Worte sind groß, aber deine Macht ist klein. Wir werden die Erde zu einem Stützpunkt machen, aber erst will ich allein versuchen, mein Entdeckerprivileg auszunutzen. Ich will von dir wissen, wie die kosmische Planung der Dritten Macht aussieht. Dann will ich noch wissen, was dieser Bursche namens Perry Rhodan auf der sagenhaften Welt des ‚ewigen Lebens‘ gefunden hat. Ich weiß aus den Nachrichten, daß er sie entgegen aller Wahrscheinlichkeit entdeckt hat.“

Tiff sagte ruhig: „Was Ihnen beweisen sollte, daß Sie es mit einem Intelligenzwesen zu tun haben, das der Achtung anderer Individuen, die sich ebenfalls intelligent nennen, wohl würdig wäre. Ihre Forderungen aber sind ein Diktat barbarischer Machtausnutzung."

Mouselet sah den Kadetten entsetzt an. Aus dem Lautsprecher kam nach einer Weile des Schweigens ein tosendes Gelächter. Einen seltsamen Humor hatte dieser Springerkapitän.

„Sehr gut, sehr gut", wiederholte Orlgans. „Sie hätten mir nicht deutlicher beweisen können, daß dieser Rhodan einen sehr fähigen Mann mit der Sonderaufgabe betraute. Freund, ich werde jetzt für einige Stunden mit dem geplanten Kreisbahnmanöver beschäftigt sein. Ich werde hier warten, bis sich die Lage etwas geklärt hat. Notfalls werde ich mich entschließen, die Flotte meiner Sippe anzurufen. Hat Mouselet schon gesagt, daß wir freien Kapitäne aufgrund unserer regelmäßigen Abgaben jederzeit befugt sind, den Schutz der Schlachtflotte in Anspruch zu nehmen? Freund, ein einziger Funkspruch genügt, und hier werden fünfhundert Großkampfschiffe aus dem Hyperraum stoßen. Überlege dir deine Worte. Du hast genügend Zeit."

Damit schaltete Orlgans ab. Er tat es wirklich, was das helle Knacken im Gerät bewies.

„Machen Sie mich nicht unglücklich", bat Mouselet bebend. „Reden Sie, oder wir beide werden untergehen. Vertrauen Sie mir. Ich bin ein Mensch."

Tifflor sah ihn nur stumm an.

In der aufgleitenden Kabinentür erschienen zwei bärtige Riesengestalten. Tiff hatte erfahren, daß es sich bei den zahlreichen Besatzungsmitgliedern durchweg um Angehörige aus Orlgans' Sippe handelte. Die Würde des Kapitäns und Schiffseigners schien erblich zu sein.

Alles in allem hatte Tiff begriffen, daß er es mit einer galaktischen Großmacht zu tun hatte. Diese Wesen beherrschten nicht nur ein einziges Sonnensystem mit mehr oder weniger bewohnbaren Planeten, sondern einen großen Teil der Galaxis.

Tiff begann zu ahnen, daß die „Springer" die ernsteste Gefahr darstellten, der die Dritte Macht jemals begegnet war.

Tiff verstand nicht, warum Perry Rhodan über einige Dinge geschwiegen hatte. Wenn Schiffe der Flotte spurlos verschwunden waren, mußte man im Regierungszentrum doch längst aufmerksam geworden sein.

„Komm mit", sagte einer der Bärtigen grinsend. „Nein, nicht du. Der Kleine da."

Tiff erhob sich wortlos. Jean P. Mouselet blieb als bebendes Häufchen Elend zurück.

21.

Sie hatten Tiff vor vier Stunden Bordzeit wieder auf die K-9 gebracht. Zweck der Übung war, Tiff zu informatorischen Gesprächen mit den Freunden zu verleiten. Natürlich hatten die Kadetten längst erkannt, daß die Visiphonaufnahmen ununterbrochen liefen. Damit konnte praktisch jeder Raum im Schiff überwacht werden.

„Primitiv!“ hatte Mildred Orsons mit einem verächtlichen Blick gezischelt, als Tifflor endlich wieder erschienen war.

Vor einer Stunde war das von Orlgans angekündigte Kreisbahnmanöver beendet worden. Sein Schiff, die ORLA XI, umlief nun im freien, antriebslosen Fall einen großen Planeten, über dessen Position die Menschen so gut wie nichts wußten. Sie hatten von den zahlreichen Wachen nur erfahren, daß dieses Doppelsternsystem vier Planeten mit höchst exzentrischen Umlaufbahnen besaß.

Einige Schirme der optischen Außenbilderfassung hatte man laufen lassen. So war der Himmelskörper recht gut zu sehen. Das waren aber Dinge, die die Besatzungsmitglieder der K-9 nur in zweiter Linie interessierten.

Tiff begann lustlos zu berichten, wer die sogenannten Springer eigentlich waren. So verging die Wartezeit. Genau eine Stunde später glitt das Schott auf. Tiff wurde zum zweiten Verhör auf die ORLA XI geholt.

Auf alles gefaßt, kam er drüben an. Die K-9 hing noch immer in dem Zugstrahl des großen Schiffes. Rumorende Maschinen bewiesen, daß man nicht gewillt war, die K-9 aus dem Bannkreis entweichen zu lassen.

Orlgans war ein hervorragender Geschäftsmann, sofern sich eine solche Bezeichnung auf einen galaktischen Händler anwenden ließ.

Als Taktiker und Psychologe war er ebenso großartig. Weniger intelligente und willensstarke Menschen in Tiffs Alter wären der vielfältigen Versuchung bald erlegen.

Vielleicht half Tiff die Tatsache, daß er nichts über die angebliche Wirtschaftsplanung der Dritten Macht wußte. Allmählich war ihm sogar der Verdacht gekommen, Perry Rhodan hätte ihn nur als Lockvogel benutzt, um bei der Gelegenheit einige der Unbekannten zu fassen.

Orlgans schien es noch nicht einmal um die illusorische Planung zu gehen, da er wohl kraft seiner Logik einsah, daß das ein Mann niemals im Kopf haben konnte. Bestenfalls einige Grobwerte, niemals aber wichtige Einzelheiten.

Also verzichtete der Springerkapitän auf solche Fragen. Dafür aber interessierte er sich immer intensiver für das Thema „Welt des ewigen Lebens". Damit brachte er Tifflor in ernsthafte Gefahr, da Orlgans nicht einsehen wollte, daß der Kadett auch von diesen Geschehnissen keine Ahnung hatte.

Er benötigte zwei Stunden, um Tiff durch sein Schiff zu führen. Julian gewann dabei keine sehr große Achtung vor den Waffen. Sie waren noch nicht einmal vergleichbar mit denen der K-9. Es gab jedoch einige Dinge, die offensichtlich Spezialentwicklungen der Springer-Wissenschaftler waren.

Orlgans erklärte bei dem Rundgang ganz beiläufig, daß es sich hier nur um ein bewaffnetes Handelsschiff handle, dessen Armierung bei dem Besuch von zumeist primitiven Welten völlig ausreichend sei.

Für „ernstere" Angelegenheiten hätte man ja die spezialisierte Händlerflotte, deren Herbeirufung ihm zustünde.

In den letzten Raum wurde Tiff grob hineingestoßen. Als der Kapitän ebenfalls eintrat, verlor er jäh jede Höflichkeit, jede väterliche Besorgnis. Er sagte auch wieder „Sie", nachdem er Tiff stundenlang geduzt hatte. Julian sah in kalte, erbarmungslose Augen.

„Diese Maschine dort ist ein sogenannter Psycholöser", erklärte Orlgans drohend. „Beim Verhör kommen sämtliche Daten klar heraus. Wir benötigen diese Maschinen beim Umgang mit unbotmäßigen Leuten, deren Wissen für uns wichtig ist. Wenn Sie nicht bald reden, werden wir dieses Gerät einsetzen müssen. Ich weiß nicht, ob Sie das heil überstehen. So, nun können wir wieder gehen."

Plötzlich floß Orlgans vor Herzlichkeit über.

Er brachte Tiff in die Kabine zurück. Sie lag nahe der Zentrale im Vorderteil des langen Schiffes. Ehe Orlgans ging, riskierte Tiff alles. Bittend stammelte er: „Darf – darf ich drüben in meinem Boot überlegen? Bitte, lassen Sie mich jetzt nicht in der fremden Umgebung. Ich fühle mich hier nicht so besonders . . .“

„Natürlich, natürlich“, unterbrach Orlgans überschwenglich. „Einen Moment, mein junger Freund, ich rufe die Wachen.“

Als Tiff von zwei Springern zur K-9 gebracht wurde, wußte er, daß er noch eine Frist von unbekannter Dauer gewonnen hatte. Er war entschlossen, sie zu nutzen.

Als Tifflor aus der Bodenschleuse der K-9 trat und den Helm öffnete, kamen ihm Mildred, Eberhardt und Hifield entgegen. Tifflor fühlte sich plötzlich von Müdigkeit überwältigt und ließ die Schultern sinken.

„Was ist los, Tiff?“ fragte Mildred ängstlich.

Tiff winkte ab.

„Nichts“, antwortete er. „Sie haben mich ausgefragt. Und bei Gott, sie haben eine Art, einen zu fragen, daß man das Lachen dabei vergißt.“

„Und wieviel hast du ausgeplappert?“ fragte Hifield ein wenig gehässiger, als er es wirklich meinte.

„Nichts!“ schrie Tiff zornig. „Ich weiß nichts, also kann ich auch nichts ausplappern. Kommt mit nach oben. Ich will etwas mit euch bereden.“

Er ging voran. Die beiden Kadetten und das Mädchen folgten ihm. Mit dem Antigrav-Lift fuhren sie hinauf zu jenem Trakt des Beiboots, in dem die Kabinen und die kleine Messe lagen. In der Messe fanden sie sechs von den zehn Kadetten, die die K-9 an Bord hatte. Felicitas Kergonen, die Botanik-Studentin, und Major Deringhouse, der an Krücken von seiner Kabine hierhergehumpelt war, um Gesellschaft zu haben.

Sie wußten, daß Julian Tifflor zum Verhör auf die ORLA XI gerufen worden war. Als er eintrat, verstummten alle Gespräche.

Tifflor machte eine rasche Geste: Die rechte Hand schoß von der

Hüfte aus schräg in die Höhe. Dann erst sagte Tiff: „Guten Tag! Wie sieht's bei euch aus?"

Sie antworteten zögernd und genau in der Art, in der Tiff die Antworten erwartete: unbefangen, unverdächtig.

Sie hatten die Geste verstanden, die vor ein paar Stunden unter ihnen ausgemacht worden war. Rechte Hand von der Hüfte aus schräg nach oben bedeutete: Ich habe etwas zu sagen, was die Springer nicht hören dürfen. Achtet auf den Interkom.

Die Springer waren alles andere als Narren. Sie wußten, daß ihre Gefangenen den Gedanken an Flucht nicht aufgaben. Die K-9 besaß einen gut funktionierenden Interkom, und die Springer nützten ihn, um die Gefangenen damit zu überwachen.

Tiff begann ein unverfängliches Gespräch. Ein paar Kadetten gruppierten sich um ihn und fingen an, ihn nach seinen Erlebnissen auf der ORLA XI auszufragen. Die anderen unterhielten sich weiter mit Deringhouse, der es sich in zwei zusammengeschobenen Sesseln bequem gemacht hatte, um sein verwundetes Bein zu schonen.

Die Gruppe um Tiff stand Schulter an Schulter. So dicht, daß Tiff, während er belanglose Antworten gab, in aller Eile etwas auf ein Stück Papier schreiben konnte, ohne über Interkom beobachtet werden zu können.

Den Zettel gab er Hump, der neben ihm stand. Er war sicher, daß die Neuigkeit innerhalb weniger Minuten die Runde gemacht haben würde.

Die Unterhaltung ging weiter, während der Zettel kreiste. Auf dem Papier stand: *Die ORLA XI ist der K-9 an Ausrüstung und Energiegehalt nicht überlegen. Wir können ausreißen, wenn es uns gelingt, das Triebwerk in Gang zu setzen. Die beiden Mädchen müssen die Wachen vor dem Kommandostand ablenken – ich schalte die Aggregate ein und lasse sie mit Verzögerung von etwa einer Stunde anlaufen. Bitte um Vorschläge, wann wir anfangen können.*

Die STARDUST II stand am Rand des Solsystems zwischen der Pluto- und der Neptun-Bahn. Das riesige Schlachtschiff wurde von den beiden schweren Kreuzern TERRA und SOLAR SYSTEM flankiert. Perry Rhodan stand mit den Kommandanten der beiden Kreuzer in ständiger Verbindung.

Rhodan wußte, daß selbst die gewaltige Positronik der STARDUST II zur Auswertung des komplizierten Tasterdiagramms sechs bis sieben Stunden brauchte, wenn das Resultat mit einem Fehler von weniger als einem Prozent behaftet sein sollte.

Sechs bis sieben Stunden Zeit aber hatte Rhodan nicht.

Sie standen einem Kontrahenten gegenüber, dessen Technik alles andere als unterentwickelt war.

Rhodan war bereit, einen Fehler bis zu zehn Prozent in der Auswertung des Diagramms in Kauf zu nehmen, aber mit einem Zeitverlust von mehr als einer Stunde war er nicht einverstanden.

„Wir müssen die K-9 wiederfinden."

Kaum jemand hatte, seitdem das Beiboot verschwunden war, einen anderen Satz von ihm gehört.

Reginald Bull brachte das auf Plastikstreifen ausgedruckte Rechenresultat der Positronik. Rhodan riß ihm die Streifen aus der Hand und studierte sie. Dazu brauchte er eine Minute.

Bull sah ihn von der Seite her an. „Na . . ."

Er wollte noch mehr fragen, aber in diesem Augenblick hob Rhodan den Kopf und schrie ihn an: „Fertigmachen zur Transition! Die TERRA und die SOLAR SYSTEM gehen mit uns!"

In zwei Stunden, hieß das Ergebnis der Umfrage. *Kurz nach der Wachablösung.*

Tiff war damit einverstanden. Er selbst hatte den gleichen Vorschlag gemacht. Mit Eberhardt und Mildred zusammen verließ er die Messe, während Hump dort zurückblieb.

In die Wände des Ganges waren in regelmäßigen Abständen Interkomgeräte eingebaut. Die Entfernung von einem Aggregat bis zum andern betrug etwa sieben Meter. Da Mildred und die beiden Kadetten sich ziemlich leise unterhielten, gab es zwischen zwei Apparaten jeweils eine Strecke von zwei oder drei Metern, auf der sie vom Interkom nicht verstanden werden konnten.

„Was wollte Orlgans wissen?" fragte Eberhardt.

Tiff warf einen Blick zur Seite. Der Interkom, an dem sie vorbeigekommen waren, lag mehr als zwei Meter hinter ihnen, der nächste fast fünf Meter vor ihnen.

„Ihr werdet die Wachen in eine Unterhaltung verwickeln müssen, Milly", sagte Tiff leise und schnell. „Gebt vor, ihr wolltet ihnen etwas zeigen, und lockt sie wenigstens für drei Minuten vom Kommandostand weg. Drei Minuten genügen mir im Notfall, mehr wäre allerdings besser."

Der Interkom kam näher.

„. . . natürlich nichts", schwenkte Tiff unvermittelt um. „Ich habe keine Ahnung, welche Geheimnisse er bei mir vermutet. Er gibt auch keinen Anhaltspunkt. Er lachte mir laut ins Gesicht und sagte, er würde andere Mittel, die sehr unbequem für mich sein können, anwenden, um seine Informationen zu bekommen."

Mildred machte ein erschrecktes Gesicht. „Glaubst du, daß er das tut?"

Tiff nickte. Der Interkom lag schon wieder hinter ihnen. „Sicher wird er das tun . . . Ihr müßt eure Sache geschickt machen, Milly. Auch wenn ich eine Verzögerung einschalte, können die Wachen den Eingriff entdecken, falls sie mißtrauisch werden und sich im Kommandostand genau umsehen. Du mußt Felicitas alles genau erklären, damit sie keinen Unsinn macht. Und sag ihr, sie soll keine Angst haben . . . sind nette Kerle, solange man sie zum Freund hat. Aber wehe, es kommt ihnen einer in die Quere."

„Keine ansprechbare Materie im Umkreis von zwanzig Lichtjahren", meldete der Orter.

Perry Rhodan saß vor dem Pilotpult der STARDUST II. Auf den Bildschirmen zeigte sich die Schwärze des leeren Raumes, überdeckt von einem Schleier konturloser kalter Lichtpunkte.

Zwei verwaschene Flecken schimmerten auf dem Schirm – die TERRA und die SOLAR SYSTEM.

„Und jenseits der Zwanzig-Lichtjahre-Grenze?" fragte Rhodan in das Mikrophon.

Die Antwort kam prompt: „Beta Albireo ist 21,85 Lichtjahre von unserem augenblicklichen Standort entfernt. Ein Doppelstern im Sternbild Schwan."

Rhodan nickte. „Was noch?"

„Zwei weitere Sonnen in 53,56 und 62,72 Lichtjahren Abstand."

Reginald Bull war längst aufgestanden und lehnte sich gegen das Pilotpult.

Rhodan sah ihn an.

„Wir sind über dreihundertfünfzig Lichtjahre gesprungen", sagte er nachdenklich. „Beta-Albireo steht von der Sonne dreihundertundzwanzig Lichtjahre entfernt. Die Positronik gab für ihre Rechnungen einen Fehler von 9,2 Prozent an."

Er unterbrach sich und stellte die Verbindung mit dem Orter wieder her.

„Ich brauche die Entfernung der beiden unbekannten Sterne von der Sonne", sagte er.

Die Antwort kam gleich darauf. „Der nähere von beiden steht fast exakt in der Verlängerung der Linie Erde – STARDUST. Entfernung von Sol also rund vierhundert Lichtjahre. Der andere steht von der Linie ab. Entfernung von Sol etwa dreihundertdreiundachtzig Lichtjahre."

Rhodan schaltete ab und sah Bull erneut an. „Hörst du das?"

Bull rechnete in Gedanken.

„Ja, ich höre", antwortete er nachdenklich. „Dreihundertfünfzig plus minus 9,2 Prozent bedeutet, daß das Ziel im Bereich zwischen dreihundertachtzehn und dreihundertzweiundachtzig Lichtjahren Sol-Entfernung liegt. Dreihundertzwanzig kann richtig sein, dreihundertdreiundachtzig unter Umständen ebenfalls noch. Vierhundert scheidet aus."

Rhodan nickte. „Gut. Wir haben also zwei Ziele zur Auswahl. Für welches entscheiden wir uns?"

Bull verzog das Gesicht zu einem kampfeslustigen Grinsen. „Für das wahrscheinlichere von beiden: Beta-Albireo."

Die ORLA XI ortete die starke Erschütterung, die die Transition der drei irdischen Schiffe verursachte, ohne Schwierigkeit.

Orlgans, Besitzer und Kapitän der ORLA XI, begann einzusehen, daß er sich hier in eine Sache eingelassen hatte, die wahrscheinlich über seine Kräfte ging.

Orlgans unterhielt sich mit dem Mann, den man an Bord irdischer Schiffe den Ersten Offizier genannt hätte. Die Springer waren Handelsleute, und an Bord ihrer Handelsschiffe gab es keine militärischen Bezeichnungen.

Der Mann hieß Ornafer. Ein Mensch hätte die beiden Männer, wenn er sie nicht schon längere Zeit kannte, kaum voneinander unterscheiden können. Sie waren gleich groß – zwei Meter – und massig gebaut. Sie trugen gleichfarbige ungeschnittene Haare und den gestutzten Bart, wie er augenblicklich zur Mode der Springer gehörte.

„Jemand ist uns auf den Fersen", sagte Orlgans ernst.

Ornafer lachte herausfordernd. „Und wenn schon! Sie sollen uns kennenlernen!"

Orlgans wiegte den Kopf.

„Vielleicht lernen wir auch sie kennen", gab er zu bedenken.

Ornafer lachte immer noch. „Wer soll uns etwas anhaben können? Uns, den Springern?"

Orlgans war anderer Meinung. „Sie kennen die Welt des ewigen Lebens. Wir wissen nicht, welche technischen Mittel ihnen zur Verfügung stehen."

Ornafer lenkte ein.

„Wenn du in Sorge bist", sagte er, „können wir ein paar Kriegsschiffe zu Hilfe rufen."

Orlgans hob beide Hände zum Zeichen der Bejahung. „Die letzte Ortung kam aus einer Entferung von zwanzig Lichtjahren. Wenn sie uns noch näher rücken, werde ich Kriegsschiffe rufen."

Mildred hatte Felicitas über die gemeinsame Aufgabe informiert. Auf die gleiche Art, in der sie ihre Instruktionen von Tiff empfangen hatte – jeweils zwischen zwei Interkomgeräten auf dem Hauptgang.

Tiff hatte sich davon überzeugt, daß die Aggregate des Springer-

Schiffes denen der K-9 unterlegen waren. Es stand für ihn fest, daß der Ausbruch auf jeden Fall durchgeführt werden müsse – entweder mit List oder mit Gewalt.

Wenn er sich in den Kommandostand schlich, würden Eberhardt, Hump und noch ein paar andere Kadetten im Hinterhalt liegen und aufpassen, ob die Wächter nicht frühzeitig zurückkehrten. Taten sie es doch, dann mußten sie überwältigt werden. Tiff hoffte, daß er das Beiboot, dessen Triebwerke schon seit Stunden ausgeschaltet waren, innerhalb von zehn Minuten wieder startklar machen konnte. Zehn Minuten lang würden sie die K-9 also gegen die Springer verteidigen müssen – falls die Mädchen versagten.

Nur noch eines war Tiff unklar: Major Deringhouse hatte die K-9, als sie auf der Plutobahn von dem Springer-Schiff angegriffen worden waren, nach kurzer und ziemlich harmloser Gegenwehr dem Gegner überlassen. Die Waffen der K-9 waren denen des Springer-Handelsschiffs überlegen. Warum also hatte Deringhouse sich nicht länger gewehrt? Er hätte doch den Kampf gewinnen können.

Tiff hätte Deringhouse diese Frage gern selbst gestellt. Aber er hielt Deringhouse zugute, daß er seine Gründe gehabt hatte, und fürchtete, ein Geheimnis bloßzulegen, wenn er den Major vor dem Interkom danach fragte.

Mildred und Felicitas warteten in ihren Kabinen, bis der verabredete Zeitpunkt gekommen war. Sie taten so, als begegneten sie sich durch Zufall auf dem Gang, überlegten eine Weile so laut, daß der Interkom es hören konnte, was sie tun sollten, und entschlossen sich schließlich, sich mit den beiden Wächtern vor dem Kommandoraum zu unterhalten.

Der Kommandoraum war zwei Etagen weit entfernt. Sie fuhren mit dem Lift hinunter.

Tiff sah sie an der weit geöffneten Tür der Messe vorbeigehen und gab Eberhardt einen Wink. Eberhardt begriff sofort und gab den Wink weiter. Tiff verließ die Messe, Eberhardt, Hump und drei weitere Kadetten folgten ihm nach zwei Minuten.

Tiff entfernte sich zunächst vom Kommandostand. Er fuhr fast bis zum Fuß des kugelförmigen Schiffes hinunter und tat so, als suche er etwas. Als er annahm, daß die beiden Mädchen jetzt etwa den ersten

Teil ihrer Aufgabe erledigt haben mochten, schwebte er durch den Lichtschacht wieder nach oben und erreichte den Haupteingang zum Kommandoraum – dicht unter dem kleinen Aufnahmegerät eines Interkom-Standes. Er war jedoch sicher, daß gerade dieses Gerät niemals abgefragt werden würde. Was hier vor sich ging, hatten die beiden Wachen zu beobachten.

Die Wachen waren verschwunden. Aus der Tiefe eines Kreuzgangs heraus hörte Tiff leises Kichern. Die Mädchen waren am Werk.

Tiff pfiff das verabredete Signal. Von weiter hinten aus dem Hauptgang kam die Antwort. Eberhardt und seine Begleiter waren ebenfalls zur Stelle.

Tiff zögerte nicht länger. Mit sieben, acht hastigen Schritten stand er vor dem Kommandoraum-Schott, das die Springer inzwischen wieder repariert hatten, und ließ es auffahren. Ungeduldig wartete er, bis der Spalt so groß war, daß er hindurchschlüpfen konnte. Licht flammte auf, als er den großen runden Raum betrat, aber Tiff löschte es sofort durch einen Druck auf die Knöpfe der Sonderschaltung. Gleichzeitig gab er für das Schott den Gegenbefehl. Die schwere Platte aus Arkon-Stahl fuhr mit saugendem Schmatzen in die Dichtung zurück.

Aufatmend ließ Tiff das Licht wieder aufleuchten. Er sah sich um und machte sich an die Arbeit.

Rhodan hatte das Mikrophon dicht zu sich herangezogen.

„Sie trifft die schwerste Aufgabe, Nyssen", sagte er ernst. „Sie bekommen von mir Bescheid, sobald die Telepathen Tifflor geortet haben. Rechnen Sie damit, daß Beta-Albireo ein Planetensystem hat – die meisten Doppelsterne haben eines. Wir wissen nichts über die Bewaffnung des fremden Schiffes. Im ungünstigsten Fall ist sie der Ihres Kreuzers überlegen. Werden Sie also nicht tollkühn. Ihre einzige Aufgabe ist es, den Fremden so abzulenken, daß die Besatzung der K-9 sich befreien kann. Den Rest übernehmen McClears und ich. Bestätigen Sie bitte."

Major Nyssen, Kommandant der SOLAR SYSTEM, bestätigte den Befehl, indem er ihn fast wortgetreu wiederholte.

„In Ordnung", schloß Rhodan. „Wir transistieren in genau vierzehn

Minuten. Nach meiner Berechnung endet die Transition etwa zwei Lichtjahre vor Beta-Albireo. Achtung, an alle! Alle Gefechts- und Orterstände befinden sich ab sofort in höchster Alarmbereitschaft!"

Ornafer lachte. Er lachte immer, wenn er sich einer außergewöhnlichen Situation gegenübersah. Er war erschrocken, außerdem hatte er ein wenig Angst. Der Strukturtaster meldete eine neue Transition – noch schwerer als die vorangegangene, weil sie näher war.

Nur etwa zwei Lichtjahre.

Orlgans war nicht im Kommandostand. Ornafer rief ihn an und gab ihm Bescheid.

„Kriegsschiffe rufen!" befahl Orlgans. „Sofort! Und zusätzliche Wachen in das gekaperte Schiff hinüberschicken. Sie sollen alle wichtigen Gänge besetzen. Ich möchte nicht, daß das irdische Schiff im Durcheinander ausreißt."

Ornafer bestätigte und schickte sich an, die Befehle auszuführen.

Die Situation der Springer im Großen Imperium, dessen Zentrum Arkon war, war in gewissem Sinn eigenartig. Die Arkoniden hatten es schon lange als unter ihrer Würde betrachtet, mit irgend jemandem Handel zu treiben. Die Springer, die ihre entfernten Verwandten waren, füllten die Lücke und machten sich so unentbehrlich, daß, wer auch immer ein Geschäft über größere Entfernungen abwickeln wollte, ihrer Dienste bedurfte.

Die Springer allerdings hatten von jeher nur ihren eigenen Nutzen im Sinn. Sie waren es, die die Rivalitäten innerhalb des Imperiums schürten, weil sie sich von der Bildung von Splittergruppen einen größeren Spielraum für ihre Handelsgeschäfte versprachen.

Sie waren tolerant jedem gegenüber – solange er ihr Monopol nicht anzutasten versuchte. Sie hatten eine Kriegsflotte gebaut, deren Verbände im Raum lauerten und auf den Augenblick warteten, da sie von einem Handelsschiff um Hilfe gerufen wurden.

In Augenblicken der Gefahr bildeten die Springer – sonst über alle Gegenden der Galaxis verstreut und einer des anderen Rivale – eine verschworene Einheit. Getrennt leben, vereint sich wehren – dieses Motto war zur Grundkonzeption der Springer-Politik geworden.

Ornafer, der seinen Hilferuf über Hyperwelle in den Raum hinaussandte, durfte also sicher sein, daß er innerhalb kürzester Zeit Hilfe bekommen würde.

Dann erledigte er den zweiten Teil von Orlgans' Befehl: Er schickte fünf weitere Wachtposten in das erbeutete Feindschiff hinüber.

Tiff brauchte nicht zehn, sondern zwanzig Minuten, um die Aggregate der K-9 in der geplanten Weise zu aktivieren. Von jetzt an würde noch etwa eine Stunde vergehen, bis die K-9 die gesamte Kraft ihres Triebwerks benutzen konnte, um sich aus der magnetischen Klammer der ORLA XI zu lösen und dem Feind zu entfliehen.

Tiff verließ den Kommandostand ungesehen. Er pfiff ein Stück des vereinbarten Liedes, und kaum eine Sekunde später lösten sich Hump, Eberhardt und die drei anderen Kadetten aus den Nischen.

Von rechts her kam noch immer das Kichern der beiden Mädchen.

„Alles in Ordnung?“ fragte Hump.

Tiff nickte. „Alles. In einer Stunde löst sich die K-9 vom Gegner. Bis dahin müssen wir bereitstehen, um die Wachen unschädlich zu machen.“

Dann befahl Tiff: „Zurück zur Messe! Wir müssen den anderen Bescheid geben!“

Er hatte noch keine zwei Schritte getan, da schrillten die Alarmsirenen durch das Schiff. Tiff blieb stehen und horchte auf den Rhythmus. Es war kein Zeichen, das Tiff kannte. Dafür polterten die Schritte der beiden Wachen durch den Quergang.

„Los!“ zischte Tiff. „Hier dürfen sie uns nicht erwischen.“

Sie liefen ein paar Schritte und wechselten zu langsamer Gangart über, als sie die beiden Springer hinter sich auftauchen hörten.

„Halt!“ schrie einer von ihnen. „Halt, oder ich schieße!“

Er sprach Interkosmo – die Kunstsprache des Großen Imperiums von Arkon, die jeder Kadett auf der Weltraumakademie lernte.

Tiff unterhielt sich mit seinen Freunden und ging weiter, als habe er nichts gehört. Ein Schuß aus einer der langläufigen Thermowaffen, deren die Springer sich bedienten, pfiff über die Kadetten hinweg und zog eine haarfeine Schmelzspur in das Metall der Decke.

Tiff blieb stehen und wandte sich um. Er verzog das Gesicht, als sei er erschrocken.

„Was – was gibt es?“ rief er.

Einer der Posten kam näher.

„Stehenbleiben, habe ich gesagt!“ rief er. „Habt ihr das nicht gehört?“

Tiff schüttelte den Kopf. „Kein Wort. Was ist los?“

„Alarm“, antwortete der Posten lakonisch. „Wo wart ihr?“

Tiff zuckte mit den Schultern. „Spazieren. Man kann nicht immer in der Messe hocken.“

Der Posten sah über die Schulter zurück. „Ferla, sieh dir den Kommandostand an, ob sie dort etwas angestellt haben.“

Ferla ließ das Schott auffahren und trat in den Kommandostand hinein. Das Licht flammte auf. Ferla sah sich um.

„Nichts!“ berichtete er. „Alles in Ordnung!“

Tiff atmete auf. Die Idee war nicht schlecht gewesen, die Kontrollleuchten des Maschinenpults unbrauchbar zu machen.

Jemand kam durch den Liftschacht herauf – ein breitschultriger hochgewachsener Springer, die Thermowaffe unter dem Arm. Vier andere folgten ihm.

„Hooo!“ Der Posten lachte. „Was sucht ihr hier?“

„Alarm!“ Einer der Springer lachte zurück. „Transitionen in der Nähe.“

Dann deutete er auf die Kadetten. „Diese Burschen werden wir irgendwo sorgfältig einsperren und bewachen, damit sie uns keine Scherereien machen.“

Tiff und seine Freunde waren klug genug, keine Einwände zu machen. Sie wußten, daß die Zeit für sie arbeitete und daß sie vorläufig nichts weiter zu tun hatten, als zu warten.

Man führte sie zur Messe zurück – die beiden Mädchen ebenfalls – und schloß das Messeschott.

Tiff hob beide Arme, um Deringhouse und den anderen anzuzeigen, daß er seinen Plan ausgeführt hatte.

Dann sagte er: „Wir haben fünf neue Wachen im Schiff, und sie gehen kein Risiko mehr ein, weil Transitionen in der Nähe registriert worden sind.“

22.

„Marshall behauptet, er könne Tifflor ausmachen“, meldete Reginald Bull aufgeregt.

Rhodan nickte flüchtig und studierte das Bild, das er auf dem kleinen Ausschnittsschirm vor sich hatte. Es war das in optische Signale umgesetzte Tastbild der Orterstation. Das System Beta-Albireo bestand aus einem sonnenähnlichen, orangefarbenen Zentralgestirn mit einem kleineren, aber energiereicheren blauen Begleiter und wahrscheinlich vier Planeten.

Für Rhodan hatte nach der Beendigung der Transition kein Zweifel daran bestanden, daß der Gegner in diesem System zu suchen war.

„Natürlich kann Marshall nicht auf den Meter genau ausmachen, wo Tifflor sitzt“, fügte Bull hinzu.

Rhodan nickte ein zweites Mal. Dann zog er das Mikrophon zu sich herüber.

Ein Tastendruck brachte den Kommandostand der SOLAR SYSTEM deutlich auf den Bildschirm. Major Nyssen stand genau vor dem Empfänger.

„Alles in Ordnung, Nyssen“, sagte Rhodan trocken. „Tifflor ist in der Nähe. Fliegen Sie los.“

Nyssen nickte bestätigend.

Sein Bild erlosch, und Sekunden später scherte die SOLAR SYSTEM mit rasch wachsender Geschwindigkeit aus der Staffel der drei Schiffe aus, in Richtung Beta-Albireo.

Rhodan beobachtete, wie sie in einer Entfernung von drei Lichtsekunden plötzlich verschwand, als sie in die Transition ging.

Er ordnete Beschleunigung an. Innerhalb weniger Augenblicke erreichten die STARDUST II und die TERRA halbe Lichtgeschwindigkeit. Rhodan befahl: „Zur Transition ständig bereithalten!“

Orlgans war längst wieder im Kommandoraum.

„Nichts Neues", sagte Ornafer. „Sie hängen anscheinend irgendwo im Raum und wissen nicht, wo sie suchen sollen."

Seinen Optimismus hatte er inzwischen wiedergefunden. Orlgans jedoch war nach wie vor skeptisch.

„Ich bin nicht sicher, ob das so ist", antwortete er. „Es sollte mich sehr wundern, wenn wir nicht in den nächsten Minuten . . ."

Die Alarmpfeifen schnitten ihm das Wort ab. Der Feind mußte ganz in der Nähe aufgetaucht sein.

Der Strukturtaster sprach im selben Augenblick an. Orlgans hörte die hysterische Stimme des Orters, die aus dem Lautsprecher drang.

„Herr aller Sterne! Es ist ein Arkon-Schiff!"

Eine halbe Stunde später sah Orlgans es auf dem Bildschirm auftauchen. Es war ein Kugelschiff arkonidischer Bauart und kaum mehr zehntausend Kilometer entfernt. Orlgans wußte, daß er dem Fremden weit unterlegen war.

„Höchste Beschleunigung!" schrie er über Interkom den Maschinenraum an. „Weg von hier!"

Die Aggregate arbeiteten präzise. Die Kraft der Triebwerke riß die ORLA XI aus ihrer Umlaufbahn und drängte das Schiff in den freien Raum hinaus. Orlgans verfolgte die Ereignisse vom Kommandoraum aus. Er sah, daß er die Geschwindigkeit des Gegners unterschätzt hatte. Das Kugelschiff war nahezu mit Lichtgeschwindigkeit aus der Transition aufgetaucht und machte mit seiner rasanten Fahrt die Bemühungen der ORLA XI zunichte.

Orlgans war ein erfahrener Kapitän, der mehr als zehntausend Transitionen hinter sich gebracht hatte. Er wußte, welches Risiko damit verbunden war, mit solch hoher Geschwindigkeit – nahe der kritischen Grenze – aus der Transition aufzutauchen. Er selbst hatte es niemals gewagt, und er wußte besser als jeder andere, daß ein arkonidischer Kapitän es noch viel weniger wagen würde.

Orlgans war bisher nur skeptisch gewesen, aber jetzt bekam er es mit der Angst zu tun.

Das Kugelschiff holte die ORLA XI mühelos ein und schoß an ihr vorüber. Im Augenblick des geringsten Abstands zuckte aus dem mächtigen Leib des feindlichen Schiffes ein blasser Strahl, schoß über die ORLA XI hinweg und verbrauchte sich selbst in der Tiefe des Raumes.

„Wenigstens zielen können sie nicht“, knurrte Orlgans und befahl seinen Kanonieren, auf der Hut zu sein.

In der Messe war nichts davon zu spüren, daß die ORLA XI sich mitsamt ihren Gefangenen in Bewegung setzte. Die Neutralisatoren der K-9 arbeiteten nach wie vor und hätten wesentlich stärkere Beschleunigungsdrücke aufheben können als den, dem das Boot im Augenblick ausgesetzt war.

Major Deringhouse lächelte trotz seiner Schmerzen. In der Messe war es still. Man konnte Deringhouse gut verstehen, als er von seiner Liege her sagte: „Ich gäbe ein ganzes Jahresgehalt dafür, wenn ich ihre Gesichter sehen könnte.“

Tiff erschrak zunächst. Dann begriff er, daß Deringhouse kein Risiko eingegangen war. Selbst wenn man annahm, daß die Springer jede Äußerung, die ihnen über Interkom zu Ohren kam, in den positronischen Übersetzer gaben, würde es länger als zehn Minuten dauern, bis sie die Übersetzung des englisch gesprochenen Satzes vor Augen hatten – und noch ein bißchen länger, bis sie den Sinn verstanden.

Als der Zeitpunkt X noch etwa drei Minuten entfernt war, begann einer der Kadetten gemäß Verabredung gegen das Schott zu trommeln. Das Schott fuhr beiseite, und die Gesichter zweier Springer-Posten erschienen in der Öffnung.

„Was ist los?“ fragte einer von ihnen.

„Wir haben Hunger“, antwortete Tiff kurz.

Der Posten lachte und wandte sich um. „Honnap, besorge etwas zu essen!“

Honnaps kräftige Stimme antwortete aus dem Hauptgang: „Ich kann nicht hinüber! Bei dieser Geschwindigkeit ist der Übergang zu gefährlich!“

Der Posten wandte sich wieder an Tiff.

„Richtig“, brummte er. „Wir sind seit ein paar Minuten unterwegs. Ihr werdet schon warten müssen, bis die ORLA nicht mehr beschleunigt.“

Tiff war maßlos überrascht, aber er wußte, daß er bei aller Überraschung diesen Augenblick nicht nutzlos verstreichen lassen durfte. Ein zweites Mal würden die Posten nicht mehr so vertrauensselig sein.

Tiff sah sich um. Er bemerkte die Überraschung auf den Gesichtern der anderen. Einer fragte: „Beschleunigt? Wieso beschleunigt die ORLA?"

Tiff fing trotzdem an zu pfeifen. *It's a long way to Tipperary . . .*

Er sah, wie sie die Köpfe wandten und zu verstehen begannen. Die ORLA XI war mit der K-9 unterwegs, und kein Mensch wußte warum. Jetzt war der Augenblick, um in Aktion zu treten.

Tiff sprang nach vorn, und noch im Sprung umfaßte er den mächtigen Nacken des Postens mit den Armen. Die Wucht des Anlaufs trug ihn ein Stück in den Gang hinaus, aber Tiff stemmte die Beine kräftig ein und zog den bulligen Springer blitzschnell durch das offene Schott in die Messe hinein.

Der Posten wurde schlaff. Tiff ließ ihn fallen.

„Aufpassen!" schrie er.

Hump und zwei Kadetten hatten den Posten überwunden.

Inzwischen war Honnap aufmerksam geworden. Mit schnellen Schritten kam er heran. Tiff und Eberhardt griffen ihn gemeinsam an. Honnap nützte seine Thermowaffe nichts, er bekam den langen Lauf nicht schnell genug nach oben. Ein ungezielter Schuß fuhr zischend durch den weiten Gang, aber einen Augenblick später lag Honnap schon bewußtlos auf dem Boden.

„Nun die anderen!" keuchte Tiff. „Los! Zum Kommandostand!"

Keiner der anderen Wächter war zu sehen. Die Kadetten stürmten den Hauptgang entlang.

„Das Schiff!" schrie Ornafer voller Verzweiflung. „Es löst sich!"

Orlgans wußte einen Atemzug lang nicht, was sein Stellvertreter meinte, dann fiel sein Blick auf den Seitenschirm.

Die kleine Kugel des eingefangenen Feindschiffs war noch nicht ganz verschwunden, sondern hing als kleiner Fleck im Raum. Aber sie hatte sich von der ORLA XI gelöst.

Orlgans fing an zu fluchen.

Es drängte ihn, den Entwichenen nachzusetzen und sie wieder einzufangen.

Aber auf den Frontschirmen war immer noch der mattleuchtende Punkt des großen Feindschiffs, dessen Desintegrator-Schuß die ORLA XI nur um ein paar hundert Meter verfehlt hatte.

Dort war die größere Gefahr, entschied Orlgans.

Er wußte nicht, wie es den Gefangenen gelungen war, sich zu befreien. Aber im Augenblick war das auch für ihn nicht das Wichtigste.

Der matte Lichtpunkt näherte sich der ORLA XI erneut.

„Wo bleiben unsere Kriegsschiffe?“ stöhnte Orlgans. „Beim zweitenmal wird er besser treffen.“

Major Nyssen hatte nicht die Absicht, die ORLA XI überhaupt zu treffen. Jetzt, nachdem die K-9 sich von dem röhrenförmigen Springer-Schiff gelöst hatte, kam es ihm nur noch darauf an, den Springer kopfscheu zu machen, bis er ihn mit einem Gravitationsfeld eingefangen hatte, auf dieselbe Weise eingefangen, wie der Springer zuvor die K-9 an sich gefesselt hatte.

Nyssen war davon überzeugt, daß das fremde Schiff der SOLAR SYSTEM weitaus unterlegen war. Es hatte das Feuer nicht erwidert, als die SOLAR SYSTEM passierte. Bedurfte es eines weiteren Hinweises?

Nyssen gab den Befehl, alle Energiereserven auf den Gravitationsgenerator zu schalten.

Alle Orter der SOLAR SYSTEM waren damit beschäftigt, nach weiteren Gegnern Ausschau zu halten. Aber sie fanden keine. Die SOLAR SYSTEM, das fremde Schiff und die K-9 waren allein in diesem Sektor des Raumes.

Nyssen flog ein zweites Mal in einer Entfernung von wenigen hundert Kilometern am Gegner vorbei und ließ eine Salve absichtlich schlecht gezielter Schüsse abgeben. Es erfüllte ihn mit Befriedigung, daß das fremde Schiff daraufhin Ausweichmanöver zu machen begann. Es flog eine weite Kurve und beschleunigte weiterhin. Nyssen ließ die SOLAR SYSTEM wenden und den Gegner zum drittenmal angreifen.

Während die beiden Schiffe sich näherten, gab er die Anweisung: „Fertig zum Einfangmanöver!“

„Wir haben uns gelöst!“ schrie Tiff.

Auf den Empfangsgeräten des Kommandostands war deutlich zu sehen, daß die ORLA XI – ein dünner mattglänzender Strich – von der K-9 schon wenigstens tausend Kilometer entfernt war.

Sie hatten noch weitere Posten ausgeschaltet. Die beiden letzten schienen irgendwo im Schiff unterwegs zu sein. Tiff hatte seine Leute so verteilt, daß die beiden Springer ihnen im Lauf der nächsten Viertelstunde irgendwo in die Arme laufen mußten.

Kadett Eberhardt hatte vereinbarungsgemäß den Orterposten eingenommen. In der bedächtigen Art, die ihm eigen war, studierte er die Anzeige und schrie schließlich: „Da ist noch ein drittes Schiff!“

Tiff fuhr herum. „Jetzt schon? Wo?“

Eberhardt deutete auf den grünlich leuchtenden Tasterschirm. Tiff erkannte zwei sich rasch bewegende Leuchtstellen. Die eine war länglich und schlank – ohne Zweifel die ORLA XI –, die andere war nur ein Punkt, der sich jedoch rasch vergrößerte.

„Die STARDUST“, murmelte Eberhardt, vor Aufregung zitternd.

Tiff las die Positionswerte ab. Das kugelförmige Schiff war etwa zwanzigtausend Kilometer entfernt – in dem Augenblick, in dem Tiff ablas. Wenn es die STARDUST II gewesen wäre, hätte sie auf dem Tasterschirm ein wesentlich größeres Bild ergeben.

„Hyperkom fertig?“ rief Tiff, ohne sich umzusehen.

„Fertig!“ antwortete jemand.

Tiff wandte sich um und rückte das Mikrophon zurecht.

„Achtung, Notruf! Achtung, Notruf! K-9 ruft alle Schiffe der irdischen Raumflotte! K-9 ruft alle Schiffe der irdischen Raumflotte!“

Dann schwieg er und wartete auf Antwort. Sie kam innerhalb weniger Sekunden.

„SOLAR SYSTEM, Kommandant Nyssen, an K-9. Wir holen euch gleich, haben nur noch etwas zu erledigen!“

Orlgans verfolgte die Manöver des feindlichen Schiffes in zitternder Aufregung. Ornafer starrte reglos auf den Bildschirm.

„Dieses Mal erwischen sie uns“, knurrte Orlgans. „Sie haben schon oft genug danebengeschossen.“

Das Kugelschiff war zum zweitenmal an der ORLA XI vorbeigerast, hatte eine Reihe von Schüssen abgegeben und sein Ziel wiederum verfehlt. In waghalsigem Wendemanöver hatte der Gegner nun seinen Kurs geändert und flog zum drittenmal an.

Orlgans gab den Kanonieren den Befehl, diesmal das Feuer zu erwidern. Es gab wenig Hoffnung, daß die schwachen Geschütze der ORLA XI dem Fremden überhaupt etwas anzuhaben vermochten. Aber selbst ein Händler starb nicht, ohne zu versuchen, sich zu wehren.

Rhodan wartete voller Ungeduld. Von Nyssen und der K-9 kamen keine Nachrichten.

Das auf Erdzeit eingestellte Chronometer zeigte den 28. Juli 1982, 21.12 Uhr Standardzeit.

„Jetzt müßten sie bald etwas von sich hören lassen“, meinte Bull.

Rhodan warf einen zweiten Blick auf die Uhr und beugte sich dann über das Mikrophon.

„Rhodan an McClears. Machen Sie sich fertig zum Sprung! Wir wollen nachsehen, was da los ist!“

21.14 Uhr Standardzeit an Bord der K-9.

„Maschinen arbeiten auf sechzig Prozent Leistung“, sagte Hump.

Tiff antwortete: „Das langt nicht für die Schutzschirme.“

Hump zuckte mit den Schultern. „Wozu brauchst du Schutzschirme? Die ORLA XI ist fast dreißigtausend Kilometer entfernt, außerdem ist sie mit der SOLAR SYSTEM genügend beschäftigt. Niemand tut uns etwas.“

Tiff nickte nachdenklich. „Hoffentlich bleibt das so. Ich kann mir nicht vorstellen, daß der Springer ohne . . .“

Ein schrilles Alarmsignal riß ihm die Worte vom Mund.

„Strukturtastung!“ schrie einer der Kadetten. „Transition in geringer Entfernung!“

Tiff kümmerte sich kaum darum.

„Das ist die STARDUST“, sagte er.

Aber der Orter belehrte ihn eines Besseren. „Dreißig unidentifizierbare Objekte im Abstand $3{,}10^7$ Meter, Phi einundzwanzig, Theta neunundachtzig, Geschwindigkeit $8{,}10^6$ Meter pro Sekunde, Komponente in unserer Richtung: $2{,}5.10^4$ Meter pro Sekunde.“

Tiff fuhr herum. „Wie sehen sie aus?“

„Zylindrisch und schlank.“

„Das sind die Springer-Schiffe!“ schrie Tiff. „Schutzschirme aufbauen!“

Hump antwortete zornig:

„Energie reicht nicht. Maschinen arbeiten erst auf fünfundsechzig Prozent.“

Der Orter meldete: „Achtung, wir bekommen Feuer!“

Auf der SOLAR SYSTEM wurde das Auftauchen der dreißig fremden Einheiten ohne Panik registriert. Nyssen brummte vor sich hin: „Die Sache wird ernst.“

Dann wies er die Navigation an, das Schiff in Wartestellung zu bringen und von dem bisherigen Gegner vorerst abzulassen. Der Maschinenraum bekam den Befehl, den Gravitationsgenerator im Leerlauf zu lassen. Erst dann benachrichtigte Nyssen die STARDUST II. Da die Transition dort auch wahrgenommen worden war, beschränkte Nyssen sich auf eine Schilderung der fremden Schiffe. Er sagte: „Sie sehen dem Objekt, das wir vor uns haben, ziemlich ähnlich. Ich würde sagen, sie gehören denselben Wesen. Diese dreißig sind allerdings ein wenig gedrungener gebaut. Sie sehen wesentlich gefährlicher aus.“

Er hatte seine Meldung kaum zu Ende gesprochen, als der Orter Energieentladungen in etwa achtundzwanzigtausend Kilometern Entfernung registrierte. Nyssen verstand sofort: die K-9 wurde beschossen.

Er versuchte, mit dem Beiboot Verbindung zu bekommen, aber es gelang ihm nicht mehr. Daraufhin setzte er die SOLAR SYSTEM in Bewegung und schickte sich an, den feindlichen Verband anzugreifen, auch wenn der Gegner ihm vielfach überlegen war.

Die erste Salve verfehlte die K-9 um ein paar hundert Meter. Tiff ließ das Feuer erwidern, aber große Wirkung erzielte er damit nicht. Er hatte zu wenig Leute, und die, die er hatte, besaßen nur geringe Erfahrung in der Bedienung der schweren Desintegratoren, Thermostrahler und Neutronengeschütze.

Ein heftiger Stoß traf die K-9 und trieb sie so schnell, daß die Absorber kaum darauf reagieren konnten, ein paar Kilometer aus ihrer Bahn.

„Treffer im Maschinenraum!“ schrie jemand.

Julian Tifflor saß vor dem Pilotenpult und erteilte seine Anweisungen so ruhig und sachlich wie ein erfahrener Kommandant.

„Manöverfähigkeit?“ fragte er.

Die Antwort kam prompt: „So gut wie keine mehr. Weniger als fünf Prozent.“

Tiff fuhr mit dem Stuhl herum.

„Wir steigen aus!“ entschied er.

Hump fragte: „Wer ist wir? Als Schulschiff haben wir nur einen einzigen Zerstörer an Bord, und der faßt nur drei Mann.“

Tiff zuckte mit den Schultern. „Er wird fünf fassen müssen, nämlich die beiden Mädchen und drei Mann. Deringhouse soll eine Entscheidung treffen.“

Im Laufschritt stürmten sie zu Messe. Der kräftige Stoß des ersten Treffers hatte Major Deringhouse von seiner Liege geschleudert. Er war bis zu einem Tisch gekrochen und versuchte, sich daran in die Höhe zu ziehen.

Tiff schilderte die Lage.

„Wir bringen Sie hinaus“, schloß er.

Deringhouse ließ sich wieder sinken und machte eine abwehrende Handbewegung.

„Keine Rede davon“, sagte er. „Ich habe Zeit gehabt, mir den Kopf über Rhodans Plan zu zerbrechen. Sie sind in wichtiger Mission unterwegs, Tifflor, und am besten wird es sein, wenn Sie sich aus dem Staub machen und mit Rhodan Verbindung aufnehmen. Nehmen Sie die Mädchen und diese beiden mit", dabei deutete er auf Eberhardt und Hump, „und vergessen Sie nicht, sich zu bewaffnen."

Rhodan erhielt Nyssens Meldung wenige Sekunden vor der Transition. Er leitete sie an McClears weiter und schärfte dem Kapitän ein: „Wir werden die K-9 heraushauen müssen. Achten Sie darauf, daß die feindlichen Schiffe kampfunfähig gemacht, aber nicht zerstört werden."

Kurz darauf verschwanden die beiden Schiffe spurlos aus ihrer bisherigen Position und gingen in den Hyperraum. Zwei Lichtjahre entfernt, in nur drei Astronomischen Einheiten Abstand von der orangefarbenen Sonne des Doppelsystems, tauchten sie wieder auf.

21.17 Uhr Terrania-Zeit.

Der Kampf begann.

In der militärischen Raumflotte der Springer war die „Gruppe" die kleinste selbständige Einheit. Eine Gruppe bestand aus fünfundzwanzig bis fünfunddreißig Schiffen und stand unter der Führung eines Mannes, dessen Rang dem eines irdischen Fregattenkapitäns entsprach.

Kapitän Harlgas war mit seiner Gruppe dem System Beta-Albireo am nächsten gewesen, als Ornafer seinen verzweifelten Hilferuf über Hyperfunk in den Raum geschickt hatte.

Harlgas hatte sofort gehandelt.

Wenige Sekunden nach Beendigung der Transition hatte er sich ein klares Bild von der Lage gemacht. Die in Bedrängnis geratene ORLA XI entfernte sich mit hoher Geschwindigkeit aus dem System. Ihr am nächsten stand ein feindliches Schiff arkonidischen Typs. Etwas weiter von ihr entfernt gab es noch ein drittes Fahrzeug, das so klein und ungefährlich aussah, daß Harlgas es ohne Risiko angreifen zu können glaubte. Wenige Sekunden später erzielten die Geschütze der Gruppe einen Treffer auf dem kleinen Fahrzeug und machten es manövrierunfähig. Harlgas ließ das Feuer einstellen und wartete darauf, was der Feind nun unternehmen würde. Dabei ließ er das weitaus größere Schiff, das zunächst untätig in etwa dreißigtausend Kilometern Entfernung gewartet hatte und dann plötzlich Fahrt aufnahm, keine Sekunde außer acht.

Er begriff ziemlich schnell, daß der Gegner zum Angriff ansetzte, und schickte die Schiffe seiner Gruppe in Verteidigungsposition.

Es wäre ihm wohler gewesen, hätte er gewußt, was er da für einen Gegner vor sich hatte. Ein kurzes Gespräch mit Orlgans auf der ORLA XI hatte ihn darüber belehrt, daß die Schiffe zwar arkonidischer Herkunft waren – wie er selbst gesehen hatte – der Gegner aber nicht zu den Arkoniden gehörte.

Noch komplizierter wurde die Lage, als der Orter meldete, daß ein winziges Fahrzeug das manövrierunfähige Schiff verließ.

Harlgas wies zwei seiner Kapitäne an, das kleine Fahrzeug zu verfolgen. Die anderen siebenundzwanzig hielt er auf den angewiesenen Positionen und schärfte ihnen ein, den herannahenden Gegner auf keinen Fall zu unterschätzen.

Der Zerstörer löste sich planmäßig von der K-9 und schoß in den Raum hinaus. Tiff beschleunigte mit mäßigen Werten. Die Maschine war eine Weiterentwicklung der alten Raumjagdzerstörer.

„Wohin?" fragte Hump.

„Deringhouse hat gesagt, wir sollten mit Rhodan Verbindung aufnehmen", antwortete Tiff. „Ich habe zwar keine Ahnung, wo Rhodan steckt, aber . . ."

„. . . aber wenn Deringhouse etwas sagt", unterbrach ihn Hump, „dann glaubst du ebenso fest daran, als hättest du's in der Bibel gelesen, nicht wahr?"

Tiff blieb ruhig.

„Nicht ganz so fest", gab er zurück. „Aber Deringhouse muß wissen, was er sagt."

Der Platz in der Kanzel war knapp bemessen. Es gab nur drei Sitze, und der Bequemlichkeit halber hatten Hump und Eberhardt je eines der Mädchen auf den Schoß nehmen müssen.

Wegen der drohenden Gefahr blieben die Raumanzüge geschlossen, und die Verständigung ging den Umweg über den Helmfunk. Tiff sah, wie das Bild auf dem Tasterschirm in Bewegung geriet. Der Taster war der Bewegung der feindlichen Flotte gefolgt und hatte sie als Schwarm bewegungsloser Punkte abgebildet. Jetzt jedoch lösten sich zwei Punkte aus dem Schwarm und begannen auf das Zentrum des Schirms zuzurücken.

Tiff änderte den Kurs und beschleunigte mit höheren Werten.

„Wir bekommen zu tun", sagte er trocken. „Sie verfolgen uns."

„Kümmern Sie sich um die K-9, Nyssen!" befahl Rhodan. „Nehmen Sie sie an Bord!"

Die SOLAR SYSTEM scherte aus und näherte sich dem Boot. Die STARDUST II hielt weiter auf die feindliche Flotte zu, gefolgt von der TERRA.

„Nicht zu nahe herangehen, McClears!" rief Rhodan. „Im Nahkampf sind wir ihnen wahrscheinlich unterlegen."

Rhodan hielt an seinem Plan fest. Von jenem Tag an, da Kadett Julian Tifflor den Auftrag erhielt, nach New York zu fliegen und sich bei Homer G. Adams zu melden, war es Rhodan auf nichts anderes angekommen als darauf, eines der Fremden habhaft zu werden. Es lag ihm nichts daran, den Gegner zu vernichten und seine Mannschaften zu töten. Er wollte wissen, mit wem er es zu tun hatte.

In diesem Sinn gingen die beiden Schiffe vor, während sich die SOLAR SYSTEM um die K-9 kümmerte.

Für Kapitän Harlgas wurde die Situation immer verworrener.

Der Strukturtaster zeigte eine Transition an, die so stark war, daß Harlgas eine Weile lang glaubte, das Gerät sei nicht mehr in Ordnung. Aber die übrigen Schiffe seiner Gruppe meldeten dasselbe Meßergebnis, und wenige Sekunden später wurde Harlgas darüber informiert, daß hinter dem Feindschiff zwei weitere Einheiten seien – eine davon ein wahrer Schiffsriese mit ungefähr der gleichen Tonnage wie alle Schiffe aus Harlgas' Gruppe zusammengenommen.

Harlgas befahl den Rückzug. Die Springer-Gruppe nahm Fahrt auf und begann, sich ebenso wie die ORLA XI aus dem System zu entfernen.

In die Transition zu gehen, wagte Harlgas jedoch nicht. Zwei seiner Schiffe waren zu jenem winzigen Fahrzeug unterwegs, das sich von dem kleinen Boot getrennt hatte. Harlgas wußte, daß sie für den Feind ein leichtes Opfer sein würden, wenn sie den Anschluß an die Gruppe verloren.

Schneller als Tifflor befürchtet hatte, holten die beiden verfolgenden Schiffe der Springer auf. Während er noch darüber nachdachte, wie ihre Kommandanten sich verhalten würden, ließen diese das Feuer eröffnen.

Ein Ruck durchfuhr das kleine Fahrzeug. Tiff schloß vor Schmerzen für ein paar Sekunden die Augen. Als er sie wieder öffnete, hatte sich das Bild auf dem Optik-Schirm verändert. Die Lichtpunkte der Sterne zogen hastige Spuren von rechts nach links über den schwarzen Hintergrund des Raumes. Tiff brauchte die schrillen Signale der Havarie-Monitoren nicht mehr zu hören, um zu wissen, daß der Zerstörer einen Treffer bekommen hatte und nicht mehr voll aktionsfähig war.

Tiff verstand, daß es jetzt ums nackte Leben ging.

Sein nächster Blick galt der Anzeige der Klimaanlage. Das Licht blakte rot, und eine auffällige Warnschrift unter der Kontrollampe besagte: Auf Notschaltung. Lebensdauer insgesamt fünfzehn Stunden.

Der Hyperkom war ausgefallen. Tiff schaltete den Empfänger ein, aber aus dem Lautsprecher kam nur monotones Rauschen.

Das Triebwerk verfügte nur noch über zwei Prozent seiner Nominalenergie.

23.

Die SOLAR SYSTEM meldete um 21.45 Uhr Terrania-Zeit, daß sie die K-9 an Bord genommen habe. Zwei Minuten später schoß die TERRA aus sicherer Entfernung ein Schiff aus Kapitän Harlgas' Gruppe schrottreif.

Um 21.51 Uhr beobachtete man von der STARDUST und der TERRA aus, daß von den anderen Schiffen der Gruppe kleine Hilfsfahrzeuge ausgeschleust wurden, die die Besatzung des schwer beschädigten Schiffes an Bord nahmen. Rhodan untersagte jeden Eingriff. „Vielleicht können wir das Wrack später untersuchen. Wenn wir Glück haben, finden wir noch Schiffbrüchige."

Kurz vor zweiundzwanzig Uhr machte die STARDUST ein weiteres Feindschiff funktionsunfähig. Auch dieses Mal wurde beobachtet, wie der Gegner die Besatzung in Sicherheit brachte.

Dann gab Rhodan den Befehl zum Bremsmanöver. Im gleichen Maß, wie die TERRA und die STARDUST ihre Geschwindigkeit verringerten, entfernte sich Kapitän Harlgas' Flotte schneller vom Ort des Geschehens.

Als die Gruppe eine genügend große Geschwindigkeit erreicht hatte, bereitete Harlgas die Transition vor und verschwand mit all seinen Schiffen wenige Minuten später aus dem Beta-Albireo-Sektor.

Rhodan beobachtete das Manöver ruhig. Reginald Bull stand hinter ihm mit geballten Fäusten.

„Da gehen sie hin", knurrte er. „Und wir haben das Nachsehen."

Rhodan stand auf.

„Zwei kleine Rettungstrupps in zehn Minuten ausschleusbereit!" befahl er knapp, ohne auf Bulls Bedenken einzugehen. „Den einen von beiden leite ich selbst. Ich lasse Crest bitten, mich zu begleiten. Den anderen kann Nyssen anführen. Er ist dem ersten Wrack näher."

Bull beeilte sich, die Befehle weiterzugeben.

Einige Minuten später kam von der SOLAR SYSTEM die Nachricht, daß drei Kadetten und zwei Akademie-Studentinnen die K-9 einige Minuten, bevor sie von der SOLAR SYSTEM übernommen wurde, in einem Zerstörer verlassen hätten.

Unter den Kadetten, über deren Verbleib man nichts wußte, befand sich Julian Tifflor.

Bull gab die Meldung in höchster Erregung an Rhodan weiter. Rhodan jedoch blieb erstaunlich ruhig und lächelte. „Das ist gut so. Tifflor wird seine Sache schon richtig machen."

Bull war so verblüfft, daß er eine Zeitlang keinen Ton hervorbrachte.

Crest betrat den Kommandostand.

Rhodan ging ihm entgegen.

„Ich möchte mir gern eines der beiden Schiffswracks ansehen", sagte Rhodan. „Es wäre mir lieb, wenn Sie mich begleiten würden."

Crest war einverstanden.

Fünf Minuten später meldete der Rettungstrupp sich einsatzbereit. Rhodan und Crest fuhren zur Schleuse hinunter.

Zum Transport benutzte der kleine Trupp ein recht primitives Fahrzeug. Es war besonders für den Einsatz zwischen im Raum befindlichen Schiffen ausgedacht und bestand im wesentlichen aus einer rechteckigen Plattform aus Metallplastik. Die Plattform war groß genug, daß zwanzig Mann bequem darauf Platz finden konnten. Auf der Unterseite waren das im Vergleich mit der einfachen Form des Fahrzeugs höchst leistungsstarke Triebwerk, das Beschleunigungs- und Bremsstöße bis zu 100 g erlaubte, und der Andruck-Neutralisator, der den Raum über der Plattform mit seinem Feld einhüllte und die Besatzung schützte.

Rhodan blieb in Sprechverbindung mit Reginald Bull. Bull teilte ihm, kurz nachdem die plumpe Plattform die STARDUST verlassen hatte, mit, daß auch Major Nyssen mit seiner Gruppe inzwischen aufgebrochen war.

Die Plattform brauchte zehn Minuten, um das schwerbeschädigte Feindschiff zu erreichen. Der Neutralisator schuf ein richtungweisendes, von Beschleunigungsstößen nicht beeinflußbares Schwerefeld auf dem Oberteil des Fahrzeugs und vermittelte den Männern den Eindruck, als senke sich der gewaltige Leib des fremden Schiffes von oben auf sie herab.

Das Schiff war ein Monstrum. Rhodan schätzte seine ursprüngliche Länge auf etwa zweihundertundfünfzig Meter. Der Durchmesser des zylindrischen Rumpfes betrug sicherlich mehr als fünfzig Meter.

Crest stand neben Rhodan, als der zitternde Ruck des sanften Aufpralls durch das Metallplastik unter ihren Füßen fuhr. Rhodan sah den Arkoniden an.

„Es ist ein Springer-Schiff", sagte Crest. „Aus unmittelbarer Nähe kann ich das einwandfrei feststellen."

Rhodan nickte nachdenklich. Als Ergebnis langwieriger Hypnoschulung besaß er viele Kenntnisse der Arkoniden.

„Was haben sie gegen uns?" fragte Rhodan.

Crest gab eine Weile keine Antwort. Schließlich sagte er: „Vielleicht haben sie davon erfahren, daß die Erde mit Ferrol Handel treibt. Das würde sie stören."

„Denn sie sind der Ansicht", vollendete Rhodan die Vermutung, „daß nur ihnen selbst der Handel in größerem Ausmaß und über größere Entfernungen hinweg erlaubt sei, nicht wahr?"

„So ist es", bestätigte Crest.

Ein Raumfahrer war von der Plattform auf die Wandung des Schiffes übergewechselt und hatte nach einer Schleuse zu suchen begonnen.

Rhodan hörte seine Meldung: „Hier ist weit und breit kein Luk zu sehen!"

Rhodan rief zurück: „Sehen Sie nach, ob wir an der Einschußstelle hineinkönnen!"

Der Mann stieß sich ab und schwebte über den Leib des Schiffes bis zu der Stelle, an der der Desintegrator-Schuß der STARDUST II aufgehört hatte zu wirken. Das Wrack endete dort mit zerrissener, verformter Wand.

Die Gestalt des Mannes verschwand für eine Weile. Dann hörte Rhodan ihn sagen: „Kein Hindernis. Hier können wir hinein."

„Bleiben Sie mit drei Mann hier und warten Sie auf uns!" befahl Rhodan. „Die anderen kommen mit mir!"

Zu siebt trieben sie an der hohen Wand des Schiffsriesen entlang, zogen sich vorsichtig um die Kante der zerbrochenen Wand herum und leuchteten mit ihren Lampen in die Finsternis des leeren Schiffskörpers hinein.

Der Aufbau war einfach und leicht zu übersehen. Die Achse des zylindrischen Schiffes bildete ein geräumiger Gang, der bis nach vorn zum Bug zu laufen schien und vor der Zerstörung wahrscheinlich erst im Heck geendet hatte.

Rhodan glitt als erster hinein. Er stemmte die Beine fest in den profilierten Boden des Ganges, um den Ruck der einsetzenden Schwere abzufangen für den Fall, daß es einen Neutralisator gab und er noch intakt war.

Aber da war nichts mehr. Schwerelosigkeit erfüllte das Schiff bis in den hintersten Winkel. Rhodan stieß sich ab und schwebte mit dem Scheinwerfer in den Händen durch den Gang.

Crest folgte ihm.

„Verraten Sie mir wenigstens, was Sie hier suchen“, bat Crest.

„Hinweise“, antwortete Rhodan. „Es genügt mir nicht, zu ahnen, was sie vorhaben und warum sie uns angreifen. Ich möchte es wissen.“

In den Gangwänden auf beiden Seiten gab es eine Anzahl von Nischen und Schotten. Rhodan verteilte seine Begleiter so, daß jeder von ihnen ein paar der hinter den Schotten liegenden Räume abzusuchen hatte.

Die ersten Meldungen liefen ein, während Crest und Rhodan sich noch bemühten, den Bug des Schiffes zu erreichen.

„Energiekapseln für Gravitationswaffen“, meldete einer.

„Lagerräume für Geschütz-Ersatzteile“, berichtete ein anderer.

„Ich habe mir schon gedacht, daß die wichtigsten Räume im Bug liegen“, sagte Rhodan.

Sie erreichten eine Stelle, an der der Gang sich auf das doppelte seines bisherigen Durchmessers verbreiterte. Schotte führten nach allen möglichen Richtungen.

Rhodan rief zwei Männer herbei, die weiter hinten im Schiff unwichtige Räume durchsuchten.

„Nehmen Sie die linke Hälfte!“ befahl er. „Crest und ich sehen uns rechts um.“

Der erste Raum, den sie inspizierten, schien der Orterstand des feindlichen Schiffes gewesen zu sein. Rhodan erkannte eine Reihe von Geräten, die ihm bekannt vorkamen, und eine kleine Zahl solcher, mit denen er und Crest nichts anzufangen wußten.

Die beiden Männer in der linken Schiffshälfte berichteten, daß sie einen Gefechtsstand und wahrscheinlich die Leitzentrale des Schiffes gefunden hätten. Rhodan wies sie an, nach schriftlichen Aufzeichnungen zu suchen.

Wenige Minuten später meldete einer der beiden voller Aufregung: „Ich habe einen Toten gefunden!"

Rhodan unterbrach seine Suche und schwebte mit Crest zu dem Raum hinüber, aus dem die Meldung gekommen war.

Der Raumfahrer hatte den grellen Lichtkegel seines Handscheinwerfers auf eine große breitschultrige Figur gerichtet, die reglos auf dem Boden lag.

Der Tote trug zwar seinen Raumanzug, aber als der Desintegratorschuß der STARDUST II den Schiffsrumpf aufriß, war sein Helm nicht geschlossen gewesen. Der Mann war durch die explosive Dekompression gestorben.

Crest wandte sich ab. Er konnte den Anblick nicht ertragen. Mit seinem eigenen Scheinwerfer leuchtete er den übrigen Teil des Raumes ab.

Crest begann sich zu fragen, wo der tote Springer seinen Verstand gelassen hatte. Wie konnte es geschehen, daß ein Mitglied der Besatzung vom Entweichen der Atemluft bei offenem Raumhelm überrascht wurde?

Die Frage beunruhigte Crest so sehr, daß er über den länglichen Metallkasten ein paarmal hinwegsah. Erst als sein Blick zum drittenmal darauffiel, blieb er haften.

Niemand sah, wie der Arkonide die Augen vor Schreck weit aufriß. Rhodan und der Soldat untersuchten die Leiche des Springers. Crest war der erste, der den sanften Zug plötzlich zurückkehrender Gravitation verspürte.

Sekunden vergingen, bevor Crest seinen Schrecken so weit überwunden hatte, daß er wenigstens eine Warnung ausstoßen konnte. „Vorsicht!"

Rhodan fuhr herum – den Scheinwerfer in der Linken und den kleinen Thermostrahler schon schußbereit in der Rechten. „Was ist los?“

Crest machte eine kraftlose Handbewegung zu dem schmalen Kasten hin. „Dort! Eine Gravitationsbombe!“

Tiff war es gelungen, die durch den Treffer entstandene Rotationsbewegung des kleinen Bootes aufzuheben. Der Zerstörer flog nun mit einer Geschwindigkeit von knapp zwanzigtausend Kilometern in der Sekunde – als Bezugspunkt wurde der blaue Begleiter von Beta-Albireo genommen, weil er dem Fahrzeug am nächsten stand – auf einem Kurs, der mit dem, auf dem sich das Boot von der K-9 entfernt hatte, nahezu senkrecht stand.

Die beiden Springer-Schiffe waren verschwunden. Ihr plötzlicher Rückzug bedeutete nach Tiffs Ansicht, daß die Springer das Beiboot aus strategischen Überlegungen heraus aufgegeben hatten.

Tiff dachte angestrengt nach.

Die Aufhebung der Drehbewegung hatte weitere Energie gekostet. Wenn es überhaupt in der Nähe eine Welt gab, auf der eine Landung prinzipiell möglich war, dann mußte sie entweder eine dichte Atmosphäre – für die aerodynamische Landung – oder eine Oberflächenschwere von weniger als 1 g haben.

In allen anderen Fällen würde die Landung eine Bruchlandung werden, bei der niemand die Garantie für die Gesundheit der Zerstörerbesatzung übernehmen konnte.

Eberhardt und Hump versuchten, den Fehler zu finden, der den Hyperkom am Senden hinderte. Sie hatten bald Erfolg. Das Wandel-Aggregat war von dem Schuß zertrümmert worden. Ein Wandel-Aggregat hatte einen dreidimensionalen Eingang von der Generator-Seite her und einen fünfdimensionalen Ausgang auf der Sender-Seite. Was dazwischenlag, gehörte mit zu den schwierigsten Dingen der Arkon-Technik. Auf der Erde gab es außer Rhodan noch zwei oder drei Dutzend Männer, die etwas von Wandel-Aggregaten verstanden. Keiner der drei Kadetten gehörte zu ihnen.

„Nichts“, seufzte Hump resignierend.

Tiff nickte. Er hatte nichts anderes erwartet.

„Laßt wenigstens den Empfänger eingeschaltet", empfahl er.

Nach einer Weile erkannte er, daß der Zerstörer die gedachte Linie, die die Schwerpunkte der beiden Sonnen des Systems miteinander verband, etwa in der Mitte durchstoßen würde. Das war, da das orangefarbene Zentralgestirn weitaus größer war als der blaue Zwerg, um ein paar tausend Kilometer näher an der Oberfläche des Orange-Riesen.

Planeten konnte Tiff keine ausmachen. Ein Teil der wichtigsten Ortungsgeräte – vor allen Dingen die Fernorter – war ausgefallen.

Tiff beunruhigte das jedoch nicht. Von der ORLA XI aus hatte er gesehen, daß dieses System einen Planeten besaß. Systeme mit nur einem Planeten gab es selten. Es würden also noch andere Begleiter dasein.

Die Frage war lediglich, ob der Zerstörer einem von ihnen nahe genug kam, um einen Kurswechsel und eine Landung zu riskieren. Und außerdem vielleicht: ob das vor Ablauf der kritischen fünfzehn Stunden geschehen würde.

Nach einer Weile sagte Tiff müde: „Noch vierzehn Stunden. Wer schlafen kann, der soll es tun. Wir werden später wache Augen brauchen."

Die gewaltige Welle in Bruchteilen einer Sekunde entfesselter Schwerkraft brach über den kleinen Raum herein.

Ächzend brach der Raumfahrer zusammen. Der Boden bebte, als er aufschlug. Crest ging ebenfalls in die Knie.

Nur Rhodan hielt sich noch auf den Beinen. Crests erster Schrei hatte ihn auf alles gefaßt gemacht, aber die fürchterliche Schwere zerrte an ihm mit ständig wachsender Kraft. Rhodan ließ sich vorsichtig auf den Boden nieder und legte sich flach auf den Rücken. Dabei bemühte er sich, seinen Atem zu regulieren. Der Versuch gelang. Rhodan empfand stechende Schmerzen bei jeder Bewegung der Lunge, aber der Atem floß, und mit ihm blieb das Leben.

Rhodan versuchte sich zu erinnern, was er über Gravitationsbomben wußte.

Gravitationsbomben waren heimtückische Waffen und hatten keinen anderen Zweck, als den Gegner so lange festzuhalten, bis der, der die Bombe gelegt hatte, mit ausreichender Verstärkung zurückkehrte.

Du Narr! dachte Rhodan und wunderte sich im selben Augenblick, wie seltsam langsam unter dem Zwang der erhöhten Schwerkraft das Gehirn arbeitete, du hättest daran denken sollen, daß sie in das Wrack eine Falle eingebaut haben.

Unter unsäglicher Mühe drehte er den Kopf ein wenig beiseite, so daß er die Bombe sehen konnte. Crest und dem Soldaten waren ihre Scheinwerfer aus der Hand gefallen und am Boden zerbrochen. Rhodans Lampe lag neben ihm auf dem Boden und leuchtete noch. Zwar nicht gerade zu der Bombe hin, aber ihr Schein erhellte den ganzen Raum.

Das Gehäuse der Bombe war nicht einmal ganz einen Meter lang. Es war zylindrisch und hatte einen Durchmesser von etwa dreißig Zentimetern.

So ein lächerlich kleines Ding, dachte Rhodan, und produziert doch eine solche Menge Gravitationsenergie.

Er schätzte den Andruck, der in dem kleinen Raum herrschte, auf fünfzehn bis zwanzig g. Auf jeden Fall war es zuviel, als daß man auch nur die Hand hätte rühren können.

Rhodan stellte fest, daß der Gravitationseinfluß immer noch wuchs. Er versuchte, die Zuwachsrate zu ermitteln und kam – dem Gefühl nach – auf etwa 0,1 g pro Minute.

Es konnte sein, daß er sich um einen Faktor 2 oder 3 irrte. Auf jeden Fall würde bald der Zeitpunkt kommen, da – und bei seiner Überlegung dachte er plötzlich an Nyssen.

Nyssen. Nyssen kroch in dem anderen Schiff herum. Er lief in diesem Augenblick vielleicht in die gleiche Falle.

Er sammelte alle Kräfte und begann: „Hier spricht – Rhodan. Nyssen – in dem Wrack – ist eine – Gravitationsbombe – versteckt. Nehmen – Sie sich – in acht!“

Schweiß trat ihm auf die Stirn und lief ihm in die Augen. Stöhnend drehte er den Kopf in die ursprüngliche Lage zurück.

Im Helmempfänger knackte es.

„Hier Nyssen. Nyssen an Kommandant. Wir haben nichts gefunden. Was ist mit Ihnen los? Sollen wir zu Hilfe kommen?"

Du Narr! dachte Rhodan zornig. Du weißt ja nicht einmal, wie eine Gravitationsbombe aussieht.

„Achten Sie . . .", begann er von neuem, „auf einen – zylindrischen Gegenstand – einen Meter lang – dreißig Zentimeter Durchmesser. Nehmen – Sie sich – in acht!"

Er hörte Nyssen schnaufen.

„Zylindrisch? Einen Meter lang und dreißig Zentimeter Durchmesser?"

Pause. Dann Nyssens überschnappender Schrei: „Kommandant! Das Ding haben wir gerade auf die Plattform geladen!"

Rhodan verlor für Augenblicke die Besinnung. Als er wieder zu sich kam, hörte er Nyssen wieder reden. „. . . Keine Antwort mehr? Hallo, Kommandant! Warum geben Sie keine Antwort mehr?"

Rhodan knurrte etwas. Artikulierte Geräusche konnten seine Stimmbänder kaum mehr formen.

Nyssen schien zu begreifen.

„Wir haben das Ding im letzten Augenblick von der Plattform herunterstoßen können", erklärte er. „Das war unser Glück. Als es etwa hundert Meter weit entfernt war, ging es los und riß die Plattform ein Stück weit hinter sich her. Das Triebwerk kam gerade noch dagegen an. Die Bombe treibt jetzt in den freien Raum hinaus."

Rhodans Gehirn sträubte sich gegen die Untätigkeit, zu der sein Körper verdammt war. Mit lauter Stimme schrie er: „Halten Sie die Bombe in der Nähe!"

Dann verlor er das Bewußtsein aufs neue.

Er wußte nicht, wieviel Zeit vergangen war, als er wieder zu sich kam. Auf jeden Fall aber hörte er Nyssens drängende Stimme: „Melden Sie sich! Melden Sie sich! Wir haben die Bombe fest. Sie treibt an Seilen etwa zweihundert Meter vor uns her."

Rhodan hätte ihm um den Hals fallen mögen.

„Bravo", flüsterte er.

Er spürte, wie die Kräfte ihn verließen. Die Schwerkraft war längst über 20 g hinaus gestiegen. Er hatte nur noch ein paar Minuten Zeit, um Nyssen klarzumachen, was er tun sollte.

„Kommen Sie – an unser Wrack heran . . .“, keuchte er. „Wir sind – im Bug – des Schiffes. Lancieren Sie Ihre Bombe – so, – daß . . .“

„Verstanden!“ schrie Nyssen voller Begeisterung. „Sie brauchen nicht weiter zu erklären! Sparen Sie Ihre Kräfte!“

Rhodan sagte trotzdem noch ein Wort, so schwach, daß es Nyssen nur mit Mühe verstand.

„Schnell . . .“

Selbst das Chronometer hatte schließlich den Dienst aufgegeben. Es blieb stehen, als die Besatzung des Zerstörers noch neun Stunden Zeit hatte, einen Landeplatz zu finden. Seitdem versuchte Tiff, die verstreichende Zeit zu schätzen, aber er hatte keinerlei Anhaltspunkte.

Eine Zeitlang später kreuzte das Boot die Verbindungslinie zwischen den beiden Sonnen. Die weitaus stärkere Gravitation des blauen Zwerges machte sich bemerkbar und zwang dem Fahrzeug einen neuen Kurs auf. Die Gefahr, daß der Zerstörer in die Sonne hineinstürzen würde, bestand jedoch in keinem Augenblick.

Klaus Eberhardt war eingeschlafen. Tiff hatte es lediglich fertiggebracht, minutenweise vor sich hin zu dösen. Das genügte dem Körper nicht, um Kräfte zu sammeln. Tiff spürte den Augenblick näherkommen, in dem er vor Nervosität und Enttäuschung anfangen würde zu heulen.

Er versuchte sich abzulenken, indem er sich den Planeten vorzustellen versuchte, auf dem der Zerstörer landen würde, und sich ausmalte, was sie dort tun könnten.

Es war nur ein Gedankenexperiment. Wenn sie überhaupt einen Planeten fanden, dann würde es einer sein, den sie noch niemals zuvor gesehen hatten. Keiner von ihnen konnte wissen, wie es dort aussah.

Aber das Denken lenkte ab.

Tiff dachte auch an den Robot, den jeder Zerstörer an Bord hatte. Er lag unaktiviert im kleinen Lagerraum im Heck der Maschine. Der Robot hatte seinen eigenen Generator, und Tiff zerbrach sich eine Weile den Kopf darüber, ob der Generator nicht in das lädierte Triebwerk geschaltet werden könnte. Dann erinnerte er sich, daß ein

Robotgenerator nur den hundertsten Teil dessen leistete, was das Triebwerk zu leisten hatte, und deswegen unbrauchbar war.

Wenn sie jemals einen Planeten finden sollten, auf dem sie landen konnten, würden sie dankbar sein müssen, wenn der Robot überhaupt noch funktionierte. Schließlich war es wahrscheinlich, daß er durch den Treffer ebenfalls beschädigt worden war.

Von Zeit zu Zeit überflog Tiff den breitflächigen Optik-Schirm, der den Raum in Flugrichtung zeigte. Der schwarze Hintergrund war überzogen mit Myriaden von leuchtenden bunten Lichtpunkten. Tiff hoffte nicht, auf diese Weise zu finden, was er suchte – er hielt es für lächerlich, zu glauben, daß ein Raumfahrer in einem völlig unbekannten Raumsektor einen Planeten dadurch finden könnte, daß er auf den Bildschirm starrte. Selbst wenn er keinen Ferntaster hatte, würde sich der Himmelskörper weitaus eher dadurch bemerkbar machen, daß er mit seiner Gravitation den Kurs des Fahrzeugs beeinflußte, als dadurch, daß er sich von den übrigen Milliarden Lichtpunkten durch besondere Größe oder große Leuchtstärke abzeichnete.

In neunundneunzig von hundert Fällen hätte Tiff mit dieser Ansicht recht gehabt.

Aber auf dem Bildschirm vor ihm gab es eine leuchtkräftige Konstellation, die in Tiffs Einbildung, als er sie zum erstenmal sah, mit insgesamt sieben Sternen ein deutlich erkennbares Y gebildet hatte.

Jetzt war der linke Aufstrich des Y abgebrochen, und der Lichtpunkt fast bis in die Mitte der Gabel hineingewandert.

Tiff fuhr in seinem Sessel auf. Mit zusammengekniffenen Augen starrte er auf den Bildschirm.

Fixsterne änderten ihren Standort für den Beobachter nicht, auch wenn der Beobachter sich mit einer Geschwindigkeit von 20 000 km/sec bewegte. Planeten jedoch bewegten sich. In dem Augenblick, in dem man sie zu sehen bekam, waren sie schon nahe genug, um für ein paar tausend Kilometer getrennte Beobachter ganz verschiedene Positionen einzunehmen. Tiff behielt seine Entdeckung für sich, weil er nicht daran glaubte, daß er recht haben könnte. Aber zehn Minuten später hatte sich der verdächtige Lichtfleck bis auf die andere Seite des Y geschoben und stand um wenige Millimeter über dem bisherigen Spitzenstern des rechten Aufstrichs.

Immer noch schweigend bestimmte Tiff die Position des unbekannten Himmelskörpers. Die Rechnung wurde ungenau, denn Tiff kannte die Kursänderung nicht, die die Gravitation der blauen Sonne hervorgerufen hatte. Er mußte sie abschätzen, und er schätzte mit den Werten, die allgemein für Sterne dieses Typs angenommen wurden.

Die Rechnung dauerte eine Viertelstunde, dann begann Tiff zu handeln. Da der Neutralisator auf Grund der Notschaltung noch arbeitete, merkte niemand etwas von dem abermaligen Kurswechsel. Die Sterne auf dem Bildschirm vollführten eine kurze, kaum merkliche Schwenkung.

Der bewegliche Lichtpunkt aber war in die Mitte des Schirmes gerückt, und Tiff sorgte dafür, daß er dort blieb. Nach der Kurskorrektur bestimmte er die Geschwindigkeit des Zerstörers. Der Antrieb arbeitete nicht mehr, und wenn der Lichtpunkt, von dem er glaubte, daß er ein Planet sei, auch nur den geringsten Betrag an Gravitation von sich gab, dann mußte sich das an der Bewegung des Fahrzeugs bemerkbar machen.

Eine halbe Stunde später wußte Tiff, daß er recht gehabt hatte.

Die Geschwindigkeit des Zerstörers relativ zu dem Lichtpunkt hatte um zehn Meter pro Sekunde zugenommen.

Tiff sah sich um.

„Wir haben, was wir suchen“, sagte er in sein Helmmikrophon, und seine Stimme krächzte vor lauter Anstrengung, sich den Triumph nicht anmerken zu lassen.

24.

Zehn Minuten, nachdem er Major Nyssen die letzte drängende Bitte zugeflüstert hatte, verlor Rhodan das Bewußtsein.

Nyssen wußte, worauf es ankam. Er verstand kaum etwas von der Wirkungsweise der Bombe, außer, daß sie Gravitation auf die gleiche Weise erzeugte wie einer der üblichen Gravitationsgeneratoren.

Nyssen ging von der Überzeugung aus, daß auf dem Wrack, in dem Rhodan sich befand, die Bombe im gleichen Raum lag wie auf dem Schiff, das er selbst untersucht hatte. Diese Überlegung wurde bestätigt, als zwei Männer aus Nyssens Gruppe mit Gravitometern die Schwereverhältnisse in der Nähe des Wracks bestimmten, in dem Rhodan gefangen war.

Nyssen hatte die übrigen Mitglieder von Rhodans Einsatzkommando aufgefordert, das Wrack zu verlassen, soweit sie dazu in der Lage waren, und zur STARDUST II zurückzukehren, denn Nyssens Plattform schleppte die strahlende Gravitationsbombe hinter sich her, und das Manövrieren war schon schwierig genug, wenn man nur auf sich selbst aufzupassen hatte.

Nyssen hielt die Bombe an langen Plastikseilen auf zwei Kilometer Abstand. Auch in dieser Entfernung war die künstlich erzeugte Gravitation noch zu spüren. Aber da Schwerkraft eine jener physikalischen Größen ist, die einem $1/r^2$-Gesetz unterliegen, bedeutete die Bombe für Nyssen und seine Männer keine direkte Gefahr mehr.

Nyssen beauftragte drei aus seiner Gruppe damit, den Zugang zum Kommandoraum des Wracks mit Thermostrahlern freizulegen. Die Männer lösten Metallstücke quadratmeterweise aus der Wandung des Schiffes und schufen einen Weg, der breit genug war, um die Bombe hineinzubugsieren.

Andere Männer hatten die Messungen fortgesetzt und den Standort der Bombe, die Rhodan gefangenhielt, auf den halben Meter genau ermittelt.

Nyssen setzte sich mit der STARDUST II in Verbindung und ließ von der Positronik nach seinen Angaben in aller Eile eine Reihe von Berechnungen durchführen. Als er das Ergebnis erhielt, wußte er, daß er Erfolg haben würde, wenn es ihm gelang, sein gefährliches Schleppgut an den Seilen genau genug zu manövrieren.

Er rief seine Leute zurück, nachdem sie die Bombe genau ausgemessen und den Weg weit genug freigelegt hatten.

Er nahm sich nicht mehr als drei Minuten Zeit, um die Männer über das aufzuklären, was er vorhatte. Er schärfte ihnen ein: „Es geht um Rhodans Leben, um Rhodans und das von noch ein paar Männern, die mit ihm zusammen gefangen sind. Wir haben es eilig, aber wir dürfen nichts überstürzen. Wir hantieren mit dem gefährlichsten Ding, das wir je in die Hand genommen haben.“

Er wartete auf Einwände. Aber es gab keine.

„Also los jetzt!“ befahl er.

Rhodan erwachte von dem kräftigen Ruck, der ihn durchfuhr.

Ein paar Sekunden lang wunderte er sich über die hastige Tätigkeit seiner Lungen. Er keuchte, als sei er zehn Kilometer im Dauerlauf gelaufen. Dann verstand er: Der Körper holte nach, was er in den vergangenen Minuten versäumt hatte.

Rhodan hob den rechten Arm mit einem Ruck.

Der Arm fuhr in die Höhe, und die Hand schlug über Rhodans Kopf gegen die harte Wand.

Die Bombe funktionierte nicht mehr.

In der nächsten Sekunde stand Rhodan auf den Beinen. Er spürte das seltsame Ziehen, das ein stark inhomogenes Schwerefeld verursachte: Schwerelosigkeit in den Beinen, mehr als 1 g in Kopfhöhe.

Falsch, dachte Rhodan. Die Bombe funktioniert immer noch. Nur Nyssen hat richtig gearbeitet.

Er hob den Handscheinwerfer auf und leuchtete in die Richtung, aus der der rettende Einfluß kam. Er sah den Lichtkegel an einer gezackten Wand vorbei im Nichts verschwinden.

Beinahe im Nichts. Hinter dem Loch in der Wand schwebte, von Seilen gehalten, ein Zylinder von einem Meter Länge und dreißig Zentimeter Durchmesser.

Die zweite Bombe.

Rhodan sah sich um. Er schätzte die Entfernungen. Die beiden Bomben – die, die dort draußen schwebte, und die, unter deren Einfluß er bis vor einer halben Minute bewußtlos gelegen hatte – waren nicht mehr als acht Meter voneinander entfernt. Er, Rhodan, stand fast bis auf den Zentimeter genau in der Mitte zwischen den beiden Höllenmaschinen.

Und hatte nichts, womit er Nyssens Bombe hätte so nahe heranholen können, daß er Crest und den Raumfahrer retten konnte.

Er hörte Nyssens aufgeregt schreiende Stimme im Helmempfänger. Nyssen kommandierte seine Leute herum, und Rhodan hatte Mühe, sich verständlich zu machen.

„Ruhe!" schrie er schließlich. „Hier ist Rhodan. Ich brauche ein Seil oder einen langen Stab mit Widerhaken oder etwas ähnliches!"

Nyssen stieß einen Freudenschrei aus.

„Sind Sie wohlauf?" rief er zurück.

„Ja, aber Crest und dem anderen Mann geht es noch schlecht. Ich muß die Bombe näher heranbekommen."

Nyssen schien nachzudenken. Nach einer Weile antwortete er: „Ich glaube nicht, daß wir Ihnen eine Stange hineinreichen können. Wir bekommen sie nicht über die Bombe hinweg. Die Gravitation würde sie in tausend Stücke zerreißen."

„Wer redet von über die Bombe hinweg? Können Sie die beiden Felder ausmessen?"

„Ja."

„Dann lassen Sie das Wrack von oben her aufschweißen. Wenn Ihr Mann sich mit der Stange immer auf der Mittellinie zwischen den beiden Bomben bewegt, dann wird es gehen."

Nyssen war einverstanden. „Wir fangen sofort an."

Rhodan machte sich Sorgen um Crest. Der Arkonide lag wesentlich näher an der ersten Bombe, als Rhodan gelegen hatte. Von dem Einfluß der Bombe, die Nyssen herbeigebracht hatte, konnte er nicht viel spüren.

Das war Rhodans Idee gewesen. Das Gravitationsfeld der einen Bombe durch das einer anderen wenigstens in einem kleinen Bereich zu annullieren. Jede Bombe erzeugte ein Schwerefeld, dessen Feldlinien senkrecht auf der Auflagefläche der Bombe – in diesem Fall dem Boden des Kommandoraums – standen. In etwa einem Meter Höhe bogen die Linien um, beschrieben einen Halbkreis und mündeten wiederum senkrecht in den Mantel der Bombe. Die Feldvektoren hatten bei der ersten Bombe die Richtung in den Boden hinein. Nyssen hatte das Feld ausgemessen und seine Bombe so hereinpraktiziert, daß die Vektoren ihres Feldes vom Boden aus in die Höhe zeigten. Die Wirkungen der beiden Felder hoben sich also überall dort gegenseitig auf, wo man von beiden Bomben gleich weit entfernt war.

Das Problem war jetzt, Nyssens Bombe so nahe heranzubringen, daß Crest und der Raumfahrer etwa auf die Mittellinie zwischen beiden Bomben zu liegen kamen.

Dann würde es leicht sein, die beiden Männer zu befreien. Die Frage war nur, ob Nyssens Mann mit der Stange schnell genug hereinkam.

Minuten vergingen, dann merkte Rhodan an den Vibrationen des Bodens, daß die Rettung nicht mehr weit entfernt war. Wenige Augenblicke später löste sich aus der Decke des Raumes – der Mann war zu bewundern, wie genau er sich in der Mitte zwischen den beiden Gravitationsfeldern hielt – eine etwa einen Quadratmeter große Platte.

Eine lange Plastikstange kam zum Vorschein und senkte sich vorsichtig herab.

„Ist die richtig?“ fragte der Mann.

„Ja, danke. Verschwinden Sie auf dem schnellsten Weg. Hier wird es jetzt brenzlig.“

Der Mann kroch zurück. Rhodan wartete ein paar Minuten, dann verlor er keine Sekunde mehr.

Zentimeterweise holte er mit der fast zehn Meter langen Stange Nyssens Bombe heran. Es gab einen kräftigen Ruck, als das Ende der Stange in den kräftigsten Teil des Gravitationsfelds geriet, dann klebte die Bombe an der Stange wie ein Nagel an einem Magneten.

Rhodan operierte vorsichtig. Wenn er die Bombe zwei Zentimeter näher geholt hatte, wich er selbst um einen Zentimeter zurück, um in der Mitte zwischen den beiden Höllenmaschinen zu bleiben.

Auf diese Weise brauchte er fast eine halbe Stunde, bis Crest nach seiner Schätzung genau und der Raumfahrer fast in der Mitte zwischen den Bomben lag.

Rhodan legte die Stange vorsichtig auf den Boden. Das andere Ende blieb an der Bombe haften. Rhodan sah, daß die gewaltige Schwerkraft das ursprünglich runde, überaus harte Plastikmetall des Stangenendes zu einer flachen Ellipse auseinandergezogen hatte.

Dann stieß er Crest vorsichtig mit dem Fuß an. Er mußte den Versuch jedoch noch mehrere Male wiederholen, bis Crest sich zu rühren begann.

„Vorsicht", sagte Rhodan. „Bleiben Sie ruhig liegen und hören Sie mir gut zu."

Crest antwortete: „Ich höre."

Rhodan erklärte ihm die Lage. Zum Schluß sagte er: „Sie müssen jetzt aufstehen und sich immer in der Mitte halten. Sie wissen, was Ihnen passiert, wenn Sie auch nur einen Schritt vom Weg abweichen. Das Schott liegt fast auf den Zentimeter genau in der Mittellinie. Gehen Sie hindurch und warten Sie draußen."

Der Raumfahrer war inzwischen ebenfalls erwacht und hatte das meiste mitgehört. Rhodan schickte ihn hinter Crest her. Dann nahm er das freie Ende der Stange wieder auf und brachte es auf dem Metallmantel der ersten Bombe zum Haften. Jetzt hatte er eine Art Hantel von etwa vier Metern Länge. Wenn er den Verbindungsstab in der Mitte anpackte, konnte er das Gebilde leicht drehen.

Er rief Crest zu: „Gehen Sie jetzt in normalem Schrittempo den Gang entlang nach hinten. Ich drehe die beiden Bomben so, daß der Gang an der Stelle, an der Sie sich jeweils befinden, nach Möglichkeit auf der Mittellinie liegt. Achtung – los!"

Er hoffte nur, daß es Crest und dem Raumfahrer gelingen würde, „normales Schrittempo" einzuhalten. In der Mitte zwischen den Bomben herrschte nach wie vor Schwerelosigkeit, und für den, der sich schwebend und rudernd fortbewegte, war es schwierig, sich unter „Schrittempo" etwas Anschauliches vorzustellen.

Nach einer Weile meldete Crest jedoch, daß sie nun das Ende des unzerstörten Schiffsteils erreicht hätten. Da das Schiff etwa in der Mitte getroffen worden war, bedeutete das, daß Crest und sein Begleiter von den beiden Bomben etwa hundertunddreißig Meter entfernt waren.

Rhodan wies Nyssen an, die beiden Männer abzuholen, indem er seine Plattform auf der gedachten Verlängerung des Zentralgangs heranbugsierte. Das Manöver verlief ohne Schwierigkeiten. Fünf Minuten später waren Crest und der Raumfahrer gerettet, denn aus hundertunddreißig Metern Entfernung konnte das Triebwerk der Plattform den Schwerkrafteinfluß der Bomben auch dann annullieren, wenn Rhodan etwas an der Symmetrie geändert hätte.

„Und was ist mit Ihnen?" fragte Nyssen besorgt.

Rhodan lachte. „Ich komme gleich. Bleiben Sie, wo Sie sind."

Er hob seine Bomben-Hantel wieder auf und ging, wobei er sich stets in der Mitte der Stange hielt, so weit zur Seite, bis er genau unter dem Loch stand, durch das die Stange ihm hereingereicht worden war. Vorsichtig setzte er die Hantel ab, holte kräftig Luft, bückte sich blitzschnell und stieß sich kräftig ab.

Er schoß ein paar Meter weit über den Rand des Loches hinaus – so weit, daß er das nächste Loch in der Decke des nächsthöheren Raumes mit den Händen greifen konnte.

Von da an war es eine einfache Sache. Die aufgeschweißten Decken wiesen den geradesten und sichersten Weg. Nach ein paar Minuten stand Rhodan oben auf dem Rumpf des Schiffswracks.

„Passen Sie auf, Nyssen! Ich komme jetzt!" rief er über Helmfunk.

Nyssen konnte ihn nicht sehen. Das Wrack verdeckte von der Plattform aus die Sicht. Rhodan hielt sich stets auf der Linie, auf der auch das Loch lag, durch das er gestiegen war. Als zweiten Markierungspunkt wählte er sich eine besonders grotesk zerfranste Stelle der Schiffswand, denn in der Schwerelosigkeit war es unmöglich, ohne mindestens zwei Fixpunkte eine Gerade genau einzuhalten.

Auf diese beschwerliche Weise – jeder Schritt barg die Gefahr des Abgetriebenwerdens, und alle zehn Meter kauerte Rhodan sich vorsichtig nieder, um seine beiden Markierungspunkte anzupeilen – vergingen vierzig Minuten, bis er den ausgefransten Rand des Wracks erreichte und vor sich die Plattform sah.

Er kroch bis an den vordersten Rand und stieß sich dann zur Plattform hinab. Nyssen hatte ihn aus dem Gang heraus erwartet. Er schrie vor Überraschung, als Rhodan mit sanftem Schwung durch das vom Neutralisator aufgebaute Feld tauchte und mit leichtem Ruck auf der Plattform landete.

Rhodan lächelte.

„Zurück zur STARDUST!“ befahl er.

Tiff verbrauchte neunundneunzig Prozent der Energiereserve, um den Zerstörer abzubremsen und in eine Umlaufbahn um den fremden Planeten zu bringen. Es war deutlich zu sehen, daß diese Welt eine Atmosphäre hatte. Ob sie atembar war, würde sich später herausstellen. Die Registriergeräte arbeiteten nicht mehr.

Aber etwas anderes hatte Tiff festgestellt: Der Planet war fast eine Milliarde Kilometer von dem blauen Zwerg entfernt, und 1,3 Milliarden von der orangefarbenen Sonne.

Er schwieg aber darüber. Bevor es nicht unbedingt notwendig war, wollte er niemandem einen Schrecken einjagen. Der blaue Zwerg war in Wirklichkeit ein Riese, was seine Strahlkraft anbelangte. Es mochte sein, daß auf einer Welt, die eine Milliarde Kilometer entfernt war – also fast siebenmal so weit wie die Erde von der Sonne – trotzdem noch erträgliche Lebensbedingungen herrschten.

Als Tiff zur ersten Bremsellipse ansetzte, sahen sie, daß die Oberfläche des Planeten von Eis und Schnee bedeckt war. Tiff hatte nicht einmal herausfinden können, in welcher Richtung die Achse lag. Aber er nahm an, daß dort, wo die Eis- und Schneemassen dunklere Färbung hatten, etwa der Äquator lag.

Mildred fing an zu stöhnen. „Mein Gott, das ist doch noch schlimmer als Grönland.“

Es war das erstemal, daß sie überhaupt etwas sagte, seitdem der Zerstörer den Treffer bekommen hatte.

Hump verfolgte den Kurs mit zusammengekniffenen Augen.

„Dort, wo es dunkel ist, liegt wahrscheinlich der Äquator“, sagte er.

„Danke“, antwortete Tiff bissig. „Das habe ich mir schon selbst gedacht.“

Im nächsten Augenblick reute ihn die heftige Antwort. Er war am Ende mit seinen Nerven.

„Warum hältst du nicht darauf zu?“ fragte Hump. „Wahrscheinlich ist es am Äquator am wenigsten kalt.“

„Ich kann nicht“, antwortete Tiff. „Wenn ich nur noch eine einzige Wendung mache, dann reicht die Energie nicht mehr zu einer vernünftigen Landung.“

Hump erregte sich. „Warum hast du nicht früher daran gedacht, du Narr? Jetzt werden wir deinetwegen erfrieren müssen.“

Bevor Tiff antworten konnte, sagte Eberhardt: „Rede nicht so einen Blödsinn, Hump.“

Hump konnte sich selbst ausrechnen, daß jemand, der nur noch einen geringen Bruchteil der üblichen Meßgeräte zur Verfügung hatte, die Lage der Äquatorebene eines fremden Planeten nicht rechtzeitig genug feststellen konnte, um seine aerodynamische Landung danach einzurichten.

Bei der ersten Bremsellipse tauchte Tiff gefährlich tief in die Atmosphäre der fremden Welt ein. Das Außenthermometer – von keinerlei Energiezufuhr abhängig und deswegen nach wie vor intakt – kletterte auf mehr als viertausend Grad. Aber der Arkon-Stahl behielt seine Festigkeit, und selbst die auf Notleistung geschaltete Klimaanlage brachte es noch fertig, die Temperaturerhöhung im Innern der Kabine bei nur zwei Grad zu halten.

Die Geschwindigkeit des Zerstörers, im Lauf des Einlenkmanövers schon auf acht Kilometer pro Sekunde reduziert, verringerte sich auf die Hälfte.

Der Zerstörer schoß aus der eisigen Atmosphärenhülle wieder hinaus, gewann an Höhe, überschritt ein Maximum und senkte sich dem Luftmantel schließlich aufs neue entgegen.

„Achtung!“ sagte Tiff. „Zweite Bremsung!“

„Verschiedene von Ihnen“, sagte Rhodan nachdenklich, „werden meine Pläne schon erraten haben. Weil wir es in unserer Situation aber nicht länger auf das Erraten ankommen lassen wollen, möchte ich Ihnen jetzt endlich detaillierte Aufklärung geben.“

Seine Zuhörer in der Zentrale der STARDUST II waren die Offiziere der STARDUST, TERRA und SOLAR SYSTEM – die Mutanten eingeschlossen – und die beiden Arkoniden Crest und Thora.

Crest, noch erschöpft von dem gefährlichen Abenteuer, Thora mit emporgezogenen Augenbrauen und spöttischem Gesichtsausdruck.

„Wir haben erfahren, daß fremde Intelligenzen sich für uns interessieren", fuhr Rhodan fort. „Es wurde registriert, daß sie auf der Venus landeten und ihre Agenten auch auf der Erde hatten. Sie stellten sich so geschickt an, daß wir weder auf der Erde noch auf der Venus einen von ihnen fangen konnten. Außerdem bewegten sie sich mit einer solchen Geschicklichkeit im Raum, daß wir daraus schließen mußten, daß sie uns technisch zumindest ebenbürtig sind. Daß sie uns feindlich gegenüberstanden, mußten wir ebenfalls annehmen. Sie hätten sich sonst mit uns in Verbindung gesetzt. Aus der Annahme wurde Gewißheit, als die K-9 gekapert wurde."

Er sah sich um, ob jemand die Schlußfolgerung errate, dann fuhr er fort: „Wir mußten etwas unternehmen, um von uns aus hinter ihr Geheimnis zu kommen. Kadett Julian Tifflor, Ihnen allen bekannt, ist der Mann, der etwas über unsere Gegner herausfinden sollte. Tifflor bekam einen Zellsender einoperiert, der ihn zu einer Art telepathischem Leuchtfeuer machte. Unsere Telepathen können ihn über Entfernungen bis zu zwei Lichtjahren hinweg orten. Unser Trick gelang. Die Unbekannten hefteten sich Tifflor an die Fersen. Sie entführten ihn schließlich – aber auf eine Weise, die für uns sehr unbequem war. Wir hatten nicht damit gerechnet, daß die Fremden die Möglichkeit hatten, eines unserer Schiffe an eines der ihren zu fesseln, wie es im Fall der K-9 geschah, und in solchem Verband einen Hypersprung zu machen. Nun gut, Sie wissen alle, welche Schwierigkeiten wir hatten, die Spur wiederzufinden. Wir fanden sie schließlich und gerieten mitten in dieses Durcheinander, über dessen Verlauf Sie ebenfalls informiert sind. Wir wissen jetzt, wer unsere Gegner sind. Sie gehören zu einem aus den Arkoniden hervorgegangenen Volk, das allerdings mit den eigentlichen Arkoniden nur in mäßig gutem Verhältnis steht. Sie nennen sich die Springer. Ich werde an die einzelnen Schiffe Informationsstreifen verteilen lassen, an Hand derer

Sie sich informieren können. Lassen Sie mich nur das Wichtigste vorwegnehmen: Die Springer sind Wesen, deren Technik der arkonidischen wenigstens ebenbürtig ist. Da wir selbst über nichts anderes als arkonidische Technik verfügen, sind die Springer also auch uns mindestens ebenbürtig. Sie haben erlebt, wie wir durch ihre Gravitationsbomben um ein Haar hereingelegt worden wären. Wir besitzen alle Informationen über die Springer, die die arkonidische Zivilisation besitzt. Aber wir wissen immer noch nicht, was die Springer im Augenblick gegen die Erde planen. Wir wissen nicht einmal, wieviel Angehörige der Springer, deren Gesamtzahl in die zehn Milliarden geht, an den augenblicklichen Vorgängen beteiligt sind. Wir sind also weiter darauf angewiesen, Informationen zu sammeln. Sie wissen, daß mein Beauftragter Tifflor mit einem Zerstörer aus der beschädigten K-9 entkommen ist. Begleitet wird er von zwei weiteren Kadetten und zwei Akademiestudentinnen. Sie wissen jedoch nicht, daß der Zerstörer von der STARDUST II aus geortet wurde, daß weiterhin zwei Schiffe der Springerflotte ihm folgten und unterwegs mit ihm ins Gefecht gerieten. Ich gebe zu, daß ich ein Risiko einging, als ich die Ortermeldungen ignorierte, so daß niemand von Ihnen mir durch übereilte Hilfsbereitschaft meinen Plan zunichte machen konnte. Ich habe bewußt darauf verzichtet, Tifflor zu Hilfe zu kommen, als er in Bedrängnis geriet. Meine Rechnung erwies sich als richtig. Tifflor entledigte sich seiner Verfolger, allerdings wurde der Zerstörer im Gefecht beschädigt. Das Fahrzeug hat sich mittlerweile aus dem Tastbereich der STARDUST II entfernt, außerdem scheint Tifflors Hyperkom ganz oder teilweise ausgefallen zu sein. Es besteht jedoch kein Zweifel daran, daß Tifflor nahe an dem zweiten Planeten dieses Systems vorbeikommen wird oder schon vorbeigekommen ist. Ich hoffe, er wird dort landen können. Die astronomische Sektion hat inzwischen ermittelt, daß die Doppelsonne Beta-Albireo über insgesamt vier Trabanten verfügt. Sie alle haben die für Doppelsysteme kennzeichnende exzentrische und komplizierte Bahn. Die Welt, die Tifflor ansteuert, ist vom Schwerpunkt des Systems mehr als eine Milliarde Kilometer entfernt. Es gibt keinen Zweifel, daß die Lebensbedingungen dort im Augenblick sehr ungünstig sind. Wir wollen jedoch Tifflor mit dem Nötigsten versorgen und seinen

Standort im übrigen bald publik machen, damit er so schnell wie möglich gefunden wird."

Gemurmel ging durch die Reihen der Offiziere. Rhodan lächelte. „Lassen Sie es mich Ihnen erklären, meine Herren. Das Schwerefeld, das die beiden Gravitationsbomben ausstrahlen, hat nur noch einen sehr schwachen zeitlichen Gradienten. Es ist anzunehmen, daß die Bomben gelegt wurden, um unsere Suchkommandos an Bord des Wracks festzuhalten. Hätte man sie umbringen wollen, wäre der zeitliche Gradient stärker gewesen. Daraus läßt sich schließen, daß wir mit der Rückkehr der Springerflotte in nächster Zeit zu rechnen haben. Wahrscheinlich wird sie mit beachtlicher Verstärkung zurückkehren. Wir werden uns auf einen Kampf nicht einlassen. Sie erinnern sich an das, was ich über den technischen Stand der Springer gesagt habe. Mit unseren drei Schiffen wären wir in einem massierten Angriff unterlegen. Die Springer werden sich um Tifflor kümmern, und Tifflor wird – hoffentlich – alle Informationen sammeln können, die wir brauchen. Sie kennen Major Deringhouses Bericht, wonach die K-9 bis vor wenigen Stunden durch magnetomechanische Bänder an jenes Springer-Schiff mit dem Namen ORLA XI gefesselt war, von dem sie auf der Höhe der Plutobahn gekapert wurde. Die ORLA XI hat sich, als der Kampf begann, leise und unauffällig aus dem System hinausgeschlichen. Wir dürfen nicht daran zweifeln, daß die Besatzung der ORLA XI als erste erfahren wird, wo der in Springeraugen so unerhört wichtige Mann Tifflor gelandet ist. Damit wäre für Tifflors Kontakt schon von vornherein gesorgt. Das wäre vorläufig alles."

Die Mitglieder der Versammlung sahen sich nachdenklich an, und Reginald Bull sagte: „Hoffentlich gelingt dieser Zauber."

Nach der fünften Bremsung tauchte die Maschine nicht mehr aus der eisigen Lufthülle der fremden Welt heraus.

Die Geschwindigkeit des Zerstörers betrug noch Mach 5 – immer noch zu viel, um aus der Anzeige des Außenthermometers auf die wahre Temperatur der Atmosphäre zu schließen.

Die weiße Fläche unter der Maschine bot niemandem einen Anhaltspunkt zum Schätzen von Entfernungen. Vor der ersten

Bremsellipse hatte Tiff zu erkennen geglaubt, daß der Planet etwa von der Größe der Erde war – vielleicht ein wenig kleiner.

Er wußte nicht, ob die Geschwindigkeit noch ausreichte, um antriebslos die Polzone der Welt einmal zu umrunden. Er wollte Eberhardt anweisen, nach einem geeigneten Landeplatz Ausschau zu halten. Aber was nützte ein geeigneter Landeplatz, solange er den Zerstörer noch nicht zur Landung bringen konnte?

Die Geschwindigkeit mußte sich selbst aufzehren.

Mach 5 – Mach 4,5 – Mach 4 . . .

„Langt die Energie zum Abbremsen?" fragte Hump plötzlich.

Er hatte eine belegte Stimme. Jetzt, da es um wirklich ernste Dinge ging, schien er mehr Sorge um sein Leben zu empfinden als Lust, sich mit Tiff zu streiten.

„Ich bremse bei halber Schallgeschwindigkeit", antwortete Tiff.

Hump stöhnte entsetzt. „Die Atmosphäre kann die antriebslose Maschine nur bis Mach eins halten, dann sackt sie durch."

Er hatte recht. Die Tragflächen des Zerstörers waren nur als Steuerhilfe bei Geschwindigkeiten von mehr als Mach 1 in Atmosphären von der Dichte etwa der irdischen gedacht.

In diesem Sinn waren sie also keine Tragflächen. In der Luft hielt sich die Maschine, so hatte man sich bei der Konstruktion entschlossen, kraft ihres Antriebs, der bei der unbeschädigten Maschine nach allen Richtungen zu arbeiten in der Lage war.

Tiff brummte nur: „Dann sackt sie eben durch."

Hump begann zu protestieren, aber Tiff hatte weder Lust noch Muße, sich auf Diskussionen einzulassen.

Zwei Minuten später flog die Maschine noch Mach 0,6.

„Eberhardt! Siehst du einen Landeplatz?" rief Tiff.

Eberhardt starrte auf den seitlichen Bildschirm.

„Einen ganz großen", antwortete er trocken. „Der ganze Planet ist ein einziger Landeplatz. Fragt sich nur, wie's aussieht, wenn wir tiefer hinunterkommen."

Er hatte recht. Die weiße Fläche zeigte keine Konturen, wenn sie kleiner waren als ein mittlerer Berg. Die Maschine flog immer noch in drei Kilometern Höhe, aber sie sank rapide.

„Ich lande jetzt", sagte Tiff.

Es blieb ihm nichts mehr anderes übrig. Wenige Sekunden spater war die Maschine so weit gesunken, daß man erkennen konnte, wie wenig eben das Gelände in Wirklichkeit war.

Tiff hoffte, daß die meisten Unebenheiten nur Schneeverwehungen waren. Wenn massives Gestein darunter war, dann . . .

Der Zerstörer war zur Vertikallandung gebaut. Er hatte kein Fahrwerk, und wenn er eines gehabt hätte, wäre es hier von denkbar kleinem Nutzen gewesen.

„Haltet euch fest!" befahl Tifflor. „Achtung – jetzt!"

Tiff hatte die Hände so fest um den Triebwerkshebel geklammert, daß ihm die Gelenke fast brachen. Mit schmerzverzerrtem Gesicht riß er den Hebel nach hinten und schaltete mit dem letzten Rest der Energie die Bremsdüsen ein.

Es gab einen Ruck, als die Maschine über einen Hügel sprang. Eine Sekunde lang verdeckten rasende Schneeschleier den Ausblick auf den Bildschirm, dann fiel der Schirm vollends aus und mit ihm die Beleuchtung. Es wurde dunkel in der engen Kabine.

Der Zerstörer kam noch nicht in Ruhe. Eine Weile schien er sich um seine eigene Achse zu drehen, aber Vorwärtsbewegung war ihm offenbar außerdem noch verblieben. Schließlich gab es einen letzten, harten Ruck – dann war Ruhe.

Tiff hing schräg in seinen Gurten. Er setzte sich zurecht und sah sich um. Die Dunkelheit war vollkommen. Aber im Helmempfänger hörte er hastiges Atmen.

„Wir sind gelandet", sagte er.

Es gab keinen Zweifel, daß die Maschine Vollschaden erlitten hatte. Die Kabine ließ sich auf die übliche Weise nicht mehr öffnen.

Felicitas war bewußtlos geworden. Eberhardt versicherte sich, daß ihr Raumanzug vorschriftsmäßig geschlossen war, dann versuchten Hump und Tiff gemeinsam, das Kanzeldach mit Gewalt zu öffnen.

Es gelang ihnen erst, als sie schon in Schweiß geraten waren. Das Dach glitt polternd nach hinten, und die Sichtscheiben der Helme beschlugen in der feuchten, warmen Luft der Kabine von einer Sekunde zur anderen mit einer dünnen Eisschicht.

„Heizung an!“ befahl Tiff.

Er selbst wartete, bis die kräftige Heizung seines Raumanzugs auch die Scheibe des Helmes erreicht und die Eisschicht abgetaut hatte, dann zog er sich in die Höhe und kletterte zur Kanzel hinaus. Hump wollte ihm folgen, aber Tiff fuhr ihn an: „Warte!“

Hump gehorchte. Tiff saß eine Weile rittlings auf dem Kanzelrand und versuchte zu ergründen, was ihm an dieser Welt so sonderbar vorkam.

Es war die einfachste Sache der Welt. Die Gravitation. Sie war sicherlich um zwanzig Prozent geringer als die irdische, etwa 0,8 g. Tiff sprang hinunter. Er versank fast bis an die Knie in pulverigem Schnee. Er atmete heftig und sah sich um. Es ging ein schwacher Wind, der über die Außenmikrophone zu hören war und dünne Schneeschwaden träge vor sich her trieb. Tiff hob den rechten Arm, um auf das Armbandthermometer zu sehen. Er erschrak, als er die Zeigerstellung sah. 112 Grad minus, in Celsius gerechnet.

Na schön, dachte Tiff resigniert. Solange die Heizungen in den Anzügen funktionieren, macht es niemand etwas aus.

Vorsichtig stapfte er einmal um den Zerstörer herum und betrachtete den Schaden.

Von drinnen rief Eberhardt: „Wie sieht die Maschine aus?“

Tiff antwortete mit bitterem Lachen: „Sie ist kein Zerstörer mehr – höchstens ein Zerstörter.“

Es gab keinen Zweifel mehr daran, daß die Maschine nur noch das Material wert war, aus dem sie bestand. Eine Felsnase hatte ihr den Rumpf etwa von der Mitte bis nach hinten zum Leitwerk aufgeschlitzt. Hätte der Felsen weiter vorne angesetzt, es wäre für die fünf in der Kabine eine Katastrophe geworden.

Die Düsen waren nicht mehr zu sehen. Zerrissenes, verbeultes Metallplastik verdeckte die Öffnungen.

Wenn Rhodan nicht hierherkam, würden sie den Rest ihres Lebens – das war so lange, wie die Energievorräte der Raumanzüge und die Notration in der Kabine reichten – auf dieser Eiswelt verbringen müssen.

Wenn Rhodan nicht kam, oder wenn es ihnen nicht gelang, auf diesem Planeten eine Zivilisation zu entdecken.

Tiff lachte über seine Idee. Eine Zivilisation auf dieser Welt. Wenn es jemals eine gegeben hatte, dann war sie gestorben, als der Planet sich von den beiden Sonnen so weit entfernte, daß die mittlere Temperatur unter unerträgliche Werte sank.

Tiff sah in den Himmel. Das Licht dieser Welt war milchig trüb, aber weitaus heller, als es nach Tiffs Meinung hätte sein dürfen.

Er sah die eine der beiden Sonnen als hellen Lichtpunkt durch die Schleier treibenden Schnees. Die andere war ein matter, kaum wahrnehmbarer roter Fleck.

Horizontal reichte der Blick wegen des Schnees noch nicht einmal hundert Meter weit. Innerhalb dieser hundert Meter war das Gelände eben bis auf ein paar kleine Hügel.

Tiff aber suchte eine Höhle. Eine Höhle, die man so weit einrichten und abdichten konnte, daß es möglich war, den Raumanzug auszuziehen. In den Helm des Raumanzugs war zwar eine Notration so eingearbeitet, daß sie mit einem Daumendruck von außen in den Mund geführt werden konnte, aber das Konzentrat sättigte für nicht länger als fünfhundert Stunden. Innerhalb dieser Zeit – so hatte der Konstrukteur des Anzugs offenbar gedacht – sollte es jedermann möglich sein, einen geschützten Raum zu erreichen.

„Kommt heraus!“ rief Julian Tifflor den Gefährten in der Kabine zu. „Aber springt nicht zu hastig! Der Schnee ist locker und tief!“

Sie erschienen nacheinander im Freien.

Ziellos und niedergeschlagen stapften sie in der Gegend herum. Tiff prüfte den Kompaß an seinem Handgelenk und stellte fest, daß er von jedem Platz aus in die gleiche Richtung wies. Das Magnetfeld dieser Welt war ebenso verläßlich wie das der Erde.

Nach einer halben Stunde schlug Tiff vor, den Robot aus seinem Gefängnis zu befreien. Er hatte wenig Hoffnung, daß es dem Robot besser ergangen war als dem Zerstörer, aber er würde keine Ruhe haben, solange er sich nicht davon überzeugt hatte.

Der kleine Laderaum, in dem der Robot steckte, war von außen zu öffnen. Der Öffnungsmechanismus funktionierte nicht, wie zu erwarten gewesen war.

Eigentlich war es Glück, daß sie das Luk überhaupt aufbekamen. Das einzige, was noch funktionierte, war das schräge Rollband, das der Robot, von dem Hemmschuh unter den Füßen nun befreit, durch sein Gewicht in Bewegung setzte. Das Band lud ihn mit kräftigem Ruck auf dem Boden ab, und der Ruck, auf eine bestimmte Stelle der Füße wirkend, weckte den Robot aus seiner Starre.

Tiff und die beiden Kadetten rissen die Augen weit auf, als die scheinbar so schwerfällige Maschine sich blitzschnell auf die Beine erhob. An sich war nichts Außergewöhnliches daran, nur eben, daß der Robot unter den verschiedenartigsten Ereignissen, die dem Zerstörer den Garaus gemacht hatten, offenbar überhaupt nicht gelitten hatte.

Auf die übliche Weise – direkt-akustisch und über eingebauten UKW-Sender – meldete die Maschine: „Robot RB-013 einsatzbereit. Funktionskontrolle positiv. Ich bitte um Einstufung.“

RB-013 sprach Englisch. Es bedeutete keine Schwierigkeit, einem Robot ein paar Sprachen beizubringen. Das Speichervermögen des kleinen Positronengehirns wurde pro Sprache nur mit fünf bis acht Promille seiner Kapazität belastet.

Unter den fünf, die mit dem Zerstörer gelandet waren, mußte einer sein, von dem der Robot in erster Linie Befehle annahm.

Unter anderen Umständen wäre Hump Hifield vermutlich sofort nach vorn getreten und hätte mit dem Robot die Kodeworte gewechselt, die notwendig waren, damit RB-013 seinen neuen Kommandanten aus jeder Entfernung und in jeder Situation wiedererkennen würde. Aber der lange, hoffnungslose Flug, die katastrophale Landung und die eisige Einöde dieser Welt hatten Humps Geltungsbedürfnis so sehr in den Hintergrund gedrängt, daß er nicht einmal Einspruch erhob, als Tiff sich aus der Reihe löste und sich dicht vor den Robot stellte.

„Kadett Tifflor“, sagte Tiff, „Julian Tifflor.“

„Kadett Julian Tifflor“, wiederholte RB-013.

„Gut“, sagte Tiff. „So weit wären wir klar.“

Er wandte sich um. Hump schien es eben zu Bewußtsein gekommen zu sein, daß sich da jemand zum Kommandanten machte, dem er es gar nicht gönnte.

Tiff sah Humps Einspruch voraus, kam ihm jedoch zuvor.

„Ihr seid euch darüber im klaren“, stellte er fest, „daß wir als erstes einen Unterschlupf brauchen, nicht wahr? In der Kabine haben wir Notrationen für mehr als zwei Jahre, aber um sie zu uns nehmen zu können, müssen wir innerhalb von fünfhundert Stunden ein Loch finden, in dem wir uns verkriechen können. Wir wissen nicht, aus welchen Stoffen sich diese Atmosphäre zusammensetzt. Es könnte sein, daß das, was wir für Schnee halten, in Wirklichkeit Paraffin ist und daß die ‚Luft' aus Kohlenwasserstoffen besteht. Was wir brauchen, ist eine Art Höhle, die wir mit den Mitteln, die wir haben, abdichten und bewohnbar machen können. RB-013 wird uns dabei helfen, aber zuerst müssen wir die Höhle finden."

Hump hatte eine Idee. „Warum nehmen wir nicht gleich den Zerstörer?"

Tiff winkte ab. „Er wäre leicht wieder dichtzumachen, aber er ist weit und breit das einzige metallische Objekt. Außerdem strahlen die Triebwerke noch ein wenig. Wenn jemand von den Springern noch in der Nähe ist und auf die Idee kommt, auf dieser Welt nach uns zu suchen, dann wird er die Maschine finden. Deshalb nehmen wir den Zerstörer nicht."

RB-013 mit seinen langen, staksigen Beinen und den vier Armen, von denen die unteren zwei eigentlich nur bewegliche Kanonen waren, stapfte durch den Schnee und machte seine Gehkontrolle.

Tiff wandte sich an den Robot.

„Wir müssen hier weg", sagte er. „Am besten ...", er sah noch einmal nach der Schleifspur, die der Zerstörer gezogen hatte, und vergewisserte sich über die Richtung, „... dorthin."

Er wies mit dem Arm nach Süden, wo sie vor der Landung die dunklen Flächen gesehen hatten.

Kurz darauf brachen sie auf, sechs dunkle Gestalten in einer endlos erscheinenden Schneewüste.

25.

Orlgans sagte: „Sie sind unerwartet stark, aber nicht so stark wie die Flotte, die bald zurückkehren wird."

Ornafer antwortete. „Sie werden sich zurückziehen. Die Flotte wird sie nicht fangen können."

Orlgans gab keine Antwort, denn Ornafer hatte recht. Zuerst waren die Punkte der Kriegsflotte vom Bildschirm verschwunden, die Ornafer zu Hilfe gerufen hatte, und dann die drei Leuchtflecken der fremden Schiffe.

Zurückgeblieben waren nur die beiden Wracks. Die ORLA XI hatte sich schon weit aus dem System entfernt, aber die empfindlichen Meßgeräte nahmen die Störung im Gravitationsfeld des Systems wahr, die von den beiden zerstörten Schiffen ausging.

„Unsere Freunde haben Gravitationsbomben gelegt", sagte Orlgans. „Ich möchte wissen, wie diese Barbaren ihnen wieder entronnen sind."

Ornafer wußte es nicht. Orlgans starrte eine Weile nachdenklich vor sich hin. Als er den mächtigen, langhaarigen Kopf wieder hob, sah Ornafer den kräftigen Mund zu einem verschmitzten Lächeln verzogen.

„Wie lange, glaubst du", fragte Orlgans, „wird es dauern, bis unsere Flotte zurückkommt?"

Ornafer überlegte.

„Vier bis fünf Stunden", meinte er.

Orlgans stimmte zu. „Wenn nicht noch länger. Ruf den Orter an!"

Der Befehl kam überraschend. Ornafer verzog das Gesicht. Dann bediente er den Interkom. Der Orter meldete sich.

Orlgans forderte: „Gib mir alle Meßdaten über das kleine Fahrzeug, das das gekaperte Schiff verließ."

Wenige Minuten später hatte Orlgans die Daten, auf Kurs-Koordinatenpapier eingetragen, in der Hand und studierte sie.

„Siehst du?“ fragte Orlgans und verband die einzelnen Meßpunkte durch einen Strich. Die Positionen der beiden Sonnen und der vier Planeten zu den jeweiligen Meßzeiten waren in breiten, bunten Bahnen eingetragen. Die Meßpunkte waren mit Zeitangaben markiert. Man mochte über Ornafer denken, wie man wollte. Ein vorzüglicher Astrogator war er auf jeden Fall. Er hätte aus wesentlich schwierigeren Diagrammen als diesem hier entnehmen können, worauf Orlgans hinauswollte.

„Ja, ich sehe“, antwortete er. „Die kleine Maschine ist bis dicht an den zweiten Planeten des Systems herangekommen.“

Orlgans lachte. „Ganz genau. Und wenn wir noch vier bis fünf Stunden Zeit haben bis zur Rückkehr der Kriegsflotte, dann wollen wir versuchen, die Fremden in der Zwischenzeit zu finden.“

Er rollte das Diagramm zusammen und ging zum Interkom, um den Startbefehl zu geben. Auf halbem Weg blieb er jedoch stehen und sah Ornafer über die Schulter an. „Oder möchtest du die Beute anderen überlassen?“

„Nein!“ rief Ornafer.

Rhodans drei Schiffe hingen acht Lichtstunden von den beiden Sonnen entfernt bewegungslos im Raum.

Rhodan war nahezu sicher, daß die beiden Erschütterungen, die die Transition hervorgerufen hatte – nämlich eine beim Eintauchen und eine beim Herauskommen – wegen der geringen Zeitspanne nur als eine einzige registriert worden waren.

Mochte sich der Springer den Kopf darüber zerbrechen, warum seine Geräte die zweite Erschütterung nicht registriert hatten – daß er auf die Idee kam, die drei schweren Schiffe hätten eine Transition über nur acht Lichtstunden gemacht, hielt Rhodan für äußerst unwahrscheinlich.

Rhodan wartete und bereitete sich darauf vor, in die Entwicklung, die nun bald kommen mußte, nach Kräften einzugreifen.

Für RB-013 war es einfach, die beiden Mädchen auf seinen kräftigen Oberarmen zu tragen. Tiff hatte es ihm befohlen. Er war überzeugt davon, daß Mildred und Felicitas fast am Ende ihrer Kräfte waren, wenn sie es auch nicht zugaben. Selbst mit den Mädchen auf den Armen marschierte RB-013 in einem Tempo, das die drei Kadetten wegen des tiefen Schnees nur schwer mithalten konnten. Tiff befahl dem Robot, langsamer zu gehen. Nach fünf Stunden Marsch ordnete Tiff eine Rastpause an. RB-013 blieb sofort stehen und lud die Mädchen ab. Eberhardt grub ihnen mit den Händen eine Art Schneemulde, in der sie sich hinlegen und ausruhen konnten. RB-013 schaltete auf Wartestellung. Der Proviantsack mit den Vorräten, die sie dem Zerstörer entnommen hatten, schaukelte leicht im Wind.

Noch während sie mit dem Aufschlagen des Lagers beschäftigt waren, sagte der Roboter: „Ortung in R viertausend, Phi achtundzwanzig, Theta siebenundsechzig."

Tiff blinzelte müde.

„Was für ein Objekt?" fragte er hastig.

„Kreisförmig, metallisch", antwortete RB-013 mit aufreizender Ruhe. „Durchmesser etwa zehn Meter. R dreitausendachthundert, Phi gleichgeblieben, Theta sechzig, Theta sinkt."

Das Ding – was es auch immer war – kam herunter.

Orlgans hatte den Zerstörer auf Anhieb gefunden. Er hatte sein Schiff in tausend Kilometer Höhe über dem Planeten angehalten und mehrere kleine Beiboote ausgeschickt.

Die Piloten der Beiboote berichteten, daß die Maschine nur noch ein Wrack und außerdem verlassen war. Einer der Piloten fand etwas, was er für eine Spur hielt. Orlgans rief die übrigen Boote zurück und befahl dem einen, auf der Spur zu bleiben.

Die kleinen Boote waren jeweils mit zwei Mann besetzt und hielten ständige Verbindung mit der ORLA XI. Die beiden Männer in dem Boot, das die Spur verfolgte, waren Mérnök und Paradicsom.

„Hoffentlich hat der Schnee die Spur nicht verweht", murmelte Paradicsom.

Er ging auf Höhe und beobachtete sorgsam den Tastschirm.

„Ich glaube nicht“, antwortete Mérnök und richtete den Kurs ein.

In gemächlichem Tempo bewegte sich die kleine Maschine nach Süden. Manchmal rief Paradicsom, daß er die Spur verloren habe, dann flog Mérnök eine enge Wendung und kehrte zu einer Stelle zurück, die sie wenige Augenblicke zuvor überstrichen hatten und an der die Spur noch sichtbar war. Auf diese Weise kamen sie nicht so schnell vorwärts, wie sie es sich gewünscht hätten, aber da sie wußten, daß die Flüchtlinge zu Fuß unterwegs waren, zweifelten sie keinen Augenblick daran, daß sie ihrer noch im Verlauf dieses Tages habhaft werden würden.

Soweit die Springer über diesen Planeten Bescheid wußten, drehte er sich im Lauf von einunddreißig Stunden einmal um seine Achse, und im Augenblick war es etwa drei Stunden nach Mittag.

Orlgans dachte darüber nach, ob er nicht seine Sippe zu Hilfe rufen sollte. Vorerst getraute er sich allerdings noch nicht, mit Ornafer darüber zu reden. Ornafer hätte ihn ausgelacht. Freilich schien es in manchen Augenblicken selbst Orlgans lächerlich zu sein, daß er sich wegen einer kleinen Maschine Sorgen machte, die dazu noch notgelandet war und deren Besatzung sich ohne Zweifel zu Fuß auf den Weg gemacht hatte, um wärmere Regionen zu erreichen.

Aber die Sorgen waren nun einmal da, und man konnte sie nicht hinwegdiskutieren. Es stimmte Orlgans mißtrauisch, daß die Menschen in keinem Augenblick daran gedacht hatten, umzukehren und bei einem der drei größeren- Schiffe ihrer Flotte Rettung zu suchen. Orlgans wußte nicht, daß der Zerstörer bei dem Treffer den größten Teil seines Energievorrats verloren hatte und zum Umkehren nicht mehr fähig gewesen war.

Deshalb vermutete er, daß hinter der Landung auf der Eiswelt eine finstere Absicht steckte, und er fühlte, daß es nicht einfach sein würde, die Flüchtlinge wieder einzufangen.

Wenn er die Sippe herbeirief – den Patriarchen Etztak mit seinem Riesenschiff an der Spitze – würde er zwar den Gewinn mit den anderen Kapitänen der Orlgans-Sippe teilen müssen, dafür war er des Gewinns aber sicher.

Weiß ich denn, überlegte Orlgans, ob dort unten überhaupt ein Gewinn auf mich wartet?

Bisher hatte er es für selbstverständlich gehalten, daß sein ehemaliger Gefangener Tifflor sich unter den Schiffbrüchigen befand, die mit der kleinen Maschine auf der Eiswelt gelandet waren. War das wirklich selbstverständlich?

Zumindest ist es plausibel, dachte Orlgans.

Mit Tifflor aber stand und fiel das ganze Unternehmen. Orlgans hätte der Eiswelt sofort den Rücken gekehrt, wäre ihm berichtet worden, daß Tifflor nicht zu den Flüchtlingen gehörte.

Denn Tifflor war der Mann, der, soweit Orlgans informiert war, profunde Kenntnisse über Lage und Einrichtung jener *Welt des ewigen Lebens* besaß, von der die Sage seit zehntausend Jahren mit solcher Beharrlichkeit berichtete, daß an ihrer Existenz kein vernünftiger Springer zweifelte.

Orlgans wußte, daß die Fremden über die Welt des ewigen Lebens Bescheid wußten und daß sie wahrscheinlich sogar schon selbst dort gewesen waren. Er glaubte weiterhin zu wissen, daß Tifflor, sein ehemaliger Gefangener, alle Kenntnisse besaß, um derentwillen er sich in dieses Unternehmen eingelassen hatte. Informationen über die galaktische Position jener sagenhaften Welt – das war jedoch ein Gewinn, der selbst dann noch riesengroß war, wenn Orlgans ihn mit den anderen Kapitänen der Orlgans-Sippe teilen mußte.

Er beschloß also, abzuwarten und den Sippen-Ruf erst dann in den Raum zu funken, sobald sich etwas Verdächtiges zeigte.

Mérnök stutzte.

Er sah sich nach Paradicsom um, aber der hatte noch nichts bemerkt. Er starrte nach wie vor auf den Tastschirm. Mérnök betrachtete das Bild des Mikrowellenorters ein zweites Mal. Der rückte langsam auf das Zentrum des Schirmes vor.

Metall.

Mérnök überlegte sorgfältig. Daß dort vorn Metall lag, mußte nicht unbedingt etwas mit den Flüchtlingen zu tun haben. Irgendwo auf dieser öden Welt konnte eine Metallader offen zutage treten.

Mérnök machte Paradicsom aufmerksam. Paradicsom war weitaus impulsiver als Mérnök. Ohne lange zu überlegen, schrie er: „Sofort hinunter! Landen!"

„Theta wird null . . .", sagte RB-013 gedehnt, „ . . .Null."

Ein paar Sekunden lang schien der Robot zu horchen.

„Keine Bewegung mehr", sagte er dann. „Entfernung dreitausend-zweihundert in Phi achtundzwanzig."

RB-013 stand so, daß die Richtung, aus der sie gekommen war, bei Phi null lag. Der Winkel wurde im Uhrzeigersinn gezählt. Das unbekannte Objekt lag also, wenn man rückwärts blickte, ein Stück rechts von ihrer Spur. RB-013 hatte herausgefunden, daß es sich der Form nach um ein von intelligenten Wesen geschaffenes Objekt handelte. Die Form war regelmäßig, ein flaches Rotationsellipsoid. Tiff erinnerte sich an die kleinen Beiboote, die er auf der ORLA XI zu sehen bekommen hatte. Er zweifelte keine Sekunde lang, daß dieses Ding dort eines war. Man war ihnen also auf der Spur. RB-013s Taster- und Ortungseinrichtungen besaßen eine Reichweite von etwa zehn Kilometern für Tastung und hundertfünfzig Kilometer für Ortung. Allerdings war der Orterfähigkeit durch die Krümmung des Horizonts oder Bodenunebenheiten eine Grenze gesetzt.

Man konnte also nicht mit Gewißheit sagen, wie viele dieser linsenförmigen Fahrzeuge es in der Umgebung noch gab. Daß es nur eines war, war lediglich wahrscheinlich.

„Gib mir Bescheid, wenn sich etwas rührt!" befahl Tiff dem Robot.

Dann drehte er sich zu Hump und Eberhardt um.

„Da bietet sich uns eine Gelegenheit", sagte er. „Die Frage ist nur: Wie kommen wir unbemerkt an das Ding heran."

Hump schwieg. Er hielt den Kopf gesenkt und sah auf den Boden.

„Haben sie uns schon entdeckt?" fragte Eberhardt.

Tiff zuckte mit den Schultern. „Ich wäre froh, wenn ich es wüßte. Wahrscheinlich haben sie uns . . ."

Er unterbrach sich, wirbelte herum und starrte den Robot an.

„Natürlich!" rief er. „Der Robot besteht zu neunzig Prozent aus Metall. Er hat eine Masse von mehr als einer Tonne. Sie müßten blind sein, wenn sie ihn nicht auf ihrem Mikrowellenschirm gesehen hätten."

Das änderte die Situation. Tiff gab allgemeines Redeverbot. Wenn jemand etwas zu sagen hatte, dann sollte er es möglichst durch Gesten bekanntgeben. Gesprochen wurde nur noch in wichtigen Fällen. Wenn der Unbekannte nicht durch Zufall gelandet war, sondern weil er RB-013 geortet hatte, würde er jetzt damit beschäftigt sein, das Hochfrequenzband abzusuchen und ihre Gespräche zu belauschen.

Die Helmsender arbeiteten im Augenblick zwar mit minimaler Energie, im sogenannten Direkt-Sprechverkehr, aber mit einem geeigneten Empfänger könnte man auch solche Sendungen über mehrere Kilometer hinweg empfangen.

Tiff überlegte fieberhaft.

Wenn die Fremden – er erinnerte sich, daß die linsenförmigen Beiboote zweisitzige Fahrzeuge waren – RB-013 geortet hatten, dann würden sie über kurz oder lang herankommen, um ihre ehemaligen Gefangenen wieder einzufangen.

Bis dahin brauchte Tiff einen Plan.

„Sie rühren sich nicht", sagte Paradicsom verwundert.

Er starrte auf den Lichtfleck.

„Wenn sie es überhaupt sind", gab Mérnök zu bedenken.

„Wer sollte es sonst sein? Der Punkt liegt genau auf der Verlängerung ihrer Spur."

„Und wer von ihnen besteht aus Metall?"

Paradicsom runzelte die Stirn. „Vielleicht tragen sie einen Metallbehälter mit sich herum."

Er dachte noch eine Weile nach, dann befahl er: „Wir fliegen hin!"

RB-013 erwachte aus seiner Starre.

„Bewegung!" schnarrte er.

Tiff stand auf und ging zu dem Robot. RB-013 hatte sich vornübergebeugt und zeichnete ein Koordinatensystem mit breiten Furchen in den Schnee. An den Ortsvektor schrieb er den Betrag der augenblicklichen Entfernung, an die beiden Winkel die Richtungen. Tiff verstand, daß das Beiboot auf ihren augenblicklichen Standort zukam. Es würde nur ein paar Augenblicke brauchen, bis es hier war.

Tiff befahl RB-013, ihm die Topographie der näheren Umgebung zu beschreiben, und im Augenblick kümmerte es ihn wenig, wer seine Worte abhören konnte. Es war ihnen ohnehin nichts zu entnehmen.

RB-013 lieferte seine Beschreibung eilig, mit wenigen Worten und um so mehr leicht verständlichen Zeichnungen im Schnee.

Und dann hatte Tiff plötzlich seine Idee.

Sie hatte nur einen einzigen Fehler: Sie baute darauf, daß das Beiboot nicht allzu bald angriff.

„Fangt an, eine Schneehöhle zu graben!" befahl Tiff. „Wir haben keine Sekunde zu verlieren."

Auch die beiden Mädchen halfen mit. Das Loch im Schnee wurde schnell tiefer. RB-013 leistete den Löwenanteil der Arbeit.

Mérnök ruckte herum. Auf seinem Gesicht zeigte sich höchste Überraschung. Er brauchte eine Weile, bevor er herausbrachte: „Der Fleck ist verschwunden!"

Mérnök gab den Blick auf den Orterschirm frei. Der Schirm war dunkelgrün und leer, bis auf die winzigen, flimmernden Lichtpunkte, die immer darauf zu sehen waren.

Paradicsom riß den Mund weit auf. „Wohin . . ."

Mérnök schlug verzweifelt die Hände zusammen.

„Ich habe keine Ahnung", jammerte er. „Er flackerte ein paarmal, dann war er ganz weg."

„Ganz weg? Nicht über den Rand gewandert?"

„Nein. Er verschwand an Ort und Stelle."

Paradicsom dachte nach. Das Metall konnte vielleicht unter dem Boden verschwunden sein. Mikrowellen hatten bei den Bodenschichten üblicher Zusammensetzung eine Eindringtiefe von nur wenigen Zentimetern. Wenn es dort, wo das Metallstück bisher gestanden hatte, eine Höhle gab, dann würde der Orterreflex in dem Augenblick verschwinden, in dem das Metall in die Höhle hineinbugsiert wurde.

Wahrscheinlich war es so.

Mérnök hatte sich den Bildschirmen zugewandt und überließ es Paradicsom, eine Erklärung zu finden. Paradicsom sagte nicht, was er dachte. Statt dessen überlegte er sich, ob er nun angreifen sollte.

Solange der Gegner in einer Höhle steckte, war seine Bewegungsfreiheit beschränkt. Um so leichter sollte er zu überwinden sein.

Mérnöks wilder Schrei schreckte ihn auf. „Dort! Sieh doch!"

Mérnök hatte das letzte Wort noch nicht herausgeschrien, als die Alarmpfeifen ihr mißtönendes Konzert anstimmten.

Panik überfiel Paradicsom. Er starrte über Mérnöks Schulter hinweg auf den Orterschirm und brauchte eine Weile, um zu begreifen, was er dort sah.

Ein greller hellgrüner Strich zog sich dicht unter dem oberen Rand des Schirmes entlang – begann links verwaschen und undeutlich und endete rechts in einem feurigen Lichtklecks.

„Thermostrahlentladung", stöhnte Mérnök.

Paradicsom begriff. Die Entladung eines Thermostrahlers in fester Materie schuf eine dichte Zone ionisierter Atome und Moleküle, die den Mikrowellenstrahl noch heftiger reflektierte als Metall.

Paradicsoms kühle Überlegung kehrte langsam zurück.

„Entfernung feststellen!" fuhr er Mérnök an.

Mérnök brauchte sie nur abzulesen. „Dreitausendachthundert!"

Paradicsom war verblüfft. Vor ein paar Augenblicken hatte er noch geglaubt, die Flüchtlinge in knapp tausend Metern Entfernung vor sich zu haben, und jetzt lösten sie in mehr als dreifachem Abstand eine Thermowaffe aus?

Worauf hatten sie geschossen? Waren es überhaupt die gesuchten Flüchtlinge, oder gab es in dieser Einöde mehrere Gruppen von Fremden?

Paradicsom sah ein, daß er sich von seinem Pilotsessel aus die Ereignisse nicht erklären konnte.

„Wir sehen dort nach!" ordnete er an.

Mit einem Ruck hob sich das Beiboot vom Boden ab und schoß in die Höhe. Der Strich auf dem Orterschirm verblaßte, als die Entladung aufhörte, aber wenige Augenblicke danach beobachtete Mérnök einen zweiten Schuß in der gleichen Richtung und von gleicher Heftigkeit.

Er informierte Paradicsom, aber der wäre auch weitergeflogen, wenn sich dort vorn tausend Thermoimpulse auf einmal entladen hätten.

Das Beiboot überwand die knapp viertausend Meter im Lauf weniger Sekunden. Mérnök registrierte auf dem Taster eine Bodenerhebung mäßiger Höhe mit drei flachen und einer steilen Flanke.

„Zielgebiet“, sagte er dazu.

Paradicsom zog die Maschine noch mehr in die Höhe und flog ein paar Kreise um den Hügel.

„Sag mir, was du auf dem Taster siehst!“ fuhr er Mérnök an.

Mérnök starrte auf den Bildschirm.

„Nichts als den Hügel“, antwortete er lakonisch.

Paradicsom fing an zu fluchen, als Mérnök vor Schreck aufschrie und auf dem Orterschirm eine Leuchtspur einer dritten Entladung auftauchte.

Das Ziel des Impulses lag nahezu senkrecht unter dem Boot.

Paradicsom drückte das Steuer nach vorn. Das Boot fiel wie ein Stein. Dicht über dem Boden – auf dem Nordhang des Hügels – fing Paradicsom die Maschine ab und flog sie ein paar hundert Meter weit aus dem Zielgebiet der Impulswaffe hinaus.

Ein wenig unsanft setzte er auf.

Mérnök rührte sich nicht.

„Immer noch nichts?“ fragte Paradicsom.

Mérnök hob die Hände zum Zeichen der Verneinung.

Er sah die Unebenheiten des Geländes auf dem Tasterschirm deutlich vor sich. Der Taster reichte bis zu einer Entfernung von zwei Kilometern. Aber die Unebenheiten waren nicht anders und nicht verdächtiger, als man sie auf jeder Art unbearbeiteten Bodens zu sehen erwartete. Der optische Bildschirm zeigte noch viel weniger. Der Wind war aufgefrischt und wirbelte den Schnee in stärkeren Schwaden als zuvor vor sich her. Die Sicht reichte keine zwanzig Meter weit. Paradicsom saß eine Weile schweigsam, dann ließ er seine Gurte aufschnappen und stand auf.

„Ich gehe hinaus“, sagte er knapp. „Warte hier.“

Er verließ das kleine Boot durch die Luftschleuse. Er wußte zwar, daß die Luft draußen in hohem Grade sauerstoffhaltig und bis auf die

Begleiterscheinungen, die zu hoher Sauerstoffgehalt mit sich brachte, ungefährlich war. Trotzdem nahm er die Schleuse, um durch den Direktausstieg nicht zuviel Kälte hereinzulassen.

Mérnök sah ihn durch den Schnee stapfen und hörte im Lautsprecher seine Stimme: „Ich bin gleich wieder da."

Wenige Augenblicke später verschwand er im Schneetreiben.

„Achtung!" zischte Tiff. „Einer kommt!"

In seiner Nähe waren nur die beiden Mädchen. Sie verkrochen sich tiefer in ihre kleinen Schneehöhlen, um nicht gesehen zu werden. Tiff blieb an der Mündung seiner Höhle liegen und beobachtete sorgfältig den grauen Schatten, der durch den treibenden Schnee herankam.

Er wagte es nicht, seinen Sender auf größere Leistung zu schalten und Hump und Eberhardt davon zu benachrichtigen, daß jemand auf ihn zukam. Der Zufall mochte es wollen, daß das Helmgerät des Springers auf der gleichen Frequenz arbeitete wie das seine, und dann war alle Mühe vergebens gewesen.

Paradicsom suchte nach Spuren. Er hatte aus sicherer Entfernung die Stelle in Augenschein genommen, die der Thermoimpuls dreimal hintereinander getroffen hatte. Außer einer glatten Eisschicht, die sich aus geschmolzenem Schnee unter der mörderischen Temperatur sofort gebildet hatte, war nichts zu sehen. Paradicsom konnte nicht verstehen, warum jemand auf diese Stelle geschossen hatte. Er hielt sich jedoch nicht damit auf, darüber nachzudenken, sondern suchte weiter nach Spuren. Er stapfte über den sanft geneigten nördlichen Hang des Hügels und sah schließlich drei Gebilde vor sich auftauchen, die merkwürdig regelmäßig aussahen. Neugierig kam er näher und stellte fest, daß irgend jemand sich die Mühe gemacht haben mußte, den pulvrigen Schnee so lange zu bearbeiten, bis er hart und fest war und sich eine Art Baustein daraus formen ließ. Aus den Schneesteinen war eine längliche flache Röhre gebaut worden, die nach vorn offen war.

Paradicsom kniete nieder und starrte in die Röhrenöffnung hinein.

In der Röhre war es finster, aber Paradicsom sah auf den ersten Blick, daß etwas drinnen war.

Mit einem erschreckten Schrei fuhr er in die Höhe und hatte, obwohl er gut bewaffnet war, nichts anderes vor, als auf dem schnellsten Weg davonzulaufen. Aber als er sich aufgerichtet hatte, traf ihn ein so mörderischer Schlag gegen das Halsgelenk seines Schutzanzugs, daß er auf der Stelle das Bewußtsein verlor.

Mérnök hörte den Schrei.

Er hörte ihn zwar nicht als Schrei, weil Paradicsom nicht darauf geachtet hatte, die Energie seines Senders an die jeweilige Sendeweite anzupassen, sondern nur als diffuses Geräusch. Trotzdem hatte er das Gefühl, daß nicht alles in Ordnung war.

„Hallo, Paradicsom?“ rief er.

Keine Antwort.

Mérnök wurde unruhig. Bedächtig, wie er war, suchte er sich die Gründe aufzuzählen, die Paradicsom an einer Antwort hinderten, ohne daß ihm etwas zugestoßen war.

Er rief noch ein paarmal nach Paradicsom, aber erst, als er es schon aufgeben und Orlgans Bericht erstatten wollte, bekam er Antwort.

„Was ist los?“

Mérnök seufzte erleichtert. Die Stimme klang undeutlich, als sei die Sendeenergie zu gering. Aber das störte Mérnök nicht.

„Warum läßt du nichts von dir hören?“ fragte Mérnök.

„Bin ein Stück abgestürzt“, antwortete Paradicsom. „Ich komme jetzt zurück.“

„Hast du etwas gefunden?“ fragte Mérnök neugierig.

„Nein“, antwortete die Stimme.

Minuten vergingen. Paradicsom schien nicht zum Sprechen aufgelegt, und Mérnök fragte ihn nichts mehr. Schließlich sah er die hellgraue Gestalt weiter oben auf dem Hügelhang auftauchen – zunächst auf dem Tasterschirm, dann in Direktbeobachtung. Er öffnete die Außentür der Schleuse. Die Gestalt kam herein. Mérnök wartete, bis die kalte Luft ausgepumpt und durch wärmere ersetzt war, dann öffnete er das Innenluk.

Das erste, was zum Vorschein kam, war der Lauf einer Impulswaffe. Zunächst wunderte Mérnök sich nur. Aber dann sah er den Mann, der die Waffe in der Hand hielt. Er erkannte, daß sein Schutzanzug zwar hellgrau war wie der, den die Springer trugen, aber von völlig anderem Schnitt.

„Was . . .“

„Nur ruhig“, sagte der Fremde auf Interkosmo. „Dieses Fahrzeug gehört ab sofort mir, verstanden? Dir wird nichts geschehen, wenn du keinen Unsinn machst.“

Der Rest war einfach.

Sie gruben RB-013 wieder aus seinem tiefen Loch aus, in dem er sich hatte verstecken müssen, um nicht geortet zu werden. Sie hatten ein bißchen Mühe damit, denn in dem Kanal, durch den RB-013 aus seinem Loch heraus mit seinem rechten Waffenarm die Thermoschüsse abgegeben hatte, war der Schnee infolge der Schüsse geschmolzen und sofort danach wieder zu glasig hartem Eis gefroren. Aber der Robot half selbst kräftig mit.

Die Bedienung des erbeuteten Beibootes machte keine Schwierigkeiten. Es war nach arkonidischen Prinzipien gebaut, und alle Beschriftungen hatten interkosmischen Typus.

Paradicsom und Mérnök wurden freigelassen. Man hatte ihre Helmsender mit einem Zeitschloß versehen, so daß sie erst nach zehn Stunden mit der ORLA XI in Verbindung treten konnten.

Tiff war sich darüber im klaren, daß sie nach den Ereignissen der vergangenen Stunden nicht länger in dieser Gegend bleiben konnten. Sobald die beiden Springer wieder Sprechverbindung mit ihrem Schiff hatten, würden sie Verstärkung anfordern.

Tiff lud zunächst die beiden Mädchen in das kleine Boot und flog sie etwa hundert Kilometer nach Süden. Er überflog bergreiches Gebiet und fand nach kurzer Suche eine Höhle, die ihm für einen längeren Aufenthalt geeignet zu sein schien. Er brachte die Mädchen dort unter und kehrte zurück, um Hump und Eberhardt abzuholen. Schließlich machte er noch einen dritten Flug, um RB-013 in den neuen Unterschlupf zu bugsieren.

Der Robot machte sich sofort an die Arbeit, die Höhle luftdicht zu verschließen. Mit der in den rechten Arm eingebauten Thermowaffe zerschmolz er das Gestein und unterteilte den Höhlenraum durch eine Reihe von Zwischenwänden in mehrere Kabinen. Die Wände hatten schmale Durchlaßöffnungen. RB-013 fertigte im Lauf weniger Stunden – noch bevor die Dunkelheit hereinbrach – Platten aus geschmolzenem Stein an, die so haargenau in die Öffnungen paßten, daß der Verschluß als luftdicht zu betrachten war.

Wenn er wirklich einen schwachen Luftstrom durchließ, dann waren immer noch die verschiedenen Höhlenkammern da, durch deren Verschlußplatten er sich außerdem noch hindurchzuwinden hatte, und schließlich wußte Tiff auch von Paradicsom, daß die Atmosphäre dieses Planeten nicht giftig, sondern nur erbärmlich kalt war.

Das gekaperte Beiboot hatten sie in einer benachbarten Bergspalte versteckt und es so gesichert, daß es auch durch Mikrowellenortung nicht entdeckt werden konnte.

Nachdem Orlgans von Paradicsom und Mérnök erfahren hatte, was ihnen zugestoßen war, ließ er zunächst die Suche nach den Flüchtlingen einstellen und rief die Orlgans-Sippe zu Hilfe.

Am Tage nach der Notlandung empfing der Hyperkom des gekaperten Beiboots eine knappe Meldung und zeichnete sie auf. Als Tiff gegen Mittag nachschauen kam, las er: „*Kommandant an Tifflor. Aushalten! Wir helfen euch!*“

Die Botschaft war zwanzigmal wiederholt worden. Tiff bekam Herzklopfen, als er sie las.

Er kehrte zur Höhle zurück und las vor, was er gefunden hatte. Die Begeisterung war groß. Tiff ließ die Gemüter sich austoben und sagte dann: „Vorläufig haben wir offenbar Ruhe. Wir wollen hierbleiben, solange es geht. Ich weiß nicht, was Perry Rhodan in Wirklichkeit vorhat, aber es scheint um wichtige Dinge zu gehen. Wir haben es hier bequem, solange der Proviant reicht und solange uns niemand angreift. Ich denke, daß Orlgans in wenigen Tagen wieder anfangen wird, nach uns zu suchen."

RB-013 stand aufrecht an der Wand. Sein Thermostrahler, auf Sub-Leistung geschaltet, lieferte behagliche Wärme.

„Ich möchte nur wissen", sagte Hump gehässig, „welchen Narren Rhodan an dir gefressen hat, daß er uns deinetwegen in dieser Wüste herumhetzen läßt."

Anstatt einer Antwort lächelte Tiff. Er würde sicherlich nicht mehr lange verheimlichen können, daß er über Perry Rhodans Pläne ebensowenig informiert war wie die anderen vier.

26.

Die drei Schiffe hingen bewegungslos im Raum, acht Lichtstunden vom System Beta-Albireo entfernt.

Drei kugelförmige Schiffsriesen – die TERRA und die SOLAR SYSTEM mit je zweihundert Metern Durchmesser, die STARDUST II mit achthundert.

Drei Einheiten der irdischen Raumflotte, genauer: die drei einzigen großen Einheiten der irdischen Raumflotte.

Die Situation fing an kritisch zu werden. Der Raum bebte, und die Strukturtaster registrierten eine Transition nach der anderen.

Die Schiffe, die mit geringer Fahrt aus der Transition auftauchten, standen zwischen sieben und einundzwanzig Lichtstunden entfernt.

Es bestand keine Gefahr, daß die drei irdischen Schiffe geortet werden konnten. Aber es konnte sein, daß eines der fremden Schiffe sich in ihre unmittelbare Nähe verirrte und durch Zufall den irdischen Verband entdeckte.

Der Kommandostand der STARDUST II war gefechtsmäßig besetzt. Perry Rhodan selbst hatte den Sitz des 1. Piloten eingenommen. Reginald Bull assistierte als 2. Pilot und Feuerleitoffizier. Die wichtigsten Funkgeräte waren doppelt besetzt. Die Luft schien unter der Spannung zu zittern. Einer der jüngeren Offiziere war damit beschäftigt, die Zahl der Transitionen so genau wie möglich zu ermitteln. Rhodan wollte wissen, mit wieviel Gegnern er es im Notfall zu tun hatte.

„Achtundsiebzig“, meldete der junge Offizier. „Im Augenblick ist Pause.“

Bully wandte sich zur Seite.

„Das gefällt mir nicht“, sagte er so leise, daß nur Rhodan ihn verstehen konnte.

Rhodan zuckte mit den Schultern.

„Wir sind nicht gefragt“, antwortete er. „Außerdem stehen wir im Augenblick noch außerhalb jeder Gefahr.“

Die Pause dauerte erstaunlich lange. Rhodan fing an zu glauben, daß der Gegner mit den bisherigen achtundsiebzig schon alle vorgesehenen Einheiten im Beta-Albireo-Sektor versammelt hatte, als die Erschütterungen von neuem begannen.

Dieses Mal kamen sie aus einer anderen Richtung, und die mittlere Entfernung der transistierenden Schiffe betrug achtunddreißig Lichtstunden. Niemand zweifelte daran, daß es sich um eine zweite Gruppe von Schiffen handelte, die mit der ersten nicht unbedingt etwas zu tun haben mußte. Der junge Offizier zählte neunzig Transitionen.

Rhodan lachte leise.

„Sie haben sich nicht mit halben Dingen abgegeben“, sagte er. „Das sind fast sechsmal soviel Schiffe wie beim ersten Anflug.“

Bull verzog das Gesicht zu einem breiten Lächeln.

„Sie haben Respekt vor uns“, behauptete er.

Rhodan gab keine Antwort. Eine Weile sah er stumm vor sich hin, dann fuhr er mit einem Ruck herum und starrte Bull in die Augen.

„Du mußt raus, Bully“, sagte er.

Bully war nicht überrascht. Er nickte ruhig.

„Ich dachte es mir schon“, antwortete er. „Wegen Tifflor, nicht wahr?“

„Wegen Tifflor und wegen dieses Aufmarsches“, ergänzte Rhodan. „Wir sind auf Informationen angewiesen und müssen wissen, was die Springer vorhaben.“

„Gut. Und wie geht die Sache vor sich?“

Rhodans Plan war offenbar fertig. Er antwortete ohne Zögern: „Ich gebe dir Leutnant Everson und die K-6. Die K-6 springt von hier aus ins Zielgebiet. Sofort nach dem Ende der Transition verläßt du mit einem Zerstörer das Boot. Der Robot-Laderaum des Zerstörers ist mit allem bepackt, was Tifflor und seine Begleiter brauchen. Mit dir zusammen fliegt Gucky . . .“

„Gucky!“ stöhnte Bull.

„. . . und teleportiert Fracht auf die Oberfläche des Planeten. Gucky wird eingeschärft, daß die Aktion vom Verlassen der K-6 bis zu dem Augenblick, in dem er springt, nicht länger als eine halbe Minute dauern darf. Dir bleibt dann nur noch übrig, auf dem geradesten Weg zurückzukommen.“

„Mit dem Zerstörer?“ fragte Bull.

„Genau. Everson mit der K-6 springt in dem Augenblick zurück, in dem er dich ausschleust. Wir können nicht noch mehr Kaulquappen riskieren.“

„Man hat den Eindruck“, sagte Bull gedehnt, „du wolltest mich unbedingt loswerden. Aber wahrscheinlich geht es nicht anders, wie?“

Rhodan zuckte mit den Schultern. „Ich zerbreche mir seit einer halben Stunde den Kopf darüber, aber mir fällt nichts Besseres ein.“

„Fertig zum Ausschleusen!“ rief Leutnant Everson.

Wesentlich ruhiger kam die Antwort. „Fertig! Hauen Sie ab!“

Everson drückte auf den Kontakt. Die Schleusentore des großen Beiboot-Hangars fuhren mit höchstzulässiger Geschwindigkeit auseinander. Das Beiboot, die K-6, wurde in den Raum geschleudert.

Everson beugte sich nach vorn zum Trichter des Interkom-Mikrophons.

„Wir sind draußen“, sagte er. „Ich springe in zwei Minuten.“

Reginald Bulls Stimme klang uninteressiert. „In Ordnung. Springen Sie gut, Leutnant.“

Bull hatte seinen Platz schon bezogen. Er saß im Pilotensessel eines der Zerstörer, die die K-6 an Bord hatte.

In zwei Minuten würde die K-6 transistieren und im selben Augenblick im Zielgebiet auftauchen. Immer noch im selben Augenblick würde Z-13 den Hangar verlassen, und spätestens eine halbe Minute danach würde der erste Teil der Aktion abgeschlossen sein.

Im zweiten Sessel der dreisitzigen Zerstörerkabine saß Gucky. Bull gestand sich ein, daß er sich an Gucky immer noch nicht gewöhnt hatte.

Das lag daran, daß Gucky nicht der Typ war, an den man sich so schnell gewöhnte.

„Hast du Verbindung mit Tiff?“ fragte Bull.

Gucky nickte in vollendet menschlicher Manier.

„Ja, andauernd", antwortete er.

Bull wollte noch etwas fragen, aber er kam nicht mehr dazu. Im Lautsprecher ertönte Leutnant Eversons kräftige Stimme: „Achtung, Transition! Zehn – neun – acht . . ."

Bull sank in sich zusammen und schloß die Hand um den Fahrthebel auf dem Armaturenbrett.

Die Schleuse würde sich nach dem Ende der Transition automatisch öffnen.

Der Schmerz der Entmaterialisierung setzte ein – aber diesmal war er so schnell wieder vorüber, daß das Gehirn kaum Zeit hatte, ihn wahrzunehmen. Als Bull die Augen wieder öffnete, stand die Z-13 schon im freien Raum und hatte die K-6 weit hinter sich gelassen. Im Reflex hatte Bull den Hebel rechtzeitig nach vorn gedrückt. Die Z-13 beschleunigte mit Höchstwerten, und auf dem Bildschirm wuchs der hellgraue, mattleuchtende Globus der Eiswelt, auf der Tifflor gelandet war.

Gucky saß scheinbar uninteressiert in seinem Sessel, und seine sonst so großen, vertrauensseligen Augen hatten sich zu schmalen Schlitzen geschlossen. Der Ilt hatte die Peilung aufgenommen. Dreißig Sekunden waren wenig Zeit, um sie zu Ende zu bringen.

Er hörte Reginald Bulls zornigen Schrei nicht: „Mein Gott, der ganze Himmel hängt voller Springer!"

Um das hellgraue Rund des Eisplaneten schwebte eine dünne Wolke winziger Lichtpunkte.

Eine ganze Flotte von Schiffen.

Bull wußte, daß es nur noch zwei Dinge gab, mit denen er zu seinen Gunsten rechnen konnte: die Überraschung, die das Erscheinen des kleinen Fahrzeugs unter den Gegnern erregen mußte, und die Wendigkeit, die die Z-13 den Schiffen der Springer voraus hatte.

„Fertig!" lispelte Gucky plötzlich. „Ich bin bereit."

Die Eiswelt war noch mehr als vierhunderttausend Kilometer entfernt – das war mehr als die Entfernung Erde – Mond. Die Kugel der fremden Welt wuchs über die Ränder des Bildschirms hinaus, und die leuchtenden Punkte der fremden Schiffe verwandelten sich in dunkle Flecken vor dem hellen Hintergrund, wurden größer und nahmen Form an.

„Verschwinde, Gucky!“ befahl Bull energisch. „Wir bekommen gleich Feuer.“

Als Bull eine halbe Sekunde später den Kopf drehte, um nach dem Mausbiber zu sehen, war dieser verschwunden und mit ihm zusammen eine Ladung von insgesamt drei Tonnen irdischen Gewichts – transportabel gemacht durch einen Antigravgenerator.

Bull atmete auf und änderte den Kurs der Maschine. Von einem der schwarzen Flecken, die die Springerschiffe gegen den Hintergrund des Schneelands bildeten, löste sich ein Strahl gebündelter Energie, schoß in den Raum hinaus und kreuzte den bisherigen Kurs der Z-13 an der Stelle, an der der Zerstörer in diesem Augenblick gewesen wäre, hätte Bull nicht rechtzeitig manövriert.

Die Schwenkung hatte das Bild des kalten Planeten bis an den Rand des Optik-Schirmes geschoben.

Die Z-13 hielt bis auf die Bogensekunde genau auf den blauweißen Zwergstern zu, die eine der beiden Sonnen des Doppelsystems.

Reginald Bull behielt den Kurs nur zwei Minuten bei, dann schwenkte er die Maschine abermals herum und ächzte unter dem plötzlichen Andruck, der sich über ihn senkte, als die Radialbeschleunigung die Werte überschritt, die der eingebaute Neutralisator noch auszugleichen vermochte. Die Wendung betrug nur wenige Grad, aber die war in voller Fahrt und in einem äußerst kurzen Zeitintervall vollzogen worden.

Bull sah auf dem Heckende des Panoramaschirms, daß Bewegung in die feindliche Flotte kam. Drei der Schiffe nahmen Fahrt auf und begannen die Z-13 zu verfolgen. Bull stöhnte, als er die Orteranzeige ablas.

Eines der drei Schiffe – zylinderförmig mit zugespitzten Enden, wie die Springer ihre Fahrzeuge zu bauen pflegten – maß siebenhundert Meter in der Länge.

Ein Raumgigant. Kleiner zwar als die mächtige STARDUST II, aber der armseligen Z-13 ohne Zweifel in allen Funktionen überlegen.

Bull fing an zu begreifen, daß er aus diesem Hexenkessel ohne fremde Hilfe nicht heil herauskommen würde.

Er ließ die Hyperkomantenne sich auf den Standort der drei irdischen Schiffe einpeilen und gab ein Notsignal ab.

27.

Alarmpfeifen gellten durch Etztaks Riesenschiff.

Etztak selbst, Patriarch der Orlgans-Sippe, hielt sich im Kommandoraum des Schiffes auf, als die Orter Alarm gaben.

Etztak war alt – ein zwei Meter hoher, unter der Last der Jahre vornübergebeugter Hüne. Sein Bart reichte in dichten, weißen Wellen bis tief auf die Brust herunter, und das Haupthaar stand ihm an Länge und Kraft des Wuchses kaum nach.

„Was ist?" dröhnte Etztaks Stimme.

Der Orter meldete sich kleinlaut. „Unbekanntes Objekt taucht auf, Herr! Nähert sich mit großer Geschwindigkeit unserem Standort."

„Was für ein Schiff?" schrie Etztak.

„Kein Schiff, Herr. Dazu ist es zu klein. Es ist eines der Boote, wie sie die Fremden an Bord ihrer Schiffe haben."

Etztak keuchte vor Zorn. „Feuer frei! Schießt sofort!"

Und damit auch die anderen Schiffe seiner Sippe Bescheid wußten, schlug er den Integralschalter des Hyperkoms so wuchtig herunter, daß die Schalterwippe beinahe zerbrochen wäre.

„Volles Feuer auf das unbekannte Objekt!"

Etztaks Wort war Befehl. Daß der Befehl zunächst nur zögernd befolgt wurde, lag daran, daß in dem Augenblick, in dem er gegeben wurde, außer Etztaks eigenem Schiff nur noch zwei andere den Feind geortet hatten.

Etztaks Schiff – die ETZ XXI – feuerte als erstes.

Der Schuß verfehlte sein Ziel, weil dieses um Bruchteile einer Sekunde zuvor eine überaus kühne Wendung machte.

Eine Viertelminute später hatte das der ETZ XXI benachbarte Schiff, die WENA LXIII, ihre Geschützstände feuerbereit. Sie entlud eine ganze Desintegratorsalve auf den winzigen Punkt, der sich mit unglaublicher Geschwindigkeit an der Eiswelt vorbeischob und Richtung auf die blauweiße Sonne genommen hatte. Aber als ob alle Teufel des Universums dem Fremden beistünden – im rechten Augenblick änderte er aufs neue seinen Kurs und schoß unverletzt davon.

Etztak war über die Vorgänge informiert, kaum daß sie sich ereignet hatten.

Jetzt war er in seinem Element. Jetzt war der Kampf angebrochen und der Augenblick da, in dem sich alle nach ihm allein zu richten hatten. Er ließ den größten Teil der Sippe mit ihren Schiffen dicht über der Oberfläche der Eiswelt zurück und nahm mit der ETZ XXI, der WENA LXIII und der HORL VII die Verfolgung auf.

Acht Lichtstunden weiter empfing die STARDUST II mit gerichteten Hyperkom-Antennen den Notruf Bulls.

Perry Rhodan hatte damit gerechnet, daß die Lage ernst werden würde. Es hätte Zufall sein müssen, wenn Bull völlig ungehindert die Reihen des Feindes hätte durchbrechen können.

Rhodan informierte die SOLAR SYSTEM, die unter Major Nyssens Befehl stand. „Halten Sie sich zum Absprung bereit, Nyssen. Fahren Sie Sonderantennen aus, und übernehmen Sie Bulls Kodespruch – wenn er überhaupt kommt. Springen Sie nach den Peildaten der Antenne. Und machen Sie Ihre Sache gut. Bull scheint sich in einer verteufelten Situation zu befinden."

Nyssen bestätigte mit zorniger Stimme: „Schon gehört! SOLAR SYSTEM fertig zum Sprung."

Das Schiff sprang in einer Energieentladung unvorstellbaren Ausmaßes. Die Explosion – fünfdimensionaler Struktur in ihrem Aufbau und den menschlichen Sinnen nicht sichtbar – schleuderte die SOLAR SYSTEM in den Hyperraum.

Nyssen spürte heftigen Schmerz. Für Bruchteile von Sekunden schwand ihm das Bewußtsein.

Und als es zurückkehrte, stand die SOLAR SYSTEM dicht vor der schimmernden Front der feindlichen Schiffe.

Auf dem Heckteil des Bildschirms glitzerte der winzige Punkt der

Z-13, dicht daneben der dünne, langgezogene Strich eines feindlichen Fahrzeugs.

Nyssen erschrak ebenso wie Reginald Bull wenige Minuten zuvor, als ihm die Taster ihre Meßergebnisse vorlegten.

„Das Schiff ist zylinderförmig, mit torpedoförmig zugespitzten Enden. Länge siebenhundert Meter, Mitteldurchmesser achtzig Meter.“

Von Nyssens Standort aus war leicht zu erkennen, daß der Z-13 nur von dem Riesenschiff Gefahr drohte. Alle anderen Fahrzeuge lagen außerhalb der üblichen Strahlreichweite der Energiewaffen.

„Alle Geschützstände feuerbereit!“ schrie Nyssen in das Mikrophon.

Die Bestätigung kam sofort und nahezu einstimmig. Die Geschütze waren besetzt worden, bevor die SOLAR SYSTEM in Transition ging.

Nyssen brachte das Schiff in Fahrt, dem winzigen, eiligen Punkt entgegen und dem fast noch eiligeren Strich.

„Abstand 4,13 Lichtsekunden!“

Bulls Geräte registrierten die SOLAR SYSTEM im selben Augenblick, in dem sie auftauchte.

Bull atmete auf.

Er glaubte nicht, daß er schon außer Gefahr war. Die SOLAR SYSTEM stand im Augenblick des Auftauchens noch zu weit ab, als daß sie in den bevorstehenden Kampf von dort aus schon hätte eingreifen können. Aber er war wenigstens nicht mehr allein. Wenn es ihm gelang, den Riesen dort hinten noch ein paar Sekunden lang auszumanövrieren, dann war die SOLAR SYSTEM heran.

Etztak verwünschte das winzige Flugobjekt zu allen Mächten der Finsternis.

Die Strahltürme der ETZ XXI hatten sich eingespielt und das Ziel erfaßt. Schuß auf Schuß brach aus den trichterförmigen Geschützmündungen hervor, durchzuckte blitzend, mattleuchtend oder unsichtbar den Raum und versuchte, die kleine Maschine zu fassen.

Aber selbst der beste Zielmechanismus hatte eine gewisse Totzeit. Er brauchte ein paar Millisekunden, um die schweren Strahlrohre in die neue Richtung zu dirigieren.

Eine Zeitspanne von ein paar Sekunden aber genügte einer Maschine von der Wendigkeit und dem Andruck-Neutralisationsvermögen der Z-13, um mindestens eine Wendung von mehr als fünf Grad auszuführen.

Die Strahlschüsse der ETZ XXI rasten an der Z-13 vorbei.

Etztak war in Wut geraten. Er stampfte auf den Boden und schrie seine Offiziere an. Dabei war keiner unter ihnen im Kommandostand des Riesenschiffs, den man für das Mißgeschick im Ernst hätte verantwortlich machen können.

Die Orter hatten schon vor anderthalb Minuten das plötzlich auftauchende Feindschiff ausgemacht – und im selben Augenblick die Erschütterung, die die Transition des Gegners verursachte.

Aber keine Meldung drang mehr an Etztaks Ohr. Er wütete und wußte nicht, daß er selbst in Wirklichkeit der einzige war, der den endgültigen Erfolg der ETZ XXI verhinderte.

„Kommandant an Feuerleitoffiziere! Wir haben nicht die Absicht, den Feind zu vernichten. Wir wollen nur der Z-13 den Rücken freihalten. Machen Sie sich auf plötzlichen Rücksprung gefaßt."

Von allen Seiten kam die „Verstanden"-Meldung.

Die SOLAR SYSTEM näherte sich dem feindlichen Riesenschiff mit Höchstbeschleunigung. Die Entfernung schmolz dahin, und die Geschwindigkeit des irdischen Schiffes vergrößerte sich von Sekunde zu Sekunde.

„Reichweite in zehn Sekunden!" meldete der zweite Offizier.

„Feuer bei Reichweite!" antwortete Nyssen hart.

Die Sekunden waren noch nie so langsam dahingeschlichen wie in diesen Augenblicken. Nyssen verfolgte den Zeiger des Chronometers und verfluchte seine Lahmheit.

Nyssen wußte nichts von den Vorgängen, die sich auf der ETZ XXI abspielten, nichts von Etztaks schäumender Wut, aber er sah die Desintegrator-Strahlbündel und die weißblauen Energiearme der

Thermowaffen durch den Raum schießen und die kleine Z-13 zwischen den einzelnen Salven hin und her hüpfen.

Nyssen schätzte die Reichweite der Energiestrahlen nach ihrer Leuchtkraft. In blitzschneller überschlägiger Rechnung fand er heraus, daß sie der seiner eigenen Geschütze nicht unterlegen war. Spätestens in dem Augenblick, in dem die Strahlrohre der SOLAR SYSTEM den Gegner erreichen konnten, konnten auch dessen Waffen die SOLAR SYSTEM fassen.

„Wo ist ein feindliches Schiff?“ schäumte Etztak.

Der Orter gab die Koordination mit dem letzten Rest an Beherrschung, den er noch besaß. Etztak suchte das Bild des Gegners auf dem Schirm.

Er winkte dem Feuerleitmann, noch bevor er es sah. Der Offizier gab den Befehl weiter: „Einrichten auf neues Ziel nach Orterdaten.“

Im selben Augenblick sah Etztak den Gegner. Nicht ihn selbst, wohl aber das Strahlbündel, das sich von einem Punkt des Raumes löste und zwei Sekunden später den ganzen Bildschirm erfüllte. Ein Ruck traf die ETZ XXI. Das grelle Licht verlosch und wurde Sekunden später durch das matte Leuchten der Notlampen ersetzt. Alarmpfeifen gellten, und in den Lautsprechern überschlugen sich die Stimmen.

Etztak war zu Boden gestürzt, aber im Kommandostand war trotz des Durcheinanders die Disziplin so groß, daß sofort einer der Springer herbeieilte, um dem Alten wieder auf die Beine zu helfen. Etztak fand seine Beherrschung in erstaunlich kurzer Zeit wieder.

„Treffer?“ fragte er knapp.

„Ja, Herr“, antwortete der Mann. „Im Maschinenraum.“

Etztak fuhr sich über die Stirn. Die Wut hatte ihn verlassen. Für ein paar Sekunden war er nur ein hilfloser, alter Mann.

Dann sprach er mit dem Maschinenraum, und man erklärte ihm, daß zwei wichtige Aggregate ausgefallen, die ETZ XXI jedoch noch manövrierfähig war, wenn auch nur noch zu sechzig Prozent ihrer üblichen Fahrtleistung.

Etztak befahl, die Fahrt aufzuheben, die Verfolgung abzubrechen und das Schiff zu wenden.

Die Orter meldeten, daß das große Feindschiff verschwunden war.

Der kleine Punkt eilte weiter durch das All. In den Sekunden, die die ETZ XXI nach dem Treffer beschleunigungslos vorwärts gestürmt war, hatte die kleine Maschine weiter beschleunigt und die Grenze, jenseits derer ihr die Geschütze des Riesenschiffs nicht mehr gefährlich werden konnten, längst überschritten.

„Laßt ihn laufen", knurrte Etztak. „Vielleicht erwischt ihn die Kriegsflotte. Wir kehren zu unserem bisherigen Standort zurück. Gebt entsprechende Befehle an die WENA und die HORL."

Den Bruchteil einer Sekunde lang spielte Nyssen mit dem Gedanken, die Z-13 an Bord zu nehmen und mit ihr zurückzuspringen.

Aber das Manöver hätte selbst im günstigsten Fall eine halbe Minute gedauert, und eine halbe Minute vor den Geschützrohren des Feindes zu verharren, war Nyssen zu riskant.

Von der SOLAR SYSTEM erhielt Reginald Bull also den lakonischen Funkspruch: „Den Rest müssen Sie allein besorgen."

Dann verschwand die SOLAR SYSTEM aus diesem Teil des Raumes.

Bull brummte erbittert und erleichtert zugleich vor sich hin und riß die Z-13 in engstmöglicher Kurve, die Vorwärtsgeschwindigkeit dabei mit Höchstleistung abbremsend, auf einen neuen Kurs. Die Z-13 wurde in wenigen Lichtsekunden Abstand an der wartenden Springer-Flotte vorbeigetragen. Die Entfernung war gerade groß genug, um dem kleinen Zerstörer Sicherheit zu geben. Die Kriegsschiffe schienen an eine Verfolgung nicht zu denken. Entweder hatte Nyssens Treffer auf dem Riesenschiff sie vorsichtig gemacht, oder sie waren prinzipiell zu anderen Zwecken hierhergekommen.

Bull zerbrach sich den Kopf nicht lange darüber, obwohl er genug Zeit dazu gehabt hätte.

Den Kurs um hundertundachtzig Grad zu ändern, würde ihn bei gleichbleibender Bahngeschwindigkeit, aber kontinuierlich wechselnden Geschwindigkeitskomponenten etwa zehn Stunden kosten.

Die STARDUST II stand weitere acht Lichtstunden entfernt. Selbst wenn in diese Entfernung – von Bull aus gesehen, denn er hatte die Absicht, seine Geschwindigkeit zu erhöhen, sobald er die Kurve hinter sich gebracht hatte – die relativistische Zeitverkürzung einging, hatte er noch rund einen halben Erdentag zu tun, bis er endgültig wieder in Sicherheit war.

Auf der Eiswelt, die Tiff Snowman getauft hatte, bemerkte man nichts von den Ereignissen draußen im Raum. Moses' Ortungsfähigkeit war begrenzt. Moses war der Spitzname, den sie RB-013 gegeben hatten. Der Roboter hatte, da es verhältnismäßig weit von der Snowman-Oberfläche abstand, bisher noch nicht einmal Etztaks Riesenschiff ausgemacht – viel weniger konnte er es beobachten.

Die trügerische Ruhe machte die Kadetten nervös. Seitdem sie wußten, daß Perry Rhodan mit ihrer Anwesenheit auf Snowman ein ganz besonderes Ziel verfolgte – er hätte sie schon fünfmal abholen und retten können; daß er es nicht tat, bewies, daß er etwas vorhatte –, waren sie davon überzeugt, daß aller Aufruhr, den die Springer entfacht hatten, in der Tat nur ihnen allein galt.

Von Zeit zu Zeit marschierte Tiff hinüber in die Schlucht, um das automatische Aufnahmegerät des kleinen Patrouillenboots abzuhören. Kurz nachdem sie sich in der Höhle eingerichtet hatten, waren sie von Rhodan auf diesem Wege informiert worden, daß sie auszuhalten hätten und daß man ihnen Unterstützung bringen werde. Seit jenem kurzen Spruch war keine Sendung mehr angekommen.

Die Hoffnung, die Tiff ein paar Stunden lang gehabt hatte, erfüllte sich jedoch nicht: daß er die Hyperkom-Gespräche der Springer untereinander würde abhören können.

Die Springer hatten aus der Erbeutung eines ihrer Fahrzeuge schnell die Konsequenzen gezogen: Sie hatten ihre Sprechfrequenz verändert.

Der Weg von der Höhle zu der kleinen Maschine war nicht bequem, an manchen Stellen sogar gefährlich. Eisige Glätte erschwerte den Weg, die geringe Gravitation von Snowman dagegen kam dem Kletternden zu Hilfe. Auf dem Rückweg zur Höhle zerbrach Tiff sich den Kopf darüber, ob sie nicht doch lieber weiter nach Süden ziehen sollten – aus dem gefährlichen Bereich hinaus.

Gewiß, für die Stunden des Marsches waren sie den Ortereinrichtungen des Gegners schutzlos ausgeliefert, aber der Feind überstrich mit seinen Geräten nicht die ganze Oberfläche des Eisplaneten. Wenn sie Glück hatten . . .

Soll ein Stratege seine Pläne auf gut Glück machen? überlegte sich Tiff und lachte sich wegen des Ausdrucks „Stratege“ gleich darauf selbst aus. Über Helmfunk schien man sein Lachen in der Höhle zu hören.

Mildreds sanfte Stimme fragte: „Was gibt es da zu lachen?“

Tiff antwortete lustig: „Ach, eigentlich nichts.“

Er war noch etwa dreißig Meter von der Höhle entfernt. Es kam ihm in den Sinn, daß Mildred auf ihre freundliche Frage vielleicht eine ausführliche Antwort erwartete.

„Weißt du . . .“, begann er.

Und dann warf er sich zu Boden.

Er tat es rein instinktiv. Der Verstand hatte keine Zeit mehr gehabt, sich über die schwarzen Ballen, die plötzlich in der Luft auftauchten, Gedanken zu machen.

Tiff hörte es in den Außenempfängern rauschen und vernahm dann die dumpfen Geräusche, als die dunklen Gegenstände auf den Boden schlugen. Gleichzeitig vernahm er einen schrillen Pfiff.

Er riß den Thermostrahler hervor, den er von einem Springer erbeutet hatte, hob den Kopf vorsichtig aus dem Schnee und äugte zu den seltsamenn Dingen hinüber.

Bomben! durchzuckte es ihn in der ersten Sekunde.

Aber die Dinge sahen nicht aus wie Bomben. Tiff stand langsam auf und ging mit vorgehaltener Waffe auf die Pakete zu.

„Bleibt alle drinnen!“ befahl er. „Hier ist etwas vom Himmel gefallen!“

Er stand nur noch fünf Meter vom vordersten der Pakete entfernt, als er die Gestalt entdeckte. Tiff spreizte die Beine, stemmte sich fest in den Schnee und hob die Waffe.

Ungläubig starrte Tiff auf das einen Meter lange, mit einem Schutzanzug besonderer Fertigung bekleidete Etwas, das dort drüben im Schnee gelandet war. Zögernd ließ er die Waffe sinken und schob sie in die Tasche zurück.

„Gucky!“ keuchte er. „Ich meine . . .“

„Ach, sei still“, lispelte Gucky. „Ich bin ganz schön hingefallen.“

Der Mausbiber stand auf und kam langsamer, als man es gewöhnt war, auf Tiff zugehoppelt.

„Ich muß mich erst an die Nähe des Zellsenders gewöhnen“, ächzte der Ilt.

Tiff begrüßte ihn nun überschwenglich und führte ihn zu ihrem Unterschlupf.

„Ich konnte mich nicht vorher anmelden“, antwortete Gucky, und seine großen Augen schimmerten spöttisch durch die Sichtscheibe seines Raumhelms.

„Natürlich nicht, Sir“, erwiderte Tiff. „Darf ich Ihnen unsere Behausung zeigen?“

Er öffnete den Verschluß der ersten Trennwand, die im innersten Höhlenteil gegen die mörderische Kälte auf Snowman schützte. Ein Schwall warmer Luft kam heraus und wurde in der Kälte sofort zu feinem Nebel.

Gucky sah zu, wie Tiff den Verschluß aus geschmolzenem Felsen wieder einsetzte und dafür den Verschluß der zweiten Wand herausnahm.

„Gut gemacht“, lobte er.

Auf diese Weise passierten sie insgesamt sechs Trennwände. Hinter der letzten lagen die eigentlichen Aufenthaltsräume, nach bestem Können gegen die Kälte geschützt und zudem von Moses' Thermostrahler erwärmt.

Gucky gab zu verstehen, daß er soviel Komfort nicht erwartet habe. Er sparte nicht an Lob und Anerkennung.

Schließlich sagte er: „Anbei erhaltet ihr Waffen, arkonidische Transportanzüge, zusätzlichen Proviant und eine Reihe Dinge mehr, die ihr gut gebrauchen könnt.“

„Wo?“ fragte Eberhardt verblüfft.

Tiff deutete über die Schulter nach draußen. „In den Paketen, die Gucky mitgebracht hat.“

Etztak ordnete die Landung an. Es hatte sich herausgestellt, daß der Schaden, den der feindliche Treffer angerichtet hatte, verhältnismäßig leicht und schnell zu reparieren war, wenn die Reparaturgruppe festen Boden unter den Füßen hatte.

Kurz nach der Landung bat Etztak den Springer Orlgans, Kapitän der ORLA XI, an Bord seines Schiffes.

Etztak *bat,* obwohl ihm im Krisenfall die uneingeschränkte Befehlsgewalt über die gesamte Sippe zustand, weil er es für vernünftiger hielt, konventionelle Manieren beizubehalten, solange es möglich und nützlich war.

Orlgans betrat das Schiff durch die Bugschleuse, glitt durch den Schacht des Antigravlifts bis zum Zentralgang nach oben und nahm von der Öffnung des Schachtes aus das Laufband, das den Gang in seiner ganzen Länge durcheilte.

Nur zwanzig Minuten später, nachdem Etztak seine Bitte ausgesprochen hatte, stand Orlgans vor dem Patriarchen und machte das vorgeschriebene Zeichen der Ehrerbietung.

Etztak war nicht der Mann, der lange Umschweife machte, auch dann nicht, wenn er Orlgans seit fünfzehn Jahren Bordzeit nur auf Hyperkom-Bildschirmen zu sehen bekommen hatte.

„Wir müssen die Sache zu Ende führen", sagte er ziemlich schroff. „Dort oben lauern die Schiffe der Kriegsflotte, und wehe uns, wenn auch nur einer ihrer Kapitäne Wind davon bekommt, hinter welcher Sache wir her sind."

„Wie sollte er es erfahren?" wollte er wissen. „Wir müßten schon einen Verräter in unserer Sippe haben."

Etztak wischte den Einwand beiseite. „Gleichgültig, durch welchen Kanal er es erfahren kann: die Gefahr wird größer, je länger wir brauchen, um zum Ziel zu kommen. Trotzdem werde ich veranlassen, daß die Kampfflotte sich so schnell wie möglich zurückzieht. Wir brauchen sie hier nicht mehr. Ich habe deinen Bericht sorgfältig studiert. Du glaubst, du könntest aus diesem Fremden namens Tifflor Informationen über die Position der Welt des ewigen Lebens herauspressen, nicht wahr?"

„Ja", antwortete Orlgans.

„Wie bist du darauf gekommen?" fragte Etztak.

„Durch Zufall", gab Orlgans zurück.

Dann erzählte er noch einmal dieselbe Geschichte, die er schon an den Anfang seines schriftlichen Berichts gestellt hatte. Die Geschichte von dem Gefangenen, den er gemacht hatte – und die Geschichte von den Transitionserschütterungen, die er im Wega-System wahrgenommen hatte.

Orlgans kannte des Patriarchen Art. Durch Vergleich des mündlichen mit dem schriftlichen Bericht versuchte er zu erfahren, ob ein Kapitän seiner Sippe es gewagt habe, ihm etwas zu verheimlichen.

„Gut", brummte Etztak schließlich. „Wie ist das mit dem Gefangenen? Was für ein Mann ist er?"

„Ein Gegner des Mannes, der die wichtigste Rolle auf jenem fremden Planeten spielt. Wir nahmen ihn auf, als er vor jenem Mann auf der Flucht war."

„Wie heißt er?"

Auch das stand in Orlgans' Bericht. Trotzdem antwortete Orlgans gehorsam: „Mouselet."

Etztak furchte die Stirn. „Was weiß er?"

„So gut wie nichts. Er kennt die Organisation unserer Feinde und weiß ihre Namen. Aber von der Welt des ewigen Lebens hat er nicht einmal gehört."

Etztak knurrte ärgerlich. „Mag sein. Vielleicht weiß er aber unbewußt etwas, das mit der Welt des ewigen Lebens zusammenhängt. Eine systematische Übersicht über seinen Gedächtnisinhalt bekommen wir nicht, indem wir ihn ausfragen, sondern indem wir ihn einem Psychoverhör unterziehen. Der Analysator vergißt keine Information."

„Aber der Mann kann daran zugrunde gehen", gab Orlgans zu bedenken.

Etztak winkte ab.

„Die Verantwortung übernehme ich", antwortete er.

„Ich bin keineswegs hierhergekommen, um euch *alle* Arbeit abzunehmen", erklärte Gucky. „Freilich werde ich die Lage zunächst im Alleingang klären. Wir müssen ganz einfach wissen, *wo* wir den Feind finden. Sobald wir das wissen, wird es an jedem einzelnen von uns liegen, ob wir schnell zum Ziel kommen. Ich möchte euch das Ziel noch einmal deutlich vor Augen führen: Die Fremden, die sich Springer nennen, interessieren sich für die Erde. Ihre Agenten sind auf der Venus und auf der Erde gelandet. Nach allem, was uns bisher bekannt ist, ist dieses Interesse feindseliger Natur. Da die Springer aber technisch hochstehend sind, ist die Erde gezwungen, sich auf die kommende Auseinandersetzung so gut wie möglich vorzubereiten. Zu einer guten Vorbereitung gehören Informationen, und Informationen zu beschaffen, ist unsere Aufgabe. Wir müssen wissen, was die Springer gegen die Erde im Schilde führen. Wir müssen wissen, auf welche Weise sie ihre Pläne zu verwirklichen gedenken. Wir müssen wissen, welcher Art die auf der Erde abgesetzten Agenten sind, und warum es uns bisher noch nicht möglich war, einen von ihnen zu fassen. Wenn wir all das erfahren haben, ist unsere Aufgabe hier beendet."

Er zwinkerte Tiff zu. „Du weißt jetzt wahrscheinlich auch, was das für ein Spiel war, das man in den vergangenen Tagen mit dir getrieben hat. Du bist von Rhodan lanciert worden – als Mann, der wichtige Informationen besitzt. Offenbar ist der Trick gelungen. Die Springer interessieren sich über alle Maßen für dich."

Er ließ Tiff keine Zeit, seine Verblüffung zu überwinden. Er wies jedem der drei Kadetten seine Aufgabe zu und erklärte auch den Mädchen, was sie zu tun hätten.

Dann ließ er sich von Moses die Orterdaten über das nächste Feindschiff geben und verschwand, nachdem er einen Zeitpunkt für eine Rückkehr angegeben hatte, im Teleportationssprung.

Mouselets Verhör dauerte nur ein paar Minuten. Der Psychoanalysator arbeitete schnell und exakt.

Als Mouselet von dem Stuhl losgebunden wurde, auf dem er während des Verhörs gesessen hatte, war er in einem schlimmen psychischen Zustand.

Der Analysator hatte die Aufgabe, das Gehirn des Befragten auszufragen und die Informationen zu speichern.

Holloran, der Wächter, lud Mouselet in ein zweisitziges Patrouillenboot und flog ihn zur ORLA XI zurück. Mouselet leistete keinerlei Widerstand. Holloran brachte ihn zu seiner Kabine und schloß ihn dort ein.

Dann wollte er das Beiboot zur ETZ XXI zurückbringen und Orlgans bei der Gelegenheit fragen, ob er noch weitere Aufträge für ihn hatte.

Die ORLA XI – schon zu Beginn dieser Aktion gelandet, weil Orlgans es für nötig hielt, einen festen Standort zu beziehen – lag etwa zehn Kilometer von der riesigen ETZ XXI entfernt. Holloran hatte mit seinem kleinen Boot die Bootsschleuse der ORLA XI eben verlassen, als das kleine Fahrzeug wider alle Steuerkommandos, die Holloran gab, rapide an Geschwindigkeit und Flughöhe zu verlieren begann. Ein Sog schien das Boot erfaßt zu haben, oder das Triebwerk versagte.

Holloran war nur wenige Meter über dem Schnee geflogen. Noch bevor er die Anzeige der Instrumente ablesen oder einen Notruf an eines der beiden Schiffe abgeben konnte, berührte das Boot die lockere weiße Masse, zog eine wirbelnde glitzernde Schneespur hinter sich her und blieb schließlich liegen.

Holloran hatte sich krampfhaft an das Schaltpult geklammert, aber es war nicht nötig gewesen. Die Landung war sanft, und weder dem Piloten noch dem Fahrzeug hatte sie irgendwelchen Schaden zugefügt.

Verwirrt sah Holloran sich um. Das Boot war bis etwa zur Mittellinie in den Schnee eingesunken. Auf dem Panorama-Bildschirm zeigte sich in westlicher Richtung gerade noch die Ristlinie der ORLA XI als grauer Strich über dem Schnee. Von der ETZ XXI war überhaupt nichts zu sehen. Das Boot lag zu tief.

Holloran las die Kontrollen ab, und je länger er las, desto verwirrter wurde er. Die Geräte waren in Ordnung, das kleine Triebwerk eingeschlossen. Warum war also das Boot zu Boden gegangen?

Mit gefurchter Stirn versuchte Holloran einen neuen Start. Er brauchte nur den Vertikalantrieb auf gemäßigte Leistung zu schalten, und schon . . .

Nichts. Der Schalter ließ sich nicht bewegen.

Ungläubig verstärkte Holloran den Druck seines Fingers. Als das keinen Erfolg brachte, drückte er mit der ganzen Hand, und schließlich schlug er mit der geballten Faust auf den widerspenstigen Schalter los.

Umsonst. Der Schalter rührte sich nicht.

Holloran saß ein paar Sekunden lang ruhig – vor Verwunderung erstarrt.

Dann wurde ihm klar, daß ihm nichts anderes übrigblieb, als einen Hilferuf an die ORLA XI loszulassen. Sie sollten ihn abholen, mitsamt dem Boot.

Mechanisch griff er nach dem Sendeschalter und versuchte ihn herunterzudrücken. Vor Schreck stieß er einen Schrei aus, als er bemerkte, daß auch dieser Schalter sich nicht bewegen ließ.

Holloran versuchte aufs Geratewohl andere Schalter. Sie funktionierten. Er konnte die Notbeleuchtung ein- und ausschalten, ebenso die Klimaanlage, die Tastereinrichtung und den Bildschirm.

Er brauchte aber den Vertikalantrieb oder den Sender.

Holloran sah sich um, ob vielleicht ein anderes Fahrzeug in der Luft war und ihn zufällig entdeckte. Die Luft war leer, so weit Holloran sehen konnte. Er fing an, sich Gedanken über seine Lage zu machen. Wenn es der Zufall wollte, lag er ein paar Tage hier hilflos im Schnee. Er konnte nicht aussteigen, weil er keinen Schutzanzug trug. Er hatte von Schiffsschleuse zu Schiffsschleuse fliegen wollen. Dazu brauchte man keinen Anzug. Man würde ihn nicht allzu schnell vermissen. Er gehörte zur Kaste der Bootsleute und war alles andere als eine wichtige Persönlichkeit.

Und wenn man ihn überhaupt nicht vermißte und auch nicht durch Zufall fand, dann . . .

Mitten im Gedanken setzte Hollorans Gehirn aus. Holloran glaubte, ein leises, spöttisches Lachen zu hören. Er hörte auch eine Stimme, die zu ihm sagte: „Mach dir keine unnützen Gedanken, mein Sohn. Ich komme gleich zurück, dann wollen wir weiterfliegen."

Noch lange, bevor Reginald Bull mit der Z-13 zurückkehrte, empfing John Marshall an Bord der STARDUST II die von Gucky auf telepathischem Weg ausgestrahlte Meldung, daß der Transport der

Ausrüstung und seine eigene Landung auf der Eiswelt gut und ohne besondere Ereignisse gelungen war. Gucky fügte hinzu, er sei dabei, sich über die Positionen des Feindes zu informieren, so daß mit der eigentlichen Arbeit, nämlich der Sammlung von Informationen, sobald wie möglich begonnen werden konnte.

Marshall überbrachte Rhodan diese Meldung, und da Marshall über Rhodans Pläne nur lückenhaft Bescheid wußte, war er erstaunt zu sehen, daß Rhodan sozusagen ein Stein vom Herzen fiel, als er von Guckys Erfolg hörte.

Als Marshall den weiten Kommandoraum der STARDUST II, in dem sich außer Rhodan und Crest im Augenblick niemand aufhielt, schon längst wieder verlassen hatte, sagte Rhodan zu dem Arkoniden: „Ich bin froh, daß alles in Ordnung ist. Das Spiel mit Tifflor und seinen Begleitern ist ziemlich gewagt. Wahrscheinlich wären sie verloren gewesen, wenn Gucky nicht richtig gearbeitet hätte."

Crest wandte sich den Instrumenten zu, die zu überwachen er sich freiwillig erboten hatte.

Die Orter lieferten keinerlei Anzeigen mehr. Die beiden feindlichen Flotten, wenn sie sich überhaupt bewegten, führten keine Transitionen aus. Ruhe herrschte im Beta-Albireo-Sektor.

Wenn es auch nur die Ruhe vor dem Sturm war.

Holloran hatte seinen ersten Schreck noch nicht völlig überwunden, da traf ihn der zweite. Und der war weitaus größer.

In dem Sitz neben ihm saß plötzlich, als wäre es schon immer dagewesen, ein Wesen, wie er es noch nie zuvor gesehen hatte. Auf den ersten Blick hätte er es für ein Tier gehalten, hätte es nicht einen Raumanzug getragen. Das Wesen war nur etwa halb so groß wie Holloran. Es hatte eine spitze Schnauze, große Ohren und ein etwas dickliches Hinterteil. Die Augen waren groß und schauten Holloran durch die Sichtscheibe des Helmes mit vergnügtem Blinzeln an.

Holloran hörte plötzlich wieder die Stimme: „Ein bißchen Zeit kannst du dir schon nehmen, um mich anzustarren, aber nicht zuviel. Ich habe es nämlich sehr eilig."

Ein Telepath, dachte Holloran erschreckt. Außerdem scheint er noch einige Kunststücke mehr zu kennen. Vielleicht ist er auch an den unbeweglichen Schaltern schuld.

„Du brauchst nur zu denken", wurde ihm klargemacht, „was du sagen willst. Ich kann es gut verstehen. Wenn dir das nicht paßt, dann rede dazu, ich verstehe es auch dann."

Holloran lief ein Schauder über den Rücken. Ein Wesen, das jeden seiner Gedanken lesen konnte.

„Was willst du?" fragte er verwirrt.

„Nichts Besonderes", wurde geantwortet. „Ich möchte in das große Schiff dort drüben. Freiwillig hätte man mich wahrscheinlich nicht hineingelassen, also wirst du mich mit deinem Boot hineinbugsieren."

„Unmöglich!" keuchte Holloran entsetzt. „Sie würden mich umbringen, wenn sie erfahren, was ich getan habe."

„Um so besser für mich", verstand er als Antwort. „Dann wirst du den Mund halten und niemandem etwas von mir erzählen."

Holloran fuhr fort zu protestieren. Aber das Pelzwesen förderte mit einer seiner Vorderpfoten, die die dünne Haut des Schutzanzugs eng umschloß, aus der Tasche eine kleine Strahlwaffe zutage und richtete sie auf den Springer.

„Fahr jetzt los!" hörte Holloran. „Und keine Diskussion mehr!"

Holloran sah ein, daß ihm nichts anderes übrigblieb, als dem Befehl zu gehorchen.

Langsam und immer noch ein wenig mißtrauisch näherte sich die Hand dem Schalter für den Vertikalantrieb. Zögernd und vorsichtig drückte der Finger, und . . .

Klack. Der Schalter gab nach. Das Triebwerk begann hell zu summen, und als Holloran den Fahrthebel zu höheren Leistungen hin verschob, hob sich das kleine Boot gehorsam aus dem Schnee.

„Gut so", gab das Pelzwesen zu verstehen. „Immer weiter. Gibt es eine Kontrolle beim Einflug in das große Schiff?"

Holloran erschrak über die Frage.

„Ja – natürlich", antwortete er gepreßt.

Gleich darauf vernahm er wieder das spöttische Lachen, mit dem sich das fremde Wesen vorhin zum erstenmal bemerkbar gemacht hatte.

„Du brauchst mich nicht anzulügen", hörte Holloran. „Wie gesagt, ich verstehe deine Gedanken. Es gibt also keine Kontrolle. Um so besser. Dann wird es auch keine Schwierigkeiten geben."

Holloran fluchte leise vor sich hin. Warum mußte ausgerechnet er in diese Lage kommen?

Über dem Schnee im Osten tauchte die lange Ristlinie der ETZ XXI auf. Holloran sah zur Seite. Das Pelzwesen schien ihn nicht zu beachten, aber es hielt die Waffe immer noch in der Hand.

Holloran hatte keine Chance. Er mußte tun, was von ihm verlangt wurde.

Die Sache war so wichtig, daß Orlgans und Etztak die Aufgabe der Auswertung übernahmen.

Der Analysator hatte über Mouselets Verhör insgesamt vierundzwanzig Diagramme geliefert – für jeden interessierenden Sektor des Gehirns eines. Die Koordinaten der Meßpunkte – jedes Diagramm enthielt zwischen tausend und zehntausend Meßpunkte – zusammen mit dem ebenfalls angegebenen biologisch-statistischen Gewicht wurden einem mechanischen Auswerter übergeben. Der Auswerter lieferte die dechiffrierten Informationen, in prägnanten Stichwörtern auf schmale Plastikstreifen ausgedruckt.

Schon nach einer halben Stunde stand fest, daß Jean-Pierre Mouselet über die Welt des ewigen Lebens tatsächlich nichts gewußt hatte.

Das enttäuschte Etztak so sehr, daß er darüber in Wut geriet. Er war drauf und dran, die bedruckten Plastikstreifen, mit denen der große Tisch übersät war, auf den Boden zu fegen, als Orlgans ihm hastig in den Arm fiel und rief: „Hier! Das ist ein Hinweis!"

Etztak beruhigte sich nur schwer. Ärgerlich riß er Orlgans den Streifen aus der Hand und hielt ihn vor die Augen.

„Es steht fest", las er murmelnd, „daß die Erde keine Ahnung von den Plänen der Springer hat. Wenn Rhodan sich um diese Sache zu kümmern beginnt, wird er sich zuerst um Informationen bemühen."

„Na und?" knurrte Etztak. „Das ist trivial."

Orlgans reichte ihm einen zweiten Streifen. Über die Informationen, die der Analysator außer dem Ausgedruckten noch geliefert hatte, stand in einer Randbemerkung zu lesen: *Grundhaltung – spöttisch.*

„Wie ich Rhodan kenne", las Etztak weiter, „wird er den Springern einen Spion so dicht vor die Nase setzen, daß sie ihn gar nicht sehen können. Und wie ich Tifflor kenne, wäre der Junge genau das Richtige für eine solche Aufgabe."

Etztak ruckte in die Höhe.

„Das – das . . .", keuchte er.

Orlgans machte ein bedeutungsvolles Gesicht.

„Das muß nicht unbedingt bedeuten", unterbrach er den Alten, „daß wir auf dem falschen Weg sind. Der Gefangene weiß nichts von der Welt des ewigen Lebens, er kann also auch nicht wissen, ob Tifflor solche Informationen besitzt. Aber der Gedanke erscheint mir trotzdem wichtig."

„Und ob er das ist!" röhrte Etztak und schlug mit der Faust donnernd auf den Tisch. „Das Wichtigste war es von jeher, die Mentalität des Gegners zu kennen. Der Gefangene kannte diesen Rhodan besser als wir. Wenn er meint, daß Rhodan so vorgehen würde, dann ist es wahrscheinlich richtig. Wir werden die Umgebung unserer Landeplätze auf das Genaueste absuchen lassen."

Orlgans war damit einverstanden.

„Ich würde vorschlagen", fügte er jedoch hinzu, „auch die Umgebung jener Stelle, an der die Flüchtlinge ein Patrouillenboot der ORLA XI erbeutet haben."

Etztak stimmte sofort zu.

„Auch das", bestätigte er.

Vorbereitungen wurden sofort getroffen. Etztak zog aus der Lehre, die Orlgans erhalten hatte, seine Konsequenzen: Er befahl den Bootsbesatzungen, die zur Suche ausgeschickt wurden, die Fahrzeuge in keinem Fall zu verlassen. Darüber hinaus mußten mindestens jeweils zwei Boote in Sichtweite nebeneinander eine Suchstrecke abfliegen.

„Wenn der Gefangene recht gehabt hat", dröhnte Etztaks Stimme über Interkom, nachdem er seine Befehle ausgegeben hatte, „kann es nicht länger dauern als ein paar Stunden, bis wir die Flüchtlinge gefunden haben."

Hollorans Beiboot schoß mit beachtlicher Geschwindigkeit in das dunkel gähnende Loch der großen Hangarschleuse hinein.

Gucky entnahm aus Hollorans Gedankeninhalt, daß der Springer nicht etwa die Absicht hatte, sich selbst und seinem aufdringlichen Fahrgast das Leben zu nehmen.

Er flog in durchaus üblicher Manier. Das kleine Boot wurde schnell, aber sanft abgebremst und schwebte in einen weiten Stollen hinein, der zu den einzelnen Hangars der kleinen Patrouillenboote führte. Von einer gewissen Stelle an schien das Manövrieren automatisch zu geschehen. Holloran betätigte keine Kontrolle mehr, trotzdem hing das Boot wenige Augenblicke später in einer Wandnische des Zufahrtsstollens, in der es, offenbar durch ein stationäres Gravitationsfeld, fest und sicher gehalten wurde.

„Wir sind da", erklärte Holloran.

Gucky bedankte sich ironisch. Einen Augenblick blieb er noch still sitzen und informierte sich aus Hollorans Bewußtsein in groben Umrissen über den Aufbau des Riesenschiffs. Um sich zunächst einmal in aller Ruhe zu informieren, war Gucky nicht direkt in die ETZ XXI gesprungen, sondern hatte sich Holloran als Opfer ausgesucht. In Hollorans Gehirn fand er auch Hinweise auf sein vorläufiges Ziel – einen Ersatzteil-Lagerraum in der Heckgegend der ETZ XXI.

Gerade als Holloran sich zum Aussteigen anschickte und sich bei seinem Fahrgast nach dessen weiteren Plänen erkundigen wollte, sprang Gucky. Holloran starrte voller Entsetzen auf den Sessel, in dem das Pelzwesen eben noch gesessen hatte.

Ihm brach der Schweiß aus, als er daran dachte, welches Unheil ein solches Wesen im Schiff anrichten konnte, und er fühlte sich noch elender, als er sich daran erinnerte, daß er in seinem eigenen Interesse niemandem etwas davon erzählen durfte, welch seltsamen Passagier er an Bord gebracht hatte.

Bleich und zitternd stieg er aus und ging zum nächsten Interkom-Gerät, um dem Hangarmeister zu melden, daß er das Patrouillenboot zurückgebracht und ordnungsgemäß eingefahren habe.

Gucky rematerialisierte sicher und ohne Komplikationen in dem kleinen Lagerraum der ETZ XXI.

Auf den ersten Blick stellte er fest, daß Hollorans Information entweder falsch oder überholt sein mußte – die Wände des Raumes bedeckten nämlich hohe Gestelle, und in den Fächern der Gestelle war jeder Quadratzentimeter ausgenutzt.

Der Raum war nicht so ruhig und abgelegen, wie Gucky erwartet hatte, aber es hielt sich kein Springer dort auf.

Gucky orientierte sich kurz und teleportierte erneut.

Er landete vor dem Schott des Lagerraums in einem engen, winkligen Gang, der wenige Meter hinter ihm an einer flachen, schimmernden Wand endete. Die Außenwand des Schiffes.

Gucky marschierte munter darauf los. Der enge Gang war von einer scharfkantigen Biegung bis zur anderen kein einziges Mal länger als drei bis vier Meter. Im Augenblick bestand keine Gefahr, daß jemand unversehens auf ihn stoßen würde, das spürte er mit seinen telepathischen Sinnen.

Nach der zehnten Biegung jedoch mündete der enge Gang auf einen anderen, der wesentlich breiter war und einen geraden Verlauf hatte.

Gucky schob sich weiter nach vorn und erreichte schließlich die Gangmündung. Der breite Gang war wesentlich heller beleuchtet als der, durch den Gucky gekommen war.

Leer war er außerdem nur bis in etwa zwanzig Meter Entfernung nach beiden Seiten. Gucky sah eine Menge Gestalten, die offenbar eilig aus beiden Richtungen durch den Gang herankamen und auf die Wandnischen zustrebten. In den Nischen verschwanden sie, und Gucky wurde sich ohne Zögern darüber klar, daß die Nischen Schachtöffnungen von Antigravlifts waren.

Er zählte je dreißig Springer auf beiden Seiten. Gucky wartete, bis die Raumfahrer in den Liftschächten verschwunden waren, dann teleportierte er sich so weit den Gang hinab, wie er ihn überblicken konnte.

Er tauchte an einer Stelle wieder auf, an der ein Seitengang abzweigte und wenige Meter zur Linken auf einen Gang stieß, dessen Boden mit Laufbändern in beiden Richtungen belegt war.

Gucky wußte, daß er den großen Zentraleingang des Schiffes erreicht hatte. Wenn er über die Mentalität der Springer richtig informiert war, dann mußte das Büro des Schiffskommandanten irgendwo an diesem Zentralgang liegen, wahrscheinlich in der Mitte.

Der Kommandant aber war der Mann, von dem Gucky die nötigsten Informationen zu bekommen hoffte. Er mußte also, da er die genaue Lage des Büros nicht kannte, über den Zentralgang vordringen.

Und das, entschied Gucky, war alles andere als eine leichte Aufgabe.

Gucky wich weiter in den verkehrsarmen Gang zurück, durch den er gekommen war, und suchte sich einen Platz, von dem aus er – für den Fall, daß mehrere Springer auf einmal auf ihn zukamen – nur durch die angrenzende Wand zu springen brauchte, um ein sicheres Versteck zu erreichen.

Dann wartete er.

In den ersten zehn Minuten kam niemand in seine Nähe. Er brauchte nicht einmal zu springen.

Kurz darauf aber eilte ein ganzer Trupp von Springern durch den Gang. Ihre Gedanken waren viel zu verworren, als daß Gucky sie hätte verstehen können. Er sprang durch die Wand und kehrte erst wieder zurück, als die Luft rein war.

Aber schließlich kam sein großer Moment.

Ein einzelner Springer bog aus dem Seitengang herein und kam gemächlich auf Gucky zu. Gucky sprang in sein Versteck, um sich nicht frühzeitig zu verraten.

Er streckte seine telepathischen „Fühler" aus und erfaßte den Mann, als er jenseits der Wand nur noch fünf Meter von ihm entfernt war. Er bewegte sich immer noch gemächlich.

Gucky sprang zurück.

Er hörte den großen, breitschultrigen Springer einen entsetzten Schrei ausstoßen und las blitzschnell aufkommende Angst in seinem Bewußtsein. Gucky brachte seinen Impulsstrahler in Anschlag. Der Springer blieb steif stehen und gab keinen Laut mehr von sich.

In Interkosmo erklärte ihm Gucky: „Dir geschieht nichts, wenn du mir sofort und so genau wie möglich erklärst, in welchem Raum der Kommandant sitzt."

Gucky empfing das Spektrum der verwunderten, überraschten, ängstlichen Gedanken des Mannes.

„Los! Schnell!" drängte er. „Ich erschieße dich eher, als daß ich mich deinetwegen einfangen lasse."

Der Springer begriff. Er begriff auch, daß er es der Sicherheit des Schiffes schuldig war, den Aufenthaltsraum des Kommandanten nicht zu verraten.

Aber als ihm dieser Gedanke durch den Kopf schoß, war die Information, die Gucky suchte, in ihm schon enthalten. Der Springer hörte den spöttischen Rat: „Du brauchst dir keine Mühe mehr zu geben, mein Junge. Etztak hat einen Kommandoraum am Zentralgang, Abschnitt Mitte. Das Schott ist deutlich gekennzeichnet. Danke. Und was du dir eben ausdenken wolltest, kannst du bei Gelegenheit einem anderen erzählen.“

Dann sprang Gucky wieder in sein Versteck zurück. Die Information, die ihm der Mann unfreiwilligerweise gegeben hatte, war weitaus umfangreicher, als Gucky sie bestätigt hatte. Er wußte in der Tat auf den Meter genau, wo er Etztak zu suchen hatte, und er konnte von seinem Versteck aus geradewegs dorthin springen.

Er brauchte jedoch zu diesem Sprung ein besonderes Maß an Konzentration. Es mochte sein, daß in Etztaks Kommandoraum in dem Augenblick, in dem er dort auftauchte, sich mehrere Leute aufhielten. In diesem Fall würde er blitzschnell wieder zurückspringen müssen.

Außerdem wußte er, daß der Springer, mit dem er eben gesprochen hatte, nur begrenzte Zeit brauchen würde, um Klarheit darüber zu gewinnen, daß er die Begegnung mit einem Pelzwesen, das einen Raumanzug trug und telepathische Begabung besaß, nicht nur geträumt hatte. Dann aber, darüber bestand kein Zweifel, würde er über den Vorfall sofort Bericht erstatten.

Gucky wußte wenig über die Art, wie Springer Meldungen dieser sensationellen Art behandelten. Es mochte sein, daß der Mann einfach ausgelacht und weitergeschickt wurde. Es mochte aber auch sein, daß man Etztak sofort benachrichtigte.

Gucky entschloß sich, mit der letzteren Möglichkeit zu rechnen.

Eile war geboten.

Er nahm sich ein paar Sekunden Zeit, um sich auf den Sprung zu konzentrieren – dann sprang er.

Sein Sprung endete in einer Art Navigator-Hilfsraum. Das Zimmer war nicht größer als etwa fünfzehn Quadratmeter. Die Wände bedeckten Sternkarten, und auf einem Tisch, dem einzigen Möbelstück des Raumes, stand eine Miniatur-Positronik, wahrscheinlich zur überschlägigen Bestimmung von Schiffskursen.

Gucky lauschte.

Er empfing einen Wust von Gedanken, der durch die Wand aus dem nächsten Raum auf ihn eindrang.

Gucky fing an, die Impulse zu sortieren. Er stellte fest, daß sich in dem angrenzenden Raum vier Leute aufhielten. Die Grundhaltung dreier von ihnen war leicht zu erkennen: Vorsicht, gemischt mit Respekt, gegenüber einem Vorgesetzten.

Subalternität, klassifizierte Gucky.

Demnach mußte der vierte Vorgesetzter der anderen drei sein.

Gucky brauchte kaum eine Minute zu warten, bis der Name des Vorgesetzten in einem Gedanken erwähnt wurde: Etztak.

Gucky setzte sich so bequem wie möglich unter den Rechentisch und begann, die auf ihn einströmenden Gedankenimpulse nach Sendern zu separieren und sich ein Bild über das Gespräch zu verschaffen, das jenseits der Wand geführt wurde.

Er verstand folgendes:

„Wir haben alle Boote in die gekennzeichnete Gegend geschickt, Herr. Die Flüchtlinge können uns nicht mehr entwischen.“

„So“, antwortete Etztak spöttisch. „Ich sage euch: Die Flüchtlinge sind mir wichtig. Aber nicht so wichtig, daß ich mich von ihnen allzu lange an der Nase herumführen lassen möchte. Wenn diese Aktion keinen Erfolg bringt, dann verwandeln wir diese Welt in eine Sonne.“

Schrecken, dann Bewegung in den Gedanken. Anscheinend verabschiedete Etztak seine Offiziere.

Der Alte blieb allein zurück. Gucky empfing nur noch seine Gedanken, nachdem die anderen drei sich auf dem Gang weit genug entfernt hatten. Was Etztak dachte, erregte Furcht in dem kleinen Pelzwesen. Etztak hatte keine leere Drohung ausgesprochen, als er die Vernichtung des Planeten voraussagte. Er trug sich wirklich mit dem Gedanken, und Gucky bekam auch das Motiv zu hören.

Wir können es uns nicht leisten, dachte Etztak, allzu lange auf dieser Welt herumzusuchen. Die anderen werden aufmerksam, und wenn sie aufmerksam sind, dann werden sie ein Geschäft wittern und versuchen, es uns vor den Augen wegzuschnappen. Was wir von diesem Tifflor erfahren wollen, das sollten wir auch auf seiner Heimatwelt erfahren können.

Die HORL VII hat genügend Arkonbomben an Bord, um diese Welt in strahlende Energie zu verwandeln. Keiner wird mehr Gelegenheit haben, Tifflor zu bekommen und auszufragen.

Gucky begriff, daß Gefahr im Verzug war.

Gefahr von zwei Seiten.

Erstens war offenbar eine große Suchaktion nach Tifflor im Gang. Und zweitens würde Etztak Snowman vernichten, wenn es Tiff wider Erwarten gelang, den Suchgruppen zu entkommen.

Gucky empfand diese Art der Konstellation als Zwickmühle, und es fiel ihm einigermaßen schwer, sich für den Schritt zu entscheiden, den er als nächsten zu tun hatte.

Er konnte die HORL VII aufsuchen – nach Etztaks Informationen stand sie in achthundert Kilometer Höhe im freien Raum – und ihre Bombenladung unschädlich machen.

Aber inzwischen würden Tiff und seine Begleiter aller Wahrscheinlichkeit nach eingefangen. Und sie wieder zu befreien, wenn sie sich erst einmal an Bord eines der Schiffe befanden, war eine ungleich schwerere Aufgabe, als ihnen jetzt sofort zu Hilfe zu kommen.

Deswegen entschied sich Gucky dafür, die ETZ XXI zu verlassen und zur Höhle zurückzukehren.

Wenn es ihm gelang, schnell genug in den Kampf einzugreifen und ihn schnell genug zu entscheiden, dann mochte es sein, daß ihm und Tiff noch Zeit genug blieb, die Gefahr, die von den Arkonbomben der HORL VII ausging, noch rechtzeitig zu beseitigen.

Unter dem Rechentisch hockend, konzentrierte er sich auf die Berghöhle, in der sich die Kadetten und die beiden Mädchen versteckt hielten – und sprang.

Erschöpft und ausgelaugt kehrte Reginald Bull mit der Z-13 an Bord der STARDUST II zurück.

Er hätte nichts lieber getan, als sich in seine Koje geworfen und zwanzig Stunden lang geschlafen.

Er nahm das Band, das er unterwegs besprochen hatte, aus dem Aufnahmegerät heraus, schob es in die Tasche und fuhr, nachdem er aus der Maschine gestiegen war, mit dem Lift hinauf zum Kommandostand. Perry Rhodan wartete auf ihn. Bull erstattete kurzen Bericht und verwies im übrigen auf die weitaus ausführlichere Schildung auf dem Tonband. Nach Bulls waghalsigem Erkundungsflug stand fest, daß es sich bei den im Beta-Albireo-Sektor aufgetauchten Springer-Schiffen um zwei grundsätzlich voneinander getrennte Gruppen handelte. Die Fahrzeuge, mit denen Bull um ein Haar aneinandergeraten wäre, waren der Form nach Handelsschiffe. Sie hatten ihren Standort auf oder in der Nähe der Oberfläche jener Welt, auf der Tifflor sich versteckt hielt. Diese Gruppe bestand aus achtundsiebzig Schiffen. Niemand wußte, wem die Fahrzeuge gehörten.

Die zweite Gruppe waren jene neunzig Schiffe, denen Bull in weitem Wendebogen ausgewichen war. Ihrer Form nach waren sie Kriegsschiffe – nicht ganz so lang, dafür ein wenig plumper als die Handelsschiffe – und standen offenbar in Zusammenhang mit den dreißig Fahrzeugen, denen die STARDUST II, die TERRA und die SOLAR SYSTEM vor etwa hundert Stunden die Hölle heißgemacht hatten.

Alle Anzeichen sprachen dafür, daß es sich hierbei um eine Flotte der Überschweren handelte, die von den Springern zu Hilfe gerufen wurde. Die Überschweren, das wußte man aus der arkonidischen Hypnoschulung, waren die Nachkommen einer vor Jahrtausenden abgesplitterten Springer-Sippe. Im Gegensatz zu den „normalen" Springern führten die Überschweren ein mehr oder weniger normales Planetenleben. Dabei bevorzugten sie Planeten, die eine Schwerkraft von zwei Gravos besaßen. Infolge ihrer vor Jahrtausenden erfolgten Umweltanpassung wiesen sie erhebliche körperliche Unterschiede zu den Springern auf. Sie wurden durchschnittlich nur 1,50 Meter groß, dafür aber ebenso breit. Die Aufgabe der Überschweren bestand darin, in Bedrängnis geratenen Springern zu helfen. Sie bildeten die Kampfflotte der Springer.

Das alles war sowohl Rhodan als auch Bull bekannt. Ob es sich bei den 90 Schiffen tatsächlich um eine Kampfflotte der Überschweren handelte, konnte nicht mit Bestimmtheit festgestellt werden, man war vorläufig noch auf Vermutungen angewiesen. Man wunderte sich nur darüber, daß diese Einheiten in die bisherigen Geschehnisse nicht eingegriffen hatten.

Zwischen den beiden Gruppen bestand keinerlei sichtbare Verbindung. Wenn sie nicht etwa Informationen untereinander austauschten, dann arbeiteten sie völlig unabhängig voneinander.

Bull zweifelte nicht daran – das gab er mit Nachdruck zu verstehen –, daß die neunzig Kriegsschiffe nach dem Durcheinander, das die Z-13 hervorgerufen hatte, bald versuchen würden, den Standort ihres Gegners ausfindig zu machen. Das heißt, sie würden Fahrt aufnehmen und in einzelnen Gruppen das System absuchen.

„Wenn es soweit ist“, prophezeite Bull, „werden wir uns mächtig vorsehen müssen. Ich glaube nicht, daß wir uns mit unseren drei Schiffen auf ein offenes Gefecht einlassen können.“

„Sie kommen“, meldete Moses. „Vierundzwanzig Maschinen.“

Tiff nickte. Er hatte mit einer derartigen Entwicklung gerechnet. Schließlich hatten sie genügend Spuren hinterlassen, die den Springern den rechten Weg weisen würden. Außerdem war da noch das gekaperte Patrouillenboot. Anscheinend hatte man es nun entdeckt.

„In der ersten Stunde“, erläuterte Tiff mit ruhiger Stimme, „haben wir nichts zu befürchten. Sie werden in ihren Fahrzeugen bleiben und die Gegend nach unserem Unterschlupf absuchen. Natürlich werden sie ihn finden. Das Einschubstück in der äußersten Wand ist gut zu erkennen, wenn man dicht genug davorsteht. Selbst dann, sollte man meinen, hätten wir noch nichts zu befürchten. Die Deflektorschirme machen uns unsichtbar. Die Prallfelder schützen uns vor Treffern aus jeglicher Art von Waffen. Außerdem interessieren sich die Springer in erster Linie dafür, uns gefangenzunehmen, nicht, uns zu töten.“

Er sah sich um.

„Aber ich fürchte“, fuhr er schließlich fort, „die Geduld wird ihnen schließlich ausgehen, dann werden sie uns mit Waffen bombardieren, die unsere Prallschirme nicht mehr abwehren können. Wir müssen also weg von hier, je schneller, desto besser. Je länger wir die Springer an der Nase herumführen können, um so eher sind wir in Sicherheit.“

Hump und Eberhardt nickten. Moses stand immer noch starr, den Kopf leicht nach hinten geneigt, als untersuche er die Höhlendecke.

„Aber wie", fragte Eberhardt schließlich, „sollen wir von hier wegkommen, ohne daß sie es sehen? Sie sind schon fast über uns, wenn Moses recht hat."

Tiff fing an zu lächeln. Es war ein kleines, ein wenig spöttisches Lächeln, das anzudeuten schien, er habe seine Idee schon längst parat.

„Wir verschwinden dort hinaus", sagte er und deutete mit dem Zeigefinger der linken Hand unter dem rechten Arm hindurch nach hinten gegen die Abschlußwand der Höhle.

Eberhardt wandte sich zur Seite. „Nach dort . . ."

Sein Blick kam zurück und blieb an Tiffs lächelnden Augen hängen.

„Wie willst du das machen?" murmelte Hump.

Tiff gab keine Antwort. Er drehte sich zu Moses um. „In Ordnung. Fang an, Moses."

Moses erwachte aus seiner Starre. Mit einer Behendigkeit, die niemand der tonnenschweren Metallmasse zugetraut hätte, fuhr er herum, machte ein paar knirschende Schritte auf die hintere Höhlenwand zu und hob den linken Waffenarm.

Moses hatte vier Arme – je zwei auf beiden Seiten. Das obere Armpaar diente denselben Zwecken wie die Arme des Menschen auch. Das untere Paar jedoch war nichts als ein Paar beweglich eingebauter Kanonen: ein Desintegrator auf der einen und ein Thermostrahler auf der anderen Seite.

Mattleuchtende Energiebündel schossen aus der Mündung des Armes. Wie Schnee in der Sonne schmolz der Fels der Höhlenwand dahin. Natürlich schmolz er nicht eigentlich. Die Wirkung des Desintegrators beruhte darauf, daß im Bereich der gebündelten Energie die Kristallkräfte fester Materie annulliert wurden. Atome und Moleküle lösten sich voneinander, die bestrahlte Materie wurde zu Gas- oder zu Plasma, wenn man Hochleistungs-Desintegratoren verwendete.

„Helme schließen!" befahl Tiff, während die anderen fasziniert der Arbeit zuschauten, die der Robot verrichtete.

Gasschwaden aus Gesteinsstaub schwebten durch die Höhle, drangen in die Nase und erzeugten das Gefühl des Erstickens.

Sie schlossen die Helme, als sie merkten, daß das Atmen gefährlich wurde, und starrten weiter das Loch an, das sich unter dem kräftigen Strahl des Desintegrators in den Felsen fraß.

„In Ordnung", sagte Tiff lächelnd. „Ihr habt jetzt genug gesehen. Wir haben noch mehr Desintegratoren in Guckys Gepäck. Nehmt jeder einen und helft Moses bei der Arbeit. Wir müssen schnell vorankommen."

Unter Tiffs Anleitung wurde die Strahlleistung der Waffen so gefächert, daß fünf Desintegratoren eine Fläche bestrichen, die knapp zwei Meter hoch und anderthalb Meter breit war. Die Waffen, die mit höchster Leistung arbeiteten, fraßen sich pro Sekunde etwa zwanzig Zentimeter tief in den Fels hinein.

Der Gang, durch den Tiff den Springern zu entkommen hoffte, wuchs rapide.

Tiff beteiligte sich nicht daran, den Gang vorwärtszutreiben. Er machte sich an dem Gepäck zu schaffen, das Gucky mitgebracht hatte, und entnahm ihm eine Reihe handgranatenähnlicher Gebilde.

Tiff ging von der Annahme aus, daß die Springer über kurz oder lang die Höhle entdecken und in sie eindringen würden. Ebenso würden sie den Gang finden, den die Desintegratoren in das Gestein gefressen hatten, und sie brauchten dem Gang nur zu folgen, um die, denen sie auf den Fersen waren, mit Sicherheit zu finden und wieder einzufangen.

Höhle und Gangmündung mußten also vernichtet werden, sobald die Springer die Höhle fanden.

An und für sich war es eine einfache Aufgabe. Die kleinen Granaten besaßen primitive, aber für Tiffs Zwecke völlig ausreichende Zeitzündervorrichtungen. Er brauchte die Handgranaten nur in die Wandrisse zu stecken, die Zeitzündung einzustellen und in den Gang hineinzulaufen.

Nur – Gucky war noch nicht da. Wenn er von seinem Unternehmen zurückkehrte, dann würde er sich die Höhle als Endpunkt seiner Teleportation aussuchen, und Tiff wollte ihn auf keinen Fall dem Risiko aussetzen, mitten in die explodierende Höhle hineinzugeraten oder den nachdrängenden Springern in die Hände zu fallen.

Die Zeitspanne, die Gucky mit den Kadetten vereinbart hatte, war bis auf eine halbe Stunde verstrichen. Tiff hatte sich fest vorgenommen, diese halbe Stunde abzuwarten, mochte kommen, was da wolle.

Um Moses und die anderen brauchte er sich keine Sorgen zu machen. Moses bahnte den Weg, und im Lauf einer halben Stunde würden sie etwa vierhundert Meter zurückgelegt haben. Das war fürs erste eine sichere Entfernung.

Tiff hatte durch Gucky von dem telepathischen Zellsender erfahren, den man ihm ohne sein Wissen in den Körper gepflanzt hatte. Er wußte, daß Gucky als Telepath ihn mit Hilfe dieses Senders an jedem Ort in zwei Lichtjahren Umkreis aufspüren konnte.

Wenn er den anderen folgte und in den Gang hineinkroch und somit Gucky zu verstehen gab, daß er, Tiff, sich nicht mehr in der Höhle aufhielt, würde der Mausbiber vielleicht auch seine Teleportationsrichtung ändern.

Vielleicht. Nichts als vielleicht.

Man mußte abwarten, wie die Lage sich entwickeln würde.

Tiff hörte das dumpfe Poltern, als das Einsatzstück der vorletzten Trennwand herausgestoßen wurde.

Er zog die Waffe noch dichter zu sich heran, so daß auch die Mündung des Laufes noch von dem unsichtbar machenden Deflektorfeld umhüllt wurde.

Noch vier Minuten bis zum Ablauf der halben Stunde. Die Handgranaten waren darauf eingestellt, zehn Minuten nach Ablauf dieser Frist zu detonieren. Wenn Gucky nicht rechtzeitig zurückkam, dann würde der Schreck, den Tiff den Springern einzujagen gedachte, wenigstens zehn Minuten lang ausreichen müssen.

Und dann kamen sie.

Vorsichtig huschten sie um die Ecke der Trennwand und schnellten mit wuchtigen Sprüngen sofort zur Seite, so daß Tiff sie schräg vor sich hatte.

Er wollte sie nicht töten.

Er hob den Lauf der schweren Waffe, drückte ab und schoß eine Salve geringer Energien gegen den Felsen. Der Erfolg war verblüffend.

Von einem Augenblick zum anderen begann die Decke zu glühen, zu schmelzen und zu verdampfen. Weißglühende Gesteinsbrocken regneten herab, schlugen zischend auf den noch kalten Boden und versprühten Schauer von Funken nach allen Richtungen. Dämpfe erfüllten den kleinen Zwischenraum und verwischten die Umrisse. Tiff sah wild springende Schatten, die nichts Eiligeres zu tun hatten, als sich um die nächste Trennwand herum vor dem wütenden Feuerwerk zu retten.

Lachend gab er den nächsten Schuß auf die Trennwand ab. Im Nu verwandelte sie sich in glühende, zähflüssige Masse, rutschte in sich zusammen und gab durch eine Wolke grünlichen Gesteinsdampfes hindurch den Blick auf die dritte Wand frei.

Die Springer befanden sich in wilder Flucht. Tiff sah den letzten von ihnen durch die übernächste Lücke hüpfen und zerschoß dicht hinter ihm auch die dritte Wand.

In diesem Augenblick hörte er in seinem Empfänger die lustige, lispelnde Stimme: „Gut gemacht, mein Junge! Brav so!"

Er fuhr herum.

Mitten in der Höhle, in der Nähe der letzten Lampe, saß Gucky.

Tiff atmete auf und schaltete das Deflektorfeld aus. Im selben Augenblick wurde er für Gucky sichtbar.

Er setzte zu einer hastigen Erklärung an, aber Gucky winkte in vollendet menschlicher Gestik nachlässig ab.

„Weiß schon alles", sagte er. „Dein Gedankeninhalt liegt klar vor mir. Verschwinde, ich halte die Stellung solange."

Tiff verstand. Er selbst war darauf angewiesen, bis zum Zeitpunkt der Explosion eine möglichst große Entfernung zwischen sich und die Höhle zu legen. Gucky dagegen konnte springen, und der Zellsender, den er, Tiff, in sich trug, würde Gucky genau darüber informieren, wohin er zu springen hatte.

„In zehn Minuten gehen die Granaten hoch", keuchte Tiff.

Gucky nickte, hoppelte bis zur innersten Trennwand nach vorn und nahm Tiffs Platz ein.

Tiff rannte davon.

Der Gang, den die Desintegratoren gebrannt hatten, war geräumig und bot auch Tiffs weit ausgreifendem Laufschritt genügend Platz.

Tiff stürmte durch den Gang. Moses berichtete ihm über Funk, daß sie inzwischen auf günstigeres Gestein gestoßen seien und sich von der Höhle insgesamt um sechshundert Meter entfernt hätten.

Tiff versuchte ein einziges Mal, den Transportanzug zur Fortbewegung zu Hilfe zu nehmen. Aber es stellte sich heraus, daß in dem nur anderthalb Meter breiten Gang der Anzug kein geeignetes Fortbewegungsmittel darstellte.

Drei Minuten später, nachdem er Gucky verlassen hatte, erreichte er Moses, die Kadetten und die Mädchen. Noch während des Laufes hatte er berichtet, was in der Höhle vorgegangen war. Sie wußten Bescheid.

Ohne Zögern löste Tiff Mildred bei der Arbeit am Desintegrator ab. Dankbar überließ ihm das Mädchen die Waffe.

„Ich bin froh, daß alles gut gegangen ist“, sagte sie leise, und Tiff hob überrascht den Kopf und sah sie an.

Er sah ihre großen leuchtenden Augen und nickte.

„Ja, ich auch“, antwortete er ein wenig unbeholfen.

Er klemmte den Desintegrator fest in die Armbeuge und drückte auf den Auslöser.

Eine Minute vor der Explosion ließ Tiff die Arbeit einstellen und ordnete an, daß sich jedermann auf den Boden lege.

Fünf Sekunden vor Null erschien Gucky – mitten aus der Luft.

Fünf Sekunden nach Null schüttelte eine Riesenfaust die auf dem Boden liegenden Gestalten, und dumpfes Beben lief durch den Fels.

Dann war alles vorüber.

Vorsichtig standen sie auf.

„Alles in Ordnung“, sagte Gucky. „Es hat sich kein Springer mehr sehen lassen. Jetzt können sie nichts mehr finden.“

In kurzen Umrissen gab er danach einen Bericht dessen, was er an Bord der ETZ XXI erlebt und erfahren hatte. Er schloß: „Ich weiß, daß der Alte keine Sekunde lang zögern wird, diese Welt in ihre Bestandteile zu zerblasen. Für uns ist Gefahr im Verzug. Wenn Etztak die Meldung über den neuerlichen Fehlschlag bekommt, wird er überkochen und die endgültige Vernichtung sofort anordnen. Wir haben keine Sekunde mehr zu verlieren. Wir müssen an Bord der HORL VII und der ETZ XXI gelangen.“

Tiff hatte aufmerksam zugehört.

„Warum auf die ETZ XXI?“ fragte er.

Gucky stieß einen piepsenden Schrei aus. „Um Etztak festzunehmen, falls wir die Bomben auf der HORL VII nicht reichtzeitig unschädlich machen können. Ich schlage vor, daß wir so bald wie möglich wieder an die Oberfläche auftauchen und uns in Marsch setzen. Die Informationen, die ich über den Aufbau der Schiffe besitze, müssen auch euch ausreichen, um sich in jedem der Springer-Fahrzeuge zurechtzufinden.“

Anderthalb Kilometer nördlich der Höhle, am Nordabhang des Gebirges, tauchten sie aus dem Boden auf.

Gucky hatte sich zuvor, indem er einige kurze Teleportationssprünge aus dem Gang heraus und in den Gang zurück machte, davon überzeugt, daß die Luft rein war.

Er war mit einem einzigen weiteren Sprung auch zur Höhle zurückgekehrt und hatte von dort die Nachricht mitgebracht, daß die Springer eifrig dabei seien, die Überreste der Bergwand zu untersuchen. Bis Etztak eine endgültige Meldung über den Mißerfolg der Suchaktion erhielt, sollte also wenigstens noch eine Stunde vergehen. Gucky las in den Gehirnen der Springer, daß sie an die Version vom verzweifelten Selbstmord der „Fremden“ nicht so recht glauben wollten. Einer, namens Wernal, hatte aber den Befehl gegeben, nach Überresten der Fremden zu suchen.

„Damit werden sie noch lange zu tun haben“, lispelte Gucky. „Inzwischen kommen wir voran.“

Moses und die Mädchen wurden zurückgelassen. Moses erhielt den Auftrag, mit Hilfe seiner beiden Waffen den Ausgang des Stollens so zu erweitern, daß er als vorläufiger Stützpunkt benutzt werden konnte. Gucky gab dem Robot deutlich zu verstehen, daß er sich mit den Mädchen eher ergeben als riskieren solle, daß die Springer eine Bombe auf den Stolleneingang abwarfen.

Dann brach Gucky mit den drei Kadetten zusammen auf. Gucky, in einem einfachen Raumanzug, eilte in Teleportationssprüngen jeweils eine gewisse Strecke voraus und wartete darauf, daß die Kadetten, im

Tiefflug und mit höchster Geschwindigkeit über den Schnee dahingleitend, ihm folgten.

Auf diese Weise näherten sie sich dem Standort der beiden gelandeten Springer-Schiffe in wenigen Stunden bis auf zwanzig Kilometer. Die Nacht würde noch ein paar Stunden lang anhalten. Wenigstens den Beginn der Aktion würden sie im Schutz der Finsternis hinter sich bringen können.

Während die drei Kadetten in sicherer Entfernung von den beiden Schiffen zurückblieben, versetzte sich Gucky mit einem wohlgezielten Sprung an Bord der ETZ XXI. Ungeniert setzte er den Hangarmeister des Riesenschiffs in seinem eigenen Boot gefangen und zwang ihn, eines der Patrouillenboote freizugeben und der HORL VII die Ankunft eines Bootes innerhalb der nächsten fünfzehn Minuten zu avisieren, so daß die HORL VII ihre Hangarschleuse auf das Kodesignal hin ohne Rückfrage öffnen würde. Mit dem Patrouillenboot kehrte Gucky zu den wartenden Kadetten zurück.

„Einer von euch", ordnete Gucky an, „kommt mit mir. Die anderen beiden fliegen zur HORL VII hinauf. Die Arkon-Bomben liegen im Lagerraum Nummer achtundsiebzig, fünftes Deck, von der Hangarschleuse an gerechnet. Ihr müßt sehen, wie ihr euch zurechtfindet. Und, vor allen Dingen: Ihr müßt innerhalb der nächsten zehn Minuten oben sein. Der Hangarmeister der ETZ XXI ist lediglich betäubt, und ich habe ihn an einen Ort geschleppt, wo ihn so schnell keiner findet. Aber nach einer gewissen Zeit wird er aus seiner Bewußtlosigkeit aufwachen und dem alten Etztak sofort Bericht erstatten. Bis dahin müßt ihr in der HORL sein. Außerdem wird es auf des Hangarmeisters Meldung hin an Bord der HORL allgemeinen Alarm geben. Ihr habt also keine leichte Aufgabe. Entscheidet euch, wer mit mir kommt und wer zur HORL hinauffliegt."

Erstaunlich, wie schnell man vergessen konnte, daß Gucky kein Mensch war, wenn er so sachlich und ernst sprach.

Tiff sah die beiden Kadetten an.

„Ich möchte mit Kadett Hifield zusammen zur HORL hinauffliegen", sagte er.

Eberhardt und Hump stießen gleichzeitig einen brummenden Laut der Überraschung aus.

Guckys Augen wuchsen, als er von einem der Kadetten zum anderen sah.

Kein Wunder, dachte Tiff amüsiert. Er kann in unseren Gedanken lesen, wie Hump und ich zueinander stehen.

„Kadett Hifield?“ schnarrte Gucky.

„Ja.“

„In Ordnung. Los jetzt! Wir haben keine Zeit zu verlieren.“

Im Vorbeigehen schlug Tiff Eberhardt klatschend auf die Schulter.

„Mach’s gut“, sagte er leise.

Er war überzeugt, daß Eberhardt verstehen würde, warum er Hump und nicht ihn mitgenommen hatte.

Etztaks Zorn war unbeschreiblich.

Er stand in der Mitte des ovalen Kommandoraums und tobte vor sich hin. Seine mächtige Stimme füllte den Raum.

Vor einer Stunde hatte sich ein Mann namens Frerfak bei Etztak gemeldet, der behauptete, in einem der Seitengänge einem Pelzwesen begegnet zu sein, das ihn nach der genauen Lage des Kommandostands ausgefragt hatte. Frerfak gab an, das Wesen sei ein Telepath und müßte obendrein noch ein Teleporter gewesen sein.

Etztak hatte den Mann wütend wieder weggeschickt und ihm zu verstehen gegeben, daß an Bord der ETZ XXI Aufschneider und ähnliche Leute empfindliche Strafen zu erwarten hätten.

In der Galaxis – das war Etztaks Überlegung – gab es Wesen, die die eine oder die andere außergewöhnliche Begabung besaßen. Sie waren entweder Telepathen oder Telekineten oder Teleporter. Aber ein Wesen, das sowohl Telepath als auch Teleporter war, hatte Etztak noch nicht gesehen. Folglich glaubte er nicht an eine derartige Existenz, und somit hielt er Frerfak für einen Aufschneider und Lügner.

Zwanzig Minuten nach Frerfaks Meldung berichtete Wernal über Telekom von dem totalen Mißerfolg seiner Suchexpedition, und abermals fünf Minuten später meldete sich der Hangarmeister und gab zu verstehen, daß er von einem seltsam aussehenden Pelzwesen, das offenbar Telepath und Teleporter zugleich war, gezwungen worden sei, eins der Patrouillenboote freizugeben und darüber hinaus die HORL VII darüber zu informieren, daß der Einflug eines Bootes im Lauf der nächsten Viertelstunde zu erwarten war.

Damit war Etztaks seelisches Gleichgewicht endgültig zerstört. Er begann zu toben, schrie seinen Leuten Befehle zu, die er widerrief, bevor sie sie noch weitergeben konnten, und brauchte ein paar Minuten, um sich wieder so weit zu beruhigen, daß er seine nächsten Schritte, die er zu unternehmen beabsichtigte, klar bekanntgeben konnte.

„Alarm für die HORL VII! Wahrscheinlich sind Fremde an Bord. Die HORL soll landen. Wir brauchen ihre Bomben, um diese Welt zu vernichten."

So pathetisch der Befehl war, so pathetisch wurde er weitergegeben. Die HORL VII bestätigte, daß vor wenigen Minuten ein Patrouillenboot der ETZ XXI an Bord gekommen sei. Das Boot war ordnungsgemäß angemeldet, hatte den üblichen Koderuf abgegeben und sich nach dem Einfluß ordnungsgemäß als „eingehängt" gemeldet.

Der Kapitän der HORL VII, Horlagan, war ob der Warnung von der ETZ sehr konsterniert. Er meldete zurück, daß er Suchalarm geben und mit seinem Schiff sofort zur Landung ansetzen werde.

28.

Es gab keine Schwierigkeiten. Planmäßig passierte das Patrouillenboot die beiden Schottpaare der Schleuse, stieß in den Hangar-Stollen vor und wurde von der automatischen Steuerung zu einer freien Hangarnische bugsiert.

Wie Gucky vorgeschrieben hatte, meldete Tiff über Normalfunk und auf Interkosmo dem Hangarmeister, daß er sein Fahrzeug ordnungsmäßig verstaut habe und mit seinem Begleiter zusammen jetzt ins Schiffsinnere hinauffahren wolle.

Der Hangarmeister war damit einverstanden. Daß sich bei ihm jemand in Interkosmo meldete, fiel keineswegs auf. Nur wenige Springer bedienten sich noch der eigenen Sprache. Im allgemeinen war man aus Bequemlichkeit dazu übergegangen, auch im Verkehr untereinander Interkosmo zu sprechen.

Tiff hielt den Atem an, daß der Hangarmeister nach dem Grund dafür fragen könnte, warum der Ankömmling den Bildschirm der Funkanlage nicht einschaltete, doch der Vorgang lief routinemäßig ab.

Nach Guckys Beschreibung fanden sich Tiff und Hump erstaunlich gut in dem fremden Schiff zurecht. Allerdings kam ihnen zustatten, daß erstens Tiff schon auf einem Springerschiff gewesen war, nämlich der ORLA XI, und daß die Springer auch bei der Anlage ihrer Schiffe das System und die Übersichtlichkeit liebten.

Ungesehen überwanden die beiden Kadetten die drei untersten Decks, indem sie sich durch den weiten Schacht eines Lastenaufzugs treiben ließen, dessen Benutzung für Personen verboten war.

Auf der Höhe des dritten Decks gerieten sie in Gefahr, mit einer von oben herunterschwebenden Last zu kollidieren. Das gewaltige Paket in Metallplastik-Verschalung füllte den Schacht bis auf kleine Lücken, die so schmal waren, daß Hump und Tiff nichts mehr anderes übrigblieb, als durch eine Schachtöffnung hinaus auf einen Gang des dritten Decks zu entweichen.

Die Last sank an ihnen vorbei. Aber gerade in dem Augenblick, in dem diese Gefahr überstanden war, tauchte eine zweite in Form eines Springers auf, der um eine Gangecke bog und mit eiligen Schritten auf den Lichtschacht zukam.

Hump sprang ihn von der Seite her an und schlug ihn mit dem Kolben der Waffe nieder. Tiff brauchte gar nicht einzugreifen.

„Wohin mit ihm?" keuchte Hump.

Tiff versuchte zu schätzen, wie lange der Springer bewußtlos bleiben würde.

Zwanzig Minuten vielleicht – eine halbe Stunde?

Tiff trat zum nächsten Schott, hob die Thermowaffe und ließ das Schott auffahren.

Der Raum dahinter war klein und leer.

„Hier hinein!" zischte Tiff.

Hump schleifte den Bewußtlosen heran. Gemeinsam bugsierten sie ihn in die kleine Kammer und schlossen das Schott hinter ihm.

„Weiter!"

Ohne weiteren Zwischenfall erreichten sie das fünfte Deck. Von der Mündung des Antigravschachts war der Lagerraum nach Guckys Beschreibung etwa fünfzig Meter entfernt – fünfzig Meter durch enge und gewinkelte Gänge.

Die Umgebung der Schachtmündung war gefahrenfrei. Sie lauschten ein paar Augenblicke lang und hörten gedämpftes Stimmengewirr weit im Hintergrund. Mit weiten Schritten und schußbereiten Waffen hetzten sie davon.

Hier sind alles Lagerräume, dachte Tiff. Wenn uns jemand entgegenkommt, werden wir einfach in einem der Räume verschwinden.

Sie überwanden, zwei, drei Gangbiegungen.

Dann kam ihnen gleich eine ganze Gruppe von Springern entgegen.

„Links!" rief Tiff leise.

Das Schott glitt langsam zur Seite. Hump zwängte sich als erster hindurch und stöhnte. Tiff folgte ihm, während er noch einen letzten Blick nach vorn in den Gang schickte.

Die Springer schienen nichts gemerkt zu haben.

Tiff wandte sich um. Er hatte Humps breiten Rücken vor sich und murmelte: „Das war Rettung in . . .“

Hump machte eine seltsame Bewegung – als sei er erschrocken. Tiff neigte sich zur Seite und sah an ihm vorbei.

Drei Meter vor Hump stand ein Springer und hielt eine Waffe mit trichterförmigem Lauf auf Humps Bauch gerichtet.

Es war nur ein Springer, aber er hatte ihnen gegenüber den Vorteil, daß er den Lauf seiner Waffe schon oben hatte.

Tiff sah sich um. Der Raum war voll von Gestellen und automatischen Sortiergeräten, die an den oberen Kanten der Gestelle montiert waren und auf vertikalen Gleitschienen sich auf- und abbewegen konnten. Die Gestelle waren voll mit Ersatzteilen, Meßinstrumenten und Schalteinheiten. Tiff hatte links ein Gestell neben sich, er brauchte nur den Arm auszustrecken, um es zu berühren.

„Was willst du?“ fragte Humps heisere Stimme auf Interkosmo.

Der Springer fing an zu lachen. „Wissen, wer ihr seid und was ihr hier wollt.“

Hump scharrte mit dem Fuß. Tiff verstand das Zeichen. Hump würde versuchen, den Springer abzulenken. Ihm, Tiff, fiel die Aufgabe zu, das Ablenkungsmanöver auszunutzen.

Hunderte von Gedanken schossen Tiff gleichzeitig durch den Kopf. Aber keiner davon war brauchbar.

Tiff lehnte sich nach links zu dem Gestell hinüber. Aus den Augenwinkeln sah er, daß er das Sortiergerät, das nach dem letzten Gebrauch auf der viertuntersten Lade des Gestells angehalten hatte, mit der Hand erreichen konnte. Vorsichtig begann er, die Hand nach dem Gerät auszustrecken und bemühte sich dabei, mit dem Arm in der Deckung von Humps Rücken zu bleiben.

„Das ist einfach zu beantworten“, antwortete Hump, und wer ihn kannte, konnte an seiner Stimme die Erregung ablesen, in der er sich befand.

Braver Hump, dachte Tiff. Hier ist der Schalter.

Der Schalter kippte mit leisem Knacksen. Das Gerät begann zu summen und kletterte mit beachtlicher Geschwindigkeit an seiner Laufstange nach oben.

Der Springer zuckte zusammen und sah zur Seite. Tiff tat einen halben Schritt nach rechts, brachte den Lauf seiner Waffe nach oben und schoß.

Der Springer erlitt einen schweren Schock und sank bewußtlos zu Boden. In diesem Zustand würde er längere Zeit verharren. Er bedeutete keine Gefahr mehr. Sie zerrten ihn unter eines der Gestelle, damit ihn niemand zufällig fand.

„Raus hier!" rief Tiff.

Vorsichtig öffneten sie das Schott. Der Gang lag frei vor ihnen.

Sie hasteten weiter.

Noch eine Biegung – noch eine . . .

Und da, in interkosmischen Zeichen geschrieben, stand die Zahl 78 auf dem wuchtigen Metallrücken eines großen Schottes.

Das Schott öffnete sich wie alle anderen. Nichts deutete darauf hin, daß so wichtige Dinge in diesem Raum gelagert wurden.

Tiff hatte Wachen entweder vor oder hinter dem Schott erwartet, aber niemand zeigte sich. In der Mentalität der Springer schien es die Furcht vor dem Mißbrauch der furchtbarsten Waffe, die sie je konstruiert hatten, nicht zu geben.

Der Raum war kleiner, als Tiff ihn sich vorgestellt hatte. Die Bomben – anderthalb Meter lange Metallzylinder mit gerundeten Ende – hingen, jede für sich, in starken Halterungen aus Plastikmetall.

Tiff ließ das Schott hinter sich zufahren und beobachtete Hump, wie er vorsichtig eine der Bomben aus der Halterung löste und auf die Arme nahm. Er keuchte dabei, aber als er sich umwandte, grinste er. „Anderthalb Zentner, würde ich sagen. Man kann sie gerade noch tragen."

Tiff nickte.

„Jetzt müßte Gucky allmählich in Aktion treten", antwortete er.

Gucky mit seinen parapsychischen Fähigkeiten hatte Kadett Eberhardt zu einem eleganten Sprung an Bord der ETZ XXI verholfen. Gucky bewegte ihn auf eben dieselbe Weise wie einen Tag zuvor die Pakete, die er von der Z-13 aus auf Snowman hatte landen lassen – mit Hilfe der Teleportation.

Eberhardt landete im Hangarstollen der Patrouillenboote und verkroch sich in einer leeren Hangarnische. Gucky tauchte dicht hinter ihm auf, notierte sich im Geist die Lage seines Verstecks und verschwand wieder.

Eberhardt war die Reserve, die Gucky, wenn es die Umstände erforderten, in den Kampf zu werfen gedachte. Da er sein Versteck kannte, würde er ihn jederzeit zu Hilfe holen können.

Andererseits, wenn ihm, Gucky, trotzdem etwas geschah, dann würde es Eberhardt leichtfallen, sich eines der Boote zu bemächtigen und auf völlig ungefährlichem Weg die ETZ XXI zu verlassen.

Vorerst allerdings war Gucky noch davon überzeugt, daß er das Ziel, das er sich gesetzt hatte, ohne größere Schwierigkeiten erreichen könne.

Als er das nächste Mal auftauchte, stand er in einem Raum, der nur durch eine schmale Wand vom Kommandostand der ETZ XXI getrennt war. Aus der Fülle der auf ihn einflutenden Gedanken – die meisten davon waren nervös und ängstlich – fand er Etztaks Impulse sofort heraus.

Etztak spürte mitten im Toben, wie etwas Fremdes, Unerklärliches nach ihm zu greifen begann. Er schwieg überrascht, versuchte einen Atemzug lang, das Gefühl zu definieren und fühlte Angst.

Er wollte schreien – und tat es auch. Aber als er zu schreien begann, war er schon nicht mehr im Kommandostand. Er hatte keine Bewegung gespürt. Es war gewesen, als habe jemand dicht vor dem Gesicht einen Vorhang hinweggezogen und dicht hinter dem Kopf einen zweiten fallen lassen.

Etztak kannte den Raum. Er lag dicht neben dem Kommandostand.

Aber er wußte nicht, wie er hierhergekommen war.

Von den Leuten drüben im Kommandoraum zerbrach sich keiner den Kopf über das Verschwinden des Alten. Erstens empfand jeder die plötzliche Stille als wohltuend und zweitens hatte Etztak, während seine Offiziere sich tief über ihre Tische gebeugt, ostentativ ihrer Arbeit widmeten, in der Nähe mehrerer Schotte gestanden, so daß er sehr wohl unbemerkt den Raum verlassen haben konnte.

Gucky selbst wußte nichts davon. Er hoffte nur, daß es so sein würde.

Etztaks Schrei brach ab, als er das kleine Pelzwesen vor sich auf dem Tisch sitzen sah. Es saß auf den Hinterpfoten, hatte den Oberkörper aufgerichtet und hielt mit der rechten Hand einen kleinen Impulsstrahler.

Niemand hatte in den letzten fünfzig Jahren den alten Etztak so verblüfft gesehen wie in diesem Augenblick.

„Komm zu dir!" verstand Etztak. „Ich habe mit dir zu reden."

Die Respektlosigkeit der Anrede brachte Etztaks Bewußtsein zurück. Er wollte aufbrausen, aber der Fremde ließ ihm keine Zeit.

„Alles, was jetzt zu tun ist", wurde Etztak klargemacht, „muß schnell getan werden. Zwei meiner Leute sind an Bord der HORL VII, und infolge des Alarms, den du gegeben hast" – daß das so war, entnahm Gucky Etztaks Bewußtsein – „sind sie nicht mehr in der Lage, das Schiff unangefochten zu verlassen."

Etztak verzog das Gesicht zu einem höhnischen Grinsen.

„Du wirst dafür sorgen", fuhr Gucky fort, „daß ihnen beim Verlassen des Schiffes nichts geschieht."

Etztak fing an zu lachen.

„Und was, wenn ich's nicht tue?" fragte er.

„Dann lasse ich die HORL, die ETZ und die ORLA in die Luft gehen – und den ganzen Planeten dazu."

Etztak wurde ernst. „Wie?"

Gucky pfiff schrill. „Auf dieselbe Weise, wie du es machen wolltest. Mit Arkonbomben."

Etztak zuckte zusammen. „Dann gehst du mit deinen Leuten auch in die Luft."

„Ja", antwortete Gucky einfach. „Das ist uns die Sache wert."

Gucky spürte, wie Etztak nach Auswegen zu suchen begann. Er spürte auch den verzweifelten Wunsch des Alten, die Verhandlung zu verzögern, um Zeit zu gewinnen.

„Los", drängte Gucky und hob den Impulsstrahler so, daß er schräg über Etztaks linke Schulter hinwegzielte. Er drückte ab und feuerte einen kurzen Schuß geringer Energie gegen die Wand.

Etztak fuhr entsetzt zurück und hob die Hände.

„Nicht!“ keuchte er. „Ich tue, was du sagst!“

Im Augenblick, so stellte Gucky fest, war es ihm ernst damit.

„Ich gebe der HORL Bescheid, daß sie den Suchalarm abbricht“, schlug Etztak vor.

Gucky lehnte ab. Nicht, weil der Alte einen Trick im Sinn gehabt hätte, sondern weil er wußte, wieviel Verwirrung und Unsicherheit zwei kurz aufeinanderfolgende, sich widersprechende Befehle hervorrufen würden.

„Du befiehlst die HORL in volle Gefechtsposition. Jeder Mann auf seinen Posten – die Freiwache in die Reservestellungen, verstanden? Und das tust du von hier aus.“

Etztak zögerte. Gucky hob die Waffe zum zweitenmal, da brach der Widerstand des Alten.

Er ging zum Interkom und nahm das Mikrophon zur Hand. Gucky setzte sich so, daß ihn das Aufnahmegerät nicht sehen konnte, und gab Etztak zu verstehen, daß er schießen würde, wenn Etztak auch nur ein einziges falsches Wort sagte.

Ein paar Minuten lang hatte der Boden des Raumes von dem Getrappel der vielen Füße gedröhnt, die draußen auf den Gängen vorbeiliefen, dann war es ruhig geworden.

Danach kam Guckys kurzer Anruf: „Alles frei!“

Tiff ließ das Schott zur Seite fahren. Hump wankte durch die Öffnung. Tiff schloß das Schott sorgfältig, dann eilte er Hump hinterher, um ihm beim Tragen der Bombe zu helfen.

Die HORL stand in voller Gefechtsposition. Das bedeutete, daß zumindest in der Gegend der Lagerräume sich niemand aufhielt.

Ungehindert erreichten sie den Schacht des Lastenaufzugs, durch den sie eine halbe Stunde zuvor heraufgekommen waren.

Seufzend ließ sich Hump mitsamt der Bombe in das tragende Antigravfeld des Liftes vornübersinken und schwebte langsam den Schacht hinunter. Tiff folgte ihm.

„Halt auf der zweiten Etage!“ befahl er.

Auf der Höhe des zweiten Decks stieß Hump sich von der Wand ab, um den Ausstieg noch rechtzeitig zu erreichen.

„Mindestens fünfzig Meter von hier!" befahl Tiff.

Der Gang war leer. Tiff entzifferte die Aufschrift eines Schottes und stellte fest, daß sich in dieser Gegend des Schiffes eine Art Hospital befand.

Wenn Guckys Plan geglückt war, dann sollten sich überall hinter diesen Schotten Springer aufhalten, aber während des Alarms würde keiner, ohne gerufen zu sein, auf den Gang herauskommen.

Hump torkelte den Gang entlang.

Die Aufschriften auf den Schotten wechselten.

„Analysenlabor fremder Genußmittel", las Tiff. „Hier hinein!"

Das Schiff war ein Handelsschiff. Aber selbst die Handelsschiffe der Springer waren bis zu einem gewissen Grad bewaffnet, und Tiff wußte, daß im Fall des Alarms jedermann seinen angemessenen Posten hatte. In dem Labor, in dem man fremde Genußmittel analysierte, würde um diese Zeit kein einziger Springer zu finden sein. So war es auch. Das Labor war groß und mit Geräten aller Art ausgestattet. Hump plazierte auf Tiffs Anweisung die Bombe hochkant in die Nähe des kleinen Hydrieraggregats, das aus vier zylindrischen Behältern bestand. Die Bombe fiel daneben nicht ins Auge.

„Zünder auf zwanzig Minuten!" befahl Tiff.

Er half Hump dabei. Der Zünder der Bombe war ein verhältnismäßig einfacher Mechanismus.

„Fertig!" Hump schnaufte. „Nichts wie weg!"

Sie kehrten zum Liftschacht zurück und fuhren hinunter zum Hangardeck. Hastig, aber fast geräuschlos stürmten sie durch den Stollen bis zum inneren Schleusenschott, wo der Hangarmeister seinen Überwachungsraum hatte.

Denn im Zustand der totalen Alarmbereitschaft genügte die übliche Auskunft nicht, um den Hangarmeister zur Freigabe eines kleinen Bootes zu bewegen.

Der Mann war allein mit seinem Assistenten. Tiff und Hump drangen ungehindert in den kleinen Raum ein. Der Hangarmeister merkte erst, als sie schon eingetreten waren, und der Assistent überhaupt nicht mehr, daß sie Fremde waren. Tiff setzte den Assistenten mit einem wohlgezielten Schlag gegen die Halskante seines Schutzanzugs außer Gefecht. Hump stürmte hinter den

Schreibtisch und schlug den Hangarmeister ebenfalls nieder, noch bevor er eine Bewegung der Abwehr machen oder um Hilfe rufen konnte.

Tiff war schon wieder unterwegs. Mit zwei raschen Schritten stand er vor der gewaltigen Schalttafel und zog zwei markante, rotgefärbte Hebel.

„Innenschott offen!“ rief er Hump zu. „Das Boot, los!“

Hump stürmte hinaus. Wenige Augenblicke später schob sich der linsenförmige Körper eines Patrouillenbootes aus dem Hangarstollen, glitt ein Stück weit durch das offene Schott in die Halle hinein und hielt an. Ein Luk fuhr auf. Tiff schwang sich hinauf, packte den Rand des Luks mit kräftigen Händen und zog sich in das Boot hinein.

„Weiter geht's!“

Hump ließ das Boot Fahrt aufnehmen. Sie durchquerten die gewaltige Schleuse und erreichten das Außenschott gerade in dem Augenblick, in dem sich das Innenschott geschlossen hatte und das äußere nach dem Kommando, das Tiff auf der Schalttafel gegeben hatte, aufzufahren begann.

Das Boot schoß hinaus und ließ die HORL hinter sich. Tiff stieß einen überraschten Ruf aus, als er sah, daß das große Schiff nicht mehr als zehn Kilometer über der Oberfläche von Snowman stand.

In ein paar Minuten würde das Landemanöver beendet sein.

Tiff schaltete seinen Helmsender auf maximale Reichweite.

„Alles in Ordnung!“ meldete er vereinbarungsgemäß. Er sah auf die Uhr. „X minus zwölf Minuten.“

Gucky pfiff befriedigt, als er die Meldung bekam.

„Es ist gut“, bedeutete er Etztak. „Meine Männer sind frei. Und jetzt will ich dir etwas sagen.“

Etztak horchte auf.

„Meine Männer haben“, fuhr Gucky fort, „irgendwo an Bord der HORL eine Arkonbombe versteckt und ihren Zünder auf zwanzig Minuten eingestellt. Von diesen zwanzig sind mittlerweile neun herum. Der ETZ und der ORLA bleiben also von jetzt an gerechnet noch elf Minuten, um diese Gegend zu verlassen. Und die gleiche Zeit bleibt der Besatzung der HORL, um sich mit Rettungs- und Patrouillenbooten in Sicherheit zu bringen."

Mehr sagte Gucky nicht. Er verschwand im selben Augenblick, doch er war sicher, daß Etztak die Warnung berücksichtigen würde.

Ohne jeglichen Zeitverlust tauchte Gucky direkt vor Klaus Eberhardts Versteck auf. Eberhardt sprang aus der Nische herunter. Gucky huschte weiter und fand zwei Nischen entfernt ein fahrbereites Patrouillenboot. Er sprang hinein, dirigierte das Boot in den Stollen und ließ Eberhardt einsteigen, nachdem der Kadett dem Hangarmeister die üblichen Angaben über die Entnahme eines Patrouillenbootes gemacht und ihn gebeten hatte, die beiden Schleusenschotte ordnungsgemäß zu öffnen.

Ein paar Sekunden lang fürchtete Gucky, daß der alte Etztak seinen Schock zu schnell überwinden und dem Hangarmeister den gegenteiligen Befehl geben würde.

Aber die Befürchtung war unbegründet. Die Schotte öffneten sich planmäßig, und das kleine Boot schoß mit höchstzulässiger Beschleunigung in den grauen Eismorgen hinaus.

Tiffs und Humps Boot meldete sich fast im selben Augenblick.

„Zu Moses' Höhle zurück!" befahl Gucky.

Der Flug dauerte nur wenige Minuten. Gucky benutzte die kurze Zeitspanne dazu, die Kadetten darüber aufzuklären, was geschehen konnte, wenn der Plan nicht so arbeitete, wie es ursprünglich gedacht war.

„Die gefährlichste Möglichkeit ist die", tönte Guckys lispelnde Stimme aus dem Empfänger des Bootes, in dem Hump und Tiff flogen, „daß die HORL-Leute die Bombe vor der Explosion finden und entschärfen. Wenn man aber bedenkt, daß ein Schiff wie die HORL insgesamt fünftausend verschiedene Räume hat, dann ist es sehr unwahrscheinlich, daß die Bombe in den restlichen elf Minuten noch gefunden wird. Bleibt als zweite Möglichkeit, daß Etztak meine Drohung für einen Schwindel hält und gar nicht darauf reagiert. In diesem Fall werden die HORL, die ETZ und die ORLA am Ende der Frist völlig zerstört werden. Sie sind zu nahe beieinander, als daß auch nur ein Schiff die Katastrophe überstehen könnte. Und als dritte Möglichkeit: Etztak nimmt meine Warnung zwar an, bugsiert die beiden gefährdeten Schiffe aus der Gegend und läßt die HORL räumen, schickt aber gleichzeitig Suchtrupps hinter uns her. Dann werden wir uns eben wehren müssen. Auf jeden Fall sollten wir uns in Moses' Höhle nicht lange aufhalten. Wir müssen weiter, denn wenn Etztak seinen Schock überwunden hat, wird er auf jeden Fall wieder zu suchen anfangen. Wir haben jetzt zwei Boote. Jedes von ihnen kann im Notfall drei Mann fassen. Das genügt uns, wenn ich mich als Teleporter bewege. Es wird nur ein Rückflug notwendig sein, um das gerettete Gepäck nachzuholen. Das wäre alles, was im Augenblick bedacht werden muß. Hoffen wir, daß die Bombe nicht entdeckt wird."

Kurz vor der Landung registrierten die Ortergeräte wilde Bewegung im Norden. Zwei große Schiffe hoben sich vom Boden ab und schossen in den Raum hinaus. Von einem dritten, langsam sinkenden, lösten sich eine Unzahl winziger Punkte, die offensichtlich bestrebt waren, das Schiff schnell so weit wie möglich hinter sich zu lassen.

Der Plan hatte gewirkt. Niemand würde die Bombe mehr finden.

Im Augenblick der Landung zitterte ein kurzer, ruckartiger Schock durch den Boden.

Die Bombe in der HORL VII war detoniert.

Niemand zweifelte daran, daß die Explosion der Bombe von dem stolzen Springer-Schiff nichts als molekulare und atomare Fetzen übriggelassen hatte. Der Zünder war auf die künstlichen Elemente eingestellt, wie sie in den Fusionsreaktoren eines Schiffes laufend produziert wurden.

Tiff hielt, als er das Zittern des Bodens spürte, für eine Sekunde den Amten an. Niemand bemerkte es – Gucky vielleicht ausgenommen.

Aber Gucky sagte nichts, und Tiff war ihm dankbar dafür.

Es erging Tiff nicht anders, als einem Mann, der zusah, wie ein Flugzeug abstürzte, von dem er wußte, daß es Atombomben an Bord hatte. Er hielt die Luft an und wartete darauf, daß die Bomben im Augenblick des Aufschlags explodierten. Sie taten es aber nicht, weil zur Zündung einer Atombombe ein komplizierterer Mechanismus notwendig ist als ein mehr oder weniger kräftiger Stoß.

Der Mann würde auch dann noch die Luft anhalten, wenn er einer von denjenigen war, die genau wußten, wie eine Atombombe funktionierte.

In derselben Situation war Tiff. Er wußte, daß man eine Arkonbombe nicht dadurch zur Explosion bringen konnte, daß man eine zweite Bombe in der gleichen Art dicht neben ihr in die Luft gehen ließ. Der Zündungsmechanismus war kompliziert. Die zweite Bombe würde explodieren, die erste aber nur in Stücke gehen, zu Pulver zerblasen werden, ohne ihre Energie abzugeben.

Trotzdem hatte Tiff befürchtet, daß durch die Zündung der einen Bombe der ganze Bombenvorrat der HORL VII in die Luft gehen würde. Das hätte – da die HORL nur noch ein oder zwei Kilometer über dem Boden stand – das Ende von Snowman bedeutet.

Aber es war nichts geschehen.

Sie luden die Mädchen in die Beiboote und den unermüdlichen Moses dazu. Der Robot hatte gemeldet, daß in der Zwischenzeit nichts Besonderes vorgefallen war.

Die Mädchen waren neugierig, aber Gucky sorgte dafür, daß seine Mannschaft sich so schnell wie möglich aus der Gefahrenzone entfernte.

Mit den Piloten der beiden Boote – Klaus Eberhardt und Tiff – vereinbarte er einen Treffpunkt, der dreitausend Kilometer weiter im Süden lag. Die Boote brachen sofort auf.

Gucky sprang, nachdem er sie aus den Augen verloren hatte, und erreichte den Treffpunkt noch im selben Augenblick.

Er wußte die Zeit zu nutzen.

Perry Rhodan wartete auf Informationen.

John Marshall war plötzlich zusammengezuckt. Er wandte sich an Perry Rhodan.

„Gucky meldet sich telepathisch", berichtete er.

„Sehr gut", erwiderte Rhodan. „Was teilt er uns mit?"

Marshall schien in sich hineinzuhorchen. Etwa zwei Minuten

vergingen, dann hob er den Kopf und sagte: „Gucky und Tifflors Gruppe liefen Gefahr, mitsamt der Welt, auf der sie sich aufhalten, in die Luft geblasen zu werden. Sie haben diese Gefahr beseitigt. Ein Schiff der Springer wurde zerstört, aber es konnten dabei Opfer vermieden werden."

Rhodan atmete auf, und der Mutant fuhr fort: „Während des Einsatzes hat Gucky aus dem Bewußtsein eines Springer-Kommandanten wichtige Informationen in Erfahrung gebracht. Alles, was bisher von den Springern gegen die Erde unternommen wurde, ging von einem einzigen Schiff aus – der ORLA XI, die Tifflor und die K-9 eingefangen hat. Erst in den letzten Tagen, als es so aussah, als würde der Kapitän der ORLA XI der Schwierigkeiten allein nicht mehr Herr, rief er seine Sippe und eine Kampfflotte der sogenannten Überschweren herbei. Etztak, der Patriarch dieser Sippe, scheint jedoch von der Anwesenheit dieser Kampfflotte nicht sehr begeistert gewesen zu sein, denn er sah in den Überschweren Konkurrenten, die ihm ins Handwerk pfuschen konnten. Deshalb hat er sie offenbar angewiesen, sich zurückzuziehen. Mit ihrem Aufbruch ist in nächster Zeit zu rechnen."

Marshall unterbrach sich und wartete auf erneute telepathische Berichte Guckys. Nach einer Weile sagte er: „Als Agenten der Springer fungierten ein paar Spezialroboter, die wie Menschen aussehen. Sie haben im Auftrag der Springer Roboter der Dritten Macht so umprogrammiert, daß sie für die Fremden ebenfalls als Agenten arbeiteten. Gucky konnte die Standorte dieser Roboter in Erfahrung bringen, so daß es uns leichtfallen wird, sie auszuschalten."

Marshall machte eine Pause.

„Darum also", murmelte Rhodan. „Darum konnten die Telepathen keinen einzigen Feindagenten ausfindig machen."

Marshall fuhr fort: „Weiterhin: Die Springer wissen noch nicht genau, was sie von der Erde und ihrer Zivilisation zu halten haben. Die Informationen, die sie von den Robot-Agenten erhalten, und die Erfahrungen, die sie mit unseren Schiffen im Raum machen, scheinen einander zu widersprechen . . ."

„Kein Wunder!" Rhodan lachte.

„Es macht sich deshalb die Meinung breit, die Erde und ihre

Bewohner sollten zunächst genauer untersucht werden. Stellt sich die irdische Zivilisation als unterentwickelt heraus, dann möchten die Springer aus der Erde gern einen neuen Handelsstützpunkt machen. Ist die Menschheit jedoch annähernd gleichwertig, dann soll sie dafür bestraft werden, daß sie gegen die Monopolforderung der Springer verstoßen und auf eigene Faust interstellaren Handel getrieben hat."

Rhodan lachte immer noch.

„Das soll ihnen schwerfallen", sagte er.

Dann gab er seinerseits Informationen an Gucky. „Die STARDUST II wird in den nächsten Stunden den Beta-Albireo-Sektor verlassen. Die TERRA und die SOLAR SYSTEM bleiben zurück. Es wird für notwendig gehalten, die STARDUST II mit neuen Waffen auszurüsten, die wir hoffentlich bei einem Besuch auf Wanderer erhalten werden. Dazu wird die STARDUST II maximal vier Wochen unterwegs sein. Die TERRA und die SOLAR SYSTEM haben den Auftrag, den Gegner im Beta-Albireo-Sektor hinzuhalten und die auf Snowman Arbeitenden nach Kräften zu unterstützen. Mindestens ein Telepath wird an Bord eines der beiden Schiffe anwesend sein. Gucky und die Kadetten sollen versuchen, von den Springern weitere Informationen zu sammeln und sich im übrigen davor hüten, den Springern in die Hände zu fallen."

Marshall übertrug das wortgetreu.

„Ende!" fügte Rhodan hinzu.

Die Boote kamen ein paar Minuten später.

Sie landeten neben dem Mausbiber. Moses kam als erster zum Vorschein. Dann stiegen die Mädchen aus, und zuletzt die Kadetten.

Tiff hatte nichts Eiligeres zu tun, als das Thermometer abzulesen.

„Nur minus achtzig Grad", murmelte er erstaunt. „Hier ist es wirklich viel wärmer."

„Wir sind ziemlich genau am Äquator", erklärte Gucky.

Gucky hatte in einer Art Tal gewartet. Es war eine nahezu kreisrunde Senke von etwa hundert Metern Durchmesser, ringsum eingeschlossen von sanften, weißen Hügeln, deren Gipfel zwischen fünfzig und hundert Metern über dem Niveau des Tales lagen. Der

Platz war so ausgewählt, als sei Gucky schon früher einmal auf Snowman gewesen. Im Nordhang eines der südlichen Hügel gähnte ein übermannshohes Loch. Gucky hatte es in der Zwischenzeit untersucht und festgestellt, daß es die Mündung eines Tunnels war, der ziemlich weit unter den Hügel dahinführte.

„Ein ideales Versteck", erklärte Gucky. „Natürlich müssen wir den Eingang irgendwie verschließen, damit er nicht so leicht gesehen werden kann. Zuvor allerdings müssen wir ihn breiter machen, damit auch die beiden Boote hineinpassen."

Sie machten sich sofort an die Arbeit. Nur Tiff flog noch einmal zu der Höhle zurück, die Moses aus dem Felsen gebohrt hatte, und rettete von Guckys Gepäck, was nach ihrer hastigen Flucht aus dem ursprünglichen Unterschlupf noch übrig gewesen war.

Tiff wußte mittlerweile, daß die wichtigsten Dinge gerettet worden waren. Die Einzelteile einer Miniatur-Kraftstation zum Beispiel, die ihr neues Versteck ausreichend mit Licht und Wärme versorgen würde. Waffen außerdem und Proviant. Einen leistungsfähigen Hyperkom-Sender und -Empfänger mit den nötigen Zusatzgeräten für Raffer-Sendungen, Frequenz-Integration und ähnliche Geräte, deren ein Agent sich bedient, der mitten in feindlichem Gebiet sitzt.

Als Tiff zurückkehrte, hatte Moses den Eingang des Tunnels schon so erweitert, daß die Beiboote ohne weiteres eingeflogen werden konnten. Dreißig Meter im Tunnel drinnen, von der Masse des Hügels gedeckt, würde sie niemand mehr finden.

Die eigentliche Unterkunft wurde noch weiter drinnen eingerichtet, etwa unter dem Gipfel des Hügels.

Die Kraftstation war schnell installiert. An dieser Stelle bestanden die Wände nicht mehr aus dem Eis, das an allen übrigen Orten die Oberfläche von Snowman mindestens zwanzig Meter hoch bedeckte, sondern aus Felsen. Moses glättete die Wände mit Hilfe seines Thermostrahlers und schuf in kurzer Zeit fünf Kammern.

Erst als das getan war, schickte Gucky sich an, die Kadetten und die Mädchen über Rhodans Anweisungen zu informieren.

Hump seufzte, nachdem er sich alles angehört hatte. Es sah so aus, als habe er schon wieder zu seiner alten Form zurückgefunden, daß er eine seiner gehässigen Bemerkungen von sich geben würde.

Aber Tiff kam ihm zuvor und sagte: „Vier Wochen werden wir hier bequem aushalten können."

Gucky sah ihn voller Zuneigung an.

„Du hast wirklich viel für die Menschheit getan", sagte er anerkennend. „Zum Glück sind die Informationen, die den Springern über die Erde vorliegen, so widersprüchlich, daß wir nicht mit direkten Angriffen der Händler gegen die Heimatwelt der Menschen zu rechnen brauchen. Andererseits haben wir dank deiner Rolle als kosmischer Lockvogel fast alles über unseren Gegner erfahren."

„Ich frage mich, wohin das noch alles führen soll", sagte Tiff seufzend.

Der Mausbiber entblößte seinen Nagezahn – seine Art des Lächelns.

„Vermutlich dahin, daß beide Seiten in nicht allzu ferner Zukunft Geschäfte miteinander machen", prophezeite er optimistisch. „Denn nach allem, was ich bisher über die Menschen in Erfahrung bringen konnte, sind sie den raumfahrenden Völkern zumindest in dieser Beziehung heute schon ebenbürtig."

Damit watschelte er davon und überließ es den jungen Leuten, sich darüber Gedanken zu machen, ob seine Worte Anerkennung oder unterschwellig angebrachte Kritik bedeuteten.

Perry-Rhodan-Terminologie

Milchstraßensystem, das –
galaktisches System, ein Sternsystem, das auch unser Sonnensystem beherbergt (in der internationalen Science Fiction *Menschheitsgalaxis* genannt). Einen Teil des M.s. kann man nachts als breites Lichtband von wolkiger Struktur (Milchstraße) beobachten. Unser M. ist ein *Spiralnebel,* der – vom Rand aus betrachtet – annähernd linsenförmig aussieht. Man unterscheidet zwischen dem *M.-Kern* und einem den Kern umgebenden scheibenförmigen Bereich, in dem sich die galaktische Materie (Sterne, Staub, Gas) zu Spiralarmen geordnet hat. Der Kern besteht aus Milliarden sehr alter, dicht stehender Sterne und ist von mehreren Ringen leuchtenden Wasserstoffs umgeben. Das gesamte M. ist eingebettet in den sogenannten *Halo,* eine gigantische Materiewolke von geringer Dichte, zu der in erster Linie alle Kugelhaufen gehören. Folgende Daten geben eine gewisse Vorstellung von den Größenverhältnissen unseres M.s: Durchmesser in der Ebene (horizontal) 30 Kiloparsec; Vertikaldurchmesser des Kerns 5 Kiloparsec, der Scheibe (Mittelwert) 1 Kiloparsec; Durchmesser des Halo 50 Kiloparsec; Gesamtmaß (ca.) 200 Milliarden Sonnenmassen; Entfernung Sol – Zentrum 8,2 Kiloparsec; Rotationsgeschwindigkeit Sol 217 km/sec; Dauer eines Umlaufs von Sol 234 Millionen Jahre.

Overhead –
(der Überkopf) – Hinter diesem Begriff verbarg sich *Clifford Monterny,* geboren im Jahre 1945. Er war ein gefürchteter Mutant, überall anwesend, unangenehm spürbar, aber niemals zu fassen. Von Gestalt untersetzt, aufgeschwemmt wirkend, gewaltiger Kahlkopf, kleine, tiefliegende Augen. Er war Akademiker, Doktor der Physik; hochintelligent, entschlußfreudig, skrupellos, heimtückisch, kompromißlos in seinen Maßnahmen. Auf Grund seiner veränderten Erbmasse (sein Vater nahm an den ersten Atombomben-Experimenten in der Wüste Alamogardo teil und wurde bei der Explosion eines Versuchsreaktors radioaktiv geschädigt) entwickelte sich der O. zu einem Mutanten mit den parapsychischen Fähigkeiten eines Hypnos und Telepathen. Die hypno-suggestive Gabe war stark ausgeprägt; die Reichweite unbegrenzt und exakt steuerbar. Er konnte jedes Lebewesen auf jedem Punkt der Welt mit seinen zwingenden Geistesströmen erreichen und beherrschen. Allerdings mußten ihm dessen Individual-

schwingungen bekannt sein. War der Kontakt hergestellt, gab es für das Opfer kein Entrinnen. Die Telepathie beherrschte Clifford Monterny mit schmerzhafter Stärke. Ebenso wie Perry Rhodan hatte auch er ein Mutantenkorps aufgestellt, das überwiegend aus Männern und Frauen japanischer Abstammung bestand. Sie unterlagen vollkommen seinem Willen und seiner Befehlsgewalt. Sein Hauptquartier befand sich im Felsengebirge des Staates Utah (USA), 100 Kilometer östlich des Großen Salzsees und der Stadt „Salt Lake City“. Inmitten der gewaltigen „Uinta-Mountains, am Fuße des 4090 Meter hohen „Emmons Peak“, besaß er eine Ranch von neun Quadratkilometer Bodenfläche. Hier hatte der O. sein festungsähnliches Haus errichtet, ausgestattet mit allen technischen Errungenschaften des 20. Jahrhunderts. Von dieser Zentrale aus steuerte er seine großangelegten Wirtschaftsmanöver und beherrschte riesige Weltkonzerne unter Anwendung brutaler Machtmittel und durch den Einsatz seiner Mutantenorganisation. In den tiefen Höhlen und ehemaligen Bergwerken seiner Besitzung geschahen seltsame Dinge. Er wurde von Perry Rhodan als Machtfaktor Nr. 1 eingestuft. Overheads Ziel war die Machtergreifung auf der Erde. Er war Perry Rhodans erbittertster Gegner (PR damals noch Erster Administrator der Dritten Macht) und des Finanzgenies Homer G. Adams (Halbmutant), Chef der General-Cosmic-Company (GCC). Im Jahre 1981 wurde Clifford Monterny anläßlich einer erbitterten Auseinandersetzung mit Perry Rhodan getötet. Nachdem sein Doppelkopfmutant, „Zünder“ genannt, *Iwan-Iwanowitsch Goratschin,* von Rhodans Mutanten geistig bezwungen wurde, und G. die angreifenden Raumschiffe der Dritten Macht nicht mehr sprengen konnte, versuchte der O. mit einem Zerstörer in den interplanetarischen Raum zu entfliehen. Er wurde von dem terranischen Superschlachtschiff STARDUST II geortet und gestellt. Der Mausbiber-Mutant Gucky, der der geistigen Beeinflussung durch den O. nicht unterlag, ließ den Zerstörer unter Anwendung seiner Telekinese-Gabe mit einem Planetoiden kollidieren.

Plasma –
Sowohl in der Science-Fiction-Literatur wie auch in der Planung von Raumschiffsantrieben der nahen Zukunft werden sogenannte Plasmaantriebe erwähnt. Physikalisch gesehen ist Plasma ein Gas, dessen Moleküle durch Ionisation in hohem Grade in Ionen und Elektronen

zerfallen sind, so daß sich im Mittel die elektrischen Ladungen gegenseitig kompensieren. Das Plasma ist demnach, von lokalen Störungen abgesehen, raumladungsfrei. Der Ionisierungsgrad, das ist der Anteil der Ladungsträger jedes Vorzeichens, wächst mit der Temperatur an und nimmt mit wachsendem Druck ab. Die physikalischen Verhältnisse in Plasmen sind sehr verwickelt. Beispiele für Plasmen sind elektrische Lichtbögen, positive Säulen von Glimmentladungen, Flammen hoher Temperatur (z.B. bei Explosionen), die *Ionosphäre* sowie auch außerirdische Objekte, wie etwa das Innere von *Fixsternen* oder *planetarische Nebel.* Eine wichtige Anwendung finden Plasmen bei der Gewinnung *thermonuklearer Energie* durch *Kernfusionen**. Durch die elektrischen Kräfte, die zwischen den geladenen Teilchen im Plasma wirken, erhält der Plasmazustand eine gewisse Stabilität. Wegen dieser Stabilität, die zu einem Abschluß des Plasmas gegenüber der begrenzenden Materie führt, und wegen der Tatsache, daß Plasma erst bei sehr hohen Temperaturen in Erscheinung tritt, wird der Plasmazustand als der vierte Aggregatzustand der Materie bezeichnet.

Plasma-Triebwerk –
ein Begriff aus der internationalen Science Fiction und aus den Laboratorien der *heutigen* Raumfahrttechnik. Während der Begriff „Plasma-Triebwerk“ in der internationalen Science-Fiction meist unbestimmt verwendet wird, beschäftigen sich namhafte Wissenschaftler und Techniker der Alten und Neuen Welt seit Jahren bereits mit praktischen Versuchen, durch Aufheizung von reinem Wasserstoff eine höhere Ausströmungsgeschwindigkeit des Treibstoffes zu erzielen. Die erste Stufe auf diesem Weg wird zweifellos das Reaktortriebwerk sein, bei dem die Aufheizung von reinem Wasserstoff durch ein Atomkraftwerk erzeugt wird und das in den USA unter der Projektbezeichnung „Rover“ bekannt ist. Bisher verwendet man Treibstoffkombinationen, die unter hohem Druck in der Brennkammer miteinander reagieren. Dabei werden die Temperatur in der Brennkammer und die Ausströmungsgeschwindigkeit durch die Reaktionswärme der Treibstoffkombination bestimmt. Die größte damit erzielbare Ausströmgeschwindigkeit liegt inzwischen bei 20 km/sec und wird durch eine Kombination von Wasserstoff und Fluor erzeugt. Das genügt aber nicht, um eine Einstufenrakete von der Erdoberfläche aus in eine Kreisbahn zu bringen; deshalb verwendet

man heute noch Zwei- oder Dreistufenraketen. Für die bemannte interplanetare Raumfahrt benötigt man Ausströmgeschwindigkeiten zwischen 10 und 100 km/sec. Das Problem besteht dabei nicht darin, die Temperatur in der Brennkammer zu erhöhen, sondern das Molekulargewicht des Treibgases zu senken. Leichte Gase wie Helium und Wasserstoff besitzen bei gleicher Temperatur einen höheren Wärmeinhalt pro Masseneinheit als die bei der chemischen Verbrennung entstehenden Verbrennungsgase. Bei den im Versuchsstadium befindlichen Plasma-Triebwerken besteht das Problem darin, sowohl die Temperatur zu erhöhen, als auch das Molekulargewicht zu erniedrigen. Falls es gelingt, in der Praxis des Raumfluges Wasserstoff auf 10 000° Celsius aufzuheizen, lassen sich Geschwindigkeiten bis zu 30 km/sec erzielen. Wasserstoff besteht im Normalzustand aus zweiatomigen Molekülen. Bei Aufheizung auf mehrere tausend Grad prallen die Moleküle so heftig aufeinander, daß sie zerstört werden – und bei 5 000° Celsius besteht ein Wasserstoffgas praktisch nur noch aus Atomen. Bei weiterer Temperaturerhöhung prallen die Atome ebenfalls heftig zusammen und „verletzen" sich gegenseitig. Aus jedem Atom wird ein Elektron herausgerissen, es wird ionisiert. Dadurch erhält das Gas völlig neue Eigenschaften, es wird elektrisch leitfähig und strahlt große Lichtmengen aus. Diesen Zustand bezeichnet man als Plasma. – In Lichtbogenlampen und Schweißlichtbögen macht man sich diese Eigenschaften schon sehr lange zunutze. Dabei werden bei einer Spannung von ca. 100 Volt zwischen den Elektroden 20 Kilowatt in Wärme umgesetzt, die die Luft in der hellen Lichtbogensäule auf 11 000 Grad anheizt. Da es prinzipiell keine obere Grenze für die erzeugbare Temperatur gibt, die durch Aufheizung eines Gases entsteht, konnte man bisher in Lichtbögen Temperaturen bis zu 50 000° Celsius erzielen. Das Schwierigste bei der Verwendung des Plasma-Triebwerks in der Raumfahrt ist die dabei erzeugte hohe Temperatur, die eine spezielle Kühlung der Brennkammerwände notwendig macht. Die Ausführung eines Triebwerksmodells für 20 Kilowatt Leistung wurde bereits im Jahre 1963 vom DVL-Institut für Plasmadynamik während des III. Europäischen Raumfahrtkongresses in Stuttgart im Betrieb vorgeführt. Das Triebwerk befand sich in dem Deckel eines Vakuumtanks, der bis auf einen Druck von 1 Torr abgepumpt werden kann (normaler Luftdruck etwa 760 Torr). – In einem Raumflugkörper wäre natürlich eine Wasserkühlung nicht möglich. Ein Raumflugkörper muß unerwünschte Wärmeenergie abstrahlen, darum müßte auch der Plasma-Antrieb strahlungsgekühlt sein, d. h. die in die Brennkammerwände eindringende Wärme muß an der Außenfläche des Triebwerks bei hoher Temperatur in den Raum abgegeben werden. Eine weitere Schwierigkeit bei der praktischen Nutzung besteht darin, daß die bisher erprobten Testmodelle nur bis zu 30 Kilowatt Leistung abgeben und daß trotz hoher Ausströmgeschwindigkeit der Schub nur wenige hundert Pond beträgt. (Pond = der 1000. Teil eines Kiloponds – Kilopond: eine Krafteinheit; die Kraft, die die Masse 1 kg im normalen Schwerefeld der Erde ausübt). Dazu muß gesagt werden, daß diese Plasma-Triebwerke nicht zum Start von der Erde aus konstruiert wurden, sondern der Beschleunigung und Verzögerung von Fahrzeugen im Raum dienen sollen. Berechnungen ergaben, daß ein Triebwerk mit geringem Schub, langer Betriebszeit und optimaler Ausströmgeschwindigkeit jedem chemischen Triebwerk mit großem Schub und wegen des hohen Treibstoffverbrauchs nur kurzer Betriebszeit bei geringerer Ausströmgeschwindigkeit weit überlegen ist. Allerdings muß man beim Betrieb im Raum das Problem lösen, woher man die erforderliche elektrische Energie bezieht. Bei relativ niedrigen Leistungen bis zur Größenordnung von 10 Kilowatt könnte man Sonnenspiegel verwenden, die die Sonnenstrahlung auf einen Quecksilberdampf-Kessel konzentrieren. Eine vom erhitzten Quecksilberdampf angetriebene Turbine würde dann einen elektrischen Generator antreiben, der die für das Plasma-Triebwerk benötigte elektrische Energie liefert. Bei größeren elektrischen Leistungen müßte man kleine und leichte Kernreaktoranlagen verwenden. In den USA befindet sich die SNAP-Serie in Entwicklung, Kleinreaktoren mit spezifischen Leistungen zwischen 0,01 und 0,1 Kilowatt pro Kilogramm Gewicht. Allerdings sind diese Anlagen zu schwer im Vergleich zur abgegebenen elektrischen Leistung. – Das alles aber sind nur die Anfänge einer Entwicklung, die unaufhaltsam weitergehen wird, da ihr kein Naturgesetz entgegensteht. Die Wissenschaft von der Energiewandlung beschäftigt sich seit langem mit dem Problem einer Leistungssteigerung, da es sich dabei um ein internationales Problem der Energiewirtschaft überhaupt handelt. Andererseits sind die Möglichkeiten zur Plasmabeschleunigung noch lange nicht erschöpft. Man beschäftigt sich bereits mit Versuchen, die elektrische Aufheizung mit einer elektromagnetischen Beschleunigung zu kombinieren. Mit diesem Verfahren wären Strahlgeschwindigkeiten bis zu 100 km/sec erreichbar.

Raum und Zeit –

Es gibt zwei verschiedene Auffassungen des Raumes, und zwar die der euklidischen und der nichteuklidischen Geometrie, die als zwei verschiedene Stufen in der Vertiefung unserer Kenntnisse über das Wesen des Raumes zu betrachten sind *(Raum)*. Andererseits sind die Auffassungen vom Raum eng mit den Auffassungen von der Struktur der Materie verbunden. Während so für die atomistische Lehre ein leerer Raum existiert, kann nach der Auffassung Descartes ein solcher nicht existieren. Die Materie, in verschiedenen Zustandsformen und auf verschiedenen Evolutionsstufen, erfüllt den ganzen Raum. Raum, Zeit und Materie sind, überdenkt man ihre Existenz anhand der bisherigen wissenschaftlichen Erkenntnisse, sowohl objektiv vorhanden als auch nicht voneinander zu trennen. Die Materie existiert im Raum und bewegt sich darin, wodurch, da jegliche Bewegung Zeit erfordert, erst ein Zeitablauf zustande kommt (unter der Bewegung sind in diesem Fall nicht nur Fortbewegung – wie die der Sonnen und Planeten usw. –, sondern auch „innere" Bewegungen – der Elektronen um den Atomkern, die Schwingungen der Atome und Moleküle und die allgemeine Evolution der Materie – zu verstehen). Nur der endgültige Wärmetod des Universums würde die Zeit stillstehen lassen, da bei seinem Eintreten die äußeren und inneren Bewegungen der Materie absolut erstarren. Viel Wahrscheinlicher als ein Wärmetod des Universums erscheint jedoch die Möglichkeit, daß alle Materie nur bis zu einer bestimmten Grenze expandiert und sich dann wieder zusammenzieht, wodurch die Energien zur nächsten „Urexplosion" und zu einem weiteren universellen Zyklus freiwürden. Man spricht auch von n-dimensionalen, phasen-, konfigurations- und isotopischen „Räumen", die als mathematische Hilfsmittel zu betrachten sind, nicht aber als reale Räume. Diese Räume drücken einzelne Charakterzüge und Besonderheiten des gewöhnlichen dreidimensionalen Raumes aus. In eine neue Etappe der Entwicklung der Raum- und Zeitbegriffe sind wir mit dem Aufbau der *Relativitätstheorie** eingetreten. Die Relativitätstheorie hat gezeigt, daß die Konstanz von der Lichtgeschwindigkeit mit der alten Auffassung von absolutem Raum und absoluter Zeit unvereinbar ist. In der speziellen Relativitätstheorie ist die Auffassung vom Raum verallgemeinert, jedoch bleibt er euklidisch. Dagegen bei der weiteren Entwicklung der speziellen Relativitätstheorie zur allgemeinen Relativitätstheorie wird der nichteuklidische (elliptische) Charakter des Raumes um die Himmelskörper und Systeme festgestellt, was unter anderem von der Ablenkung der Lichtstrahlung um die Sonne bestätigt wird. In der Perry-Rhodan-Serie werden diese heutigen Erkenntnisse extrapoliert; „unser" Universum wird als endlich angesehen, mit einer begrenzten Qualität an Raum, Materie und Zeit (begrenzte Zeitquantität zur Abgrenzung der verschiedenen Entwicklungszyklen, bei denen auf Expansion und Erstarrung stets wieder Zusammenziehung und Explosion erfolgt usw.). Außerhalb unseres Universums bestehen danach Milliarden gleichartiger Universen, die wiederum ein Überuniversum bilden, das neben Milliarden anderer Überuniversen existiert usw. . . . Weiterhin wird die unlösliche Verbindung zwischen Raum, Zeit und Materie in der Hypothese ausgewertet, daß lokal begrenzte Zeitverschiebungen sowohl in Richtung Vergangenheit als auch in Richtung Zukunft denkbar seien.

Wegasystem –
Die Wega ist ein weißer Riesenstern von etwa der fünfzigfachen Größe unserer Sonne und der hellste Stern am nördlichen Himmel, zugleich der Hauptstern im Sternbild Lyra. Die Entfernung von der Erde beträgt etwa 27 Lichtjahre. – In der Perry-Rhodan-Serie wird angenommen, daß die Sonne Wega 42 Planeten besitzt, von denen Nummer acht und neun intelligentes Leben tragen. Der achte Wega-Planet erhielt den Namen *Ferrol;* seine intelligenten Bewohner heißen *Ferronen* und sind humanoid. Die durchschnittliche Körpergröße der Ferronen beträgt 160 Zentimeter, ihre Hautfarbe ist blaßblau; sie haben sehr kleine, tiefliegende Augen, eine vorgewölbte Stirn und kupferfarbene Haare. Die Ferronen sind untersetzt gebaut und sehr muskulös. – Der Planet Ferrol ist etwas größer als die Erde, rotiert in 28,23 Stunden einmal um seine Achse und hat eine Schwerkraft von 1,4 Gravos. Die Atmosphäre ist ähnlich der irdischen, das Klima sehr heiß und feucht. Die Hauptstadt des zentralistisch regierten Planeten heißt Thorta, der Regierungssitz trägt den Namen *Riter Palast.* Die Regierungsform ist eine Mischung aus monarchistischen und demokratischen Elementen, der Herrscher heißt *Thort,* was soviel wie „Kaiser" oder „König" bedeutet; sein Titel wird jedoch nicht vererbt, denn er ist jeweils nur auf Lebenszeit gewählt. Die Ferronen verfügen über die lichtschnelle Raumfahrt; ihre Raumschiffe sind technisch vollendete Meisterwerke; trotz ihres hohen Intelligenzgrades sind die Ferronen jedoch nicht zu fünfdimen-

sionalen Denkprozessen fähig und vermochten deshalb das Prinzip der überlichtschnellen Raumfahrt nicht aus eigener Kraft zu finden. – Der neunte Planet des Wegasystems wurde von den Ferronen besiedelt und kolonisiert. Er erhielt den Namen *Rofus*. Sein Klima ist gemäßigt und entspricht dem durchschnittlichen Erdklima. Die Hauptstadt heißt *Tschugnor*. Der vierzehnte Planet des Wegasystems erhielt den Namen *Gol*. Gol ist der größte Planet des Wegasystems, ein kalter Gasriese vom Jupiter-Typ, aber mit dem dreifachen Durchmesser des Planeten Jupiter. Seine Schwerkraft beträgt 916 Gravos. Der sechste Wega-Planet erhielt den Namen *Pigell*. Pigell ist eine erdgroße, sehr heiße Welt, deren Oberfläche von kochenden Schlammeeren und von Kontinenten mit ausgedehnten Sümpfen und feuchtheißen Dschungeln überzogen ist. Der Planet Pigell spielte eine entscheidende Rolle, als die CREST III das Flaggschiff der Solaren Flotte, um ca. 50 000 Jahre in die Vergangenheit versetzt wurde. Ihre Besatzung unter der Führung von Perry Rhodan eroberte im Jahre 49 988 vor Christi Geburt eine Zeitstation der *Meister der Insel**, die sich auf Pigell befand.

Beiboot der SPRINGER

Allgemeines:

Das Schiff ist von aerodynamischer Form und für den Flug im Weltraum wie in einer planetarischen Atmosphäre geeignet. Es ist fünfzehn Meter lang und vier Meter breit. Seine Höchstgeschwindigkeit beträgt 40 Mach. Es ist ausgestattet mit Schutzschirmgeneratoren, Klimaanlage, künstlicher Gravitation und Andruckneutralisatoren.

Technische Daten:

1. Hydropneumatischer Kontursitz des Piloten
2. Überwachungs- und Kontrollgeräte, Positronik und Monitoren (rundlaufend)
3. Cockpit mit Panzerplastikverglasung
4. Ortungs- und Hyperfunkanlage
5. Luftschleuse mit automatischer Schottöffnung und Schließung
6. Raketentreibsätze des Impulsstrahltriebwerkes, autark schaltbar
7. Seitliche Korrekturtriebwerke (4 Stück)
8. Hydraulische Teleskoplandestütze (4 Stück)
9. Maschinenraum mit Kernfusionsreaktoren und Plasmabrennkammern
10. Einziehbare Landetreppe
11. Zuleitungen für vordere Brems- und Landedüse
12. Landerakete (4 Stück)
13. Vordere Bremsdüse (2 Stück)
14. Leichte, starr eingebaute Impulskanone

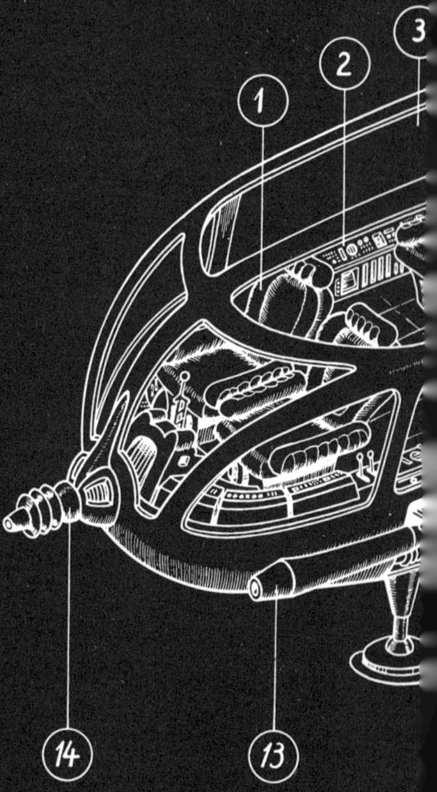